世纪
文学观察

王春林 著

不知天集

王春林文学批评编年

山西出版传媒集团

北岳文艺出版社

图书在版编目（CIP）数据

不知天集：王春林文学批评编年 / 王春林著. —太原：
北岳文艺出版社，2016.5
　ISBN 978-7-5378-4699-8

Ⅰ.①不… Ⅱ.①王… Ⅲ.①中国文学 – 当代文学 –
文学评论 – 文集 Ⅳ.①I206.7-53

中国版本图书馆 CIP 数据核字(2016)第 058840 号

书　　　名：不知天集：王春林文学批评编年

著　　　者：王春林
责 任 编 辑：贾江涛
书 籍 设 计：张永文

出 版 发 行：山西出版传媒集团·北岳文艺出版社
地　　　址：山西省太原市并州南路 57 号
邮　　　编：030012
电　　　话：0351-5628696（发行部）
　　　　　　0351-5628688（总编室）
传　　　真：0351-5628680
网　　　址：http://www.bywy.com
E – mail：bywycbs@163.com
经 销 商：新华书店
印刷装订：山西人民印刷有限责任公司

开　　　本：710mm×1000mm
印　　　张：31.5
字　　　数：405 千字
版　　　次：2016 年 5 月第 1 版
印　　　次：2016 年 5 月山西第 1 次印刷
书　　　号：ISBN 978-7-5378-4699-8
定　　　价：59.80 元

2013 年在晋城

2011 年与张艳梅在小岸、刘慈欣作品研讨会上

2013年与葛水平（右一）、李心丽（左一）在山西省第六届作代会上

2014 年与作家、评论家在侯波小说研讨会上

2015 年与陈为人在葛水平画展上

2015 年与阿来（左一）、陈晓明（左二）在武汉

2015 年与金宇澄在第九届
茅盾文学奖颁奖现场

2015 年与黄德海（左一）、李德南（右一）在北海

2015年与梁鸿鹰（左一）、贾平凹（左二）
在陕西省参加长篇小说研讨会间隙

2015年第九届茅盾文学奖揭晓时刻。从左到右
依次为：王春林、陈福民、孙甘露、李敬泽

2015 年与第九届茅盾文学奖评委马步升（左一）、
陈福民（左二）、张莉（左三）、孟繁华（左四）在一起

2015 年在山西大学与雪漠（左二）对话。左一为陈彦瑾

2015 年与王尧在北海

2015 年与项静在北海

2015 年在周大新讲座现场。右二为杨东杰

2016 年与刘醒龙在其笔记书法展上

2016 年与韩春燕在刘醒龙笔记书法展上

2016 年与刘艳在刘醒龙笔记书法展上

2016 年在广西民族大学

部分书影

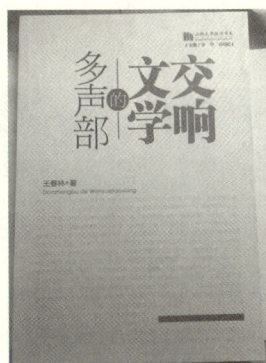

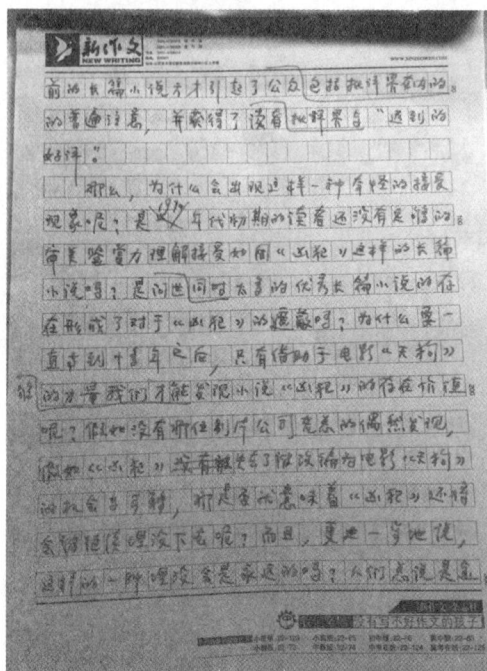

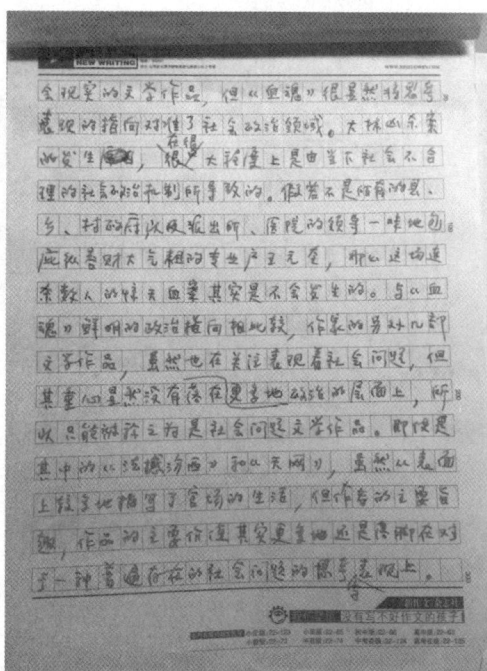

前的长篇小说才才引起了公众□越批评背景的
的声音很高，并索得了没有批评界自"返到的
好评？

那么，为什么会出现这样一种奇怪的错爱
现象呢：是27年代初期的读者还没有足够的
审美鉴赏力理解错爱如同《□犯》这样的长篇
小说吗？是同时太多的优秀长篇小说的存
在形成了对于《□犯》的遮蔽吗？为什么事一
直等到14年之后，只有借助于电影《天□》
的力量我们才能意识小说《□犯》的存在价值
呢？假如没有浙江制作公司竞拍的偶然发现，
假如《□犯》没看报艺了相没拍向电影《天□》
的成合夺得时，那是否会永远着《□犯》的这部
会被埋埋没下去呢？而且，更先一写地说，
过于《□犯》一种理说会是永远的吗？人们高说是这

会现实的文学作品，但以电视》很显然的含蓄，
意观的指向对准了社会的诸领域。大林的东莱
如发生□，很大程度上是由发不报合不合
理的社会的给社制行所导致的。似当不是用的情感，
乡，村府府以及祀出所，医院的领导一味地动
应批者财大气粗的专业户王兄等，那此送向逼
东教人的情无血案其实是不会发生的。与以血
说》批州的政治指向相比较，作家的另一批部
文字作品，显然也在关注意观春此社会问题，但
其重心显然没有落在更宽地的面上，所
以只能帳於之物是社会问题文学作品。即便是
其中的以领域为西》和《天网》，显然也无面
上积重地描写了官场的生活，但作为主要意
涵，作品的主要价值更显更重细还是落脚在对
于一神普遍存在的社会问题的探寻，意观上，

部分手稿

目录

倪吾诚简论
——读王蒙《活动变人形》

一

你一定也战栗了。"正视历史正如正视现实，要能战栗，能不战栗。"但在你战栗过了之后，你不得不承认，你我都应该感谢王蒙，这个对倪吾诚及其全家对封建传统文化对中西文化冲突进行过"挚爱到冷峻的精神审判"的作家，尽管他的笔未免有点儿冷酷，尽管他给我们所涂抹的这幅人生图画也实在惨不忍睹。作者以其特有的散漫而又有机的结构，以其挥洒的文体给我们提供了一系列文学中的"这一个"，无论是静珍静宜还是倪萍，都给人一种耳目一新的感觉。但作者最大的贡献却在于在他的笔端站立着的倪吾诚这一文学形象，这个卑劣猥琐可怜可悲的知识分子。他的出现，不仅给我们以耳目一新的感觉，而且给我们以一种陌生的经验，他的一生恰如其子倪藻所归结的："他一生追求光荣，但只给自己和别人带来过耻辱。他一生追求幸福，但只给自己和别人带来过痛苦。他一生追求爱情，但只给自己和别人带来过怨毒。"假使我们把倪吾诚纳入整个新文学史的知识分子画廊，那么你会发现，他既不同于郁达夫笔下自杀的沉沦者，也不同于鲁迅先生笔下的魏连受，更不同于路翎笔下的蒋少祖。或许他们之间有某些相似之处，但正是这相似却见出了他们的相异，也正因这相异才使得他们有并存的必要，才显出了倪吾诚这个人物的独特性来。他独特的性格，独特的悲剧命运，独特的审美价值，无不给我们以新奇的感觉，以陌生的经验，以未经历过的人生体验。倪吾诚确有极其丰富复杂的性格内涵，他是不能被其他知识分子形象所替代的，他的存在将给新文学史上的知识分子形象画廊增添新的光彩。研究倪吾诚，分析他在中西文化冲突背景下的扭曲变形，将会使我们达到对 20 世纪中国知识分子命运的更全面的观照。尽管有论者认为："让倪吾诚来代表'百年以来'和'20 世纪'中国知识分子的命运，是太牵强附会了。"[1]但我认为，最起码，倪吾诚可以代表 20 世纪中国相当一部分知识分子的命运。而他对于现实生活的痛苦，他在严酷现实面前精神的全面崩溃，则完全可以毫不武断地说是属于 20 世纪中国知识分子的。

　　以上的认识正是笔者写作此文的动机。

二

　　首先，让我们将目光投射到隐身于倪吾诚形象之后的中西文化强烈冲突的背景上去。

　　19 世纪后半期，整个东方世界在西方资本主义"船坚炮利"的冲击之下，被迫打开了自己的大门，开始不情愿地参与世界性的历史进程。文化的发展再也不可能成为孤立和封闭的，西方资本主义在全球范围内，与古老的东方传统文明发生了剧烈的撞击。而在中国这块古老土地上，东西方文化的冲突撞击尤为剧烈。陈独秀曾写道："欧洲输入之文化，与吾华固有之文化，其根本性质极端相反。数百年来，吾国扰攘不安之象，其由此两种文化相接触相冲击者盖十之八

　　①杨品、王君《〈活动变人形〉的理念化倾向》，见《批评家》1987 年 2 期。

九。"①这段话比较准确地概括了 19 世纪后半期直至 20 世纪的中国现实状况。至五四时期，这一冲突达到了高潮，在西方文化民主自由等进步思想的猛袭下，封建传统文化发生了表面上的断裂。但由于传统文化所特有的消化外来文化的能力，由于传统文化尽管是一具僵尸，但毕竟有着几千年的历史，所以在当时的中西文化大交汇中，封建传统文化的断裂是不彻底的。尽管西方文化显示了许多优于传统文化之处，但实质上也并未从根本上撼动封建传统文化这棵大树。然而，毕竟有过强烈的碰撞，而且这碰撞还将持续地进行下去。毕竟有过西方文化的积极接受者和传播者，这就是当时首先接受西方文化的知识分子，于是就有了沉沦者，魏连殳和蒋少祖，同样也就有了倪吾诚。

小说具体描写的是 20 世纪三四十年代，那已经是经历了五四退潮期以后的又一次中西文化大撞击了，这次撞击更为深入而不表面化了。在新文化史上，这已是第二次大规模的撞击了，不同的是，这次撞击的文化背景上重叠着政治背景，显得更加复杂，以至于不能把它们离析开来。倪吾诚的悲剧发生在这样的背景下，这就使我们的分析更为艰难。

"对形象和'形象史'的分析最终不能不归结为对文化和文化史的分析。知识分子是文化的自觉创造者和敏感承受者。文化内部的破裂、崩溃，外部的撞击、交融，所有这些冲突最集中不过地在知识分子形象及其形象史中烙下印痕……"②的确如此，黄子平讲得非常中肯得当。现在就让我们收回投射于文化背景上的目光，重新注目于倪吾诚。让我们来思考一下，在中西文化大冲撞的背景下一代知识分子的灵魂是怎样扭曲怎样变形，终于成为令人惨不忍睹的畸形人物的。

倘要回顾倪吾诚的一生经历，那是可以很简单地勾勒出轮廓来的。他辛亥革命前三个月出生于一个逐渐没落的地主家庭里。他的祖辈中，

①陈独秀《独秀文存》卷一，安徽人民出版社 1987 年版。
②赵园《艰难的选择》上海文艺出版社 1986 年版。

爷爷曾参加"公车上书"，伯父是个疯子，父亲则是个大烟鬼。他很早熟，出于聪颖的天性，十岁时就能声泪俱下地慷慨陈词女人缠足的愚昧野蛮，大谈耕者有其田，地主是寄生虫。十四岁则扬言早晚要砸烂祖宗的牌位。由此可见，倪吾诚从小身上就"有了些要'革命'的种子。"尽管十五岁时，他曾受母亲表哥的调唆，一度学会抽鸦片和手淫，但很快就以坚强的意志摆脱了恶习，并毅然上了县城寄宿中学，以后又上了大学，然后旅欧二年。学成回国，担任了某大学的讲师，遂举家迁京，与妻子过了一段堪称安静幸福的生活。后来由于岳母妻姐的抵京，他的幸福生活被破坏了，他与她们产生了尖锐的不可调和的矛盾冲突。后终因无聊的图章事件导致了家庭的分裂，从此走上了另一条充满传奇色彩的人生道路。先在日伪政府某学校任校长，后投奔解放区，成为一名革命大学的教师。新中国成立后，终因一事无成，在碌碌无为中了却残生，写完了自己的悲剧人生。

勾勒人生的轮廓是容易的，而且"从倪吾诚这一生的大致经历看，是怎么也不能成为'百年以来中国知识分子命运的缩影'，或'20世纪中国知识分子心灵历程的缩影'的"[1]仅从表面上看，这一观点似乎不无道理，但让我们来细致地回顾一下全书，便会发现作品关于人物生平事迹的描写统共占不到全书的五分之一的篇幅，而其余篇幅，作者则是重点围绕图章事件来描述人物心态和个人行为的。这一部分的繁芜复杂，则绝不是可以几笔勾勒出的。作者的匠心就独运于此，作品的重心也在于此，我们分析的艰难也同样在此。正因为如此，我们才不能苟同上引的观点。我们认为，倪吾诚之所以能成为文学中优秀的"这一个"，就在于他处于中西文化夹缝中对当时中国现实彻骨的痛苦经验。这痛苦是倪吾诚独有的，但也是20世纪中国知识分子所共同体验过的。那种处于中西文化大碰撞中的迷惘、犹豫、彷徨、徘徊，那种处于精神地狱煎熬中的人生体验，却只能是20世纪中国知识分子所共有的。正是这个意义上，

----

①杨品、王君《〈活动变人形〉的理念化倾向》，见《批评家》1987年2期。

我们肯定了倪吾诚的代表性。

关于知识分子，英国历史学家汤因比有个著名的说法：当两种文明发生碰撞交融之时，知识分子便作为一种"变压器"而出现了。在他们身上，承担着双重的任务。一方面，是学习先进的文明并把其精华传播到全社会去，另一方面，是慎重地用全新的眼光"重构"固有的文明，使之获得新生而延续下去。①时代所赋予倪吾诚的使命，也是上述两种任务。但由于文化发展的核心问题，即从西方寻找现代文明来变革传统文明，在当时中国的现实生活中，使新与旧，传统与现代，文明与愚昧之间的斗争和冲突渗透表现得十分深刻与复杂，由于倪吾诚所处的特殊的社会环境和家庭气氛，由于封建传统文化的根深蒂固，更由于其自身性格的原因，使得他在完成自己使命的过程中，不断地扭曲变形。最后的结果，不但没有介绍新的文明，"重构"固有文明，反而变成了一个可怜可悲的畸形人物。那么倪吾诚究竟是怎么扭曲怎么变形的呢？小说中，倪吾诚实质上是处于两重精神地狱的压迫之中的。一方面，是当时中国的现实社会，即绵延数千年的封建传统文化。"中国文明已经有四五千年……它藏污纳垢，有许多肮脏的东西。"这是他对传统文化的痛苦反思。而这种反思，只有在那个时代，只有曾亲身经受西方文化洗礼的倪吾诚才能敏捷地感受到，并诉诸自己的理性，上升到反思的高度，尽管这种反思是相当低层次的。正因为如此，当他的好朋友史福岗向他赞颂传统文化时，倪吾诚才讲出这样一番话来："当中国人生活得这样痛苦的时候，当我生活得这样痛苦的时候，你在那里不住地赞美，……对不起，我不能苟同。比如说，我要告诉你，在中国几千年来，根本就没有幸福。也没有爱情，我已经苦死了……"另一方面，是倪吾诚的家庭生活，作品中曾屡次描述过他的感觉："瞧，还没进门，就压过来了。倪吾诚看到的是荒漠的山""难道进入的是一个死的世界？"一进家门，他就变得糊里糊涂，"一进家他的脑

①汤因比著，曹来风等译《历史研究》，上海人民出版社 1986 年版。

细胞就失去了活力。在白痴的环境中，他也变成了白痴。"多么疹人可怖的感觉！生活在这样的双重精神地狱中，生性软弱的倪吾诚能不扭曲不变形么？

倪吾诚是这样一个浑身浸润着荒诞感而又异常真实的人物。他仿佛是一架飘浮在半空中没有着落的风筝，一方面，他确已离开了大地，悬浮在空中；另一方面，他又永远维系着大地，永远也升不到自由的高空去。上天不能，入地亦不能，他便永远处在了痛苦的煎熬之中。那么究竟是什么原因使倪吾诚始终逡巡徘徊于中西文化之间，而做不出自己的选择呢？这是因为他对于东西方文化的利害、功利及其内涵都是很陌生的。是因为他对于中西文化的认识仍处于感性的、一知半解的层次上而未能上升到理性的高度。他不能够站在理性的高度上对中西文化做出恰当的分析比较，因而更未能对中西文化做出理性的肯定与否定。具体的表现就是，他能够敏捷地感受到传统文化的愚蠢、残酷和野蛮，能感到现实生活的不可忍受，但却找不到传统文化之所以堕落的原因。因而只能停留在感性层次上，未能对传统文化做出一针见血的针砭。当然也不能彻底决绝传统文化，只好"把拔牙的痛苦永远留在下一次"了。同样的道理，也正因为倪吾诚缺乏对西方文化的理性认识，所以旅欧二年的他并未悟到西方文化的精髓，因此便得出了荒唐的结论："欧洲人从来不随地吐痰，大家讲卫生，所以欧洲国家日益先进强大……"并给传统文化开出了贻笑大方的药方："中国如此落后衰弱，和国民不肯挺胸绝对有关。""不喝牛奶，是彻头彻尾的野蛮。"

苏珊·朗格认为："一切我自己感到兴趣的（或我能够欣赏的）情感模式，在本质上说来都是属于我自己的——但不是属于我个人的，而是属于我自己生活于其中的文化的。"①倪吾诚也是属于他生活于其中的文化的，尽管他对传统文化憎恶之极。让我们注意小说中的这样一句话吧："倪吾诚才捉摸出自己的骨子里流满了碱洼地地

①苏珊·朗格著，滕守尧、朱疆源译《艺术问题》，中国社会科学出版社1983年版。

006

主的奴性的髓。"这"髓"便是数千年的封建传统文化，这绝不是旅欧二年便可根除的。所以尽管静宜骂倪吾诚"根本不是中国人"，尽管这也正是他引以为豪骄傲的地方，但他的骨子里还是一个彻头彻尾的中国人，一个被惊醒但又冲不出铁屋子的先醒者。把这一点与倪吾诚对于中西文化缺乏理性高度的认识结合起来，我们就可以理解他的某些乖戾行为了，就可以理解他处于非常态的政治背景下，对于现实——"是战争，是战火中的欧洲与太平洋，是北京被日本人占领的现实"的茫然麻木了。

倪吾诚的悲剧是他自己独有的，但也是 20 世纪中国知识分子的。他的悲剧质点就在于他对中西文化的认识上，他的未能够从理性的高度对中西文化做出合理的比较分析与他骨子里"奴性的髓"结合起来，导致了他的悲剧。他的悲剧证明了西方文化在僵而未死的传统文化面前的暂时失败，也更尖锐地提出了这样一个问题，即：封建传统文化的未被战胜是否证明了它本身强大的生命力呢？答案是否定的。作品通过倪吾诚的悲剧，不仅使我们更清醒地认识到传统文化对一代知识分子人性的宰割、生命意识的扼杀，认识到传统文化的丑陋野蛮，而且也完成了作品的最终主题，达到了批判社会环境和封建传统文化的目的。

"每个人可以说都是由三部分组成的：他的心灵，他的欲望和愿望，他的幻想、理想、追求、希望，这些是他的头。他的知识，他的本领，他的资本，他的成就，他的行为、行动，做人行事，这些是他的身。他的环境，他的地位，他站立在一块什么样的地面上，这些是他的腿。这三者能和谐，能大致调和，哪怕只是能彼此相容，你就能活，也许还能活得不错。不然，就只有烦恼，只有痛苦。"

仔细品味这段话，并品味一下作品的题目，将有助于我们对倪吾诚这一"怪胎"的理解。

三

"现代世界感这一概念，表示现代人对全球范围内的人类存在、人类生命、人类与自然的关系的直接体验……它是身不由己地被抛入全球性历史进程中的现代人对自身以及整个人类命运、前景的深刻思考，切身感触。"[①]同篇文章中，作者王一川还对笛卡儿的"我思故我在"命题作了反面的论述，即"我思故我不在"，从而引申总结出现代世界感作为现代人所特有的世界感，必然包括两个方面：不在感与在感，在的无望与在的渴望。

据此，联系倪吾诚对现实人生的体验和社会生活的感受，我们同样可以看出在他身上体现出来的现代世界感。"他是谁，他在哪里，他做了什么；正在做什么，将要做什么，需要做什么和喜欢做什么。所有的这些问题，他都无言以对。""究竟为什么，究竟为什么人活在世上要让自己受苦，还要让别人受这么大的痛苦。"在双重精神地狱中挣扎求生，倪吾诚感到了莫大的痛苦，这痛苦竟使得非哲学家的他来思考自己的存在问题了。他不知道自己是谁，自己在哪儿，不知道自己在干什么。他的一生确实是在苦苦地追求，但追求什么呢？追求得到么？他追求的结果往往是使自己得到更多的痛苦。也正是基于这样的生活感受和切身体验，因此，当史福岗向他讲述巴甫洛夫驯狗的故事时，倪吾诚得出了这样一个结论："我就是这样的一只狗。"在中西文化冲突的夹缝中，他经过不断的扭曲变形，终于异化成了这样一条永远有得到食物的渴望却又永远也得不到食物的"巴甫洛夫的狗"。他终于被摧残被撕裂了，他终于无所作为无可奈何地走上了自我毁灭的道路。

假如没有鸦片战争，那么中国超稳定结构的封建社会还将持常态地延续下去，传统文化也将不会受到西方文化的冲击。倪吾诚也将作为一名封建知识分子，或"穷则独善其身"

---

①王一川《走向感性的艺术》，见《批评家》1987年2期。

或"达则兼济天下"了。然而，洋枪洋炮偏偏轰开了中国的大门，中西文化偏偏发生了大撞击，历史不得不非常态地突进了。而历史的每一次非常态突进，都势必在社会的人与人之间造成新的隔膜。倪吾诚也正是如此，在时代发生非常态突进后，他被抛离了原来的生活轨道，便再也回不到原来的生活位置了。假如未曾接受西方文化的洗礼，那么他还有可能接受浸润着封建传统文化的现实生活，最起码还可以与社会与家庭兼容并存。但冲突终于发生了，他也自然地对社会对家庭产生了一种不可消除的隔膜感，并由此而派生出了知识者更为普遍的精神标志：孤独感，寂寞感，苦闷感。而这些感受又互相交融在一起，形成了他身上的现代世界感。

下面我们试对上述具体生活感受逐一加以描述，以期得到对倪吾诚身上现代世界感的进一步认识。

隔膜感。历史的非常态突进，使社会上人与人之间产生了新的隔膜感。作为敏感的知识者，倪吾诚的隔膜感当然更显得深刻了。由于西方文化的冲击，倪吾诚朦胧而尖锐地感受到了现实社会现实关系的种种不合理性。他忽然发现有数千年历史的中国文明居然是藏污纳垢之所，而自己的家竟然是"积淀着几千年的野蛮、残酷、愚蠢和污垢的家。"这新的"发现"，使得被容忍了几千年的东西，突然在倪吾诚这儿变得无法忍受了。而作为对立面的现实社会和家庭，则可以容忍他的无能他的无所作为，甚至容忍他寻花问柳容忍他纳妾，所谓"齐人之美，一妻一妾"，却不能容忍他对自由的追求。这样的势不两立，使倪吾诚与社会家庭之间竖起了一道无形的隔膜的高墙，他们之间无感情的交流，无丝毫的妥协。这隔膜的结果当然是双方的痛苦。但静珍静宜的痛苦只是属于低层次的痛苦，这痛苦可以通过一场骂誓得到发泄。而倪吾诚的痛苦上升到了理性的高度，是理性的痛苦，这隔膜感所造成的痛苦是无法排解的，它始终伴随着他，直到他碌碌无为了此残生。

孤独感。鲁迅先生说过：

假如一间铁屋子，是绝无窗户而万难破毁的，里面有许多熟睡的人们，不久都要闷死，然而从熟睡入死灭，并不感到死的悲哀。现在你大嚷起来，惊起了较为清醒的几个人，使这不幸的少数者来受无可挽救的临终的苦楚，你倒以为对得起他们么？

然而几个人既然起来，你不能说没有毁坏这铁屋子的希望。①

倪吾诚正是这样被嚷醒的先觉者，他当然也体验到了孤独的滋味。孤独，本是知识者共同的"家庭纹章"，是知识者独特的精神标记。但倪吾诚的孤独，则不仅仅是知识者的所谓"精神遗传"，处于那样的文化背景下，他的孤独是未曾完全觉醒者的孤独。尽管他的孤独感，是涂染着时代色彩的，从不同方面联系着映照着时代生活变动，曲折地反映着知识者的心灵世界与外部世界的特殊关系的。但由于他始终未曾具有完全觉醒者的两个标志，即对中西文化进行理性的比较分析和对中西文化进行理性的肯定或否定，所以他始终未曾摆脱过孤独。而在当时的社会中，却已有一部分知识者负起了寻求改造社会途径的历史使命，把自己的目光从个人转移到了人民那里，走出了孤独。因此我们说，倪吾诚的孤独是未曾完全觉醒的知识者的孤独。他得不到社会与家人的理解，杜慎行认为他是个难以界定有无学问的怪物，静珍静宜认为他是个变来变去的"老孙"，而在他极爱的儿女眼里呢？倪藻感到困惑不解："他究竟是慈父还是魔鬼，是哲人还是疯子呢？"倪萍则说："爸爸这个人，又可怜又可恨。"倪吾诚的不被人理解，正是因为他不理解别人，当然这理解包括对封建传统文化一针见血的针砭。这样，他就只能独自品尝这难以咀嚼的孤独感了。虽然这未完全觉醒者的孤独感不足以涵盖中国20世纪知识分子，但却从一个侧面表现了那个时代的生活变动，是时代生活在倪吾诚形象中投下的阴影，这孤独感中，仍然重浊地震响着历史冲突在个人精神世界撞击的

①鲁迅《〈呐喊〉自序》，人民文学出版社1973年版。

回声，仍可称为时代矛盾在倪吾诚那里的心灵映象。那个时代中西文化的大冲撞，在倪吾诚的孤独感里得到了较好的表现。在现实生活中陷他于孤独中的，是仍处于蒙昧中的多数，是历史的"无意识的杀人团"，是生活的销磨人的停滞性和落后性，是静珍静宜倪萍倪藻，是倪吾诚自己。这绝不是他一个人的孤独，也不是他一个人在受难。这是20世纪相当一部分知识者的孤独，这是民族的孤独，他身上重负着的是"历史"与民族的苦难。因此，我们说倪吾诚的孤独有特别的意义。

寂寞感与苦闷感。两种相近的生活感受，由于寂寞而生苦闷，也由于苦闷而感到寂寞。其实，这两种感受与上述两种感受原本不能清楚地界定开来，实际生活中，它们往往是互为因果地混杂在一起的。但为了论述的需要，我们把它们做了并不科学的概括与划分，这自然也是必要的。倪吾诚是寂寞的，在他周围生活的人们，都不理解他，包括史福岗。这所有人的存在都成了他痛苦的根源，都是他的对立面，这似乎印证了存在主义大师萨特的一句名言："他人就是地狱"。的确如此，其他人的存在使倪吾诚痛苦不堪，倪吾诚的存在也同样使其他人痛苦不堪。他们就这么对峙着，进行着长久的冷战，于是乎寂寞和苦闷就油然而生了。这寂寞与苦闷，是倪吾诚处于不幸境遇中，被种种个人不幸困扰所产生的，是其欲望受挫后的情绪发泄。他陷在了四面是墙而又不见墙的"无物之阵"里，社会家庭对他产生了一种莫名的"重压感"。他再不能忍受了，他只有反抗和挣扎。但他的反抗挣扎却失败了，他永远陷于寂寞与苦闷之中了。苦闷是五四时代知识者的通病，但毕竟有人走出了困境，为什么倪吾诚就不行呢？细索其因，我们从倪吾诚身上发现了一种自近代以来的典型国民心态。即，在新与旧的冲突选择之中，尽管已经发现了旧事物的弊端，但由于对新与旧都知之不深，因此当新事物降临之时，便马上又不能忍受，反而迷恋起旧的事物来。倪吾诚之对于中西文化，正如阿Q之对于革命一样，革命不革命都要杀阿Q的头，中西文化都不能见容于倪吾诚。于是他就只能成为时代的弃儿，只能深陷于寂寞与苦闷之中而不能自拔了。

现代世界感在倪吾诚身上的体现固然在于上述具体感受，但作为现代世界感亮相的艺术形象倪吾诚，现代世界感更体现在他永远的追求和追求的永远失败上。这是一个荒诞的怪胎，他是所处病态社会中的病态人物。作品展示了一个病态的世界，性格被扭曲了的病态人物在此上演着病态的行动。现代世界感的两个方面：在的无望与在的渴望，在倪吾诚身上最集中地显现了出来。愈被压抑愈要反抗，而愈反抗，则愈感到一种更沉重的压抑。反抗是无力的，失败绝望如同俄狄浦斯的"杀父娶母"一样宿命地被决定了。他永远追求幸福爱情自由，而得到的永远是耻辱是痛苦是更不可摆脱的束缚。他最终失败了。但从他的失败中，从他身上所体现出的巨大危机感和幻灭感中，我们不是依稀地看到了一丝希望的亮色么？不是感到了一种无望的渴望么？

海明威的渔翁身陷凶险的大海前功尽弃（《老人与海》），卡夫卡的大甲虫脑袋指挥不动细足纷扰的硬壳（《变形记》），萨特的囚犯竟连自身的生理机能也屡屡失禁（《墙》）。"现代派笔下的人物，史诗般的豪气越来越薄，猥琐的散文味却越来越厚，不是走向尊严，而是流为卑微。"[①]读《活动变人形》，同样给我们以读海明威卡夫卡的感受，使我们感到倪吾诚与上述诸人物之间有某些共同之处。纵观王蒙小说世界，倪吾诚是一个全新的创造。他的出现，表明了新时期文学正在与世界现代文化互相认同。而这恰恰取决于王蒙生活的今时代，使他远远能从一个更高的层次去认识过去，使他创造的倪吾诚较之过去的同类形象具有更高的认识价值。

四

发轫于 20 世纪初叶的中国新文学已有半个多世纪的历史了。其间以知识者为描写对象的作品多如牛毛，思想艺术俱佳者俯拾皆是。这里选择几个与倪吾诚有相似处者来做一

①夏中义《接受的合形式性与文化时差》，见《上海文学》1987 年 5 期。

粗略比较，以见出其形象的独特性来。

先来看郁达夫的沉沦者。这是到日本留学的一个热血青年，他处处感受到国家衰弱所带来的耻辱，处处受到日人的歧视。这耻辱感竟使敏感软弱的他自卑地抬不起头来，再加上个人私生活的不幸遭遇，追求爱情而不得，最后怀着对祖国的怨恨怀着希望祖国强大的信念投海自杀了。他与倪吾诚有相似之处：都是留学生，性格都软弱且有些神经质，都经受了西方文化的洗礼。但更多的却是相异之处，沉沦者的痛苦绝没有倪吾诚来得强烈来得深沉，他在现实生活中所感到的毕竟只是国家不强大带来的耻辱而已。而倪吾诚则于接受西方文化洗礼后又回到了传统文化的包围之中，周围的一切给他的灵魂所造成的压迫与痛苦绝对要比沉沦者猛烈深沉得多，因而也更具代表性。沉沦者最后自杀了，精神得到了解脱，而倪吾诚却始终未能自我解脱，有过一次勇敢的上吊却未能告别人世，他崩溃后的精神仍处于双重精神地狱的压迫之中，苦受痛苦的煎熬。作为中西文化冲突下的知识者，自杀者毕竟不多，仅从此点看，倪吾诚也更具有代表性。此外在人物塑造上，沉沦者显得单薄，远无倪吾诚来得丰满厚实。前者是扁形人物，后者是多重性格组合的圆形人物。

再来看路翎的蒋少祖。这是一个从崩溃中的财主家庭中走出来的青年知识者，孤独而又神经质，他终于在旷野上，在演剧队，最后，在乡场上经历了现代人生惨烈悲壮的一幕。以他的方式，触摸到了"这个壮大而庞杂的时代"，对自己的精神优势发生了一度的动摇，受到了一个乡村少女朴质善良的道德力量的吸引，开始了缓慢变化。他与倪吾诚同时代，都出生于处于崩溃中的地主家庭，性格中都有孤独神经质的一面，都曾有过知识者众醉独醒的精神优势，都曾经犹豫彷徨徘徊过，但最后却选择了不同的道路。蒋氏也受到了西方文化的影响，"以个人的个性为最高统治者"的思想，也曾弄敏了他的感觉，使他体验到专制的封建文化的痛苦。他的痛苦也不是个人的，他的毁灭也是悲剧性的，但从他的痛苦与毁灭中，我们可以看到他正在缓慢变化着的逐渐克服自我的一段精神历程。而倪吾诚却始终未曾发生过缓慢的变化，未曾克服狭小的自我向人民迈近一步。如果说蒋氏代表了那时的一部分知识者的话，那么倪氏则代表了另一部分数量并不比前者为少的知识者。把二者放在一起来研究，我们就会对那个时代的知识分子有更准确的了解把握，从而达到对20世纪中国知识分子更全面的观照。

如果我们是平心静气地进行上述比较的话，那么倪吾诚与魏连殳的比较，将使我们触目惊心。魏氏是鲁迅笔下最著名的知识者形象之一，他与倪氏有惊人的相似之处。他们都不是激进的战士，都仅仅是呼吸了一点西方文化的新鲜空气，有些自由民主的新观念，不安于现状，对一切不合理现象都不满意的知识者。他们都不见容于当时的社会，被目为"异类"。他们都扭曲变形了，只不过魏氏是采取了复仇的手段而已。令我们触目惊心之处仅仅在于他们所处的时代不同。魏氏生活的那个时代，正是五四新文化阵营的分化时期，当时连鲁迅自己也在"荷戟独彷徨"，为寻求革命的道路而上下求索，出现魏氏这样找不到出路而终至于毁灭的知识者，是不足为奇的。而在倪氏所生活的三四十年代，已有一部分知识者摆脱了孤独和苦闷，走出了困境，走向人民。但他却仍不能战胜自我，仍处于不可解脱的孤独之中，这就不能不使我们惊诧了。魏氏悲剧在倪吾诚身上的重演，固然有倪氏自身不能对中西文化做出理性分析的原因，但也从一个侧面，又一次证明了传统文化的顽固性。通过倪氏的悲剧，达到了作者批判社会环境和封建传统文化的写作意图。

我们还可以信手拈来鲁迅的吕纬甫，钱锺书的方鸿渐来进行比较，但通过以上的比较我们已经能够得出"倪吾诚具有独特的价值"这个结论来。他的出现，显示了新时期文学的实绩。

简短的结论

一、倪吾诚的出现，表现了当代优秀小说家对封建传统文化对中西文化冲突的反思所达到的新的高度。作者把深刻的悲悯与明确的批判倾向结合在一起，完成了小说的最终主题：即批判社会环境和封建传统文化的目的。

二、体现在倪吾诚身上的现代世界感，表明了当代优秀小说家在艺术观念上的一大跃进，表明新时期文学正在逐渐与世界文化互相认同。

三、作为知识者的倪吾诚的出现，填补了新文学史上知识者画廊的空白与缺陷。

《吕梁学刊》1988 年第 1 期

人性的倾斜与畸变

——评铁凝《玫瑰门》

在新时期文学所提供给我们的阅读感受中，能够给我以强烈震撼的作品的确屈指可数，而《玫瑰门》即是其中之一。在《玫瑰门》中，或许可以找到铁凝过去某些作品的影子，但这部长篇却不仅仅是她过去作品的一个累加，而是在总体上对过去的自我的超越。《玫瑰门》真正实现了作者早已开始了的艺术嬗变。作品中自然有文化批判，也有生存批判，还有瞬间的美的实现，但令人叹止的是作品把这诸多的因素都巧妙地融合在了作者笔下的生活当中，十分自然流畅。值得一提的是作者对人的复杂性的认识，及作品对丰富复杂的人性的展示。她以女性作者所特有的细腻禀赋，去体察细微多变的女性心理，并把这女性心理的细微曲折展现在读者面前。作品通过对一个小女人和一个老女人之间的依偎和较量，通过对她们之间的恩怨曲折，她们之间的欢欣和苦闷，以及对生活在她们周围男女的描写，相当深刻地楔入到人性的深处，展示了生命的一切赤裸裸和隐匿。作品所塑造的司猗纹和苏眉这两个女性形象，特别是司猗纹，给新时期文学增添了新的耀眼光辉。

《玫瑰门》的笔触尽管伸得很长，从20世纪二三十年代一直写到改革的今天，然而如果我们有意识地留心一下的话，那么将会发现，在这么漫长的岁月里，作者的描写重心其实只有两处：一处是解放前司猗纹在庄家的生活变迁；另一处是司猗纹和苏眉在"文革"中的一段互相依偎。而小说正是通过这两处重心的描写，首先把批判的矛头指向了绵延几千年的文化传统。比如姑爸的悲惨遭遇，姑爸在结婚的当天，男人就跑掉了，这种刺激对姑爸来说，的确难以承受，唯此她方改名姑爸，变成一个不男不女的畸形怪物。尽管如此，她的本性还仍然是个女人，于是便抱养了一个男猫，每天早上欲醒之时，男猫大黄就"迈起八字的脚步，随心所欲地胡乱踩着散在姑爸身上的坑洼、丘陵，踩着姑爸身上那些高矮不平来到姑爸眼前"。而只有如此，姑爸才觉得舒服，才能体验到人生的乐趣之所在。的确惨不忍睹，绵延数千年的礼仪之邦孕育出来的为什么是姑爸这样的怪胎呢？这怪胎的孕育与"文革"的爆发有何内在质的联系呢？这确实令人深思促人反省。

　　文化是人类全部生存活动史的产物，离开了人的存在，文化也便荡然无存了。因此，对文化的批判必须着眼于人的重新构建，只有有了重新构建过的全新的人，也才会有全新的文化产生。《玫瑰门》中有文化批判，固然值得肯定，但仅有文化批判是不够的。因为当姑爸惨烈变形的时候，一方面固然由于传统文化的长期熏陶而令人难以自拔，但另一方面却还有人自身的因素在起作用，亦即正是由于个体自身的个性意识过于薄弱所致。作者明显地意识到了这个问题，因此，她的笔触就没有停留在文化批判上，而是更加深入一层，从文化的层次跃入了人的生存层次。在响勺胡同那个有着一棵枣树和两棵丁香的小院子里，每一个人都活得很累，一点儿也不轻松。人与人之间仿佛存在着一层天生不可逾越的屏障，人与人相处交往时总免不了互相提防着点什么，而又互相窥测着点什么。当叶龙北这个单身汉搬进西屋以后，罗大妈三番五次爬到窗户上探测秘密，最后发现的"秘密"竟然是叶龙北在做小板凳，在纳鞋底，而司猗纹却从自己对人的理解出发，猜测叶龙北是在手淫在干肮脏的事情。这是多么可怕的窥测，于这窥测中我们找到看到的是人性的倾斜与畸变，是人性的卑劣与污浊，而这种卑劣畸变的人性恰恰是导致中国人生存得很累的一个直接原因。作者在对中国人艰难卑劣的生存状态进行批判的同时，把她的笔锋探入了人性的深处。铁凝的成功之处就在于她把批判传统文化和批判人的生存状态的主观意旨完美地结合在了对活生生的人的描写上。通过对作品的读解，给人的灵魂以最大震撼的正是作者对丰富复杂的人性的深入体察与表现，是她对于人性恶的发现。苏眉在五岁时就伸手去推正怀着苏玮的母亲，其根本动机乃是她知道"在那里将有一个与你共同存在的生命"，这个小生命将与她共存于天地之间，将与她争夺生存的时空，于是苏眉才在无意识的情况下去推母亲，企图扼杀这个小生命。而当别人问她为什么干的时候，她居然给自己找出这么真实完美的道理：因为妈妈的肚子太大太难看。我们不能不为苏眉异常的早熟而惊讶，或许这并不仅仅是苏眉的早熟，这乃是人类早熟的天性在向人类自身提出挑战，是人性中潜藏的恶在向所谓的善在挑战。这无疑是不正常人性的展现，但只有这不正常中才能发现正常，只有这不正常才是真实赤裸的。人生中存在着太多的二律背反太多的悖论。而当我们意识到这一点的时候，我们或许就可以面对真实而病态的人生释然一笑了，当然也就理解了铁凝的创作苦衷，同样也就会对小说中一再提到的"伊万雷帝杀子"的故事的寓意有更深切的理解与把握了。俄国皇帝伊万雷帝在激动中失手杀死了他的皇太子，然后又将儿子紧紧搂在胸前，大睁着双目，惊恐地凝视着前方。伊万雷帝与皇太子的父子之情天伦之乐，本属于人类正常的天性，但这种正常的人性却要通过这么惨烈这么惊心动魄的方式才能表现出来，确实令人惨不忍睹。但铁凝对人性的深刻体验正是通过这惨不忍睹而表现出来的。

　　人类的一切文化活动史，人类的一切生命活动，都试图从一个比较高的层次上来认识和把握人类自身。然而，人类历史的发展与人类迄今为止所取得的文明成果又清醒地告诉我们，在如此复杂多变的个体与集体的人面前，人类的全部文化活动又显得那么苍白无力，因为人类最终无法澄清自己，人类又一直在千方百计地通过多种途径来澄清自己，因此她在作品中才一再发出感叹："你自己并不明白这一切，通常你的那个你并不知道你自己。"但文学，作为探索人类心灵奥秘的一种手段，其存在的根本原因乃是人类试图通过对人生的审美来认识和把握人这个千古的司芬克斯之谜。因此，铁凝才以自我对人性的深入体察，去观察和体验周围的生活，并以自己的笔去竭力澄清她所认识到的人的全部深度和广度。如前所言，对真实的病态人性的发现及表现，正是铁凝对人类所做出的澄清的一部分。然而，面对现实中每一个生动的活生生的灵魂，文学又显得那么软弱无力，铁凝也自软弱无力。谁能想到宋竹西之所以五年如一日地侍候重病在床的司猗纹，并不是因为她爱司猗纹，她要对自己的婆婆尽儿媳的孝道和义务，而是因为她对司猗纹充满了刻骨的恨。正如她对苏眉所说的："你爱她，你用你的手还她以微笑，我不爱她，我才用我的手使她的生命在疼痛中延续。"正因为如此，我们才难于判定竹西行为的善恶好坏。在小说中社会舆论对竹西的评价是相当高的，街道委员会奖给了她"五好家庭"的大奖状，然而，竹西果真应该得到这奖状么？于此处，我们又一次感到人类理性语言的无能为力，面对这一切令人战栗不已的人性的真实坦露。我们还有什么话好说呢？我们所说的只能是已经重复多次的那一句话：人类的确无法澄清自己。在这样一个人欲横流千奇百怪的世界面前，人永远不能保持自己纯洁正常的人性，就连那些少不更事的孩子也不可免。孤独的时候，苏玮一个人办商店，做买卖，甚至开展了令人毛骨悚然的自我批判："她自己批判着自己，但自己从不认罪。因为她知道只有拒不认罪，这自己对自己的批判才不会结束。"十几岁的苏眉竟具有画领袖像的天才，她可以从痦子出发画出相当完美的领袖像来，甚至面对苏玮要画苏玮的时候，画出来的还是领袖像。那么，何以会产生苏眉画领袖像的特异功能和苏玮令人恐惧的自我批判呢？究其原因，我认为这正是那个反常的时代对人性的扭曲对人性的异化，是一个反常时代所形成的畸形文化对纯洁幼稚的心灵的一种戕害和异化。通过对《玫瑰门》的阅读，我们可以真切地感到作家那颗跳动着的坦诚而充满怜悯的艺术家的心灵，感受到铁凝的艺术人格力量的博大与慈爱，而这一点正取决于她的那种丰富敏锐的对生活的形而下的体验及其在作品中的表现。

当我们谈到文学是什么的时候，常常强调文学乃是一种表现的手段，这"表现"，乃是通过作品所显示的"人格"——艺术家的人格。如上所言，我们从作品中已经感受到了铁凝艺术人格的博大与慈爱，那么这种所谓艺术家的人格又该如何界定呢？我们认为，所谓艺术家的人格，一方面具现人类的基本概念——人性，而在另一方面又是具现自我的概念——个性。关于人性，我们已经喋喋不休地说了很多，那么，接下来应该阐明的就是艺术家的个性，即铁凝的自我意识了。在《玫瑰门》长达十四章的篇幅中，二、四、六、八、十、十二章的最后一节都是苏眉的内心独白，是苏眉的灵魂与精神的对话。通过对苏眉的观照会使我们发现在苏眉与铁凝之间惊人的相似性，无论生活经历抑或思想的心路历程，她们都酷似得令人惊讶，因此，我们完全有理由把苏眉当作艺术化了的铁凝、当作作家铁凝某种意义上的代言人来看。但首先必须得声明一点，苏眉并不等于铁凝，我们的分析只是就笔者所理解的范围来进行的，亦即我们认为苏眉在多大程度上是作为铁凝的代言人而存在的。我们有必要特别关注那六节苏眉的内心独白，因为正是在这六节的独白和议论中，作者对苏眉的灵魂进行了不讳饰的精神剖析，同时也通过苏眉最大限度地表现了自我意识，并且使其他部分对生活体验的表现升华到了一个形而上的高度，去对全人类的命运进行深刻的反思。由苏眉推母亲的肚子并给自己找出那么真实完美的理由，作者意识到了成熟的可怕。正是因为人过分地早熟过分地社会化，才导致了人的不自觉的对恶的掩饰，因而使得真实深深地埋藏着被种种假的真实层层覆盖："人类的成熟就表现在他们逐渐的周到上那种令人恐惧的周到掩饰了卑劣也扼杀了创造。"由苏眉从闹钟时的自然撒谎联想到了整个人类，发现撒谎才是人类后天不可逆转的捍卫自己的本性，是人类灵魂铺张在人类眼前的永远的屏障。由对苏眉懒惰睡大觉心理的分析，发现"我把所有人都给骗了我感到这是一种无法与人交流的真相它无理而又无畏"。……总之，由对自我灵魂的不断解剖分析，苏眉（也即铁凝）不得不发出如斯的浩叹："数字和定义无法衡量出人的深处的一切可能性"，"人们被这些不为人所知己知的矫饰、夸张和准备性太强的预谋所缠绕所覆盖所羁绊，它是看不见的沉重的轻飘如同在棉絮上跋涉那般艰难，它是坚硬的柔软抑或是柔软的坚硬使我无法走进我的深处"。的确如此，自我无法走进自我，人类无法澄清自己，然而正是这不可解才益发显出了人类生命的可贵。因此，当苏眉到草原写生的时候，在宏阔的大自然面前意识到了人生的真谛意识到人不过是宇宙间一个瞬间的存在，人的生命是不可重复的一次性的过程，不管对人类本身做出何种理性的智慧的解释，总难以超越生命本身的意义。因此，苏眉才躺在草原上，意识到"我是一个瞬间而身体下面的一切才是永恒"，"我觉得我正向着母亲的腿间深深地陷下去去寻找容我栖息的那片凉爽的阴影"。这是苏眉向生命本体的复归，归根到底，唯有生命本身才值得肯定，人的存在本身就是上帝创造的奇迹。事实上，当我们直面人生这永远的悲剧的时候，我们只有通过自我及人类生命力的灿烂辉煌才能最终超越悲剧。从这个意义上看，《玫瑰门》无疑达到了这一境界，实现了对人类生命力的扩展与高扬。在此我们停下来仔细地品味一下小说的题目，大概会有些新的发现。小说中写到苏眉十二岁时的那个特别玫瑰的春天，这个春天的来临使她变得躁动不安起来，于是常常把自己的身体倚在那架冰凉硬挺的黑色屏风上，而屏风上的墨绿色软缎也就变成了葛利高里的衣服。这一切行动乃说明在潜意识中苏眉已在渴望着男人，这标志着她性意识的萌动与觉醒，而性意识的觉醒在某种程度上可以理解为生命意识的觉醒。是故，所谓玫瑰门，乃是指女性生殖器，乃是性意识觉醒开放之门，是生命意识突发之门，是生命之门。如果把题目与结尾处苏眉生孩子联系起来考察一番，那么我们以上的推论大概不为妄言。这样，由对人性中潜藏的恶的发现的恐惧到对人类无法澄清自己的发现的迷惘再到生命意识的发现与高扬，由文化批判到生存批判再到对人性的深入体察与表现，并最终超越人性的层次，通过对自我灵魂的剖析反思，最后达到了对整个人类命运形而上的思考，铁凝的《玫瑰门》的确在一个相当高的层次上实现了作家的自我，实现了对自我的真正超越，完成了从《银庙》《麦秸垛》就已开始了的艺术嬗变。然而，尽管如此，但我们还不得不遗憾地强调这一点，当我们把苏眉灵魂的坦诚度与司猗纹灵魂的坦诚度进行对比之后，意识到，无论在哪种意义上，司猗纹都要比苏眉坦露了更多的人性的真实，更接近于生活的原生态。这就是说，铁凝写到苏眉的时候，在无意识中对这个作者自我化身的女孩子的真实人性不自觉作了自然的掩饰和遮蔽。这种现象说明了一个值得注意的问题，即，每一个人都有自己的人格面具，作家亦然，人本来就不可能完全袒露自己，亦即人类本不能澄清自己。但文学又要求人对自身的不加掩饰，要求作家的绝对真诚，于是，作家与文学就又陷入了一个二律背反的两难境地而难于自拔。

应该谈谈司猗纹了。当我们匆匆地对《玫瑰门》进行了一番描述与分析之后，从对苏眉形象塑造的缺憾中，进一步意识到了司猗纹在小说中地位的举足轻重。或许应该这么说，铁凝《玫瑰门》的成功在很大程度上须依赖于小说对司猗纹这一典型形象的发现与塑造。

必须提到王熙凤，这个既聪慧精明又刻薄狠毒的贾府管家奶奶，这个既让人觉得可爱又不敢去爱，既让人觉得可憎却又憎恨不起来的女性形象。虽然，她们所处的具体时代具体的社会环境不同，她们身上所发生的故事也无丝毫雷同之处，但司猗纹却总是使我联想到王熙凤。我认为，如果把王熙凤搁置在庄家大院和响勺胡同，那么她一定会像司猗纹一样行事为人的，这就是说，在这两个人物形象的背后，有着令人惊异的内在质的一致性。很难用什么词语去概括她们的性格特征，或者说她们对于中国社会，对于日常的人伦事理都看得过于透彻了，因此在现实生活中，她们总能左右逢源游刃有余，给人以圆滑世故的感觉。尽管她们最终都毁灭了，但这种毁灭乃是历史的必然，非她们之人力所能为也。如果说王熙凤是封建社会崩溃时期的一朵恶之花，那么司猗纹无疑是近几十年中国社会孕育的一朵恶之花。"恶之花"之所以能孕育出来，一方面固然是社会土壤所使然，另一方面却有人物自身内在的原因。司猗纹之所以成为恶之花，其自身的原因起着相当重要的作用。这就是说，在本质上，司猗纹并非一个具有坚定人生信仰的女性，对传统文化和中国社会的深刻认识，使她不再有信仰的可能，使她变成了一个随波逐流随机应变的投机分子。相对于姑爸而言，尽管社会发生了巨大的变化，但她始终保持着一个贵族小姐的气派，仍然如从前一样该养猫时即养猫，该骂人时则骂人，不管对谁都可以肆无忌惮地去掏耳朵。司猗纹则不然，庄家鼎盛时期，她有管家奶奶的气度；庄家衰落以后，她可以变卖财产维持生计；革命胜利后，她马上就走出来参加工作，糊纸盒扎鞋帮当教师；"文革"开始，不等造反派光临，便主动地把家具财物奉公，以便成为人民群众之一员，去读报纸唱京剧。她总能适应社会环境的变迁，并且很快调节心理上的不平衡状态，使之适应新的现实生活。正是在这一点上，我们发现了司猗纹更为深刻的悲剧性，而且使我们想到了鲁迅先生的小说。姑爸的一生很是悲惨，当我们读到她生吞死猫，读到她下体插着铁捅条告别人世时，几欲泪干，令人有惨不忍睹之感。然而，姑爸的悲剧乃有事的悲剧，即在生活中得以耳闻目睹的悲剧，而司猗纹则在很大程度上是无事的悲剧。她在现实生活中的见风使舵左右逢源，使她避免了很多悲剧的遭遇，她的一生似乎并没有如姑爸一样经受大的折磨和痛苦。然而正是在这无痛苦的蜕变中，司猗纹的灵魂逐渐地被扭曲变形了，她最大的敌人不仅仅是周围的环境和人，而更多的是她自己，正是她自己不自觉地扭曲着自己的灵魂，乃至于灵魂与人性发生了巨大的畸变。从这个角度看，司猗纹的悲剧更为深刻，体现在她身上的悲剧性更令人惨不忍睹。这正如鲁迅先生的《祝福》《故乡》等小说，祥林嫂、闰土的灵魂畸变，不也同样是在无事的悲剧中逐渐发生进行的么？

尽管司猗纹与王熙凤之间有着惊人的相似性，然而，司猗纹又毕竟不同于王熙凤，她就是她，铁凝的深刻就表现在她塑造了一个既使人想起王熙凤，却又与王熙凤有本质差别的司猗纹。通过对司猗纹的读解，对司猗纹这一典型形象的详尽剖析，我们可以明显地感觉到她身上所体现出来的一个显著特点，也即人性在她身上最突出的表现，这就是自虐与虐人。在司猗纹的身上，虐人的过程同时也是自虐的过程，而这自虐和虐人往往给司猗纹带来莫名的快感。当司猗纹抓住姑爸的破绽，把姑爸痛斥一通之后，她觉得很痛快，"运用起理论这个武器，把政治上那些幼稚者们批驳得体无完肤。只有那个时刻她才觉得自己很愉快，很年轻，很时代"。这愉快、年轻和时代乃表现了司猗纹虐人的快感，司猗纹是个心性很强的女人，她自有着不可忽视的精力和能量，正是因为她时时感觉到周围现实生活中充满了对峙和窥测，人们"都互相对峙着，互相窥测着对方的秘密"，所以她才不遗余力地去窥测虐待别人，甚至包括自己的亲人。对于与她相依为命七年的苏眉，也同样加以虐待，同样以虐待苏眉为乐，她曾经先后两次写信告发苏眉的"不规矩"。第一次是因为大旗多次送给苏眉礼物，以及苏眉与叶龙北在院内的谈话；第二次是苏眉结婚之后，因为在香山顶上发现苏眉与叶龙北的私会而写信给她的丈夫。从司猗纹的行为当中，我们可以发现既有真诚的担忧，但更多的却是自己失意后的嫉妒与心理变态。当司猗纹在现实中遭到挫折的时候，总是要通过对别人的虐待来发泄私愤，以求得心理的平衡。在她的人生道路上，也并非总是那么平坦，也常常地会遇到一些坎坷和不如意。她携儿带女奔赴扬州去探望丈夫庄绍俭，结果饱受侮辱败兴而归，在归途中儿子庄星又身染恶疾，病死在她的怀里，这时候她"心力交瘁筋疲力尽，她为什么要活着呢？她是谁？"她第一次对生活对自己产生了疑问，她确实感到了莫名的困惑。然而司猗纹的过人之处就在于她遭受到失败的时候，并不灰心丧气潦倒不堪，令人奇怪的是她能够很快恢复正常，很快重振精神，投入新的自虐与虐人的人生搏斗："一种说不清的欲望又充满了她那日渐衰竭的肌体。她带着与她那年龄不相称的精神镇守着黑夜，镇守着影壁那边的一切，就像要镇守着她那失去的年月"。那么，司猗纹为什么会变态，为什么会陷入自虐与虐人这可怕的人生游戏中不可自拔呢？要追究这个原因，我们必须把目光投射到隐于司猗纹身后的历史与社会的阴影上。作为官宦之家出身的名门小姐，司猗纹过惯了舒适惬意的家庭生活，她的童年和少年时光都是在幸福和自由的状态中度过的。华致远的突然出现与突然消失给了司猗纹第一次打击。爱情理想的破灭在她的内心留下了第一道阴影，而庄绍俭的风流放荡，使正有悔改之心的司猗纹失去了更新自我的一次机会，再加上庄家的中道衰落给她带来的莫名压抑，使她的心理开始逐渐变态，开始了以自虐与虐人为乐的游戏。正因为如此，她才酝酿了一个危险的计谋，决心拿自己纯洁的肉体对人生来一次亵渎的狂想，在一个月夜里，只身闯入庄老太爷的卧房，发生了一次恶性的乱伦行为。这行为首先是对庄老太爷的压迫的肆虐，但更是对自我的残酷虐待。本来面对庄老太爷她本能地生出难以抑制的恶心，但她还是强忍住恶心去戏耍庄老太爷，以自虐来嘲弄已嘲弄了她本人的人生。革命胜利以后，时代的巨大变迁使得庄家彻底败落，司猗纹的主子地位彻底地丧失了，在新的社会面前，她丧失了一切主动权，从头到脚完全变成了一个平民百姓。这种巨大的反差，使得司猗纹偶然的心理变态变成了常态的心理变态，使得本来有意识的虐人与自虐变成了不自觉的行为，构成了她生命的必然组成部分，积淀入了她的集体无意识之中。司猗纹的自虐与虐人就不仅仅用来对待敌对方面，而且也用来对待亲朋好友，成为她本人所不能控制的人的本能，而她也从这种异化之后的变态行为之中得到了莫大的难以言状的快感。司猗纹的自虐与虐人，可以用她本人的亲身感受来加以概括："多年来司猗纹练就了一身功夫：如果她的灵魂正厌弃着什么，她就越加迫使自己的行为去爱什么。"这是其人格分裂后的一种典型的表现，是一种典型的自虐狂的表现，她的诸多行为都可以用这条注脚去加以解释，而且只有这样去解释才更接近于其行为动机的本质。

但是，司猗纹绝不仅仅是一朵"恶之花"。她给读者留下的印象不仅仅是恶的一面，而且还有令人同情可怜的善的一面。在创作时，铁凝注意到了人这一高级动物的全部复杂性，她没有把人当作符号来加以描写，所谓善恶两极，泾渭分明，而是把善与恶最大限度地表现在同一个人物形象身上，尽可能地逼近生活中具体人的生存状态。这一点在司猗纹身上体现得特别明显，与铁凝过去的作品相比较，这乃表现了其艺术观念的进步及她对自我的一个超越。在谈到司猗纹与苏眉的关系时，我们不能忽视这样一个问题，即婆孙俩惊人的相似。"她不仅是婆婆的十八岁，她连现在的婆婆都像。……也许那白发皱纹她现在就有，她只不过不愿意去证实它们的存在罢了"。"她一次次矫正着自己又一次次复原着自己，她惧怕这酷似，这酷似又使她和司猗纹之间多了一种被迫的亲近"。这种酷似乃说明了在某种意义上婆孙二人的互补性，即在司猗纹身上部分地同时展现着苏眉的人性，如果把苏眉看作是作者艺术化了的自我形象的话，那么也可以说，铁凝的部分自我也在司猗纹这一形象身上有所表现。把这一现象与苏眉形象塑造的缺憾，即对苏眉灵魂剖析的不彻底性联系起来考察的话，我们就发现了另一个有趣的理论问题。这就是说，在塑造司猗纹和苏眉这两个形象时，铁凝都充分调动了自我的生活经验，把她的自我在形象身上有所表现，在塑造司猗纹时，她是间接地面对自我，而塑造苏眉时，更多的是直接地面对自我。那么，司猗纹形象的成功就说明了在铁凝间接面对自我时，要比直接面对自我时真诚直率得多，因而司猗纹的形象才显得更为成功。这再次证明了如前所言作家人格面具问题的存在。我想，在今后的创作过程中，这恐怕是铁凝所要突破自我的症结之所在。

　　或许是因为铁凝在塑造司猗纹时充分地调动了自我的生活经验，当我们面对司猗纹时，也不由得感到一种莫名的困惑和恐惧。我们发现不仅仅司猗纹有自虐与虐人的行为表现，我们也常常地自虐和虐人，我们也都是"司猗纹"。这就是说：铁凝在调动自我生活经验的同时，又把对周围生活中人事的观察经验也充分地调动并表现在了作品之中，其实，自虐和虐人乃是当今整个时代的一个普遍情绪，也是中国人历来便不可根除的民族劣根性之一。这样，司猗纹这一形象所表现出来的自虐与虐人，就不仅仅是她本人的性格特征，而且表现了作者与读者的人生体验，同时也是对民族性格和时代情绪的一个普遍概括。

为了更准确地论述《玫瑰门》作为一部女性作家描写女性生活的小说所具有的独特意义，让我们简单回顾一下20世纪女性作家的创作历程。早在《莎菲女士的日记》中，追求恋爱自由人格独立的莎菲女士面对凌吉士就曾经发出过哀叹。凌吉士把女子当作一时取乐消遣的对象，而莎菲却渴望得到男人的理解与尊重，这样不可避免的冲突使莎菲女士"陷到极深的悲境里去"。但到了张抗抗的《北极光》里，傅云祥与凌吉士的思想达到了质的一致，他把女人当作一个值得炫耀的"花瓶"来看待，这样，芩芩苦苦寻找的对女性自我价值的肯定就必将落空，悲剧再次重复。这种重复的确令人深思：为什么80年代的芩芩会重复莎菲女士的悲剧？为什么我们的文学总是在同样的主题下兜圈子呢？然而，更令人悲哀的是张辛欣的《在同一地平线上》，作品中的男主人公，在接受了尼采"超人"哲学和萨特的存在主义后，却仍然以一种传统的要求去对待妻子，要求自己的妻子首先是一个"后勤部长"。对西方现代思想的表面接受与积淀已久的传统文化意识的冲突构成了作品的内质核心，而这一部作品中女主人公的悲剧则更令人深思：构成这一切的根本原因何在——为何我们的作家总是一再地重复这些悲剧呢？其实，我们没有丝毫的理由去指责作家，真正的原因并不在作家自身，而在于为作家提供了认识可能性的生活。是生活的局限造成了作家的局限。

在这个意义上，我才觉得《玫瑰门》有其不可低估的价值。《玫瑰门》中的女性形象，且不论司猗纹、姑爸与罗大妈，即使是苏眉和苏玮，也从未明确地意识到妇女解放的问题。但正是这种无意识状态才使得《玫瑰门》在女性文学中跃上了一个较高的层次。司猗纹们整日思考的是怎么样窥测和提防别人，怎么样凭一己之机智与狡诈去对付别人，以期得到更多的实惠，使自我在社会上获得一个稳定的地位。她苦心积虑的是如何去自虐和虐人，并在这自虐和虐人的人生游戏中得到莫名的快感。但她们唯独没有意识到自己是一个女人，没有感觉到作为一个女人所处地位的卑下与低贱，互相倾轧和日常杂务已耗费了她们的全部精力，以至于无暇他顾。初看上去，这一切似乎与妇女解放无多大关系，似乎有点儿牛头不对马嘴的味道。其实不然，铁凝的深刻性恰恰表现在这"无关"与"牛头不对马嘴"上。这是因为，归根到底，妇女的解放问题须依赖于女性自身的觉醒，只有女性自身意识到女权的重要性，才能使女性自身起来为之努力为之奋斗。然而，在中国的响勺胡同，司猗纹们根本不可能意识到自我乃是女性，而女性应该去争取合法的社会权益。这就说明，在这个古老的国度，大多数的女人所关注的还是最根本的生存问题。这样看来，上述作家的作品所代表的女权问题，仅仅是面对极少数先行者而言的，相对于她们而言，铁凝的存在更有其内在的必要性。在铁凝看来，中国女性们所面对的根本问题并非是解放自身的问题，乃是如前所言的根本生存问题。因此，她的笔触就自然伸向了人的生存这一基本生活事实，这是上述作家与铁凝的根本区别之所在。铁凝对司猗纹的表现无明显的艺术化倾向，而是尽可能地逼近了生活的原生状态。把在生活的原生状态中存在的本真状态的人物凸现在读者面前，并且把必然与偶然的因素紧密地结合在了作品之中，读之令人战栗不已。相反，如《爱，是不能忘记的》当中的钟雨等形象，很明显的是作家对生活理想化以后的产物，从生活经作家再到读者，它已经经历了一个过滤的过程，结果把许多本真的东西给过滤掉了，剩下的只是作家试图展现给读者的东西，显得有些干瘪和生硬。因此，从这个意义上来看，《玫瑰门》是一部成功之作，正因为它未直接提出妇女解放问题，它所传达出的女性必须自我解放的意味才更为激烈和深刻。正因为它未刻意地对生活艺术化，所以它所展示的生活才更接近于生活本真的混沌状态，并具有了令人咀嚼再三仍余味无穷的阅读可能性。

《当代作家评论》1989 年第 6 期

赵树理小说的叙述模式

黄修己先生在《赵树理研究·导言》中讲过这样一段话："为了开拓，也须要借鉴，借鉴国外文艺批评的一些方法。在西方，有人把20世纪称为'批评的时代'，各种批评流派层出不穷。尽管其中有许多观点是我们所不赞同的，有的方法对我们也不适用，但是，研究、考察西方现代文艺批评发展状况，对我们肯定会有所启示：可以吸收的东西可能比现代派的创作要多。"①这段话给我们这样的启示，即赵树理研究必须突破多年来形成的政治、社会历史批评的格局，从新的角度、用新的方法进行研究。这对我们进一步深入认识赵树理小说的艺术价值，赵树理小说独特的艺术风格以及赵树理在中国现、当代文学史上的地位等问题，都具有不容忽视的意义。本文试图运用本世纪以来西方兴起并渐趋成熟的叙述学理论，对赵树理小说进行一番尝试性的研究。

西方叙述学理论是俄国形式主义代表普洛普民间故事研究和结构主义思潮双重影响下的产物。20世纪60

①黄修己《赵树理研究·导言》，山西人民出版社1985年版。

年代，叙述学理论在两个方面取得了迅速的发展：一方面是关于古代初级叙事形态的研究，以格雷马斯和布雷蒙的研究最具代表性；另一方面，是有关现代文学叙事形态的研究，这方面最突出的成就是罗兰·巴尔特、托多洛夫和热奈特为代表的小说叙述研究。由于我们的研究对象是赵树理的小说创作，所以，我们主要以后者的叙述学理论作为我们研究的理论依据。但就后者的叙述学理论而言，也是极为庞杂、各不相同的。在罗兰·巴尔特看来，叙事作品可以分为三个层次：功能层次、人物层次、叙述层次，功能层次研究基本的叙事单位及其相互关系，人物层次研究人物的分类问题，叙述层次研究叙述者、作者、读者之间的关系。巴尔特是从结构语言学的角度来研究叙事作品的。[1]托多洛夫则是从诗学的角度来探讨叙述学问题，他探讨了叙述话语的各种形态，将叙述话语分成语义形态、语域形态及动词形态，动词形态又按语式、时况、视点、语态等范畴分别进行研究。[2]而热奈特则借用动词的三个形态：时间、语式、语态对叙事作品进行分析。叙事文的"时况"（时间）探讨所叙故事本身的时间与叙述故事所使用的时间两者之间的关系。叙事文的"语式"指的是叙述者叙述故事所采用的各种形式以及叙述时与之保持的距离。叙事文"语态"的研究则试图解决叙述主体与叙述行为、叙述行为与所叙故事诸因素之间的关系。[3]在本文中，我们将依据自己对上述理论的理解与把握，对赵树理小说的叙述模式进行分析。在此，我们要特别强调的是，西方叙述学理论，是将叙事作品视为内在的实体，也即不受任何外部规定性制约的独立自足的封闭体系加以研究的，这就势必造成某种缺陷。因此，我们在运用叙述学理论进行分析的时候，将适当同其他批评方法结合起来，以求弥补运用叙述学理论带来的某些不足。

---

[1]罗兰·巴尔特《叙事作品结构导论》，见《叙述学研究》，中国社会科学出版社1989年版。

[2]托多洛夫《叙事作为话语》，见《叙述学研究》，中国社会科学出版社1989年版。

[3]杰拉尔·热奈特《论叙述文话语——方法论》，见《叙述学研究》，中国社会科学出版社1989年版。

一　叙述模式的分类

我们这里运用的"叙述模式"的概念，是指叙事体中故事传达者（即"叙述者"）运用什么样的方法叙述他所要讲述的故事。在这一解释中，所涉及的"叙述者"，指叙事体中那个正在进行叙述，或为满足叙述的某些需要而进行活动的媒介。也就是说，一个故事里总有个讲故事的人，至少每句话，或记录下来的每句话是以有一个说这句话的人为前提的。简言之，叙事体中这个正在讲故事的人，就是叙述者。从叙述学的观点来看，所有属于叙事艺术的作品都至少有一个叙述者，但"他"并不等同于作者，叙述者只是作者虚构出来的人物。在此我们将依据叙述者在作品中的作用来对叙述模式进行分类，分类的依据是以下三点：a. 叙述者是采取第三人称还是第一人称叙述；b. 叙述者是否属于故事中行动的人物；c. 叙述者的主观态度以及对人或事的评价、评论是表达出来还是含而不露。据此，可以列出六种叙述模式，三种是采用第三人称叙述，另三种是采用第一人称叙述。

人称	态度	是否参与故事	叙述模式
第三人称	客观	不参与	第三人称客观叙述模式
第三人称	评述	不参与	第三人称评述模式
第三人称	主观	参　与	第三人称主观参与模式
第一人称	客观	不参与	第一人称客观叙述模式
第一人称	评述	不参与	第一人称评述模式
第一人称	主观	参　与	第一人称主观参与模式

依据上表所区分的六种叙述模式，来考察赵树理创作的全部小说，我们发现，他的二十六篇小说之中，有二十篇采用了第三人称客观叙述模式，五篇采用了第一人称客观叙述模式，一篇采用了第一人称主观参与模式（见下

表）。①下面我们将分别对赵树理小说的这三种叙述模式进行分析。

篇　名	叙述模式
《金字》	第一人称主观参与叙述模式
《小二黑结婚》	第三人称客观叙述模式
《李有才板话》	第三人称客观叙述模式
《地板》	第三人称客观叙述模式
《李家庄的变迁》	第三人称客观叙述模式
《孟祥英翻身》	第三人称客观叙述模式
《福贵》	第三人称客观叙述模式
《催粮差》	第三人称客观叙述模式
《小经理》	第三人称客观叙述模式
《邪不压正》	第三人称客观叙述模式
《传家宝》	第三人称客观叙述模式
《田寡妇看瓜》	第三人称客观叙述模式
《互作鉴定》	第三人称客观叙述模式
《求雨》	第三人称客观叙述模式
《三里湾》	第三人称客观叙述模式
《刘二和与王继圣》	第三人称客观叙述模式
《"锻炼锻炼"》	第三人称客观叙述模式
《套不住的手》	第三人称客观叙述模式
《杨老太爷》	第三人称客观叙述模式
《张来兴》	第三人称客观叙述模式
《卖烟叶》	第三人称客观叙述模式

①以 1980 年版工人出版社《赵树理文集》
第一、二卷所收小说为依据。

《灵泉洞》	第一人称客观叙述模式
《罗汉钱》	第一人称客观叙述模式
《表明态度》	第一人称客观叙述模式
《老定额》	第一人称客观叙述模式
《实干家潘永福》	第一人称客观叙述模式

二　第一人称主观参与模式

赵树理的小说中，仅有一篇是采用第一人称主观参与模式写成的，这就是《金字》。为什么这篇小说在赵树理的小说中显得如此独特呢？这里一定蕴藏着一些奥秘。关于这篇小说，赵树理自己有一则小序："这个小东西，是我1933年在太原写的，因为原稿遗失，现在只能凭着回忆来重写。"也就是说，这篇小说实际上可以视作赵树理1933年的早期作品。

在第一人称主观参与叙述模式中，叙述者是故事中的一个行动的人物，不受限制地做出主观评论和反应。这种模式的叙述者具有三种功能：呈现、阐释和行动。在中国小说传统中，第一人称主观参与叙述模式的出现是中国白话小说史上的革新，也是20世纪末到21世纪初西方文学对中国文学影响、渗透之下的产物。吴沃尧在《二十年目睹之怪现状》中第一次运用了这种叙述模式。[1]五四时期，鲁迅、郭沫若等作家，运用第一人称主观参与叙述模式先后创作出《狂人日记》《伤逝》《残春》等一大批优秀作品。从传统第三人称叙述模式转换为第一人称主观参与模式，并不仅仅意味着形式的变化，而且也意味着作家对独特个性的追求。因此，对这种叙述模式的运用有着强烈的现代意味，蕴含着鲜明的时代精神。赵树理于1925年考入长治四师以后，接受了五四新文学的影响，对鲁迅、郭沫若等人的作品尤为喜爱，这种影响反映到赵

---

[1] M. D·维林吉诺娃主编《世纪转折时期的中国小说》，华中师范大学出版社1990年版。

树理的早期创作中，便有了这篇运用第一人称主观参与叙述模式创作的小说《金字》。因此，《金字》可以视为赵树理小说创作与五四新文学之间内在联系的一座桥梁。

《金字》这篇小说，由于是赵树理"凭着回忆"在 1957 年重写的，因此，在语言风格上同他后期作品基本相同，但可以确认作者保留了原小说的叙述模式。这篇小说中，叙述者"我"在一个乡村集镇上教小学。在"我"所叙述的故事中，"我"成为故事情节的中心。小说中一个最大的情节序列是"我替镇长给区长写帐子"。在这个事件中，"我"的基本态度是既不愿"随便得罪镇长"也不愿"昧着良心说话"，因此就表现得"模棱两可"。小说的结构基本上是由"我"与周围人的对话写成的，对话之间插入了"我"的回叙。通过对话和回叙，小说揭示了 30 年代农村中的乡长、镇长"真会逼命"的主题，也初步展示了农民的反抗性。通过这篇小说，我们可以看出，30 年代的赵树理，已经比较纯熟地掌握了第一人称主观参与叙述模式的一些技巧和方法。这说明，五四新文学对赵树理的影响不仅是很深刻的，而且在他的早期创作中得到了明显的体现。

三　第三人称客观叙述模式

第三人称客观叙述模式是中国小说传统的一个基本模式。在第三人称客观叙述模式中，叙述者不是行动的人物，只是故事的传达者。他不表明自己的主观态度和价值判断，仅仅起呈现的作用。不过，有一点必须强调，叙述者保持客观态度，这并不意味着作品没有意旨，只是这种意旨不是在叙述者的话语中明确表达，而是由叙述结构的其他组成部分（如情节、人物对比）和文体设计等体现出来。我国优秀的传统小说如《三国演义》《水浒传》《金瓶梅》和《红楼梦》等都具有第三人称客观叙述的特征。赵树理后期小说基本上是运用这一叙述模式创作的。如上所述，既然早在三十年代，赵树理就已经接受了五四新文学的影响，并将这种影响内化入他的小说创作之中，曾经运用第一人称主观参与模式创作了《金字》。那么，为什么他的后期小说舍弃了这种叙述模式，而更多地采用第三人称客观叙述模式来进行小说创作呢？我们认为，赵树理创作中这种叙述模式的转换，是有其深刻的文化背景和文化心理原因的。为了更准确、更深入地说明这个问题，我们将引入叙述学中关于"隐含作者'和"隐含读者"的理论。西方叙述学家查特曼曾经用以下图表对布斯的最引人注目的叙述观点加以说明：

真实作者→隐含作者→叙述者→被叙述者→隐含读者→真实读者

这个图表里列出的六个参与者当中，有两个被置于叙述交际范围之外，亦即真实作者和与其相对应的真实读者。在作品文本里，他们是由布斯和其他许多人称为"隐含的作者"和"隐含的读者"的替代者来代表的。隐含的作者是在作品整体里起支配作用的意识，也是作品所体现的思想标准的根源。"是通过作品的整体设计，借助所有的声音，依靠它为了让我们理解而选用的一切手段，无声地指导着我们。"而隐含的读者，则是隐含的作者预期中的文本的接受者，是一个虚幻的"构想物"。①按照这一理论来考察赵树理的后期小说，我们可以发现：a. 尽管叙述学理论认为，一般叙事虚构作品中，隐含的作者和真实作者不是同一个人，但在赵树理的小说中，这二者是同一的。原因在于，赵树理在他的作品中，所表现的思想、信念、感情和他在真实生活中所具有的思想、信念、感情是统一的，而且，赵树理在不同的作品中表现了基本相同的思想、信念和感情。b. 在赵树理的小说作品中，隐含的读者与真实读者却是不同一的。正如赵树理所言："写作品的人在动手写每一个作品之前，就先得想到写给哪些人读，然后再确定写法。我写的东西，大部分是想写给农村中的识字人读，并且想通过他们介绍给不识字人听的，所以在写法上对传统的那一套照顾得多一些。"②也就是说，

①里蒙·凯南著，姚锦清等译《叙事虚构作品》，三联书店1989年版。

②赵树理《〈三里湾〉写作前后》，《赵树理文集》第四卷，工人出版社1980年版。

在赵树理的小说中，隐含的读者既不包括知识分子，也不包括工人，而仅仅是农村中识字或不识字的农民。但是，他的小说的真实读者却既包括知识分子，也包括工人等其他阶层的读者。

根据以上论述，我们认为，赵树理创作中这种叙述模式的转换，是隐含读者对隐含作者（即真实作者）的潜在制约所导致的结果。赵树理的后期小说主要创作于 20 世纪四五十年代，这一时期的文化背景，明显地不同于五四新文学产生时期。五四时期，是中西文化大碰撞大交汇的时代，也是极力张扬个性的时代，而四五十年代是中国面临民族解放和社会主义建设的关键时期，这一时代任务，要求调动全民族特别是占中国人口绝大多数的农民的积极性。但是，在用文艺调动农民积极性、提高农民思想认识的过程中，面临着这样一个难题，即中国农民身上因袭着几千年来形成的封建文化传统及审美习惯。面对这个难题，赵树理曾打算以五四新文学的成果来打破这种传统和习惯。假期回家时，赵树理把自己所推崇的五四新文学作品念给乡亲们听，甚至向舅父也宣传起反对迷信来了。可是农民并不买账，甚至像《阿Q正传》这样的名著，读给父亲听，其父也只是摇头、不解，不感兴趣。[1]这使赵树理深感困惑，经过一番痛苦的思索之后，他感到原因在于中国当时的"文坛"太高了，群众攀不上去，最好拆来铺成"小摊子"。他立志要把自己的作品挤进《笑林广记》《七侠五义》里边去，然后才能谈到"夺取"。[2]于是，他决心做个"文摊文学家"，而不做"文坛文学家"。因此赵树理的后期作品，总想在满足农民独特的文化审美要求的基础上，批判农民身上的落后、愚昧、狭隘的封建意识，揭露农村中的阶级压迫和阶级剥削现象，歌颂农村中出现的新人新事物。这样，就出现了赵树理小说文本中的一个明显的悖反现象：一方面，在思想意识上隐含作者（真实作者）超越了隐含读者；但另一方面，在形式上，隐含作者（真实作者）却受制于隐含

①李士德《赵树理小说的艺术世界》，东北师范大学出版社 1986 年版。

②陈荒煤《向赵树理方向迈进》，转引自董大中《赵树理年谱》，山西人民出版社 1982 年版。

读者。这就是赵树理后期小说更多地采用传统的易为农民接受的第三人称客观叙述模式的根本原因所在。

赵树理小说文本中存在的上述悖反现象，是一个值得我们深思的理论命题。其中，我们需要探讨如下问题：隐含读者是怎样制约了隐含作者（真实作者）的？隐含读者在哪些方面制约了隐含作者（真实作者）？通过对这两个问题的解答，我们既可以总结赵树理小说创作过程中的一些规律，也可以说明赵树理第三人称客观叙述模式小说与五四时期的一些第三人称客观叙述模式小说的不同之处，以及对中国长时期以来形成的第三人称客观叙述模式小说优秀传统的继承。

首先，关于赵树理小说中隐含读者如何制约隐含作者（真实作者）的问题。我们在上文中已初步论述了隐含读者对隐含作者（真实作者）在选择叙述模式上的制约，这里想更深入地探讨这个问题。我们认为：第一，赵树理小说文本中隐含读者对隐含作者（真实作者）的制约之所以表现得如此突出，是因为隐含作者，也即真实作者赵树理自觉地接受了这种制约，也就是说，隐含读者对隐含作者的制约，是通过真实作者的自觉接受而实现的。第二，隐含作者，也即真实作者赵树理之所以能够自觉地接受隐含读者的制约，并在其作品中将这种制约突出地体现了出来，是因为赵树理与隐含读者（农民）有着共同的审美趣味和审美要求。比如，赵树理和农民一样，都喜欢听戏，听评书，听故事，这种共同的审美趣味和审美要求，成为特定的隐含作者和特定的隐含读者统一在同一文本中的媒介。

其次，隐含读者究竟在哪些方面制约了隐含作者（真实作者）呢？我们认为，赵树理小说文本中，隐含作者分别在叙述语言、叙述结构和人物刻画等方面的设计上，都受到了隐含读者的明显制约。

第一，叙述语言。叙述学理论认为，每一篇叙事文，实际上都是由叙述者讲述的一个话语系统。而叙述者讲什么，怎么讲则是由文本中隐含的作者在默默无声地操纵着。隐含的作者首先操纵的就是叙述者的话语风格，在操纵过程中，由于隐含作者考虑到了隐含读者的喜恶，因而隐含作者的话语风格就受到了隐含读者的制约，自觉或非自觉地使叙述者的话语风格向隐含读者的话语风格靠近，以期达到文本内较为完美的语言交际效果。这一点，在赵树理的小说文本中体现得相当突出，试比较下面这两段"话语"：

A. 将满的月亮，用它的迷人的光波浸浴着大地，秋虫们开始奏起它们的准备终夜不息的大合奏，三里湾的人们也结束了这一天的极度紧张的秋收工作，三五成群地散在他们住宅的附近街道上吃着晚饭谈闲天……村西头半山坡上一座院落的大门里走出来一位体格丰满的姑娘……

B. 就在这年九月一日的晚上，刚刚吃过晚饭，支部书记王金生的妹妹王玉梅便到旗杆院西房的小学教室里来上课。①

上面所引 A 段，是赵树理在没有受到隐含读者（农民）制约的情况下，为《三里湾》第一章开头设计的叙述话语。紧接着这段话，赵树理还设计了下面的写法："接着便写她的头发、眼睛、面容、臂膊、神情、步调以至穿过街道时和人们如何招呼、人们对她如何重视等等，一直写到旗杆院。"②而 B 段，则是小说《三里湾》里的写法。比较这两段话，我们可以发现，A 段典雅，B 段质朴。A 段的叙述者好像是来到三里湾作客的局外人，用着审美的眼光在观察和叙述三里湾的人事，而 B 段的叙述者则仿佛置身其中，对 A 段中那优美的景物和玉梅的"体格丰满"等视而不见，只是在讲述这件事正在发生。为什么会有舍 A 取 B 这种现象发生呢？其原因就在于隐含作者受到了隐含读者的制约。关于这一点，赵树理谈得很清楚："给农村人写，为什么不可以用这种办法呢？（A 段）因为按农村人们听书的习惯，一开始便想知道什么人在做什么事，要用那种方法写，他们要读到一两页以后才能接触到他们的要求，而在读这一两页的时候，往往就没有耐心读下去。"③这里，赵树理也许揭示了五四新文学新小说之所以不能够为农民接受的原因所在。五四时期绝大多数农村题材

---

① ② ③ 赵树理《〈三里湾〉写作前后》，《赵树理文集》第四卷，工人出版社 1980 年版。

小说为什么引不起农民的兴趣，不能使农民接受呢？我们认为，原因有二：一是五四时期农村题材小说文本中的叙述者，大多是以 A 段那种局外人的目光和典雅的叙述话语来观察和叙述农村生活，这必然使农民产生一种隔膜感；二是五四时期农村题材小说，作家在创作的时候，他所预期的隐含读者大多不包括识字和不识字的农民。正因为认识到这一点，所以，赵树理在进行小说创作的时候，就在这两个方面做了自觉的调整。调整的结果表明，赵树理第三人称客观叙述模式小说文本中的叙述者虽然既不参与他叙述的故事，也不表明自己的主观态度和价值判断，仅仅起呈现的作用，但这种呈现方式却是置身其内的方式，叙述者就仿佛活动在他所讲述的人和事的周围，他熟悉这些人，熟悉这些事，他的叙述语调平稳亲切，不惊不乍，他的叙述话语生动简洁，质朴无华，这种叙述语调和叙述话语传达出了浓厚的生活气息，造成了独特的艺术魅力。考察中国优秀的传统小说，如《红楼梦》，在运用第三人称客观叙述模式时，叙述者也往往采取了置身其内的叙述方式，从而传达出了浓厚的生活气息，从这个意义上说，赵树理小说中所体现的这种自觉调整，也是对中国小说优良传统的继承和发展。

第二，叙述结构。所谓叙述结构，就是指讲述故事的叙述者先讲什么，后讲什么的问题。在赵树理的小说文本中，主要体现为如何安排情节的问题，在这一点上，隐含读者对隐含作者的制约，主要体现为赵树理对故事结局和整体故事叙述速度的处理上。a. 在赵树理的二十部第三人称客观叙述模式的小说中，大部分是以大团圆为其故事结局的。赵树理之所以采用这种大团圆结局的处理方法，有些研究者已指出了其政治、文化原因，认为大团圆结局既是时代精神的反映，也是赵树理运用马克思主义的立场、观点和方法去观察、分析和概括社会生活的结果。① 我们认为，除了上述原因外，大团圆结局的采用，还是隐含读者对隐含作者制约的结果。赵树理小说文本中的隐含读者是指特定时期的农民，即

①李士德《赵树理小说的艺术世界》，东北师范大学出版社 1986 年版。

四五十年代的中国农民，这一时期的中国农民，一方面由于受中国传统文化的长期熏陶，形成了排斥凄惨的悲剧，而更喜欢接受皆大欢喜的团圆结局的历史审美期待心理；另一方面，由于现实生活翻天覆地的变化，使他们的生活地位有了很大的提高，这就使得他们产生了希望看到表现这种变化的文艺作品的精神需求，因而形成了这一时期特定的对大团圆结局的现实审美期待心理。正是这种历史和现实的审美期待心理对隐含作者发生了制约，才使得隐含作者（赵树理）在设计故事结局的时候，绝大多数采用了大团圆的结局。b. 在赵树理篇幅较长的小说中，隐含读者也制约了隐含作者对叙述速度的处理。在这里，叙述速度是指故事中的时间跨度（以分、时、天、月、年等计量）和本文再现时所占的篇幅长度（以行、页等计量）之间的关系，也即一种时—空关系。叙述中的恒定速度就是故事时间跨度和文本之间的不变比率，如一个人一生中的每一年在文本中始终都以一页篇幅叙述。以恒定的速度为"基准"，我们就能看出两种变动形式：加速和减速。加速是用较短的文本篇幅描述较长一段时间的故事——同已为这一文本确定的"基准"相比较而言，减速则相反，即用较长的文本篇幅描述较短的时间的故事。①在赵树理的小说文本中，对叙述速度的处理，有其明显的特征，具体表现为，在故事的开头，故事的时间跨度较短，却采用了减速叙述，而在叙述故事的进程中，随着故事时间跨度的不断拉长，却采用了不断加速的叙述速度。这一特点最为突出地体现在赵树理长篇小说《三里湾》中。小说中，用四十五页的篇幅叙述九月一日一个晚上发生的故事，用四十九页的篇幅叙述九月二日一天发生的故事，用九十七页的篇幅叙述九月三日至九月三十日发生的故事。如果我们把一个晚上、四十五页确定为这一文本的恒定速度的话，则可以看出，文本的叙述速度有一个逐渐加速的过程。为什么会出现这种情况呢？这就是隐含读者（农民）对隐含作者（赵树理）进行制约的结果。由于隐含读者（农民）经常接触的是民间乡

---

①里蒙·凯南著，姚锦清等译《叙事虚构作品》，三联书店 1989 年版。

野文学，而民间乡野文学，如评书，大都有头有尾，比较完整。重要人物出场，必先报出家门，把身份甚至出场原因都交代得清楚，在这方面不惜口舌和笔墨，这就使农民们逐渐形成了比较固定的审美习惯，对文学作品也产生了这样的审美要求。正如赵树理所言："要是给农村人看，这也不是好办法。他们仍要求事先交代一下来的是什么人，到教室里来做什么事。他们不知道，即使没有交代，作者是有办法说明的，只要那样读下去，慢慢就懂得了；还以为这书前边可能是丢了几页。我觉得像我那样多交代一句'……支部书记王金生的妹妹王玉梅便到旗杆院西房的小学教室里来上课'也多费不了几个字，为什么不可以交代一句呢？按我们自己的习惯，总以为事先那样交代没有艺术性，不过，即使牺牲一点艺术性，我觉得比让农村读者去猜谜好，况且也牺牲不了多少艺术性。"①正是由于赵树理考虑到隐含读者对叙述速度的这种要求，所以，才在《三里湾》《李家庄的变迁》和《孟祥英翻身》等小说文本中对叙述速度做了这样的处理。

第三，人物刻画。史蒂文森关于小说构思有一段名言："写小说有三种方法。第一，或者你先把情节定了，再去找人物。第二，或者你先有了人物，然后去找与这人物的性格开展上必要的事件和局面来。第三，或者你先有了一定的氛围，然后再去找出可以表现或实现这氛围的行为和人物来。"②依据史蒂文森这种三分法，小说有三种类型：即以情节为重心的小说，以人物为重心的小说和以氛围（背景，环境）为重心的小说。考察赵树理的第三人称客观叙述模式小说，可以发现，他的小说是以情节为重心的小说，而不是以人物和氛围为重心的小说。赵树理小说文本中人物的刻画方法，多是围绕故事情节展开的，是为故事情节的发展服务的。这就决定了赵树理小说中，多采用这样的人物刻画方法，即直接形容法、行动展示法、人物言语表现法、名字类比法和人物类比法等。直

①赵树理《〈三里湾〉写作前后》，《赵树理文集》第四卷，工人出版社1980年版。
②这段话是史蒂文森对他的传记作者讲的。转引自陈平原《中国小说叙事模式的转变》，上海人民出版社1988年版。

接形容法即直接指出人物的性格特征，如"二诸葛原来叫刘修德，当年做过生意，抬脚动手都要论一论阴阳八卦，看一看黄道黑道。三仙姑是后庄于福的老婆，每月初一十五都要顶着红布摇摇摆摆装扮天神"。"孟祥英的婆婆，除了遵照那套老规矩外，还有个特别出色的地方，就是个好嘴。"行动展示法，指通过人物的习惯性行动的描写来表现人物的性格特征。如"这样一来，全世界上再也没有一个人跟小飞蛾是一势了，小飞蛾只好一面伺候婆婆，一面偷偷地玩她那个罗汉钱。她每天晚上打发婆婆睡了觉，回到自己房里关上门，把罗汉钱拿出来，看了又看，有时候对着罗汉钱悄悄说：'罗汉钱! 要命也是你，保命也是你! 人家打死我我也不舍你! 咱俩死活在一起!'她有时候变得跟小孩子一样，把罗汉钱暖到手心里，贴到脸上，按到胸上，衔到口里……"人物言语表现法，就是指通过人物言语活动（包括对话和无声的心理活动）的内容与形式体现一个或几个性格特征。如"(李有才) 常好说两句开心话，说是'吃饱了一家不饥，锁住门也饿不死小板凳'"，以及李有才所编写的那些快板。名字类比法，指有意识地使人物的名字与人物的性格特征发生联系。在赵树理的小说中，主要指用"外号"突出人物的性格特征。如"二诸葛""三仙姑""糊涂涂""常有理""翻得高""小腿疼""吃不饱"等。人物类比法指两个人物在相似的环境中出现时，他们行动的相似或对照可以突出这两个人的性格特征。如二诸葛和三仙姑，在迷信、愚昧、包办子女的婚姻上，是同一类型的人物；但二人性格差别十分明显，一个老实、懦弱，一个刁赖、耍泼，正好形成鲜明对比。王玉梅和范灵芝，都是农村知识青年，但不仅文化程度上不同，个性差异也很大。两人在对待劳动，对待婚姻上按其性格行事，互相形成对比。其中直接形容法同概括概念法有相似之处，它是既不隐晦也不受时间限制的。因此，在某一特定文本中着重运用这一方法，会产生一种理性的、权威的、静止的印象。这种方法节省笔墨的特性和引导读者反应的能力，使它备受传统小说家的欢迎。习惯性的行动展示法，往往倾向于揭示人物不变的或静态的性格侧面。名字类比法，也即给人物起外号的方法，其塑造性格的能力是取决于用其他方法事先确定的性格特征的，是以这些特征为基础的。这一方法类似于传统戏曲中特有的人物脸谱，外号就很有与脸谱相类似的作用，也是用夸张的方法，以显现人物的性格特征。由以上分析可以看出，运用这些方法所塑造的人物形象，性格多趋于单一静态和脸谱化。福斯特认为，这类人物属于"扁平"人物。扁平人物类似于"气质"、脸谱、类型，"在其最纯粹的形式中，他们是围绕着一个单独的观念或独特性构成的，"所以"可以用一句话表现"。此外，这样的人物在行动的过程中并不发展。正因为扁平人物所表现的特性受到限制，而且是不发展的，所以他们往往容易被读者认识，也容易记住。[①]那么，赵树理为什么要选择这种以情节为重心的小说样式呢？我们认为，这也是隐含读者对隐含作者进行制约的结果。原因在于，隐含读者即农民经常接触的是民间乡野文学，如戏曲、评书等，这类文学样式往往偏重于故事情节的演绎，较为忽视人物的刻画，即使是其中出现的人物，也大多属于性格单一的扁平人物，易于为农民欣赏。他们往往不愿对性格复杂而且不断变化发展的人物多费心思，也不喜欢冗长细腻的心理描写。正是这种审美习惯和审美要求制约了赵树理的创作，使他创作了大量以情节为重心的小说。

以上，我们着重分析了赵树理小说创作中，隐含作者受制于隐含读者的一面，同时，我们也不应该忽视赵树理小说中悖反现象的另一面，即隐含作者（赵树理）在思想意识上对隐含读者的超越。赵树理把自己的小说称为"问题小说"。他说："我在做群众工作的过程中，遇到了非解决不可，而又不是轻易能解决了的问题，往往就变成所要写的主题。……可以说'在工作中找到的主题，容易产生指导现实的意义'。"[②]如前所言，在这些问题小说中，赵树理批判了农民身上落后、愚昧、狭隘的封建意识，揭露了农村中阶级压迫和阶级剥削的现象，歌颂了

① （英）爱·摩·福斯特《小说面面观》，花城出版社1981年版。

② 赵树理《也算经验》，《赵树理文集》第四卷，工人出版社1980年版。

农村中出现的新人新事物。这一方面，已有不少研究者进行了大量扎实而深入的研究工作，取得了相当的学术成果，在此我们就不再进行详细的分析了。

四 第一人称客观叙述模式

第一人称客观叙述模式，是指故事的叙述者虽是第一人称，但不是故事中行动的人物，而只起呈现和阐释的作用。赵树理的小说中，有五篇（见前表）是采用这种叙述模式的。其特点是，叙述者一般只在开篇类似于楔子的段落和结尾处类似于尾声的段落中出现，而在故事正文的段落中，第一人称"我"却隐而不见，改以第三人称的方式进行叙述。从这个意义上来看，我们可以把赵树理的第一人称客观叙述模式小说称为第三人称客观叙述模式的一种"变体"，这些小说也大都具有第三人称客观叙述模式小说的上述特点。在这类小说中，值得探讨的一个问题是，为什么隐含作者要设计这么一位既不参与故事，却又是第一人称的叙述者呢？"我"在故事中，除了担任叙述者的角色外，还有没有其他作用呢？我们将通过对《罗汉钱》这一文本的具体分析来回答以上问题。在《罗汉钱》的开篇，叙述者"我"是这样出场的：

> 诸位朋友们：今天让我来说个新故事，这个故事题目叫《登记》，要从一个罗汉钱说起。
>
> 这个故事要是出在三十年前，"罗汉钱"这东西就不用解释；可惜我要说的故事是个新故事，听书的朋友们又有一大半是年轻人，因此，在没有说故事以前，就得先把"罗汉钱"这东西交代一下：
>
> ……
>
> 照我这么说，性急的朋友们或者要说我不在行："怎么一个罗汉钱还要交代半天，说到故事中间的人物，反而一句也不交代？照这样说下

去，不是五分钟就说完了吗，"其实不然，有些事情不到交代的时候，早早交代出来是累赘；到了该交代的时候，想不交代也不行。闲话少说，我还是接着说吧……

从上文中，我们可以看出，叙述者"我"是一位熟练的"说书人"的形象。在其他四部第一人称客观叙述模式小说文本中，叙述者"我"也同样担任着"说书人"的角色，叙述者"我"以"说书人"形象出现，使故事的叙述节奏更加舒缓自如，叙述语调更加亲切近人。而且也可以在小说中直接使用"说到紧要关头停下来的办法"①，来吸引读者的注意力。而这些特点，正好满足了习惯于听书的隐含读者（农民）的审美期待心理。因此，赵树理才使用了第一人称客观叙述模式，在小说文本中设计了这么一位既不参与故事，却又是第一人称的叙述者。

五　简短的结论

上面我们分析了赵树理小说文本的三种叙述模式，着重论述了隐含读者（农民）对隐含作者（赵树理）进行制约的问题。通过以上分析，我们得出如下结论：赵树理的小说创作之所以能够取得相对于五四新小说明显欧化倾向而言的陌生化的审美效果，走上民族化、大众化的创作道路，是由于赵树理自觉地接受了隐含读者即农民的审美趣味、审美要求对他的制约。而正是这一点，使赵树理的小说在中国现、当代文学史上具有了其独特的意义。

《中国现代文学研究丛刊》1991 年第 3 期

---

①赵树理《〈三里湾〉写作前后》，《赵树理文集》第四卷，工人出版社 1980 年版。

循环：人生的怪圈

——杨争光中篇近作解读

  时间，作为衡量人类存在的一个关键维度，与以艺术的方式追问存在要义的小说同样具有密切的关系，许多现代作家以他们的艺术思维和艺术直觉发现了时间对于小说的重要性，也有一些理论家对时间与小说之间的关系做过一番精细的梳理分析工作。约翰·亨利·罗利在其论文《英国小说与三类时间》中谈到了已故尼古拉·波德耶夫对时间历史的三种基本类型的区分。波德耶夫把时间区分为宇宙时间、历史时间及存在时间，并对这三类时间做了精辟的论述。在谈到宇宙时间时，他认为："（宇宙时间）表现为一种循环性，万物无穷无尽地循环往复：日夜之交替，季节之轮换，出生、成长、死亡之循环；简而言之，人生的历程与自然的历程都具有循环性。"美籍华人王靖宇先生据此三类时间的划分，考察了中国传统小说，并得出在这三种时间里唯独宇宙时间似乎是在支配中国传统小说的结论。然后，王先生详细讨论了这种循环人生观在中国传统小说中的表现，认为这种循环人生观乃是"中国传统小说中对待人生问题的同一基本观念。"在这篇文章中，王先生在考察了最能代表中国人精神的三个学派即道家、儒家和佛教后，表达了这样的看法："这种人生的循环观念并非只出现在小说里。按照研究中国历史与中国哲学的学者的一般看法，这也是中国思想、文化的一个最突出的特色。"那么，既然循环的人生观一方面是中国思想、文化的一个特色，另一方面又在传统小说中有突出的表现，因此笔者以为不妨把这种人生循环观念理解为中国文人意识与潜意识中的一个思想原型。而所谓原型，即原始模型，乃指反复的生活经历遗留在我们祖先心灵上的印象或心理残余，这种印象或残余被人类集体无意识地世代传沿继承下来，并且在神话、宗教、梦境、个人想象力以及文学作品里得到描绘。据此，人生循环观念作为一种思想与文学的原型就一直存留于中国历代作家的永恒记忆之中，并不时地通过作家进而在文学特别是小说作品中有鲜明的表露。同样的，这种循环的人生观念在20世纪变化沿革巨大的新文学中也留有明显的痕迹（关于这一点，不在本文论题之内，但详细地考察鲁迅、茅盾等现代小说巨匠的杰出作品，即可明显地感受到这一点，这是一个很大的论题，容另行撰文论述），本文所论青年作家杨争光之中篇近作，即是一个明显的例证。

　　杨争光引起我的注意是前几年的事，《土声》之不同凡响特别引人注目。自此，杨争光这个名字与那种别致的小说韵味（是不是一种"土"味呢？）和简约的叙述形式即在我的脑海中留下了深刻的印象，使我格外地注意并阅读了他的大部分小说。出现在杨争光笔下的几乎全部是那块古老沉重而又极其荒蛮的黄土地（具而言之即西北高原），和在这块沉重的黄土地（大地）上日出而作日落而息承袭着古老的生活方式的既古风盎然又愚昧无比的西北老乡们。应该说，杨争光的尝试并不都是成功的，《土声》的成功并不意味着他的成熟，捡拾小说集《黄尘》中的大部分篇什，可以发现，他对于短篇形式的把握是熟练而精致的。诸如《干沟》《南鸟》之类，篇幅极小，但几笔勾勒即传神地表现了老乡们干渴变异了的丰富而单纯的人性世界，别具一种艺术的魅力。但是，他的中篇创作则经历了一个艰难的摸索过程，当他试图扩展自己的表现领域由短篇而进入中篇创作时，首先品尝到的乃是失败的苦涩滋味。阅读杨争光的先期中篇小说，诸如《黄尘》《泡泡》之类，可以发现，他在短篇创作中熟练运作并取得良好效果的艺术表现手段与形式使用得不再那么得心应手了。尽管他的中篇小说仍然具有一种非常独特的意味，但在形式表现上则是不成功的，他的叙述呈现为一种失控的无序状态。很显然，作家正处于一个艺术的转换时期。经过一段时间痛苦的实践探索之后，一九九〇年后杨争光发表的几个中篇小说的确会使人产生刮目相看的感觉，这就是本文所论及的《黑风景》《赌徒》与《棺材铺》三个小说文本。无论就小说所表现的人性的深度与对人类命运和人类存在之探索的深度而言，还是就极富魅力的冷静客观不动声色的理性十足的叙事策略而言，这三部中篇都值得重视，都具有深入探究一番的艺术价值。

在深入解剖具体文本之前，有必要辨明前述循环的人生观念与杨争光中篇近作之间的关系。当我们强调杨争光中篇近作表现了循环的人生观念的时候，并不意味着强调他是在接受了传统小说中循环观念的影响后才有意识地先入为主地进行小说创作的。或许杨争光本人在创作时并没有清醒地意识到人类乃至一切生命过程中的循环轮回观念，但依笔者对其作品的阅读感受，并佐以作家的创作谈："我坐在车里胡思乱想，不知怎么就想出了一匹马一个赌徒骆驼和一个女人的故事。一个男人一辈子想着一个女人，女人一辈子想着另一个男人，而另一个男人一辈子想赢一回。他们被一个'想头'勾引着，最终在自己的'想头'上吊死了"。则完全可以断定作者创作时已对循环的人生有所体察。绵延数千年的传统小说观念无疑会潜在地对杨争光的创作发生影响，并以隐的方式在其文本中留下了不易察觉的痕迹。而这也正在某种意义上确证着当代小说与传统文化之间割不断的血肉联系，既说明了当代小说对中国优秀文化遗产的继承，又表现了优秀文化遗产在现时代仍然具有相当的活力。

解读杨争光的三部中篇近作，首先一个最明显的感觉即是作品中的人物都处身于一个莫名其妙不可解脱的循环人生怪圈里面，尽管他们有的已清醒地意识到了怪圈的存在，但却无法凭借自身的力量加以摆脱。在《黑风景》中，故事的起源是种瓜人由于不愿意看到凝结着自己血汗的西瓜被贩牲口的土匪随意践踏，忍无可忍之际一时冲动杀死了一个土匪，其结果是土匪们临走时留下的条件："拿三千块大洋来。送个没开苞的女人来。七天不见人影，就把村子洗了。"一场突然的灾难由于种瓜人的一时冲动而降临，一把达摩克利斯之剑高悬在了村人们的头上，这样一个假设性的叙事前提（在小说第十六节，当村人如期把女人与大洋送到骡马寨子后，土匪头子老眼说："耍哩，耍笑哩，你们就当真了。"）导致了整幕生存怪剧的开场，因而把全村人带入一场可怕的灾难仪式之中，使村人形形色色的灵魂获得了在读者面前充分展示一番的机会。来米的爹本来不愿意把自己的女儿送入匪窟，但六姥的旨意是无法违抗的，他只能骂骂咧咧地服从大家的决定。然而，当看见村人们送来的满囤粮食时，他却又感到一种莫名其妙的兴奋和满足，为自己摇身一变为村中富户而喜不自禁。他不知道当他获得粮食的同时就已深深地陷入了一个巨大的阴谋之中：在六姥的谋划下，偷鸡贼溜溜伪装剃头匠，谋杀了来米的爹，使粮食重新归村人们所有。来米的爹不自觉地在一个怪圈中完成了自己的生命历程：由无粮而有粮，又由有粮而无粮。一个循环的圆使他不但失去了粮食，失去了女儿，而且还丧失了自己的生命。挑客鳖娃是个血性汉子，出于无奈踏上了送来米的道路。抵达骡马寨子后，尽管他感觉到老眼是个好人，但还是完成了六姥的指示，杀死了老眼。但是，他也未能逃脱命运对人的捉弄，当他以一个英雄的姿态重返村庄后，在六姥的策划下，英雄再次被一伙包括仁义、德盛在内的庸人所谋杀。从来米的爹与鳖娃的人生遭际中，我们不难悟出六姥统辖下的以庸人为主体的村人世界的价值标准，乃是容不得超越规范的个体存在，他们无形之中奉行着一条扼杀优秀生命的准则，出头的椽子先烂或枪打出头鸟是这一准则的最好注脚。这个世界中的如鱼得水者，乃是如仁义、德盛辈贪生怕死、猥琐卑劣的芸芸众生。小说中的六姥是一个冷酷到极致的乡村统治者，她总是不动声色地嚼着一根红萝卜，一切统治村人的阴险计谋均诞生于她的不动声色之中。六姥是小说中唯一的一个理性主义者，她对于整个故事的来龙去脉开始结束早已了如指掌，她以熟练的统治手腕维持着自己在村人中的特殊位置。但就是这样一位清醒者，也仍然摆脱不了循环的命运。尽管作家没有写到六姥的最后失败，但从土匪包围了村子的小说结尾，即不难猜想出整个村子最终毁灭的情景，当然也包括六姥的毁灭与她行之有效的统治的瓦解。这样，《黑风景》就在读者面前呈现出了这样一个循环的人生怪圈：在六姥的统筹指挥下，来米的爹、来米及鳖娃作为她的统治工具，完成了叙事前提中土匪提出的种种要求并杀死了老眼，但他们却在完成使命后被六姥以令人发指的手段除掉了，然而六姥却又机关算尽太聪明，最终也被土匪所毁灭。这一怪圈中的每一个环节都极力摆脱着自己的必然归宿，但命运就像一个磁力很强的无底黑洞，操纵摆弄着这些古老黄土地上的生存者们，最终使他们纳入循环的怪圈中而不可逃脱。《赌徒》对循环的人生怪圈的表现则更为明显。脚夫骆驼无望地爱上了一个名叫甘草的女人，为了甘草，他不惜做贼受苦，经受种种难以想象的磨难，直到最后为了甘草而搭上自己的生命。在生命的最后时刻，一生都没有畅快过的骆驼对甘草说：我找过几个女人可我就是忘不了你，我拿自己没有办法。尽管骆驼对甘草爱得发狂，但甘草喜欢的却是赌徒八墩："甘草自己也不知道她为什么就喜欢八墩。一看见八墩，她就浑身发胀。"不管八墩怎样用马拖她，还是怎样狠心地揍她，她就是离不开他："八墩就这么让她恨不得离不得，让她没有一点办法。"然而八墩却丝毫也不珍惜甘草对他的感情："他感到女人是一件什么东西，头发是拴东西的绳子。"八墩的全部想头是和麻九搬砖头，赢他。但八墩怎么也赢不了麻九，不仅搬砖头搬不过麻九，即使是自己的拿手好戏甩刀子，他也是赢不了麻九："他赢不了麻九，他一点办法也没有。"应该说《赌徒》中的几个人物都已清醒地意识到了自己的理想与理想之不可能实现之间的矛盾，但却谁也未能摆脱自己的"想头"，未能从这个莫名其妙的循环怪圈中脱身。从这个意义上看，甘草对八墩讲的一段话颇具总结意味："你说人活着图了个啥？就图有个想头。我是他的想头，你是我的想头，就图了个这！人都要在一棵树上吊死哩！"同样地，在《棺材铺》中也依然存在着一个循环的人生怪圈。《棺材铺》是一个典型的打怨家的故事原型的再现，只不过杨争光的再度创作使一个陈旧的打怨家的故事具有了更加深刻的人生意蕴。打怨家的起因是一个名叫杨明远的土匪突然弃恶从善，在蛤蟆滩袭击了一队丝绸商人之后，回到老家新镇开了个棺材铺，并迅速发财成为新镇的三家富户之一。新镇的另两家富户分别是地主李兆连和当铺老板胡为，他们本来和平相处秋毫无犯相安无事，但杨明远与棺材铺的介入使得新镇最终成为一个因打怨家而造成死尸遍地的大"棺材铺"。从这个意义上看，小说的标题无疑具有深刻的象征意蕴，它一方面实指杨明远开办的棺材铺，另一方面则泛指整个新镇，乃至整个人类世界，如果我们可以把新镇理解为人类社会的一个缩影的话。由于棺材的滞销，老板杨明远忽然产生了一个非要把卖不动的棺材卖给新镇人的念头，他说："我不是想挣钱，我觉得用我的棺材装死人有意思，我还没亲眼见过我的棺材装死人哩。"为此，他再三制造事端，企图挑动李兆连与胡为打怨家，以便实现自己卖棺材的想法。首先，他利用胡家女仆刘妈把李兆连儿子贵贵的牛牛捏伤为事由，挑动李兆连砸了胡为的当铺柜台，但由于他的兄长、镇长杨明善的阻止，胡为没有报复李家。一计不成，再设一计，杨明远又派人偷偷放跑了李家牲口，再次企图挑起两家的争端，但又由于牲口的被找回而告失败。杨明远不达目的，誓不罢休，最后他终于亲自下手掐死了贵贵，然后嫁祸于胡为。这样，他终于挑起了事端，使胡李两家围绕贵贵之死产生了不可排解的矛盾，使新镇的街头铺满了为打怨家而死的尸体。但是，杨明远万万没有想到，当他最终看到新镇人的尸体布满街道的时候，厄运也在他的身上悄悄降临，他唯一的儿子坎子因玩弄火枪走火而步上了死亡之途。这样，《棺材铺》展示在读者面前的也同样是个循环的人生怪圈：杨明远为亲眼看一下新镇人装进自己的棺材，千方百计挑起事端，然而当他最终达到目的的时候，他的儿子也死于打怨家，而他则成为一个沿街叫喊着"收尸啊"的疯了的"蚂蚁"。作品中理性的代表人物是镇长杨明善，他是唯一洞察一切知道一切的清醒者，尽管他曾凭自己的努力使这场打怨家一再延缓，但他却未能最终阻止悲剧的诞生。从他的身上，我们再次无望地感受到了在人类的宿命面前理性的软弱无力与不堪一击。于是，理性的化身杨明善最终只能乘独轮车远离新镇而去。

以上的论证使我们确信在杨争光的中篇近作中确实存在着循环的人生怪圈，然而循环的人生怪圈的发现与阐释仅仅是我们理解杨争光的第一个层次。现在的问题是，杨争光为什么要如此执着地着迷于对循环人生怪圈的表现呢？对这个问题的回答将使我们对小说文本中潜藏的意义与作家的创作动机和观念有更为深入的理解。首先，作家之所以一再表现循环的人生怪圈，乃是其深入体察客观生活的结果，在此，表现对象本身的特征常常地制约着作家的小说创作。黄土地上生活着的西北老乡们的生存方式如同黄土地一样古老，由于传统方式的传沿制约，使他们的日常生命活动与一年中春夏秋冬四季及一日中昼夜之变化有着紧密的联系，呈现为一种轮回循环的形式，这种形式的存在就为杨争光的小说创作提供了表现的可能性。然而，客观生活所提供的仅是一种可能性，而轮回循环亦仅是客观生活所具备的诸多特征之一，面对同样的生活客体，不同的创作主体将会以不同的艺术形式去发现并表达不同的人生意味和艺术意蕴。简而言之，作家的创作固然离不开生活客体，创作的成功与否与作家对生活客体的体验和理解有密切的关系，但是，生活客体却不能够从根本上制约文学创作，真正起决定作用的还在于创作主体。依据上述观点观照杨争光的小说创作，观照其中篇近作中所明显表现出来的人生循环观念，并追问为什么会如此的更重要的原因还在于作家——创作主体自身，在于杨争光对人生对世界的理解和看法。

通过对文本的解读，可以使我们明显地感受到一种浓烈的宿命论色彩，这种宿命论色彩鲜明地表现在人生怪圈对人物的制约与影响上。如前所言，作品中的人物都置身于一个不可解脱的人生怪圈之中而最终逃不脱毁灭的悲剧命运，他们的这种命运是既定的先验的存在，不可抗拒也不可逃脱。在这种既定的宿命面前，人的全部努力都是没有效果的，最终将被这堵命运之墙撞得粉碎，以徒劳而告结束。这种宿命论色彩构成了杨争光悲观主义思想的一部分内容，另一部分内容则是对人类非理性因素对命运决定性影响的近乎于极致的强调。这种强调首先表现为作品中大多数人物身上理性的缺失，这些人物身处悲剧之中而不觉，陷身于人生怪圈而不知，他们整日浑浑噩噩地生活在黄土地古老的尘土与历史中，随着命运的摆布走向人生的必然归宿，理性在他们那儿没有居身之所。其次则表现为在强大的非理性力量面前理性力量之微弱单薄，二者冲突的结果只能是理性的迷失与退却。如前所言，六姥、甘草、骆驼、杨明善等人都多少表现出了一定的理性，但这理性在循环轮回不已的人生怪圈面前不堪一击，甘草、六姥、骆驼们的理性不能使自己摆脱毁灭的悲剧性结局，杨明善的理性则无法使新镇百姓免遭生灵涂炭避免打怨家的恐怖场景的出现，巨大的非理性之力最终决定了人生怪圈的存在与悲剧命运的必然。此外，非理性之强大还通过作品中的具体话语凸现出来并进一步得到加强，如"他想世上的事说到底没个什么道理，""人总要有点什么事。无事生非哩。你没听人这么说?"(《黑风景》)"人不能让尿憋死，可人有时候就让尿憋死了。……人他娘的就是这么个贱东西。""人都要在一棵树上吊死哩!"(《赌徒》)"人真是个怪物，说起性就起性了。""人舌头上有毒哩，人能把假的说成真的，人真他妈的不是东西。"(《棺材铺》)从上述多为感叹性的叙事话语中，我们不难体悟到作品中的人物面对人类自身所具有的非理性力量之强大所感到的一种彻骨的恐惧、迷惘及痛苦。而对人物的恐惧、迷惘及痛苦的表现则是杨争光领悟体验人生的结果，这些话语艺术地传达出了作家对人类理性的最终失望。构成杨争光悲观主义思想的第三部分内容则是一种末世情调的明显流露，这一点主要通过小说的标题和结尾而得以有力的表现。这三部小说的标题都极富象征意味，其中高度凝练地包含了作家对人生与世界的基本看法:《黑风景》所涂抹的是一幅没有丝毫亮色的人性变异失常的黑色风景，风景可以而且应该是多种多样杂色纷呈的，但杨争光却冠之以"黑"，结合对小说的阅读感受仔细品味这"黑"字，不由人不感到一种彻骨的凉意;《赌徒》中的八墩、麻九、老五之辈自然是赌徒，但从对于"想头"的执拗与固执上，甘草、骆驼又何尝不是赌徒呢? 他们都是迷途而不知返的悲剧性人物，但最令人痛心的是甘草的儿子琐阳，居然也迷上了赌博，也成了一个货真价实的赌徒。人生就是一场赌博，人人都是丧失了智性的赌徒，这在某种程度上乃表明了杨争光对于人类的极度的失望之感;《棺材铺》的标题寓意在前文中已有所阐发，如前所言，棺材铺一方面实指杨明远的棺材铺，另一方面则喻指整个新镇，乃至整个人类世界，假如把新镇作为人类世界的缩影来理解的话，而棺材是死亡的象征，是毁灭的象征，棺材铺的深层隐含语义是喻指整个世界乃是一个冷漠的死亡世界。从以上对三部小说标题象征喻义的分析中，我们不难感受到一种浓烈的仿佛末世将临的末世情调。同样，在这三部小说结尾的描写叙述中，我们也将明显地感受体味到这一点。鳖娃完成了送来米和杀老眼的任务之后，被六姥仁义们卑鄙地谋杀，但是，仁义"到底还是听见了牲口走路的声音"，那是许多天后的一个清晨，"一伙骑牲口的人包围了村子，他们是骡马寨子的土匪"。灾难终于来临，高悬着的达摩克利斯之剑不可抗拒地落了下来，村庄的命运是可想而知的(《黑风景》)。如果说《黑风景》的结尾还是比较含蓄比较抽象的，那么另两个小说文本的结尾则是人类末世情景的具象式的铺陈与再现:输光了的八墩隐遁而去，绝望了的甘草疯狂地杀死了琐阳赢来的马，小赌徒琐阳奔跑在村外的戈壁滩上，哭号着:"我的马! 我的马……"(《赌徒》);打怨家的人死了，李兆连胡为死了，儿子坎子也死了，弟弟杨明善走了，新镇变成了空镇，陷入怪圈中不可自拔的杨明远沿街呼喊着:"收尸啊!""街道很长，远远看去，他像一只蚂蚁"(《棺材铺》)。笔者以为，表现末世情调的杨争光小说出现的时间是值得关注的,这三部作品均发表于一九九〇年以后,而90年代则是20世纪的最后十年,人类已处于又一个世纪之交叉点上。不可否认,最近一个时期内世界翻天覆地的变化将对创作主体产生的深刻影响,也不可否认,已有几千年历史的人类文明在走向新世纪时将产生空前的迷惘、困惑与忧虑。可以说,杨争光小说中的末世情调并不仅仅反映表现了作家本人一己的思想倾向,在某种意义上,这种末世情调的出现乃是整个人类文化状况的一种想象性再现。因为"在终极的意义上讲,小说中的说既不是作家,也不是人物或叙述人,而是我们须臾不可离的文化,特定时期的特定文化乃是小说中的超级说话人。是文化让小说家在小说中说话,是文化让人物在小说中游离于作家的局限说着自己的话语"。正因为文化乃是作品中终极的超级叙述者超级说话人,所以我们才不把末世情调出现的原因仅仅归之于杨争光,也正是在这个意义上,我们才可以更为深刻地体会到杨争光小说中文化语义的深层涵义。以上的论述表明,宿命论色彩的出现,对非理性因素的强调及末世情调的流露是杨争光悲观主义思想的三个方面,创作主体的这种主观思想情绪与他对生活客体的体验和把握有机地结合在一起,通过对循环的人生怪圈的反复摹写,融汇并表现在了三个具象小说文本中。那么,对于杨争光这种浓烈的悲观主义思想应该作何理解呢?这是一个相当棘手的问题,在回答这个问题之前,需要简单地回顾一下另外一些著名悲观主义作家的情况。众所周知,福克纳与马尔克斯都是描写失败、死亡和悲剧的文学大师,从他们的作品中所普遍流露出来的是一种浓烈的对人类和世界的悲观情绪,诸如《喧哗与骚动》《百年孤独》之类。但是,悲观不等于绝望,他们尽管"对人类感到悲哀,感到可怜",但这并不意味着他们对人类未来的最后绝望。事实上,这种种悲观情绪的出现,正好确证了大师们对人类未来的特别关注与对人类命运的深切忧虑。从这个角度和意义上理解杨争光的悲观主义思想是极为有益的,他的这种深刻的悲观主义思想的产生凸现乃是他对黄土地上的老乡们那种炽烈的爱之愈切责之愈深的感情的外化结果。正是出于对人类、世界及自身命运的深切关注，才有如上悲观主义思想的产生，也才有我们所批评的这三部中篇近作的发表问世。

近十多年的中国文学有了长足的变化进步，这就促使我们对小说这种艺术样式形成了如下的理解：小说的呈现方式是一个叙事的语言文本，它是由一系列具有叙事功能的句子组合而成的一个巨大的句子群，这个句子群是包涵了一定具体的政治、社会、文化诸方面语义的一个意义结构，我们可以把这一意义结构作为一个庞大而完整的象征隐喻体来进行理解。前面的论述乃是对杨争光小说文本中潜在深层语义的挖掘与阐释，那么，这些深层语义是如何得以完美地传达出来的呢？这就需要对小说文本的形式特征进行认真的分析，以期把握杨争光中篇近作在叙述方面的若干特点，进而使我们对他的小说创作有更为深入的了解。通过对三个小说文本的认真解读，笔者认为这些作品在叙述上具有如下几方面的特点。首先，是一种极为理性的冷漠而又客观的叙述态度。杨争光笔下充斥着各种各样具有非理性冲动的情欲骚动不安的人物，他笔下的人生怪圈也只有在非理性力量的盲目推动之下才得以循环运转起来，但是，所有的这一切都是杨争光理性十足的想象的产物。不管面对怎样的人物和事件，他的叙述语调始终是冷静客观的，既没有一种自我表白的浪漫冲动，也没有一种对于人生沧桑世事变迁的主观感慨的自然流露。读杨争光的中篇近作，总使人感受到一种莫名其妙的压抑的感觉。这压抑，首先来自于故事本身的苦涩、残酷与沉重，但更主要的原因却在于这种不动声色的近乎于无情的叙述语调。从这压抑异常的叙述态度去猜想杨争光写作时的精神状态，我认为，他是拼命地压制着自己内心中汹涌澎湃着的良知与诗情，以一种极其痛苦而又悲观的主观情绪而投入创作之中的，我们所感觉到的压抑正是杨争光对自我情感的克制与压抑。那么，作家为什么要采用这种极为理性克制的叙述态度呢？这种叙述态度的采用又会产生什么样的接受效果呢？笔者认为，循环人生怪圈的非理性与理性十足的叙述态度形成了鲜明的反差与对立，而这反差和对立的存在一方面可以使叙述形式与所叙述的故事之间产生强烈的审美张力，进而对读者的接受机制予以激烈的刺激，另一方面，则可以使读者更深切地体味到人性变异的可怕与人类命运人类存在的荒谬：仿佛自有上帝以来，人就不自觉地被抛入种种可怕的轮回循环不止的人生怪圈与历史怪圈之中，随着某种不可知的超验的巨大的力量而莫名地浮沉起伏。但那位万能的上帝却冷漠地置身于圈外，静观处于永远循环中的人与历史。在这里，杨争光理性十足的叙事就类似于那位上帝，两相对比，人类生存之荒谬与可悲的处境不就昭然若揭了么，而这正是作家本人所要追求的表现效果。杨争光叙述上这种冷漠而客观的特点在一些具体场景或细节的描绘中表现得异常明显，比如《棺材铺》中的打冤家的一段描写："马道里嗞啦啦一片铁器戳穿肉体的声音。一个光棍汉举起砍刀朝一个长工砍过去。'噗'一声，砍刀深深切入了头骨。光棍汉乐了，他感到砍刀砍透头骨的声音和砍透水葫芦差不多。他张开嘴，想笑一声，一柄梭标从他的后背心戳了进来，他很快又有了另一种感受。他感到梭标戳进肉里和把冰块吃进喉咙里一样，都有一种凉飕飕的感觉"。这是对死亡过程与场景的叙述，死亡与否是一个个体是否存在的临界标志，在传统的现实主义作品中，死亡将会引起叙述者无尽的怜悯与悲戚。但是，在杨争光这里，叙述者就像一个没有丝毫感情的摄像机，只是以旁观者或在场者的身份冷静地扫描摄制着一幕幕残酷的杀戮游戏，在这儿，杀一个人如同砍一个水葫芦或吃一块冰块一样，叙述者没有流露出丝毫的心理波动。这种达于极致的冷漠客观是明显地受后现代文化影响的杨争光的叙事策略，这样的叙事策略固然完美地传达出了作家的创作主旨，但却使读者不由得产生了一种不寒而栗的恐怖感：人生果真如此么？其次，是杨争光对简约化手法的纯熟运用与操作，而这也正是西方后现代文化的一个明显特征，从这一点上，可以更直接地感受到西方后现代文化对作家的深刻影响。所谓简约，乃指叙述者在叙事时干净利落，不拖泥带水，抓住主干，不枝不蔓，不做无谓的铺陈，这在杨争光的中篇近作中表现非常明显。受西方现代派文学的影响，新时期小说创作中曾先后出现过王蒙般长句子一贯到底以表现人类复杂意念的意识流式写法，如残雪般充斥着梦魇与幻觉的神经质式表白的臆语式写法，如汪曾祺般行云流水舒缓自如但又饱含诗意的写意式写法。在这诸多别致写法并存的文化背景下观照杨争光小说的简约式写法，则会获得一种如春风徐来般清新的感受，会体味出这种写法的独特意义，用俄国形式主义的"陌生化"理论来说明这一现象是恰当而合理的。同时，也正是因为简约式写法的使用，才使杨争光小说文本具备了短句子多，而作品篇幅也不冗长，可以使读者在轻松的状态中读完全篇的特点，尽管读完以后的沉重是不可避免的。第三，表现为一种想象式演绎虚构。在《黑风景》中，对偷鸡贼溜溜的出场作者是这样叙述的："就在这时候，德盛发现有人在他家偷鸡。不知道这人的名字，就叫他溜溜吧"。这个细节充分表明了故事的想象性与虚构性，从中可以看出杨争光三部中篇近作都是为了阐明作家的悲观主义思想与循环的人生观念而演绎铺陈出来的虚构性文本，它纯粹是杨争光想象中的产物，这一点可与作家关于《赌徒》的创作谈互相印证。当然，这并不是认为作品缺乏生活依据，而是要说明在生活与艺术之间存在着某种复杂的转换关系。简而言之，即对生活客体的观察与体验使杨争光产生了对人生和世界的感悟，形成了他对人类和世界的基本看法，然后他再运用各种艺术手法，通过对想象中最能完善地传达这些看法的故事演绎叙述，来达到自己的创作目的。第四，则表现为对电影艺术的一些表达手法的借鉴。作家现在是电影厂编剧，电影的创作实践对他的写作产生了一些影响。比如，《黑风景》的结尾："村人都听到了。一伙骑牲口的人包围了村子。"然后错开一个自然段："他们是骡马寨子的土匪。"本来，他可以直接写土匪包围了村子，但他却先强调骑牲口的人与听到的马蹄声，然后再点明来者的身份。这就是对电影表现手法的借鉴，先强调读者的视、听觉效果，然后再点明土匪的身份。类似的例子在人物对话、事件冲突及场景安排中，都可随意拣出，篇幅所限不再赘述。

读完杨争光的中篇近作，那种令人神经紧张不寒而栗的梦魇般的感觉还久久地缠绕旋转于我们的脑际，驱之不散。那种对人性变异的深深体察，对循环怪圈的准确描述，给读者留下了深刻的印象。当我们走出杨争光的艺术世界时，禁不住要驻足回望那些陷于循环怪圈中不可自拔的同类们：人类还将在循环的怪圈中徘徊不前么？什么时候人类才可以走出循环步入一个全新的境地？杨争光还将继续于类似作品的写作么？

《小说评论》1992 年第 4 期

苦难命运的诗性隐喻

——读《九月寓言》兼论张炜小说的艺术转向

一

　　作为一种人类所特有的精神产品，任何一部（件）真正的艺术品都应有一定的创造性，因为创造性的具备与否乃是个体性存在的精神产品与批量生产大量复制的物质产品的根本区别所在。对于一个真正优秀的艺术家而言，他的艺术生命力只有在不断的探索与变异中才能得以保持并有所发展。这样，在一定的意义上，是否在艺术上具备创新精神，就成为衡量一位艺术家艺术水准的具体标志之一。笔者认为，张炜就是这样一位具备创造精神的艺术家。反观张炜的创作历程，基本上可以确认，《古船》以前（包括《古船》）的全部作品在艺术创作方法上都是符合现实主义创作规范的。这就是说，作家是以塑造典型环境中的典型人物，以力求真实地摹写再现当代中国农村的现实与历史为其创作宗旨，来营构自己的艺术世界的。然而，在他的长篇新作《九月寓言》中，我们所看到的却是一个全新意义上的张炜，解读《九月寓言》，我们可以强烈地感觉到张炜小说创作在艺术上的明显转向。《九月寓言》不再是一部纯粹的现实主义作品，从艺术品位与创作方法上判断，它乃是一部极富象征意味的具有浓烈的抽象倾向的表现展示艇鲅人的悲剧命运的寓言化作品。这部转向作品的出现就充分地说明了张炜并不故步自封，并不一味地在既有的熟练艺术创作规范内进行小说操作，而是力求创新，力求在艺术上实现对于自我的超越。他的不断探索与不懈追求，他求"新"寻"异"别具创新精神的长篇小说《九月寓言》的问世都充分地证明了这一点。在此，我们所谓的艺术创新乃仅相对于小说的艺术表现层面亦即形式与手法层面而言。就整体来看，作家在创作历程中是应该有所变有所不变的。具而言之，表现人类丰富复杂的情感世界，由对生活表象的摹写进而深入人性与历史的深度，去勘探人类的存在之谜，诸如此类主题性的因素，在笔者看来，就是作家们理应持之以恒地加以探索和表现的，虽然不同作家不同作品对这类主题性因素的探寻与表现有着程度上的差别，但这一基本的探索向度则应是维持不变的。具体对于作家个体张炜而言，他的"变"，如前所言，乃表现为他通过寓言式的抽象艺术手法的采用而实现的对于现实主义的创作手法的超越。而他的"不变"，则表现为他对 20 世纪尤其是新中国成立后中国农民命运的始终关注，这一点在《古船》《秋天的愤怒》等一系列作品中已表现得非常明显，并且在《九月寓言》中有着继续的更加深入的探寻与表现。

既然我们已经认定，《九月寓言》乃是一部标志着张炜艺术转向的作品，那么，导致这种转向发生的根本原因究竟是什么呢？对这一问题的回答实际上乃是对张炜自八六年发表《古船》直至《九月寓言》的最近问世这长达六年的沉默中的痛苦思索过程的合理分析。张炜是一个创作态度十分严肃的作家，他的《古船》就是历经数年几易其稿后的一部作品。可以想见，在《古船》中，作家已经把自己对农村生活的观察与思考所得来的全部生活体验都投入了其中，唯其如此，才换来了小说的空前成功。但小说的巨大成功，一方面给张炜以后的创作设置了一个很高的坐标点，造成了极大的心理压力，使他在未经深思熟虑没有十分把握的情况下不敢轻易下笔。另一方面创作

《古船》时的全身心投入把作家的生活积累已基本上全部淘尽，这也同样是张炜数年沉默的一个重要原因。在这五六年间，虽然也偶有如《蘑菇七种》等零星中短篇问世，但总的看来，张炜沉默了。他在沉默中继续着对农村生活的观察与体悟，继续着对中国农民苦难命运的发现与思考。同时，作家无疑也静观着文坛上的风云变幻，在内心中揣摩酝酿着艺术上的新突破。不可否认的是，进入20世纪以后的西方文学主潮对张炜艺术转向所发生的重大影响（这种影响具体体现为直接和间接两种形式，所谓直接，乃指他直接接触20世纪西方文学特别是小说作品；所谓间接，乃指他所接触到的诸如新潮小说之类深受20世纪西方文学浸润影响着的国内作家的作品）。众所周知，现实主义是19世纪西方文学的主潮，但进入20世纪之后，西方现实主义文学思潮逐渐衰落，代之而起的是形形色色的各种现代主义文学潮流。这些现代主义文学潮流一个很突出的特点就是抽象性、寓言性和象征性的明显加强，无论是萨特的《厌恶》，还是贝克特的《等待戈多》，抑或戈尔丁的《蝇王》、海勒的《第二十二条军规》等，这一特点都表现得非常明显。在这种世界文学大背景下从事小说创作的张炜自然不能弃绝它们的影响，正如同西方文学由现实主义走向了现代主义，张炜也很自然地由《古船》走向了《九月寓言》。阅读《九月寓言》，不能不令人想到马尔克斯的《百年孤独》，因为它在某种程度上使我们产生了同样的阅读感受。《百年孤独》是一部典型的魔幻现实主义作品，而魔幻现实主义本身就是拉美文学传统与西方现代文学思潮相结合的产物。如果说《百年孤独》乃是以一整套象征性的语码对拉丁美洲长达百年的命运与历史的一种符号再现的话，那么《九月寓言》则也同样是用自身独有的象征语码对当代中国农民的苦难命运的展示与表现。在这两部作品之间，存在着某种神秘的精神纽带，虽然从艺术水准和影响上看二者还不能同日而语，但它们的产生方式却具有某种惊人的相似性。这种相似性一方面佐证了20世纪西方现代文学的影响乃是张炜小说艺术转向的根本原因所在，另一方面也充分证明对西方现代文学创作方法与技巧的借鉴乃是中国当代作家的一种必然选择，唯其如此，文学才能发展，才有达到与当今优秀世界文化对话的可能。

二

解读《九月寓言》，可以发现这是一部对时间、地名的处理都非常模糊的作品。首先是时间，除了在小说开头曾出现过"十多年前"一个时间状语之外，再没有其他明确的有关时间的说明性介绍。我们只能从文中曾出现过的这样一些歌词片段依稀认定故事发生的时间背景大致是二十世纪中叶的中国农村。其次是地名，作为一部展示鲹鲅人悲剧命运的小说，作品居然对鲹鲅人所聚居着的村庄都不加以命名，而仅以"小村"或"那个村庄"称之。同时，作品对与小村命运休戚相关的工区、南山等也未加以特别的命名。对于小说所描写表现的具体地域，我们只能凭借作品中隐约透露出来的诸如平原、海滩、南山及鲹鲅人的称呼等因素，并结合张炜的其他作品（即他的一系列以胶东半岛芦青河两岸为描写对象的小说）来做出如下猜测性判断：《九月寓言》所描写表现的具体地域仍然是张炜所深情依恋着的曾一再出现在他笔端的故乡那块广袤浑厚的土地。笔者认为，作家之所以要在文本中故意模糊故事发生的时间与地点，乃是为了传达自己既定的创作主旨，把这个无名的小村作为 20 世纪中国农村的一个缩影，在一个宏阔的时空背景下，通过对这个"麻雀"的个案解剖来隐喻 20 世纪中国农村的兴衰变迁，从而寓言性地再现当代中国农民所经历过的太多的磨难与酸辛，再现他们的苦难命运。然而这苦难却不再是英雄的苦难，在《九月寓言》中，再也没有了如隋抱朴那样捧读《共产党宣言》的救世基督般的形象，有的只是如鼹鼠般偷生着的普普通通的芸芸众生，展示的也只是这些普通人近乎于无事的日常生活悲剧。从小说对人物的命名中，我们即可以明显地感受到这一点。诸如赖牙、大脚肥肩、肥、赶鹦之类随意而又极端粗俗化的命名方式，与《古船》

中从老子《道德经》中特意选取"抱朴见素"来为人物命名的方式，形成了极为鲜明的对照，这对照的出现一方面将崇高之类的悲剧美学风格从《九月寓言》中驱逐殆尽，而只剩了无聊、猥琐，只剩了为活命而挣扎奔突着的普通百姓艰辛异常的生存困境。

作为一部真正优秀的艺术作品，如果仅仅停留在对生活现象的反复摹写与表现上，则还是远远不够的。相对于《九月寓言》而言，如果张炜仅仅满足于对20世纪中国农民悲剧命运的展示与表现，那只能说明他仍然停留在若干年前的水平上。然而事实恰恰相反，在《九月寓言》中，我们不仅读出了中国农民的苦难命运，而且读出了人类的苦难命运，不仅品味出了中国农民的大悲哀，而且也品味出了人类的大悲哀。而这一切结论得出的依托是作家对章节的安排和"忆苦"那一部分的特殊描写。我们注意到，整部小说由七大部分组成，而这个神秘的"七"，就使笔者想到了《圣经》中的创世纪，在《圣经》中，上帝的创世也是用了七天。那么，这两个"七"是不是某种无意的巧合呢？认真地解读一下"忆苦"这一部分，将会使我们对小说的寓意产生新的更加深入的理解。"忆苦"这一部分主要描写金祥在漫长冬夜里的一次忆苦活动，而实际上却是作家借人物金祥之口转述的一个"亚神话故事"，这个"亚神话"讲述的主要是地主如何发财的故事。故事中讲道，老爷本来是一个没爹没娘的黑孩儿，一个偶然的机遇使他结识了一个同样没爹没娘的女娃儿，于是就结为夫妻。这女娃儿的原身却是一只会"大搬运小搬运"的母猴儿，是一个精灵。在她的努力和帮助下，黑孩儿慢慢地富有起来并最终成为有钱的财主，成了老爷。但老爷却又认一个老太太为母亲为老祖宗，并最后在老祖宗的挑唆下用碾盘把女娃儿即母猴子压死了。笔者认为，这个故事在作品中有两层寓意，第一层寓意乃指地主的财产都是靠对农民的剥削而得来的，正是对农民的残酷压榨直到迫害致死才使地主发家致富。但更深一层的寓意却在于这女娃在某种意义上乃是上帝或者女娲的一个象征隐喻体，是一个中西合璧的救世主形象。而老爷和老祖宗则是伊甸园中亚当与夏娃的某种变体，亚当夏娃背离了上帝被逐出了乐园，老爷老祖宗（作为人类的化身）合伙谋杀了女娃儿，则是鲹鲅人遭受苦难命运折磨的更深刻的原因所在。依据我们的上述理解，作家把文本安排为七个部分就别有深意所在了，这种结构的安排与关于母猴子的亚神话故事的演绎在其内在潜隐功能上是一致的。即把鲹鲅人一己悲惨的苦难命运提升到一个形而上的高度，因而使文本由对鲹鲅人悲剧命运的具象展示上升到对整个人类苦难的抽象隐喻，进而使作品对人类存在要义的勘探与追问达到了新的高度。于此处，我们所深深体味到的乃是通过文本所表露出来的作家张炜的深刻的"原罪"意识，这种"原罪"意识的存在使《九月寓言》别具一种人性的深度和历史的深度。它寓指了这样一种深刻的哲学运思过程：当人最终以阴谋卑劣的手段谋杀了救世主以后，他也就不可避免地堕入了绝望的苦难的深渊，这是一种先验的不可摆脱的宿命。人只能承受这苦难并以这承受的方式为自我默默地赎罪，以期最后完成自我的救赎，尽管这种救赎的希望之光还没有出现。《九月寓言》正是以语言符号以艺术手段对人类的这种自我救赎形式进行具象化演绎与表现的一部艺术佳作。

三

在第一部分中，笔者曾经断言《九月寓言》是一部标志着张炜小说创作在艺术上的转向之作，而促使我做出这一判断的直接根据即是这一小说文本较作家的前此作品有了极明显的差异，表现出了鲜明的艺术创新特征。那么，《九月寓言》的艺术创新究竟具体表现在哪些方面呢？对这个问题的回答实际上也就是对小说的艺术构成方式亦即对作品所具有的一整套独特的象征语码做出合理的解析，唯其如此，我们才能更全面准确地把握认识这部小说的问世对于张炜创作的重要性所在。在笔者看来，《九月寓言》的艺术创新主要表现在以下几个方面。

首先是对"人物"的重新理解和把握。熟悉张炜小说的读者一定都铭记着曾出现在他笔下的一系列性格鲜明而丰满的人物形象，比如老得（《秋天的思索》）、李芒、小织（《秋天的愤怒》）、赵炳、抱朴、见素、含章（《古船》）等，以上人物都是张炜成功的艺术创造，其中的个别人物比如赵炳则几乎可以说是新时期小说创作中最成功的人物形象之一。然而，对于仍然持有"一部长篇小说应该塑造一个或数个成功的典型人物"的传统型读者的阅读期待而言，《九月寓言》则会使他们感到失望。因为在《九月寓言》中，并没有如赵炳般成功的典型形象，或者说作家本来就无意于去塑造成功的典型。导致这种嬗变发生的根本原因在于张炜对"人物"这一概念（或要素）产生了全新的理解，在于他对这块古老的大地这个古老的国度有了新的更加深刻的认识。返顾 20 世纪一大批成功的现代文学经典作品，诸如《尤利西斯》《等待戈多》《厌恶》《第二十二条军规》以及罗伯·格里耶等的"新小说"等，都不再将塑造典型奉为创作的唯一圭臬。在这些作品中，"人物"已经由"典型"而变为"类型"，已经成为某种抽象的象征符号。不可否认，深受现代文化浸润的张炜对上述作品的解读与接受（是否还有成一《游戏》的影响呢），正是在上述作品的影响下，张炜对"人物"有了新的理解，并把他的这种理解融汇表现在了《九月寓言》的创作之中。而这种对"人物"的全新理解与作家对中国农村乡土社会的深刻认识又是相契合的。在谈到萧红的《生死场》时，有论者曾写道："在雪地上飘起从未见过的旗子之前十年、百年、千年，这封闭的乡土的世界演出着同一幕巨型戏剧，一枯一荣的大地……人成了这幅无始无终的巨型剧的一个功能、一个角色。这幕戏剧在人的辛苦劳作与人的勉强的温饱之间玩弄着危险的平衡，以造成自身永不停止的轮回。……乡土世界废弃了时间，成为永恒的轮回，而人在这轮回中旋生绝灭，自生自灭：这是怎样的一种历史写照！旋生旋灭的人众中没有一个英雄，也不可能有英雄，群体生命不能脱离这种乡土生活方式而生存，只要群体还圈限在这一生产方式中，改变历史轮回的可能便微乎其微。"在笔者看来，用以上的论述来说明张炜对中国乡土社会的深刻认识是比较恰当的。通过解读《九月寓言》，我们确实可以感受到在消失之前鲅鲅人小村生活的那种无尽的循环的轮回：春种秋收，年青时的游荡与老年人的感伤专断，九月的收获与希望，饥饿的折磨与生存的艰难，原欲的冲动与到处可见的私通偷情……日复一日，年复一年，小村的人们就这样在这轮回中上演着永不停息的巨型戏剧。这样如兽般生存着的人们不会再有什么个性，他们只有共性，只是类型，只以群体的生存方式来呈现自身。因此，张炜在《九月寓言》中就不再塑造典型，他只求勾勒描写整个鲅鲅人的生存现状与历史命运，以求达到展示古老大地上这样麻木已久的灵魂的创作主旨，并从本质上隐喻表现他们所承受着的苦难命运。

其次是对小说结构的全新探索与设计。结构，对于任何一部文学作品，尤其是现代文学作品而言，乃是一个至关重要的有机组成部分。在结构主义者看来，文学甚至既不是人学，也不是别的什么，而是结构，文学等于结构。结构对于一部作品的重要性，于此可略见一斑，但在笔者看来，对于一部长篇小说而言，结构就更显得重要了。作为已经成功地创作过《古船》的作家张炜，应该是非常明白这个道理的。但是在《九月寓言》中，我们所触摸感觉到的结构却与《古船》大异其趣。如果说在《古船》中，还有着完整的故事情节贯穿始终，还有如抱朴见素这样贯穿始终结构全篇的人物的话，那么，在《九月寓言》中，这一切都已不复存在。然而尽管如此，我们却仍然感觉到《九月寓言》是一个完满的艺术整体，感觉到从起始至终篇，作家一直笔力充沛，而文气也能一贯到底，并无中断之处。这一切感觉都说明《九月寓言》有着自己独特的结构，那么，这种独特的结构究竟是如何设计的呢？答案只能从文本的具体解读中得出。通过对《九月寓言》的解读，可以明显地感觉到文本中贯穿始终的一条线索乃是九月和小村，由此可以断言，《九月寓言》正是以九月和小村来结构全篇的，而这一点也恰好与作品的标题相吻合。作家之所以要设计这样的小说结构，其根本原因在于他要以此来突出作品的主题——即探索小村与命运的关系。为完成对主题的表达，作家在打破了时空界限的前提下，把本来完整的小村故事全部打碎，然后把这些故事碎片（诸如肥的内心冲突与她最终出走的故事，金祥庆余与黑煎饼的故事，赶鹦与工程师的故事，赖牙与刘干挣争权的故事，等等）再以貌似随意实质别具匠心的方式拼贴到九月这个结构主线上去，最终使小说成为一个完满的艺术整体。

第三则表现在文体叙述方面，在这一方面，我们首先关注的乃是作家对叙述者的设计。《九月寓言》正文前面，曾有这样一句题记："老年人的叙说，既细腻又动听——"，而在具体的文本中，我们也注意到这样一些叙述话语："人人都想寻觅街巷上的事迹，人人都想获得小村的秘史。故事都在老年人舌头底下呀，不用慌急，你得沉住心性，等老头子用火绳把烟锅触上。"（着重号均系笔者所加）从这些迹象可以判断出小说的叙述者乃是一个饱经忧患历尽沧桑的对小村的过去、现在和未来都非常熟悉的老年人。这位叙述者既对小村的历史了如指掌，同时也在精神上与小村有着某种隐秘但却紧密的联系，因而在冷静超然的总体叙述风格中不时地流露出一些不协调的饱含激情的句子来。比如："眼前有一条荒芜的小路——十多年前工区通向小村的唯一小路！小路尽头的村庄呢？""那个缠绵的村庄啊，如今何在？""回去的路像来时一样长吗？走不完的路呦，记一辈子的路呦？"等等。这样，作品的整体叙事基调就表现为夹杂着激情的冷静超然，而这样的叙事基调则是与老年叙述者的身份相一致的，老年人已经对人生对历史有了深刻的认识与体悟，因而他在叙述时就可以基本上保持冷静的客观叙事态度。但这位叙述者与小村又是有精神联系有深厚感情的，因而当他面对小村的逐渐衰落与最后的陷落消失，面对小村人所经历着的巨大的苦难与悲剧时，就不可能做到真正的无动于衷，从这个意义上说，他的激情的流露又是可以理解的。实际上叙述者的这种矛盾态度乃是作家张炜自身的思想矛盾，他本人的灵魂就常常处于这样的痛苦煎熬之中。而从这个意义上说，正是因了这矛盾的存在，才使作品具备了一种充分的审美张力，同时又与作家所要传达的创作意旨相吻合（作为探讨展示小村与命运之间复杂关系的一部作品，《九月寓言》设置这样一位以絮絮叨叨的方式讲述琐碎话语的叙述者，正好恰如其分地传达出命运所具有的那种荒诞与神秘感来，他叙述时表现出来的种种重复与涣散，实际上与小村人的生活节奏是相合拍的）。在设计了老年叙述者的前提之下，作家切入表现对象的叙事角度也非常独特。阅读文本，可以发现在讲述故事时，老年叙述者巧妙地借用了肥这一作品中的人物和碾盘这一别具象征意味的"物"来展开故事情节。"肥却感到了从未有过的轻松。什么都没有了，只有沉寂和悲凉。我那不为人知的故事啊……大碾盘在阵阵歌声中开始悠悠转动，宛若一张黑色唱片。她是磁针，探寻着密纹间的坎坷。她听到了一部完整的乡村音乐……所有的声息被如数拾起，再也不会遗落田野。""大碾盘先是缓缓地，接着越转越快，最后简直像飞一样……"叙述者就这样以肥与碾盘为契机，展开了对小村历史的回忆。同时，我们在作品的叙述话语中还发现了这样一种典型的句式，即"那时候……"如"那时候的事就像在眼前一样""那一天牛杆回到饲养棚时""总之那个秋天难以忘却，那个秋天的月亮和太阳都与过去不同哩"等等。以上话语模式说明叙述者是在故事发生之后以回忆的语调来追溯小村历史的，这样的语调就使叙述者的叙述别具一种沧桑的历史感，更容易完美地传达出小村人那苦难悲惨的命运故事来，从而给读者以一种悲凉深沉的审美感受。

《小说评论》1993 年第 4 期

自我指涉的欲望世界
——评长篇小说《一个人的战争》

　　长篇小说的异军崛起，乃是 1993 年文坛一个非常引人注目的现象。依照 1994 年初长篇小说的发表情况判断，这种迅猛发展的长篇创作势头，还会持续相对比较长的一个时期。笔者认为，在 1994 年已经发表的长篇小说中，林白的长篇处女作《一个人的战争》（载《花城》2 期）乃是一部极为引人注目的有自己鲜明个性特色的作品，值得认真探究一番。林白是近几年来创作极为活跃的一位青年作家，她是在具备了丰富的中短篇小说创作经验的基础上开始长篇创作的。然而，尽管林白同样是以一个青年女性的身份进行创作的，但她（以及与她差不多同时开始长篇创作的另外几位女性作家如陈染、海男等）的创作风格和艺术表现方式却与新时期文学初创时期成名的张洁、铁凝、王安忆等女性作家有了某种本质性的差异。如果说在张洁、铁凝她们的小说文本中，我们总是能够明显地感觉到巨大的社会与政治阴影的存在，总是能感觉到这一代女性作家一直是在某种政治社会的历史背景下讲述着她们的女性经验女性故事，并总是有意无意地表现出一种潜在的对政治与社会的极度敏感和强烈兴趣的话，那么在林白她们的小说文本中，我们所读到的乃是一种极为纯粹的几乎与社会与政治不发生什么联系的女性经验和女性故事，她们的小说世界乃是一个自足性很强的女性私人话语空间，当张洁、铁凝们依然停留在对"我们"这样一个群体的公众性经验的表达层面上时，林白、陈染们则已经以"我"取代了"我们"，进入了一个对个体的个人性经验进行艺术表达的层面。从这个意义上说，林白们的文本纯然是一种个人性的文本，是一种对"我自己"的生存的再现与传达。同时也正是在这个意义上，我们才进一步指认她们的文本已经是一种追问存在意义的现代艺术文本了。原因在于："海德格尔指出：'我自己'总是会不期而然地来到我身边，比如在畏惧这种情绪的发生中，在面对死亡的意识中，我们便已被抛回一个与'他人'无关的'我自己'了。这个'我自己'无依无靠，于是'自己'与'他人'（常人）的一体牵连就崩坍为一个'幻相'，此在者唯'我自己'而别无他物。对'我自己'这种存在的体验构成现代艺术全面的孤独感，反过来，弥漫于现代艺术的孤独感又揭示出现实生存中'自己'的本真性，这便是孤独。"①（本文中着重号均系笔者所加）笔者认为，上述特点在林白、陈染们的小说文本中有着极为明显的表现，在某种意义上，这乃是她们文本的基本表征所在。这一点在我们所要集中论述的长篇小说《一个人的战争》中表现得尤为突出和明显。

在《作家》1994年第四期上，刊发了林白的一篇自传《流水林白》，通过将这一自传与《一个人的战争》进行比较性阅读，我们基本上可以确认，《一个人的战争》乃是一部"自传性"很强的长篇小说文本。这里的所谓"自传性"，主要是指林白本人的生活经历与作品中的主人公林多米大致相似。当然，这种相似乃是一种人生框架的约略相同，并不意味着林多米即现实生活中的作家林白。因为在对主人公的行为方式、心理状态以及其全部所思所想的设计过程中，无疑融汇着林白对他人世界的深入体察所得到的丰富的人生经验，而并不仅仅只是依赖于对她自我人生经验的某种观照和表达。正是在这个意义上，《一个人的战

①余虹《思与诗的对话》，中国社会科学出版社1991年版。

争》不应该被解读为一种传统阅读意义上的"自传体小说"。

与传统阅读期待视野中的长篇小说相比，《一个人的战争》似乎并不怎么够资格。首先是篇幅的短小，仅有十三四万字；其次是人物的稀少，且除了林多米之外，其余皆属过眼烟云，难以给读者留下深刻的印象；再次是事件的凡俗与微小，文本所载故事，绝无惊天动地的重大事件，而只是关于林多米一段不长的人生历程中所遭遇事件的一种貌似"实录"的记载而已。具体而言，《一个人的战争》只是对林多米三十岁以前的那段人生历程所进行的一种反省式的勾勒与描叙。首章"一个人的战争"主要记述林多米与女性交往的经历，从中对林多米的某种"自恋情结"做了极为坦白直露的表现。第二章"飞翔与下坠"则主要叙述了林多米在 B 镇插队的经历，其中最突出的事件乃是"抄袭"事件，后因这一事件的影响使林多米未能如愿调往电影厂工作。当人最得意，当他飞翔到人生的某个至高点的时候，往往也预示着他即将下坠落入深渊，这一章的故事似乎印证并说明着这样一个道理。第三章"随意挑选的风景"记述的是林多米在大学毕业分配到 N 城图书馆工作之后的一次独身漫游大西南的冒险历程。第四章"傻瓜爱情"则主要叙写了林多米三十岁时在 N 城电影厂里与一个青年导演 N 之间发生的一场不失天真烂漫最后却以一败涂地而告终的爱情故事。通过以上的描述，的确可以认定，《一个人的战争》与传统意义上的长篇小说业已有了一种明显的分野，已经具备了某种相对独立的审美品格，已经是一种与传统长篇小说迥异的现代意义上的长篇小说了。

在具体剖析小说文本之前，我们首先注意到了作品题目所具有的一种明显浓厚的隐喻意义和寓言意味。所谓"一个人的战争"，其具体的寓意大约就是要直截了当地表明，小说所讲述的乃仅仅是林多米一个人的故事，作家所真正关注探寻的也主要是林多米的生存经历，以及透过这生存经历所体现出来的关于个体存在意义的领悟与传达的问题。解读文本，我们可以发现，在作品中出现的其他人物，大都是作为主人公林多米的某种历史背景或道具而存在的，因而他们都是一种符号式的缺乏相应心理深度与生存深度的陪衬性形象，他们存在的意义仅仅在于为主人公林多米的人生经历的充分展开提供一种不同时空维度内的标志而已。南丹或第一章中出现的一系列女性形象比如姚琼、莉莉等的意义在于表明林多米的某种同性恋倾向的存在，尽管这些同性交往的结果往往是因了林多米更为强烈的"自恋情结"的存在因了她的逃避而告终结，但从中的确可以感觉到林多米对同性的一种发自内心的喜欢："我想，我真正感兴趣的也许是女人"，"女人的美丽就像天上的气流，高高飘荡，又像寂静的雪野上开放的玫瑰，洁白、高雅、无可挽回，而男性的美是什么？我至今还是没发现，"至于南丹或姚琼她们个人的来龙去脉、行为动机以及心理状态，则根本不是叙述者所感兴趣的事物，因此在叙述过程中叙述者就总是以一种忽略而过的方式来处理上述的人和事。也就是说，她们的出现只是为林多米的回忆提供一种契机，使林多米得以在回忆中开始对自我人生的反思与追问："我到底是一个什么样的人呢？我是否天生就与人不同呢？这些都是我反复追问而又永远搞不清楚的问题"。同样的道理，第二章中出现的刘昭衡、宋以及梅琚等人物的存在意义，也只是表现为他们构成了林多米在青年时期所面临的那个重要的人生转折关头的一种自然性标志。比如其中的梅琚为林多米提供了一个圆镜（一个特定的出口）。这圆镜使林多米重返十九岁，重新体验了那种飞翔与下坠合一的对变幻无常的人类命运的感受："这个十九岁的少女在 B 镇的上空轻飘飘地游逛着，她不知道，命运狰狞的面孔已在不远处隐隐地窥视着，很快就要伸出它的脸来了。"以此类推，第三章中的矢村、林森木等人物存在的意义也仅止于勾起林多米对那次只身漫游大西南的冒险经历的回忆，并在这回忆中对自己失身于矢村的心理动因做出了深刻的反省："她从小自由，她已经害怕了这个广阔无边的东西，她需要一种服从和压迫。这是隐藏在深处的东西，一种抛掉意志，把自己变成物的愿望深深藏在这个女孩的体内，一有机会就溜出来。女孩自己却认为是另一种东西：浪漫、了解生活、英雄主义。"认真解读第三章，从叙述话语［"轮船与长江（湄公河与渡船），英俊的船员与女大学生，不用添加任何东西，只用这仅有的四个词，就能构成一个足够浪漫的故事。"］中，我们可以发现叙述者把林多米与矢村的故事通过括号中的湄公河与渡船和法国女作家杜拉斯的《情人》中的故事进行了一番对比。在笔者看来，这样的对比是极富反讽意味的，因为杜拉斯故事中的核心语码乃是一种刻骨铭心的情感记忆，而林白小说中林多米的核心语码却是一种令人憎厌的纯粹的欲。但也正是在这极富反讽意味的对比中，我们才可以真切地感受到作家对林多米的精神上的某种自我迷失是有着冷静的反思和清醒的认识的。依据同样的道理，第四章中那位曾经一度被林多米当作上帝一般顶礼膜拜的青年导演N，以及本章中出现的如董翩、老黑等人物，也只是确证林多米的某种刻骨铭心般的固执的自恋情结的一种标志："我一直住在招待所里，我对公家的床、桌子、椅子毫无感情，但我总要一再提到那窗帘，墨绿色的，厚而坠的平绒，一经进入了与N有关的场景，就成为了我记忆中必需的道具。"那是一场令林多米极其狼狈尴尬的彻底失败了的爱情，林多米那么钟情于导演N，而N却怎么也不肯与女主人公结婚，甚至都不答应她自己生育抚养他们共同的骨血——孩子，并且以向另一个艺术学院的女孩跪地求婚的方式背叛了女主人公。林多米当然痛不欲生，于是在彻悟爱比死残酷的同时，她决心逃离此地："我只有逃离此地才能越过这个深渊。"当林多米离开N城来到北京，过了不到半年的时光就把N淡忘了的时候，她不得不震惊于爱情的脆弱多变，并进而反躬自省这一场"傻瓜爱情"了。只有在这个时候，她才开始反省并怀疑自己经历过的那一场爱情的本质所在："这使我想到一个严重的问题，当初我是不是真正爱过？我爱的是不是他？我想我根本没有爱他，我爱的其实是自己的爱情，在长期平淡单调的生活中，我的爱情是一些来自自身的虚拟的火焰，我爱的正是这些火焰。"在笔者看来，小说中的这段叙述话语既是对林多米与N的那场感情纠葛的理性认识，同时也为读者进入并理解《一个人的战争》这部颇富新意的长篇小说提供了一把比较理想的钥匙。这段话语实际上充分地表明了林多米在本质上乃是一个无法改变的不可救药的自我中心主义者，是一个具有固执的自恋情结的现代女性形象。因此，林白在《一个人的战争》中构筑的实际上只是一个自我指涉的欲望世界。所谓"自我指涉"，就是指小说中所叙述的故事所指，并不指向在外于"自我"的客体世界，包括社会与历史，包括他人，包括物。相反小说中的故事所指只指向林多米自身，作家所反复诉说的仅仅是个体性的一种刻骨铭心的生存体验。正是在这个意义上，我们才认定《一个人的战争》所构筑的只是一个"自我指涉"的话语空间。所谓"欲望世界"，乃指作品讲述的其实都是关于林多米的一个个欲望实现的故事。具体而言，首章主要写女主人公对同性的欲望和自慰的欲望；第二章主要写她企图使个人的才智得到社会承认，尽可能早地广为人知的欲望；第三章主要写她的一种"渴望冒险的个人英雄主义"的欲望；第四章则主要表现她作为一个已经三十岁但仍未与一个男人产生过真正的爱情的女性渴望体验一回轰轰烈烈的爱情的欲望。依笔者陋见，小说开头所摘引的林白《同心爱者不能分手》中的部分章节以及叙述话语中对"欲望"一词的如此明显的强调，是极富暗示与象征意味的。将此处的强调与我们对全部作品的整体认识把握结合起来，就完全可以确认，这部长篇小说的核心语码之一乃是"欲望"，作品所具体叙述的乃是一个个与"欲望"有关的人生故事，作品所构筑的，只是一个与社会历史无关与他人世界无涉的私人性话语空间。

"自我指涉的欲望世界"，是我们对《一个人的战争》的一种理性的整体性把握，但这部长篇小说的全部意义却并不仅仅局限于此。作为一部现代意义上的小说文本，《一个人的战争》更主要的意义价值乃表现为在作品所构筑起来的"自我指涉的欲望世界"之中所深深潜藏着的对"存在"这一根本性问题的形而上意义上的追问，这种追问的存在本身，就构成了我们判断这部小说已经是一部与传统长篇小说迥异的作品的鲜明标志之一。"多米，我们到底是谁？我们来自何处？又要向何处去呢？我们会是一个被虚构的人吗？""我到底是什么样的人呢？我是否天性就与人不同呢？这些都是我反复追问而永远搞不清楚的问题。"文本中这样一些叙述话语的出现，在笔者看来，乃充分地表明了作家林白创作这部小说的根本性动机所在，那就是：追问存在。在《一个人的战争》中，林白以自己丰富而深刻的女性生存体验为基本出发点，通过对林多米三十年成长历程的回顾，最终完成了对人类存在与人类精神的某种沉思与揭示。曾有论者在谈到林白小说时写道："林白笔下的女性因为怪戾而有一种遗世孤立的美感。她们逃避社会，拒绝与男性交往，厌俗而导向自我的内心世界。她们'从来只有一个世界，那就是她自己'。"①笔者认为，林白长篇新作中的林多米也同样具备着上述特点。她是一位三岁就已丧父、可以说是在一个"无父"的历史语境中长大的女孩子，从精神分析的角度讲，"无父"是导致一个人走向乖僻，走向自我封闭，走向精神孤独的一个非常重要的原因。而母亲却在对林多米的成长而言十分关键的幼年时期经常因工作的需要下乡行医，这样她事实上是在一种缺乏必要的家庭温暖与心灵慰藉的情况下度过自己童年的性格定型期的。这种经历对她的未来所形成的影响是非常重要的，当女主人公意识到"活着的孩子是多么需要亲人的爱抚，如果没有，必然饥饿。活着而饥饿的孩子，是否是残缺的孩子"的时候，一切都已无法更改："没有母亲在家的夜晚已经形成了习惯，从此便有了永远的隔膜，只要她在家就感到不自在"。不可否认，在林多米的自恋情结与她的童年经验之间有着一种内在的直接的联系，究其实质，她的那种根深蒂固的"自恋"倾向即导源于此。我们注意到，在林多米与外在世界（事物、他人）之间，始终存在着一种十分对立的不可调和的紧张关系。因了这种紧张关系的存在，同时也因了女主人公那种典型的内倾向人格，小说中的林多米事实上总是处于一种"孤独"的生存状态之中。在笔者看来，导致女主人公陷入这种孤独状态的更重要的原因还在于

---

① 陈晓明《欲望如水：特别的神话》，《钟山》1993 年 4 期。

她本质上对富有诗意的如艺术一般的行为方式的由衷热爱："但是这个女人长期生活在书本里，远离正常的人类生活，她中书本的毒太深，她生活在不合时宜的艺术中，她的行为就像过时的书本一样可笑。"当某人以一种极端艺术的生活方式去进入实在现实生活之中的时候，他必然因为艺术与现实生活之间巨大的距离的存在而以一个失败者的形象出现，也必然会遭到"正常人"们的嘲笑。但也正是在这不被理解的"孤独"的生存状态中，林多米才触摸到了人类存在的某些要义所在，对存在的意义和价值有了一种直观式的领悟，并具备了某种超越自我的可能。因为"这种无所不在的'孤独感'已经不是无人陪伴独处幽居的孤独，而是人本质上的根本孤独，它启示出海德格尔笔下的'我自己'。因此，能不能正视孤独，能不能担当此孤独就决定了你能不能守住'我自己'、成为'我自己'。一旦'我自己'觉醒过来，超越就待发生了"。①确然如此，综观林多米的三十年人生历程，的确可以发现，她一直在以一种主动逃避或自我封闭的方式逃离着充满诱惑的世俗生活对充满诗意的艺术型生活方式的伤害与侵蚀，一直在以一种坚决的方式维护着自己享受"孤独"的权利。事实上，也正是因为有了林多米的坚守孤独，所以她才有了一种在孤独中品尝咀嚼自我（人类）存在的经验，并进而以"自我指涉"的方式追求人生的精神存在的可能性。我们得出上述结论的根本原因在于，在现代社会中，那种丧失了"我自己"，而完全"依附"在公众意见、"依附"在技术（或政治社会）统治上的"活着"事实上就是死亡，就是一种精神的死亡，一种心灵的死亡。正是在这个意义上，我们认为，林多米对孤独权利的拥有，对"我自己"这种生存方式的坚决维护，实际上意味着她对自我（人类）存在的意义和价值的一种不懈的追求和探寻。而这一点，也正是我们前面早已确认的林白创作这部长篇小说的根本性动机所在，是《一个人的战争》这部作品的更主要的意义价值所在。

①余虹《思与诗的对话》，中国社会科学出版社1991年版。

这部与传统长篇小说迥异的作品的另一个鲜明的标志是小说富有特色的叙述形式。在笔者看来，林白在《一个人的战争》这部小说的创作过程中所表现出来的卓尔超群的叙事智慧与叙述技巧，乃是这部作品获得成功的一个非常重要的原因。具体而言，这部作品的叙事形式的特征主要表现在以下几个方面：其一是指作家对叙述者的精心设计。认真解读文本，从表象上可以发现作家在小说中似乎是设计了两个叙述者，一个是显身的介入式的第一人称叙述者"我"，另一个则是隐身的非介入式的第三人称叙述者，整部小说的故事进程就是在这两个叙述者的不断滑动不断位移的叙事过程中得以完成的。在我们指认作品的主人公为林多米的那些段落里，小说的叙述者为第三人称的隐身者；在我们指认作品的主人公为"我"的那些段落里，小说的叙述者就是第一人称的显身者，也就是主人公自己。其实，显身的叙述者"我"，与那个被隐身的叙述者所关注的中心人物林多米，乃是同一个人。笔者认为，在这个意义上，我们不妨把林白这种富有创意的对叙述者的设计方式，称之为"自我分身"的叙述方式。这种看似两人的第一人称叙述者"我"与隐身的第三人称叙述者其实是同一个人，是同一个人的两种不同的呈现方式。正因为如此，我们才把这种叙述方式称之为"自我分身"的叙述方式。在笔者看来，林白这种对叙述者的精心设定，是匠心独运极富艺术表现力的。这种表现力就主要体现为作家以第一人称"我"的身份来叙述故事时，一方面可以对自我的内在心理与内在情绪作充分的直露和坦白，同时又可以通过"我"叙述的故事的亲历感给读者造成一种十分真切的印象，并且直接有力地凸现出了作品叙事的主体性及其明显的个性化特征；而当作家以第三人称隐身者的身份来叙述故事时，一方面可以对林多米（亦即自我）的生存状态与外在行为作近乎于真实的表现，同时也可以通过叙述者与林多米之间拉大了的时空距离感的存在给读者以一种异常客观的印象。这两种不同叙述方式的交合与混同使用，就使得小说在强化对女主人公进行心理分析的同时也进一步加强了对她的外部动作行为的客观展示和描写，二者的结合就使得作品对女主人公形象的塑造表现显得更加完满也更加深刻了。与此同时，因为第三人称的隐身者与显身的第一人称叙述者"我"事实上乃是同一个人，所以前者的叙述其实也只是"我"的叙述的一种形式上的变体。在这个意义上，前者的叙述不仅没有对以"我"为叙述者所形成的"私语性"的叙述特征造成损害，反而在一定程度上弥补了这种叙述特征所必然带来的一些缺陷，使得《一个人的战争》这部长篇小说在艺术上更加圆满和完整。其二则主要表现在"忆旧"的叙述观点的设定上。"从我写作这部小说开始，我似乎提前进入老年期，据说老年期的标准之一，就是对久已逝去的往事记得一清二楚。"根据小说中的这一段叙述话语，并结合我们对这部小说的整体考察，即可以认定，这部作品乃是叙述者站在林多米三十岁的视点上回首逝去的往事的产物，整个文本都是在这种典型的"忆旧"的视点中得以完成的。具体到林白的《一个人的战争》，"忆旧"这种叙述视点的设定，一方面可以使作家在回忆中完成对"在"的澄明的领悟与展示，使被历史（人生历程）表象遮蔽良久的生存的本真重新变得"敞亮"，使作家对存在的意义和价值所进行的追问与探寻成为可能；另一方面则可以增强文本的"私语性"特征，因为在某种意义上说，"回忆"或者说这种沉湎于"过去"故事中的叙述基调正是个体的"私语性"的重要表征之一。其三则具体表现为叙述过程的随意性，表现为对诸如内心独白之类叙述技巧的操作运用，还表现为伴随整个叙事过程的诗意（性）特征。在谈到自己的小说创作时，林白曾这样写道："这个人在写作时不管可读性，一个人与另一个人是如此不同，她怎么管到别人呢？她只遵循自己的本性和想法，没有逻辑地、缺乏深意地、前言不搭后语地、不断地从中心跳出，像蜻蜓一样飞来飞去，这种飞翔快乐而自由！"①从以上的创作谈中可以看出，随意性地编制故事程序，打破故事发生的时空界限，首先乃是作家本人主观上的一种创作意向。证之于《一个人的战争》这个具象文本，则可以发

①林白《重要的事情》（创作谈），《作家》1994年4期。

现，随意性在作品中确实表现得非常明显。比如在第三章"随意挑选的风景"中，作家首先写到林多米的那种深入骨髓的漫激冒险情结，然后写她与母亲、家庭、故乡的关系，接着又回到冒险这条线索上，主要记述女主人公与矢村之间发生的故事，随之却又跳到了她探访萧红故居以及与刘记者同返成都的故事上。认真解读文本，我们还可以发现，作家在创作过程中对内心独白之类叙述技巧的运用，也是比较普泛比较成功的。所谓"内心独白"，乃是一种"主要记录人物内心各层次的情感经历，既包括单层次的意识经历，也包括多层次相结合的意识经历，直到无法用词语表达而必须用'形象'来表现感觉或情感的最深层次"的文学技巧，"它主张在被表现层次上不受任何限制地描绘整个内心的经验。因此它看上去没有逻辑，充满联想，不受作者的控制"①。据此考察《一个人的战争》，则可以确认，这部作品确实充分地运用了内心独白这一叙述技巧。此外，通过对小说语言构成的再三咀嚼，我们也发现了弥漫于整个小说叙述话语中的一种明显的诗意（性）特征的存在。作家林白曾经有过不短的诗歌创作历程，她是一位从诗歌起步后又转入小说创作的青年女作家，在诗歌创作上，曾有过不俗的成绩。因此，从根本上说，林白应该是一位富有诗性的作家，她的这种诗性不仅在诗歌创作中有明显的表现，而且也在小说创作中留下了鲜明的烙印，只不过这种诗性在小说中是最直观地体现在文本最显的语言层面上罢了。其实，这种诗性的更深刻的表现乃早已深深地楔入了作家创作时的思维运作过程之中，这一点在《一个人的战争》中亦可明显看出。以上所述在文本中的具体例证俯拾皆是，只须将小说细读两次，即可对此有真切的体会，因篇幅所限，此处容不赘言。总之，在笔者看来，不管是叙述过程的随意性，还是对内心独白这种叙述技巧的操作运用，抑或是伴随着整个叙述过程的诗意（性）特征，都对作品主题的表达，亦即对存在的意义和价值的追问，尤其是对小说形式上的"自我指涉"的私语性特

①引自《世界诗学大辞典》"内心独白"词条，春风文艺出版社 1993 年版。

征的表现，有着不容忽视的重要作用，应该引起读者的高度关注。综上所述，正是因为《一个人的战争》具备了以上三个方面的基本特征，所以才形成了富有个性特色的叙事形式，并进而完成了对"自我指涉的欲望世界"的完整而成功的表现。

通过对《一个人的战争》这一作品的详尽解剖，基本上可以确认，林白、陈染、海男等新崛起的这一批女性作家，已经以其对"存在"意义的执着而不懈的追问，以其叙事形式上的私语性特征，与张洁、铁凝、王安忆这批女性作家，有了某种本质的差异。她们的出现，她们所构筑起来的一座座"自我指涉的欲望世界"，标志着当代女性写作的一种长足的进步。对此我们应该而且必须给予充分的注意，并及时做出尽可能接近于科学的恰当而合理的评价。

《当代文坛》1994 年第 6 期

在历史的重构中勘探人性
——评王蒙长篇新作《暗杀》

　　读王蒙的长篇新作《暗杀》（载《大家》1994年6期），笔者首先注意到这样一句意味深长的叙述话语："面对往事，你不觉得怆然凛然而终于寂然么？"窃以为，我们可以把这句话理解为作家借叙述者之口表达的自己面对往事（历史）时的心态变化过程，理解为王蒙的夫子自道。作为一位具有强烈的"历史意识"的作家，作为曾经在20世纪经历过太多的苦难和坎坷，在20世纪中国历史的沧桑巨变中有过极真切的亲身体验的王蒙，不但不可能忘怀于"历史"，而且会在他不断进行的对"历史"的反思中逐渐加深对"历史"的理解和认识。当作家由回首往事（历史）时的怆然凛然而终于趋向于寂然的时候，当作家随着时间的增殖逐渐摆脱现实政治功利因素的控制进而一步步深化对"历史"的尽可能趋近于本体论意义的认识的时候，出现在他笔下的"历史"就不再是我们惯常在历史教科书中所习见的"历史"面貌，而带上了明显的作为"历史"的重构者的王蒙个人的主体性色彩。在这里，我们所一再提及的"历史"并不是传统人文学科意义上的"历史"，而专指新历史主义的"历史"观。与对"历史"的传统认识相区别的是，新历史主义的所谓对"历史"的全新理解"主要是推出了一个'文本叙述'的概念，有了'文本叙述'作为认识和把握世界的中介，昔日人们对客观世界认识的那种天真无邪的透明就再也不存在了。尤其需要强调的一点是，从这样一个角度去看历史，并不是要把"历史"理解成贬义的向壁虚构（这种误解已屡见不鲜），而是要除去'历史'（文本）的神秘性，看到'历史'自身的历史性，看到'历史'文本在形成的过程中是如何受到历史环境、认识条件和学术体制等各种作用力的约束的。从这样一个角度去看历史，历史就不再是赋予世界的一个连贯的故事形式，而是一个又一个不断更新着的认识层面，它将不断激发我们对于世界作新的思考"。（参见盛宁《二十世纪美国文论》北京大学出版社 1994 年版，第 260 页，引文中的着重号系笔者所加）假若我们以这样的"历史"观来对王蒙的"历史意识"的演进变迁过程做一番考察，则可以饶有兴味地发现带有作家个人鲜明的主体性色彩的王蒙自身"历史意识"的历史性。笔者以为，王蒙的"历史意识"迄今为止发生过两次大的转折，先后经历了三个不同的发展阶段。第一个阶段主要是指经历反"右"斗争前的王蒙，这个时期的王蒙作为一位积极投身于中国的革命事业，以极大的热情参与了中国巨大的历史性变革的"少年布尔什维克"，对现实生活持有一种如"青春万岁"这样礼赞式的激情投入姿态。此时的王蒙所持有的乃是一种一元论的以肯定方式呈现的"历史意识"。在他看来，历史将以顺乎民意的方式向着符合大多数人的未来理想发展，这种发展方式将是线形上升的。很显然，这个时期的王蒙虽然已经在"组织部"里发现了刘世吾这样以极其冷漠的态度对待生活的人物的存在，但他整体的"历史意识"却仍然是受控于当时的社会主流意识形态，与这种主流意识形态相契合的。从这个意义上说，最典型地体现了这一阶段王蒙的"历史意识"的作品乃是他的长篇处女作《青春万岁》。反"右"斗争中的被批判致使王蒙丧失了创作权利，他长期辍笔到"文革"结束以后，才重新获得创作权利，成为"重放的鲜花"作家群中的一员主将。我们认为，作家"历史意识"发展的第二个阶段正是指"文革"结束后复出文坛时的王蒙。这个时期的王蒙业已饱尝了"故国八千里，风云三十年"的人生苦难，现实的苦难磨砺对王蒙的人生与艺术态度产生了极大的影响，他再也不可能对现实生活保持一种如"青春万岁"般激情投入的姿态，他已经认识到了生活的"杂色"性，他观照切入生活的态度已经明显地趋向于冷静的反思色调。应该说，这个时期的王蒙已经进入了他小说创作的成熟阶段，然而，受他独有的生存经历的影响，他在这个阶段的创作中表露出来的"历史意识"乃是对自己曾一力肯定过的线形上升式的历史发展趋向产生了深刻的怀疑，怀疑的结果则导致他对反"右"斗争结束后的愈来愈以"左"的面目呈现发展的"历史"产生了非常强烈的否定性看法。尽管说由肯定式向否定式的变化已经充分说明了王蒙"历史意识"所发生的明显的长进与成熟，但我们也不能不明确地指出，王蒙这个阶段的"历史意识"从本质上看依然是一元论的，而且无意中在很大程度上暗合了当时以否定"文革"为主要表征的社会主流意识形态。笔者以为，最典型地体现了王蒙这一阶段"历史意识"的作品乃是中篇小说《布礼》和《蝴蝶》。进入新时期以来，王蒙进入了他艺术上持续不断的"井喷"状态，几乎每年都有大量的富有创意的作品问世，其中仍然以小说创作为最主要。这个时期是作家的"历史意识"由第二个阶段向第三个阶段发展的极为重要的蜕变期。这一时期的王蒙在经历文学创作的辉煌的同时，也经历了社会政治意义上的辉煌，一度官至文化部长，然后又复归为从事个体劳动的纯艺术意义上的作家。这种大起大落大开大阖的人生变迁对作家"历史意识"的第二次转折起到了明显的催化作用。在笔者看来，王蒙"历史意识"的真正成熟，他"历史意识"发展的第三个阶段的标志乃是他的"季节"系列长篇小说创作的开始。在王蒙的创作构想中，"季节"系列将由五部人物与情节既相对独立又相互联系的长篇小说组成，这个系列将展示 20 世纪后半叶中国现实社会的沧桑巨变，将透视表现知识分子在这几十年风云变幻的政治历史大背景下曲折的精神发展历程。从已经问世的《恋爱的季节》和《失态的季节》来看，王蒙的构想基本上得到了体现和完成。在某种意义上，笔者把正在创作中的"季节"系列看作是王蒙的一部非常重要的总结性作品，既是对他的人生经历的回顾与总结，也是对他的艺术经验的一种汇聚与凝结。通过对王蒙两部"季节"长篇小说的解读，笔者认为，其间表现出来的作家的"历史意识"已经不再如前两个阶段啊一样是一元论式的，而变成了一种多元论的方式。这也就是说，在王蒙看来，对于"历史"，我们不再能以一种线形的方式去做出简单的肯定或者否定，因为"历史"本身就是非常复杂无序的，就不是以一种线形的方式发展变化的。在对"历史"的认识达到这一新的层面之后，王蒙对"历史"的表现也就自然而然地发生了变化，不再如前此阶段一样以一种激烈的感情方式去进行简单的是非臧否，而是在平稳冷静的理性智慧的操持下，力图以这种"多元论"的"历史意识"去全方位地表现重构蕴涵着丰富复杂内容的 20 世纪后半叶的中国历史。这种重构性的一个明显标志即是王蒙不再单纯地指认以"左"倾倾向的日益加剧为显在表征的建国后社会历史环境为唯一审视批判对象，在继续对"左"倾倾向保持足够的清醒和警惕的前提下，作家进一步认识到了作为"左"倾思潮的受害者的知识分子在一定的社会文化土壤中将会自觉或不自觉地变成"左"倾思潮的主动参与者和积极推动者这种普遍现象的存在。因此，在王蒙的两部"季节"长篇中，带有明显的作家个人影子的钱文以及其他知识分子，就不再如钟亦诚（《布礼》）、张思远（《蝴蝶》）一样仅仅作为单纯的受难者形象出现，同时也成了作家严峻审视与剖析的对象。这种知识人严酷的自审性现象的出现，就充分地说明王蒙对"历史"与"人"的复杂关系的认识达到了一个新的高度，而这种新的认识高度又正是王蒙的"历史意识"发展上升到第三阶段的基本表征所在。通过对王蒙的长篇新作《暗杀》的认真解读，笔者认为，这也是一部鲜明地表现了王蒙第三阶段"历史意识"特征的优秀作品。

虽然《暗杀》是应安波舜之约为春风文艺出版社"布老虎"丛书专门写作的一部长篇小说，虽然"布老虎"是一套有着完整商业营销策略考虑的文学丛书，但《暗杀》却绝不是一部只为了商业目标的低俗恶劣的敷衍塞责之作。窃以为，这是一部具有极高的艺术品位的雅俗共赏的长篇力作。原因在于，在笔者看来，《暗杀》乃是王蒙创作"季节"系列长篇小说时的一个"副产品"。自1991年起始，王蒙开始了他规模颇为巨大的"季节"系列的创作，为了这个庞大的创作工程能顺利地如期完成，作家肯定会把自己的全部身心都投入于其中。我们注意到，在1991年之后，除了为《读书》杂志撰写"欲读书结"等一些零敲碎打的短小文章之外，王蒙几乎很少有中短篇小说问世，这种情形即是上述观点的一个很好的说明。但就在1994年，在刚刚完成了《失态的季节》的创作之后，王蒙却以匪夷所思的速度极快地完成了《暗杀》这又一部长篇小说的创作。依照一般的创作规律推断，一个作家即使是如王蒙这样的小说大家也不可能魔术般地在如此短的时间内完成如此重大的创作转换，他只能借助于现成的材料与思考来完成他的小说新作。但这并不等于说《暗杀》是一部临时拼凑的滥竽充数之作，绝非如此。原因在于，作为年近六旬（指1991年而言）的王蒙的很可能是最后一项巨大的创作工程，"季节"系列长篇小说的创作肯定寄寓着作家相当重要的人生与艺术价值寄托，作家肯定希望通过这个系列的创作，完成自己展示20世纪后半叶中国社会的沧桑巨变和审视表现中国知识分子曲折的精神成长历程的创作主旨，使之成为最充分地体现作家自己艺术的创造能力的皇皇巨著。因此，王蒙的创作态度是极为严肃的，过去在他的诸如《风息浪止》《莫须有事件》以及《冬天的话题》等作品中为读者所惯见的夸张戏谑与滑稽调侃的表现方式在他的"季节"系列中几近于了无踪影，这一点在他业已问世的两部"季节"长篇中表现得非常明显。然而，一方面因为戏谑与调侃毕竟是作家王蒙的一种艺术天性，另一方面也因为他在自己的不短的人生历程中肯定目睹了许多诸如冯满满与邹晓腾甘为敬侯志谨之类人物的丑恶行径，目睹了过多的如《暗杀》中所一再展现的可以称之为"窝里斗"的生活现象。而此类行径又非戏谑夸张调侃式的表现方法不能尽其堂奥，不能得到痛快淋漓的袒露与揭示，所以才有了《暗杀》这部充满了夸张和漫画色彩的以戏谑和调侃的方式勘探人性尤其是人性恶的长篇佳作的问世。从这个意义上，可以说是"布老虎"丛书为王蒙提供了一个宣泄情感表现杰出的讽刺才能的机会，有了这次机会，才最终促成了《暗杀》这一部在历史的重构中勘探人性的长篇小说的出现。

为了确保"季节"系列的完整与严肃性，王蒙在创作中基本上是按照历史延伸发展的走向以顺时序的方式来完成他的小说叙事的。在这个意义上，可以说作家的"季节"系列乃是"戴着镣铐"的跳舞，既要顾及对"历史"的严肃重构，又要以自审的方式冷峻地剖析审视知识人的灵魂。但《暗杀》却并无这许多的羁绊与顾忌，因了它与"季节"系列相比所特有的随意性，事实上就为作家叙事上的纵横捭阖自由驰骋提供了英雄用武之地，这种情形与脱了紧箍咒的孙大圣十分类似。因而，同样是对历史的重构，但《暗杀》却与"季节"系列有着明显的不同之处。具而言之，王蒙在《暗杀》中极随意地打破了故事的时空界限，以充满戏剧性（所谓戏剧性，乃是小说的一种基本表现手法，在小说中，它促成了情节演变中的某种惊人的巧合与反差，并借由这种巧合或反差而形成一个有趣而有力的叙事上的终结。契诃夫莫泊桑等经典作家是运用这种表现方式最为得心应手的作家。戏剧性在《暗杀》中的运用，主要是指小说的主要人物：李门、冯满满、邹晓腾、甘为敬与侯志谨这几位大学时的同学居然在几十年内总是十分巧合地在一块跌打滚爬，给读者一种强烈的不是冤家不聚头的感觉。对人物关系的这种处理方式就是运用戏剧性手法的明显标志。此外，如对李门"暗杀"首长时与首长警卫员侯志谨的初次相遇和李门与侯志谨作为未来同学在列车上的再次相遇这两个细节的处理，也给读者以明显的无巧不成书的感觉，给读者以戏剧性很强的感觉）和假定性（假定性亦是小说的一种基本表现技巧，主要是指作家在小说中为了展开故事而设定的一个给读者以明显的不真实感觉的前提，并以这个前提为基础来架构整部小说作品。这一前提的不真实性主要是指生活层面上的不真实，在逻辑推论的层面上说，这样的前提却又是相当令人可信的。

假定性在《暗杀》中的突出表现乃是作品题目的由来，很显然，"暗杀"这一题目来自于小说中的当时年仅八岁的李门企图以木制手枪"暗杀"首长这一情节。自大学期间侯志谨利用这一"暗杀"事件把李门整垮开始，这个"暗杀"的历史性问题就一直缠绕在李门的人生历程中，经常对他的生活产生种种难以察觉的微妙影响，直到1994年，李门被党和国家的高级领导人接见以后，关于他的"暗杀"问题才算有了个了结，才真正地烟消云散。从现实生活的层面上考虑，像李门这样由于童年时期的一次游戏，而长期被当作企图"暗杀"首长的反革命嫌疑犯来对待，并且对他日后几十年的生活产生了如此巨大的影响，确实有些令人难以置信，给读者以明显的不真实的感觉。然而，从逻辑推论的层面上来说，这一切的发生发展又都是合情合理合乎当时的生活逻辑的。在20世纪50年代后期"左"倾思潮日益向着登峰造极的地步发展的历史背景下，由李门的童年游戏这一前提到"暗杀"首长的嫌疑这一结论的得出是十分顺理成章的事情，看似荒诞不经，其实却在荒诞中实现了对存在的真实的强有力的揭示与表现，一针见血地触及了时代的实质。从这个意义上说，所谓"暗杀"问题又是相当令人可信的。事实上，王蒙是通过对假定性这一表现技巧的运用，通过对"暗杀"事件惟妙惟肖的展示为他自己提供了一个很好的切入表现本世纪后半叶中国历史的窗口）的艺术表现手法，客观真实地集中再现了20世纪后半叶中国社会历史的风云变幻。因了时空界限的被打破，《暗杀》中呈现的若干不同时期"历史"的面貌之间就充满了反差和对比色彩。这种反差和对比色彩的存在，恰到好处地凸现出了"历史"发展本身的丰富复杂与荒诞不经，显示了作家王蒙对"历史"所进行的带有鲜明的个人主体性色彩的重构的意义所在，同时也为作家对人性的勘探与审视这一主题性意向的充分展开提供了必要的前提与铺垫。

对"历史"的展示与重构是为了更充分地关注与勘探在这"历史"因素的参与下人性的倾斜与变异。作为人性的一贯勘探者，在《暗杀》这部长篇新作中，王蒙把自己的审视目光主要指向了人性中恶劣与丑陋的一面（虽然在小说中，王蒙也有意展示了李门与简红云这两个体现自我理想色彩的人物的不失正直善良的人性状态，但这两个人物很明显是作为冯满满、邹晓腾等人物的对比衬托者而出现的。尽管王蒙也对他们尤其是对带有明显的自传色彩的李门进行过同样不失严厉的审视）。在这个意义上，可以说作家承继了由鲁迅等"五四"先驱开创的挖掘剖析"国民性"的主题。在文本中，通过对冯满满、邹晓腾等人几十年人生经历的展示，更主要是通过对他们这几十年来的人性发展变迁历程的冷峻剖析，王蒙形象地表现了在畸形发展的政治历史背景的沉重挤压下，这些人物心灵世界严重的扭曲与变形，人性明显的倾斜与沉沦的可怕情形。其间寄托的主要是王蒙对此种种现象的指斥与批判，当然也不无审判之后的悲悯与宽恕。但或许是因了作家对邹晓腾、甘为敬以及侯志谨这些同性人物恨之过切，对他们的劣迹过分熟悉且难以容忍，所以，在塑造这些人物时便显得过于急切，少了些应有的宽容与理解，因而使得邹晓腾、甘为敬与侯志谨这三个人物的性格与形象特征显得过于夸张，过分地漫画化了。过于夸张与过分漫画化的结果则必然会损害这些人物形象的丰满程度，并进而影响作家对这些人物更为复杂的内在精神世界的把握程度，给读者以明显的平面单一化的印象。假若王蒙能以更宽容和理解的心态来对待邹晓腾等人物形象，则《暗杀》这部作品所能达到的思想深度与艺术成就将大大超过现在已经达到了的高度与水准。这当然是我们对王蒙的一种苛求，就现实中的《暗杀》文本而言，笔者以为，也已经是本时期长篇小说创作中的一部佳作，已经达到了相当高的艺术水准。正如"布老虎"编者所言，王蒙以"其丰富的思想和圆熟的艺术，使本书成为本邀纪文学的奇迹和范本之一"。原因一方面在于作家在《暗杀》中对20世纪后半叶中国历史的成功的表现与重构，另一方面则更在于对冯满满这一人物形象的成功塑造。在笔者看来，《暗杀》取得成功的一个很重要的因素即是对冯满满这一人物的成功塑造，不仅与邹晓腾、甘为敬们相比，而且与李门、简红云这样的正面人物相比，冯满满都可以说是这部长篇小说中性格展现最为生动最为丰满的一个人物形象。甚至可以毫不夸张地说，冯满满是王蒙笔下塑造出来的最为圆满的人物形象之一，是可以与倪吾诚（《活动变人形》）这样影响深远的人物形象相提并论的。这一形象的出现，是王蒙对"文革"后文学的一个突出贡献。在笔者有限的阅读经验里，20世纪的中国小说人物中，能够唤起笔者类似的阅读体验与审美感受的似乎只有曹七巧（张爱玲《金锁记》）和司猗纹（铁凝《玫瑰门》）这两个形象。

很显然，冯满满也是一个人性的丑陋与卑劣的体现者，是一朵盛开的十分艳丽的"恶之花"，是王蒙笔下极为少见的性格极其丰富复杂的女性形象。正如李子云在《〈失态的季节〉与王蒙》[①]一文中指出的："从他的有些作品中的几位女性身上（很有意思，大部分都是女性），如《失态的季节》中东菊、《如歌的行板》中的萧玲、《组织部新来的年青人》中的赵慧文，我们不是分明地感受到那种接近于透明的聪慧、明智、崇高，甚至是圣洁的品质吗？"确然如此，王蒙笔下的女性形象大都是美好而善良的。在作家此前的小说人物中，似乎只有《相见时难》中的杜艳，在某种意义上可以被看作一个人性恶的体现者。或许正是上承杜艳这一人物形象的余绪，王蒙才产生了刻画塑造冯满满这一人物形象的兴趣和动机吧。认真解读文本，我们可以发现，冯满满实质上是一个为了自身的利益而不惜丧失任何原则立场乃至自我人格的投机分子，是一个随着生存环境的变化而不断改变自身保护色的"变色龙"形象。这一点在她几十年来与李门的关系演变中表现得非常明显。当李门还仍然是K市大学的优秀学生干部、三好学生的时候，她对李门可以充满爱意地去大胆追求。然而，一旦李门的"暗杀"问题被"揭发"出来，成为被批判的对象，她马上就踢开李门，投入了靠陷害李门而得势起家的阴谋小人侯志谨的怀抱。但也同样是这个冯满满，在70年代末形势急剧逆转之际，又非常热情地在大街上拥抱久别重逢的李门，并且想方设法把平反后的李门调到G省科学院工作。然而仍然是她，在自己的丈夫侯志谨遇到难以逾越

①见《文汇读书周报》，第514号。

的人生障碍时，一再厚着脸皮去央求李门做出种种牺牲以确保侯志谨过关，借口则是他在李门最困难的时候曾在双塔公园与李门有过一次男欢女爱，是她面对李门时最典型的那句口头禅："我也算对得起你了。"如果说李门的人生哲学是"宁可让天下人负我，我决不负天下人"的话，那么冯满满的人生哲学则当然是相反的。所以，面对冯满满的种种不无乖张的行为举止，李门常常感觉到的是一种瞠目结舌式的震惊与困惑。当他们在双塔公园刚刚亲热过一番之后，李门动情地想再吻冯满满一下，然而得到的却是她的坚决拒绝，李门大为不解："难道我们之间没有发生什么事情吗？她怎么说不认识就不认识我了呢？又是一阵寒战通过了李门全身。"于是，"李门愈来愈感觉到自己的幼稚、愚拙、浑浑噩噩了。在冯满满的城府、韬略、老练与了无痕迹的进退攻守说变就变面前，他干脆还是个白痴！"不仅与李门的关系如此，冯满满对其他人际关系的处理也同样遵循着确保自身的最大利益的原则。在甘为敬与她调情时，她可以半推半让虚与应对，一旦邹晓腾抓"奸"成功，她马上就抗拒挣扎起来，假装出一副受辱的样子，而且在审讯时矢口否认自己正在与甘为敬谈恋爱，最后终以流氓罪把甘为敬送进了劳改农场。然而，当"文革"结束后，甘为敬以一个二流作家的身份出现在 G 市并与冯满满在舞会上相遇时，冯满满却又能毫无芥蒂地热情招呼他邀请他，把他奉为家中的座上宾，甚至为此付出了女儿小红被诱惑的代价。但是，在小说中最为令读者震惊的恐怕却是冯满满对待自己生父的前后判若两人的态度。当生父顾康杰的在逃反革命身份成为她进一步获得政治资本的障碍时，她可以把生父说成"革命人民的疯狂敌人"，说成"是一个禽兽行径的色鬼流氓恶魔"。然而，当她的父亲顾康杰以 B 国大老板的身份重返国内时，她却可以声泪俱下地在李门面前忏悔自己过去对父亲的污蔑和诽谤，最后竟依靠父亲的力量移民到了 B 国，以至于使李门对此产生了深刻的怀疑："如果说当年为了自己的利益冯满满不惜将自己的生父说成魔鬼禽兽，那么，如今谁又能保证她不会为了一己的利益把一个魔鬼禽兽说成亲爱的生身父亲呢？老天！如果她——

而且不仅仅是她生活在谎言编织的世界里，焉知她今天不是又编织了新的谎言呢？"然而，冯满满又绝不仅仅只是一朵"恶之花"，在塑造展示冯满满的恶的一面的同时，王蒙也充分地注意到了对冯满满曾经存在过的令人同情的不乏善良的一面的表现，注意到了对处于现实生存中的"人"的全部复杂性的体察与传达。首先是对她的这种性格得以形成的社会文化环境的展示，冯满满作为一位在逃"反革命"的女儿，在五六十年代那样一个极"左"思潮盛行的文化专制氛围中，要想达到出人头地追求美好前途的人生追求，就势必要扭曲自我的正常人性，以求与时代思潮的合拍。在这里，我们注意到了她母亲的言传身教对她产生的深刻影响。她母亲不仅改嫁给了瞎了一只眼的农村干部，而且还一再叮嘱冯满满："嫁人一定要嫁贫农、共产党员、干部!"可以说，正是母亲的经历深刻地影响并决定着初涉人世的冯满满的人生选择，决定了她的最终弃李门而择侯志谨。但是，冯满满的决定并不是甘心情愿的，在她的内心深处仍然深藏着对李门深深的爱意与真诚的关切，这一点从她打开水时再三告诫李门坚决不能认错，不能承认自己的童年游戏有任何政治用意的举动中即可明显看出。此外，冯满满能在李门挨批判的最困难的时候毅然决然地献身给李门（虽然冯满满后来曾一再利用她的这一次献身，以她的"我也算对得起你了"，过分地要求李门为自己或自己的丈夫侯志谨做出种种牺牲。但我们却不能据此认为，她的这一次献身是一个有预谋的行为，不能认为她是在为自己以后的人生道路作感情投资。在笔者看来，与其说这次献身表明了冯满满的城府和老练，毋宁说这表明了她的青春冲动与真诚可爱的另一面，"献身"细节的出现是冯满满性格得以完成的相当重要的一笔。至于她以后的变化，窃以为，那已经是她性格定型化之后的惯性所使然，与此处的青春冲动真诚可爱无涉），也充分地说明了她不得不做出弃李择侯的选择时激烈的内心斗争和矛盾冲突，说明了她的善良人性的存在。通过这些细节的设计，王蒙既真实地展示了当时"左"倾环境的恶劣与可怕，同时也充分地表现了人性的脆弱与易变。同时，也正是因为有了这些细节，冯满满才得以避免如同邹晓腾等人物的明显的单一与漫画化倾向，体现了生活全部的真实性和复杂性，从而成为小说中塑造最成功最丰满最具人性深度的一个人物形象。

为了更准确地理解和把握冯满满这一形象，笔者以为，很有必要了解一下小说的副标题"3322"的涵义。小说中，当冯满满从 B 国回来探亲与李门会面，不无感伤和失意地对李门说："我也愈来愈觉得自己这一辈子活得没有意思。我算是个什么人哪！一辈子我都在算计，一辈子我都在谋划，一辈子我都在奋斗。可是……"时，李门给她讲了一个意味深长的"命运"的故事，一个数学游戏的故事："……那些梦想不花本钱就得奖的人，那些事事想占便宜，处处希图侥幸的人，当他一抓就抓出一个 3322 的时候，他们大骂自己的手'臭'，他们大骂自己的运气不好。他哪里知道，这一切都是小贩事先预计到了的，四种颜色的球的数量不会相差太远。就是说，命运其实是最公平的东西……"在此处，王蒙借李门之口一针见血地指出了冯满满（当然也包括邹晓腾等人）人性悲剧的质点所在，那就是对于一个可以丧失任何原则立场甚至包括自我人格去不择手段地追求自我利益的满足的人而言，最终的结果只能是一无所有，一片虚无，只剩下了怨天尤人，真可谓"机关算尽太聪明，反误了卿卿性命"。窃以为，认真地揣摩回味一下李门关于"命运"的故事，将会使我们对冯满满其人，对王蒙的《暗杀》这部长篇新作产生更为全面也更为深刻的认识和把握。同时，笔者还认为，冯满满这一形象的成功塑造，与作家的叙述立场有着极为重要的关系。认真解读文本，不难发现，王蒙基本上是站在李门的立场上，通过李门的视角来观照人生叙述故事的。而李门又与冯满满有着几十年的恩怨纠缠，特别是他们还曾经是关系非常要好的恋人，况且李门一直认为冯满满有恩于自己。这样的人物关系对文本的叙述自然会产生深刻的影响，冯满满这一人物之所以没有像邹晓腾、甘为敬等人物一样被漫画化，与这样的人物关系，与由这样的人物关系所决定的作家王蒙的叙述立场有着极为紧要的联系。

最后值得一提的是王蒙的《暗杀》在文本上所表现出来的极为明显的赋体特色。赋，是中国古代文学创作中重要的文体之一。产生于战国时期，至汉代兴盛一时，遂成为有汉一代的标志性文体。汉赋的突出特点是在表现手法上极为铺张扬厉，在文中多用排比对偶，多用四言和六言句。窃以为，上述特点在《暗杀》的叙述话语中有着明显的体现。首先是描写上的铺张扬厉，典型如第一章对李门戒烟的描写，由"吸不吸烟"联想到"人生的程序"到"人生的意义"到"人权与自由的讨论"等等，一路铺展开去，用了将近两千字的篇幅，极尽铺陈之能事。此类情形在文本中俯拾皆是。其次是排比对偶的运用，比如对李门与简红云初次欢爱的表现："是麋鹿一样的惊慌与躲闪，是清风一样的微波涟漪，是月光的清纯与神秘……"作家连用三十一个以"是"开头的排比句子来展示李门与简红云感情的融洽与美好，其间当然穿插有对偶句的运用。文本中的此类例子也是不胜枚举的。再次是对四字句的运用十分得心应手，如第八章中的这样一段叙述话语："这就更使人们如闷在罐子里：惴惴不安，颇费猜想，大伤脑筋，既惊且惧，既振奋又悲壮起来。"连用几个四字句以加强表现的力度。这种情形在《暗杀》中也极为普遍。正是因了以上的原因，笔者才把王蒙的话语风格概括为赋体色彩。其实，这一特点并不仅仅表现在《暗杀》中，王蒙其他小说的话语也大都具备着这种特色。很显然，这样的文体风格对于王蒙对丰富复杂的现实生活的全方位立体化的表现是大有裨益的，正如有论者所明确指出的："这种语言给人以感觉，不是平铺直叙，而是从多种角度和层面立体地轰击、炸裂开来，给人以一种与复杂事物结构同构之感。"①

《小说评论》1995 年第 4 期

①王一川、张法《杂语共生与汉语走向》，载《文艺争鸣》1994 年第 4 期。

《月牙儿》：女性叙事话语
与中国文人心态的曲折表达

对于一向被称为市民小说大师的老舍先生而言，《月牙儿》可以说是一个例外的存在。这部创作于 20 世纪 30 年代中期的中篇小说，以其浓郁的抒情性与老舍此前的作品拉开了一定的距离，给读者以明显的耳目一新的感觉。作品一反作家惯常习用的幽默笔法，老舍小说语言所独具的"京味"在此也基本消失。作品的另一个格外引人注目处则在于对老舍小说中并不多见的第一人称内视点叙事模式的熟练操作和运用（众所周知，老舍的绝大多数作品使用的乃是中国小说传统技法中的第三人称全知全能型的叙事模式，采用第一人称内视点叙述方式的仅有《月牙儿》《阳光》等为数不多的几篇）。在笔者看来，正是浓郁的抒情性与叙事模式的转换使得《月牙儿》与作家一贯的创作风格形成了鲜明的反差，使之在一定程度上，更接近于 20 世纪二三十年代以郁达夫为杰出代表的创造社作家自叙传式小说的格调。

如果仅仅把以上的变化看作形式上的某种翻新，看作作家对自己业已成形的创作风格的突破的尝试，当然不是没有道理的。然而，只是从形式的层面上理解评价上述变化却是远远不够的，这种浮于表面的解读并不足以深刻地揭示出涵盖隐含在形式层面之下的更为深广的内在意蕴的深化与变迁。

在第一人称内视点的叙事模式中，叙述者往往与故事主人公相重合，以故事主人公的视角观察世界抒写体验，因而带有强烈的主观色彩，是现代心理小说惯用的表现技巧。本篇小说以女性主人公作为故事的叙述者，以其自身的经历作为文本故事层面的基本框架。从小说对主人公内心世界极为率直的袒露来看，极其逼近于郁达夫式的"自叙传"小说，以至于很难令人相信，没有亲历性的体验能有如此真切的情感抒写。然而，主人公的女性身份所造成的叙述者与作者之间的明显区别，使得小说完全丧失了定位于郁达夫式的"自叙传小说"的可能性。但是，"从精神分析的角度来看，可以说，作家一辈子都在写着自传或精神自传。"①假若我们承认精神分析学说的上述观点具有一定的合理性，那就意味着我们完全可以把老舍的所有作品都视作作家的某种变异了的"精神自传"，虽然作家本人与作品的叙述者之间的差异十分明显，但从宽泛的意义上，我们却仍可把《月牙儿》归入作家的"精神自传"之列。事实上，也正因为这种理解，所以才有可能从中发掘出那些隐含在作品形式层面之下的更为深广的内蕴来。

从经典现实主义的典型角度来看，《月牙儿》中女主人公的形象塑造的成功程度，远远不及《骆驼祥子》中的虎妞和小福子。《月牙儿》中的女主人公自身不甘沦落的奋斗历程和她所处的令她不断沦落的客观处境，不仅无助于作家把她塑造成一个丰满鲜活个性的形象，反而在某种意义上似乎更指向了一种宽泛的共性的表达。事实上，作品中的女性主人公确实是一个性格极为单薄的人物形象。关于这一点，通过许多文学史家在对《月牙儿》进行分析时，往往注重于主题思想的挖掘辨析或其诗化语言艺术魅力的深入探讨，而有意无意地避开对人物形象的分析这一点看来，也从另一个侧面强有力地说明了《月牙儿》的成功并非源自刻画塑造人物。不仅如此，假若我们对《月牙儿》的叙事话语做进一步的详细考察，还将发现冷峻、清醒、目光犀利、愤世嫉俗的叙

①宋永毅《老舍与中国文化观念》，第三章"东方伦理与中国文化变态情欲"，学林出版社1988年版。

述者的思想的深刻性，也很难与连中学都未能毕业的故事女主人公的娼妓身份相吻合，这样一个极为引人注目的现象。在此，形式上要求合二为一的叙述者与故事主人公之间事实上却存在着明显的一定程度的分裂。其实，也正因为作品的叙事话语中存在上述明显的分裂现象，所以以经典现实主义的典型理论为尺度来分析作品，我们才认为《月牙儿》很难说是成功的。很显然，支撑《月牙儿》在文学史上的地位的只能是来自其他方面的原因。在笔者看来，这原因只能从文本的叙事话语中才可觅见。换而言之，这原因恐怕就潜藏在女性主人公的身份地位与其作为叙述者的某些叙事话语的明显的裂缝中，我们隐约地感觉到的另一个匿身的真正的叙述操纵者的存在，才可以隐约地窥探到作家本人的某种欲曲折传达的潜在意旨的存在。

让我们从对历史简略的回溯反顾谈起。中国文人有着悠久的拟代女性的写作传统，所谓拟代女性的写作传统，即作家在文本中虚构一个女性形象作为作家自我的代言人，通过知识分子话语与女性话语的潜在转换来达到对作家自我隐秘的内在精神世界——意识层与潜意识层的曲折的隐喻的表达。屈原在"楚辞"中每以香草美人自况，以喻其峻杰高尚的人格与孤傲寂寞的心境，可以被视作拟代式写作的最早的雏形。以后的中国古典诗歌中数量颇丰成就颇高的文人拟代诗的绝大多数也都是在拟代女性，即使如白居易的名作《琵琶行》，虽然没有直接的以女性（琵琶女）作为故事的叙述者，但由江州司马叙述的第一叙事文与由琵琶女叙述的第二叙事文之间的某种内在的连续性与同质性，却使得江州司马与琵琶女事实上已经构建起了一种融合无间的关系，其实也可以被视作拟代诗的一种变体。这样一种拟代女性式的写作传统一直延续到了当代文学中，当著名作家郭沫若以直截了当的方式公开宣称"蔡文姬就是我"①的时候，我们也完全可以把《蔡文姬》看作拟代写作的一种结果。在浓郁的传统文化氛围的熏陶下成长起来的，其心理与行为方式均带有明显的中国传统文人色彩的老舍，自然也十分谙熟这种历史悠久的

①郭沫若《蔡文姬·序》，文物出版社1959年版。

拟代女性的写作传统。这种业已渗入了作家无意识里的拟代写作方式必然会对作家的创作产生一定的影响。在笔者看来，以女性叙事话语为其显著特征的《月牙儿》就可以被视为一种典型的拟代写作。只有从这个角度来解读《月牙儿》，我们才可以比较合理地对前述女性主人公的身份地位与其作为叙述者的某些叙事话语之间存在着的明显的裂缝做出恰如其分的解释。仔细地考辨《月牙儿》的叙事话语，不难发现，文本中那个冷峻、清醒、理性十足的叙述者其实更切合老舍自身所归属的知识分子身份。基于上述前提，笔者认为，作为老舍某种变异了的"精神自传"，《月牙儿》中的女性叙事话语其实是一种文人话语的"换装"。

《月牙儿》是由老舍的一部业已失散的手稿的长篇小说《大明湖》中的一段加工而成的。据老舍自己讲："《大明湖》被焚之后，我把其他的情节都毫不可惜地放弃了，可是忘不了这一段。"①毫无疑问，"忘不了"的"这一段"肯定深深地触动了作者的心灵世界，其间肯定潜隐着作家自己某种刻骨铭心的情感体验。之所以"忘不了"，原因大约在于女性主人公的人生遭际，与作家自身在现实生活中的某些切身体验，产生了强烈的情感共鸣。唯其如此，作家才可能对"这一段"难以释怀，并在重写时融入自己更多的情感体验与深入思考。

1934 年，老舍辞去齐鲁大学教职，准备专事写作，结果终因害怕生活的无保障而听从了朋友们的劝说，不久又接受了青岛大学的聘书。发表于1935 年 9 月的《月牙儿》大致写于这段时间。无法做一个专业作家，给这个时期的老舍的心境蒙上了一层阴影，并最终影响到了他的文学创作。在《这几个月的生活》一文中，老舍曾不无沮丧地写道："就是写文章吃不了饭，我爱写作，可就是得挨饿，怎么办呢？连版税带稿费，不抵教书一个月收入的一半，怎么活下去呢？"（文中着重号系引用者所加）我们不难窥见作家那颗挣扎于理想与现实之间的痛

---

① 老舍《老舍选集·序》，四川人民出版社1982 年版。

苦的灵魂，不难体察到作家心态的悲苦与绝望。《月牙儿》作为一篇心理抒情小说，文本中的"月牙儿"这一贯穿始终的中心意象所折射表现出的清冷、孤独、压抑与悲凉正是作家所企图着力营构传达的基本情境，其实也间接地表现出了作家当时极其灰暗的心境。"作品没有指出应当如何地革命，但对现实作了整体性的否定，这就为探索新的道路提供了坚实的基础"。①所谓"整体性的否定"除了文中的具体指涉之外，其实也真切地透露出了一种深深的绝望情绪。而这种绝望情绪的产生由来，却也与作家在理想幻灭之后的灰暗心境有很大的关系。

按照弗洛伊德和荣格的精神分析学说，作品对作家精神世界的展示，既包括意识层，也包括无意识层，而无意识层又包括个人无意识和集体无意识两个部分。经过许多年的积淀被压抑在人的意识深层的集体无意识，只要遭逢适当的生活环境，就可能被激活，并被释放出来。文学作品对于集体无意识的展示，其实是对群体经验的一种个体表现，而作家个体的当下处境乃是引发集体无意识显现的具体源起。对于《月牙儿》这个更多地隐含了文人（知识分子）群体的情绪与心态的文本而言，老舍当时灰暗的心境实际上为这种潜藏在文人（知识分子）心理深层的文化心态的激活提供了一个恰当的契机。

在中国传统的政治社会格局中，文人（知识分子）往往处于一种极其尴尬的娼妓—小妾处境。这一点与《月牙儿》中的女主人公的人生遭际很相似。在《月牙儿》中，温柔善良的女主人公走过了这样一条曲折的人生道路，先是在生存压力的挤压下，虽经过再三的努力挣扎，而终未能摆脱小说中关于感化沦落为娼妓的结局，之后又先后被送进了感化院和监狱。值得注意的是小说中关于感化院的这样一个细节的描写，在感化院"只须花两块钱的手续费和一个铺保就可以领走一个女人。"②我们不妨把这个细节视作妓女从良的一种变体，而在中国的传统社会中，受其身份地位的影响，从良后的妓女的归宿

①李旦初主编《中国现代文学》，北京师范大学出版社1991年版。

②老舍《月牙儿》，人民文学出版社1987年版，本文中其他未注明出处者均引自此处。

大多是成为某个男子的小妾。"娼妓—小妾"既是古代风尘女子具体的生存处境，同时也是中国文人（知识分子）所面临的难以摆脱的现实困境。关于这一点，林语堂说得很明白："中国人的心灵在许多方面都类似于女性心态，事实上，只有'女性化'一词才可用来总结中国人心灵的各个方面"①中国传统社会的人际关系是一种类似于宝塔式的结构，生存于其间的个体依其性别、地位及权力的不同而划分等级。每一等级都被赋予自下而上逐层扩大的超道德超法律的权力，每一位社会个体都处于既是主又是奴的夹缝式的现实处境中，这就造就了中国人普遍的类似于传统女性绝对依附于男性的依附性人格。这种格局的政治话语系统与中国传统家庭的话语系统有着深层次的同构性。处于这种社会政治话语系统中的有治世才能，却无行动基础的中国文人（知识分子）其才能的发挥，抱负的施展完全依附于统治者对其的宠幸。从这个意义上说，处于政治话语边缘处的文人（知识分子），恰好对应于家庭中似主似奴，却又非主非奴，处境尴尬的小妾。

对于中国传统文人（知识分子），官方话语系统一直有着隐显两种不同的社会角色定位，即"天下师"的显性定位与"八娼九儒十丐"的隐性定位。这种现象就充分地说明了在政治话语系统中作为官方统治者的附"皮"之"毛"的文人（知识分子），其现实处境更接近于与"娼"为邻的隐性定位。在《离婚》中，老舍曾借"老李"的口说道："她一个暗娼为什么不跳在河沟里呢，谁肯，老李你自己肯把生命卖给那个怪衙门，她为什么不可以卖？"这番话的所指十分明确，在现实生活中，把"生命卖个那个怪衙门"的文人往往被统治者当俳优蓄养，形同玩物，其实是政治话语系统中的妓。以色相为唯一生存手段的娼妓一直面临着青春易逝的危机，做小妾乃是她们惯常的归宿。"伺候许多男人"的娼妓与"专门伺候一个男人"的小妾实际上是一个同构的处境。而政治话语系统中的边缘化群体——文人（知识分子）所置身于其中的也正是这样

①林语堂《中国人》，转引自方克强《文学人类学批评》，上海社会科学院出版社1992年版。

一种处境。

处境的相似，必然会导致心态的某种同构，因而对于中国文人（知识分子）而言，林语堂的所谓"女性化"其实是一种"娼妓—小妾"化。而正是这种相似与同构在事实上为文人（知识分子）话语与女性话语的转换提供了一种契机。所以，对于文人作家而言，把文人（知识分子）话语转换为娼妓话语，在操作层面上就自然地显示出了一种异乎寻常的得心应手和游刃有余。而这，也正是《月牙儿》把娼妓女主人公确定为叙述者的深层原因所在。同时，也正因为文人（知识分子）话语与娼妓话语存在着上述心理层次上的相似与同构，所以才使得《月牙儿》这个以第一人称内视点叙述模式叙述故事的小说文本中，尽管本应合二为一的叙述者与故事主人公之间业已出现了一定程度的分裂现象，但读者却难以明显地察觉。

解读《月牙儿》，我们注意到了这样一段意味深长的叙述话语："妈妈所走的路是唯一的，学校里教我的本事与道德都是笑话，都是吃饱了没事时的玩艺。（我们应该注意到，在《这几个月的生活中》，老舍也曾几次触及"吃饱"与"挨饿"的话题）同学们不准我有这样的妈妈，她们笑话暗门子，是她们这样看，她们有饭吃。我差不多要决定了，只要有人给我饭吃，我什么也肯干，妈妈是最可钦佩的，我才不去死呢，虽然想过。不，我要活着，我年轻，我好看，我要活着，羞耻不是我创造出来的。"

在中国传统的政治社会格局中，文人（知识分子）在现实层次上实现自我价值的唯一途径是出仕，而出仕的实质其实正是如《离婚》中"老李"所言的卖身给"那个怪衙门"。统治者绝不会容忍文人（知识分子）摆脱"小鸟依人"的处境。于是，在统治者严密的控制之下，作为附"皮"之"毛"的文人（知识分子）不得不被迫参与统治层内的权力斗争，并在这种毫无意义的争斗中耗尽了自己的青春与才能，但最终体现出的却是一种与其"解民于倒悬，救民于水火"的初衷大相径庭，且被严重扭曲了的社会价值和人生价值。但在另一方面，似乎能保持文人（知识分子）节操的隐（其实这种

"隐"的保持乃是一种幻觉）的选择带来的又是来自现实生存的残酷挤压。这样，文人（知识分子）所面临的实际上是一种极其严峻的两难困境，仕则意味着对理想、信仰、人格甚至自身灵魂的某种变相出卖，隐却又面临着严重的生存危机（知识分子作为知识的拥有者，知识是其唯一可以用以谋生的手段，但知识在中国的市场上却又一贯是一种贬值的情形）。于是，文人（知识分子）的灵魂就只能永远无望地挣扎在隐与仕的矛盾冲突之中了。文人（知识分子）异常清醒的超自我在近于严酷的反观自身处境和重审自我价值之后，发现了自我处境的无奈与深层心理的低贱卑微，因而就把自己抛入了一种既自怜又自责的极其复杂的心态之中。这种复杂的心态在以上所引的那段叙事话语中袒露得十分清楚。唯一性的"母亲的路"是出仕唯一性的隐喻，"学校里教我的本事与道德"可以被视为文人（知识分子）丧失了实现理想的可能性。"吃饭"问题其实是生存危机的一种象征。透过这段叙事话语的表层意义，在领悟了叙述者的冷漠与嘲讽之后，我们不难体察到在这段叙事话语中潜藏着的文人（知识分子）的那份万般无奈的自责与自怜来。

中国社会宝塔式的社会政治结构赋予了每一等级的人把自身的种种压抑变态向下一层发泄的权力，然而基本上处于社会最低层的娼妓缺乏这种正常发泄的可能，但她们却同样有着宣泄本能的要求。因而，这些娼妓在饱受来自男性世界的玩弄、蹂躏与欺骗之后，只能反过来把这种种压抑变态释放到玩弄她们的男性身上，这样就逐渐地形成了一种极其畸形的报复心态——倒玩弄心态。《骆驼祥子》中的"白面口袋"即是典型地体现了这种心态的一个自虐狂。《月牙儿》中则更以大量的篇幅来描写展示这种心态，比如"有时候，女人就这样卖了自己，有时候不很得意，我曾经觉得得意""自从遇上那个小磁人，我不想把自己转卖给一个男人了，我决定玩玩了，换句话说，我要浪漫的挣钱吃饭了"，等等。不同之处在于，在《骆驼祥子》中，读者只能从外部行为的描摹中去去揣摩感知"白面口袋"的内心世界，而在《月牙儿》中，由于作者把观察视点移入了人物内部，所以他完全可以利用视点的主观性更直接完整地展示这种心态。

事实上处于社会中政治话语系统边缘处的文人（知识分子）群体也有上述这种同类的心态。他们在接受统治者百般的欺凌与玩弄的同时，在逐渐地疏离了政治中心之后，也本能地发出对统治者的极度揶揄与嘲讽。然而，因现实的制约，这种种揶揄嘲讽的倒玩弄行为往往招致统治者变本加厉的迫害，人们的处境愈益艰难与悲惨，在本质上更类同于无奈的自虐。李白进宫草诏时命高力士脱靴与杨贵妃磨墨即是一种典型的倒玩弄行为。为此，历代的文人（知识分子）们在《三国志·诸葛亮传》中的"凡三顾，乃见"这一句上大做文章，并演绎创造出一段"三顾茅庐"的曲折优美的故事。在笔者看来，诸葛亮对刘备再三的避而不见，一方面折射出了文人（知识分子）介入政治时的小心翼翼，诚惶诚恐；另一方面，也未尝不可以被看作对政治权威（以刘备为象征）的一种调侃和嘲弄。多少年来，文人（知识分子）们于有意无意之间总把诸葛亮受三顾始出当作自身介入政治时的理想模式而津津乐道，其中一个极为重要的原因恐怕就是隐藏在故事与隐含在文人（知识分子）深层意识中的共同的倒玩弄心态的契合。如前所述，既然文人（知识分子）群体与娼妓之间有着同构的心理基础，那么，《月牙儿》这一文本中所表现出的女性主人公的倒玩弄心态则也可以理解为是对文人（知识分子）群体的倒玩弄心态的一种微妙的隐喻性表现。

在传统文化背景的制约影响下，由于文人（知识分子）一贯的依附处境，所以他们逐渐丧失了形成自我独立性人格的能力。随着时空的不断推移，文人（知识分子）对政治权威的依附已由一种外在行为的依附逐渐转化成了一种内在心理上的依附，寻求依附（或者说寻求某种强大外力的保护）不仅成了其本能生存的需求，而且成了一种文化心理的需求。然而，作为具有精神上的超越性追求的文人（知识分子）虽然承受着依附处境下心理压抑的巨大痛苦，他们却不可能完全放弃精神上的超越性追求，仍然不懈于独立人格建构的尝试。但是，由于统治阶层的最终不允许文人（知识分子）群体摆脱那种"小鸟依人"的依附处境，同时，也由于文人（知识分子）自身脆弱的心理难以承受独立人格所带来的无所依托的漂浮感，所以，文人（知识分子）事实上只是一次又一次地重复着终归要失败的尝试（老舍1934年企图做一个专业作家的梦想亦可以被看作是对独立人格建构的一种尝试）。《月牙儿》中的女主人公曾经试图通过求学、帮人织手套、替校长抄写公文等手段来维持自己的生存，但这些努力一次次地失败了，最后终因唾了大官一脸唾沫而被关进了监狱。她的入狱事实上意味着她被彻底抛离了"娼妓—小妾"的人生轨迹（感化院可被视为由娼妓而小妾的一种媒介），这其中隐喻说明着的正是文人（知识分子）独立人格建构的尝试。笔者认为，女主人公的被关进监狱，其实意味着她由一种依附走向了另一种依附，因为监狱虽以牺牲人的自由为代价，却也同时为他们提供了一种保护的职能，而这种保护却又只能被视为另一种更为严格意义上的依附。从依附到依附，其中寓示着的正是文人（知识分子）独立人格建构的尝试的最终失败。小说中曾这样描述女主人公入狱后的心态："监狱是个好地方。"此处的"好"当然有其反讽的意味，但却不仅仅是反其意而用之，窃以为，它表现出的乃是来自主人公更深心理层次声音，折射出的依然是文人（知识分子）群体那种难以移易的深层依赖心理。

《月牙儿》不仅有对文人（知识分子）的深层依附心理及其隐与仕的矛盾的出色表现，更有对"人类的起色"与文人（知识分子）命运的深入思考。"狱里是个好地方，它使人们坚信人类没有起色"。窃以为，在这句貌似平实的陈述句中蕴含着的却是作家对文人（知识分子）命运与整个人类命运的深刻的思考。作为人类智慧结晶的拥有者，作为人类文化的传承者，文人（知识分子）负有极其重要的使命。他们应该是推动历史前进的中坚力量，他们才是人类文明的真正的象征，对文人（知识分子）的欺辱蹂躏其实正是对人类文明乃至人类自身的欺辱与蹂躏。《月牙儿》中的女性主人公的悲剧性遭际所隐喻表现的正是广大文人（知识分子）在现实社会中的悲剧性命运，这就不能不引起文人（知识分子）群体自身的极大的焦虑——对"人类是否能有起色"问题的极度的关注。透过《月牙儿》对文人（知识分子）自身命运及人类命运的强有力的关注表现，我们所感觉到的正是如作家老舍这样杰出的文人（知识分子）身上那种强烈的社会责任感和使命感，正是他们所特有的一种忧患意识，当然也还有一种"心比天高，命比纸薄"的无奈的宿命感。

可以看出，在《月牙儿》中，作家老舍关注的焦点其实并不是在于如一般论述者所指出的远距离地关照表现下层妇女的悲剧命运，并给予这些下层妇女以一种居高临下式的怜悯与关怀。在笔者看来，作家所真正关怀和悲悯的客体恰恰是作家自我（当然，这儿的作家并不仅仅指老舍，在某种意义上，此处的作家更接近于荣格所谓的"集体人"形象），文本最实质性的内在含蕴乃是对文人（知识分子）的现实生存处境及其内在精神世界的一种曲折的展示与表达。圆缺不能自主，峻洁只是幻象，唯有借太阳的光辉才可普照大地的那轮残缺的月牙儿其实正是文人（知识分子）残缺人格的极其恰切的一种象征。把借来的微弱光芒依然毫不保留地洒向人间的月牙儿与在统治者的严密控制下曲折地体现自身价值的文人（知识分子）群体有着极其相似的品格与处境。月牙儿这一中心意象与弥漫于整部作品中的孤冷悲凉其实也正是中国文人（知识分子）精神世界的体现。以第一人称内视点的模式叙述故事的这篇小说，不仅仅是故事女主人公与叙述者的合二为一，在一种普泛的意义上，更可以说是作家（荣格所谓的"集体人"）、叙述者与故事主人公的三位一体。

在某种宽泛的意义上，《月牙儿》也是一种"自叙传"。与郁达夫式的"自叙传"不同的是，郁氏的"自叙传"小说只是一种男性人物性格的女性化，而《月牙儿》却完成了人物由内到外的换装，小说的主人公干脆变成了女性。但由于文人（知识分子）群体毕竟还更多地带有男性社会的痕迹，所以，尽管这种换装得以顺利完成，但依然会出现另一个现象——女性人物的男性化倾向。《月牙儿》中叙述者与故事主人公某种程度上的分裂，其原因也正在于此。

处境的相似与心灵的相通，形成了文人（知识分子）话语与女性话语深层次的同构性，因而也使得文人作家在操作这两种话语的转换时显得得心应手，游刃有余，貌似自然天成。然而，只要我们对《月牙儿》的女性叙事话语做某种程度的还原，就仍然能够发现隐藏于文本深处的潜文本——对文人（知识分子）群体的现实处境与文化心态的极度关注。从这个意义上，我们完全可以把《月牙儿》视为中国文人（知识分子）的一种变异了的精神自传。在对作家老舍的个人言说与对文人（知识分子）群体精神的展示的关系中，或可清理出作家的心理结构与传统文化之间某种微妙的深层维系，而这又或许能为我们对老舍的民族化创作风格及其文化人格的解释提供某种新的可能性。倘能如此，则为本论文作者的最大希冀所在。

《文艺理论研究》1996 年第 3 期

神圣家族
——从《家族》看张炜的道德乌托邦理想

　　《家族》的价值主要显示为张炜通过对家族故事的陈述所深入思考着的作为类的存在的整体性的"人"的本质问题、作家对人性深刻的触摸、剖析和表现以及作家在作品中对人的存在命题所进行的深层勘探，虽然，我们也并不因此否定张炜的《家族》在叙事形式上的成功。小说中"历史"与"现实"部分的巧妙对应，叙述者"倾诉"部分的恰当穿插，都是《家族》中值得充分肯定的叙事艺术与表现方法。但是，与作品叙事艺术上的成功相比较，《家族》中更值得我们深入探讨的却是张炜通过对家族故事的描摹转述所建构起的道德乌托邦理想，以及这种理想是否能成为可能，能否最终真正地凭此理想而完成人类自我救赎使命的重大问题。尽管《家族》的故事由"历史"和"现实"两个层面同时展开，尽管张炜认为"书中所谓的'现实部分'只占很少的比重，却是重要组成部分"，①尽管我们对张炜的看法也十分赞同，但一个显在的事实却是，构成《家族》故事主干的乃是"历史"部分中围绕曲、宁两家在平原地区解放前夕展开的种种恩怨纠葛。同时，《家族》中道德乌托邦理想的具体承担者

①张炜《心中的交响》，《当代》1995 年第 5 期。

也主要是曲、宁两个家族的三代传人。因此，我们对《家族》厚重的主题含蕴的解读剖析，我们对作家道德乌托邦理想的理解分析，将主要依托于对小说中"历史"部分的充分关注，依托于对曲、宁两个家族的细致解剖。

在张炜看来，作为群体的人类可以依据其恶／善、污浊／纯洁、物欲性／精神性等二元对立的语码明显地划分为两种不同的生存状态，《家族》中寄寓了作家道德理想的曲、宁两个家族的三代人就属于后者，他们所保持的乃是一种善良的、纯洁的、精神性的生存状态。解读《家族》，我们注意到小说中宁周义对宁珂所说的这样一段意味深长的话语："中国的问题可不是哪些党派的问题，它远没有那么简单……""可惜献身的热情总会慢慢消失——这对任何一个党派都是一样。重要的是找到消失的原因，而不是机灵转向——不找到那个原因，任何党派都是毫无希望的。颓败只是时间问题……"很显然，这段话语所透露的正是张炜在《家族》中所要刻意探究的一个核心问题。在《家族》之前出现的表现同类"革命历史"题材的作品中，几乎全都是以国共两党界限划分为截然不同的两个阵营，以这两个敌对阵营的尖锐矛盾为故事的中心冲突，进而凭此而结构全篇的。这一点，在《红旗谱》《青春之歌》那批20世纪五六十年代出现的小说名作，直到在近期出现的《白鹿原》中，都表现得十分突出。作为必须对生活现实做真实描摹和传达的小说艺术的操作者，张炜首先必须尊重历史事实的实在性，因此，当他的《家族》意欲重审并重现本世纪初叶那段纷纭复杂的历史过程时，他同样无以回避地写到了作为基本矛盾存在着的国共两大敌对阵营。但国共两个敌对阵营之间的尖锐矛盾却并未构成《家族》的中心冲突，构成《家族》中心冲突的乃是张炜依据自身的道德乌托邦理想为标准而划分出来的呈现为两种不同生存状态的人类群体，这两类"人"之间的矛盾对立从总体上支撑起了《家族》的基本叙事结构，并形成了推动小说故事运行的基本叙事动力。这样，依照国共两党模式本来可以划分为两个群体的革命者宁珂、曲予、殷弓、许予明、"飞脚"等与反革命者宁周义、战聪、金志、"小河狸"等，却在新的标准的衡量下组合成为两个不同的新的群体，即体现了作家道德乌托邦理想的宁珂、曲予、许予明、宁周义，甚至在某种意义上还包括"小河狸"，与作为作家道德乌托邦理想的反动者的殷弓、"飞脚"等人。如果说，小说的题目"家族"在其表面意义上是指曲、宁两个家族，那么在其深层的隐喻层面上，"家族"所喻指的却是一种超越于血缘传承关系之上的内在的精神维系。正是在这个意义上，我们可以把宁珂、曲予，把许予明、"小河狸"，把出现于小说"现实"部分中的陶明、朱亚，都统统地归为一类"人"，归为一个"家族"。这个"家族"就是我们所谓的"神圣家族"，这个"家族"的共同印记即是对精神纯洁的坚决维护，是对作家道德乌托邦理想的坚持与实践。很显然，对这个"神圣家族"的设计所体现出的正是张炜意欲重新阐释 20 世纪中国历史发展的一种冲动与努力。在张炜看来，以往的仅仅以革命/反革命、进步/倒退为价值标准来解释历史发展的教科书模式的普遍流行，乃是文学受控于社会主流意识形态影响的必然产物，它所透露出的信息正是文学对社会政治的极端依附，正是文学的某种绝不应当丢弃的独立品格的丧失。然而，这种教科书式的阐释模式却长期以来一直在文学界处于绝对权威地位，一直潜在地控制着作家阐释历史对象的基本思维方式，以至于形成了一种排斥异己的一元独断型阐释格局。但是，文学之所以存在的真正价值之一，则在于作家可以对人生现实、社会历史做出自己的、具有个性色彩的艺术性阐释。张炜无疑认识到了这一点，他的《家族》的出现，也正充分地显示了作家试图重构历史图景，对在既往文学作品中已基本定型化了的历史做出自己的阐释，力图在自我个性真实的意义上还原他所理解的"历史"原貌的愿望。在《家族》中，张炜设立的重新阐释历史的价值标准乃是"道德—人性"这一基本维度。在张炜看来，构成了 20 世纪中国历史基本冲突的核心内容其实正是这种潜藏在革命与反革命冲突的表象之后的人与人之间的道德冲突。这种道德冲突不仅存在于战火纷飞的革命战争年代，而且存在于充满平和气象的和平建设时期，《家族》中"现实"部分所描写的陶明、朱亚以及叙述者"我"与裴济、黄湘之间冲突的本质内涵即属一种道德冲突。很显然，张炜的这种阐释是具有新意的，他所操持的"道德—人性"维度，事实上为我们对 20 世纪中国历史的解读提供了一种新的立场和新的价值尺度。从某种意义上说，这种"道德—人性"维度更体现了作为文学家的张炜最为根本的人文情怀，体现了他独立于流行的政治话语体系之外的对历史的一种全新的描述与评价。

其实，道德乌托邦理想的构建，对张炜而言，并不是在《家族》中起始的。早在其《古船》对隋抱朴捧读《共产党宣言》这一细节的一再重复与渲染中，一种朦胧模糊的对道德乌托邦理想的向往之情就已有明显的表露。同时我们也不难发现，在《九月寓言》对小村人所体现出的民间社会的生命欢乐的描写与表现中，已不再倾向于对现实社会进行激烈批判的张炜，在其内心深处所深藏着的构筑一个自我的理想世界的浪漫冲动。只不过一直到此时为止，这种自我的理想世界还仍然是模糊不清的，作家对之仍然缺乏一种清醒的理性洞见，这种情形一直持续到了《柏慧》与《家族》的联袂出场之前。在张炜最新创作的《柏慧》和《家族》中，作家终于亮出了自己道德重建的最后的底牌。因而，我们不难发现，无论是《柏慧》还是《家族》，其中寄寓着张炜理想的人物形象都以其道德的高尚与人格的纯洁为显著的性格标记，这一点，不管是在"历史"部分中的宁珂、曲予，还是在"现实"部分中的陶明、朱亚身上，都表现得十分明显。正是以"道德—人性"这一价值维度为基本出发点，张炜才对殷弓、"飞脚"、裴济、黄湘之流做了愤怒的指斥与批判。我们当然不能否认殷弓、"飞脚"们曾经为革命做出过的贡献，然而，当他们以牺牲道德的纯洁为代价而以不择手段的方式去进行所谓的"革命"时（比如殷弓背着宁珂把阿萍奶奶骗到姑妈家楼上软禁起来；比如殷弓背着许予明把为情而来的"小河狸"处死；或者如殷弓本人在被曲予救命后的忘恩负义，等等），他们事实上已经背离了革命所要达到的根本目的。其根本的原因当然在于殷弓们为了所谓的理想而违背了基本人性的要求，而在张炜看来，真正的理想是绝不能以违背人性的方式来实现的，它只能构筑于人类最起码的基本人性之上，只有以道德的纯洁为前提的理想才是人类渴盼实现的真正福祉之所在。

为了更充分地说明张炜"道德—人性"这一维度提出的必要性，我们不妨简略地审视一下20世纪的中国历史。我们知道，在20世纪的中国历史上，各种面目的革命者曾经层出不穷，各式各样的理论口号也曾充斥于每一个不同的历史时期，正是他们之间的错综复杂的冲突构成了一部嘈杂喧哗的历史。在这段历史的发展过程中，不可避免地酝酿出种种不同性质的人生悲剧，这些悲剧的成因当然是复杂多样的，但一个不可忽视的原因却是，在20世纪的中国历史上，确实充斥了过多的如殷弓这样不择手段的道德不洁者。在某种意义上，正是殷弓们极端功利的人生态度，才导致了这一幕幕人生悲剧的最后发生。从这个意义上说，张炜的"道德—人性"维度的提出，的确是很有必要的，它的提出，事实上为我们对"历史"的观照把握提供了一个新的立足点，提供了一种新的价值立场。至此，我们就可以对张炜通过宁周义之口提出来的那个"重要的是找到消失的原因"的问题做出回答了，这个回答当然更是作家张炜的回答。那就是"道德"的缺失，是"道德"的不在场，是守护"道德"者如宁珂、曲予、陶明、朱亚等人在现实中难以回避的失败（当然，这种失败的原因仍然在于他们的对手殷弓之流的不择手段，而对殷弓之流来说，"道德"却依然是缺失，是不在场的）。在张炜看来，只有有了诸如宁珂、曲予们对"道德"的坚定守护，只有殷弓们反躬自省，能够自觉地以"道德—人性"的价值维度为自我思想与行动的真正动机，那么种种因"道德"冲突而造成的人生悲剧方有可能得以幸免。然而，一个不可否认的事实却是，在20世纪的中国历史上，在当前的时代境遇中，殷弓之流不仅仍然存在，而且还呈现出不断增长的趋势。面对这种情形，则无论是"历史"部分中的宁珂、曲予，还是"现实"部分中的陶明、朱亚，都只能以不断退守的失败者的形象出现，而《柏慧》中的叙述者，宁府的后代传人"我"，也只能以退居葡萄园的方式来守护自己的道德精神。因而，张炜所一心构筑的道德理想便只能以乌托邦的形式出现，最多也只是一位浪漫的抒情诗人（我认为张炜在本质上更接近于一个抒情诗人，这一点在《家族》中的"倾诉"部分表现得尤为明显突出）对世界所进行的一种充满了主观色彩的幻想式的处理与表达。

张炜对道德乌托邦理想近乎固执的留恋与表现，迫使我们不得不把他在更大的思想文化背景上划归20世纪在世界范围内曾经产生过很大影响的文化保守主义思潮。文化保守主义思潮是随着现代化进程的逐步推进而产生出来的一种普遍性的文化思潮。在现代化的进程中，人们逐渐地发现了价值关怀（"价值理性""乌托邦冲动"等）的消退、丧失、耗尽，人们在与物（"工具理性""商品""理性机器"等）的关系中，在生产物质财富的活动中已丧失了自身的主体性。正如弗洛姆所说，现代人"努力地工作，不停地奋斗，但他朦胧地意识到，他所做的一切全是无用的。……人创造了种种新的、更好的方法征服自然，但却陷于这些方法的罗网中，并最终失去了赋予这些方法的意义的人自己。人征服了自然，却成了自己所创造的机器的奴隶"。①面对这种情形，富有智慧的学者们不得不严肃认真地思考人的主体性与人的价值失落的问题，不得不设法重构人的主体性，试图重新找回人类自身的尊严。因此在某种意义上，当前中国文坛普遍展开的关于人文精神的讨论，也可以划入这种重建人文价值关怀的世界性的总体思潮中来。按照青年学者郁建兴、王小章的看法，关于人文精神的重建，存在着两种相对的取向，"一种是要到既往的传统中去寻找这种价值，也即寄希望于传统价值的复归；另一种则主张非理性的自然本能的勃发，希望借此来建立被现代化工业文明中之理性机器所扼杀了的生命的价值和意义"。②很自然，张炜所归属的文化保守主义思潮属于这两种取向中的第一种，也即"认为传统是人文价值唯一可能的源泉，要重建现代人文精神，要为现代人重新找到一种人生的价值和意义，唯有到传统中去才可能找到"。③我们之所以把张炜划归文化保守主义

---

①弗洛姆著，孙依依译《为自己的人》，三联书店1988年版，第25页。

②③《马克思主义与现代人文精神的重建》，《中国社会科学》，1995年第6期。

思潮，根本的原因在于作家所固守的道德乌托邦理想正是中国传统文化的精粹所在。众所周知，中国传统文化最主要的核心乃是儒家文化，而对以孔子为杰出代表的儒家文化而言，道德问题又始终居于核心的地位。海外学人林毓生对此有精辟的见解："儒家思想认为社会秩序是远古圣君与圣人有意建构的，而维持社会秩序主要靠社会中领袖人物道德之实践。反过来说，社会的不安与混乱也因此多半要诉诸领袖人物道德之败坏。"①倘将林毓生的观点稍作引申，则可以说社会秩序的维持，或者进而说社会现实中种种人生悲剧的避免，都依赖于不仅仅是领袖，而且是作为类的"人"的整体素质的提高，依赖于"人"的道德情操的具备。儒家思想作为中国传统文化的主流，在中国尤其是中原地区有着极其深广的影响，而张炜所在的山东则正是春秋战国时期齐鲁两国的所在地，正是对儒家思想的产生与发展有着重大影响的孔子、孟子的出生地。所以在山东，儒家思想的影响自然是更为根深蒂固的。在笔者看来，张炜的道德乌托邦理想的产生，与他生于山东、身处山东，与他的饱受已经渗透了儒家思想影响的地域文化的熏陶浸染有着极为直接、紧密的联系。其实，儒家思想并不仅仅影响了张炜，同时还影响了诸如王润滋、矫健等一批山东作家。在他们的思想中，都表现了一种明显的趋向于道德化的倾向。只不过，这些作家都未能把自身的道德化思想如同张炜一样推向极端，最后在作品中构筑为道德乌托邦理想而已。对传统的深深留恋，对道德乌托邦理想的固守，使得张炜逐渐走上了一条反技术的道路，并且由对技术的反对逐渐转化成为对现代化趋势的拒斥（这一点通过张炜对乡村文明的依恋和对城市文明的诅咒表现得十分明显）。而许多文化保守主义者也都往往自觉不自觉地采取一种反现代化的立场。②从这一点来看，张炜的确可以算作一个不折不扣的文化保守主义者。然而，从社会现实发展的层面来看，现代化却是一个具有客观必然性的历史进程，它绝不会如文化保守主

①林毓生《中国传统的创造性转化》，三联书店1994年版，第213页。

②艾恺《世界范围内的反现代化思潮——论文化守成主义》，贵州人民出版社1991年版。

义者所希望的那样改变自身的行进方向。正如海耶克在谈到文化保守主义问题时所指出的："就保守主义的性质而言，除了保守主义所示的唯一道路外，它不能提供我们别的方向。……所以它并不能防止时流趋向的继续发展，于是保守主义总是不由自主地受时代的拖曳而行。保守主义与进步主义的拉锯战，只能影响现代社会发展的速度，而不能影响它的方向。"[1]在这个意义上，作为文化保守主义者的张炜的道德乌托邦理想在现实社会中的失败也是难以避免的。作家所奏响的只能是一曲日益远去的传统的挽歌，只能被看作是对一种文化乡愁的抒发与表达。

但是，以上的分析论述并不意味着我们对张炜的道德乌托邦理想的全然否定。虽然这种道德理想在社会现实中难以阻止现代化的必然发展趋势，但在人的精神建构上，在人类文化的传承上，张炜的思想其实是非常深刻并极具现实意义的。作为一名以笔来抒写人生现实、思索人生命运、探索存在之谜的作家，张炜能够站在"道德—人性"的立场上，对现实社会做一种毫不容情的批判性的审视与反思，确实是难能可贵的。在张炜笔下出现的最具神采、最能吸引读者注意力的，乃是如宁珂、曲予这样一些寄寓了作家高度理想的人物形象。这些人物对自身道德理想的坚决维护，以及他们因为对理想的维护而在现实社会中遭到惨败的悲剧性人生，的确可以给读者的心灵以强烈的震撼作用。既可以促使他们对这悲剧产生的原因做深入的思考，也可以启迪他们自身在现实生活中尽可能地追求一种道德的自律与精神的纯洁。但这却仅仅是《家族》价值的一个方面。在笔者看来，张炜《家族》更重要的价值体现于如下两个方面。首先，《家族》所表现的那个时代是极富文学意味的。如上所述，《家族》由"历史"与"现实"以及"倾诉"三部分组成，虽然从作家所欲传达的精神血脉传承的意义上说，"现实"部分的存在是十分必要的。但一方面因了"历史"部分所占篇幅的重大，另一方面更因为已经有了专门表现"现实"部分的

---

[1]海耶克《自由的宪章》，英文版，第397页。

《柏慧》的存在，所以，在笔者看来,《家族》的主要表现对象其实是"历史"部分，亦即中国解放前长达半个世纪之久的那块平原上的故事。那是积聚了20世纪中国各种复杂矛盾冲突的半个世纪，各种政治势力的崛起及其冲突，各种思想潮流的出现及其交锋，人性的善与恶的真实坦露，全都因了当时的战乱频繁，因了当时整一的社会秩序的混乱与瓦解而有了它们各自充分的表现机会。更为至关重要的是，曾经深刻地影响了20世纪中国社会基本走向的种种政治与思想观念，种种内在的深层冲突，在这个时间段内也都全部登场亮相。因而，对于欲深入探究20世纪中国历史发展的奥秘，并进而探索国人性格的种种特征，力图达到"国民性批判"高度的作家而言，那一段历史确实充满了诱惑力，确实诱发了他们强烈的表现欲望。于是，便有了五六十年代的《红旗谱》与《青春之歌》，也便有了近一个时期的《白鹿原》《旧址》，当然也就有了张炜的《家族》。我认为,《家族》突出的成就之一，就在于作家以冷静理性的目光，认真细致地梳理了20世纪前半叶中国历史发展的基本脉络，真实客观地对当时丰富复杂的社会面貌进行了极其逼真的再现与还原。小说中宁周义与战聪明明已经认识到己方力量大势已去，却仍然以一种达观深邃的理性意识做出了固守自己政治立场的悲怆选择时内心世界的无奈和凄凉；宁珂与曲予做出了背叛自己家族的选择，走上了埋葬自己家族的道路时内心深处的痛苦不安与执拗坚决，以及他们被自己所倾身相投的事业叛卖（其实是殷弓、"飞脚"们对他们的叛卖）时那种难言的愤懑与不解等等，都表现得十分成功，读后令人顿生荡气回肠之感。而这一切正是《家族》得以成功地还原20世纪前半叶中国历史复杂面貌的最重要的依凭所在。

其次,《家族》的成功还依赖于作家张炜对人性所进行的深入体察与剖析，依赖于作家对人性的全部复杂性的认识与表现。关于这一点，我们只需以许予明与"小河狸"之间那种惊天地、泣鬼神的爱情故事为例，即可得到强有力的证明。许予明本来是我方一位革命意志异常坚定的革命者，几番出生入死，再残酷的严刑逼供都未能改变他的革命精神。但他却很讨女性喜欢，又很喜欢女性，于是到处遗情，到处都有艳遇。不管是宁周义的女儿宁缬，还是曾经为他治病的鹰眼女医生，都被许予明疯狂地迷住了。然而，最具神奇色彩的却是土匪头子麻脸三婶的女儿"小河狸"对他的那种完全置生死于度外的奇特爱情。"小河狸"本来是一个杀人不眨眼的惯匪，她的双手也的确沾满了革命战士的鲜血。但她却全身心地爱上了自己的政治对头许予明，为了爱情，她不仅私自释放已经死到临头的许予明，而且不管不顾地单枪匹马跑到对方阵营来寻找许予明，以至于最后在许予明尚不知情的情况下死于殷弓之手。在写到"小河狸"惨死的故事时，小说中有这样一段叙述："宁珂的脑海里又闪过一幅可怕的图像，他不得不用尽全力驱赶，但总也不能如愿。一个年轻姑娘，披头散发，五花大绑被押解过来；为了阻止她的尖厉长喊，嘴里塞满了布绺；只有一对眼睛在呼喊，这一对逼落太阳的女性的眼睛……"好一对"逼落太阳的女性的眼睛"！读至此处，笔者也禁不住流下了眼泪。我认为，"小河狸"曾有的残忍与她对许予明真诚热烈的爱恋以及她最后为爱而勇敢赴死这样一些似乎不无矛盾的性格在她身上的完美组合，恰好显示了人性本身真正的复杂性，而张炜对这个爱情故事的表现也正显现了作家对人性的悉心、细腻的触摸与表现。而也正是因为在《家族》中，张炜能够如同对待"小河狸"、许予明一样，体察、表现小说中其他人物的复杂人性，所以《家族》才有可能取得真正的成功。

　　总之，在当前的长篇小说创作热潮中，《家族》实在是一部难得的具备了独立品格的佳作。虽然我们对张炜所构筑的道德理想的乌托邦性质做了一番冷静的理性分析，但在当前以物欲的喧哗与骚动为显著表征的世俗社会中，道德理想的提出，有着鲜明的时代意义与现实意义。在这个意义上，我们对张炜对自身的道德乌托邦理想的坚持理应表示充分的敬意。

《山西大学学报》1997年第1期

116

匿名的时代本质
——评成一长篇小说《西厢纪事》

《西厢纪事》，作为成一的第三部长篇小说，虽然采用了一种貌似"侦探"小说的故事框架，但从整部小说的意义蕴涵与形式表现来看，却仍然可以被看作是成一严肃探索的作品。甚至可以说，《西厢纪事》的出现，不仅进一步丰富了成一自己的艺术世界，而且对于时下的中国小说界而言，也具有某种独创性的价值。《西厢纪事》的独创性表现在它的"解构性"与"戏拟性"上，虽然成一一向并不被视为"现代"或"后现代"的作家，但他的《游戏》《真迹》，他的《西厢纪事》却一再向世人证实着他在这一方面所潜藏着的巨大的创造力。《西厢纪事》是一个典型的解构主义文本，成一在文本中通过一个虚拟出来的"侦探"故事，在拆解了"侦探"故事传统意义层面上的价值深度与意义深度之后，所具体传达给读者的却是作家对当前的中国城市，对我们所置身于其中的时代本质的挖掘与勘探，而成一所勘探出来的时代本质，却又是一种无法言说的匿名到几近于虚无的时代本质。

成一对匿名的时代本质的勘探，所依凭的首先是对人物命名方式的别有一番意味的特别设计。解读《西厢纪事》，最引人注目的当是女主人公的准确姓名的始终阙如以及三位警官的异姓同名。这位既可能是孟雨，也可能是

117

罗秀君，或者白小楠、叶静、沈歌、田捷。或者还可能是小加的女主人公，她的真实姓名与真实身份一直是一个谜。而负责侦破这一案件的三位警官的名字原来都叫"小东"，只是为了区别开来，才分别改名为"万晓东""吴笑东""魏小东"。三位同名的警官对一位谜一般的女性的真实姓名与身份的追踪探访，便构成了《西厢纪事》的情节主干，也构成了推动情节发展的最基本的叙事动力。但直到文本终结，直到女主人公的悄然遁隐，这三位警官以及以不同方式卷入这个故事的其他人物都未能最终澄清这位神秘的女主人公究竟是谁。从故事一开始，读者就会被这位美丽漂亮的青年女性所深深吸引，"她是谁"的悬念迫使读者如同负责侦破这一案件的三位警官，如同文本中的其他与这位神秘女性有关的人物一样。急于了解探寻这一问题的答案。按照一般侦探小说的故事发展模式，则虽然历经曲折，峰回路转，但最后总要给出一个确切的答案，总要亮出谜底来给读者一种"虽在意料之外，却在情理之中"的审美感觉。但成一却偏偏不给出这个谜底，甚至当作家在文本中的化身老客已明确地认定女主人公就是小加之后，他还又以"孟雨"寄给高冬至的一封信和"小加"写给"孟雨"的另一封信，自我消解了老客的看法。这样，读者的阅读期待最终落空，而成一也凭此而完成了对传统侦探小说的彻底解构。《西厢纪事》的"解构性"与"戏拟性"正是指成一对传统侦探小说叙事模式上的戏仿与叙事结果上的最终消解。而这种"戏拟"或"消解"则正是西方后现代作家所惯用的一种艺术表现方式，《西厢纪事》对传统侦探小说的这种"戏拟"与"解构"，一方面使得文本在审美形式上取得了鲜明的陌生化的艺术效果，另一方面则为作家通过文本对时代本质的勘探提供了必要的前提条件。正是这种别有意味的故事形态使得成一思索整体性的人的存在价值与追问人的存在意义的主观意旨的完整表达具备了实在意义上的可能性。对存在价值与存在意义的思考与追问，其实意味着作家在形而下地展示笔下人物的具象现实生存状态的基础，在形而上的意义上对人类生活的终极性意义的挖掘与探寻，《西厢纪事》中对存在的挖掘与探寻主要体现在始终处于匿名状态的女主人公形象的设计与展示上。"她是谁"这一疑问既在叙事的层面上构成了推动故事运行的基本动力，以一种悬念的方式在始终地吸引着读者的全部阅读注意力，同时在主题意旨的层面上，则成为作家追问存在的意义与价值，探究存在之谜的最根本的艺术着眼点。所以在阅读《西厢纪事》的过程中，尤其是在读完《西厢纪事》之后，读者才会产生一种悚然而惊的感觉。

我们还必须注意到成一在小说中所特别设计出的与神秘的女主人公先后发生过感情纠葛的六位男性，注意到这六位男性与女主人公之间发生感情时的关系模式。我们发现，他们与女主人公结识的方式大致相似，都是在一个小酒店或交谊舞培训班或列车上这样一种公共场所。这些男性都是在丝毫也不了解对方真实情况（他们根本不知道她是谁）的前提下，被女主人公美丽的外貌或高雅的气质所吸引而一见钟情，进而坠入情网的。这样一见钟情的认识模式恐怕正是《西厢纪事》命名的根本原因所在。"西厢"源自王实甫名作《西厢记》，张生与莺莺一见钟情，最终在红娘鼎力相助下战胜重重外在阻力，有情人终成眷属。可以说，这才是真正的经典意义上的"一见钟情"。在这个意义上，成一把小说中那帮大学生的拯救行动命名为"西厢行动"，并把自己的这部长篇命名为"西厢纪事"，其实是隐有极深的机锋，具有明显的反讽意味的。如果说张生与莺莺之间确实是一种纯粹感情层面上的吸引的话，那么在神秘的女主人公与环绕着她的六位男士之间的，就更多地只是赤裸裸的性欲了。而成一小说的反讽意味，也正立足于这样的基础上。女主人公名字的不断变化，她的始终不以真实的身份与名字示人，其根本原因也正在于在与这几位男性的感情交往过程中，在这些貌似有个性，富有精神感情内涵的男性身上，她并未能获得自己所要追寻的精神深度与价值内涵。当"我告诉朱新华我叫白小楠"的时候，我对他是抱着多大的期望啊，我想我可能寻找到我想寻找的人了"；"但他并不是我要寻找的人"，"只是我已经不能把沈歌这个带点诗意的名字带走了。我知道，黄震宇也是救不了我的"。小说中的女主人公就这样一次次地期待着，而希望又一次次成为肥皂泡，一直到高冬至和许强这两位她曾经寄予过很大希望的男性联手把她送进公安机关为止。对高冬至等男性与女主人公之间发生的这一系列从外在形式到实质内涵都极为雷同的情感交往事件的特别设计，正是成一完成勘探时代本质的主题意旨的最根本的依托所在。"由于现实就在于可计划的计算的千篇一律状态中，所以，就连人也必须进入单调一式的状态之中，才能应付现实事物。在今天，一个没有制服的人已经给人一种不再归属于此世的不现实的印象"。①海德格尔的这段话乃是针对"现代商业社会通过技术对人类生活进行了一种简单化处理，进而使得人类生存形式的多样性和独特性消失，一切都被纳入了一种千篇一律的统一形式之中"的这种极为普遍的社会现象而言的。他以统一的"制服"一词来涵盖丧失个性之后业已完全类型化雷同化了的现代城市生活的实质。以此来对照成一的《西厢纪事》，则完全可以断言，成一文本中所描摹表现的城市生活场景则正是海德格尔上述观点的一种具象的展示与印证，二者之间存在着本质意义上的共同意蕴内涵。正如同海德格尔是一位现代技术现代商业社会强烈的批评与诅咒者一样，成一在《西厢纪事》中所展示的也正是对他笔下的精神日益限于无任何个性意义的、空洞状态的、现代城市人生活的、一种鲜明的、否定与批判的立场。神秘主人公的不容于世人，她被世人拒绝与排斥，最根本的原因即在于她缺乏与世俗社会具有同一性的"制服"或者说乃在于她对这"制服"的拒不接受。在一个已经完全类型化完全丧失了个性的时代，一个顽固地坚守自己的精神存在，坚持自己个性气质的女性该是怎样的一种不合时宜，而这种不合时宜就最终决定了她的精神追求的最终失落，就决定了她人生无以更改的悲剧性质。我不知道，在女主人公身上到底寄寓了作家成一几多的人生与艺术感慨。在这样一个物欲膨胀的时代，在这样一个泡沫经济与泡沫文化充斥于我们生活周围的时代，在这样一个曾经富有个性的许多优秀作家也都

①海德格尔语，参见《读书》1997年4期第49页白波《我们时代的理论姿态》一文。

会主动放弃个性风格，放弃思想深度，适应外界生活变迁的时代，仍然在固执地以自己的写作探寻人类的精神存在奥秘，仍然在执着地坚持着自己独有的艺术化书写方式的成一先生，内心深处那种无奈与悲凉该有多么浓烈多么富有悲剧意味。从外在形态与小说的叙事结构来看，诗人老客身上确实更多地闪动着作家成一的影子，但从更为本质的内在精神体验而言，女主人公与作家成一之间倒存在着更多的相同的可能性。女主人公在生活中对精神深度与价值内涵的执着探寻与追求，成一在当前的现实文化语境中执着地以艺术的书写方式表达自己对生命的悲剧性体验以及对人类存在的形而上意义上的深层思考与追问，确实存在着本质的相同之处。在这个意义上，对女主人公形象的塑造其实也是对作家自身的一种真实生存精神体验的传达与表现，同时也正因为在女主人形象的塑造中，融入了或许连成一自己都不自觉的作家自身更为内在本质的深层体验，所以这一形象才格外引人注目，才能给读者留下最为深刻的阅读印象。法国作家福楼拜曾经意味深长地说"包法利夫人就是我"，我们在此不妨可以说这位神秘的女主人公就是成一。故而她最终的人生结局就只能是悄然隐遁而已。窃以为，正是在女主人公真实姓名的最终阙如，在她最终对所有男性都失望后选择的"悄然隐遁"的人生归宿中，成一勘探时代本质的创作意旨得到了圆满的完成与传达。假如我们把神秘的女主人公理解为一种人类存在的某种精神深度与精神价值的象征，那么她的始终无名与她的悄然隐遁所喻示的则正是当今时代的精神本质的极度虚无化与空洞化。而这样一种深刻思想的表达所带来的却是成一在叙述策略上对传统侦探小说艺术形式的"戏仿"与"解构"。《西厢纪事》形式上对传统侦探小说的"戏仿"与"解构"与精神内涵上对一种价值深度与存在奥秘的探寻与追问，也正是成一写作时无法解决，而又必须面对的根本矛盾所在。其实，在更为宽泛的意义上，作为在西方文化（学）的直接撞击影响下产生的与中国文学的观点形态具有本质性区别的 20 世纪中国文学，从它在 1917 年蹒跚学步的时候，就已经不得不面对这样一个如何在西方文化（学）的巨大参照之下，借用西方的思想与方法技巧来表达自己独有的生存体验的问题了。可以说，自鲁迅以来的中国现（当）代作家，都在以一种自觉不自觉的姿态回应着这样一个根本问题，他们都无法回避这样一种艺术表达的宿命。在当今全球化趋势越来越明显了的整体文化氛围的笼罩下，如何既有效地借鉴接受他者的影响而又不失个人独创性立场地表达自己，事实上也已经成为当今包括成一在内的所有中国作家写作时所必须面对的问题。在这种情形下，确立一种既不妄自尊大、又不妄自菲薄的正常文化心态是十分必要的。虽然我们尚很难断言《西厢纪事》到底取得了多高的艺术成就，但从《游戏》《真迹》到《西厢纪事》所留下的创作轨迹中，我们却完全可以断定成一所采取的正是一种强大的西方文化（学）的巨大参照面前的不卑不亢的正常文化心态。这样一种文化心态的具备与否，正是作家能否继续坚持自己独有的艺术书写方式，能否不断地在艺术上实现自我超越的基本前提之一。

至此，我们必须充分注意到成一在《西厢纪事》中所采用的基本叙事策略，正是因为作家为小说文本设定了恰当的叙事策略，他勘探"匿名"的时代本质的创作主旨才最终得以充分地展示与表达。作为一部形式上非常明显的拟"侦探小说"，《西厢纪事》在叙事层面上最引人注目的恐怕正是成一的理性推想力的异乎寻常的发达。侦探小说所要求于作者的是在扑朔迷离的线索背后的一种极富逻辑性色彩的强有力的理性支撑，亦即这种文本本身就规定了写作者必须以环环紧扣、不留一点漏洞的、严密的理性逻辑来推动故事的发展运行。侦探小说问题的这一本质规定性所要求作者的除了具备丰富发达的形象能力，能够想出细节精彩生动的故事情节之外，还必须具备一种抽象的逻辑推理能力，一种用推理来结构设计小说整体的叙事框架。具体到《西厢纪事》，小说一开篇即写三个"小东"警察去拘捕女主人公，原因是她的两个男友举报了她是一个来历不明的女人。为了搞清这个女人的真实身份与真实来历，三个"小东"组成的专案组在拘捕人犯后即根据科学的侦破学原理展开了细致周密的审讯与查访工作。由于案件明显的"离奇"色彩，引起了市委文教书记程以的高度关注，并通过程以的朋友诗人老客也介入其中。但警方的努力却由于女主人公坚决的不合作态度而陷入困境，案件侦破工作并无明显的进展。就在年轻的侦查员们一筹莫展的时候，一群热心的大学生出于同情他们的先生高冬至的缘故，参加到了这一侦破过程中。他们以民间的形式策划了拯救这一女人的"西厢行动"，并由这一行动又引出了另外四个曾同女主人公有过关系的男性，但这四位男性的出场却不但仍然未能证实女主人公到底是谁，反而使本来就没有头绪的案件变得更加扑朔迷离。最后，老客的猜想也被证明是一种虚妄，警方只好于无奈中释放女主人公。神秘的女主人公在被释放后不久即悄然遁隐不知所往。通过以上的简单复述，不难发现，整部《西厢纪事》紧紧围绕"她是谁"这一主线来结构故事框架，在设计结构这个近于严密无缝的叙事框架时，真正发生作用的正是作家成一异乎寻常的理性推想力。关于这一点，我们从整部小说自始至终所保持的一种客观冷静的叙事基调中也可以得到一种强有力的证实。写作《西厢纪事》时的成一所面临的另一个难题即是如何处置一再重复的故事与人物的问题。我们在前面已经指出，神秘的女主人公与六位男性之间发生的感情故事大同小异，因而如何使这些非常可能类型化的人物具有自己的个性，也构成了对成一的艺术智慧一种强有力的挑战。事实上，也正是为了回避人物与情节的雷同，为了尽可能地凸现人物之间的不同个性，成一才选择了这样一种叙述视点频繁转移的叙事方式，才让故事的参与者来直接地充任故事的叙述者，这种叙述模式的选择，为人物个性的充分凸现提供了最大的可能性。事实上，也正是通过这些人物的自述，我们才可以明确地感受到高冬至的优柔与懦弱，许强的骄矜与志得意满，才能够领略黄振宇的直接了当以及朱新华的小心翼翼。一句话，对非常容易雷同的人物个性的巧妙的勾勒与凸显所体现的正是作家成一深厚的艺术功力。而正是这种深厚的艺术功力的具备，才使得《西厢纪事》成为当前长篇创作热潮中一部品位不俗的超拔之作。

《小说评论》1998 年第 2 期

《务虚笔记》：对"不确定性"的沉思与表达

　　大约是 1985 年前后起，史铁生小说中抽象的哲理探讨意味便渐趋浓烈，《命若琴弦》《一个谜语的几种猜法》《中篇 1 或短篇 4》《我与地坛》等等，对这些作品的解读过程一直在不断地强化着笔者对史铁生小说的这一基本认识。以一种充满灵性与诗性的语言传达人物被置于难以超越的生存困境之后对存在意义的追问与领悟，几乎成了 1980 年代中期之后史铁生小说中唯一贯穿始终的精神要旨。因此有论者断言："史铁生在当代作家中是哲学素养最高的作家。"①这一点在史铁生的《务虚笔记》中表现尤为突出。

　　《务虚笔记》是史铁生迄今唯一的一部长篇小说。在笔者看来，《务虚笔记》乃是史铁生的一部集大成之作，是在他前此中短篇小说创作基础之上对自己既往人生写作经验的一种全面整合与升华。这是一部用"心"之作，唯有以"心"去认真地贴近、体会并聆听，我们才可能最大限度地贴近史铁生此书写作的本真境界。认真地品味小说标题，乃是我们理解这一小说的最佳切入点。所谓"务虚"者，乃是作者对于个体与人类存在诸问题的苦思冥想，它最突出地体现了

　　①邓晓芒《灵魂之旅》，湖北人民出版社 1998 年版，第 158 页。

这一文本所具备的深邃驳杂幽暗不明的哲理玄想色彩。而所谓"笔记"者，则当然指文本的一种形式特征，一种看似随意而为，实则更强调如实地探寻记录作为个体或类存在的"人"全部心灵奥秘的文本特征。我们注意到，在《务虚笔记》中曾出现过这样一段话："你必于写作之前就看见了一团混沌，你必于写作之后发现你离那一团混沌还是非常遥远……你永远不可能等同于它，那就注定了写作无休无止的路途，那就证明了大脑永远也追不上灵魂。"（第100节）在此处，"混沌"当指一种对人类存在奥秘的澄明与认识，而这样一种终极式的答案是永远无法被证实的，于是每一个追问者便只能永远地在路上，只能永远地追问下去了。在这个意义上，追问的过程本身即可以被理解为存在澄明地敞开自身的一个过程，或者说，存在只向那些永不止息的不懈追问者打开自身。而史铁生对"混沌"的谈论，则充分表明他正是这样一个理想意义上的追问者，他的许多中短篇小说，他的《务虚笔记》，乃可以被视为他不懈追问的一种真实可靠的文字记录。《务虚笔记》，正是对诸如有限与无限，必然与偶然，凡俗与奇异，绝望与追求，真实与幻觉等充满了两难驳论色彩，突出地表现了当今现实世界中人类对生存境遇问题的深入思考与表达。

读《务虚笔记》，笔者首先注意到了它非常突出的一个特征，那就是对"不确定性"的沉思与表达。无论是人物、情节的设置与构想，还是思想的沉潜凸显与语言的运用表达，"不确定性"这一特点都表现得异常突出。此处所谓"不确定性"，当指史铁生在小说文本中达到的对以个体形式存在的作为类的"人"的一种现在进行时的生存状态的领悟、把握及体认。它所寓指的乃是具有鲜明哲学家气质的史铁生对人类存在的种种可能性的思索与探寻。也只有在这种以"不确定性"的表达方式对充满"不确定性"的人类存在的种种可能性进行了尽可能穷尽的沉思与表达之后，史铁生在形而上的层面上思索探寻人类存在之谜的精神主旨才可能得以最终完成，他所不懈追问的"答案"也才可能自在地呈现于共同的作者与读者面前。文本即试图对

《务虚笔记》所凸显出的"不确定性"这一特征的分析与理解，来最终达到对《务虚笔记》这一现代小说文本某一侧面的深邃思想的领悟与认识。

《务虚笔记》的"不确定性"首先表现在史铁生对人物的命名方式上。作为一部长篇小说，尤其是一部具有强烈的思辨与独白色彩的现代小说文本，众多的人物都没有具体的姓名，而一律冠以英文字母符号，这本身就既是对读者阅读能力与经验的挑战，同时也更是史铁生一种带有冒险色彩的自我挑战，因为他以这种特异的方式而为自己设定了一个难以企及的艺术目标。依据一般的长篇小说写作规律，这种比较抽象的人物命名方式很容易模糊人物之间的不同个性，并最终因人物的混淆难辨而导致小说写作的失败。然则唯其如此，才更加鲜明地凸显了史铁生的创造力，凸显了他杰出的写作能力。在笔者看来，作家的这种人物命名方式背后所潜隐着的正是史铁生的基本人生哲学，是他试图在一种更为广阔的视野中表现思考更为普遍的人类存在意义的基本艺术概念。它首先标志了史铁生在探索人类存在的各种可能性方面所做出的第一步努力。但在对《务虚笔记》人物描写的分析理解过程中，我们还进一步发现，不仅人物的命名方式是极其抽象模糊的，而且在故事情节充分展开后，什么人物在什么时候要经历什么事情也都缺乏明确的界定，既可能是"这一位"，也可能是"那一位"。在这一方面，我们注意到了小说中甚为普遍的如下一种表达方式。比如"那个飘飘渺渺的男孩儿就像是我，就像所有的男人的记忆，在传说般的往昔岁月……走进过一座美丽的房子"。（第31节）"我说过，T的父母与Z的叔叔乃至于F医生的父亲，在我的印象里混淆不清。"（第149节）"T的父母是谁？可能就是F医生的父母，也可能就是Z的叔叔和婶婶——不过这可能是我的错觉。"（第146节）等等。我们发现，通过这样一种表达方式，史铁生在尽可能地使用一些诡秘的模棱两可的文字，来极力消解人物与事件之间的一一对应关系，因而把某一人物的苦乐与梦想，把他所经历的爱与恨的折磨，加以普泛化，交织到了每一个人物个体身上去。这样一来，也就给读者创设了一个极为阔大的想象空间，可以猜想，当 L 的欲望极度膨胀时。F、Z 或者 C 是否也在蠢蠢欲动，甚至，作为读者的我们自己是否也早已坐卧不宁了呢？每一个人物个体都是所有的人，所有的人又都可以浓缩为某一个人物个体。由个体到群体到类，由类再返至群体乃至自己，史铁生其实是在以一种极其睿智的方式来为自己也为读者提供一个反省存在的绝妙机会。我们注意到，在"孤单与孤独"这一章，作者曾写下这样一段意味深长的话语："如果你看我的书，一本名叫'务虚笔记'的书，你也就走进了写作之夜。你谈论它，指责它，轻蔑它，嘲笑它，唾弃它……你都是在写作之夜，不能逃脱。因为，荒原上那些令你羡慕的美丽动物，它们从不走进这样的夜晚。"（第 184 节）当史铁生把"你"与美丽动物区别开来，当他一力地强调作为读者的"你"与写作之夜、与《务虚笔记》之间殊难割舍的联系时，他所意欲凸现的基本意图其实即是强调他的小说文本是在以这种特有的开放性叙述方式对以个体形式存在的人类整体生存的价值与意义作为一种普泛性的思考与表达。作家对普泛性如此的强调为我们对人物形象的理解出示了一条明确的道路。那就是，对于活跃在《务虚笔记》中的十几个分别被英文字母标志出的人物，我们不宜把他们作为个性鲜明的独特个体来加以分析把握（其实，在阅读过程中，我们已经注意到史铁生绝少对他笔下的人物做外在行为动作包括外在体貌的描写，他的笔锋直指人物内在的精神心理世界。窃以为，文本的这一特点也在暗示着他小说中人物的非个性化倾向），只有一种整体的谈论才切合文本实际，也才更接近于史铁生的写作意图。也许只有在这样的前提下，我们才能更加恰切地理解史铁生的故事何以要从古园偶遇的两个"不谙世事"的小孩——一个男孩与一个女孩写起。或许，史铁生以四十万字的篇幅所欲真正讲述展示的也不过是要对男女两性人性深度的洞察与观照。小说最后一章"结束或开始"中这样一段话有力地证明这一点："不光是你，也不光是我。他们还是所有的人。在另外的地方和另外的时间，他们可以是任何人，因为所有的人都曾经是他们。因为所有的人，都曾经是一个男孩儿和一个女孩儿。"（第 225 节）说到底，一部《务虚笔记》，史铁生所欲真正传达的乃是他对人类存在之谜的一种整体性的深入思考。因而在作者的构思中，"甚至谁是谁，谁一定是谁"这些都并不重要，重要的是小说中出现的那些分别被不同英文字母标识出的男男女女们，不过是叙述者"我"虚拟出来借以传达存在命题的一种道具。在这个意义上，该书内容提要中对《务虚笔记》不注重各个人物的完整形象与历史，而注重与生命同时拓展的不同心魂的起点与方向"这一特征的概括就是相当到位的。事实上，史铁生正是通过对人物所进行的这种"不确定性"的处理来最终完成对整体人类存在的思考与表达的。

在《务虚笔记》第 91 节中有这样一段话："至于哪件事在前，哪件事发生在后，是毫无意义的。历史在行进的时候并不被发现，在被发现的时候已经重组。"窃以为，这段话所透露出的一个重要的信息乃是《务虚笔记》的"不确定性"在第二个方面的突出表现，即情节的不确定。如同对人物所做的不确定性描写一样，史铁生在小说中诸如"什么时候发生了什么事情"这样一些问题也没有明确的肯定或否定性记述，他往往以一种似是而非，甚至模糊的方式使不同人物的故事重复、交叉，或者连接、并行。比如"WR 绕过前面的书架，绕过一排排书架——一万本书，绕过寂静地躺在那儿的千年记载，在雨声中走进诗人 L 屡屡的梦境。"（第 97 节）或"七点钟，诗人 L 走进了 F 医生的恐惧……这时候 L 开始明白：还是 F 医生说得对……F 还说什么来……F 的原话是这样说的……又让 F 医生说对了……对了，F 是说……是呀是呀，F 医生早就对你说过……L 终于听懂了，F 心底的固执和苦难……"（第 231 节）等等。诸如此类，不胜枚举。我们发现，在《务虚笔记》中，不同的人物可以经历同一件事情，而不同的事件又可以具有相同的行为主体。这种人与事频繁交叉与重复的一个重要原因乃在于 WR 与 L，L 与 F 医生之间有着大致相似的经历和感受。在笔者看来，这种情节的不确定性与上述人物的不确定性有着直接的内在关联。既然人物都只意味着符号的不同，既然作为主体的人物所散发出的也只是关乎人类这一整体存在物的各种信息，那么作为主体之遭际和命运的事件，亦即小说文本的故事情节，则无论其简单明快，还是繁复曲折，都可以被看作是漂流时代所必然留下的印记，可以被视为文本中显示为不同符号的人物所可能共同遭逢的宿命。正如同每一个爱情故事中女性们在分别时，誓言咒语都如出一辙，而孩子们在某个下午去那神秘房子的路上的对话都很相近，抑或他们每一个人都采用"长跑"的方式去接近那幢房子一样，我们发现，在《务虚笔记》中，讲一个人的故事，就是在讲所有人的故事，而所有人的故事，也正是一个人的故事。窃以为，史铁生之所以对文本的故事情节做这样一种不确定式的处理，其根本目的仍然在于它是他传达出的对人类命运的整体关照与思考。同时，我们还注意到，小说中还充斥着另外一种罗列故事发展的多种可能性的不确定方式。比如："有两种方式揭穿这个谜底。一种是 WR 母亲的方式。一种是 Z 的方式。"（第 68 节）"诗人不愿看到甚至不愿去想，一个美好的女人放弃梦想时的惨状。诗人现在甚至希望……或者，诗人希望……或者诗人希望……"（第 69 节）"至此，戏剧的发展有两种方案。一种是……另一种方案是……"（第 101 节）"他（F）必定会像我所希望的那样希望旧日的恋人：一、根本就没注意到他。二、注意到了他，但是没有认出他。三、认出了他但并不理睬他，转身回去。四、她看见了他……但千万不要是五……"（第 101 节）很显然，史铁生试图穷尽事物发展的所有可能性（尽管在事实上是不可能的）。因为未来是不可知的，我们很难知道我们将要经历什么，因而任何一种可能性都可能发生，虽然最终上帝只给你一种可能方式。这正如同打牌时的洗牌一样，五十四张牌之间有着无数种排列组合，也就蕴涵了无数种可能，虽然最终上帝只给你一种可能方式，但却并不能由此否认在洗牌过程中那些曾经短暂存在然后却迅即消逝了的其他可能性。这一绝妙的游戏在某种意义上乃是人类存在与命运的一种贴切象征。在这个意义上，小说中"童年之门"这一章人物所说的："你推开了这个门儿没有推开那个门，要是你推开的不是这个门而是那个门，走进去，结果就会大不一样"。"没有人能知道不曾推开的门里会是什么，但从两个门会走到两个不同的世界中去，甚至这两个世界永远不会相交。"（第23节）这样一段话也就具备了一种本体论的价值内涵。在笔者看来，史铁生正是要通过企图穷尽事物发展的多种可能性的手段来探究思索人类存在的可能性以及人类命运的或然性。不难看出，《务虚笔记》中的这两种情节不确定的方式其实都是服务于史铁生以"不确定性"的表达方式对充满"不确定性"的人类生存的种种可能性进行尽可能穷尽的沉思与表达这一基本创作主旨的。关于这一点，史铁生的自述其实已经讲得非常明白："空冥的猜想可以负载任意的梦境，而实在的答案便会限定出真确的痛苦。"（第35节）窃以为，这正是不确定的优点。

在对《务虚笔记》的人物与故事情节的"不确定性"进行了如上的理解与剖析以后，我们还必须把关注点放在史铁生为这一小说设定的同样呈现出明显的"不确定性"的语言叙事方式上。我们注意到，作为一部别具现代精神的长篇小说，《务虚笔记》首先表现出了突出的"虚拟性"的特点。细读文本即不难发现，其中大量充斥着诸如："如果、或者、比如、抑或、也许、可以是、也可能、说不定……"等这样一些带有明显的虚拟色彩的叙事词汇。这些虚拟性词汇所透露出的信息首先即是这一文本所具备的"虚拟性"的叙事时态。其实也正是因为有了这样一种"虚拟性"的叙事时态，也才会出现如上我们业已剖析过的人物与事件的"不确定性"。很难设想，一旦离开了诸如"如果、或者、比如……"这样的叙事语汇，人物与事件的不确定性还会得到如此有力的表达与凸显。说得更明确些，对于史铁生这样缺乏行动能力的小说家而言，或许他这部小说的写作也都是作家自己在幽静的写作之夜里，勃发自己非凡的想象力虚拟而出的一种结果。在这个意义上，身体的残疾虽然限制了史铁生的行动自由，但却逼迫出来他超凡的艺术想象力，却给予了他的心灵以更为阔大的自由空间，足以使他依凭自己自由的心灵与想象力构建一个超验的艺术王国，并成为艺术王国中当然的君王。在《务虚笔记》中，史铁生曾这样谈论过"真实"问题："起初并不在我的心灵之外，在我的心灵之外并没有一种叫真实的东西原原本本地待在那儿。真实，有时候是一个传说甚至一个谣言，有时候是一种猜测，有时候是一片梦想，它们在心灵里鬼斧神工地雕铸成我的印象。"（第7节）史铁生的这种"真实观"在很大程度上可以看作他最为基本的写作观念。既然在创作主体的心灵世界之外并不存在所谓的真实或者客观，那么作家所建构成的自然也就是一个纯然虚构的艺术世界，是一个创作主体凭借自身以往的人生与精神体验而对所谓的"世界"进行的一种极具个性色彩的描述与阐释。他叙述上这一明显的"虚拟性"其实乃是作家探索人类存在诸多可能性的一种有效手段。说到底，这种"虚拟性"乃是作家的一种叙事策略，作者旨在通过这一策略的运用进一步拓展小说的话语空间，打破传统小说主线霸权的合法性，打破传统小说对读者想象力的圈定以及对读者参与意识的禁锢，力求在解放文本的同时也解放读者，解放读者的想象世界。窃以为，正是因为文本采用了"虚拟性"这一恰切的叙事策略，才使得史铁生展示探索人类生存之多种可能性的创作意图成为了可能，也才使得《务虚笔记》成为一个充分体现作家之超凡想象力的成功的巨大的艺术空间。应该说，我们所处的时代是一个想象力极度贫乏的时代，或许在某种意义上我们这个民族的基本文化即是想象力被极度压抑了的文化，站立在这一基座上我们不得不承认《务虚笔记》的出现简直就是一个奇迹。在这个意义上，《务虚笔记》就不再仅仅是一部现代小说，它同时还是一首精美的诗，是旋律优美的音乐，更是一部具有突出的宗教精神与明显的存在主义印痕的现代人心灵的启示录。从史铁生1980年代中后期以来思想与写作的发展轨迹看，越来越显示出来鲜明的存在主义色彩。当然，这种存在主义并不是源自萨特或海德格尔那里的舶来品，而更多的是史铁生从自身对人类存在与人类命运的感悟中得来的，打上了明显的个人的烙印。而存在哲学的一个基本观念却是："人，便是他所不是的。人性本质上是个未然的乌托邦概念，是对无限可能性的一个限定，是不完足的；'不是'，你才有指望从有限性中站

131

立起来。"①而邓晓芒则说："可能世界高于现实世界，现实世界只不过是可能世界的实例，可能世界自身有它永恒的价值。是梦想，而不是自然天性，造成了现实的人的历史。"②在笔者看来，只有提升到这样的高度来认识《务虚笔记》对"不确定性"的沉思与表达，并进一步认识史铁生的整体生命写作，才更能接近于文本与作家的真正的本真价值与意义所在。

在谈论《庄子》时，闻一多先生曾写下这样的话："向来一切伟大的文学和伟大的哲学是不分彼此的。""文学是要和哲学不分彼此，才庄严，才伟大。哲学的起点便是文学的核心，只有浅薄的、庸琐的、渺小的文学，才专门注意花叶的美茂，而忘掉了那最原始、最宝贵的类似哲学的仁子。"③在此处，闻一多一语道破了文学与哲学之间的紧密联系。的确如此，反观一部人类文学史，即不难发现，那些真正优秀的伟大文学作品往往是两者兼而有之，哲学与文学彼此难分。窃以为，对于现代文学而言，哲学底蕴的具备与否就更为重要了，无论是卡夫卡、卡尔维诺，还是福克纳、博尔赫斯，在他们身上往往兼备文学家与思想家的素质，而他们的作品则都具有极为深刻的哲学底蕴。由此可见，是否同时兼具文学与哲学的因素，是否具有很深的哲学底蕴，乃是衡量文学作品尤其是现代文学作品的一个非常重要的标准。以是观之，则《务虚笔记》与史铁生皆应得到充分的评价与肯定。在当今的中国文坛，如史铁生这样的作家不是很多，而是极少。这一点理应引起文坛的警觉。史铁生也以他别具个性的写作在当今的小说界独树一帜。对于他的写作，我们目前的认识与估价并不充分，还存在许多盲点。这一切，都有待于研究者进一步深入地探讨与剖析。

《名作欣赏》1999 年第 2 期

①李振声《存在的勇气，或拒绝遗忘》，《读书》1998 年第 12 期。

②邓晓芒《灵魂之旅》，湖北人民出版社1998 年版，第 158 页。

③《闻一多全集》第 2 卷三联书店 1982 年版，第 282—283 页。

荡涤那复杂而幽深的灵魂

——评铁凝长篇小说《大浴女》

虽然《大浴女》所采用的并非严格意义上的限制视角的叙述方式，也就是说，是一种类似于上帝般的全知全能的叙事方式。①但细读文本之后，我们还是可以隐约地感觉到，文本总体叙述视角与女主人公尹小跳的位置角度具有同一性。这也就是说，铁凝基本上是站在尹小跳的人生立场上观照并展示她所要表现的具体人事活动的。细读文本即可发现，无论是对章妩、尹亦寻，抑或是唐医生这样的父辈，还是对唐菲、尹小帆这样的同代人，叙述者对这些人物的描述与评价，其实都是站在尹小跳这一人物的精神立场上进行的。虽然我们无意于指认尹小跳就是铁凝，事实上这种指认也纯属一种无聊的行为，但另一种无可否认的事实却是，在尹小跳的人生历程中确实明显地留有铁凝个人的某些生活轨迹的痕迹。这就有利地说明，在刻画塑造尹小跳这一人物的过程中，铁凝的确充分地调动了自己的情感与精神体验。而这，也正是尹小跳这一人物形象得以成功塑造的前提

①同时，我们也应该指出，铁凝此种叙述方式的采用，与她在这部长篇小说中对故事所主要发生的时空段亦即史无前例的十年"文革"浩劫做一种深层次的透视与思考的写作主旨有关。只有这种非限制性的叙事方式，才能给作家以充分自由地观照与探测的可能性，以使作家能够从各个不同的侧面、全方位地切入自己的基本写作主旨。

之一。正是在上述立论得以成立的前提下，我们才可以说，《大浴女》这部小说正是从尹小跳在其男友陈在去外地出差之后，她独自一人翻阅曾经狂热地追求过自己的方兢给她的若干封情书的晚上而开始的。可以说，从第一章"婚前检查"到第八章"肉麻"，这几乎占去了《大浴女》全书之绝大多数篇幅的文字都属于"对过去的回忆"。在这个意义上，当然也就可以认为上述"过去的回忆"乃是整部小说之主体部分了。从这一角度看来，则方兢的那些情书所承担的不过是一种由现在通向过去的媒介功能，它牵引着尹小跳坠入了那逝去已久的沉淀着过多人的人生苦难与精神痛楚的岁月之河。

尹小跳此处所沉迷于其中的"过去"，乃是理解《大浴女》这部长篇小说的关键所在。衡量人类存在的一个关键维度乃是时间，从时间的意义上观照人类存在，则人类的存在便往往被划分为过去、现在与未来这样三种不同的时段。"未来"是人类所未能抵达的一个时段，是还未能现实存在的、无法证实的一个时段，对于"未来"，我们只能想象推测，而无法准确地说明"未来"究竟是何种模样。在这个意义上则又可以说，其实"未来"从来就没有真正地存在过。"现在"则是指人的一种现在瞬时存在的状态，短暂性或者更直接地说瞬时性乃是"现在"之最根本的特征，随着时间以"分"或更短暂的"秒"的计量单位的使用，所谓"现在"稍纵即逝。在这个意义上，"现在"并不像"未来"那样是根本上不曾存在过的，因为它的瞬时性特征，其实对"现在"的把握也是不易的。相形之下，则只有"过去"不仅存在过，而且还具有非常突出的可供人类从各种不同角度加以探究思考的稳固性特征。从这个意义上看，则人类有史以来所进行的哲学、历史、文化、法律等从人文社会角度切入人类研究的学科，当然也包括我们这儿所具体谈论的文学在内，其实都是在研究着人类的"过去"。事实上，也只有在对人类"过去"的探究与思考中，才可能真正地显现出人类存在的价值来。由上述讨论再返回到文本所具体分析的小说这一文学门类，则可以说对于小说这一文本最为关键的叙事问题而言，其所叙之事也都是发生于"过去"的那些人类故事。再者，从汉语词源学的角度看来，与小说关系密切的所谓"故事"，也无非是"过去发生了的事件"的意思。此处之所以强调这"过去"是理解《大浴女》的关键所在，乃是因为铁凝此书对人物形象尤其是主要女性形象那复杂而幽深的人性与精神深度的揭示与表现，均是依托于这些形象的"过去"才得以实现的。首先是尹小跳，对尹小跳产生根本性影响的一个关键事件乃是尹小荃之死。虽然谁也无法以确凿的证据证明尹小荃就是被尹小跳谋杀的，但在尹小跳的内心深处，却一直自认为尹小荃落井而死与自己有着无法解脱的直接关系，以至于"尹小跳也永远记住了她和尹小帆那天的拉手，和她在尹小帆手上的用力。那是一个含混而又果断的动作，是制止，是了断，是呐喊；是大事做成之后的酣畅，还是恐惧之至的痉挛？是攻守同盟的暗示，还是负罪深重的哀叹？"在尹小跳的内心深处，一直认为是自己拉住妹妹尹小帆的手而未能前去救援才导致了尹小荃的死亡，因此小说中才会出现这样的话："人的一生一世，能够留在记忆里的东西是太少了。宏大的都是容易遗忘的，琐碎的却往往挥之不去，就比如一个人的手，某年某月的某一天，在另一个人手上用过那么一点点力。"是的，就是这么一点点力居然让尹小跳终身无法释怀，而一直处于某种沉重压抑的罪恶心理之中无法自拔。其实尹小荃之死的确很可能只是一个偶然的事件，当唐菲死去之后，陈在为了缓解尹小跳的自责而告诉尹小跳，他在尹小荃不幸死去的早一天晚上看到过唐菲费力地掀开了那个一直盖着的井盖，这似乎在暗示对尹小荃之死同样负责的还应该有唐菲，似乎尹小荃之死的确是某种阴谋的结果。但就小说文本所明确提供给读者的全部信息而言，仅凭尹小跳的自责，或者再加上唐菲死后陈在的叙述，就断言尹小荃之死乃是一种阴谋的结果，其实并无多大的道理。笔者更倾向于尹小荃之死只是一个偶然发生的事件，但唯其偶然，方能更见出其必然性，也方能见出铁凝特别设计出的这一细节是理解《大浴女》这部长篇小说的关键所在。窃以为，虽然尹小荃的落井可能是一个偶然的事件，但尹小荃的夭折却是必然的。其原因乃在于尹小荃是章妩与唐医生偷情的一个直接结果，对于这个结果，则无论是作为章妩女儿的尹小跳，还是作为唐医生外甥女的唐菲，都是无法接受的，都对这一结果也即对尹小荃充满了难以解释的敌视与仇恨心理。对她们而言，尹小荃的存在乃意味着自身无以解脱的莫大耻辱。其实，尹小荃是无辜的，真正对此一结果负责任的只应该是章妩与唐医生。但在尹小跳与唐菲当时还是幼小单纯的心灵世界中，一则恐怕还很难辨清此一事件中的具体因果与责任关系，二则在父辈们面前她们也的确无能为力，因此她们得以发泄此种敌视与仇恨心理的对象就只能是尹小荃这个无辜的小生命了。在这个意义上说，尹小荃之死的确是必然的。早在她落井之前，就已经被尹小跳与唐菲在心里杀死过无数次了。而也正因为尹小跳在内心深处早就潜伏着杀死尹小荃的念头，所以她才会无意识地近乎于本能地把这一事件与自己联系起来，才会牢记住自己曾经紧紧拉住尹小帆的手而无法忘怀，其实她的拉手完全可能是面对突然出现的危险情况时精神高度紧张的状态下身体的一种本能反应。这样，虽然在法律的意义上，尹小跳不是罪犯，可以对尹小荃的死不承担责任，但在精神意识的层面上，尹小跳却又实在无法逃脱"罪"的指责和审判。一旦她萌生了杀死尹小荃的念头，然后又一次次地重复这种念头的时候，我们说，她其实就已经是一个无法逃脱的"罪"人了。此处之"罪"，乃指人天性中潜隐着的一种"罪"性，或者更直截了当地说乃是人性恶的一种具体体现。铁凝的深刻之处，正在于紧紧地抓住了尹小跳的这一潜隐的罪性情节，而对尹小跳的内在心灵世界进行了不失严酷的精神拷问与灵魂审判。在"文革"后出现的一系列新小说文本中，的确鲜见如《大浴女》这样能够着实对人物进行某种深入骨髓的精神拷问的作品。读铁凝的《大浴女》，很容易让我们联想起俄罗斯那位伟大的人类灵魂审判者陀思妥耶夫斯基来。陀思妥耶夫斯基之《罪与罚》写大学生拉斯柯尔尼科夫因贫困而杀死了放高利贷的老太婆及其女仆，事后饱受良心上的折磨与拷问，终被圣母般的女性索尼娅之牺牲精神所感召，而向法庭自首。小说之精彩处乃在于拉斯柯尔尼科夫充满了尖锐复杂之矛盾冲突的精神世界的揭示与表现，而陀思妥耶夫斯基之"人类灵魂审判者"的称誉也由此而来。陀氏笔端的拉斯柯尔尼科夫是因为确凿的杀人行为而内心不安，铁凝笔端的尹小跳却是因为自己曾有过的杀人念头、因为自己所难以摆脱的负"罪"感的缠绕而痛苦不堪。在笔者看来，这两位作家对各自笔下人物所进行的精神拷问均已抵达了相当幽深的人性层次，读之思之的确会令人战栗不已。铁凝独居静室，以女性特有的细腻幽婉而不失清丽的笔触深入到如尹小跳这般复杂深邃的人性世界中去，既对自己笔下的人物进行了严酷的审判，同时也在以一种大慈悲的人道主义精神去理解并宽恕自己笔下的人物，使自己的小说具有厚重浓郁的悲剧艺术精神，乃是相当难能可贵的，确属凤毛麟角之举。在笔者看来，与作家通过难以释怀的尹小荃之死而对主人公尹小跳所进行的精神拷问相比较，则她那同样可以称之为丰富复杂的与若干男性的感情（性）的纠葛，以及她与唐菲、孟由由之间纯洁到令人感叹程度的同性情谊，以及她与妹妹尹小帆和母亲章妩之间扯不断理还乱的亲情，就揭示这一人物的人性与精神深度而言，其表现力度均有所不及。虽然我们无法否认上述情节在丰富尹小跳这一形象的性格方面确实发挥着不容忽视的作用，虽然尹小跳与异性的纠缠很可能正是这一小说得以引起大众读者关注的焦点所在，但笔者还是坚持认为，作品在某种程度上可以称之为"尹小荃情结"的设定，乃是作家塑造同时也是读者理解《大浴女》这一小说文本的关键所在。母亲何以要与唐医生偷情呢？她究竟是在一种什么样的情形下背叛自己丈夫的呢？对这些问题的追问也就必然牵涉到当时整体时代背景，牵涉到那场令人既难以接受却也难以遗忘的充满荒诞的十年"文革"。正是"文革"这样畸形扭曲的时代本身才最终诱导出了人性中所深潜着的恶，①才最终导致了如章妩、唐医生这样一半互相利用，一半又有依稀情感牵连的乱世偷情行为的出现，也才

①关于这"恶"，所有读过《大浴女》的读者，对唐菲之母唐老师在被迫无奈的情况下，为保护自己的女儿免遭羞辱而甘愿吃屎的细节，恐怕是难以忘记的。周围强迫她的人，我们无法断言也无法相信都是心怀叵测的坏人，我们宁愿相信其实他们也都只是一些普通人。但问题在于，究竟是一种什么样的超人力量诱导牵引出了深藏于他们无意识深处的从根本上说乃是属于"人"之恶的呢？窃以为，对这一问题的思考将促进我们对人性本身，当然同时也会促进我们对铁凝这部《大浴女》更加深入的理解与把握。

最终有了他们的偷情结果尹小荃。在这个意义上，则很难仅仅让章妩抑或唐医生为他们自己的行为负责。事实上，他们也的确无法对尹小荃的出生负起责任来，因为那更多的是一种时代错误或曰时代荒谬的产物。从本质上说，是那个荒唐的时代导致了这一系列扭曲畸形的人性行为。因此，铁凝的《大浴女》在深入追问揭示人性复杂幽深的同时，其实也在对导致这人性之复杂幽深的"文革"时代背景进行着强有力的展示与表现，从这个角度看来，也不妨说《大浴女》正是一部展示并反思"文革"的优秀小说。

由以上分析即可以看出，对于理解尹小跳这一人物形象而言，"过去"的确是一个不容忽视的关键因素。从小说文本所展示的具体情形来看，作品中所有关于尹小跳"现时态"的描写，其着眼点均落脚于她那无法释怀的"过去"，或者干脆说就是尹小荃之死上。设若抽调所有关于尹小跳"过去"的描写，那么不仅尹小跳这一人物将被抽空，而且整个《大浴女》文本也将不复存在。其实，在更普遍意义上看来，作品中的其他人物也同样缠绕在自己的"过去"之中，他们之现实言行结果也同样需要追踪到那其实并不遥远的"过去"，即那荒唐的"文革"中去。

先看唐菲，我觉得在《大浴女》中出现的诸多女性形象中，唐菲恐怕是很有新鲜感的一个形象，甚至在某种意义上可以说，唐菲是作者富有新意的独特创造。在既往的文学形象中，如唐菲这般复杂到我们难以对之定性的人物是相当罕见的。唐菲的天性善良与她那复杂的淫乱史巧妙地被作者令人信服地组接到了一起，不仅没有丝毫生硬造作之感，反而显得十分自然贴切。在某种意义上可以说，唐菲的出现标志着铁凝塑造人物的功力又有了明显的提高与长足的进步。而唐菲形象的成功塑造，同样与她的"过去"有着紧密的难以割舍的联系。唐菲是只知其母不知其父的一个私生女，一直到她不幸去世时，她都未能知道自己的生父是谁。虽然小说文本似乎暗示那位后来升迁为副省长的俞大声就是她的生父，但那也仅仅是唐菲自己与尹小跳的一种假想推测而已。可以说，没有父亲的唐菲终生都在试图找到自己的父亲，而没有父亲这一事实也正构成了唐菲的"过去",且这"过去"在精神分析学的意义上也应该说的确潜在影响着她此后的所有言行。依笔者陋见,在精神分析学的意义上,似乎可以说在唐菲后来种种淫乱行径中,其实一直潜隐着寻找父亲的情节。她那一系列为社会所不容的反常行为,实际上是一种变相的"恋父情结"作祟的结果,而不仅仅是为了生存所必须的钱财。在某种意义上,甚至于她在生命最后一个时期对那些玩弄自己的男性的极端报复行为,也可以被理解为是"恋父情结"的反作用的一种结果。面对唐菲这一形象,我想,作者所特别设置出的唐菲那特别纯洁的嘴这一细节应该是意味深长的。"嘴"为谁留?窃以为,那其实是留给她期待中的父亲,虽然她至死也未能实现自己的这个愿望。

再看章妩,尹小跳的母亲,乃相当于《玫瑰门》中缺失的苏眉的母亲。在笔者的理解中,作者之所以在《玫瑰门》中只注重与对作为祖母辈的司猗纹与作为孙辈的苏眉的展示,乃体现了她无意识中对母亲的一种厌恶与逃避倾向。关于这一点,通过《大浴女》中章妩形象的分析即可得到有力的证实。①从《大浴女》所展示的具体情形看,尹小跳与章妩之间始终存在着难以弥合的隔膜与鸿沟。先是因为章妩从思想改造的农场回城后,虽然留城的借口是要照顾尚处年幼的尹小跳尹小帆姐妹,但实际上却由于与唐医生发生暧昧关系而常常无暇顾及自己的两个女儿,以至于在一次尹小帆高烧的晚上竟然彻夜不归,并最终导致了尹小跳的写信向父亲告发,虽然这封信终因未贴邮票而未能到达尹亦寻手里。这是母女之间最初感情裂痕的开端(只是针对尹小跳而言)。然后便是尹小荃的出生以及她的很快夭折,关于尹小跳与尹小荃之死的关系前面已有了充分的论述,此处只是强调这一事件的发生当然极大地间离了章妩尹小跳母女俩之间那本来就已存在着的感情裂痕。之后就是进入"现时"状态的章妩了,进入"现时"状态后的章妩在

①在此笔者再次郑重声明,铁凝并非苏眉或者尹小跳,我们此处的讨论只是着眼于某种人类共同的精神心理体验而言的。

尹小跳心目中简直变成了一个不可理喻的怪物：她不间断地垫鼻子缝眼皮儿，然后还要收双下巴颏儿，还要做脸部紧皮手术等等。章妩的这些行为在尹小跳看来已疯狂到了不可理喻的地步，她实在无法理解并保持沉默，于是尹小跳才说出了"您是一个怪物"这样极为激烈的言辞来。至此完全可以说，尹小跳对章妩的厌恶已经到了极点，但章妩又何以会变为这样一个怪物呢？一个意外的机会尹小跳知道母亲之所以整容的原因。原来母亲是要讨丈夫欢心："我幻想把自己变个样子，消灭了从前的那个我。消灭了从前的那个我，就好像消灭了从前的记忆。从前的很多记忆是不愉快的。"原来导致章妩"现时"状态中一系列反常到近乎疯狂的行为的始作俑者，仍是无法消除的"过去"。对于章妩而言，"文革"时与唐医生的那段情史始终是她无法面对丈夫的一个根本症结所在。正因为如此，她才要竭力地在"现时"状态中通过整容这种方式（这一点可以让我们联想到莎士比亚《麦克白》中麦克白夫人犯罪后不断重复洗手动作这样一个细节）来消灭从前的记忆。但越是如此，就越是证明章妩的"过去"其实还一直在困扰、影响着她现在的生活，就越是说明"过去"之力量的强大。从《大浴女》对母亲形象的塑造来看，其一，不仅写出了尹小跳对母亲的那种难以排解的厌恶反感，而且进一步写出了尹小跳对章妩的宽恕理解；其二，作者不再像写作《玫瑰门》时那样只是对苏眉的母亲做一种也许是下意识的规避，而是直面章妩并成功刻画了章妩这一人物形象。仅此二端即可看出铁凝《大浴女》之创作较之《玫瑰门》的超越之处。窃以为，这种情形的出现，乃说明了铁凝之小说创作业已维系于一种更为博大的人道主义情怀，相信这一点将对她今后的小说写作产生至关重要的影响。

最后简单地谈一下尹小帆，这个如同《玫瑰门》中苏玮一样走向美国的女性。尹小帆同样也笼罩于"过去"的阴影中难以自拔。幼年的尹小帆是尹小跳的忠实追随与自觉皈依者，一切唯尹小跳马首是瞻。成年后的尹小帆则迫切地产生了要在各个方面摆脱并超越尹小跳的存在的强烈愿望，但现实生活中的她又似乎确实难以做到这一点。于是她与尹小跳那无法自制的从中国到美国的吵嘴，她与曾和尹小跳发生过深切联系的异性之间的感情追求关系，就都无法避免地发生了。在笔者看来，上述行为的发生与尹小帆长期生活在尹小跳阴影的笼罩下的"过去"同样有着难以解脱的关系。

行文至此，明眼人即可以发现我们所分析的都是女性形象，而甚少涉及文本中的男性形象。铁凝的小说中还是出现了像陈在、方兢、唐医生、麦克这样一些男性形象的，但阅读直感告诉我们，与那些光彩夺目的女性形象相比，这些男性形象都是苍白无力的，都是经不住再三分析的。这或许正是铁凝之基本写作策略所在，①这在小说题目中有一目了然的体现。在行文即将结束之际，我们也确实需要对《大浴女》这一题目略作语义上的分析了。所谓"大浴女"者，关键乃在于中间的那个"浴"字。"浴"自然含有洗浴、沐浴之意，笔者在此将"浴"解作"荡涤""剖析"与"澄清"之意。"浴"的行为主体当然是作者本人，这就是说，铁凝之"大浴女"的意思就是要对如上所述的尹小跳唐菲之类女性复杂而幽深的人性与精神世界做一番透辟彻底的"荡涤""剖析"与"澄清"。应该说，就文本的分析论述来看，铁凝的写作意图实现得较为完美圆满。其间尤为值得注意的一点，即是铁凝对人性之复杂幽深与人们无以摆脱的"过去"之间的内在紧密关联的发现与揭示。在这个意义上，俗谚所谓"我现在不存在，我过去存在"，则完全可以成为《大浴女》这部长篇小说一个甚为贴切合理的注脚。只不过笔者最后想辨明的一点乃是，虽然小说题名为"大浴女"，虽然作品中塑造最成功且文本所主要分析的都是一些女性形象，但我想，铁凝之创作本意绝不仅仅只是要停留在或终结于对女性之生存体验的揭露与剖析上，我则愿意把《大浴女》中铁凝对女性生命所进行的那么一番透辟彻底的"荡涤""剖析"与"澄清"理解为是针对整个人类的，是针对整体意义上的人类的。

①另一方面，是否也说明铁凝对男性世界的把握不如对女性世界的把握更为熟练内在呢？抑或是铁凝潜意识中本来就认为男性并不如女性一样优越呢？虽然铁凝从未公开声称自己是女权主义者，但一个客观存在的事实却是，在迄今为止铁凝业已问世的全部小说中，的确很难看到成功的男性。

知识分子生存困境的非亲历性阐释
——评方方长篇小说《乌泥湖年谱》

对方方《乌泥湖年谱》（人民文学出版社 2000 年 9 月版）的解读必须从她发表于 1990 年的中篇小说《祖父在父亲心中》起始，因为在某种意义上可以说《祖父在父亲心中》乃是《乌泥湖年谱》的雏形。将二者做一粗略的比较，即不难发现《祖父在父亲心中》中的"父亲"与处于《乌泥湖年谱》中心位置的丁子恒的一致性。丁子恒与"父亲"一样生有四个孩子，三个男孩与最小的女孩，且最小的女孩，即《乌泥湖年谱》中的嘟嘟与《祖父在父亲心中》中的叙述者"我"都出生于 1955 年；丁子恒与"父亲"一样都是从长江下游局调至武汉的高级工程师，且都一样地喜欢古诗词有着较为深厚的古诗词修养；丁子恒与"父亲"一样都是 1957 年反"右派"斗争中的侥幸漏网者，且原因都一样地是因为名额已满之故。在《祖父在父亲心中》中，"父亲"虽然一次也未被批斗过，但却被一个叫王洪昌的同事领头抄过家，《乌泥湖年谱》中的丁子恒也同样未被批斗过，但却被一个叫王志福的同事领头抄过家；"父亲"曾经在小哥哥的自行车上写了语录牌，而三毛则在丁子恒的自行车前嵌上了语录牌；"父亲"与丁子恒都曾经在被抄家前让二哥亦即二毛把相册上有可能被指责为罪证的相片全部撕下焚烧。从以上所罗列的两个小说文本大致相似的情形，的确可以发现《乌泥湖年谱》与前此的《祖父在父亲心中》存在着相当重要的内在联系。从方方的小说创作历程看，可以说对知识分子内在精神世界的探寻与表现始终是她极为关注的重要思想命题之一。此处所提及的两部作品就是其中非常重要的两个小说文本。应该说，在方方的小说写作历程中，《祖父在父亲心中》是一篇相当重要的小说。原因就在于，在这篇小说中，通过"祖父"与"父亲"形象的反衬对比，方方继她曾引起极大反响的以探究表现市民生存境遇而格外引人注意的《风景》之后，首次将自己的笔触伸向了知识分子的灵魂深处。在"祖父"正义凛然视死如归的高贵气节的映衬下，"父亲"精神世界之猥琐怯弱就显得相当突出了。然而问题在于，在血管里流淌着"祖父"血液的"父亲"竟何以会与自己的前辈形成如此之鲜明的反差呢？答案当然离不开"父亲"所置身于其中的一种相对畸形的社会文化语境，而《祖父在父亲心中》这一小说也已经在这一方面进行过一些有益的挖掘探寻与艺术表现。然而，或许是因为受制于中篇小说这种篇幅较小的文体制约的缘故，更或者是因为写作《祖父在父亲心中》时的方方自身对自己所欲探究表现的知识分子精神世界这一命题的思考认识尚未成熟的缘故，《祖父在父亲心中》对知识分子精神世界的探索实际上并未达到透彻的尽如人意的地步。但从《祖父在父亲心中》与《乌泥湖年谱》存在着紧密的内在联系这一点上，则可以说其实在写作发表了《祖父在父亲心中》之后一直到动笔写作《乌泥湖年谱》这一几乎长达十年之久的时间里，方方其实一直没有放弃过对知识分子精神命题的深入思考。在某种意义上，简直可以武断地说，对知识分子精神的探究与思考业已构成了方方无以脱解的一种思想与艺术情结。在这个角度上，则又可以把《祖父在父亲心中》看作是《乌泥湖年谱》的前奏曲，在《祖父在父亲心中》中首次郑重提出的关于知识分子精神命运的问题只有在写出《乌泥湖年谱》之后才算得到了一种较为圆满的解答。假如依照以上的分析我们可以把"父亲"这一形象约略地等同于丁子恒的话，那么这也就是说，只有在认真地读过《乌泥湖年谱》之后，我们才可以真正地明白"父亲"也即丁子恒的精神世界究竟是怎样一步一步地走向猥琐与怯弱的。然而《祖父在父亲心中》很可能是由于中篇小说这种文体形式制约的缘故，作品以与"祖父"形象相对比的方式只是集中着力于"父亲"形象的展示与刻画，到了《乌泥湖年谱》中，虽然丁子恒依然处身于文本的中心位置，但小说所描写展示的生活场面与涉略塑造的人物形象却已经有了大幅度的扩增。在这个意义上，则可以说只有到写作《乌泥湖年谱》的时候，方方关于知识分子精神命题的思考才呈现出了某种成熟的姿态，只有在完成了这部近期内难得的小说力作之后，方方意欲以"年谱"的形式梳理展示，并表现当代知识分子生存困境与精神谱系的创作意图才得到了一种相对完满的实现。

在"文革"后的文学发展过程中，对知识分子尤其是对于方方《乌泥湖年谱》所明确标示的 1957 年至 1966 年十年间知识分子的命运遭际进行反思表现的小说作品是层出不穷的。1957 年至 1966 年，方方以年谱形式记录的这十年，对于如丁子恒这样的知识分子而言，是异常残酷无情的严冬季节，是他们从肉体到精神惨遭蹂躏糟践且不复再有人格尊严的一个时期。虽然说知识分子在 20 世纪中国现实社会中的被贬抑并非起始于 1957 年，虽然从作为 1942 年毛泽东《在延安文艺座谈会上的讲话》发表背景的"整风"运动起始，知识分子就早已踏上了一种万劫不复的苦难历程。在某种意义上，也正是这样的一种惨痛人生经历才为作家对之进行存在性的审视与表现并从中透视出丰富复杂的人性形态与人性内涵提供了艺术探询的可能性。唯其如此，"文革"结束后的小说界才会大量地涌现出许多探寻表现当代知识分子苦难命运的作品来。然而，必须指出的一点是，这许多表现当代知识分子苦难命运的小说作者中绝大多数都曾经如他们笔下的人物一样有过类似的现实遭际。这也就是说，他们乃是基于自身的生存经验而进行自身文学世界的构建的。在这一方面，"右派"作家的小说写作乃是一片极其突出的艺术风景。应该说，由于这些作家一种惨痛的亲历性经验存在的缘故，他们的创作显得格外真切而又沉痛异常，但另一方面，也正因为受其亲历性经验制约的缘故，这些"右派"作家们在写作中又会自觉其实更多是不自觉地在潜意识中进行一种自我矫饰与自我美化。他们往往会不自觉地以一种孟子所谓"天将降大任于斯人也，必先苦其心志，劳其筋骨，饿其体肤，空乏其身，行拂乱其所为"的文化心理将自己美化为某种苦难的基督，从而在一定程度上反倒产生了一种美化苦难并进而消解苦难的结果。这也就是说，一种严格意义上的自审性文化心理的匮乏乃是从根本上制约这些"右派"作家（此处必须强调一点，上述推论只是针对一种普遍意义上的"右派"作家群而言的，我们同时也并不能否认其实仍有个别作为特例的作家，比如王蒙的客观存在。其实，这也正是所有试图进行抽象的文化或文学概括所必须付出的代价。这一点，诚如王元化先生在《九十年代反思录》中所言："黑格尔曾说具体的普遍性不同于抽象的普遍性，前者可以将特殊性和个体性统摄于自身之内。我认为这只是存在于黑格尔的逻辑学中，而并不存在于现实中。实际上，普遍性愈大，它所能概括的特殊性和个体性是愈少。"①信哉斯言！）无法超越自身局限，无法在小说写作上取得更大成就的原因所在。而这，也就为后来一些作家在这一方面的非亲历性写作提供了可以有所作为的一种艺术可能性，虽然这一方面的小说文本在迄今为止的文坛上还甚为罕见。就笔者所涉略的阅读范围而言，在这一方面最早做出尝试的乃是两位女作家，一位是方方，另一位是王安忆。方方《祖父在父亲心中》发表于《上海文学》1990年第4期，王安忆《叔叔的故事》则刊发于《收获》1990年第6期。虽然从发表时间看方方似乎略早于王安忆，但在社会上形成更大影响的却是《叔叔的故事》。在《叔叔的故事》中，王安忆借助于较叔叔低一辈的叙述者"我"带有强烈审视色彩的视角对在"文革"后一度成为汹涌大潮的"右派"作家们小说中的"右派"自身形象进行了彻底颠

①王元化《九十年代反思录》，上海古籍出版社2000年12月版。

覆性的全新观照与塑造。在这一小说文本中，在"右派"作家笔下几乎形成一种模式化形象系列的"右派"知识分子自身类乎于苦难基督般的神圣色彩几被完全消解。在某种意义上，这些"右派"知识分子的自身形象遭受了一次事后很难再重新得以复原的致命伤。或者说，正是方方与王安忆（值得注意的一点乃是王安忆的父亲也被打成了"右派"）她们这两部中篇的写作，才把已基本定型化了的"右派"知识分子小说的思想与艺术蕴含又向纵深处推进了一步。之后出现的另一部值得注意的非亲历性"右派"知识分子小说乃是尤凤伟的中篇小说《蛇会不会毒死自己》（载《收获》1998 年第 4 期）。在发表的当时，该小说就曾以其对"右派"知识分子迥异于其他亲历性作品的独特勘探与表现引起批评界的注意。①现在当笔者正在写作此文的时候，谈到了上海文艺出版社新近出版的长篇小说《中国1957》，方才知晓《蛇会不会毒死自己》乃是尤凤伟这部长篇小说的一部分。《中国1957》当然也是取非亲历性视角（虽然作品采用的乃是虚构出来的一种足以乱真的第一人称自传方式）表现"右派"知识分子的生活经历与精神世界的一部重要作品。在某种意义上，该小说与我们此处所主要谈论的《乌泥湖年谱》乃构成了 2000 年度以非亲历性方式创作的以探究表现"右派"知识分子的生活其实更主要却是精神心理发展历程的长篇"双璧"。由于篇幅的关系，此处不准备过多地讨论《中国1957》，但对包括该小说在内的这些非亲历性"右派"知识分子小说阅读的一个直接结果，却使笔者强烈地感受到了这类作品与那些有着"右派"生活体验的"右派"作家们的亲历性作品显著的区别差异的存在。在我看来，亲历性写作最值得肯定的乃是作家一种生存体验的真切性，这种真切性因为作家自己所确有过的切肤之痛而往往可以轻易地牵制打动读者的心灵。但另一个方面，同样不可否认的是，正是因为有着一种个体所独有的一己的生存体验，

①就在《蛇会不会毒死自己》发表后不久，《当代作家评论》曾刊发过一组有关该小说的批评文字。

所以这种体验却又往往会不自觉地遮蔽生活的普遍性，遮蔽其他有类似经历者肯定迥异于作家自己的另外的生存体验，并因了这种体验局限制约的缘故，而无法跳出自身之外取别一种更阔大的视野来对自我的经历与体验做更深刻的观察与反思，正所谓"不识庐山真面目，只缘身在此山中"是也。与此相反，非亲历性写作虽然似乎少了一种体验的真切性，似乎丧失了一种实在的切肤之痛，但却可能因为置身于事外因为某种必然的距离存在而对事物本身产生一种更为全面立体也更具普遍性的观察与反思。与亲历性写作相比较，非亲历性写作对事物的表现既可能更为客观冷静，同时也有可能对事物进行一种因避免了自我因素的缠绕而更加冷峻透彻的独具一种清明理性的批判审视。我们在此处不准备也无必要对亲历性写作与非亲历性写作做一种高下优劣的判断，而事实上，从中外文学史的实践情形看，则应该承认，无论是亲历性写作还是非亲历性写作，都产生优秀的文学精品，这也就是说我们也根本不可能对这两种写作方式来做一种优劣高下之比较。我们所能做的，只是在比较意义上，辨明这两种写作方式所各自具备的特征或优势而已。但就本文所讨论的以探究表现"右派"知识分子生活为基本主旨的小说范畴而言，则因为其中绝大部分都是亲历性写作，而只有到晚近一个时期才出现了一些值得注意的非亲历性写作，而这些非亲历性写作与此前盛行之亲历性写作相比，又确实呈现出了一些新的特征，应该说在某种意义上乃构成了对"右派"知识分子小说写作向纵深度的拓进的一种有力推动，因而其意义与价值也必须得到充分的认识与估价。而这，也正构成了我们进一步探究这部《乌泥湖年谱》的一个基本前提。

读《乌泥湖年谱》，可以明显地感受到一种强烈荒诞感的存在，虽然《乌泥湖年谱》并非一部荒诞小说，虽然方方所采用的也确是一种客观冷静严格意义上的现实主义表现方式。之所以会有强烈荒诞感的产生，其根本原因乃在于作品所欲探究表现的现实生活本身就充满了荒诞感。那么一群年富力强学有专长的高级知识分子，怀抱着修建世界上第一大坝——三峡工程的美好憧憬，从全国各地集聚到武汉，集聚到长江流域规划设计总院，把自己全部的热情和聪明才智都投到了这一伟大工程的建设过程之中。却谁知满腔心血皆付之东流，一直到小说结尾处"文革"开始时，不仅期待中的三峡工程似乎变得越来越遥远，而且活动于小说中的这些高级知识分子们，这些预期中三峡的主要设计与建设者们，则不仅壮志未酬未能实现自己的人生理想，而且还几乎全部无以逃脱地陷入了由于政治运动的数度介入干扰而形成的巨大人生苦难之中。挣扎于专业志向的追求与现实生活中不断袭扰着的政治运动这二者的尖锐矛盾冲突之间的不可逃脱的现实生存处境也就内在地规定着他们的灵魂与精神那或彻底毁灭或彻底异化的必然归宿。苏非聪，一个仅仅因为讲错一句话就成为"右派"的天真直率的知识分子。本来，同在总工室工作的王志福已差不多被内定为"右派"，但苏非聪却因为对划"右派"分子都要规定指标名额的反感而"愤然"地发了一句牢骚。不料这牢骚却被急欲"立功赎罪"的王志福揭发了出来，结果反而是苏非聪自己因这句不慎之言而罹祸成为乌泥湖家属区最早的"右派"之一。林嘉禾，同样是一位正直热情且有着强烈责任感的知识分子，即使被打成了"右派"，还关心着工程建设，在被监督劳动三年之后重见丁子恒时，仍然询问探讨着坝址合适与否的问题。位卑未敢忘忧国，林嘉禾的行为典型地体现着中国知识分子这一传沿已久的优良传统。然而，林嘉禾的"右派"身份不仅影响了自己的生活，而且还严重地影响了自己的家庭，尤其是自己的儿子林问天的生命历程。孔繁正，是被林院长特地从北京请来的地质专家，本来在 1957 年时并未被打成"右派"，但却因为他 1960 年在目睹了"哀鸿遍野"的生存现状之后，率直反对三峡工程在这样一种并未具备上马经济条件的时候匆促上马，而被扣上了"比右派更反动"的"右倾保守主义"帽子，被打入另册，最后"被定为历史反革命加现行反革命，送到陆水工地劳动改造"。上述置身于苦难中的这几位知识分子罹难的共同原因，都在于他们对自我人格尊严，对自己所追求事业的一种出乎于本能的自觉维护。在这一维护过程中，自然表现出了对不合理政治运动的强烈抗争精神，他们之惨遭厄运也正与此直接相关。所以不仅自身罹祸，连自己的家人子女也都未能幸免。但是，对这些知识分子的刻画并非《乌泥湖年谱》最值得肯定的成功所在，虽然这些形象的出现对于方方从整体意义上完成对以多样态方式呈现的当代知识分子复杂精神构成的描写表现其实是十分重要的。根本原因在于，如苏非聪林嘉禾这样的形象，在"右派"作家们的亲历性写作中已经为我们所司空见惯了。小说最有创造性价值的乃是对诸如丁子恒这样的知识分子形象（同时也需要强调一点，除了如苏非聪丁子恒们这样作家明显持赞同或同情态度的知识分子之外，小说中也出现了诸如王志福与何民友这样的知识分子败类形象。这样一些形象在"右派"作家的亲历性写作中是甚为少见的，完全可以被看作是方方的独特创造。然而，从小说文本实际看，可能是由于作家潜意识一种对此类形象难以排解的厌恶反感发生作用的缘故，作家未能更理性地深入到此类人物的内心世界中，未能展示表现出此类人物其实同样应该是十分复杂的精神构成，令人遗憾地把他们写成了福斯特所谓的"扁平型"人物。这样，此类人物形象审美价值之受到损害也就势在必然了）的成功塑造。

　　《乌泥湖年谱》之艺术成功，与丁子恒这一人物的设计塑造有着最为紧密的联系。小说题名曰"年谱"，而这"年谱"的记述撰写者，实际上就是丁子恒。虽然小说并未采用第一人称的限制叙述模式，但从文本实际考察，却不难发现，对于现代小说而言至为关键的叙事视点的设定，乃具体地体现在了丁子恒这一人物身上。这也就是说，对于小说中的一系列人和事而言，丁子恒是旁观者评价者，也是见证者。小说中若干重要的人与事，都是经由丁子恒这一中介的一重过滤之后才传达给读者的（此处必须辨明的一点乃是，从西方严格的叙述学理论来看，《乌泥湖年谱》中的丁子恒并不能被看作故事的传达者，亦即他并非小说文本的叙述者，因为小说中的许多人和事是丁子恒不在场的情况下发生的，是他所无法感知的。但作家的具体文本操作并不一定非得恪守某种严格的叙述学理论，作者完全可以根据自己的创作意图择定自己特定的叙事方式。在《乌泥湖年谱》叙事视点的设定上，我们明显可以感觉到方方对中国传统小说叙事智慧的继承与沿用。在中国小说传统的叙事方式中，类乎于丁子恒这样并不十分严格带有一定游移性质的叙事视点的叙事手法，并不少见。比如《红楼梦》，即在这一方面表现得相当突出）。从小说艺术的表达层面来看，丁子恒这一人物形象具有举足轻重的地位。然而，丁子恒的重要性并不仅仅在于他是观察与见证者，更在于他本人也是故事中一个十分关键的参与者。在小说中，丁子恒的结构性作用也是异常明显的。假若舍却了丁子恒，那么小说所欲达到的梳理表现知识分子精神谱系的写作意图的最后实现，则是很难想象的。在某种意义上，丁子恒是一个幸运者，当他的那些知识分子同伴们在 1957 年至 1966 年这十年间因各种原因纷纷遭遇厄运的时候，丁子恒却勉强维持了自己那还算自由的身与那还算圆满的家。但也正是为了这一切，丁子恒所付出的禁锢自我心灵、压抑自我感情乃至放弃自我尊严的代价同样是极为惨重的。在某种意义上，小说中所呈现的丁子恒的这一段心灵历程简直可以被称为炼狱之旅。丁子恒的精神畸变开始于 1957 年。1957 年，在批判李珏明的时候，丁子恒做了一个揭发，结果批判便因了他的揭发而升级，乃至最后使李成为"右派"。这是丁子恒第一次违背并出卖自己的良知，这第一次使"两个最可鄙的字从辞海里跳到他的眼前：出卖。他自己被这两个无情之字震撼得目瞪口呆。"然后便是路遇时李珏明那轻蔑不屑的目光了："这道目光充满蔑视和厌恶，有如一把犀利尖刀，直插丁子恒的心灵，将他的自尊切割得鲜血淋漓，令丁子恒永生难忘。……丁子恒知道，这道目光将永远同他的噩梦纠缠在一起了。"然而，这仅仅只是一个开端，此后长达十年的时光里，丁子恒还将目睹更多类乎李珏明这样自己同伴们的悲剧，还将一次又一次地埋葬自己的良知。小说中曾经写道："丁子恒在如此消息面前手脚发凉。……他想，为了工作，为了家庭，为了孩子，我必须克制自己，我必须尽可能沉默。……我若要对得起良心，就会对不起我的妻儿。像苏非聪，像林嘉禾，像孔繁正，等等等等，都是多么可怕的例子呀。"丁子恒的此种心态是具有相当普遍性的，正是在自己的同类一再惨遭的无情政治打击的刺激影响下，正是在一种狐死兔悲的心态情绪的笼罩下，更多的如丁子恒这样的知识分子才逐渐地放弃了自我的人格尊严与人性良知，逐渐地由被迫的他者阉割变为了主动的自我阉割，逐渐地由一种充满激情与理想的知识分子变成了一种心灵猥琐不堪的精神侏儒。而放弃这一切的目的不过是为了如同奴隶般的苟活："因为对政治一无所知，你只想做一个简单的人……一个单纯的工具。然而连这样的微小的目标你都无法达到，迎面向你走来的是无穷无尽的羞辱和全体亲人的背叛。在所有人的目光里，你只有弓下身低下头，承认自己连狗都不如。""一个不知为何而活、也不知自己会活成怎样的人，一个每日里心下茫然着来来去去的人，一个没有灵魂、没有自己思想的人，一个没有言论自由甚至没有了表达自己欲望的人，与行尸走肉何异？"而导致这所有一切精神畸变的根本原因却在于秉承领导者意志的反复无常的政治运动，正是这频仍异常的政治运动给知识分子乃至整个国人的精神世界以毁灭性的打击。在目睹了林正锋院长被批斗的场景后，丁子恒想："现在的每一个人都不是人了，无论是被游街的还是领着游街的。"被游街者当然是斯文扫地的知识分子，但领着游街者呢？在那种时候，充斥于此类人心目中的其实乃是被当时的一种意识形态氛围被政治运动所诱导出来的无以自抑的十足兽性。因此，在小说的结尾处，在目睹经历了长达十年之久的"乌泥湖生活"之后，丁子恒居然发现自己既不能死却也无法生："他不能死，因为他的身后有柔弱的妻子雯颖和四个孩子，他没有死的权利。但是，他也无法活，因为他的心和他的意志，都承受不了凌辱，做人而没有一点尊严，比死去更为痛苦。"哈姆莱特王子为活着还是死去的问题而苦恼犹豫，丁子恒的处境居然是既不能死也无法生，这样一种生死均不能的生存状况的苦处也大概只有经历过 1957 年以来中国历次政治运动的中国知识分子们才能领会并咀嚼况味的。应该说，通过丁子恒这一人物形象的塑造，方方把她那犀利的精神解剖刀切入了中国当代知识分子的心灵黑洞之中，探测出了其人性构成的复杂与深邃程度。必须承认，正是极大地依凭了方方这样一种非亲历性的写作方式，《乌泥湖年谱》才圆满地完成了对丁子恒形象的刻画塑造。很显然，丁子恒是介乎于苏非聪们与王志福们之间的一类更加复杂真实因而也更具普遍性的知识分子形象。在"右派"作家的亲历性写作中，因了作家自身差不多就等同于小说主人公这样一种情形存在的缘故，作家便无法以一种严格自审的方式对待人物，自然也就很难发现其精神构成中负面因素的存在。一种不自觉的自我遮蔽心态存在并作用的结果就是如丁子恒、王志福这样的形象绝难诞生于"右派"作家笔下。然而，丁子恒却又并不类同于王志福这样的败类，导致这一现象出现的原因乃在于作家方方对丁子恒内在心理的同情性理解。方方能有对丁子恒的同情性理解的前提，是方方自己与《乌泥湖年谱》中的嘟嘟亦即《祖父在父亲心中》中的"我"存在着明显的共同之处。在某种意义上我们的确可以把方方直接理解为"我"或嘟嘟。这样，"父亲"或者丁子恒身上所凝聚着的其实正是方方对自己真正意义上的父亲一种理解认识的结果。正因为如此，作家才能既对丁子恒精神的萎缩畸变进行不失严峻的批判性审视，同时也能从人性本身既有的软弱脆弱的一面出发对丁子恒懦弱的明哲保身行为有一定程度的理解同情。而在现实生活中，大多数知识分子所做出的也正是类似于丁子恒这样的人生与精神选择。在这个意义上，丁子恒这一形象的涵盖象征意义其实是最为普遍广泛的。

行文至此，再来品味《乌泥湖年谱》书前所引读者非常熟悉的曹操名作《短歌行》，即可悟出方方的深刻寄寓所在。"月明星稀，乌鹊南飞。绕树三匝，何枝可依？"曹操诗句所道出的正是中国知识分子一种真实的精神状况。因了自身文化土壤的缘故，自屈原以降的中国知识分子从来也没有过如西方自由主义知识分子那样一种独立不倚的人格建构，长期以来的政治与文化境况就决定了某种依附人格的存在。对于骨子里流淌着中国文化血液的知识分子而言，但求政治清明，但求能有一个恰切宽松的环境能使自己一展抱负与胸怀。然而，即使是这样的一种理想追求也往往是无法实现的，也常常因这种追求而与现实政治文化环境形成一种难以调和的尖锐冲突。《乌泥湖年谱》中的丁子恒们所追求的也不过是发挥自己的专业特长，尽快更好地建成三峡大坝而已，但当时不正常的社会政治文化环境偏是形成种种阻隔，偏是百般地阻挠他们的理想实现。在这个意义上，丁子恒们确也如那些"绕树三匝"的乌鹊一样，不仅寻找不到自己"可依"之"枝"，而且还遭受了令人无法想象的肉体与精神折磨。曹操诗作向有慷慨悲凉的称誉，读《乌泥湖年谱》，也同样有慷慨悲凉之感产生。在某种意义上，以慷慨悲凉、寄寓深沉来概括《乌泥湖年谱》的总体风格，也是相当得体适宜的。在当前许多女性作家都以兜售自我隐私的所谓"私人化写作"风行一时的文化语境中，同为女性作家的方方能深思如此沉重的人生存在命题，且其小说风格显得格外慷慨悲凉沉郁顿挫，是极为难能可贵的，其价值意义绝对不可低估。

《当代作家评论》2001 年第 6 期

智性视野中的历史景观
——评李锐长篇小说《银城故事》

一

在《被克隆的眼睛》①一文中，李锐讲述了自己做知青时亲身经历过的一个村民投票选举小偷的故事。之后，他写下了如下一段意味深长的话语："可以肯定，这件事情的当事人会讲出许多完全不同、千差万别的'真相'。一个十六户人的小山村尚且如此，我们怎么可能指望对于整个世界和历史做出客观真实的表述？更何况，这个真实的小故事只不过提供了一些材料和可能性，而文学要做的绝不只是被动的客观记录。在我的理解中，文学之所以能从这千差万别的世界当中涌现出来，是因为它表现了最深刻的体验和情感，表现了最丰富的想象。每一个不同的写作者都有自己不同于他人的内心和眼睛，在这个并不客观的内心世界里，有着难以尽述千姿百态的丰富，和刻骨铭心永世难忘的真实。"因此，李锐才格外地强调对于写作者而言，就是要"永远抗拒被克隆的眼睛"。而《银城故事》（载《收获》2002年1期）则正是李锐以其没有被克隆的

①李锐《被克隆的眼睛》，载《当代作家评论》2002年2期。

独具个性的智性视野看取并理解 20 世纪初叶中国那段极其复杂的历史的一种具象体现。我们注意到，在小说的叙述过程中，作家曾经多次刻意提到过"历史"这个字眼。比如："旺财不知道，他在不知不觉中拿起了一种被别人叫作历史的东西"，比如："历史就是这样形成的。历史是因为观看它的眼睛才存在的……不被文明的眼睛观看的一切永无可能成为历史"，再比如："一场真刀真枪的血腥战斗，马上就要在别人书写的历史里开始了"，等等。由以上即不难看出，李锐的《银城故事》实际上正是一部关于历史的长篇小说。其实，李锐对历史的兴趣并不是现在才突然产生的，早在创作完成于 1990 年代初期的长篇小说《旧址》中，李锐就已经表现出了探究复杂历史的强烈兴趣。

虽然在《厚土》之前，李锐就有过一段不短的小说创作历程，但在我看来，李锐的小说创作是以 1986 年间集束小说《厚土》的问世为突出标志，才开始真正走向成熟的。自《厚土》迄今的创作历程中，李锐的小说写作形成了两个有着明显区别的系列。一个是以其六年的知青生活经历为主要支撑的，比如《厚土》，比如长篇小说《无风之树》《万里无云》。另一个则是以其家族经历或者更准确地说是以他的故乡四川自贡，以他与故乡自贡之间那种内在的血缘与精神联系为基本依托的，比如《旧址》（从《旧址》所主要讲述的九思堂李家的故事来看，《旧址》是明显有着李锐自己家族的影子的），再比如我们此处主要讨论的《银城故事》（与《旧址》相比，《银城故事》便与李锐的家族没什么关系了，虽然小说中在讲述敦睦堂刘家的故事时，也曾经提到过九思堂李家，但也仅只是偶有提及而已）。虽然《旧址》与《银城故事》的故事发生在银城，但自贡为盛产井盐之著名盐都，盐之色为银白，故银城与自贡之间的映射关系是不言自明的。然而，虽然《旧址》与《银城故事》都是言说发生于银城的历史故事的，但其中却也有着十年之久的距离，这长达十年之久的时间距离也就意味着《银城故事》相对于《旧址》所必然发生的变化。与《旧址》相比，《银城故事》的变化首先在于叙述时间的明显缩短，《旧址》

的时间跨度差不多有一个世纪之长，而《银城故事》的时间跨度则只是公元1910年农历中秋节前后大约只有短短的十天左右时间。其次，在《旧址》中，李锐有着初次面对遥远的历史往事时一种难以自抑的激情，这种浓烈外露的情绪贯穿于小说的字里行间，对每一个阅读者的心灵世界都形成了强有力的冲击。但到了《银城故事》中，李锐却很好地控制了自己的叙述激情，他尽可能地以一种极为内敛的情感态度去面对九十年前那段历史的复杂景观。在《银城故事》中，"历史"不再如同《旧址》中一样是以一种荡漾的激情讲述出来的，而是通过一种极为冷静的理性的第三人称叙述方式的采用，使"历史"自然而然地呈示出来的。然而，这所有的变化都仅只是文本外在形式上的变化，更为深刻也更为重要的乃是潜隐于这些形式变化之后的李锐对历史的理解与认识上的变化，或者说，是《银城故事》所表征出来的李锐历史观的根本变化。而这，才是我们解读《银城故事》的关键所在。

对于漫长的中国历史而言，发生于20世纪初叶的辛亥革命是一个重要的分水岭。辛亥革命终结了在中国绵延长达两千余年之久的封建帝制，开启了现代中国的发展序幕。正如同起始于1915年《青年杂志》（《新青年》之前身）创刊的新文化运动是在文化意义上意味着现代中国的开端，辛亥革命的发生则是在政治社会学的意义上意味着现代中国的开端。设若缺失了辛亥革命这一极端重要的环节，那么现代中国的出现将是无法设想的。既然没有现代中国的出现，那么当今学术界众说纷纭争论极为激烈的"现代性"与现代中国的问题也就是子虚乌有的了。如此看来，辛亥革命的发生对于作为古老帝国的中国向现代中国的转型过程的重要性就是毋庸置疑的了。而也正是在这个意义上，我们才需要持续不断地推进从思想史、政治史、社会史当然也包括从文学的角度对辛亥革命做更为深刻的探讨认识与理解把握。因为只有从产生"现代性"的现代中国历史的起始端点去开始我们对"现代性"问题的思考，才不至于使"现代性"问题只是沦于抽象的理论逻辑推衍，才会使对"现代性"问题的思考获得极为真实的依托。当然，以上的论述只是要说明探讨研究辛亥革命这一历史事件的重要性而已，并不意味着李锐以辛亥革命为言说表现对象的《银城故事》的写作动机就是要探讨"现代性"问题的究竟。假若真是如此，那么李锐根本没有必要去写什么《银城故事》，因为他完全可以以理论的形式将自己对"现代性"问题的思考表达出来，因为李锐确实也具备着进行某种高深严谨的理论表述的能力。正是因为李锐对 20 世纪初叶的辛亥革命那段历史有着一种其实并非可以直接地以理论的方式表述出来的深刻而复杂的体悟与感受，所以他才需要以《银城故事》这样的长篇小说来承载涵纳自己这全部的体悟与感受。

二

《银城故事》全部叙述的起始端点是 1910 年中秋节后一日也即农历八月十六日发生于银城的知府被炸案。虽然从时间上看，距离辛亥革命的标志性事件即武昌起义的发生尚有一年时间，但虽然只是欧阳朗云的个人行为，然而却被聂芹轩误认为是孙文领导的银城暴动的信号的知府被炸案，却毫无疑问是孙文领导的广义上的辛亥革命的一个有机组成部分。设想中的银城暴动本来有着非常详尽周密几乎万无一失的行动方案，但这一切却被欧阳朗云带有鲜明的一逞个人意气色彩的对知府袁大人的意外暗杀行为而完全打破了。于是小说中几乎所有的出场人物便都陷入了一种难以摆脱却极其尴尬的生存困境之中。因为欧阳朗云慨然的自首行为（作为革命者的欧阳朗云实在无法接受每天都要有三个无辜的生命因为自己的鲁莽行为而被处死，所以他才以断然求死的决心前去自首的。欧阳朗云是以必死的决心准备成为一名英雄的，却不料最后终因无法忍受聂芹轩的如炮制火边子牛肉般的酷刑折磨而成了真正的出卖暴动机密的自首者。这样一来，在打乱了整个银城暴动计划的同时，欧阳朗云其实也把自己置入了一种极其尴尬的境遇之中。他本来是要以炸死知府的行动来证实自己的勇气，战胜自己的胆怯，岂料反而更加证实了自己勇气之匮乏与胆怯的根深蒂固："他本以为自己会成为一个视死如归的勇士，他本以为自己会像别人一样有赴汤蹈火的勇气……可没有想到，被证明的却是自己如此的胆怯和慌乱""欧阳朗云更没有想到，一场本来应该是义无反顾的壮烈献身，竟然这么快就变了味道。在被证明了自己的怯懦之后，这两个被砍头的无辜者又用鲜血证实了自己的贪生怕死"）首先暴露了刘兰亭所创办的育人学校其实正是策划参与银城暴动的大本营所在，所以刘兰亭之陷入尴尬境地也就是无以逃脱的了。刘兰亭是银城名门望族敦睦堂刘三公的爱子，在"几乎没有任何一个世家子弟肯放弃科举的正途"去漂洋过海地留学的时候，正是刘三公以其超人的远见，预见到了科举的穷途末路，毅然决然地把自己的爱子与养子都送到了日本留学。在20世纪初叶的银城，刘三公的上述举措绝对是引领时代潮流之举，但也正是这样超前的举措才首先把刘兰亭进而把整个刘氏家族置入了一种难以摆脱的困境之中。正是在日本留学的过程中，刘兰亭接受了革命的理论，决心参与孙文领导的推翻清政府的革命行动。但欧阳朗云一逞个人意气的暗杀行动，在打乱了整个银城暴动计划的同时，却也把刘兰亭内心深处的矛盾给逼迫了出来："如果没有这一天的爆炸，刘兰亭绝不会想到自己竟是如此地爱惜育人学校，也绝不会想到自己当初的决定，竟然把自己推进如此艰难的选择。"一直到这个时候，刘兰亭才发现自己一方面向往革命，另一方面却也更留恋热爱自己一手创办的育人学校，更留恋热爱自己的妻儿自己的家族。然而，一旦选择了革命，那就意味着对这所有一切的抛弃："当那个密谋中的暴动一天天临近的时候，育人学校的事业也一天天蒸蒸日上。渐渐地，刘兰亭觉得自己陷入在革命与学校的两难之中。要么避开学校选择革命，要么就只问教育一心办学。这样，两件事情也许还能各得其所。可是，现在自己却眼睁睁地落进了最糟糕的处境：让学校和革命同时毁灭。"所以刘兰亭才不得不无奈地顿足叹息："何必当初，何必当初呀……"所以刘兰亭才决定"马上停止暴动准备，立刻掩藏武器，当夜转移所有可能暴露的同志"，并以写竹片的方式将停止暴动的计划通知外围各县的同志们。但在采取这一系列举措的过程中，刘兰亭却"无论如何也无法从心里排除这种苟且偷生的惭愧。也许保护学校、保护同志都不是真正的理由，也许自己只不过是一个临阵逃脱的懦夫。也许自己只不过是放不下九妹，只不过是贪生怕死而已。"刘兰亭实在无法走出因为这个决定而陷入的困境："中国人千百年的历史都是书写在竹片上的。刘兰亭没有想到轮到自己来写的时候，竟然是如此的不堪重负，如此的荒诞不经。"所以，当他这所有的一切努力都付之东流之后，等待刘兰亭的便是被欲拯救家族的父亲拘押于神秘的银窖之中，便是在银窖中千思万想之后痛感无颜以对（这无言以对的既是自己的父母妻儿，也是自己所欲全身心投入于其中的革命与教育事业）时的引颈自戕了。不只是欧阳朗云与刘兰亭，小说中的另一位革命者刘振武本来是被刘三公花一两银子买到家里来的，但刘三公最后却把他收为义子并把他作为刘兰亭的伴读一起送到日本。到日本后的刘振武在刘兰亭的支持下以优异成绩进入了陆军士官学校，如同刘兰亭一样，在接受西方新式教育的同时，他也成为一位隐蔽的革命者。刘振武是一直到在总督衙门接受了增援银城的命令之后，才被东京方面任命为暴动总指挥的。然而，当他作为暴动总指挥，终于如期顺利地把准备起义的队伍带到银城，准备"和自己的同志们一起改写银城的历史"的时候，银城的一切却已经因欧阳朗云的冒失行动而面目全非了。欧阳朗云已被处死，刘兰亭也已在发出停止暴动的信号后自戕身亡，而老谋深算的聂芹轩业已觉察到前来增援的刘振武与那位一直没有露面的暴动总指挥之间的同一关系："望着那个年轻英挺的背影……聂芹轩猛地想起了那个一直还没有露面的总指挥，想起了从欧阳朗云嘴里知道的八月二十四日，掐指一算还剩三天，心里顿时豁然开朗。"于是，面对着老谋深算的聂芹轩，刘振武只觉得"浑身的热血和自己猛然一起掉进一个无底的深渊。多少年来，自己漂洋过海，呕心沥血从教科书上学来的那一切，根本就填不满眼前这个无底的深渊。"失败之后的刘振武于是就只能接受刘三公的安排秘密前往日本避难，只能在毫无精神准备的情况下惨死于其实是自己亲兄弟的岳新年之手了。

其实并不只是这三位革命者，小说中的其他一些人物也都于不知不觉中走向了自己行为动机的反面，也都无可避免地落入了某种难以超拔的尴尬处境之中。其中给读者留下极深刻印象的乃是刘三公和聂芹轩。作为敦睦堂刘家的当家人，大盐商刘三公的最大心愿便是如何使自己的家族能有更好更大的发展，他的送子留洋，他的支持儿子创办育人学校，其根本的着眼点均在于此，但他想不到的是自己的儿子在接受西方新式教育的同时却也接受了革命理论的影响："可深谋远虑开明大度的刘三公没有想到，自己的儿子会把革命党和武装暴动搅到创办新学校的事情里来。"而正是儿子们的革命使敦睦堂刘家面临着诛灭九族的血光之灾。为了拯救自己的家族，为了拯救自己的儿子，刘三公费尽心机不惜倾家荡产地与聂芹轩周旋，岂料最后还是无法使刘兰亭和刘振武逃脱一死之劫。到这个时候的刘三公才彻底意识到："我哪里就想到银子再多也买不来天命？我们敦睦堂明明是在劫难逃，我是救子心切，居然老眼昏花误算了天命……"可以想见，这一切变故对年事渐高的刘三公的打击该有多么巨大惨烈。因此，当我们读到小说的最后，读到敦睦堂刘家的风山牛成为本季牛王，读到"在忧心如焚的悲绝中，刘三公煎熬出满头白发，猛然间变成了一个颤颤巍巍的老人……那个满头白发的老人跪下去的时候，忽然老泪纵横"的时候，才不由得生发出对造化弄人生命无端的无奈感叹来。在此处，李锐的艺术处理显得别具智慧，当选牛王的荣耀不仅未能冲淡悲剧的氛围，反而愈加映衬出了连遭丧子之痛的刘三公内心中那无法排遣的痛苦和悲凉。由以上分析，即不难看出刘三公是当代文学画廊中一位别具新意的人物形象。但在笔者看来，作者对聂芹轩形象的塑造可能要更为成功一些。聂芹轩本来是一位马上就要被裁汰的清兵巡防营千总，但为了镇压迫在眉睫的银城暴动而被临时委任为巡防营统领。这意想不到的升迁不仅未让聂芹轩喜上眉梢，反而让他顿生末世为臣的悲凉："袁大人说得对，现在是生逢末世，此一战不过是不可为而为之。眼看大清气数已尽，战与不战总归是无力回天。战与不战怕也只不过是末世的遗臣了。"然而，尽管深知自己的努力无济于事，无法改变大清覆亡的命运，但老谋深算的聂芹轩却仍然尽心尽责地以自己的睿智经验瓦解镇压着革命党的银城暴动，而且事实上它也确实成功地以差不多兵不血刃的方法使银城暴动消弭于无形了。"可是这一切都不能让他摆脱心里那种挥之不去的末世的悲凉"，因为他深深地知道："大清朝这匹又老又病的瘦马，早晚要倒毙在路上，早晚要被这些遍地涌来的蝼蚁们啃得连骨头也剩不下"。在笔者看来，聂芹轩形象的成功，正在于李锐几近天衣无缝地把多谋善断、清醒果断、恪尽职守与末世的悲凉、错位及演戏的感觉完美地整合在了这一个人物身上。他的"知其不可为而为之"的无奈感叹与他果断成功地瓦解银城暴动之间的巨大反差，不仅强烈地凸显了聂芹轩自身命运的悲剧意味，而且更强烈地展现出了大清朝无可支撑大厦将倾的必然发展趋势。自己费尽心机拯救的却是一个实质上已经不可救药了的溃烂躯体，这动机与结果的悖反事实上正构成了聂芹轩命运最大的悲剧所在。

通过以上诸多人物形象的分析，我们即不难洞悉李锐《银城故事》所传达出来的一种基本历史观念。这是一种完全不同于历史教科书意义上的历史观念。受一种自新文化运动以来就传入中国的进化论观念制约影响的结果，我们在历史教科书中所看到的历史往往是一个遵循一定因果关系，有着准确的未来所指方向，并且充满着理性和秩序的发展过程。而实际上，只要我们潜入到历史的深处，即不难发现所谓历史的演进过程其实是盲目无序绝无理性可言的。正如同《银城故事》的这些人物总是无以避免地走向了自己的反面，陷入某种无以自拔的尴尬深渊一样，以这些人物为主体所构成的历史图景的演进发展其实往往构成了对人性最大意义上的扼杀与淹没。这也就是说，在李锐看来，真正意义上的历史不仅是非理性的，而且还具备着某种足可以以邪恶称之的反人性本质。在《银城故事》中出场的那些鲜活灵动的生命事实上扮演的只是充满血腥气息的历史祭坛上的祭品角色。在这个意义上，我们才可以深刻地领悟到李锐小说题记的特别意味来。李锐说："在对那些漏洞百出、自相矛盾的历史文献丧失了信心之后我决定让大清宣统二年，西元1910年的银溪涨满性感的河水，无动于衷地穿过城市，把心慌意乱的银城留在四面围攻的困境之中。"此处"漏洞百出、自相矛盾的历史文献"正可以等同于僵滞板结的历史教科书，在否定了历史教科书对历史的生硬肢解之后，让"银溪涨满性感的河水"则宣示了李锐此一长篇小说企图通过文本中的人物故事显示自己对历史的重新认识，还原真实历史情境中那些充满人性意味的生命历程，并进而借人物的尴尬处境隐喻表现历史本身无以逃避的尴尬（"把心慌意乱的银城留在四面围攻的困境之中"）困境的创作意图。

三

从将"历史"作为自己的主要表现对象这一角度来看，如上所分析的《银城故事》对辛亥革命的展示以及对李锐基本历史观的表现应该是小说中最为重要的一个部分。然而《银城故事》又绝不仅仅只是一部将关注点投射在革命身上的长篇小说。我们注意到，在革命这条主要的故事线索之外，李锐其实还铺叙了造反的农民、银城普通老百姓的日常生活以及秀山次郎与秀山芳子这一对日本兄妹的故事，甚至还以很大的篇幅描写展示别具银城地方色彩的牛、竹以及饮食习惯（如火边子牛肉等美味的炮制过程）。在笔者看来，仅有十三万字的《银城故事》之所以显得特别复杂，特别厚实凝重，在很大意义上正取决于李锐并没有对历史进行单一的线性叙述，而是以多层次多声部的方式立体全面地对1910年秋天的银城进行了全方位的展示。在这个意义上，革命这条主要线索之外的其他人物就显得同样重要了。

首先值得注意的是李锐对民间社会的展示与表现。应该承认，在进入1990年代之后，陈思和先生关于新文化运动以来，中国知识分子庙堂和民间立场的分析不仅在学界产生了极大的影响，而且也对作家的写作行为产生了相当重要的影响，以至于在时下的现当代文学研究界几乎出现了言必称民间的情形。很显然，李锐对陈氏的理论是非常熟悉的，而且陈氏理论也的确对李锐《银城故事》的写作产生了一定的影响。细读文本，就可以发现在面对民间的问题上，李锐的小说叙述过程中其实是存在着明显的矛盾情形的。这种矛盾情形主要表现为李锐启蒙立场与民间立场的冲突。小说描写赶到银城的刘振武看到了悬挂在城墙上的欧阳朗云的人头时，曾经出现过这样一段叙事话语："那颗异乡人的头颅怪异地挂在城墙上，挂在一片拥挤、兴奋、污浊、混乱的人脸背后。这里的人们并不理解那个人要做什么，大家只知道那是一个冒充东洋人的安南侨民，刘振武忽然觉得心痛如椎。……如果有一天，自己的人头也和这安南侨民一起挂在城墙上，这些污浊、混乱、拥挤、兴奋的人群，难道会是另外的表情，难道会改变么？"这是我们非常熟悉的一种场景，它会让我们联想到鲁迅先生的《狂人日记》和《药》。革命者的行为无法为广大的民众所理解，这一鲁迅先生笔下的典型场景在李锐笔下的重现所显示出的正是李锐启蒙立场的存在。然而，我们也注意到，在小说关于民间的叙述过程中，李锐更多地显示出的却是一种鲜明的民间立场。我们注意到，小说不仅曾以大量的篇幅描写牛屎客旺财、汤锅铺郑氏父子俩、蔡六娘母女以及乞丐们等的日常凡俗生活情境，而且还曾经出现过这样一些值得注意的叙述话语："后来被别人写到书里的那些'事件'，原本是叫花子们眼睛里讨饭吃的窍门，和避死求生的机会。"旺财想："那个啥子袁知府，为啥子偏偏要死在茶楼门跟前？他的轿子再多走起两步，陈老板啥子事情都没得了！偏偏就是陈老板出了事情，掌柜、堂倌抓起走了。人该倒霉是逃不脱的。出了天大的人命案子，我也不晓得钱还讨得讨不得。"看到城墙上的木笼："旺财想，这又是哪个冤鬼被砍了脑壳。可是旺财的肚子已经在叫，他已经觉得有些饿了"。被别人（这别人的具体所指其实正是那些热衷于政治革命的知识分子）所关注书写的那些"事件"并不对叫花子们（普通民众）的生活产生直接影响，叫花子们自然也不会去关注并思考理解那些"事件"的意义，他们所唯一关心的只是如何才能填饱肚子以及怎样才可以生存下去

（避死求生）的问题。对于旺财而言袁知府是生还是死并不重要，重要的是他何以要死在会贤茶楼的门前，以至于连累茶楼陈老板被抓了起来，这就使陈老板欠旺财的牛粪饼钱有了讨不回来的很大可能。同样的道理，挂在城墙木笼里欧阳朗云的人头也并不会引发旺财对革命问题的关注，他只是顺乎常理地猜想是哪个冤鬼不走运被砍了脑壳，就是这猜想也很快地就被肚饥这样直接的生存现实驱赶得了无踪影了。在我看来，李锐的上述描写所传达出的乃是欧阳朗云、刘兰亭以及刘振武们所献身的革命并未与旺财这样普通民众的日常凡俗生活发生直接的联系，当然也就更谈不上深刻而直接的影响了。不管政治风云如何变幻，无论革命党与聂芹轩们如何地在 20 世纪初的历史舞台上斗个你死我活，旺财与叫花子们却依然要为自身的生计而奔波操劳，日常生活的洪流依然在按着自身的秩序与节律照常进行。旺财与叫花子们组成的正是一个自我完满与自在运行着的民间社会，在李锐的描写中，我们能够感觉到这个民间社会始终未曾因为革命或者说政治的影响而改变自己的运行规则。政治革命是政治革命，民间社会是民间社会。李锐的描写其实是暗合于陈思和先生对民间社会的如下描述的："自由自在是基本的审美风格。民间的传统意味着人类原始的生命力紧紧拥抱生活本身的过程，由此迸发出对生活的爱与憎，对人生欲望的追求，这是任何道德说教都无法规范，任何政治条律都无法约束，甚至连文明进步这样一些抽象概念也无法涵盖的自由自在。"[1]由以上的分析即可看出，面对民间社会，李锐确实显示出了其启蒙立场与民间立场之间的矛盾性。在此，我们本无意于当然也不可能对这启蒙与民间立场做出某种优劣高低的评判，我们的目的仅仅是要指明由《银城故事》所呈示出的李锐自身深层意识的某种复杂矛盾性的存在，这种矛盾性或许是李锐自身所未曾明确意识到的，同时也是李锐自身所无法消除解决的。

其实，在我看来，对于从事小说写作的李锐而言，这种复杂矛盾性的解决反倒还不如不解决更好一些，

---

[1]陈思和《民间的浮沉：从抗战到文革文学史的一个解释》，载《上海文学》1994 年 1 期。

关键在于，对于小说家而言，他最根本的追求应该是对一种复杂社会现实的呈现而不是对之进行合理或不尽合理的评判。

除了对民间社会的表现外，《银城故事》中值得我们特别关注的还有秀山次郎与秀山芳子这一对日本兄妹。在一部以描述再现20世纪初叶的辛亥革命那段历史为基本主旨的小说中，以相当多的篇幅去展示塑造两个日本人的形象，李锐的这种艺术设置本身就是相当耐人寻味的。我们注意到，秀山兄妹对于中国（当然也包括中国人在内）的态度与看法是绝不相同的。对于秀山芳子而言，她之所以"一心要到中国来，是因为她喜欢中国，尤其喜欢李白和苏东坡的中国……她深信和那么多的日本古诗糅合在一起的中国，绝不是现在的男人们告诉她的那个被日本打败的'支那'"。"支那"是一种带有明显歧视意味的对中国的称呼，正说明了她对于以李白和苏东坡为象征的文化中国的迷恋，说明了她是以一种极为平等的态度来看待中国的。也正因为对中国的喜欢，所以她才深深地爱上了欧阳朗云（或者正相反，是因为爱上了欧阳朗云，才更喜欢中国，才以一种平等的态度来对待中国）。然而，"秀山芳子没有想到，现实中的中国竟然是如此的残忍可怕，竟然和书本上的中国如此地形同霄壤。它摧残了一个年轻的生命，竟然是如此的无动于衷，竟然会使用如此肮脏恐怖的手段……难道中国就是为了残杀这些年轻美丽的飞蛾才存在的吗？"与想象中的文化中国相比较，现实中的中国实在令秀山芳子难以接受。但即使如此，即使亲眼目睹了现实中国的残忍可怕，秀山芳子却仍然没有对中国产生歧视心理，这一点从她坚持让自己的哥哥拍下自己跪在一颗支那人头颅面前的镜头的行动中表现得非常突出。与妹妹相比，秀山次郎虽然也踏上了中国的土地，但他的眼光却绝对是歧视性的。"秀山芳子知道哥哥坚决反对的原因，是因为自己爱上的鹰野寅藏不是日本人，而是中国人，是哥哥和父亲，也是几乎所有日本人都鄙视的'支那人'。"秀山次郎"对'支那'谈不上任何喜欢，更没有任何感情，他这样做是因为还没有任何一个日本人，像他一样如此深入到长江上游，深入到'支那'的西南腹地。"说到底，秀山次郎是以一种居高临下的文化猎奇心态来看待中国的，他的热衷于为银城照相，正是其文化猎奇心态的一种具象表现。所以"每次都是这样，每次秀山次郎来照相的时候都要被这些愚昧好奇的眼睛包围起来，就好像一个人无意中走进了畜群。"在这样的感觉描述中，秀山次郎自视为文明人，而把"支那人"看作了"愚昧好奇的""畜群"。正因为如此，所以秀山次郎才认为"历史就是这样形成的。历史就是因为有了观看它的眼睛才存在的。有了哥伦布的眼睛才有了美洲新大陆，有了麦哲伦的眼睛才有了地球的概念。不被文明的眼睛观看的一切永无可能成为历史"。在此处，一种西方中心的文化优越感的具备也就凸显无疑了。对于这一点，欧阳朗云的认识是相当清醒的："他明白无论自己做了什么，都不会改变秀山次郎对'支那人'的鄙视。"正是在这个意义上，我们才能更深刻地体会到小说中芳子对哥哥一番话的意味深长来。芳子说："哥哥，你和爸爸都不想看见我和一个支那人在一起。你的眼睛到底想看见什么才能让你满意呢？你看见的和我看见的为什么不一样呢？哥哥，你能看见我的眼睛吗？……哥哥，我现在看见的，你能看见吗？能吗？"在我看来，这番话中一再重复强调的眼睛乃是秀山兄妹对中国持有截然相反看法的关键所在。正是因为眼睛的不同，由于观看的视角立场与方法的不同而最终导致了同一景观在不同观看主体的心目中具有了甚至截然相反的意义。

在我看来，我们只有将李锐对秀山兄妹的描写放置于整个 20 世纪中国的大背景下来进行分析才能见出其深刻的意义来。20 世纪中国最根本的问题便是如何实现现代化的问题，而中国的现代化又是在一种极端被动状态下被迫地纳入了整个 20 世纪世界性的现代化进程之中的，是一种典型的后发型的发展中国家的现代化。对于中国而言，一方面必须以西方国家为现代化的标本，学习西方，另一方面却又不可避免地要承受来自西方国家的歧视、压迫乃至凌辱、侵略。这也就是说，对于中国而言，现代化其实是一把双刃剑，既从中获益又从中受损。虽然李锐并未在《银城故事》中直接具体地描写中国和西方的协同与对抗，但通过对秀山兄妹尤其是秀山次郎的极富象征意味的描写，还是能够让读者直觉到上述深刻寓意存在的。秀山次郎对中国那种毫不掩饰的歧视绝不仅仅表明了他自身的狭隘，更反映出了直至今天也未有明显改观的西方国家对中国的畸形想象与无端歧视。这一点，在"全球化"浪潮席卷中国的今天读来，确实应该能够引起国人的警醒与深入思考。

四

很显然，以 20 世纪初辛亥革命那段"历史"为基本表现对象的《银城故事》是可以归入自 1990 年代以来在文坛出现且写作阵营日益扩大的新历史小说潮流之中的。既然是新历史小说，那么衡量这一长篇思想艺术成就的一个有效手段便是与此前的新历史小说进行必要的比较。关于新历史小说，曾有论者进行过这样的论述："《灵旗》《相会在 K 市》《传说之死》《故乡天下黄花》《温故一九四二》等新历史小说在摆脱了主流意识形态下对历史的绝对主义阐释之后，又不自觉地走向了一种私人的相对主义表述，即主体潜意识中认为自己表述的就是历史本来面目，谁都可以重构本原性的历史，并迫使别人接受这种重构"。而实际上"对历史的诗化表述应是既超越绝对主义的，又是超越相对主义的，新历史小说正面临这样一种困境——相对主义表述中暴露出的个人绝对主义倾向。"[①]应该承认，刘忠的看法是切合于新历史小说实际情形的，新历史小说确实在告别了绝对主义之后走向了一种相对主义，一种包容着个人绝对主义倾向的相对主义。因而，新历史小说的突破就必须寄希望于能够产生既不回到原来主流意识形态的绝对主义，而又能够超越包容着个人绝对主义倾向的相对主义的小说文本上来。在笔者看来，李锐的《银城故事》就正是时下文坛很罕见的显示出了这种双重超越倾向的一部新历史小说佳作。

①刘忠《无望的救赎与皈依》，载《文艺评论》2001 年 4 期。

之所以说《银城故事》是一部实现了对绝对主义和相对主义双重超越的长篇小说，首先当然是在这一小说文本中已经完全没有了在既往以《红旗谱》为突出代表的旧历史小说中那种以唯物史观为基础的"一切历史都是阶级斗争的历史"的绝对主义历史观。但同时我们也可以发现，在《银城故事》中，李锐也并没有像当下很多作家那样在处理历史题材时同样非常简单地把历史理解表现为欲望的历史。虽然，从"阶级斗争"到"欲望"，从必然的历史发展趋势到偶然的欲望事件的发生对历史最终方向的决定性影响，业已充分地表现了新历史小说对旧历史小说的超越，但是当一批作家都以一种极为轻率的态度对历史做出带有自己私人印记的阐释，当这些作家都简单地把阶级斗争置换为个人的欲望时，一种新的绝对主义也就随之诞生了。这种新的绝对主义给新历史小说带来的依然是一种貌似复杂的对历史的简化。虽然从表面上看，出现在他们笔下的历史景观是喧嚣复杂的，但支撑这喧嚣复杂的只是清一色的欲望本身也正体现了他们事实上的苍白无力。正是在这样的意义上，我们才可以认识到李锐《银城故事》的难能可贵。李锐是一个坚决反对简化五四，反对简化"文革"，反对简化鲁迅，一句话，反对简化历史的作家。[1]在我看来，李锐坚决拒绝简化历史的努力在《银城故事》中就具体体现为在革命的故事线索之外，作家不仅不惜笔墨地对民间社会的生存状态进行了充分的描写展示，而且还通过秀山兄妹引入了现代化这一更为阔大的历史背景。我认为，李锐的这一切努力都是为了全方位立体化地复原再现历史的全部复杂性，都是为了历史的不再被简化。而正是凭借了这一切，《银城故事》才得以完成了对绝对主义与相对主义的双重超越。

在对小说文本的分析论述过程中，我们曾经一再强调眼睛亦即观察描摹事物的角度与立场的重要性，这一点对小说的成功具有十分关键的意义。但我们同时也应该明白，《银城故事》中出现的一切人和事其实又都是从作家李锐的眼睛中看出来的。在这

---

[1]参见李锐、王尧《本土中国与当代汉语写作》，载《当代作家评论》2002年2期。

个意义上，李锐的眼睛对小说的最后成功有着至关重要的意义。那么，李锐又有着一双什么样的眼睛呢？在笔者看来，李锐有着一双充满智性的思想者的眼睛。众所周知，在小说创作之外，李锐创作很重要的一个方面便是一些极富思想价值的随笔与理论文字的写作。这些别样文字的存在所显示出的正是一个对思想理论有着浓厚兴趣的李锐的存在。李锐不仅热衷于理论思考，而且他的理论锋芒以及他表达理论命题时所显示出的深刻充沛的精神力量，往往能够令许多专事思想理论写作的批评家们汗颜。我认为，这一切都充分地证明着李锐思想的深邃。在时下的国内文坛，如李锐这样具备思想者素质的作家不是很多，而是凤毛麟角般极为罕见的。时下的许多作家都只用欲望写作，而很少用思想写作。在这个意义上，李锐的写作自然就显得极为难能可贵了。在笔者看来，正是李锐那特有的思想者的智性视野的存在，才保证了《银城故事》的最终成功。李锐《银城故事》的成功，不仅充分地证明了真正优秀的小说写作不仅并不排斥人类具有的杰出理性，而且往往是二者的完美融合方才能促成一部较为理想的文学文本的出现。

《小说评论》2002 年第 5 期

一部透视灵魂的尖锐之作
——评许春樵长篇小说《放下武器》

　　首先应当承认，官场小说的兴起，乃是进入 1990 年代以来中国文坛一个不争的客观事实。然而，仅仅是数量的累加却又并不足以证明官场小说的存在价值。在我看来，时下文坛极为流行的官场小说中的大多数都属平庸之作，其中相当一批作品业已在思想艺术方面形成了一种十分突出的模式化写作倾向。我们注意到，或许正是由于置身于一个物化时代的缘故，为了迎合满足大众读者潜在的欲望化阅读心理，当下时代绝大多数的官场小说不可避免地形成了这样两种明显的模式化特征：其一是对于官场黑幕的揭露。由于现行社会政治体制的透明度明显不够，所以诸多以揭露黑幕为基本宗旨的官场小说可以在某种程度上满足读者的一种窥视心理与猎奇愿望。因此，虽然早在 20 世纪初叶便已产生过诸如《官场现形记》一类黑幕小说，但到了世纪的末叶却仍然存在着并不新奇的此类小说的广大阅读市场。其二是对于官员们腐化堕落之生活情状做一种极为生动煽情的描写展示。由于现实中种种客观条件制约的缘故，普通的读者并没有可能去亲身体验官员们那种穷奢极欲的腐化生活。但事实上，对于官员们的那种腐化生活，这些大众读者却又实在是虽不能至而心向往之的。弗洛伊德曾说作家的创作是一种"白日梦"，其实在某种意义上，读者们的阅读行为又何尝不是一种"白日梦"呢。直截了当地说，上述模式化写作倾向的形成，当然是要以对大众读者欲望化阅读心理的投合来换取市场高额销售量的回报。应该说，这已经构成了当下时代绝大多数官场小说写作者一种极其真实功利的隐秘创作动机。从一种宽容多元的文化角度来看，这样一种极端功利化写作的存在并非是不能容忍的。然而，假如我们以更高的艺术标准来衡量这些官场小说的话，那么便不能不指出其根本的艺术弊病乃在于缺乏了对于生活中丰富复杂人性的多层面剖析，缺乏了对于本应相当深邃复杂的人物灵魂的深层透视。在消逝已久的那个阶级斗争时代，毛泽东曾经一再强调阶级斗争一定要触及灵魂。简单地套用毛氏理论，一部优秀的小说（当然包括官场小说在内）作品同样应该深刻地触及灵魂。一种只是着眼于肉体欲望的展示，只是着眼于官场黑幕的揭露，而于无意识中放逐了触及灵魂的努力的官场小说实在算不得优秀的文学作品。而时下的中国文坛事实上却又大量地充斥着这样的官场小说，这样的一种写作现实当然是令人悲哀的。因此我便格外地期待着能够有突破这样一种写作格局的优秀官场小说出现。

也正是在这样的一种期待之中，我读到了许春樵的长篇小说《放下武器》（人民文学出版社，2003 年 4 月版）。对《放下武器》的阅读，在相当程度上满足了我的阅读期待。虽然同样是官场小说，但许春樵的这部作品却与当下时代业已完全时尚化了的官场小说有了明显的差别。而这根本的差别所在，便是在《放下武器》中，有了对于丰富人性的多层面剖析，有了对于复杂灵魂的深层透视。在我看来，正是依凭了对于人性的剖析与灵魂的透视，许春樵的《放下武器》才实现了对于大多数时尚化官场小说的超越。而实现这种超越的前提，却是因为许春樵对于时尚化官场小说的写作通病有着极清醒的认识。我们注意到，《放下武器》中的"我"之所以要花费很大的力气去调查了解舅舅郑天良案件的内幕，最直接的动因便是要完成书商姚遥《一百个贪官和他们的女人们》这百部系列图书中的一种，以此来兑换多达四万元的高额稿酬。姚遥对"我"说："我们需要的是贪官们令人刺激的腐败表演"，因为"这是一个功利化阅读的时代，人们读书就像手淫一样，只要发泄，不需要其他意义"。而"我"，为了得到高额稿酬，便准备放弃自己的尊严，"决心以出卖我舅舅的腐败经历来换钱换烟换我儿子的奶粉"，因为"现在多少书商和写手们就靠腐败分子被逮捕和被枪毙的内幕过日子"。很显然，无论是姚遥对于"我"的教导，还是"我"对于自己写作动机的表白，都可以被看作是对当下时代时尚化官场小说艺术弊病的一种坦然直陈，其中所透露出的也正是许春樵对于当下时代诸多官场小说写作通病的清醒认识。同样在《放下武器》中，"我"曾经一再宣称"我舅舅郑天良虽然像所有的贪官一样与女人千丝万缕纠缠不清，但我真正感兴趣的还是他灵魂深处潜伏着的贪婪与掠夺的本性，是如何被唤醒并让他义无反顾地背叛"，"我想从他的堕落中挖掘贪官的人格分裂与自我异化的本质"。我以为，在某种意义上，我们完全可以把上述话语理解为是许春樵的夫子自道。也正是在这样一种认识的基础上，许春樵的《放下武器》得以完全偏离其他许多官场小说所热衷于表现的贪官们腐化堕落的表演过程，而将关注的重心转向了对于郑天良"人格分裂与自我异化的本质"的有力揭示，转向了对于郑天良灵魂蜕变过程的一种深层透视。而也正是这一点，决定了许春樵《放下武器》的与众不同，使这部小说得以突破了当下时代时尚化官场小说的创作模式，成为一部透视灵魂的尖锐之作，成为官场小说中一部较为少见（必须强调的一点是，虽然官场小说多为平庸之作，但也并不意味着别无翘楚之作。最起码，在许春樵的《放下武器》问世之前，阎真的《沧浪之水》便是官场小说中值得注意的一部优秀作品。虽然《放下武器》有着与《沧浪之水》全然不同的创作意趣，但就对人物人性的剖析与灵魂的透视而言，则可以说二者几有异曲同工之妙）极具警示意义的超拔之作，成为了官场小说中的一种"另类存在"。

郑天良曾经是一位十分优秀的乡村兽医，他是由于一个极其偶然的机缘而步入政坛的。然而，步入政坛之后的郑天良却依然保持着自己作为一位农民的质朴本色，这个时候的郑天良差不多可以被看作是一位焦裕禄式的好干部。虽然依凭了自己的能力，早在改革开放之初就曾经因为合和酱菜厂的适时创办而成为一度引领时代风骚的改革家，但郑天良却十分难能可贵地保持着一个农民朴素本色的人生原则。郑天良说："我们的每一分钱都是老百姓的血汗钱，还有三个大队至今连电灯都没有，想起来让人寒心，我们如果胡吃海喝，受人钱物，那真是罪该万死。"就 1992 年因人生惨败而被迫离开王桥集综合经济实验区之前的郑天良而言，他的确是不仅如是说，而且也是如是做的。也正因此，当后来成为郑天良主要政治对手的黄以恒不惜耽误正常工作而去讨好县委梁邦定书记的时候，郑天良却因黄以恒贻误了商机而坚持要给他严厉的处分。结果，由于梁邦定书记的介入，黄以恒不仅未被处分，而且后来还和郑天良成为了"第三梯队"的同班同学，并最终获得了仕途上的飞黄腾达。黄以恒的飞黄腾达当然是由于他对官场游戏规则熟练的操作与运用，而郑天良的官场失意则是由于当时的他根本就不懂得官场的游戏规则。郭诚副书记曾经对郑天良说："郑书记，论职务，你是我的上级，论社会经验，不谦虚地说，你是我的下级。"郭诚此处之"社会经验"，其实也主要是指一种官场的游戏规则。也正是由于无法适应官场的游戏规则，所以当黄以恒县长要在合安县大搞"五八十"工程的时候，身为副县长的郑天良却不合时宜地跳出来大加反对，并且极为坦率地直陈黄以恒的行为"是'大跃进'式的做法，根本不是改革"。结果，不仅"五八十"工程依然在如火如荼地进行，而且郑天良还被不动声色的黄以恒以重用的名义巧妙地排挤发配到偏远的王桥集综合经济实验区。以至于，当黄以恒依凭着极具浮夸色彩的"五八十"工程的显赫政绩而升任更高一级官职的时候，郑天良却只能独自在狼藉一片的王桥集默默地品尝无言的痛苦了。除了并不谙熟官场的游戏规则之外，此时的郑天良还表现出了一种格外令人尊重的正直廉洁的品格。郑天良幼时丧母，是唯一的姐姐含辛茹苦地将他拉扯大的。然而，就在他的姐姐身患重病眼看不治的时候，郑天良却仍然坚持按原则办事，不肯以开后门的方式为自己的姐姐筹得动手术的钱。因此，在外甥"我"的眼里，郑天良被看成一个没有人情味的"政治木偶"，"我将舅舅理解成一种物质"。以至于在十二年之后，当"我"得知身为副县长的舅舅郑天良居然会堕落为一个贪官并因此而被枪毙了的时候，确实无论如何也难以置信："如果舅舅当时真的代表一种原则和理想而六亲不认的话，那他又为什么成为这么一个十恶不赦的腐败分子，既然你今天为腐败付出了头颅的代价，为什么当初又假装正经不批一张只要半寸宽的条子？"应该说，叙述者"我"此处所表达的其实也正是广大读者的根本疑问所在。对于"我"而言，这的确是一个格外值得深究的问题："舅舅郑天良究竟一开始就在表演，还是后来走向了堕落？这是我对这么一个巨大反差灵魂的一次追问和破译。我走进了一个看不清谜面找不到谜底的谜语中。"应该承认，这样一种叙述技巧的运用对于《放下武器》的艺术成功是相当有效的。在我看来，正是通过对于叙述者"我"的精心设置，许春樵一方面有力地展示了郑天良曾经拥有过的正直廉洁的基本品格，另一方面却也从叙事学的意义上设置了一种格外吸引读者注意力的艺术悬念。在很大的程度上，我们也正是带着对郑天良这样一个焦裕禄式的好干部为何会堕落成为一个十恶不赦的贪官这样一种极其强烈的疑问而逐步走入郑天良那堪称复杂的灵魂世界之中的。

对于《放下武器》这样一部以对郑天良"人格分裂与自我异化的本质"的揭示，以对郑天良灵魂蜕变过程的深层透视为基本题旨的长篇小说而言，叙述上的一个根本难点在于如何令人信服地将郑天良由前一阶段的正直廉洁坚持原则到后一阶段的腐化堕落的转折过程艺术地呈现出来。我们注意到，关于这个转折过程，许春樵是举重若轻地以极概括的语调将这六年的时光一笔带过的。六年来，"许多人当中的郑天良一如既往地当着他的副县长，这个分管民政、地震、老干部局的副县长除了不停地要钱救济残疾人花钱让老干部下棋打牌旅游外，不可能挣一分钱""六年中，从王桥集经济实验区落荒而逃的郑天良在县里生活得非常低调。"虽然许春樵此处的笔墨极其简省，但实际上郑天良后来几乎判若两人的变化正是在这六年时光中逐渐酝酿形成的。完全可以想象得出，在这六年当中，官场的失意，人生的惨败其实一直都在噬咬着郑天良那痛苦至极的内心世界，他一直在一种貌似平淡低调的人生姿态的遮掩下对自己的既往人生进行着深入的反思与总结。"当初为了建工业区上啤酒厂，强令将合和酱菜厂迁到乡下去，还承包给赵全福个人经营，现在看来，这件事完全是别有用心的，什么战略转移，什么承包经营，完全是黄以恒借口将郑天良的政治影响从合安县人们的记忆中抹去。这几年，他总算看清了，但看清了又能怎么样，他的命运还是捏在黄以恒的手里。""对于黄以恒，他从内心里心悦诚服，他觉得黄以恒在合安县的'五八十'策划是他最成功的政治表演。郑天良现在终于弄懂了，官场有些人有政绩能上，没有政绩也能上，而有些人没政绩不可能上，有政绩同样不能上，政绩是相对的"。这样的认识正可看作郑天良人生反思的具体结果，而郑天良人性的倾斜与灵魂的蜕变也正是在这样一种认识的基础上开始逐渐发生的。此时的郑天良便彻底地放弃了自己的农民本色，放弃自己所曾经一再坚持的人格与原则。因为他已经真切地感受到了这些本色的人格与原则不仅未能给自己带来人生的荣耀，反而还使自己一再蒙受人生的耻辱。于是，业已识透官场游戏规则的郑天良就开始首先依循官场游戏规则而为挽救自己行将终结的仕途进行努力了。因此，当代表黄以恒政绩的啤酒厂与工业区陷入重重困难之中，当郑天良终于获得了可以对黄以恒发出致命一击的机会的时候，"郑天良半路杀出，大多数人都在惊愕中皱了一下眉头，他们相信郑天良嘴里吐出来的肯定是狼牙，因为郑天良压抑了这么多年，总算等到了工业区四面楚歌的这一天，然而，所有人都失望了，他们像面对一串几百年前的密码一样无法破译"。虽然在内心深处对于黄以恒政绩工程陷入困境深感欣慰，虽然完全可以抓住这个契机对黄以恒施以猛烈的攻击，但郑天良表面上所做出的却是对黄以恒地位的竭力维护。在我看来，郑天良在黄以恒召开的调研分析会上这种口是心非的表态所显示出的正是郑天良在政治上开始成熟起来的一种突出标志。除了政治上的成熟之外，郑天良此举的另一种意味则是试图通过对黄以恒的讨好与投靠以换取黄以恒的信任，并最终使自己在五十岁之前提升为正处级干部的努力变成现实。为此，郑天良甚至准备出卖女儿郑清扬的感情与尊严。但尽管如此，郑天良却仍然无法获得黄以恒的信任重用，他所希望得到的提升仍然遥遥无期。当黄以恒最终告知郑天良已将自己的儿子送到美国去留学的消息的时候，郑天良感到："黄以恒又一次耍了他，而且耍得不动声色不露痕迹，杀人后连现场都没留下""郑天良觉得自己从这天晚上开始，他和黄以恒的关系以及自己的政治前途已经全部结束了"。

然而，就在郑天良差不多要绝望了的时候，新任河远市委书记叶正亭却使他的命运出现了一线转机。由于叶正亭与黄以恒在未来河远经济建设的思路上存在着明显的分歧，所以这位市委书记信任的目光很自然地转到了曾经取得过改革实绩也曾经是黄以恒坚决的反对派的郑天良身上。然而，此时的郑天良已经的确不再是当初那位质朴本色而又正直廉洁的郑天良了。因此，当他获得叶正亭的信任之后，也已经不再可能全身心地将自己的全部精力投入于工作之中了。一方面，郑天良确实具有一种不俗的工作能力，叶正亭的信任与重用使他开始在国企改革方面以纵横捭阖之势施展自己的非凡抱负；但在另一方面，长达六年之久的被搁置的痛苦，这六年中对于自己官场失败教训的反思与总结，突然获得的巨大权力，以及进入 1990 年代之后中国所特有的社会文化环境这多方面因素所形成的合力业已非常严重的腐蚀了郑天良的灵魂。因此，在利用叶正亭的信任一展人生抱负的同时，郑天良的物欲也极度地膨胀了起来。于是，郑天良便一方面大肆地受贿索贿，涉案金额多达四百余万，虽然"他发觉他从来不花钱也不需要钱，但这段时间以来，他却一而再再而三地接收了钱，甚至给万源一个诱饵硬是诈了他一百万块钱，他想为自己找一个理由……然而他无法找到一个答案"。就如同上了发条的钟表一样，虽然并不知道这么多钱对自己有什么作用，但灵魂深处潜伏着的贪婪与掠夺的本性却使郑天良肆无忌惮地大量收取其实并不属于自己的钱财。另一方面，郑天良的私生活也开始变得混乱起来，他先后与沈汇丽和王月玲发了不正当的男女关系。虽然在面对与自己的女儿年龄相似的王月玲时所曾经产生过的真实愧疚心理确实在某种意义上确证着郑天良的人性之复杂，但郑天良的腐化堕落却又实在是一种不争的客观事实。然而，正所谓"螳螂捕蝉，黄雀在后"，或者说"天网恢恢，疏而不漏"。事实上，郑天良的这一切作为都因为沈汇丽与万源的缘故而无法逃脱政敌黄以恒的掌握。虽然小说并未交代贪官郑天良东窗事发的经过，但从小说所透露出的蛛丝马迹来判断，则很可能仍然还是由于政敌黄以恒暗中发挥作用的结果，郑天良最终还是为了自己灵魂中贪婪与掠夺的本性而付出了生命的代价。这也就是说，在与主要的竞争对手黄以恒长达数十年的政坛争斗中，虽然有过若干次起伏，但郑天良最终未能逃脱失败者的必然命运。

由以上的分析即不难发现，郑天良的人生其实一直处于一种悖谬的状态之中。我们注意到，在《放下武器》中，曾有这样一段叙事话语："历史就像一个魔术师，魔术师的全部意义就在于你认为手中的盒子里依然是一包香烟的时候，打开盖子，盒子里飞出一只活蹦乱跳的鸭子。"联系小说文本实际，则我们殊几可以把这段话语理解为小说的基本叙事哲学，理解为郑天良人生的一种恰切而绝妙的注脚。我们发现，当郑天良以一种质朴本色且正直廉洁的形象出现并努力工作着的时候，他的所作所为不仅无法获得公众与社会的认可，而且他还时时处处遭逢失败命运的痛苦折磨。而当他终于领悟了官场的游戏规则，当他彻底放弃了自己的人生原则与人格尊严而以一种非本色的面目出现于公众与社会面前的时候，反而很轻易地就获得了公众与社会的接受与认可。郑天良这种动机与结果相反的处于悖谬状态中的人生当然是悲剧的一生。事实上，郑天良曾经质朴正直的灵魂也正是在这样的悖谬人生中开始逐渐地发生倾斜和畸变的。使他最终付出了昂贵生命代价的天性中的贪婪与掠夺也是在这样的过程中逐渐显形而终至于无法控制的。然而，郑天良一方面当然不可能不为自己天性中的贪婪与掠夺付出惨重的生命代价，但在另一方面，更关键的问题却在于究竟是一种什么样的社会机制，一种什么样的精神文化土壤在不断地培植并滋养着无数个郑天良们的出现。假如郑天良可以依凭自己实在的政绩而获得正常的升迁，假如黄以恒因为自己极具浮夸色彩的"五八十"工程而最终垮台的话，那么郑天良的人性还会不会倾斜，灵魂还会不会蜕变呢？我想，这是我们在阅读《放下武器》，在目睹郑天良的人生悲剧时不可能不产生的一种人生疑问。关于这一点，其实许春樵在《放下武器》中已经有着若干处明确的暗示了。比如说："这次毁灭性的打击后，郑天良政治进取心全面崩溃，但经过这么多年的官场锤炼和摔打，他已经有了应付时局的经验，即调子要高唱，步子要低走，表态要坚决，行动要迟疑，面子要给足，里子要掏空。"比如说："郑天良想起陈凤山心里稍有宽慰，这官场就像买彩票摸奖，有规则但没有规律，你以为自己很能干，但能干的不一定能提拔，你不认为自己能干，但提拔了你也就能干了"。再比如说："许多年后，郑天良才知道，一个上级能当众批评你，有时候就是一种关心和爱护，如果要是能骂你的话，那你差不多就可以进入亲信行列了。批评和骂在特定的历史场合就是一种荣誉。"可以说，类似关于官场运行规则的谈论与揭示在《放下武器》中有着频繁的出现。在我看来，许春樵的这种努力的目的其实正在于对于一种实际上存在着致命缺陷的社会文化机制弊端的尖锐揭示。在某种意义上，完全可以说，许春樵《放下武器》的更为重要的价值其实正在于对于这一点的深刻揭示与洞穿。这样，我们也就完全可以断言，就郑天良的本性而言，实际上并不是什么十恶不赦的坏人。在他人生的悲剧与灵魂的畸变后面，一种其实存在着致命缺陷的社会文化机制恐怕理应为他的腐化蜕变承担更为重要的责任。

从叙述形式上看，许春樵《放下武器》的最耐人寻味处在于一种复式叙述结构的成功营造。所谓复式叙述结构，就是指小说在郑天良的故事主线之外，又设置了"我"这样一个第一人称的叙述者。"我"虽然并非故事的参与者，但却又与主人公郑天良有着一种恩怨交杂的血缘关系。一方面，迫于自己的生计所需，"我"急需要将舅舅郑天良的腐化堕落过程铺叙成文，以换取高达四万元的高额酬金；另一方面，由于舅舅郑天良未能在母亲病重时鼎力相助，"我"一直对舅舅持一种不肯原谅的态度："如果不是当年舅舅绝情，我母亲就不会死得那么早，如果舅舅当年将我从即将倒闭的农药厂调换一个单位，我也不会落到今天这种背井离乡居无定所的地步。……母亲死后，我一直无法宽恕舅舅以原则和廉洁的名义对自己的亲姐姐见死不救。"我们注意到，虽然小说的主体部分依然是第三人称的全知叙述方式，但"我"这样一个具有特殊身份的故事叙述者却又经常跳身而出，站在自己情感价值的立场上对主人公郑天良的言行不失时机地进行适时的评价。这也就是说，在某种意义上，读者所接受理解的郑天良已经是经过了"我"的一重过滤之后的郑天良了。在我看来，这样一个叙述者的设定，一方面体现了某种突出的间离效果，另一方面则为郑天良的故事增添了一种必要的故事背景。我们注意到，在"我"的叙述中，郑天良只是现时代无数个贪官中的一个，那么其他的贪官是否也如同郑天良一样有着类似的人生历程呢，笔者认为，这正是"我"这样一个叙述者的设定在某种程度上产生的一种特别的叙述效果。此外，"我"的由先前准备向书商姚遥出卖自己舅舅郑天良以换取四万元稿酬的行为向最后终于良心发现而断然拒绝姚遥之请的行为的转变，与郑天良的由质朴本色和正直廉洁而最终彻底腐化堕落的转变之间恰恰形成了一种颇具反衬效果的故事张力。《放下武器》之所以能够对郑天良那堪称丰富复杂的灵魂世界做出一种深入的透视，在很大程度上正得益于这样一种复式叙述结构的成功运用。

虽然肯定会有蛇足之嫌，但在结束本文之前仍然想提到许春樵在小说中所特意设计的关于玄慧寺与悟能法师以及法师那极其玄妙的片断偈语这一条线索。在与笔者的谈话中，许春樵对于这条线索的设计是颇有些自得的。很显然，从作者的创作本意来看，这条线索的设计乃是要为这部写实性长篇带来一种抽象的具有形而上色彩的空灵之境。这当然是一种无可厚非的创作动

机，然而就实际的阅读效果来看，我们却又不能不遗憾地指出，这一条线索
并未能水乳交融地与小说的主体故事结合在一起，它带给笔者的是一种较为
生硬牵强的感受。这也就是说，虽然对于许春樵而言，这一条线索的设计是
颇为煞费苦心的，但在事实上我们却又实在无法回避这一设计并不成功的无
奈结论。

《文艺争鸣》2003 年第 5 期

个人化视域中的日常叙事
——评韩东长篇小说《扎根》

　　进入 1990 年代之后，随着"右派"一代作家逐渐淡出文坛，一批出生于 1960 年代之后的新生代作家日益成为文坛的写作主力，与知青一代作家共同支撑起了世纪之交中国文学的天空。然而，虽然新生代作家业已在文坛占据了十分重要的地位，但他们的创作实绩却更多的只是体现在中短篇小说领域。在 1990 年代之后兴起的长篇小说写作热潮中，虽然也不乏有新生代作家的积极参与，但取得艺术成功者却并不多见。就笔者的视野所及，大约只有李洱的《花腔》获得了批评界交口一致的称赞，被普遍认为是 1960 年代之后出生的新生代作家中唯一一部真正意义上的长篇小说。《花腔》的艺术成功固然有目共睹，但在笔者看来，韩东的长篇处女作《扎根》（人民文学出版社 2003 年 7 月版）的艺术成功同样也不容忽视。无论是对于 1960 年代之后出生的新生代作家而言，还是对于当下时代总体的长篇小说写作而言，韩东的《扎根》都具有十分重要的意义。在某种意义上，我们完全可以把韩东的《扎根》与李洱的《花腔》视作当下时代新生代长篇小说创作的"双璧"。

　　谈论《扎根》，我们首先应该注意到韩东写作态度的认真严谨。在《〈扎根〉及我的写作》①中，韩东这样写道："九十年代起，我将主要精力放在写中短篇小说上。当时，长篇热在中国兴起，而我不为所动。一来，我看不见自己炮制长篇小说的必要性。二来，也自觉缺乏写作长篇的能力。直到21世纪开始，我觉得以往的写作不过是某种练习，狼奔豕突，打一枪换一个地方。动手写作《扎根》标志着我的写作开始抵达前沿阵地"。虽然我们并不能简单地以写作态度是否严肃作为衡量小说成败的艺术标准，但在当下这样一个鱼目混珠许多作家只是为了高额稿酬的获得而从事于长篇小说的写作，甚至有的作家可以在一年之内一下子出版数部长篇的时代，如韩东这样一种认真严谨的写作态度就并非没有意义了。很难想象，一位意识不到长篇小说写作难度因而也就缺乏对长篇小说这一文体一种必要的敬畏感的作家能够写出堪称杰出的长篇小说来。在这个意义上，我们完全可以断言，韩东《扎根》所取得的艺术成功与其对长篇小说必要的敬畏感，与作家认真严肃的写作态度实际上是存在着某种必然联系的。

首先应该承认，仅就《扎根》所表现的生活现象而言，并无什么独特之处。甚至可以说，无论是如老陶般知识分子的下放农村，还是如赵宁生、夏小洁这样一些知青的插队生活，在"文革"结束后的中国小说中，都已经有过太多的言说与表达了。这也就是说，韩东如果要想在"写什么"上花样翻新差不多可以说是绝无可能了。要想使《扎根》具有某种突出的原创意味，韩东便只好在"怎样写"上作文章了。我们注意到，在《扎根》中，曾经出现过这样一段叙事话语："在老陶的所有笔记中，没有丝毫的个人感受，既无情绪宣泄，也无冷静的思考。总之，没有一点一滴的'主观'色彩。老陶一家在三余的生活竟也没有一点踪迹。因此，翻看这些笔记，对我目前写作的这本《扎根》是没有什么帮助的。但也有一个好处，就是我可以在老陶空缺的地方任意驰骋。如果老陶在他的笔记本中记录了个人的信息和他一家的生活，我写《扎根》就纯属

①韩东《扎根》及我的写作，载《作家》
2003年第8期。

多余。老陶从没打算以那些材料写出一篇鸿篇巨制"。在我看来，叙述者
"我"的这一番感触在某种意义上正可以看作韩东的夫子自道，其中潜隐着
的正是对于我们进入《扎根》文本而言一种十分重要的启示，它告诉我们究
竟应该循着怎样的一种途径才能更理想地理解并进入《扎根》这一小说文
本。小说中的老陶本身是一位作家。对于老陶这一批成长发展于五六十年代
的作家而言，当时中国所特有的社会文化语境就规定了他只能信奉恪守所谓
"现实主义"或者说"社会主义现实主义"的一整套创作规范。但这种所谓
的"现实主义"却又并非"更多承接 19 世纪法、俄文学的'批判生活'的
性质，以及鲁迅所代表的中国现代作家的'思想启蒙'责任"这样一种意义
上的"现实主义"，而是更突出地强调"文学要'从革命历史发展上'来反
映现实，表现革命的'远景'，并注重对民众的教育作用"①的"现实主义"。
之所以要特意地在"现实主义"这一概念之前增加类似于"社会主义"或者
"革命"这样的限定修饰语，其根本目的正是要鲜明区别于以 19 世纪法、俄
文学为代表的"旧"或者"传统"的"现实主义"。正是因为从根本上顺从
于当时的主流意识形态并受制于这样一整套特别强调"革命性"的"现实主
义"创作规范的缘故，所以老陶这样的作家看取现实的态度与表现生活的方
式便具有了某种特殊的意味。在这个意义上，"个人的信息和他一家的生
活"之无法进入老陶的创作视野便成了顺理成章的事情，因为按照老陶他们
的创作理念，只有关注作为一个群体存在的广大人民，只有关注那些激烈动
荡的革命斗争，才算得上真正地以"现实主义"的艺术方式表现了现实生
活。也正因为如此，所以出现在老陶笔下的便基本上只能是如同他那篇渔民
"栽草养鱼"的小说一样的作品了。关于老陶的这篇小说，韩东在《扎根》
中对其内容曾有简单的介绍："一个赤胆忠诚的贫下中渔，坚信'人冷披袄，
鱼冷钻草'，坚持为集体栽草，以获
鱼。一个又刁又滑私心很重的富裕
中渔从中作梗。最后，在支部书记

① 洪子诚《中国当代文学史》，北京大学出
版社 1999 年版。

和社员群众的支持下，栽草终于成功，富裕中渔惨遭失败，同时也从中获得了教育，并得以转变"。在介绍完小说的梗概之后，叙述者"我"还概括出了如下两种基本的小说结构模式：或者是"小说围绕某一特定事件展开，最后的结局都是'正面人物'获胜，而'中间人物'必败，但一概深受教育，并得以转变"；或者是将"中间人物"置换为"反面人物"，则"他们是不可能得以转变的。他们的逻辑是：'捣乱—失败，再捣乱—再失败，直至灭亡'。"在我看来，叙述者对这样两种结构模式的提炼概括所反映出的其实正是韩东对于父辈作家（一个客观存在的事实是，韩东的父亲方之就是一位颇有成就的作家）的文学创作，尤其是局限性一面一种深刻的洞见。我们应该注意到，这篇描写渔民"栽草养鱼"的小说乃是文革结束老陶已经重新获得了创作权利之后的作品。而这也就充分地说明由于长期生存于那种作家必须为政治服务同时也必须深入生活的社会文化语境之中，老陶他们这一代作家业已形成了某种难以更易的深层思维方式，这样的一种思维方式自然而然地就制约了这一代作家更高文学成就的取得。也正是在这样的意义上，我们才能够理解韩东在《扎根》中借叙述者之口对于老陶这一代作家那些颇为尖刻的评价言辞："虽然，他们活着，但没有生活。他们的生活不能算是生活，或者说，那是不算数的""在老陶的时代里，只有降至生存和吃饭的水平，文学才是切实可行的。在此之外，并无任何自由的余地。剩下的，只是在'行规'之内技艺的磨炼及其比较，也就是乡间俚语、俗语、歇后语和民间谚语的相互较量。我觉得，实在不用为小陶的未来担忧或感到悲哀。真正悲哀的是老陶自己"。事实上，也正是因为清醒地认识到了老陶一代作家的写作局限性所在，认识到了"老陶空缺的地方"所在，所以韩东才能够写出《扎根》这样优秀的小说来。"老陶的一生都在深入生活，到死都觉得深入得不够。他哪里知道，他的生活和遭遇在我看来就已经是一本寓意深刻的好书了。所以说，我们并不存在矛盾。就算老陶现在仍然活着，也是一样的"。小说中这一段颇具反讽意味的叙事话语所透露出的其实正是韩东与老陶写作理念最根本的差异所在。直截了当地说，正是因为韩东紧紧地抓住了老陶在他的笔记中所完全忽略了的"个人的信息和他一家的生活"，所以才有了我们现在所面对着的《扎根》这一小说文本。

其实，小说中的老陶很容易使我们联想到韩东的父亲作家方之来。虽然韩东曾经在小说后记中一再强调"《扎根》也不应被看作我个人的自传和身世材料。比如当年下放时我们全家共六口人，而《扎根》中老陶一家五口。我的父亲虽然也是写小说的，但生前从未预感到我会写作，更别说处心积虑地教导我了。"自然，我们也无意于把《扎根》理解为韩东的"自传和身世材料"，只是韩东的这番辩解反而在某种程度上暗示并强调了这部小说与其个人生活经历之间某种内在紧密的联系。或者我们可以对此做出这样的一种理解，设若韩东自己没有过这么一段随父母下放苏北农村的，对韩东而言"印象至深"的生活经历，那么《扎根》的问世便是不可想象的。然而，对我们的阅读而言，更为重要的却是韩东在后记中的另外一段话："因此，《扎根》说到底是一部以虚构为其方式的小说，只是我所理解的'虚构'略有不同，不是'将假的写真'，写得像那么回事，而是'把真的写假'，写飘起来，落实到'假'。"窃以为，这一段话语中潜藏着的便是对理解《扎根》这一小说文本而言一种十分重要的诗学命题。在通常的意义上，谈到虚构，便是要努力地做到"将假的写真"，便是要使出浑身解数使自己的小说写作能够给读者留下十分逼真的印象。但韩东却偏偏要反其道而行之，却一力地强调自己努力的方向便是要"把真的写假"，要使自己这本名为《扎根》的小说写作最终落实到"假"。在我的理解中，此处之"真"正是指韩东自己那一段真实的生活经历，正是指韩东"个人的自传和身世材料"，而此处之"假"，则正意味着韩东在写作过程中并未完全被自己的那段人生经历所拘囿，而是要努力地在自我人生真实体验的基础上进一步提炼升华出某种带有普遍性的东西来。具体来说，这种"假"，这种带有某种普遍性的东西便是指韩东在小说中既客观真实却又不无悲悯色彩地对由老陶这样的下放干部，赵宁生这样的插队知青，小董这样的下放户以及像余耕玉这样被押送回乡的逃亡富农等共同组成的所有苏北农村的"扎根"者们人生状况与精神境遇所进行的深度艺术描写。或者可以这样说，虽然《扎根》中确实有着某种明显的自传色彩，但韩东却显然并不仅仅满足于一种类乎于自传式的写作，他有着突破这种自传式写作框架之后对于更广大的被放逐到乡村世界之中的所有"扎根"者们进行一种差不多可称为全方位描写与表现的艺术野心。而这，则正是韩东所谓"将真的写假"的真实含义所在。也正由此，我们才能更为深入地体察到"扎根"这一小说题目中所蕴含着的那种足堪以深邃复杂称之的人生况味与思想力量。

然而，尽管韩东《扎根》中确实有着对于众多"扎根"者们广泛且不乏精彩之处的艺术表现，但作家用力最多的人物其实还是堪称小说主人公的老陶，读后给读者留下最深印象者自然也是老陶。老陶的"扎根"其实并不是自愿的，他的下放是因为"报名下放就可以获得解放的机会"。正所谓两害相权取其轻，虽然去乡村"扎根"便意味着对城市的诀别，便意味着贫困的生活，但与无休无止的被批斗生活相比，这样的选择显然具有更大的合理性，虽然其中确实潜藏着某种明显的无奈意味。然而，虽然"扎根"是被迫无奈的，但依照当时的社会发展情形来看，对于如老陶这般身份的人而言，只要来到乡村，那么便很难再有重返城市的可能了，于是老陶便只能做在三余打万年桩"扎根"到底的准备了。在这个意义上，无论是建新屋，抑或是让久病成医略通医道的苏群学医为三余人看病，甚至于老陶自己对三余一队事务的过问处置，均可被看作老陶一家准备真正在三余扎根的具体表现。然而，尽管从表面上看老陶及其家人确已做出了扎根三余的种种姿态，但在实际上，老陶面对"扎根"的心态是相当矛盾复杂的，这一点在如何对待安排小陶未来人生归宿的问题上便有着十分突出的体现。一方面，虽然老陶自己迫于无奈不得不来三余"扎根"，并且也在很多方面表现出了将在三余"扎根"到底的意向，但实在地说"让小陶在三余扎根，当一辈子农民，是万不得已的事，是最后和最坏的打算"。也正因为如此，所以当余队长于某一日亲自上门为小陶提亲的时候，老陶一家人在反复商量之后还是采取了婉拒的姿态，其根本原因就在于"这门亲一旦定下来，就再也不能变卦了，扎根之事就永无反悔之日了"。但在另一方面，当老陶知道了小陶与插队知青赵宁生成为好朋友，并且赵宁生经常向小陶灌输应该如何想方设法离开乡村的思想的时候，老陶却又感到极为震惊："小陶将来是要在三余扎根的，而赵宁生一心想离开葛庄，把自己连根拔起。这样的榜样是很可怕的。"于是，老陶便千方百计地开始限制小陶和赵宁生的来往。就这样，一方面迫于形势与自身身份的压力而准备扎根，另一方面却又总是在假想设计着种种可以使小陶不必在三余扎根的方案，这样的一种内心冲突从来到三余之后便开始在老陶的心中萌生，并一直持续到小陶最终靠自己的努力考上大学，从而彻底摆脱了在三余"扎根"的阴影为止才告终结，而这个时候，老陶已经即将走到自己生命的终点了。事实上，正是在"扎根"还是不"扎根"的矛盾冲突过程中，老陶作为一位曾因前科而被无情批斗过的被划入了另册的知识分子那样一种谨小慎微、首鼠两端，甚至小心翼翼到不无猥琐地步的精神状态就凸显无遗了。在老陶这种相当矛盾复杂的精神状态中，我们可以清晰地感觉到那个畸形的时代那种极不正常的社会文化环境投射在老陶心灵深处的巨大阴影，可以清晰地触摸体察到老陶精神世界的被扭曲，人性的被异化。在"文革"结束后的许多小说中，都有着对于老陶这一类知识分子的相当充分的艺术描写。然而其中大多都是以一种不无夸张色彩的笔触去展示这些知识分子所经受的苦难，而这种对苦难的展示却又往往离不开对那个时代堪称激烈紧张的政治斗争政治运动的尽力铺叙。关于这一点，则不仅自身曾经亲历过苦难的作家张贤亮、鲁彦周、从维熙们如此，即使是在并未亲身体验过这种苦难因而以一种"非亲历性"①的方式书写这一代知识分子形象的比如尤凤伟的《中国一九五

① 关于"非亲历性"，可参见笔者发表于《当代作家评论》2001 年第 6 期的《知识分子生存困境的非亲历性阐释》一文。

七》、方方的《乌泥湖年谱》这样的小说作品中，也同样有着突出的表现。而正是在这样的一种前提下，我们才能够明显地感觉到韩东《扎根》中对于老陶形象塑造的难能可贵来。虽然是被划入了另册的知识分子，但老陶来到三余之后的生活却基本上是平静的，除了妻子苏群曾在子虚乌有的五一六事件中莫名其妙地被关押审查过一阵子之外，老陶在三余实际上并未遭受太多令人难堪的来自政治运动的冲击。不仅未受冲击，从实际的情形来看，由于来到三余后有了可以由自己支配的一块自留地，更由于那个时代乡村生活消费水平的相对低下，所以老陶及其家人的生活水准不仅没有降低，"他们甚至比在南京时吃得更好了，更新鲜，品种也更丰富了"。然而，物质生活上的满足并不足以掩盖遮蔽精神世界深处的恍惚紧张与焦虑不安。或者说韩东之出人意料处，正在于他在对于三余村，对于老陶及其家人几近于无事的日常生活状态的客观平静的叙写过程中，以暗藏机锋的方式凸显出了老陶那被扭曲异化了的极度焦虑紧张的复杂精神世界。在谈到"文革"后江苏一些作家的创作时，青年批评家郜元宝曾经提出："其实，尽管汪曾祺和高晓声有些不同，但他们包括后来更年轻的一些作家，比如说像苏童、朱文、韩东等，可以看出他们好像有一个共同点，好像有一种一脉相承的东西，就是他们都很善于发现人性中的那种卑微的东西，那种小聪明、小智慧、小龌龊乃至小无耻，总之是很庸俗的东西。这些江苏作家就敢于正面地把它写出来，而且写得有声有色，然后给它以宽容和爱怜。"[1]如果我们承认郜元宝的发现确实具有相当合理性的话，那么韩东《扎根》中的老陶这一形象（当然，并不仅仅是老陶，其他一些我们难以赘论的人物比如赵宁生，比如余耕牛，比如陶文江、七月子等，也同样如此）便完全可以被视为是对郜元宝这一合理发现的又一个强有力的证明。也正是在这个意义上，《扎根》让我们联想到了韩东那首极为著名的诗作《关于大雁塔》。大雁塔本身是极富文化积淀意味的一处名胜古迹，因此，它可以引发诗人们对

---

①王蒙、郜元宝《王蒙郜元宝对话录》，苏州大学出版社 2003 年版。

其文化内涵进行深入挖掘表现的浓厚兴趣便自在情理之中了。然而，就在别的诗人正挖空心思地寻觅发掘大雁塔所具有的文化象征意蕴（比如杨炼的《大雁塔》）的时候，韩东却出其不意地写出了自己这首极具日常化意味的《有关大雁塔》。诗中写道："有关大雁塔 / 我们又能知道些什么 / 我们爬上去 / 看看四周的风景 / 然而再下来"——就是这样，韩东以一种极其日常的方式巧妙地颠覆了既往的诗歌写作中附置于大雁塔身上甚至可以说是过于沉重的文化负担，完成了一种极富现象学意味的对于大雁塔的"还原"工作。在这个意义上，则我们殊几可以断言韩东的长篇小说《扎根》与他的这首《有关大雁塔》的诗歌名作有异曲同工之妙了。

需要特别强调的是，虽然我们一力地肯定韩东富有原创性地通过对几近于无事的日常生活状态的叙写表现展示了老陶这样的知识分子精神世界的紧张复杂，但这却并不意味着对于张贤亮们或者尤凤伟、方方们写作方式的否定。毋宁说，正如同复杂丰富的生活本身一样，对于生活的表现当然也不应该有某种统一的要求。事实上，仅就在那个不正常的时代遭受到冲击的知识分子而言，他所身受的苦难，他们具体的生存境遇及其精神世界的扭曲变异程度，恐怕都是多样化个体化的。面对如此庞杂多样的表现对象，本来就格外强调个性化与原创性原则的文学创作的表现形态自然也应该是充分开放的，应该是多元并存的。韩东之最值得肯定处正在于他以一种日常化的方式对于老陶他们这些"扎根"者的生活进行了洞微烛幽、入木三分的艺术观照。在这个意义上，他的这种表现方式便可以被称之为日常叙事了。说到日常叙事，其实韩东也并非此种叙事模式的首创者。在已有近百年历史的中国现代白话文学史上，甚至可以说早在古典阶段如《金瓶梅》《红楼梦》这样的作品中，日常叙事便早已经存在了。在谈及20世纪中国现代小说中的日常叙事传统时，曾有论者指出："平民生活日常生存的常态突出，'种族、环境、时代'均退居背景。人的基本生存，饮食起居，人际交往，爱情、婚姻、家庭的日常琐事，突现在人生屏幕之上。每个个体（不论身份'重要'不'重要')悲欢离合的命运，精神追求与企望，人品高尚或卑琐，都在作家博大的观照之下，都可获得同情的描写。它的核心，或许可以借用钱玄同评苏曼殊的四个字'人生真处'。它也许没有国家大事式的气势，但关心国家大事的共性所遗漏的个体的小小悲欢，国家大事历史选择的排他性所遗漏的人生的巨大空间，日常叙事悉数纳入自己的视野。这里有更广大的兼容的'哲学'，这里有更广大的'宇宙'。这些'大说'之外的'小说'，并不因其小而小，而恰恰正是因其'小'而显示其'大'。这是人性之大，人道之大，博爱之大，救赎功能之大。这里的'文学'已经完全摆脱其单纯的工具理性，而成就文学自身的独立的审美功能。""日常叙事是一种更加个性化的叙事，每位日常叙事的作家基本上都是独立的个体，……在致力表现'人生安稳'、拒绝表现'人生飞扬'的倾向上，日常叙事的作家有着同一性。拒绝强烈对照的悲剧效果，追求'有更深长的回味'，在'参差的对照'中，产生'苍凉'的审美效果，是日常叙事一族的共同点。"①将上述所引关于日常叙事特点的概括与韩东《扎根》所表现出来的叙事特征两相对照，二者之殊途同归便是极为明显的了。正因为在我国的文学史上存在着这样一个绵延相当长久的日常叙事传统，所以韩东《扎根》所显示出来的日常叙事的形式特征便自然只能被视为这一叙事传统中的一个有机环节了。我们完全相信，在写作的过程中，韩东或许的确没有刻意地去捉摸究竟应该以怎样的一种方式来进行艺术表现，他或许只是顺乎自然地在忠实于自己生活体验的前提下完成了《扎根》的写作。但这样的一种写作却又可以被我们纳入现代小说的日常叙事传统之中。或许这样的分析并不被曾发起参与过"断裂"事件且至今一直坚持着相关观点（这一点可参见韩东《长兄为父》②一文中的相关论述：

---

①郑波光《20世纪中国小说叙事之流变》，载《厦门大学学报》2003年第4期。

②韩东《长兄为父》，载《作家》2003年第8期。

"我们反抗'传统'吗？但'传统'何在？在文学上，我们就像孤儿，实际上并无任何传承可依"）的韩东本人所认可，但在事实上，任何一个作家的创作其实在文化无意识的意义上都无法摆脱某种看似无形实则却无处不在的文学传统的控制与影响，韩东《扎根》的写作也同样无法摆脱这样一个规律的制约。

论述至此，必须提及韩东《扎根》的具体叙事方式了。我们注意到了《扎根》叙事方式上一种异常明显的二元分裂的状态。这也就是说，一方面《扎根》中不时地有一个自称为"我"的叙述人出现，另一方面从其主体的叙事形态来看，《扎根》所采用的却又是一种全知的叙述方式。按照一般的叙事常规，一种全知的叙述状态中便不可能出现第一人称的叙述者"我"，而以第一人称"我"为叙述者的小说所采用的便不可能是全知的叙述方式。在这个意义上，则可以说韩东的《扎根》明显地违反了一般的叙事常规。那么，韩东何以要特别地设计这样一种处于分裂悖谬状态中的叙事样式呢？对这个问题的回答将明显地有助于我们对《扎根》复杂深邃内涵的理解与把握。首先，我们不难发现，第一人称的叙述者"我"与老陶的儿子小陶有颇多相似之处，如果采用严格的第一人称叙事方式的话，那么这个"我"便只能与小陶合二为一，"我"只能以小陶的立场与视角来进行叙述，因为从总体精神上看，我们完全可以说《扎根》正是韩东审视父辈的生活与精神历程的长篇小说。假如确实将"我"设定为小陶，那么小说的故事便只能随着小陶的视点而移动了，而小陶的所见所闻又是相对狭窄的，这样的结果便是对于《扎根》丰富性的一种极大的损害，这显然是韩东所不愿意看到的情形，因为他的确有着超越于"个人的自传和身世材料"之外的对于更广大的"扎根"者人群进行普遍表现的庞大艺术野心。在这个意义上，"我"当然就不能够被设定为小陶。只有现在这样一种将"我"与小陶分离的设计方式才从根本上符合了韩东自己的写作意愿。其次，在《〈扎根〉及我的写作》一文中，韩东还曾经写道："如果不将我的写作和我的生活挂钩就如同梦幻一场。如何真实地尽量真实地贴近自己（生活、命运、感受、思考、视角和方式），在我便是无意义中的意义。向自己学习或者向自己靠近是我意识到的文学范围内的唯一的可行途径。"在这并不算很长的一段话中，"自己"出现了三次，"我"出现了四次，如此高频率地使用这两个指涉作家自我的语词，所透露出一种强烈信息便是《扎根》的写作与韩东的个人化叙事立场之间的某种内在紧密关系。前面曾经谈及小说叙述者"我"认为"在老陶的所有笔记中，没有丝毫的个人感受，既无情绪宣泄，也无冷静的思考。总之，没有一点一滴的'主观'色彩"。这也就是说，对于父辈作家被沉重异常的客观现实完全抑制了主体性张扬的写作局限性，韩东是有着极清醒的认识的。因此，在《扎根》的写作中，韩东所要竭力加以凸显的便正是一种带有明显主观色彩的个人化叙事立场。韩东创作谈中所谓"真实地尽量真实地贴近自己"云云，所传达的也正是这样一个意思。在这个意义上，便可以断言，韩东《扎根》中这样一个非常规意义上的并不介入参与故事的叙述者"我"的出现，所喻示着的就是这种要尽量贴近自己真实的个人感受的个人化叙事立场。在我看来，这样一种个人化叙事立场的确立，一方面可以被视作是对老陶那样一种只是关注作为一个群体存在的广大人民，只是关注激烈动荡的外在革命斗争的写作方式的强有力的反驳，另一方面却也更加凸现出了一种文学自身所应该具备的独立的审美功能。而这则正是韩东之所以要在《扎根》中特别设定"我"这样一个叙述者的基本价值体现。

读解韩东的《扎根》，我们还注意到小说中的这样一段别有意味的叙事话语："诗人杨黎坚信'语言即世界'，也许他是正确的。一个奇特的谜一样的世界（或时代）往往被奇特的谜一样的词语所笼罩、包围和装饰，或者就是这个世界（或时代）的特征，本质或值得一提之处。另外一点，世界（或时代）越是奇特、扭曲和贫乏，其词语的发明和生长就越是旺盛。'十年文革'（又是一个词）期间便是如此。……本书描绘的正是这样的一个奇特扭曲又灿烂光辉（词语学上）的世界（或时代）。"确实如此，要想客观真实地重现那个疯狂迷乱的"文革"时代，就根本离不开诸如"右派""知识青年"、"下放干部"等一系列早已退出了当下时代日常生活的带有明显时代特征的固定语汇，舍此则根本无法真正地抵达自己的表现对象。而这也正是《扎根》一书特别附加《〈扎根〉小词典》的根本原因所在。在这个意义上，《〈扎根〉小词典》就并非是可有可无的点缀，它只能被视为整部长篇小说中一个不可忽缺的有机组成部分。在某种程度上，韩东此处之《〈扎根〉小词典》所呈示出的乃是一种异常显豁的"词源考古学"的意味。对于一个业已消逝的时代，只有通过这种耐心必要的词源考古工作，才有望可以真正抵达并最终完成对它的艺术表现。事实上，韩东的这部《扎根》也正是通过这种必要的词源考古工作与出色的关于老陶一家以及其他众多"扎根"者在三余生活状况的形象描绘的有机结合，才最终完成了对于"一个奇特扭曲又灿烂光辉（词语学上）的世界（或时代）"的一种堪称完美的艺术呈现的。而这，也正是韩东的这部《扎根》之所以能够区别超拔于其他同类题材小说的一个重要原因所在。

《当代作家评论》2004 年第 4 期

乡村世界的凋敝与传统文化的挽歌

——评贾平凹长篇小说《秦腔》

一

　　首先应该承认，在阅读贾平凹《秦腔》（作家出版社 2005 年 4 月版）的过程中，我的确曾经产生过如同批评家李建军一样的阅读感受。在李建军看来，贾平凹是一位热衷于在自己的小说创作中毫无节制地描写恋污癖和性景恋事像的作家。"贾平凹至少在《废都》《土门》《怀念狼》《病相报告》、中篇小说《阿吉》及短篇小说《猎人》中无节制地描写过大量的恋污癖和性景恋事像。"[1]在罗列了小说文本中的诸多相关段落之后，李建军认为《秦腔》在这一点上的表现较之于前作只可谓有过之而无不及。"文学上的恋污癖，是指一种无节制地渲染和玩味性地描写令人恶心的物象和场景的癖好和倾向；而性景恋，按照霭理斯的界定，即'喜欢窥探性的情景，而获取性的兴奋'。"[2]在对文学上的恋污癖与性景恋进行了如上界定之后，李建军不无忧虑地指出："然而，恋污癖与性景恋却是贾平凹的小说作品中的常见病象，一个作家以如此顽固的态度和浓厚的

---

[1][2]李建军《〈秦腔〉：一部粗俗的失败之作》，载《中国青年报》2005 年 5 月 18 日 B2 版。

兴趣表现如此怪异的趣味，实在是一个令人惊讶的精神现象，一个值得认真研究的严重问题。"①应该承认，李建军的感觉是敏锐的，其判断也是基本合理的。在阅读贾平凹的《秦腔》以及他的其他一些小说作品时，我也同样注意到了李建军所揭示的病象的醒目存在。就我个人的基本理解而言，频繁出现于贾平凹诸多小说文本中的如此引人注目的恋污癖与性景恋描写，所说明的正是作家贾平凹自身的一种越来越外显化了的病态审美心理的存在。在我看来，类似的艺术描写其实并无必然存在的理由，即以《秦腔》为例，删却这些艺术描写实际上并不能构成对于《秦腔》艺术成就的损害。虽然，贾平凹自己很可能会以表现生活的完整性之类的理由来为自己的写作行为辩护。

从贾平凹的写作历程来看，在其《废都》之后的许多小说作品中，对于恋污癖与性景恋的一再重复的描写确实是一种无法否认的客观事实。这样一种小说病象的显豁存在，所说明的的确是贾平凹内心世界中潜藏着的一种顽固而突出的病态审美趣味。然而，强调贾平凹的病态审美心理的客观存在却并不意味着对于贾平凹小说创作的批判与否定。正如同每一个体都是不同程度上的变态者一样，其实哪一个作家又能标榜自己没有丝毫的病态心理存在呢？只不过更多的作家把它很好地掩盖起来，而贾平凹却极显豁地将其坦露于世人面前而已。更何况，如果仅仅局限于艺术领域而言，所谓病态的天才艺术家其实是不胜枚举的，而且经常地，正是这些病态的天才艺术家才会有惊世骇俗的艺术创造。对于贾平凹，我更愿意将其作为这样的一位病态然而却天才的艺术家来加以理解。也正是在这样的意义上，我虽然认同于李建军所指出的《秦腔》中确实存在着颇为醒目显豁的对于恋污癖与性景恋事像的并无必要的艺术描写，但同时却又实在无法同意李建军仅仅从这一点出发而对于《秦腔》所做出的全面否定。

李建军是我非常敬重的一位文学批评家，对于他那样一种锐利的批评锋芒，那样一种非凡的批评勇气，

①李建军《〈秦腔〉：一部粗俗的失败之作》，载《中国青年报》2005 年 5 月 18 日B2 版。

我也往往会有一种虽不能至但却心向往之的真诚肯定。然而，在究竟应该如何看待评价贾平凹《秦腔》这一问题上，我却又实在无法接受李建军将其指称为"一部粗俗的失败之作"的最终结论。李建军说："由于拥有了这些基本的感觉形式，拥有了判断文明生活的基本理念和价值尺度，我们才怀疑，仅仅靠一部描写恋污癖和性景恋事像的书，一个作家是否能够为自己的故乡'树（竖）起一块碑子'，——即使能够竖立起来，那它又会是一块什么样的'碑子'呢？"[①]在我看来，李建军在此处所做出的一种非常明显的以局部代整体的判断有失偏颇。《秦腔》中固然存在着描写恋污癖和性景恋事像的情形，但此种情形在这样一部长达近五十万言的长篇小说中所占的比例其实是很小的。由此而断言《秦腔》是"一部描写恋污癖和性景恋事像的书"至少在我看来是一种难以成立的偏激结论。正如同我们泼脏水不应该将孩子一同倒掉一样，我们同样不应该因为《秦腔》中确实部分地存在着对恋污癖与性景恋事像的描写而对《秦腔》做出一种简单化的否定性评价。

恰恰相反，在我看来，《秦腔》不仅不应该被指称为"描写恋污癖和性景恋事像"的"一部粗俗的失败之作，"而且更应该得到一种高度的评价。我是贾平凹长篇小说的忠实阅读者，自《商州》以来，包括《浮躁》《废都》《土门》《白夜》《高老庄》《病相报告》《怀念狼》，一直到《秦腔》，这近十部长篇我都认真地阅读过，有的甚至还读过不止一遍。从我个人的阅读体验出发，我以为其中能够真正代表贾平凹迄今为止所达到的最高艺术水准者，实际上只是《废都》与《秦腔》。虽然我们也承认贾平凹的其他长篇尤其是《浮躁》《高老庄》也都企及了相当高的艺术水准，但实在地说，将来很有希望在文学史上被重新提及的恐怕却只能是《废都》与《秦腔》。虽然《废都》十年前的问世曾经在文坛掀起一场轩然大波，虽然在当时文坛上更多的是对于《废都》的诋毁与否定的声音，但是在时过境迁十年之后的

---

①李建军《〈秦腔〉：一部粗俗的失败之作》，载《中国青年报》2005年5月18日B2版。

今天，在我们又经历了中国社会十年的变迁更迭之后，我们才有可能真正地认识到《废都》的价值与意义所在。如果说，在1990年代之初，仍然被裹挟在1980年代浓烈的理想主义氛围中的人们，还无法理解并认同贾平凹在《废都》中通过庄之蝶这样一个人物形象所表现出的知识分子精神的颓败与虚无的话，那么当人们真实地经历了十年来中国社会的沧桑变迁，当人们经验了十年来中国社会总体上的道德崩溃与精神沦丧，当人们亲眼目睹了十年来中国知识分子于物的挤压之下几乎令人惨不忍睹的精神惨烈变形的真实境况之后，我们才可以真正地理解并认同贾平凹那带有明显的文化与精神先知意味的《废都》的写作价值。"春江水暖鸭先知"，作家虽然不可能具有未卜先知的超常功能，但优秀的作家却往往具有一种常人未必会有的高度敏感。而正是凭着这样一种高度的敏感，贾平凹才可以在1990年代初就写出了现在看来确实带有突出的预言色彩的这样一部以知识分子精神为主要言说对象的《废都》来。从这个意义上来看，虽然当年的贾平凹曾经因《废都》一书而承受过巨大的现实与精神压力，然而在看到十年之后能够有越来越多的人理解并认同《废都》深刻的思想艺术价值的时候，我想，贾平凹大约是能够释然地会心一笑的。

众所周知，贾平凹有着长期的乡村生活经验，而这也就使得对乡村世界的关注与表现成为了贾平凹小说写作最突出的一个特征。在这个意义上，则完全可以说《废都》是贾平凹小说写作中的一个异数，可以被视为贾平凹小说写作历程中唯一的一部表现中国当代知识分子精神畸变的杰出作品。《废都》之外的其他长篇则基本上都可以被划归于以乡村世界为主要关注对象的乡土小说之中，虽然这些长篇之间的艺术成就并不平衡。我们之所以认定《秦腔》的思想艺术成就要明显地高出于贾平凹其他的长篇小说，乃是因为虽然在其他乡土长篇小说中贾平凹也力图将现时代真实的乡村景观呈现于读者面前，但是由于作家的视野被某种意识形态的或者文化意义上的因素遮蔽影响的缘故，作家的这样一种写作意图实际上却又往往无法得到较为完美的实现。比如在写作《浮躁》时，虽然有作家对于农村改革一定程度上的理性思考存在，但从总体上看，作家还是更多地对改革持有一种肯定性的政治姿态，而这样一种带有突出意识形态色彩的姿态当然会影响到作家对于乡村世界更为深入透彻的洞察与表现。再比如《高老庄》的写作，虽然小说也的确在某种程度上还原了乡村世界的原生态，但是带有鲜明启蒙色彩的视角性人物高子路的贯穿始终，在表达了某种鲜明的批判立场的同时也不可避免地妨害着作家对于乡村世界一种完整与混沌性的艺术传达。从某种意义上说，作家只有在剥离了一切先验的无论是意识形态的抑或还是文化意义上的遮蔽之后方才有可能对乡村世界的真实（请注意，此种真实并非仅仅是一种外部图景的毕肖，而更指一种内在于人物精神世界之中的人性的真实）作一种深入透彻的艺术表现，而《秦腔》则正是这样一部相当罕见的表现当下中国乡村世界刻骨真实的优秀作品。在阅读《秦腔》的过程中，常常会有一种被作家所表现的惨烈乡村生存图景猛然击中的疼痛感产生。我觉得，《秦腔》是一部有大绝望大沉痛大悲悯潜存于其中的优秀作品。贾平凹在小说中对于当下时代中国乡村世界的凋敝图景，对于传统文化在乡村世界日趋衰微情形的堪称入木三分的真切展示，正可被视作《秦腔》最深刻的思想艺术主旨所在。我们知道的一个事实是，自有新文学以来，艺术表现最充分成就也最高的两个社会阶层便是"知识分子"和"农民"，而贾平凹则恰好凭借《废都》与《秦腔》这两部小说在这两个方面均取得了相当突出的成就。在我看来，《废都》与《秦腔》之所以能够成为贾平凹迄今为止最成功的两部长篇小说，最根本的原因之一便是作家写作时有着一种情感体验及其刻骨铭心的自我投入。《废都》中的庄之蝶绝对不可简单地等同于贾平凹自己，但其中极明显地投射着贾平凹诸多切己的亲身体验却也是一种不争的客观事实。我们虽然不能说贾平凹的其他乡土长篇小说中便没有自我体验的投入，但只有在《秦腔》这样一部以作家生活了十九年之久的故乡为直接描写对象的，作家欲凭此而"为故乡树起一块碑子"的长篇小说中，贾平凹才会有一种更加切己也更加刻骨的亲身体验的全部投入。在这个意义上，我们也就完全可以说，《废都》与《秦腔》其实均是作家饱蘸着自己的血泪写出的真情之作。曹雪芹有句云："满纸荒唐言，一把辛酸泪。都云作者痴，谁解其中味？"写作《废都》与《秦腔》时贾平凹的精神心理状态殊几近之也。

二

其实，早在《秦腔》的后记中，对于自己的这部长篇小说所可能遭致的误解，贾平凹就已经有过相当准确的预言："如果慢慢去读，能理解我的迷惘和辛酸，可很多人习惯了翻着读，是否说'没意思'就撂到尘埃里去了呢？更可怕的，是那些先入为主的人，他要是一听说我又写了一本书，还不去读就要骂猪生不下狮子，狗嘴里吐不出象牙。"小说发表后部分人的反应与表现确也大致如此。然而，虽然预感到了小说发表后可能的遭致，但贾平凹还是以一种甚为决绝的态度推出了《秦腔》，其中所凸显出的正是作家一种极强烈的艺术自信。那么，《秦腔》艺术上的成功之处究竟表现在哪些方面呢？我认为我们首先应该关注的是小说的语言。小说是语言的艺术。虽然小说仅有语言是绝对不够的，但一部真正优秀的小说却首先必须有一种充满艺术质感与艺术张力的既充分个性化而又充分及物的小说语言，这的确是一种不争的事实存在。语言之于小说的重要性，对于已有近三十年小说写作经验的贾平凹来说，自然是十分清楚的。更何况，在中国文学界，贾平凹又一惯是以自己充满灵慧之气的语言特色而广为称道的。虽然贾平凹的小说语言在不同阶段也发生着不同的变化，但就此前作家的语言实践而言，断言贾平凹是当下中国文学界语言功力最为深厚的作家之一，恐怕还是能够得到大多数文学同道认可的。因此，对于贾平凹而言，顺乎自己前此的语言方式完成《秦腔》的写作似乎便是一件十分顺理成章的事情。然而，本应顺理成章的事情却又偏偏发生了变化。就笔者对于《秦腔》

的阅读而言，的确出现了一时无法接受贾平凹言语方式的变化，一时难以循由语言的渠道顺畅进入小说文本的情形，尤其是在阅读刚刚开始的时候。随之而生的自然是一个极大的疑问：贾平凹为什么要以这样的一种语言方式来建构《秦腔》的小说世界？这样的疑问当然随着对于小说文本逐渐深入的阅读理解而得以消除了。

事实上，正如贾平凹所言，《秦腔》的确是一部需要耐心地慢慢去读的小说。只有以这样一种平静耐心的姿态去面对《秦腔》，我们才可能真正地理解那弥漫于小说字里行间的贾平凹所谓"我的迷惘和辛酸"。其实，如我这样的阅读体验并非是独有的，据我所知，不仅仅是一般的普通读者，即使是如我这般专以阅读小说为业的其他一些批评家同道，也都曾经产生过如我一样的阅读感受。应该说，这是一种阅读贾平凹此前的其他小说作品时所绝无仅有的阅读情形。贾平凹本来完全有能力写出顺应大众阅读心理的小说作品来，但他为什么一定要以这样的一种语言面目来呈现于读者之前呢？我认为，这与作家在小说中所欲传达出的思想艺术主旨存在着直接的关系。我们注意到，还是在《秦腔》的后记中，贾平凹曾经讲过这样一番话："我的故乡是棣花街，我的故事是清风街，棣花街是月，清风街是水中月，棣花街是花，清风街是镜里花。但水中的月镜里的花依然是那些生老离死，吃喝拉撒睡，这种密实的流年式的叙写，农村人或在农村生活过的人能进入，城里人能进入吗？陕西人能进入，外省人能进入吗？我不是不懂得也不是没写过戏剧性的情节，也不是陌生和拒绝那一种'有意味的形式'，只因我写的是一堆鸡零狗碎的泼烦日子，它只能是这一种写法，这如同马腿的矫健是马为觅食跑出来的，鸟声的悦耳是鸟为求爱唱出来的。"什么样的思想艺术主旨便需要有什么样的语言形式载体，既然"写的是一堆鸡零狗碎的泼烦日子"，那么小说便只能是这样一种写法，便只能采用这样的一种语言方式，所谓"言为心声"的别一解大约也就是这样的一个意思了。通常的意义上，"言为心声"只应被理解为语言应该真实地传达内心的声音，但在此处，却应该反过来被理解为具有什么样的内心想法那么就会同样具有什么样的一种语言形式，而且只有这一种语言形式才能够将真正的心声最为贴切地传达出来。那么，贾平凹为了传达自己孤心苦诣的"迷惘和辛酸"，为了真正地写出自己心目中的故乡来，所采用的究竟是一种怎样的语言方式呢？在我看来，这是一种具有极鲜明地域化特色的语言方式，是一种在很大程度上逼近还原了作家所表现的乡村世界中农民日常口语的语言方式。贾平凹本来具有极高明的语言提纯能力，但他在《秦腔》中却执意地要以这样一种同样可以"鸡零狗碎"称之的极端生活口语化的甚至可以被看作相当啰嗦累赘的语言方式来完成自己的写作过程，其中肯定潜藏有一种作家深思熟虑之后的艺术追求。

应该说，这样的一种语言选择对于贾平凹而言是一种极富冒险意味的艺术行为。因为这是一种与当下时代普遍流行的时尚化写作的语言策略存在着极遥远距离的极为个性化的语言书写方式，贾平凹此种语言方式的写作所以便很可能触犯众怒，很可能为大众读者所坚决抛弃。在这个意义上，我们理应对贾平凹为了自己的艺术追求而甘愿冒天下之大不韪的行为方式表示充分的敬意。事实上，贾平凹的这样一种语言方式的选择设定是极为成功的。这成功主要体现在以下两个方面。其一，正是因为选择了这样的一种语言方式，所以贾平凹才成功地写出了那样一堆如他自己所言的"鸡零狗碎的泼烦日子,"才成功地表现出了乡村世界的凋敝与传统文化的衰微这样一种极为深刻的思想艺术主旨。其二，从《秦腔》正式出版之后的发行效应来看，到目前为止的发行量已达到了十八万册这样一个相当惊人的数字。[1]如此巨大的发行量就充分说明了这部小说在广大读者受众中的受欢迎程度。一部采用如此非时尚化语言方式的纯文学作品在很短的时间内能有如此之大的发行量，令我们在惊讶之余不能不面对这样的一个严肃问题。那就是我们总是能够不时地听到有纯文学作家

---

[1]小可《当代乡土小说的创新之作》，载《文艺报》2005年5月17日第1版。

在抱怨读者阅读审美水平的低下，以至于他们作品的发行量总是那样地低迷不振，但《秦腔》的成功却提醒我们，其实并不是读者大众的阅读审美水平有多么低下，关键还是看我们能不能真正地给他们奉献出足够精美的艺术精品来。只要我们的作家能够写出足够好的优秀作品来，那么广大的读者大众还是能够慧眼识佳作的。

然而，需要特别注意的一点是，虽然我们一力地强调《秦腔》语言的口语化与地域特色的具备，但这却并不意味小说的语言就是粗鄙化的，就是缺乏一种充分的艺术品位的。实际的情形正好与此相反，贾平凹《秦腔》中的语言艺术已经达到了一种堪以炉火纯青称之的高超艺术境界。关于这一点，只要我们随意地从小说文本中摘录几段或写景或状物或写人的文字即可得到充分的证明。"柳条原本是直直地垂着，一时间就摆来摆去，乱得像泼妇甩头发，雨也乱了方向，坐树下的夏天智满头满脸地淋湿了。"（275页）"秦腔的声音像水一样漫了屋子和院子，那一蓬牡丹枝叶精神，五朵月季花又红又艳，两朵是挤在了一起，又两朵相向弯着身子，只剩下的一朵面对了墙。那只有着帽疙瘩的母鸡，原本在鸡窝里卧着，这阵轻脚轻手地出来，在院子里摇晃。"（335页）"枝柯像无数只手在空中抓。枝柯抓不住空中的云，也抓不住风，风把云像拽布一样拽走了。"（379页）"老太太头发像霜一样白，鼻子上都爬满了皱纹，双手在白雪的脸上摸。摸着摸着，看见了白雪拿着的箫，脸上的皱纹很快一层一层收起来，越收脸越小，小到成一颗大的核桃，一股子灰浊的眼泪就从皱纹里艰难地流下来。"（378页）片断1和片断3旨在写景，以"泼妇甩头发"来形容说明狂风中柳条的神态，以"无数只手在空中抓"来形容说明树枝空疏，以"拽布一样拽走"写风把天上的云吹散。片断2重在状物，以"水""漫"来形容秦腔的声音，以"轻脚轻手""摇晃"来写母鸡出窝后的神态。片断4则是写人，通过老太太脸上皱纹的收缩变化，以致最后收缩"成一颗大的核桃"来写老太太哭泣的过程，均极形象生动而简洁传神，显示出了一种极高的艺术审美境界。在某种意义上，我们大约可以说这样的文字非贾平凹而不能写得出。然而，一个客观存在的事实却是，如以上所摘引的片断在《秦腔》中随处可见。这样看来，小说语言的炉火纯青与出神入化也就是一个不需要再加以论证的艺术命题了。

三

与这样的一种语言书写方式相对应，我们还应该充分注意到《秦腔》总体情节叙事特色方面的不同凡响与个性独具。如果说《秦腔》的语言的确保持着与时尚化语言策略之间一种足够远的距离，那么同样也可以说这部小说在总体的情节叙事方面不仅与流行的时尚化写作保持着足够清醒的距离，而且对于新文学史上现当代乡土小说的写作也形成了一定程度上的艺术超越。时下极为流行的时尚化写作一个十分突出的特征便是对于一种充满巧合意味的完满式戏剧性情节的构建，所承载表现的也往往是能够迎合大众读者阅读心理的情欲化传奇或者是对于某些官场黑幕的揭露与展示。应该说，对于这样一种媚俗化倾向极为明显的写作趣味，不只是贾平凹，当下相当一批纯文学作家也都能够对此保持一种足够的清醒。与其他大多数的纯文学作家相比较，贾平凹《秦腔》最具挑战性的一点是做到了故事情节与小说人物的"去中心化"。从当下中国小说总体的创作倾向来看，虽然亦有各种形式的实验探索行为存在，但基本上却还都坚持着一种中心情节与中心人物的写作模式。这也就是说，在一部相对成熟的小说作品中，其小说的故事演进总是围绕一种核心情节与一个核心人物而运转的。而所谓故事情节与小说人物的"去中心化"，便是指一部具体的小说文本中，作家既放逐了中心情节，也放逐了中心人物。这样出现于读者面前的，就是一部既缺乏中心情节也不存在核心人物的小说文本。应该承认，类似这样一种情节与人物均"去中心化"的情形，曾经在中短篇小说中有过一定的尝试实验，但在篇幅巨大的长篇写作中，这样的情形却差不多是绝无仅有的。因为，采用这样一种情节叙事模

203

式的长篇小说作家很显然存在着很大程度上要被读者拒绝接受的风险。然而贾平凹的《秦腔》却正是这样一部采用了"去中心化"的总体情节叙事模式的长篇小说。

具体来说，《秦腔》中事无巨细地讲述了那么多发生于清风街上的故事，但我们却很难断言其中的哪一个故事是小说的中心情节，小说中同样出现了众多的人物，但我们却也很难确定哪一个人物就是作品中的中心人物。阅读《秦腔》的一个突出感受便是我们如真地面对了带有疯傻气息的疯子引生，听他将清风街的人与事不无烦琐累赘地一一娓娓道来。这一点，在以下所摘引的这些叙事话语中便不难得到有力的证明。"清风街的故事从来没有茄子一行豇豆一行，它老是黏糊到一起的。你收过核桃树上的核桃吗？用长竹竿打核桃，明明已经打净了，可换个地方一看，树梢上怎么还有一颗？再去打了，再换个地方，又有一颗。核桃永远打不净的。"（99页）"我这说到哪儿啦？我这脑子常常走神。丁霸槽说：'引生，引生，你发什么呆？'我说：'夏天义……'丁霸槽说：'叫二叔！'我说：'二叔的那件雪花呢短大衣好像只穿过一次？'丁霸槽说：'刚才咱说染坊哩，咋就拉扯到二叔的雪花呢短大衣上呢？'我说：'咋就不能拉扯?!'拉扯得顺顺的么，每一次闲聊还不都是从狗连蛋说到了谁家的媳妇生娃，一宗事一宗事不知不觉过渡得天衣无缝!"（26页）窃以为，在以上所摘引的两段叙事话语中的确潜藏着一个对于理解《秦腔》而言十分重要的叙事诗学命题，对于这一点我们不能不察。所谓"拉扯得顺顺的"，所谓"一宗事一宗事不知不觉过渡得天衣无缝"所说明的正是事与事之间不仅不存在明确的主次之分，而且作家在一个故事与另一个故事的衔接处理上转换得极其流畅自如而不留斧凿之痕。这样一种打了一颗核桃再打另一颗核桃的"打核桃"式的叙事方法正是贯穿于《秦腔》始终的一种基本叙事方式。同时，也正是依凭了这样一种"打核桃"式的叙事方法，《秦腔》才真正地实现了总体情节叙事的"去中心化"。如果说20世纪曾经产生过一种有极大影响的"意识流"的小说叙事方式，那么贾平凹《秦腔》中的这样一种叙事方式则殊几可以被命名为一种"生活流"式的叙事方法。只要是活动于清风街的人，出现于清风街上的事，均可以一种极平等的方式被交织入这样一张"生活流"的叙事网络之中。在这个意义上，如果一定要为《秦腔》确定中心情节与中心人物的话，那么便可以说这"清风街"本身便是小说的中心人物，而这一年（《秦腔》的故事发生时间起自夏风与白雪结婚，而终结是白雪与夏风的孩子刚刚出生不久，持续时间应为一年左右）左右时间里发生于清风街上的所有故事一起构成了小说的中心情节。

    说到《秦腔》情节与人物的"去中心化"所体现出的原创性价值，我们便完全有必要将其与自有新文学以来的中国现当代乡土小说作一粗略的比较。在我看来，在已有近百年历史的中国现当代乡土小说的发展演进过程中，曾经形成过三种极有影响的小说叙事模式：一为"启蒙叙事"，一为"阶级叙事"，一为"家族叙事"。所谓"启蒙叙事"，是指作家以一种极为鲜明的思想启蒙立场来看待乡村世界。这种叙事方式最有代表性的作家便是现代乡土小说的奠基者鲁迅先生，他的这种叙事方法曾影响了整整一代五四乡土作家，并对后来者如高晓声这样的作家产生了很大的影响，贾平凹在某种程度上也曾经受到过"启蒙叙事"的影响。所谓"阶级叙事"是指作家以一种马克思主义的阶级斗争的立场看取乡村世界的生活，乡村世界中不同阶级之间的矛盾冲突成为小说最根本的中心内容。这种叙事方式的肇端当追溯于1930年代以茅盾为代表的一批左翼作家的乡土小说写作，其发展的鼎盛时期为"十七年"乃至"文革"期间，如柳青《创业史》、周立波《山乡巨变》乃至于浩然的《艳阳天》与《金光大道》均属于这样一种叙事方式的积极实践者，甚至一直到新时期文学之初的一部分小说作品中，也都多少还残留着这样一种"阶级叙事"的痕迹。所谓"家族叙事"，是指作家在叙述乡村世界的故事时将着眼点更多地放置在了盘根错节的家族之间的矛盾冲突上，家族之间的争斗碰撞与交融整合成为作家最为关注的核心内容。这种叙事方式主要兴盛于"文革"结束之后的新时期小说中,诸如张炜的《古船》、陈忠实的《白鹿原》、刘震云的《故乡天下黄花》、莫言的《红高粱家族》乃至于贾平凹自己的《浮躁》等小说,都突出地采用了"家族叙事"这样一种叙事方式。将《秦腔》与以上三种乡土小说的叙事方式相比较,其与"启蒙叙事""阶级叙事"之间存在着极明显的差异是一目了然的。在另一个方面,虽然《秦腔》中曾经提及夏白两大家族,但作者的根本着眼点却并不在这两大家族身上,或者说这两大家族均是作为清风街故事的一个有机部分而被加以叙述的。从这个意义上看,继续将其归之于"家族叙事"的传统也便缺乏了充足的理由。在我看来,为了更准确地厘清界定《秦腔》在现当代乡土小说发展史上一种突出的原创性价值,不妨将其称之为一部采用了"村落叙事"模式的乡土长篇小说才更为适宜。而也正是依凭了对于这样一种"村落叙事"模式的创造性运用,贾平凹的《秦腔》才在很大程度上实现了对于新文学史上现当代乡土小说写作的艺术超越。

四

同样值得注意的是贾平凹《秦腔》中叙事视点的设定,也就是傻子叙事的问题。近五十万言的《秦腔》中所有清风街上的人与事均是通过张引生这样一个带有疯癫色彩的人物形象讲述展示在读者面前的。然而,同样应该注意的是,贾平凹虽然采用了傻子叙事的方式,但引生也仅只是一个视点人物而已。依照一种通常的叙事原则,既然小说中明确地出现了第一人称"我",那么小说文本便应严格地讲述展示"我"所见所闻的故事,不可以将"我"所未见未闻的故事纳入叙事范围之中。然而,贾平凹的《秦腔》中虽然出现了"我",但实际上却并未严格地遵循第一人称的叙事常规,其讲述展示的人与事常常地逾越于"我"所能见闻的范围之外。但这并不意味着贾平凹对于叙事学常识的有意冒犯,而是作家所设定的这样一个带有明显灵异色彩的半疯半傻的傻子引生赋予了贾平凹一种得以逾越规范界限的叙事特权。我们注意到，小说中经常地会出现这样一些叙事话语，比如："我知道我的灵魂出窍了，我就一个我坐着斗'狼吃娃'，另一个我则攥着鼓声跑去，竟然是跑到了果园，坐在新生家的三层楼顶了。夏天义、上善和新生看不见我，我却能看见他们，他们才是一群疯子，……我瞧见了鼓在响的时候，鼓变成了一头牛，而夏天义在喊着，他的腔子上少了一根肋骨。天上有飞机在过，飞机像一只棒槌。果园边拴着的一只羊在刨蹄子，羊肚子里还有着一只羊。"（110 页）再比如"现在我告诉你，这蜘蛛是我。……但我人在文化站心却用在两委会上。我看见墙上有个蜘蛛在爬动，我就想，蜘蛛蜘蛛你能替我到会场上听听他们提没提还我爹补助费的事，蜘蛛没有动弹。我又说：'蜘蛛你听着了没有，听着了你往上爬！'蜘蛛真的就往上爬了，爬到屋梁上不见了。"（302 页）正因为张引生既可以随意地化身为蜘蛛或苍蝇，也可以随意地灵魂出窍，所以贾平凹便可以不再严格地遵守第一人称的叙事常规。因此，严格地说，张引生并不是《秦腔》中的叙述者，而只是一个意义十分重要的视点式人物而已。那么，现在的问题就是，贾平凹为什么要在《秦腔》中设定这样一位处于半疯半傻状态的傻子作为视点人物呢？

首先应该承认，以傻子为叙述者或者视点人物，并非贾平凹的首创，在《秦腔》之前，中外小说中均已出现过一些类似的傻子形象，比如福克纳《喧哗与骚动》中的班吉，辛格《傻瓜吉姆佩尔》中的吉姆佩尔，比如阿来《尘埃落定》中的土司二少爷，莫言《檀香刑》中的赵小甲，等等。针对于这样一种客观状况，或有批评者会对贾平凹此举作"重复"他人之讥。但我以为，这样的观点是难以成立的，问题的关键并不在于贾平凹也如同别的作家一样采用了傻子叙事的方式，而在于作家对于这一叙事方式的运用是否能够最恰当地传达出作家于小说中所欲表现出的思想艺术主旨来。在这个意义上说，贾平凹《秦腔》中对于傻子叙事的运用是极为成功的。从叙事学的角度来看，叙述视角的设定对于小说文本的成功与否有着极重要的意义。叙述视角"是一部作品，或一个文本看世界的特殊眼光和角度"，也是"一个叙事谋略的枢纽，它错综复杂地联结着谁在看，看到何人何事何物，看者和被看者的态度如何，要给读者何种召唤视野。"[①]因此，成功的视角革新，便"可能引起叙事文体的革新。"[②]在这样的一种理论前提下，有论者对于傻子叙事的意义进行了相对深入的梳理与分析："傻子的非理性、悖于社会规范的乖张举动以及无所顾忌的超脱恰好使作家找到了一种绝好的面具，借助于这一合法化的面具，作家进行着更为深刻的主旨言说""新时期以来，当代很多作家选择了傻子或白痴充当叙述者，选择傻子作为视角，其原因在于傻子在认知上表现为拒绝一切理性和道德判断，拒绝对事物的理性透视，也即巴赫金所说傻子具有'不理解'的特性""傻子视角由于'不理解'的特点，在呈现世界时它好比一面镜子，能客观反射事物的原貌和人物的外在行为，借助于傻子视角，作家实现的是对世界的客观冷峻的呈示，而作家情感和批判立场是隐匿在客观化的叙事之中的。"[③]我以为，对于贾平凹《秦腔》中的傻子叙事，我们只有在这样的意义上去加以理解才可能更加契合作家的本意。

我们注意到，贾平凹在《秦腔》后记中曾经写下过这样一段话："我的写作充满了矛盾和痛苦，我不知道该赞歌现实还是诅咒现实，是为棣花街的父老乡亲庆幸还是为他们悲哀。那些亡人，包括我的父亲，当了一辈子村干部的伯父，以及我的三位婶娘，那些未亡人，包括现在又是村干部的堂兄和在乡派出所当警察的族侄，他们总是抢镜头一样在我眼前涌现，死鬼活鬼一起向我诉说，诉说时又是那么争争吵吵。我就放下笔盯着汉罐长出来的烟线，烟线在我长长的吁气中突然地散乱，我就感觉到满屋子中幽灵飘浮。"应该承认，对《秦腔》的阅读直感与贾平凹的自述是相当吻合的。贾平凹在《秦腔》中所表现的乃是当下

---

①②杨义《中国叙事学》，人民出版社1997年版，第191页、195页。

③沈杏培、姜榆《符号的艺术和艺术的符号》，载《艺术广角》2005年第2期。

时代中国的乡村现实，而当下中国的乡村则正处于现代化强烈的冲击之下，曾经在改革开放初期呈现出蓬勃活力的中国乡村正在日益走向衰颓与凋敝。面对这样一种惨酷的乡村现实，贾平凹的确感觉到了言说的困难，感觉到了自己的确无从对于故乡，对于中国的乡村做出一种明晰清楚的理性化判断，确实不知道该赞歌现实还是诅咒现实，是为棣花街的父老乡亲庆幸还是为他们悲哀了。如果说贾平凹在《浮躁》中，在《鸡窝洼人家》《腊月正月》中的确曾经强有力地对于改革开放初期中国乡村的蓬勃生机做出过竭力的肯定式表达，如果说一直到《高老庄》中，贾平凹都还在借助于高子路这一形象而顽强地表达着自己对于中国乡村世界的一种启蒙信心的话，那么到了《秦腔》之中，贾平凹则的确既无力肯定也无能启蒙了。说到启蒙，我们便应该注意到小说中夏风这一人物形象的存在。应该说，这是一个多少带有一些贾平凹自身痕迹的乡村世界走出来的知识分子形象。熟悉贾平凹小说的读者应该知道，这不仅是一个经常出现于贾平凹小说中的人物形象，而且他往往会对贾平凹此前小说中的乡村世界施以一种颇为有力的启蒙干预，《高老庄》中高子路的形象便是如此。然而，到了《秦腔》之中，夏风虽然也不时地由大都市返回到清风街，返回到自己曾经生活过的乡村世界，但是他实在已经没有能力对这乡村世界施加什么强有力的影响。在我看来，由高子路到夏风的这样一种变化，正说明了贾平凹本人对于乡村启蒙的极度失望，因此夏风便更多地只能以一个现代文明象征的功能性人物形象而出现于《秦腔》之中了。按照乡土小说的表现惯例，当然也按照贾平凹此前乡村小说的写作惯例，理应成为小说叙述者或者视点人物的本来应该是夏风而不是张引生这个半疯半傻的傻子。在我看来，小说叙述视点由夏风向引生的转移，所说明的其实正是作家贾平凹对于中国乡村现实基本认识的一种根本变化。从根本上说，面对当下中国乡村世界衰颓凋敝的客观现实，贾平凹确实已经无从做出理性的清晰判断了，对他而言，剩下唯一可以做的事情便是对这衰颓凋敝的乡村现实做一种客观的呈示与展现，而傻子叙事则正好能极有力地承担并实现作家的这样一种艺术意图。对于傻子叙事的叙事效果，论者曾有过这样的分析："傻子作为一个不合社会规范的形象，他本身也构成了对现实的否定力量。傻子作为社会独特的'这一个'，他的力量'在于他不受社会等级秩序的限制，他既作为局内人也作为局外人谈论事情，傻子居于社会秩序中却不使自己对之负有义务，他甚至能无所顾忌地围绕社会秩序谈论令人不快的真理'。"[①]我认为，对于贾平凹《秦腔》中的傻子叙事，我们也殊几可以作这样的一种理解和认识。

除了可以对当下的中国乡村世界进行客观的呈示与展现之外，我们还应该注意到《秦腔》中傻子叙事所具有的一种突出的灵异功能。按照小说中的描写，引生不仅可以化身为蜘蛛、苍蝇，可以灵魂出窍，而且还可以看到人身上的生命光焰，可以对未来事件的发展演进做出某种预言，可以看出人与物的前生与来世，比如引生曾经看出来运的前身是一位唱秦腔的演员，所以它便是一条连吠声都合着秦腔韵律的会唱秦腔的狗。对于傻子叙事所具有的这样一种灵异功能，我以为，我们不能以一种科学主义的态度加以轻易否定。正如同"女娲补天""太虚幻境"之类的故事穿插构成了《红楼梦》中的形上世界一样，我觉得《秦腔》中的灵异叙事也构成了《秦腔》中的形上世界，它的出现为小说文本提供了某种突出且必要的哲学背景，对于《秦腔》最终的艺术成功发挥着相当重要的作用。

五

然而，无论是具有地域化色彩的口语运用，还是总体情节叙事的"去中心化"，抑或傻子叙事方式的选择设定，作家这所有艺术努力的最终目的还是为了成功地表现自己对于当下时代中国乡村现实的一种理解和看法，也即为了充分地表现传达乡村世界

①沈杏培、姜榆《符号的艺术和艺术的符号》，载《艺术广角》2005年第2期。

的凋敝与传统文化的挽歌这样一种基本的思想艺术主旨。且让我们先来看乡村世界的衰颓与凋敝。众所周知，中国的改革开放是从农村开始的，由于极大地解放了农村的生产力，所以1980年代的中国乡村的确曾经表现出过空前的蓬勃活力，这一点也正如贾平凹在小说后记中所说："故乡的消息总是让我振奋，……那些年是乡亲们最快活的岁月。"然而，好景不长，由于国家政策的变化，更由于以市场化城市化为标志的现代化的强烈冲击，在进入1990年代之后，中国乡村世界就不可避免地进入了它的凋敝时期，贾平凹笔下的清风街就是这样一个典型的标本，首先，由于中国城市化进程的加速发展，吸引了乡村中大量的劳动力，大量的农民流入城市。虽然农民进入城市之后的命运遭际相当悲惨，要么做苦工出卖低廉的劳动力，但最后的结果却又难免是非死即伤，小说中写到的白雪的侄儿白路即是这方面一个突出的代表。要么便是青春女性的出卖肉体，小说中的翠翠与韩家女儿即是这样的形象。然而，即使进城后的遭际如此悲惨，但农村凋敝的现实却依然无法抵挡农民大量流入城市的这样一种巨流，以至于在夏天智去世之后居然很难凑齐为他抬棺的男性农民，以至于君亭不能不发出这样的浩叹："还真是的，不计算不觉得，一计算这村里没劳力了么！把他的，咱当村干部哩，就领了些老弱病残么！"（539页）俗话说，谷贱伤农，农民的被迫离开土地直接地源于两方面的原因，其一是粮食价格的极为低廉，其二则是各种高额税费的强行征缴。这两方面原因结合的结果便是土地的大片荒芜，便是农民的被迫出走。提及高额税费的征缴，就必须注意到小说中对于清风街一场声势浩大的农民自发抗税风潮的逼真描写。从小说文本描写的情况来看，并不是农民不愿意缴纳税费，虽然也存在个别奸诈农民（比如三踅）的恶意抗税行为，但从总体上来看，大多数的农民还是因为手中无钱而不得不被迫抗税的。虽然这次抗税风潮被及时地平息下去了，但它却在很大程度上暴露了在当下的中国乡村世界中农民与管理者之间的矛盾已经达到了怎么样一种尖锐激烈的程度。对于这一点，明眼人不可不察。

农民的大量流入城市所带来的一个直接后果便是大片土地的荒芜，这一点在清风街同样有直接的表现。正是在这样的背景之下，才有夏天义租种离乡者土地行为的发生，而君亭与夏天义、秦安关于到底应该先建农贸市场还是应该先在七里沟淤地的争执才有了一种深刻的现实意义。从传统的观念看来，土地为农民之本，作为一个农民无论如何也不应该抛弃土地，夏天义与秦安便是这样一种理念的坚决捍卫者。然而，如果着眼于乡村的现实情况，如果充分地考虑到土地的经营不仅无法改变农民的生存困境，反而还有可能使农民的生存困境进一步加剧的这样一种客观状况，那么君亭发展农贸市场的思路其实还是很有一些现实依据的。从小说文本的实际情况来看，虽然贾平凹无意于对君亭与夏中义、秦安的争执做出某种非此即彼的是非判断，虽然作家的本意是要对当下中国乡村客观的生存状况作一种尽可能真实的呈示，但从《秦腔》客观上所达到的艺术效果来看，小说中关于夏天义与土地之间那样一种血肉关系的展示，小说中对于夏天义这个人物形象的描写刻画，应该说还是小说中最能击痛并打动人心的地方。小说中的夏天义曾经在建国后相当长的一个时期内担任清风街的领导工作，在这长期的工作过程中，他与土地之间形成了一种相当深厚的感情。正因为对土地充满了深厚的感情，所以当312国道改造要侵占清风街后塬的土地的时候，身为村干部的夏天义才会组织村民去挡修国道，并为此而背了个处分。正因为对土地充满了感情，所以夏天义担任村干部时最大的一个愿望便是能够在七里沟淤地成功，因为在他看来："土农民，土农民，没土算什么农民？"（95页）虽然"出师未捷身先死，长使英雄泪沾巾"，虽然因为在七里沟淤地未能成功而被迫下台，但下台之后的夏天义却依然情系土地，依然希望能够靠个人的努力继续七里沟淤地的事业。小说中不无荒诞意味但更具悲壮色彩的一个情节便是年事已高的夏天义带着一个哑巴孙子，带着一个傻子引生在七里沟进行淤地劳动的动人描写。在夏天义充满悲壮色彩的淤地过程中，我们可以明显感觉到一种知其不可为而为之的愚公精神的存在。很显然，夏天义的淤地事业肯定只能以失败的结局而告终，但这一人物对于土地的那样一种深情眷恋，他身上所体现出来的那样一种悲壮的抗争精神，却给读者留下了极为深刻的印象。应该说，小说对于夏天义死亡过程的设计也是极富艺术意味的，因为夏天义一生致力于对土地的坚决保护，致力于七里沟淤地事业的完成，所以作者便让夏天义在七里沟的淤地过程中遭遇山体滑坡而死："这一天，七里沟的东崖大面积地滑坡，它事先没有迹象，……它突然地一瞬间滑脱了，天摇地动地下来，把草棚埋没了，把夏天智的坟埋没了，把正骂着鸟夫妻的夏天义埋没了。"（556 页）给视土如命的人一个天然土葬的结果，将这一结果与夏天义临死前不久喜欢上吃土的行为联系起来，与小说中关于夏天义是土地爷再世的暗示联系起来，我们就简直可以说夏天义是一个土地的精灵了。这样一个极富象征意味的老农民的去世在很大程度上更有力地说明着当下中国乡村世界的衰颓与凋敝状况。

在小说的后记中，贾平凹曾经表达过对当下中国乡村状况的极度忧虑："这里（棣花街）没有矿藏，没有工业，有限的土地在极度地发挥了它的潜力后，粮食产量不再提高，而化肥、农药、种子以及各种各样的税费迅速上涨，农村又成了一切社会压力的泄洪池。体制对治理发生了松弛，旧的东西稀里哗啦地没了，像泼去的水，新的东西迟迟没再来，来了也抓不住，四面八方的风方向不定地吹，农民是一群鸡，羽毛翻皱，脚步趔趄，无所适从，他们无法再守住土地，他们一步一步从土地上出走，虽然他们是土命，把树和草拔起来又抖净了根须上的土栽在哪儿都是难活。"于是，贾平凹不由得感叹道："我站在街巷的石碌子碾盘前，想，难道棣花街上我的亲人、熟人就这么很快地要消失吗？这条老街很快就要消失吗？土地也从此要消失吗？真的是在城市化，而农村能真正地消失吗？如果消失不了，那又该怎么办呢？"很显然，贾平凹的这一系列问题正是从中国乡村世界的衰颓与凋敝的状况中而生发出来的。贾平凹无法回答这样的问题，我们也同样无法回答这样的问题。无法回答问题的贾平凹所能做到的只能是对于当下中国乡村世界凋敝现状的客观呈示，而我们则必须直面这样的现状并对这样的现状继续进行深入的思考。

六

　　虽然从总体的情节叙事来看,《秦腔》的确是一部明显的"去中心化"了的长篇小说,但在其中我们还是能够梳理出两条基本的故事主线来。一条是与夏天义有关的关于土地,关于乡村世界凋敝现状的描写。而另一条则是与夏天智有关的关于秦腔,关于传统文化不可避免地失落衰败的描写,而在某种意义上,我们也完全可以说,乡村世界的凋敝过程同时也正是秦腔,正是农村中传统文化日渐衰败的过程,二者是互为因果同步进行的。而小说的标题则很显然正来自于这样一条故事主线的充分展开。应该说,贾平凹在小说中对秦腔这一故事线索所投注的精力是丝毫不亚于关于土地的那一故事线索的。

　　具体来说,《秦腔》中关于秦腔衰落这条线索的描写是围绕夏天智和白雪这两个人物而充分展开的。白雪是县秦腔剧团的演员,由白雪这一人物也就自然而然地涉及到了秦腔剧团一波三折但最后却仍不免失败解体的悲剧命运。由于市场化与时尚化的猛烈冲击,秦腔剧团的命运在短短的一年时间内便发生了天翻地覆的变化。在白雪结婚时,县秦腔剧团还颇威风地到清风街演出,剧团中的名角王老师也还可以摆摆谱。然而,等到夏中星被任命为剧团团长的时候,剧团居然就准备一分为二成为两个演出队了。虽然夏中星行使团长的权威,将剧团再次合二为一并雄心勃勃地要到全县各乡镇巡回演出以重振秦腔雄风,但这在某种意义上也已经是秦腔的回光返照了:巡回演出中最糟糕的一次居然只剩下了一个观众,而这个观众事实上却是回剧场来找丢了的钱的。因此,虽然夏中星个人依托剧团为跳板最后当上了县长,但等到他卸任剧团团长的时候,这剧团也就只能面临着自行解散的命运了。到最后,自行解散后的剧团演员便只能各自组成若干个乐班去走穴卖艺了,与夏风离婚后的白雪便以此为生计。然而,即使是这样的走穴也并不就是一个稳定的受农民欢迎的举措，在清风街的一次演出中他们就明显地受到了唱流行歌曲的陈星的强烈冲击。与秦腔剧团的最终解体相联系的则是白雪与王老师这两个秦腔演员的不幸遭遇。王老师唱了一辈子秦腔，但就是想出一盘带有纪念意义的唱腔盒带而不得。白雪本来有机会调到省城去工作，但却因为对秦腔事业的热爱而留在了剧团。然而秦腔的衰颓之势却并非靠个人的努力便可以改变的，热爱秦腔的白雪最终还是落了个被并不喜欢秦腔的丈夫夏风遗弃的不幸结局。提及白雪与夏风这一对夫妻，我们应该注意到，如果说白雪是传统文化的象征的话，那么夏风便可被看作是现代文明的一种象征。这样，他们俩人的结合与分手便隐喻象征着传统文化与现代文明从根本上的互不相容互相排斥，在这个意义上，他们结合之后白雪所生的那个没有肛门的怪胎也就具有了鲜明的寓言意味。这一怪胎的出现在很大的程度上隐喻象征着传统文化与现代文明最终的难以交融。

白雪之外，小说中另一个与秦腔有着更深的渊源关系的人物是夏天智。夏天智曾经担任过学校的校长，可以说是一位当下中国乡村世界中的知识分子形象。夏天智酷爱秦腔，只要有时间，不是在马勺上画秦腔脸谱，便是在大喇叭中播放秦腔唱腔。可以说，夏天智的整个生命都是与秦腔缠绕在一起的，或者说，秦腔便可以被视作夏天智全部的生命意义所在。与白雪相比较，夏天智对秦腔的痴迷与投入程度使得只有他才可以被称作是秦腔的精灵。然而，尽管夏天智对秦腔如此依恋和痴迷，尽管他也可以利用父亲的权威命令夏风设法出版自己的秦腔脸谱集，但是，他却既无法彻底地阻止白雪与夏风婚姻的失败，也无法实现帮助王老师出一盘唱腔盒带的愿望，更无法从根本上力挽狂澜地阻止秦腔最终的失落与衰败命运，最后只能无可奈何花落去地目睹这一切无法改变的事实的逐渐发生。然而，从一种象征的意义上来看，贾平凹在小说中所倾力描写的秦腔更应该被理解为传统文化的象征。这样看来，与其说夏天智是秦腔所孕育的一个文化精灵，倒不如说他是在中国乡村世界绵延日久的传统文化的化身。如果把夏天智理解为乡村世界中传统文化的化身,那么小说中诸多艺术描写的意义也就随之而一目了然了。比如,清风街上无论谁家发生了纠纷,只要夏天智一到,这样的纠纷马上就可以被解决,甚至在夏氏家族内部,夏天智在这一方面也拥有着超越乃兄夏天义夏天礼的权威力量。从这样的角度来看,夏天智其实更应该被理解为是一种传统道德精神的象征性人物。细读《秦腔》文本,我们便不难发现在清风街的日常生活中,夏天智的为人行事中总是恪守体现着扶危济困的传统道义,总是洋溢闪烁着一种迷人的人性光辉。不管是他对秦安的关心匡扶,还是他对若干贫困孩子的资助,都一再强化着夏天智作为一种传统道德精神载体所独具的人格魅力。结合贾平凹的《秦腔》后记来看,夏天智身上无疑闪动着自己父亲的影子,而夏天义身上则不时地晃动着那位当了一辈子村干部的伯父的影子,正因为作者在这两位人物身上倾注了满腔感情,所以他对这两个人物的塑造刻画才会格外丰满动人,才会给读者留下无法磨灭的印象。然而,与夏天智对传统道德精神的坚持与恪守形成鲜明对照的却是清风街在市场经济冲击下日渐的道德败坏。首先是在夏家的下一代人,尤其在夏天义的五个儿子之间,经常会因为赡养老人等家务事而大吵乃至大打出手,虽有夏天智的强力弹压而也最终无济于事,其中尤以庆玉的表现为甚。其次是一些市场经济条件下的腐败现象开始出现于清风街并渐呈蔓延之势,其中最突出的一个标志便是丁霸槽酒楼上妓女卖淫现象的出现。第三则是曾经在夏家延续多年的过春节时那种格外充满人情味的各家轮流吃饭的传统的最终消失。当四婶说出"我看来,明年这三十饭就吃不到一块了,人是越来越心不回全了"(511 页)的时候,这样一种传统的必然终结也就是不可挽回的了。在这个意义上,如果说夏天智对于秦腔的失落衰败尚且无能为力的话,那么对于这样一种美好的传统文化、传统道德精神最终的必然消失终结就更加回天无力了。从这样一个角度看来,夏天智的死亡其实也就在强烈地预示着一个时代的结束。

七

　　无可奈何花落去，似曾相识燕不归。从中国社会一种必然的发展趋势来看，中国乡村世界的凋敝与寄寓于这乡村世界之上的传统文化、传统道德精神的失落，的确是一种无法改变的事实存在。虽然贾平凹对于自己生活了十九年之久的故乡充满了依恋之情，对于在故乡传延达数百年之久的秦腔充满了热爱之情，对于故乡那块土地上所生长的体现着传统文化与传统道德精神的父老乡亲充满了敬仰之情，但一种忠实于现实的责任感还是促使他饱蘸着自己的血泪写出了《秦腔》，并在《秦腔》中格外真实且充满真情地为故乡、为土地、为传统文化与传统道德精神唱出了一曲哀婉深沉的挽歌。或许在读过《秦腔》之后，确也会有人给小说扣上种种不合时宜的政治帽子，对于这一点，贾平凹在小说后记中已说得很明白："但我是作家，作家是受苦和抨击的先知，作家职业的性质决定了他与现实社会可能要发生的摩擦，却绝没企图和罪恶。"实际的情形也确实如此，从对于当下中国乡村现状那样一种惊人的洞察与穿透而言，贾平凹的《秦腔》的确堪称一部极富思想与艺术勇气的决绝之作。还是在小说后记中，贾平凹说："树一块碑子，并不是在修一座祠堂，中国从来没有像今天这样渴望强大，人们从来没有像今天需要活得儒雅，我以清风街的故事为碑了，行将过去的棣花街，故乡啊，从此失去记忆。"的确应该承认，贾平凹以《秦腔》为故乡树一块碑子的愿望成功实现了。如果说对贾平凹而言是"故乡啊，从此失去记忆"的话，那么对广大读者而言，则正是凭借着《秦腔》这样一部厚重沉实的长篇力作，才得以重建了我们对于棣花街，对于清风街，对于当下中国乡村世界的记忆。

《海南师范学院学报》2005 年第 5 期

繁荣中的沉潜与拓展
——对新世纪长篇小说创作的一种描述与判断

  如果从"文学革命"发生的 1917 年算起，中国现代白话文学也已经走过了差不多一个世纪的发展历程。我认为，在这长达近一个世纪的发展历程中，曾经先后出现过三次长篇小说的创作高潮。第一次是在 20 世纪的三四十年代，茅盾、巴金、老舍、李劼人等一批作家以他们丰富的创作实践使得现代长篇小说这一文体开始走向成熟。第二次是 20 世纪的五六十年代，虽然当时的小说作品不可避免地打上了时代意识形态的烙印，但以柳青、梁斌、杨沫、赵树理、周立波等人为代表的长篇小说写作所取得的思想艺术成就却依然是无法被忽略的。第三次就是我们这儿所重点关注的世纪之交了。应该说，第三次长篇小说创作高潮的起端点是在 20 世纪 90 年代的中期。大约从名噪一时的所谓"陕军东征"开始，就有越来越多的中国作家将主要的创作精力投入于长篇小说的创作之中。虽然说，在这一次创作高潮的形成与演进过程中，文化市场这只无形之手的确发挥着相当大的作用，但不可否认的是，正是在这一波高过一波的长篇竞写热潮中，一些真正堪称优秀的长篇小说逐渐地浮出了水面。从进入新世纪以来的基本情形看，这样一种格外迅猛的长篇小说创作势头不仅未有稍减，反而呈现出了愈益汹涌澎湃的发展态势。年产千部以上长篇的数量之巨大自不必说，从作品所达到的思想艺术高度与深度来判断，也可以说已经或正在生成着一批具有经典意味的优秀长篇小说。虽然很难说这一次仍在持续进行过程中的长篇小说创作高潮已经企及了茅盾、老舍、巴金、李劼人等现代小说大师曾经抵达过的高度，但从我的阅读体验来判断，说这次创作高潮已经在很大程度上构成了对于第二次创作高潮的整体超越，却应该是一个相当可信的结论。虽然肯定是一种无意中的巧合，但一种客观存在的情形却是，正是伴随着新世纪的到来，中国的长篇小说创作开始进入了一个新的发展阶段。可以看到，伴随着优秀长篇小说作品的不断涌现，新世纪长篇小说在总体的思想艺术层面上正在逐渐地形成着若干突出的特征。本文的意图即是在对新世纪长篇小说的基本发展态势进行总体描述的基础之上，对于新世纪长篇小说思想艺术层面上的若干突出特征，进行相对深入的剖析，并得出相应的价值判断来。

乡村与历史长篇小说的双峰并峙

从题材分类学的意义上来看，乡村题材与历史题材成为新世纪小说家们最为关注青睐的表现对象。可以说，乡村长篇小说与历史长篇小说以双峰并峙的形态构成了新世纪长篇小说创作中最为引人注目的艺术图景。在乡村题材长篇小说的创作方面，出现的主要作品有贾平凹的《秦腔》、毕飞宇的《平原》、莫言的《生死疲劳》与《四十一炮》、阎连科的《受活》与《丁庄梦》、张炜的《丑行或浪漫》、韩东的《扎根》、李洱的《石榴树上结樱桃》、杨争光的《从两个蛋开始》、尤凤伟的《泥鳅》、阿来的《空山》等。我们注意到，近一个时期以来，伴随着中国城市化进程的迅速推进，不断地有批评家为都市文学在当下时代的不公正遭际鸣冤叫屈，并且有的批评家干脆就断言都市文学对于乡村叙事的取代是一种不可更改的发展趋势①。但从实际的创作情形来看，最起码在当下极为兴盛的长篇小说写作领域，真正优秀的都市小说却是难得一见的。这一点，与乡村长篇小说佳作叠现的创作景观形成了格外鲜明的对照。在我看来，导致这样一种情形出现的根本原因乃在于，在中国现当代文学史上存在着一种极为深厚的乡村小说写作传统。"纵观 20 世纪以来中国文学的都市叙事，我们少有看到对都市持肯定态度的正面描述者留下成功范例，反面的倒是不少"。"为什么会出现这种情况？原因只有一个：我们是一个农业文明传统极其深厚的国度，我们有足够的力量观察乡村，却还没有足够的视野理解都市"。②事实上，正是依凭着这样一种格外深厚的乡村写作传统的内在支撑，所以才有乡村长篇小说创作的井喷现象在新世纪中国文坛的出现。然而同样是对于乡村世界的表现，新世纪的乡村长篇小说却已经与中国现当代文学史上既有的叙事模式形成了格外鲜明的差别。如果说在中国现当代文学史上曾经先后出现过以鲁迅先生为杰出代表的"启蒙叙事"，以沈从文先生为杰出代表的"田园叙事"，以赵树理、柳青、周立波等为代表的"阶级叙事"，以新时期以来的张炜、陈忠实、莫言等为代表的"家族叙事"这样几种叙事方式的话，那么，在新世纪以来的乡村长篇小说中，则正在逐渐地形成一种将某一村庄作为一个有机整体进行全面透视与表现的"村落叙事"的全新叙事方式。虽然并不能说所有的新世纪乡村长篇小说都具备了这一特征，但在诸如贾平凹《秦腔》中的"清风街"、阿来《空山》中的"机村"、毕飞宇《平原》中的"王家庄"、杨争光《从两个蛋开始》中的"符驮村"等村落身上，这样一种特征的表现却都是极为明显的。

优秀历史长篇小说的大量出现同样是新世纪长篇小说写作领域一个格外醒目的艺术景观。具体来说，值得注意的历史长篇小说主要有刘

①这一方面最有代表性的批评家是吴俊，可参见他在第四届青年作家批评家论坛上的发言。论坛发言纪要《新世纪文学的承接与探索》载《南方文坛》2006 年第 1 期。

②葛红兵《农耕文化背景下的都市书写》，载《文汇报》2006 年 1 月 18 日第 10 版。

醒龙的《圣天门口》、铁凝的《笨花》、格非的《人面桃花》、莫言的《檀香刑》、李锐的《银城故事》、成一的《白银谷》、严歌苓的《第九个寡妇》、李洱的《花腔》、熊召政的《张居正》、宗璞的《东藏记》、张一弓的《远去的驿站》、红柯的《西去的骑手》、迟子建的《额尔古纳河右岸》、杨志军的《藏獒》等。与历史长篇小说的勃兴形成鲜明对照的，是现实题材长篇小说创作的并不尽如人意。客观地说，与很是难得一见的都市长篇小说的写作状况相比较，在新世纪以来，也还是出现了一些值得注意的关注表现现实生活的长篇小说作品，比如王蒙的《尴尬风流》、东西的《后悔录》、张平的《国家干部》、范小青的《女同志》、胡发云的《如焉@sars.come》、孙惠芬的《上塘书》、林白的《妇女闲聊录》、许春樵的《放下武器》等。然而，与历史长篇小说所达到的总体艺术高度相比较，除了个别突出的长篇小说个案之外，现实题材长篇小说的总体艺术水准还是较为差强人意的。导致这种情形的一个原因在于，较之于已呈固型状态的历史，当下的现实因为正处于变动不居的状态之中，作家理解把握的难度极大。另一个原因则在于中国文学中存在着一种极为深厚的史传文学传统。自"史家之绝唱，无韵之离骚"的《史记》以降，以文学的方式书写历史便成为中国文学中相当引人注目的一种事实存在。在我看来，历史长篇小说在新世纪的格外兴盛，正反映了中国作家一种十分浓烈的历史情结的存在，完全可以被看作是对中国文学中史传文学传统自觉的承续与发展。最起码，与中国当代文学史上曾经出现过的"革命历史小说"和"新历史小说"这两大历史小说写作潮流相比较，新世纪以来的历史长篇小说也已经开始显示出了某种新的艺术质素。这一点最突出地表现在刘醒龙那部长达一百万字的长篇小说《圣天门口》中。与"革命历史小说"相比较，《圣天门口》的根本价值在于相当彻底地摆脱了一种狭隘的党派叙事立场。与"新历史小说"相比较，《圣天门口》并没有走向历史的虚无主义，作家在消解历史的同时也在积极地进行着一种虽然艰难但却十分重要的重构历史的工作。或者说，《圣天门口》的根本价值，正体现为作家通过自己对于历史的个性化叙述过程而最终确立了一种难能可贵的精神价值立场。在我的理解中，长篇小说的根本特质并不是仅仅体现为其字数庞大的自然长度，而是更多地体现为文本内部所包孕表现着的极为厚重的思想精神含量上。刘醒龙的《圣天门口》，则正是这样一部重要的作品。也正是在这样的意义上，我认为，如同《圣天门口》这样具有明显原创性意味的优秀历史长篇小说的出现，正标志着历史长篇小说在进入新世纪之后所取得的一种长足进步。

　　然而，虽然我们强调乡村长篇小说与历史长篇小说以双峰并峙的方式构成了新世纪长篇小说写作中极为引人注目的两大艺术景观，但从根本上说，当下这个时代的确已经是一个无主潮、多元化了的文学时代。以上两类题材长篇的存在固然格外醒目，但却又绝对不可以被看作是这一时代的文学新主潮。事实上，新世纪长篇小说在题材意义上所表现出的多元性是十分明显的。除了我们已经提及过的乡村、历史与现实这三类题材的长篇小说外，其他几类题材长篇小说的存在也是不容被忽略的。一是对知识分子的命运与精神进行透视与探究的知识分子题材的长篇小说，其中值得注意的主要有王蒙的《青狐》、方方的《乌泥湖年谱》、尤凤伟的《中国一九五七》、张炜的《能不忆蜀葵》、杨显惠的《告别夹边沟》、懿翎的《把绵羊和山羊分开》、王刚的《英格力士》、张者的《桃李》、潘婧的《抒情年代》等。二是对于男女两性之间缠绵复杂的情爱状态进行观照与表现的爱情题材长篇小说，其中的引人注目者主要有贾平凹的《病相报告》、史铁生的《我的丁一之旅》、韩东的《我和你》、蒋韵的《隐秘盛开》、皮皮的《爱情句号》、刘建东的《全家福》与《十八拍》、盛可以的《水乳》、朱文颖的《戴女士与蓝》等。三是一些无法依照惯常的题材分类法进行归类处置的带有明显的题材"暧昧"性质的长篇小说，其中值得注意者主要有韩少功的《暗示》、王安忆的《桃之夭夭》与《遍地枭雄》、董立勃的《白豆》、陈希我的《抓痒》、范稳的《水乳大地》、刘恪的《城与市》等。事实上，也正是以上这三类题材的长篇小说，与前述的乡村、历史及现实三类题材的长篇小说一起，共同构成了新世纪长篇小说的繁荣景象。

人物形象的深度开掘

在新世纪的长篇小说作品中，出现了一批具有深刻的人性内涵与思想力度的人物形象。虽然我的这种格外看重小说中人物形象的刻画与塑造的观念很可能会被一些新潮先锋的批评家讥之为保守陈旧，但我还是顽固地认为，能否在小说中塑造出若干鲜活丰满的人物形象来，依然应该是衡量该小说作品艺术成就高低的一个十分重要的标准所在。就我的观察来看，小说作品中人物形象的被忽略与被动摇，在中国当代文学史上，乃是从 20 世纪 80 年代中后期的先锋新潮小说开始的。当时在一些激进的文体实验者那里，人物形象不仅被忽略，甚至还曾经一度遭逢了被作家所完全放逐的命运。而这样的一种文体实验，在当时却曾经得到过部分持极端批评立场的批评家的激赏。事实上，也正是在这些作家与批评家的共同"合谋"之下，人物形象在小说中固有的重要地位发生了明显的动摇与位移。客观公允地说，新潮先锋小说的适时出现对于整个中国当代文学的发展而言，的确具备着不容忽视的十分重要的革命性意义。但在另一方面，我们却也应该清醒地看到，由新潮先锋小说首开其端的对于小说中人物形象重要性的贬斥与放逐行为，对于当代小说创作所造成的一种难以避免的负面影响。这一点，在时过境迁之后的今天看来，的确已经是一种不争的事实存在了。实际上，在经过了二十多年的曲折发展历程之后，已经有越来越多的文学界同仁认识到了人物形象塑造对于小说创作的重要性。[①]从小说创作的现实状况来看，如果说的确可能存在着一些完全放逐了人物形象的实

①《南方文坛》2005 年第 2 期曾专门设立"呼唤文学人物"专栏，共刊发作家批评家四篇相关文章。

验性短篇小说的话，那么一部不以人物形象的刻画塑造为艺术重心的长篇小说则是完全不可想象的。不仅无法想象，而且在我看来，一部优秀的长篇小说，必然地应该成功塑造出若干别具人性深度与思想力度的人物形象来。当然，我们此处所特别强调的人物形象的塑造，也并非是在传统的所谓"典型环境中的典型人物"这样一种意义上对于人物形象的狭隘理解。然而，虽然我们完全可以在全新审美观念的烛照下对于何谓成功的人物形象做出与既往迥然相异的理解与阐释，但人物形象，对于小说创作，尤其是对于长篇小说创作成功与否的重要性，却是不容置疑的。

实际上，人物形象的塑造完全可以被看作是作家总体创造能力综合体现的一种结果。一个人物形象的成功塑造，既深刻地映现着一个作家对于客观世界的认识与把握能力，也有力地表现着一个作家对于深邃人性世界的体验与勘探能力，同时更考验着一个作家是否具有足够的可以把自己对于世界的认识与对于人性的把握凝聚体现到某一人物形象身上的艺术构型能力。一句话，人物形象的成功塑造与否，乃是衡量某一作家尤其是长篇小说作家总体艺术创造能力的最合适的艺术试金石之一。以这样的一个理论前提来观照考察新世纪以来的长篇小说，我们就完全可以说，新世纪以来的长篇小说在人物形象的刻画与塑造方面取得了十分突出的成就。可以确认的是，这一系列人物形象的成功塑造，对于中国现当代文学史上的人物画廊而言，是一种极大的丰富。粗略地计来，诸如《秦腔》中的夏天义、夏天智，《平原》中的端方、吴蔓玲，《笨花》中的向文成、小袄子，《从两个蛋开始》中的赵北存，《生死疲劳》中的洪泰岳、蓝脸与西门闹，《圣天门口》中的梅外婆、亢九枫、董重里，《如焉@sars.come》中的卫老师、达摩、梁晋生，《第九个寡妇》中的王葡萄，《青狐》中的卢倩姑（青狐），《受活》中的茅枝婆，《放下武器》中的郑天良，《白银谷》中的康笏南、杜筠青，《花腔》中的葛任，等等，这样一些成功的人物形象都在读者的心目中留下了难以磨灭的印象。

更为值得注意的是，在以上所列举的这些人物形象中，有一些形象还极鲜明地体现出了一种极明显的原创性意味，既突出地显示着作家对于生活独到的发现与思考，也突出地凸显着作家对于复杂人性的透视与勘探所能达到的深邃程度。比如莫言《生死疲劳》中的洪泰岳，就是我们在既往的乡村小说中所未曾看到过的一个带有全新色彩的人物形象。《生死疲劳》是一部对于新中国成立五十多年来的中国乡村生活进行整体观照与表现的长篇小说，其中一个十分重要的叙事焦点问题便是莫言对于人与土地关系的思辨性深刻表达。甚至可以说，《生死疲劳》的根本价值之一，即充分地体现为作家对于人与土地之间关系的洞察与明晰。而洪泰岳，则正是这样一个凝聚体现着莫言对于乡村世界独到的体悟与发现的人物形象。新中国成立后，洪泰岳曾经先后担任过西门屯村的村长、社长与党支部书记的职务，可以说是 20 世纪 50 年代以来党在乡村中一个长期的基层干部形象。莫言在这一人物形象身上的独特发现，主要体现为对于其性格中的某种悖论色彩的体悟与剖析。在五十年代前后的土改与合作化运动中，洪泰岳是以一位土地剥夺者的形象出现的。这个时候，他的对立面，既包括拥有大量土地的地主西门闹，也包括顽固不化地坚持走单干道路的农民蓝脸。作为党的农村政策的坚定贯彻者，洪泰岳一方面理直气壮地剥夺了地主西门闹的土地，另一方面则一直在与冥顽不化的单干户农民蓝脸进行着不懈的斗争。然而，带有明显历史吊诡与反讽意味的是，到了改革开放的新时期，当西门屯新一代领导者西门金龙要将西门屯村的土地用来开发旅游区的时候，曾经是土地剥夺者的洪泰岳反而成为了一位土地的坚决守护者。为了保护西门屯村的土地，洪泰岳不仅一再地上访告状，甚至不惜付出自己生命的代价，以与西门金龙同归于尽的方式而践行着自己执拗的人生理想。在通常的一种理解中，农民与土地之间存在着一种难以剥离的紧密关系，所谓土地是农民的命根子的说法正是对这种紧密关系的一种形象诠释。然而，时至全球化直逼眼下，市场化席卷全国的今日，农民与土地之间的紧密关系已经或者正在悄然地发生着某种根本性的变化。乡村土地的大量荒芜，乡村土地的被离弃，已经是一种格外令人触目惊心的不争事实。对于这一点，贾平凹的《秦腔》有着极其准确到位的描述与表现。可以说，如洪泰岳这样一个人物形象的出现，在某种意义上正有赖于农民与土地关系的疏离这样一个时代的到来。这一人物形象的出现，实际上充分体现出的乃是在当下这样一个市场化的时代，莫言对于乡村世界一种格外独到的发现与思考。当然，对于生活独到的发现与思考之外，洪泰岳这一形象同时也相当突出地印证着莫言对于复杂深邃人性的理解与勘探能力。这一点，最充分地表现在进入改革开放的新时期，洪泰岳因为无法适应乡村世界的巨大变革而导致的巨大失落感上。因为在农村的集体化过程中有过太多的理想与情感投入，所以洪泰岳根本无法接受党在新时期的农村政策。在这个意义上，洪泰岳就应该被看作是一位被党的农村集体化政策所完全扭曲了的人性异化者，他对新时期农村改革的抵触情绪的激烈与失落感的巨大当然是符合其人性演变逻辑的。小说第三十三章关于洪泰岳醉酒一节的描写极鲜活生动地描写出了洪泰岳那种巨大的精神失落感。莫言对于复杂深邃人性的洞察与表现能力在此处得到了有力的凸显。然而，就人与土地关系的思考与表达而言，洪泰岳形象的价值其实更突出体现在他对于西门金龙将土地用来开发旅游区行为的坚决反对上。虽然当下的我们也还没有能力在洪泰岳与西门金龙之间进行直截了当的是非判断，但洪泰岳行为中某种正义性的存在却是毫无疑问的。能够将这一点以艺术辩证思维的方式极充分地表现出来，正可被看作莫言笔端洪泰岳这一形象最根本的原创性所在。

洪泰岳这一形象当然是极具原创性的，然而，在新世纪以来的长篇小说中，同样具有原创性意味的人物形象却又并非只是洪泰岳一人，其他的一些人物形象，比如卫老师、达摩、亢九枫、董重里、端方、吴蔓玲等人物身上的原创性一样是不容忽视的。虽然由于篇幅的原因，我们不可能对这些形象进行更为深入的分析，但是，卫老师作为一位具有多年革命经历的思想型知识分子，从其一生的经验出发对于中国当代革命历史所进行的那样一种只可以深邃凝重称之的批判性反思；虽然没有机会接受正规的科班教育，但却依靠着自己格外顽强的毅力而最终成为了当下中国社会弊端的批判与思考者的民间草根思想家达摩；出身于草莽英豪，虽然参加了革命队伍，然而终也未能脱胎换骨，依然只是一个草莽英豪的与诸如梁大牙（《历史的天空》主人公）之类形象形成了鲜明反差的亢九枫；虽然脱离了革命队伍，然而却并非是由于贪生怕死，而只是因为目睹了一幕幕以革命或者正确的名义自相残杀的惨烈悲剧，曾经一度被作家做类似于《红岩》中的叛徒甫志高一样的艺术简单化处理的董重里；可以在某种意义上让我们联想起高加林来的，自己的全部错误只在于出生在了贫困的乡村世界，拼尽浑身解数地要脱离乡村世界，但最后却不仅不能脱离，而且自己的人性还被极惨烈地扭曲异化了的乡村知识青年端方；本来早就可以离开王家庄，然而只是因为上级领导"前途无量"的一句戏言便留了下来，并为此而付出了从外形到内心都极其可怕的扭曲变形的巨大代价，最后变成为一个完全丧失了"爱"的能力的纯粹政治动物的知青女性吴蔓玲；……可以说，这些人物形象都是极具人性内涵与思想力度的，其中所凝聚表现着的，既有作家对于客观世界的认识把握能力，也有作家对于人性世界的体验勘探能力，更有作家创造某一形象的根本艺术构型能力。

日常生活叙事的兴盛

在新世纪的长篇小说写作中，对于日常生活的关注与表现，成为了众多小说家一种不约而同的艺术追求。首先应该承认，在中国文学史上，曾经出现过以《红楼梦》和《金瓶梅》为杰出代表的以对日常生活的关注表现为突出特征的日常叙事传统。然而，在已有近百年历史的中国现当代文学史上，由于外在的社会历史语境强烈影响挤压的缘故，真正在艺术精神上传承了中国文学中的日常叙事传统的，其实只是张爱玲一人而已。我们注意到，对于以张爱玲为突出代表的中国现代小说中的日常叙事传统，曾有论者进行过这样的分析描述："平民生活日常生存的常态突出，'种族、环境、时代'均退居背景。人的基本生存，饮食起居，人际交往，爱情、婚姻、家庭的日常琐事，突现在人生屏幕之上。每个个体（不论身份'重要'不'重要'）悲欢离合的命运，精神追求与企望，人品高尚或卑琐，都在作家博大的观照之下，都可获得同情的描写。它的核心，或许可以借用钱玄同评苏曼殊的四个字'人生真处'。它也许没有国家大事式的气势，但关心国家大事的共性所遗漏的个体的小小悲欢，国家大事历史选择的排他性所遗漏的人生的巨大空间，日常叙事悉数纳入自己的视野。这里有更广大的兼容的'哲学'，这里有更广大的'宇宙'。这些大说之外的'小说'，并不因其小而小，而恰恰是因其'小'而显示其'大'。这是人性之大，人道之大，博爱之大，救赎功能之大。这里的'文学'已经完全摆脱其单纯的工具理性，而成就文学自身的独立的审美功能""日常叙事是一种更加个性化的叙事，每位日常叙事的作家基本上都是独立的个体……在致力表现'人生安稳'、拒绝表现'人生飞扬'的倾向上，日常叙事的作家有着同一性。拒绝强烈对照的悲剧效果，追求'有更深长的回味'，在'参差的对照'中，产生'苍凉'的审美效果，是日常叙事一族的共同点。"①必须承认，论者此处对于日常叙事特征与价值的分析与描述是相当准确到位的。

就笔者对于中国现当代小说发展演变历程的观察而言，构成了小说叙事主流的其实正是与日常叙事相对立的，更多地以社会历史中的重大事件为主要关注对象的所谓宏大叙事传统。可以说无论是在现代文学阶段，还是在进入当代之后的十七年文学、"文革"文学，甚至于一直到新时期以来的80年代文学中，这样一种特征的表现都是十分明显的。从文学与政治的关系角度来看，在构成了中国现当代小说主流叙事传统的宏大叙事中，一种主流意识形态痕迹的存在乃是一种无法否认的事实存在。存在于洪子诚所谓文学"一体化"②时代的小说创作自不必说，即以这样一种文学的"一体

①郑波光《二十世纪中国小说叙事之流变》，载《厦门大学学报》2003年第4期。
②参见洪子诚《中国当代文学史》"前言"部分的相关论述，北京大学出版社1999年版。

化"趋势已经开始解体的八十年代小说而言，其中许多有影响的代表性作品，比如刘心武的《班主任》、王蒙的《春之声》、何士光的《乡场上》、高晓声的"陈奂生系列"等等，在今天看来，其中一种主流意识形态色彩的存在依然是无法被忽视的。

事实上，正是因为在我们既往的文学创作中，主流意识形态色彩有着过于醒目的巨大存在，所以，对于急切地渴盼能够在艺术上取得突破性原创的中国作家们而言，如何有效地设法剥离文学创作中的主流意识形态因素也就成为了一个必须直面的创作难题。在我的理解中，大约从 20 世纪九十年代初期开始逐渐在中国小说界弥漫扩展开来的所谓私人化叙事的潮流，虽然不同的作家个体有着各自不同的走向个人化叙事的具体缘由，但从一种文化集体无意识的角度来看，以一种回归关注个体性存在的方式而有效地剥离外在主流意识形态的影响，却应该被看作是当时许多小说家不约而同地走向私人化叙事的一种深层原因所在。实际上，也正是由于这样一种情形存在的缘故，所以当私人化叙事的倾向由于缺乏对于自身之外的客观世界更积极有效的关注与表达而遭受到诸多病诟之辞的时候，我却依然固执地认为，虽然私人化叙事的确存在着明显的痼弊，但其对于有效地剥离曾经长期附着于中国现当代小说创作过程之中的主流意识形态因素所做出的历史性贡献，的确是不应该被轻易忽视的，理应得到充分的估价与肯定。然而，虽然我们应当充分肯定私人化叙事在剥离主流意识形态因素方面做出的历史性贡献，但是，由于过分地将注意力集中于自身，而于有意无意间忽略了对于自身之外更为复杂更为广大的现实世界的关注，却又的确是一种无法否认的事实存在。这样，摆在作家们面前的一个根本问题就是，如何在不重返既往的宏大叙事的前提下，有效地克服避免私人化叙事关注视野过于狭隘的思想艺术弊端。在我看来，日常生活叙事倾向在新世纪小说尤其是长篇小说创作中格外兴盛的事实表明，日常生活叙事恐怕正是这样一种既可以有效地剥离主流意识形态因素的附着性存在，同时却又可以最大限度地避免私人化叙事思想艺术弊端的较为理想的艺术表现方式。

　　具而言之，无论是在新世纪以来出现的乡村长篇小说中，还是在历史长篇小说中，抑或是在其他题材类型的长篇小说中，日常生活叙事的艺术倾向都有着极为引人注目的表现。这一方面，一个相当值得注意的作家，乃是王蒙。由于自身独特的思想与人生经历，王蒙的一生与政治之间便存在着较之于他人远为紧密且复杂的相互缠绕关系。这一点，对于王蒙小说创作的影响自然是十分明显的。在某种意义上，我们甚至于也可以断言说王蒙乃是当下时代最具有强烈社会政治情结的作家之一（然而，需要特别强调的一点却是，此处说王蒙有强烈的社会政治情结绝无丝毫褒贬的意味在其中，我们只是要客观地说明这样一种实际情形而已。更何况，当作家将政治作为一种纯然的审美对象加以审视表现的时候，他实际上已经进入了一种格外难能可贵的艺术创造境界之中。我们反对的是一种秉承政治意志的写作方式，我们并不反对以艺术的方式去对政治进行深入的批判性反思。在这个意义上说，实际上我们期待着能够有更多如王蒙这样具有突出的对政治进行艺术思考与表现能力的优秀作家出现）。但就是这样一位具有强烈社会政治情结的作家，他的长篇小说写作在进入新世纪之后也发生着一种耐人寻味的变化。先是有被称作"后季节"系列开篇之作的《青狐》，虽然《青狐》与王蒙"季节"系列长篇小说之间的内在联系是十分明显的，但卢倩姑（青狐）这样形象的出现，以及一种身体意识的觉醒，却极有力地说明着对于日常生活的关注在《青狐》中所占比重的明显增加。到了稍后一些的《尴尬风流》中，这样一个特点的存在就更加鲜明了。如果说在王蒙过去的小说中，总是无法从根本上摆脱社会政治阴影的存在的话，那么在《尴尬风流》中，这一切却的确已经荡然无存了，出现于小说文本中的只是一种纯粹意义上的日常生活情景而已。《尴尬风流》是一部情节完全零碎片断了的长篇小说，小说的主人公是"老王"，一位已经退休，赋闲在家的老年男人。小说的每一片断都是围绕"老王"日常生活的经历遭遇，围绕"老王"的所思所想所言所行而铺叙演绎成篇的。从这个意义上来看，说王蒙的《尴尬风流》乃是一部日常生活叙事倾向十分鲜明的作品便肯定是一个相当可信的结论了。

王蒙的艺术变化当然是十分引人注目的，但值得注意的是，在新世纪出现的很多有影响的长篇小说中也都共同地体现出了这样一种日常生活叙事的艺术倾向。贾平凹的《秦腔》所采用的是一种打了一颗核桃再打另一颗核桃的"打核桃"式的叙事方法。正是依托于这样一种"打核桃"式的叙事方法，贾平凹才得以有效地进入了故事发生地"清风街"那绵密厚实的日常生活之中。如果简单地套用"意识流"的命名方式，那么我们便可以把贾平凹《秦腔》中的这种叙事方法称之为"生活流"式的叙事方法。只要是活动于"清风街"上的人，出现于"清风街"上的事，均可以以一种极平等的方式被交织进这样一张"生活流"的叙事网络之中。毕飞宇《平原》的情形同样如此，在某种意义上说，正是依凭着毕飞宇那样一种绵密细致的语言方式，依凭着作家那样一种紧贴着大地、紧贴着人物内心世界的写作方式，"王家庄"1976年的日常生活景观才能够以如此鲜活灵动的面目呈现在读者面前。如果说在诸如《秦腔》、《平原》这样一些乡村长篇小说中，日常生活叙事倾向的体现似乎还应该是在读者的阅读期待之中的话，那么在诸如《笨花》、《第九个寡妇》这样一些历史长篇小说以及在《扎根》这样更多地透视表现着知识分子精神世界的长篇小说中，日常生活叙事倾向的体现就的确是十分令人惊异的了。铁凝的《笨花》所展示的是从晚清末年一直到抗战胜利这五十多年间中国历史状况的变迁过程。然而，与其他一些秉承着历史大于生活这样一种基本艺术观念的小说家形成鲜明对照的，是铁凝在《笨花》中所具体采取的这样一种生活大于历史的艺术处理方式。也正因为如此，所以虽然的确是一部历史长篇小说，但读完之后掩卷沉思，给读者留下难忘印象的并不是那些"城头变幻大王旗"式的历史风云变迁，反倒是笨花村人日复一日的日常生活景观，反倒是那些体现着深厚传统文化积淀的乡土风俗习惯。之所以会导致这样一种阅读印象的形成，从根本上说正是由于作品采用了日常生活的基本叙事策略的缘故。也正是在这个意义上，我们才可以把铁凝的《笨花》看作是一部于日常风俗生活的描摹与展示中凸显历史镜像的历史长篇小说。无独有偶的是，差不多与铁凝《笨花》同时发表问世的严歌苓的历史长篇小说《第九个寡妇》，也如同《笨花》一样，采用了一种十分突出的将历史融汇于日常生活场景描写之中的日常生活叙事策略。《第九个寡妇》同样是一部时空跨度极大的长篇小说，故事情节自抗战末期起始，一直延续到了"文革"之后的改革开放时期。与《笨花》不同的是，这是一部具有真实的生活原型存在的历史长篇小说。一个女人凭借自身的勇气与胆识，将自己本不该被处死的公公隐藏达几十年之久，是发生在河南的一个真实事件。应该说，这样一个故事原型本身就具有着极强烈的传奇色彩，作家在写作时稍不留意，便会被这传奇性的故事本身携带而去。但严歌苓的《第九个寡妇》事实上却并未成为一个极富传奇性的文本，作家凭以对抗传奇性的一种极有效的艺术手段，正是对于日常生活叙事策略的娴熟成功的运用。这样，在读完小说之后，真正能够给读者留下深刻印象的，便只是虽然历尽政治历史的风云变幻但其本质却依然不变的中原乡村生活，便只是主人公王葡萄那样一种坚韧的生存能力与朴素到了极致的爱的悲悯情怀。同样值得注意的是韩东的长篇小说《扎根》，这是一部以"文革"中知识分子的下放农村为主要表现对象的长篇小说。然而，与那些业已经过了许多"右派"作家的叙述，然后呈现为一种完全格式化状态了的知识分子形象形成鲜明对照的，却是作家韩东在对于故事的主要发生地三余村，对于知识分子老陶及其家人几近于无事的日常生活状态的客观平静甚至略带些内敛冷漠色彩的叙写过程中，以暗藏机锋的方式极有力地凸显表现出了老陶那被时代扭曲异化了的极度焦虑紧张的复杂精神世界。在这个意义上看来，则韩东的《扎根》也当然地应该被看作是一部突出地采用了日常生活叙事策略的优秀长篇小说。

全球化背景下的本土化艺术追求

在对新世纪长篇小说作品的阅读过程中，我们还突出地感受到了一种艺术表现方式本土化追求趋向的明显存在。在具体展开谈论新世纪长篇小说的本土化艺术追求之前，我们首先有必要关注一下作家是否具备一种明确的长篇文体意识的问题。在某种意义上说，一个作家是否具备明确的长篇文体意识，在很大程度上决定着该作家的长篇小说写作能否获得成功的问题。因为从根本上说，长篇小说是一个有难度的小说文体。所谓长篇小说，绝不仅仅只是一个自然长度的问题，对于这一问题，已有很多批评家进行过相当深入的思考。"长篇的根本问题是世界观问题，就是你怎么看世界，怎么想象世界。……长篇不是一个字数问题，长篇涉及一套对世界的假设""长篇的创作不同于中短篇，丰厚的人生积累，娴熟的叙事技艺，深邃的思想内蕴以及漫长的叙事耐力都是缺一不可的""怎么写，决不仅仅是技术问题，更是一个世界观问题……关键在于作家有没有能力把我们现在极为混杂艰困的精神境遇写出来，写出纵深和背景，肌理和脉络""短、中、长篇，尤其是短篇与长篇的历史比较长，也形成了有大量经典支撑的审美定律，这是文学反复淘洗、筛选、积累的结果，轻易动不得"①的确应该承认，这些批评家的思考都已在某一种程度上触及到了我们所谓长篇文体意识某一方面根本问题的存在，他们的思考当然会在很大程度上推进我们对于长篇文体意识的理解与认识。值得注意的是，虽然这些批评家的思考各有自己不同的侧重点所在，但在格外明显地强调一种明确而成熟的长篇文体意识的重要性这一点上，他们的态度立场却是共同的。

从一些作家关于长篇小说的言论来看，其实许多作家已经开始形成着一种自觉明确的长篇文体意识。

①洪治纲、李敬泽、汪政、朱小如《文学"瓶颈"与精神"窄门"》，载《上海文学》2006年第3期。

这一点，《当代作家评论》（2006年第1、2期）杂志上刊发的一组作家批评家以长篇小说创作状况为主要关注对象的关于"小说的现状与可能性"的笔谈便是一种确然的证明。无论是莫言对于长篇小说的长度、密度与难度的深刻认识，对于捍卫长篇小说尊严的刻意强调，还是阎连科对于长篇小说表现现实、历史之难以及克服自我重复之难的充分强调，都极其有力地说明着一种自觉明确的长篇文体意识的形成。实际上，新世纪以来之所以会有一系列真正优秀的长篇小说陆续问世，与作家这样一种自觉明确的长篇文体意识的形成存在着极为紧密的关系。在我的理解中，只有形成了相对成熟的长篇小说文体的长篇小说，方才能够被看作是一部优秀的长篇小说。我们此处所特别强调的本土化艺术倾向的出现，正可被理解为新世纪成熟的长篇小说文体一个极其重要的方面。与此同时，本土化艺术倾向，在新世纪长篇小说中的突出体现，还应该被看作是新世纪长篇小说与此前的中国现当代长篇小说之间最根本的区别之一。粗略地回顾中国现当代长篇小说的发展历程，便不难发现，除了极个别的作家（比如写作《三里湾》的赵树理，比如写作了一系列现代通俗长篇小说的张恨水）之外，在新世纪之前的长篇小说创作中，绝大多数的中国作家所采用乃是一种与欧美长篇小说存在着深刻渊源关系的，带有明显舶来性质的小说文体格式。在此处，我们虽然无意于对这样一种与西方文学存在着更直接渊源关系的长篇小说文体样式予以否定性评价，虽然我们也承认采用此种文体样式的长篇小说中也同样不乏有优秀的作品存在，但是，就进入新世纪以来长篇小说文体演变发展的总体态势而言，一种更多地与中国本土性小说传统存在内在关联的本土化艺术倾向的出现，却又的确是一种无以否认的事实存在。从根本上看，这样一种异常鲜明的本土化艺术倾向的出现，一方面当然可能是作家个体的小说艺术理念顺乎逻辑的发展演变结果，但在另一个方面，却应该说是与当下时代伴随着经济全球化而越来越咄咄逼人了的文化全球化这样一种总体文化背景息息相关的。虽然对于文化全球化，学界有着各种歧义迭出的不同理解，但我更倾向于在一种"后殖民"的"新型文化帝国主义"的意义上来看待并使用这一概念。既然文化全球化意味着一种"新型文化帝国主义",那么对于明显处于弱势地位的汉文化而言,当然也就存在着一个如何以有效的方式张扬本土汉文化,并以之对抗愈来愈咄咄逼人了的文化全球化态势的迫切问题。在我的理解中,新世纪长篇小说创作中这样一种本土化艺术倾向的出现,从一个更为广阔的文化范围来看,正可以被看作是具有强烈文化责任感的中国作家对抗文化全球化态势的一种积极有效的努力。

谈及新世纪长篇小说艺术表现层面上的本土化追求倾向,毕飞宇的《平原》便是一部无论如何也不应该被忽略的优秀作品。在我看来,《平原》的艺术成功在很大的程度上正取决于作家毕飞宇在创作过程中对于以《红楼梦》为杰出代表的中国本土性小说叙事传统的创造性转化上。具而言之,毕飞宇对于本土性小说叙事传统的创造性转化主要体现在三个方面。其一是对于艺术分寸感恰到好处的一种艺术把握。这一点最突出地表现在艺术场景的描摹与展示上,比如在发现三丫与端方的私情后,作家对双方的母亲孔素贞与沈翠珍一场会面的描写,就格外突出地体现了这一点。能够对人物的心理状态体察到如此深入细致的地步,能够以如此的耐心将两位乡村妇女的外在行为尤其是内心的波澜极有层次地活画出来,能够以一种干净简练传神的语言将孔素贞与沈翠珍这两位同为子女着想的母亲心理的较量与沟通恰如其分地表现出来,所突出体现出的正是毕飞宇对于艺术分寸感一种内在独到的把握。其二,是在对人物心理活动的揭示表现上,作家有意地规避了类似于西方小说那样一种冗长而静止的人物心理描写范式,更多地继承了本土性小说传统中那种尽可能在人物言行的描写中将人物的真实心态隐晦暗示性地表现出来的艺术表现方式。在具体的文本操作上,作家或以极简洁的语言将人物心态的核心处一语道破,或者干脆只是一种极隐蔽的暗示,只展示语言动作,从而留下极大的空间供读者去想象填充人物在某一情境中最可能发生的心理活动,很有一些不着一字尽得风流的意思。其三则体现为作家在语言上对于一种明显地域化生活化了的简短句式的普遍运用。

　　毕飞宇的《平原》之外，其他许多长篇小说中艺术层面上本土化追求倾向的表现也是格外明显的。比如王蒙的《尴尬风流》，《尴尬风流》是一部由三百多个小故事连缀而成的长篇小说。如果说王蒙新时期以来的小说创作更多地体现着作家与西方现代文学之间的联系，更多地显示着西方现代文学翻译语体对于作家的浸染影响的话，那么《尴尬风流》则突出地显示着王蒙与中国本土性小说传统之间的内在联系。读《尴尬风流》，总是会让我们联想起《世说新语》，联想起中国古代一种悠久的笔记小说传统来。小说既有一种讽世的意味，也有着更为突出的自嘲意味，当然更有一种从细节中升华而出的普遍哲理意味。或者更准确地，我们可以把这部小说理解为一部玄意盎然的禅味小说。既然是禅味小说，那也就意味着王蒙的小说片段多类似于禅宗中的一桩桩公案，这公案中表现出的便是种种充满了歧义的理解可能性。再比如莫言的《生死疲劳》，《生死疲劳》普遍地被认为是一部向伟大的中国本土性小说传统致敬的长篇小说。这部作品与中国本土性小说传统之间的内在联系，首先突出地表现在对于章回体形式的创造性运用上。章回体形式当然是中国小说的一种独特创造。优秀的中国古典长篇小说所采用的都是章回体形式。对于莫言而言，由于作家的语言与叙述一向具有一种滔滔不绝泥沙俱下滚滚而来的特点，所以章回体形式的运用便相当有效地对作家的这一叙事惯性形成了强有力的控制与约束，从而使得莫言的小说面目较之于从前清晰了许多。其次则表现为对轮回观念的表达与运用上。人有轮回转世，经历六世轮回之后才可能重新转化为人，乃是中国文化中人们对于生死观念最基本的一种理解方式。而在《生死疲劳》中，构成了莫言叙事基础的则正是这样的一种轮回观念。可能在很大程度上接受了故乡的文化前贤蒲松龄《聊斋志异》深刻影响的缘故，莫言在小说中采用了一种完全中国化了的荒诞变形手法。他让小说主人公之一的地主西门闹在冤死之后，先后分别转生为驴、牛、猪、狗、猴这五种与人类生活存在密切关系的动物，并曾经分别以驴、牛、猪、狗的视角，以一种相当陌生化的方式对充满矛盾冲突的现实生活进行了极其艺术性的观察与表达。我们注意到，在一篇关于长篇小说的文章中，莫言曾经刻意地强调："我们之所以在那些长篇经典作家之后，还可以写作长篇，从某种意义上说，就在于我们还可以在长篇的结构方面展示才华"。[①]联系莫言的这种理性认识，我们也就完全可以说，《生死疲劳》实际上正是这样一部充分展示着莫言在长篇结构方面的艺术才华的优秀作品。在某种意义上，无论是章回体形式的运用，还是轮回观念的表达与运用，这样一种向中国本土性小说传统致敬的行为，都可以被看作是莫言超乎寻常的艺术结构能力与想象力的充分体现。

当然，说到本土化的艺术追求，最不容忽略的一个艺术表现层面便是小说文本的语言层面。从这一层面来看，新世纪长篇小说本土化艺术倾向的表现同样是十分明显的。首先值得注意的，是贾平凹的《秦腔》，是贾平凹《秦腔》中对于那样一种作家自称为"密实的流年式的叙写"的语言方式的运用。我们注意到，在《秦腔》的后记中，贾平凹曾经特别地说明过自己之所以使用此种语言方式的根本原因所在："我不是不懂得也不是没写过戏剧性的情节，也不是陌生和拒绝那一种'有意味的形式'，只因我写的是一堆鸡零狗碎的泼烦日子，它只能是这样一种写法，这正如马腿的矫健是马为觅食跑出来的，鸟声的悦耳是鸟为求爱唱出来的"。实际上，也正是因为使用了这样一种具有极鲜明地域文化特色的，在很大程度上逼近还原了作家所再现的乡村世界中农民日常口语的语言方式，《秦腔》方才获得了空前的成功，并显示出了一种格外突出的本土化艺术特征来。由贾平凹的《秦腔》与毕飞宇的《平原》的语言方式引申而出的，格外值得注意的一种现象是，在新世纪以来一些长篇小说的语言运用方面，还出现了一种极明显的方言口语化倾向。在这一方面，表现突出的作品主要有阎连科的《受活》、张炜的《丑行或浪漫》、杨争光的《从两个

①莫言《捍卫长篇小说的尊严》，载《当代作家评论》2006 年第 1 期。

蛋开始》、铁凝的《笨花》、严歌苓的《第九个寡妇》、林白的《妇女闲聊录》、莫言的《檀香刑》、懿翎的《把绵羊和山羊分开》等。我们注意到，关于小说中的方言运用问题，作家李锐在与王尧的对话中曾经将其提升到与一种语言的自我殖民化倾向进行有效对抗的高度去加以认识①。在这样一个意义上，上述长篇小说对于方言口语的充分运用，其实也就完全可以被理解为是在以一种本土化的叙事努力而全力地对抗着带有明显的"新型文化帝国主义"特征的文化全球化大潮。

以上，我们主要从四个方面对于新世纪以来发展态势越来越迅猛了的长篇小说创作进行了一番不失粗疏的描述与判断。虽然新世纪的长篇小说创作肯定也还存在着诸多不尽如人意之处，但就我的一种跟踪式阅读观察来看，新世纪以来的长篇小说中的确已经有一些作品表现出了越来越明显的经典意味。由以上的分析便不难看出，已有近百年历史的中国现当代长篇小说创作在进入了新世纪之后，无论是思想层面，还是艺术层面，于一片格外繁荣的景象中确实有所沉潜与拓展。我们的确已经或者正在进入一个长篇小说经典正在生成的长篇小说时代。依照这样的一种发展势头，如同美籍华裔作家哈金所提出的"伟大的中国小说"的出现，也就应该为期不远了。或者更加乐观地说，其实在我们以上所分析过的作品中，已经有这样"伟大的中国小说"正在产生，也未可知。当然，这依然需要得到未来文学史的充分验证。

《文艺争鸣》2006 年第 9 期

---

①李锐、王尧《李锐王尧对话录》，苏州大学出版社 2003 年版，第 213 页。

新时期三十年山西小说艺术形态分析

　　时光的脚步总是匆匆，仿佛是在不经意之间，所谓的新时期文学已经走过了三十个年头，按照传统意义上的文学史观念，自 1917 年"文学革命"发生以来形成的中国现代白话文学，可以被切割划分为现代与当代两个阶段。其中的"现代"部分从头至尾也不过整整三十二个年头而已。这也就是说，如果仅仅从时间的层面上看，新时期文学与中国现代文学也已呈明显的旗鼓相当之势了。虽然无论是从新时期以来文学创作的总体走向，还是从学术界对于文学时期划分的基本认识来看，已经走过了三十个年头的新时期文学并未呈现出鲜明的终结特征来。但是，在新时期文学走过三十年历程之后的今天，对它进行一种相对意义上的阶段性回顾与总结，当然也是有一定学术价值的。仅就我个人的视野所及，虽然并未形成某种潮流性的动向，但是，也的确已经有学者在进行着这一方面的探讨与研究工作。①

　　同样的道理，在区域文学的层面上对于诸如新时期以来的山西文学这样的研究对象，对于新时期三十年来山西文学的发展演变过程做

---

① 我们注意到，如张炯先生这样有影响的学者已经开始了这一方面的研究工作，可参见张炯《新时期三十年文学的回顾与前瞻》一文，载《山西大学学报》2007 年第 1 期。

一种及时的学理性回顾与探讨，当然也是很有必要的，其学术意义同样不容低估。在我看来，这样的一种研究既是对于新时期山西文学所积累经验教训的总结，以为未来山西文学的发展提供必要的借鉴，同时也可以被看作是对于总体性的中国新时期文学作更深入全面的研究所进行的一种十分重要的学术铺垫性工作。而且在某种意义上说，这样的研究还会很有效地避免中国新时期文学总体研究的一种空洞化倾向。毕竟，中国新时期文学正是由诸如新时期的山西文学这样的区域文学有机组合累积而成的。只有在对于区域性文学进行深度研究所奠定的基础之上，我们才可能更进一步地深化对于总体性的中国新时期文学的理解与认识。

虽然我们也承认，新时期三十年来的山西文学在诸如诗歌、散文、报告文学等方面均取得了相当突出的成就，出现了一批重要的作家。然而，另外一个同样重要的事实却是，与诗歌、散文、报告文学这样一些文类相比较，能够真正地体现代表新时期山西文学最高成就的，实际上还只能是小说创作。我们都知道，在新时期以来的中国文坛，山西一向被看作是一个文学大省。之所以会形成这样一种普遍的看法，其根本原因正在于山西小说创作的格外引人注目。因此，要想在极有限的篇幅内对新时期的山西文学有所探讨，我们就不可能对其他文类做面面俱到式的论述，而只能把我们的探讨范围集中于新时期山西文学最具标志性色彩的小说创作上。更进一步地说，即使是面对小说创作，我们的勾勒也只能是粗线条的，我们只能以最重要的小说创作现象，以最有代表性的小说作家，作为主要的关注对象。具体来说，我们这篇文章的主要意图就在于，从小说文本所呈示出的基本艺术表现层面入手，对于新时期三十年来山西小说创作的艺术形态进行一番总体的描述与研究。

就我个人对于新时期三十年山西小说创作所显示出来的基本艺术形态的观察来看，我觉得，山西的小说创作呈现出了一种以现实主义的艺术形态为主，同时现代主义与中国本土小说传统的艺术形态也有着相当重要表现的基本艺术格局。虽然我也清楚地知道，我所使用的现实主义与现代主义乃是从近现代西方引入中国的文论概念，它们所归属的当然是西方的文学理论体系。在一种严格的意义上说，它们与所谓的中国本土小说传统是完全无法并列而论的。但是，除了这样的一种并列描述方式之外，我实在又无法寻找到更为恰当的概念术语概括描述我眼中的新时期山西小说的基本艺术形态。好在我们所撰写的也并非是一篇以理论的梳理分析为基本主旨的文章。这样，虽然肯定存在着逻辑层面上的混乱问题，但我还是要对新时期山西小说的艺术形态做出这样的一种描述与分析。毕竟，在我看来，只有这样的一种描述与分析才更为切合于山西小说创作的实际情形。为了顾及山西小说创作的现实状况，我们姑且只能让理论做出些并非毫无必要的"牺牲"了。

先让我们来看现实主义的艺术形态。应该说，自从现实主义这个概念在20世纪初进入中国之后，现实主义就成为了近一百年来中国文学中使用频率最高的核心概念之一。而且，从中国文学理论批评界使用这一概念的具体情况来看，我们也完全可以说，这一概念恐怕也是言人人殊，分歧纷争最多的概念之一。然而，不管理论家们对于现实主义的理解与界定存在着怎样的歧见，如下的一些特征还是大家所公认的。以一种摹仿的艺术方式尽可能地逼近还原现实生活，进而带给读者一种强烈的酷肖于现实生活的"真实"幻觉，同时格外地注重于人物性格的刻画与塑造，这些都应该是大家所公认的现实主义艺术范式的基本特征所在。我们此处对于新时期山西小说艺术形态的分析正是建立于这样一种公认的理论前提之上的。现实主义构成了新时期山西小说乃至于山西文学最主要的艺术形态，应该说差不多是所有山西文学研究者的基本共识。这一点，诚如论者所言："当代山西文学历来具有现实主义的创作传统，山西作家关注现实，真实反映生活，并努力寻找普通事件背后的重大主题，是从赵树理、马烽等开创的'山药蛋派'文学，到新时期'晋军'作家共同具有的创作优势"。①然而，正如不同的理论批

① 阎晶明《崛起于思想解放大潮中的"晋军"》，见蔡润田主编《山西文学五十年纵横论》，山西人民出版社 2000 年 4 月版。

评家对于现实主义有着各自不同的理解和认识一样，不同的作家所拥有的也是大有差别的现实主义艺术观念。从各不相同的现实主义艺术观念出发，他们在具体的小说创作过程中所呈现出来的现实主义艺术面貌也是大不相同的。新时期三十年来，山西小说中现实主义艺术形态的表现也同样如此。最起码，在我看来，对于新时期山西小说的现实主义艺术形态，我们可以从如下三种不同的方面予以深入的理解与分析。

首先是一种打上了明显的主流意识形态印痕的，我们姑且将之命名为政治现实主义的小说艺术形态。应该承认，这种艺术形态的形成，与1942年"讲话"发表之后的解放区文学以及1949年之后当代文学的制约与影响有着格外密切的联系。更进一步地说，这样一种政治现实主义艺术形态的形成，与赵树理以及"山药蛋派"这样一些构成了山西现当代文学传统的作家的示范性影响之间的关系，同样也是不容忽视的。具体来说，这种政治现实主义又表现为两种不同的创作倾向。第一种可以看作是对于曾经在"十七年"文学中大放异彩的赵树理与"山药蛋派"创作方式的直接承续。这一方面的代表性作家，除了那些偶有作品发表的依然健在的"山药蛋派"作家之外，主要包括焦祖尧、田东照，以及新时期之初的成一与张石山等。有代表性的小说文本主要有马烽的《结婚现场会》《葫芦沟今昔》，西戎的《在住招待所的日子里》，焦祖尧的《总工程师和他的女儿》《跋涉者》，成一的《顶凌下种》，张石山的《镢柄韩宝山》等。潘旭澜主编的《新中国文学词典》曾经这样概括"山药蛋派"的艺术特征："以叙述为主，故事有头有尾，结构单纯，交代清楚，主要靠个性化语言和细节来刻画人物。通俗化、大众化、老百姓喜闻乐见为其美学基础。"[①]应该说，这样的艺术特征在上述代表性作家作品中的表现同样是十分突出的。然而，虽然政治现实主义的这种创作倾向在新时期的山西小说中留下了极明显的存在

---

①潘旭澜主编《新中国文学词典》之"山药蛋派"词条，江苏文艺出版社1993年3月版。

痕迹，但是，从基本的社会文化大语境来看，形成并将类似于"山药蛋派"这样一种创作倾向推举向高峰状态的那个时代毕竟已经成为了过去。所以，这种创作倾向并未能成为新时期山西小说创作成就的主要体现者。而且，从未来的发展演进可能来看，我认为这种差不多已处于终结状态了的创作倾向要想再铸辉煌基本上是不可能的。

在我看来，值得引起充分注意的乃是另一种在某种程度上可以称之为"宏大叙事"的政治现实主义写作倾向的存在。我这儿具体所指的乃是以张平的《抉择》《国家干部》和柯云路的《新星》《夜与昼》等为突出代表的一种带有明显史诗性特质的创作倾向。有论者指出："所谓'宏大叙事'是指其宏大的建制表现宏大的历史、现实内容，由此给定历史与现实存在的形式和内在意义，是一种追求完整性和目的性的现代性叙述方式。'民族—国家'的寓言性叙事一直是现代文学史的主体，在新中国成立以后的五六十年代，'宏大叙事'更以'革命历史小说'的形式表现出强硬的意识形态规定性和意识形态生产功能"。①我们就是在这样的一个意义上来使用"宏大叙事"这一概念的。我认为，张平与柯云路的长篇小说创作（必须强调的一点是，虽然他们都有过中短篇小说的创作体验，但他们操持得最为得心应手的都是长篇小说这种小说体式，他们的最高成就都体现在长篇小说的写作上。在这样的意义上，我们甚至完全可以把他们干脆就称之为长篇小说作家）极鲜明地体现出了"宏大叙事"的特征。在他们的长篇小说写作中，我们不难发现诸如《子夜》与《创业史》这样潜文本影响的突出存在。不管是张平，还是柯云路，都力图以长篇巨制的方式全面立体地概括表现作品所描写着的那个时代，而且都还试图穿透生活的表象，将某种内在的深层本质挖掘出来。张平的《抉择》《国家干部》相对于 1990 年代以来的中国社会，柯云路的《新星》《夜与昼》相对于 1980 年代的中国社会，其具体艺术表现的情形都是如此。然

①邵燕君《"宏大叙事"解体后如何进行"宏大的叙事"?》，载《南方文坛》2006 年第 6 期。

而，同样值得注意的是，在力图全景式呈示再现现实社会图景的同时，一种突出的主流意识形态色彩的存在也是格外明显的。张平小说因为对于反腐倡廉的表达而被称之为主旋律作家，柯云路的小说对于 1980 年代那样一种改革开放的时代主旨的强力体现，都是他们的小说创作具备的突出特征所在。我们之所以将他们的这种"宏大叙事"看作是政治现实主义的艺术形态，其根本的原因也正在于此。但是，既然说到政治现实主义，那么对于所谓的政治现实主义，其实也可以有两种不同的理解。一种是，在力图真实描摹再现现实生活图景的同时，作家自觉地驯顺服务于某种与官方政治存在直接关系的主流意识形态。很显然，无论是我们前边谈论过的那些承接着赵树理与"山药蛋派"传统的作家，还是此处所说的张平与柯云路，从本质上来看，所表现出的都是这样一种政治现实主义的艺术状态。另外的一种理解是，把政治当作现实社会中存在的一种客观事物，将政治等同于如同乡村、历史一样的题材意义上的文学表现对象。既然可以有所谓乡村小说、历史小说，那么也就应该有政治小说——一种把政治作为客体表现对象进行描摹、审视、批判把握的小说作品。我们注意到，在《国家干部》的后记中，张平曾经明确表达过希望读者将自己的这部小说作为政治小说加以理解的愿望。在我的理解中，张平此处所谈论的政治小说，其实也正是我们所说第二种情形下的政治现实主义小说的艺术形态。但比较令人遗憾的一点是，虽然张平这样的作家确已清醒地意识到了写作优秀政治小说的重要性，然而，从他本人，从新时期山西小说所显示出来的具体状况来判断，却都还远远没有能够成功地做到这一点。这也就是说，其实如张平、柯云路这样的"宏大叙事"，所表现出来的依然是前述第一种政治现实主义小说的艺术形态。但这样一种艺术状态的小说创作的提升空间是客观存在着的，我们希望如张平这样的作家能够真的在这一方面有所作为，能够写出更高一个思想艺术层面上的优秀政治小说来。

其次是一种可以被称之为文化现实主义的小说艺术形态。应该说，这是一种在新时期山西小说的发展演变过程中艺术收获最为巨大的艺术形态，山西文坛在这一方面出现了一批值得引起我们高度关注的优秀作家作品。具体来说，这一方面有代表性的作家作品主要包括李锐的《厚土》与《太平风物》，郑义的《远村》与《老井》，张石山的"仇犹遗风录"系列小说，评论家李国涛以高岸为笔名发表的一系列小说，当然还应该有曹乃谦那个有特别影响的"温家窑风景"系列小说。其中比如李锐《厚土》系列中的个别篇什，经过了将近二十年时间的淘洗检验之后，甚至表现出了一种十种明显的经典化意味来。所谓的文化现实主义，就是指在小说创作过程中，这些作家们格外地重视从文化的角度切入现实生活，或者干脆就将自己所表现着的现实生活看作一种文化现实的小说艺术形态。虽然关于什么是文化，是一个迄今都未能有定论的、如钱锺书先生所言"你不问我倒还明白，你一问我反而糊涂了"的问题。但是，对于此前一度曾经习惯于从政治的阶级的视角看取并表现现实生活的中国文学界而言，一部小说是否取文化的视角，应该还是一目了然不难判断的。应该承认，山西小说创作中这样一种蔚为大观的文化现实主义艺术形态的形成，与1980年代曾经出现过的文化热有很大的关系。在我看来，其中诸如李锐、郑义的一些作品是完全可以被归入带有明显的文化反思色彩的"寻根文学"之中的。而于1980年代中期逐渐成形的"寻根文学"则当然应该被理解为1980年代文化热的一种直接结果。1980年代的文化热，在某种意义上可以被看作是对曾经在当代中国绵延太长时间的政治决定论的反拨，它的出现意味着国人尤其是知识分子文化意识的普遍觉醒。我个人觉得，当时出现的文化热在某种程度上明显地继承了五四时期鲁迅等一批先知先觉者的启蒙思想观念，以一种十分鲜明的文化决定论的方式将中国落后的原因全部归之于中国文化的丑陋与不先进上。应该说，这样的一种思想观念对于新时期文学的发展产生了至关重要的影响。即以山西的小说创作而言，这批表现出了明显的文化现实主义艺术形态的作家在作品中强力凸显出来的便是一种相对激烈的对于中国文化的批判性反思倾向。比如李锐的

《厚土》系列，所叙写的就是吕梁山区那片古老的黄土高原上所发生的，吕梁山民们习焉不察但却周而复始着的人事片断与生活情状，尤其着重于对山民们日常生活中所潜隐着的沉重、黯淡、消极、麻木等负面文化心态的揭示。我认为，其基本意旨当在以文化的眼光看取那如原始状态般生活的常与变，并进而对民族心理素质做一种深沉凝重的反省与批判。实际上，以上所列作品中除了高岸的小说显示出了面对文化时相对客观公允的姿态之外，其他文本所具有的均是与李锐《厚土》大致相似的思想艺术旨趣。1980年代文化热的讨论对于中国新时期文学所产生的至关重要的绝大影响，于此即可见一斑。

第三则是一种大约可以被称之为心理现实主义的小说艺术形态。虽然我们也承认，与前两种现实主义艺术形态相比较，专门从事于心理现实主义艺术形态创作的作家为数极少，作品的数量当然也不够丰厚，但是这毕竟是一种曾经在新时期山西小说发展过程中出现过的个性化小说艺术形态。它的存在在某种程度上确证着现实主义在新时期山西小说界一种多元化艺术状况的客观存在，其重要性当然不容低估。具体来说，心理现实主义的代表性作家只是某一阶段的作家成一和蒋韵。成一的《陌生的夏天》系列以及中篇小说《千山》，蒋韵的《少男少女》可以被看作是心理现实主义的代表性作品。在新时期以来的山西小说史上，成一是一位在艺术形态上曾经发生过多次自觉转换的优秀作家。如果说成一早期的短篇小说《顶凌下种》带有鲜明的"山药蛋派"痕迹的话，那么在经过了小说集《外面的世界》的转换过渡之后，在随后问世的《陌生的夏天》系列小说以及《千山》的创作中，成一就完全走向了一种心理现实主义的艺术形态。所谓的心理现实主义，当然是相对于那种更加注重于外部世界与人物行为展示的传统现实主义而言的。在我的理解中，如成一这样的作家之所以要由传统的现实主义转向更具现代意味的心理现实主义，其根本原因在于，成一认为只有从人物内在深层的心理层面切入，才可以更真切更深入地描写表现现实生活。不难发现，在《陌生的夏天》系列中，成一确实以明显有别于传统现实主义以情节结构见长的心理写作模式，展开了对处于巨大改革过程中农民心态与价值观念变化的捕捉与描写。其中无论是马占奎的"苏醒"（《洼地》），还是史天寿的迷惘困惑（《泥房子》），都给读者留下了极难抹去的深刻印象。可以说，通过成一的心理现实主义小说《陌生的夏天》系列，我们的确能够清晰地触摸到一条明显的处于改革浪潮冲击下的中国普通农民心态变化的基本发展脉络。即使仅仅从这一点来看，成一这个系列小说的价值就是十分重要的，更何况，其中确也还有着对于农民复杂人性世界的挖掘与表现呢。

在一般的意义上，由于当代山西的小说界长期地存在着一种过于强大的现实主义传统，所以如同现代主义这样的艺术形态，往往处于被忽略被遮蔽的状态之中。习惯的观点认为，在山西这样一块古老的黄土地上，其实是很难生长出现代主义这样的艺术大树来的。然而，当新时期的山西小说走过了三十年的历程之后，当我们现在回头重新检视新时期山西小说创作的时候，却会不无惊讶地发现，实际上，山西小说的现代主义艺术形态也取得了十分骄人的成就。虽然这种艺术形态的存在还的确无法与过于强大的现实主义艺术形态相匹敌，但是新时期山西小说在现代主义艺术实践方面却仍然是有着相当不俗的表现的。具体来说，新时期山西小说现代主义艺术形态方面最有代表性的作家是吕新，某一个阶段中的成一、李锐、蒋韵以及另一位青年作家唐晋等。吕新的全部小说创作（主要有长篇小说《抚摸》《草青》《黑手高悬》以及中短篇小说《人家的闺女有花戴》《瓦楞上的青草》《手稿时代：对一个圆型遗址的叙述》《带有五个头像的夏天》等），成一的长篇小说《游戏》《真迹》，李锐的长篇小说《无风之树》《万里无云》《银城故事》，蒋韵的长篇小说《栎树的囚徒》《隐秘盛开》，唐晋的长篇小说《宋词的毁灭》等，都可以被看作是新时期山西小说创作中现代主义艺术形态的代表性作品。按照相关研究者的理解与概括："'现代主义'这个术语常常被用来谈论19世纪末到20世纪的文学艺术。它标明了一种不同于以往任何时期的文学精神气质或

'现代的感受性'，是象征主义、未来主义、意象主义、表现主义、意识流、超现实主义等流派的总称。……在现代西方的文论和批评中，'现代主义'这个术语大致有五种用法：一、一种美学倾向；二、一种创作精神；三、一场文学运动；四、一个松散的流派总称；五、一种创作原则或创作方法。这些用法有各自的偏重，但共同之处是把现代主义的含义界定为现实主义的反动。正如彼得·福克纳所说：'现代主义是艺术摆脱19世纪诸种假定的历史进程的一部分，那些假定似乎随着时光移易已经变为僵死的常规了'"。①需要强调的一点是，在本文中我们更多的是在上述第五点，也即在一种"创作原则或创作方法"的意义上来使用现代主义这一概念的。需要指出的另外一点是，虽然现实主义的创作原则一向强调通过逼真的摹仿的方式来表现真实的现实生活，其实公开标榜反对现实主义的现代主义同样强调对于现实生活的真实表现。只不过，在那些现代主义者看来，以一种现实主义的方式是难以真正抵达所谓的真实目标的。他们认为，只有通过诸如夸张、变形、荒诞等一些现代主义艺术手法的运用才可以抵达事物更为内在的真实。在对现代主义这一概念进行了如上的清理之后，还需要强调的是，虽然我们把吕新、成一、李锐、蒋韵、唐晋等都笼统地看作具有现代主义品格的作家，但他们在实际的小说创作过程中所具体表现出来的现代主义艺术形态，却又是各不相同的，个体之间的差异格外明显。所以，我们将分别对这些作家的创作特征进行相对深入的描述与分析。

在某种程度上，吕新可以说是新时期山西小说界唯一一位"真正"的现代主义小说家。之所以这么说，乃是因为从他发表第一篇小说《那是个幽幽的湖》起始，作家迄今为止全部的小说作品都是现代主义小说。在山西文坛，唯一能够曾经一度与余华、苏童、格非、孙甘露、北村等作家一起被称为先锋作家的就是吕新。与吕新的一如既往形成鲜明对照的是，其他山西作家现代主义艺术形态小说的

①南帆主编《二十世纪文学批评99个词》，浙江文艺出版社2003年9月版。

写作都可以说是偶一为之的。我觉得，吕新是一位具有高超语言天赋的天才的作家。读他的小说，给读者留下的最深印象，恐怕就是他在语言叙述上那样一种绝对的自由与高妙境界。关于吕新的小说创作，不同的论者曾经给出过不同的论断。有的认为："吕新注重艺术感觉，痴迷语言的营造，在小说的结构和人物塑造上也不拘一格，这些方面与新潮作家有许多相似之处，但吕新的小说中很少有那些表现自我的失落、焦虑、绝望的东西。他着力表现的是晋北山区农民的生存状态，晋北的地理环境、民情风俗等等。"①有的则认为："而在吕新的《黑手高悬》等小说中人物更是蜕变成了'背景'，小说的主体已经完全被黑土、残垣和风物景致所替代，'人'几乎被'物'彻底淹没了""在潘军的《风》、王安忆的《纪实与虚构》、吕新的《抚摸》这些典型的新潮长篇小说文本中，小说叙述者风尘仆仆地奔波于小说的时空中不惜以自己的破绽百出和矛盾重重乐此不疲地制造着生活和小说、真实和虚构、人生与命运、偶然与必然之间的矛盾，从而使小说中的故事不仅支离破碎而且互相拆解、颠覆。这样的小说中，我们看到，根本就没有客观存在的'故事'，所有的'故事'都是在'叙述'中'杜撰''衍生'出来的，'故事'形态也不是完整的，而是破碎的、零乱的，其在被'叙述'创造的同时，也在不停地接受着'叙述'对它的'切割''解构'与'粉碎'。"②应该说，以上的论述都在不同程度上准确地切中了吕新现代主义艺术形态小说的基本写作特征。我所要特别指出的一点是，虽然我们承认吕新的小说创作的确已经形成了自己个性的艺术风格，但从笔者对吕新小说的阅读感觉来说，却总是觉得其中缺少了一种可以被称之为精神哲学的弥漫于全篇的形而上思考。吕新之所以写作多年至今也未能臻于一流作家的艺术境界，并不是因为他缺乏必要的艺术天赋，其根本的原因正在于此。

成一是一位艺术风格多变的作

①段崇轩《青年作家在成长》，见温幸、董大中主编《山西文学十五年》，山西人民出版社1997年12月版。

②吴义勤《难度·长度·速度·限度》，载《当代作家评论》2002年第4期。

家。如果说《陌生的夏天》系列标志着他由传统现实主义转向了心理现实主义的话，那么他的第一部长篇小说《游戏》就更是由心理现实主义而走向了现代主义。小说的故事时间是相当模糊的，凭借文本透露出的一些蛛丝马迹我们可以隐约判断为"文革"时期。小说讲述了女主人公唐玉环从"戴花"到"疯"，又由"疯"而至于"不疯"并最终引发河头村的坐街女人们全都"戴花"的这样一个颇具荒诞意味的故事。在我看来，《游戏》作为一部现代主义小说的最大特点就在于作者频繁不断地转移叙述视角，借助于极富诗性的心理化语言，对于人物内在心理世界尤其是潜意识作深层的揭示与表现。李锐的《无风之树》与《万里无云》可以被看作是有内在联系的两部长篇小说，其现代主义的品格突出地表现在这样两个方面。其一是对于福克纳那样一种"意识流"叙述方式巧妙的借鉴与化用，其二则是建立在清晰的确立现代汉语主体性这样一种语言自觉意义上的，对于已经经过作家提升之后的农民口语在叙述过程中的普遍使用。李锐另一部旨在穿透历史存在真相的新历史小说《银城故事》的现代主义品格，更主要地体现为作者认识历史时的那样一种价值虚无化倾向。在山西小说家中，女作家蒋韵大约是唯一一位拥有鲜明浪漫气质的作家。这一点，在其诸多小说文本中均有着十分突出的表现。在某种程度上，可能正是这种特殊的气质决定着其小说现代主义品格的具备。"写记忆、怀旧并以感觉化形式表达；注重意象营造，如夕阳、死亡、冥灯、旧街等意象；浓厚的'现代派'色彩，如孤独感、漂泊感、荒谬感、悲剧意味和对死亡的哲学化观照。"[1]可以说，论者此处对于蒋韵小说特征的概括还是相当到位的。需要特别指出的一点是，如果说其他作家的现代主义品格都与他们的理性主义思考有着甚为密切的联系的话，那么蒋韵的现代主义却可以被看作是其浪漫气质本身自然流露的一种结果，这样，蒋韵的小说总是会给读者留下一种浑然交融的艺术感觉也就毫不奇怪了。

①杨矗《新时期山西文学的融合与创新》，见蔡润田主编《山西文学五十年纵横论》，山西人民出版社 2000 年 4 月版。

我们最后要描述分析的是中国本土小说传统在新时期山西小说中的具体表现情况。我们之所以要特别地强调中国本土小说传统，是因为早在西方的近现代小说形态于五四时期进入中国之前，中国就曾经有过历史极为悠久的小说写作历程。在这样历史悠久的写作历程中，有一种本土小说传统的形成是自然而然的。只不过由于在中国现代文学形成之后，来自于西方的文学创作方式占有压倒性地位的缘故，中国本土小说传统曾经在很长时间内处于一种被抑制遮蔽的状态之中。然而，中国本土小说传统的被抑制却并不就意味着它的不存在。历史的具体发展过程其实往往是非常复杂暧昧的。比如就在我们将其归之于政治现实主义的赵树理与"山药蛋派"的写作特征中，就存在着一种十分鲜明的复活承继中国传统叙事资源的艺术倾向。只不过由于其过于强调对于现实生活的真实反映，由于其过于明显地承载体现着时代主流意识形态特征的缘故，所以我们还是把他们归入了政治现实主义的艺术形态之中。从中国本土小说传统在中国新时期小说创作中被重新加以确认的时间来看，应该是在 1990 年代中后期以来一直到新世纪之初。可以说，正是在愈来愈咄咄逼人了的文化全球化态势的强力挤压之下，我们的文学界方才意识到了复活民族叙事资源的重要性，中国的作家们方才在自己的创作过程中表现出了明显的继承复活中国本土小说传统的艺术趋势来。新时期山西小说中，本土小说传统的突出表现，从时间上看，与全国的总体状况是基本同步的。具体来说，正是在晚近一个时期以来出现的成一长篇力作《白银谷》，王祥夫以《上边》为突出代表的一系列精致短篇小说以及葛水平的《甩鞭》《地气》《喊山》等中篇小说中，才出现了一种格外鲜明的复活中国本土小说传统的创作趋势。这里且以成一的《白银谷》为例来说明一下本土小说传统复活运用的特点。成一曾经明确表示，要把《白银谷》努力地写成一部好看的小说。在我的理解中，所谓的好看云云，其实也正意味着作家对于传统叙事资源的自觉运用。具体来说，更多地让人物性格在自我的言行中做自我呈现，结构上的草蛇灰线却又自然得不着痕迹，类似于章回小说式的情节的起承转合，以及叙述语言娴熟自如不温不火既通俗却又别有蕴藉，这些都可以被看作中国本土小说传统在成一《白银谷》中的具象体现。如果从时间的意义上看，我们的确应该承认，正是这样一种对于中国本土小说传统的继承复活，为新时期以来的山西小说创作注入了一种全新的活力。未来山西小说发展的一种艺术方向，便应该是对于这种写作倾向更强有力的发扬光大。虽然从目前的状况来看，这样的一种艺术形态的确还未能取得更为突出的创作实绩，但从可预期的未来发展来看，我们还是希望山西作家们能够在这种艺术形态的创作上取得更优异的成就。毕竟，在面对着一种来势越来越凶猛了的文化全球化态势的时候，这样一种中国本土小说传统艺术形态才具有着更为深远的现实与历史意义。

《小说评论》2007 年第 1 期

超越了意识形态立场之后

——评叶广芩长篇小说《青木川》

关于司马迁那部曾被鲁迅先生称之为"史家之绝唱，无韵之离骚"的《史记》，作家阿城曾经有过这样有趣的议论："我读《史记》，是当它小说。史是什么？某年月日，谁杀谁。孔子作《春秋》，只是改'杀'为'弑'，弑是臣杀君，于礼不合，一字之易，是为'春秋笔法'，但还是史的传统，据实，虽然藏着判断，但不可以有关于行为的想象。太史公司马迁家传史官，他当然有写史的训练，明白写史的规定，可你们看来却是写得活灵活现，他怎么会看到陈胜年轻时望到大雁飞过而长叹？鸿门宴一场，千古噱谈，太史公被汉武帝割了卵子，心理恨着刘汉诸皇，于是有倾向性的细节出现笔下了。他也讲到写这书是'发愤'，'发愤'可不是史官应为，却是做小说的动机之一种。《史记》之前的《战国策》，也可作小说来读，但无疑司马迁是中国小说第一人"。[①]虽然阿城的文字极简洁随意，其中并无所谓学术性论文严密的逻辑推演，但他却较为准确地对于鲁迅先生关于《史记》为"无韵之离骚"的判断进行了合理到位的阐释。说《史记》可以当文学作品来阅读，其根本的原因正在于《史记》小说性的明显具备。或许正是因为有

①阿城《闲话闲说——中国世俗与中国小说》，作家出版社1997年版，第91页。

《史记》这样一部示范性著作存在的缘故，之后的中国文学史上，以对历史现象的探究与表现为根本宗旨的历史小说写作就形成了一种源远流长的传统。这一点，不仅在一部中国古典文学史上有着突出的表现，而且还一直延续到了后来的中国现当代文学史上。即仅以发端于1949年的中国当代文学史而言，就曾经先后在五六十年代之交出现过"革命历史小说"，在八九十年代出现过"新历史小说"这样两次影响力极大的历史小说创作高潮。这两次创作高潮的出现当然应该被看作是历史小说写作传统得到延续的有力佐证。

尤为值得注意的是，在进入新世纪之后，历史小说尤其是长篇历史小说的写作呈现出了格外繁荣的景象，以至于从题材的意义上，与长篇乡村小说一起形成了一种特别引人注目的双峰并峙的景观。①诸如刘醒龙的《圣天门口》、李洱的《花腔》、莫言的《檀香刑》与《生死疲劳》、严歌苓的《第九个寡妇》等，都是这一方面值得注意的优秀作品。然而，正是在这样一种层出不穷方兴未艾的长篇历史小说的写作热潮之中，出现了一种历史真相被意识形态立场所影响遮蔽的突出现象。这一点，尤以在莫言《生死疲劳》与严歌苓《第九个寡妇》中的表现最为明显。众所周知，20世纪的五六十年代乃是一个政治对于文学产生着根本性的制约与影响的时代，所以那个时代的小说文本普遍地带有明显的意识形态色彩就是一件十分自然的事情。这一点，在所谓的"革命历史小说"中有着甚为突出的体现。按照当下学术界所普遍接受的一种理解方式，"革命历史小说"乃是"在既定的意识形态的规限内，讲述既定的历史题材，以达成既定的意识形态目的"②的一种小说作品。更具体地说，"它主要讲述'革命'的起源的故事，讲述革命在经历了曲折的过程之后，如何最终走向胜利。"③虽然也在强调对于既往的历史事件与历史过程的艺术性表现，但这样的一种艺术性表现却首先必

---

①王春林《繁荣中的沉潜与拓展——对新世纪长篇小说创作的一种描述与判断》，载《文艺争鸣》2006年第5期。

②黄子平《革命 历史 小说》，牛津大学出版社（香港）1996年版，第2页。

③洪子诚《中国当代文学史》，北京大学出版社1999年版，第106页。

须服膺于先定的意识形态目标。通俗地说，"革命历史小说"中的意识形态色彩，就是指作家对于自己所表现着的这样一段"革命历史"，所持有的一种只能是无条件的肯定与称颂的姿态与立场。当然，并不仅仅只是"革命历史小说"，这个时代的其他文学作品也都差不多清一色地笼罩于这样一种浓郁的意识形态氛围之中。以发生于中国农村的农业合作化运动为主要表现对象的著名长篇小说，柳青的《创业史》与周立波的《山乡巨变》就都是这样的作品。虽然柳青与周立波均属艺术功力超群的优秀作家，但是，由于明显受到了时代意识形态制约与影响的缘故，当时中国农村的现实生活实际上并没有能够在他们的小说文本中得到完全真实的反映。很显然，对于《创业史》与《山乡巨变》这样的"十七年"小说中存在着的意识形态倾向，莫言与严歌苓他们是有着极清醒的认识的。然而，令人遗憾的是，在《生死疲劳》与《第九个寡妇》这样的小说中，莫言与严歌苓反而走向了与柳青周立波们完全相反的另一种意识形态。无论是对于本来就没有什么过错的地主西门闹与孙怀清的错误地被处决的描写，还是对于格外执拗地坚持走单干道路的老农民蓝脸以及从人性的本能出发维护着公公生命的寡妇王葡萄的肯定式展示，其中都明显地透露表现出了一种否定农业合作化运动的思想倾向。

这样，如果说当年的《白毛女》(《创业史》《山乡巨变》所秉承的很显然是一种与《白毛女》相一致的意识形态）表现的是"旧社会把人变成鬼，新社会把鬼变成人"的基本主题，那么《生死疲劳》与《第九个寡妇》就干脆彻底地颠覆了这个主题。在某种意义上，我们完全可以用"新社会把人变成鬼，改革开放把鬼变成人"（借用邵燕君语）这样一种对比性话语来概括《生死疲劳》与《第九个寡妇》所表现出来的基本主题。如果说，由于意识形态的遮蔽，柳青的《创业史》与周立波的《山乡巨变》对于历史的真实再现程度要打折扣的话，那么，如同莫言的《生死疲劳》与严歌苓的《第九个寡妇》这样明显地秉承着与之相反的另一种意识形态的小说作品，其对历史的真实再现程度同样会受到影响，会有所遮蔽的。这样，莫言严歌苓的这两部小说也就必然受到批评家的强烈质疑了："像王葡萄这样的'一根筋'形象在近来的长篇创作中也并不鲜见。……'本能'是固定的，生物性的，它似乎不受社会观念所左右，但实际上，这样僵硬的傀儡式的人物恰是从理念里催生出来的，其纯之又纯的形象和一往直前的姿态其实很像当年芭蕾舞台上的白毛女、洪常青。接受这样的人物不仅需要理解、认同，甚至需要信仰。这提醒人们，意识形态果然是没有终结的。像当年的'革命历史小说'中那样鲜明的'规定性'，可以以任何一种新理念的形式在'重述'中重现，形成对历史新的遮蔽。"①很显然，无论是柳青周立波们的意识形态，还是莫言严歌苓们的另一种相反的意识形态，都在有意或者无意地形成着对于历史真相的遮蔽。虽然从他们的创作动机来看，都试图通过自己的艺术努力将一部真实的历史再现呈示在读者的面前。之所以一再强调意识形态的遮蔽作用，就是因为意识形态因素将会直接地影响到作家对于本来相当复杂的现实或者历史做出一种相对简单化的判断。这正如我们戴着一副有色眼镜去观看周围的世界一样，我们所看到的肯定不是那样一个本色的世界。对于一个以真实地探究表现现实或者历史的本来面目为根本目标的作家而言，意识形态因素的存在也就等于是戴上了一副有色眼镜。同样是中国古典小说，《三国演义》的艺术成就之所以要明显地低于《红楼梦》，一个关键的因素就是罗贯中首先确立的"拥刘贬曹"的这样一种意识形态立场。然而，一个看起来似乎很矛盾的状况是：一方面，从根本上说，没有一个作家能够不具有某种意识形态的立场，而在另一方面，意识形态立场的确立又的确遮蔽影响着作家对于表现对象的真实表现。实际上，正如同人都有着自己的喜怒哀乐一样，作家拥有一定的思想倾向性，拥有一定的意识形态立场，并不是多么可怕的事情。关键在于，在小说创作的过程中，作家能尽可能地避免自己的意识形态立场对自己真实还原表现对象的干扰与影响。无疑，这是一个相当艰难的过程。而

①邵燕君《"宏大叙事"解体后如何进行"宏大的叙事"？——近年长篇创作的"史诗化"追求及其困境》，载《南方文坛》2006年第6期。

且，更进一步地说，再怎样标榜自己客观公允的文学作品中，也都会潜隐存在着某种意识形态立场的。然而，作品中潜隐存在着某种意识形态立场，与作家干脆地站在某种意识形态立场上进行自己的小说叙事，毕竟还并不是一回事。在我看来，只有真正努力地挣脱超越着自身意识形态立场束缚控制的作家，方才有可能将现实或者历史的复杂状貌真实地呈现在读者面前。我们此处所主要谈论的叶广芩的长篇小说《青木川》（载《中国作家》2007年第4期），就正是这样一部不可多得的挣脱超越了意识形态立场的优秀历史小说。

在某种意义上，叶广芩的《青木川》也可以被看作一部"变脸"之作。据我所知，在此之前，叶广芩的小说写作差不多全部都是围绕着自己满族出身的身世来进行的。她那部颇有影响的长篇小说《采桑子》，那部曾获第二届鲁迅文学奖的中篇小说《梦也何曾到谢桥》，所叙写的内容也没有能够逾越出这个范围之外去。以至于，我差不多都要认为最起码从题材的意义上说，叶广芩已经是一个定格化了的作家。在展读《青木川》之前，我真的还误以为读到的可能又是一部描写没落的满清贵族生活的长篇小说了。却谁知，《青木川》所描写讲述的是一段根本与所谓没落的满清贵族不沾边的格外厚重的历史故事。却原来，这部长篇小说乃是叶广芩在陕西周至县多年挂职体验生活的直接产物。而且，居然真的就有青木川这样一个地方。而且，活跃于小说中的许多人物比如许中德的原型徐种德，魏元林的原型魏元霖等都还活着。这样的一种写作现象所带给我的一个强烈的启示就是，之所以能够写出如同《青木川》这样厚重优秀的长篇小说来，一方面固然充分地体现着作家叶广芩自己突出的艺术才华，另一方面，却也更加有力地说明着生活对于小说创作的重要性。一方面，胡风所谓"到处都有生活"论当然是相当合理的，作家完全有着充分的自由去选择自己的艺术表现对象。在这样的一个前提下，一个作家的小说创作哪怕全部都是围绕个人狭小的生活圈子来进行也都是无可厚非的。但在另一方面，小说作为一种社会事物却又毕竟应该是与社会的公共生活，与社会大众的日常生活状态密切相关的。往往地，读者希望通过小说了解认识的并不仅仅是作家一己的，而更多地却是更为宏阔广大的社会生活的总体面貌。说实在话，一位足不出户的，对社会生活缺乏深入透彻的体察了解的作家，是很难写出这样一种关乎于社会公众总体生活的优秀小说作品来的。我们注意到，在当下这个时代，一些作家尤其是知名作家由于对生活的疏离不屑所以便闭门造车的写作现象是越来越严重了。由于闭门造车，所以这些作家写作的那样一种远离生活的抽象空洞化倾向也就越来越明显了。

应该承认，有相当一段时间，对于作家的所谓挂职体验生活，我是很不以为然的。究其原因，当然是胡风的到处都有生活论在我脑海中作祟的缘故。但叶广芩《青木川》写作的成功，以及一些作家的小说写作越来越明显了的书斋化与抽象空洞化倾向却告诉我们，应该是将那些闭门造车的作家由书斋而召唤至丰富复杂的现实生活中的时候了。当然不应该是强制性的，当然应该是完全自觉自愿的。但是，从另外一个意义上说，一位从根本上就拒绝对于自己身外丰富多彩的现实生活进行了解体验的作家，也真的不可能写出什么惊世骇俗的文学名著来的。在某种意义上说，叶广芩《青木川》的写作乃是一种有难度的写作，完全可以套用闻一多先生"戴着镣铐跳舞"的形象比喻来加以评价。虽然肯定会有相当多的想象虚构成分在其中，但从根本上说，《青木川》却并不是一部完全向壁虚构的长篇小说，而是一部从地名到故事乃至于人物形象都有着真实原型的长篇小说。所谓"镣铐"者，指的就是这些真实原型的客观存在。更何况其中一些被写入小说中的当事人，还可以对小说的成功与否进行评头论足的评价呢。常言说得好，画鬼容易画人难，所讲的也就是这个道理。鬼是人们凭空想象出来的谁也不可能谋面的一种事物，作家怎样地去进行自己的想象虚构都是可以的。而人，却是活生生地存在于这个世界上的，作家描写表现得像不像、真实不真实，却是任谁都可以做出自己的评价的。很显然，叶广芩《青木川》的写作就类似于画人了，其难度较之于那些没有任何原型存在的完全向壁虚构的小说创作当然就更大了。从这个角度来看，完成《青木川》写作之后叶广芩内心世界中的忐忑不安就是非常真实的。"我越走心里越忐忑，越走越沉闷，我知道，小说出版后，青木川是我必定要去的地方，我可以不在乎文学界的评论，但是我不能忽略这里，也不敢忽略这里，如同一个圆，从这里出发，无论绕多远，终将还得回来。对于《青木川》这部作品，这是必须经过的考试，是无法回避的面对，交上的卷子被批改下来，及格与否尚在未知……我不知《青木川》能否得到当地干部群众的认可，朴实的乡民能否将文学与历史分得清楚，不知我对这里的过去和今天把握得是否正确？"①就小说发表后青木川的那些当事人以及文学界的评价反映来看，叶广芩的担心是有些多余了。仅就我个人的阅读视野与阅读感觉而言，即使断言《青木川》乃是新世纪以来中国文坛出现的优秀长篇小说之一，也是毫不为过的。我注意到，在自己的创作谈中，叶广芩曾经有过这样的一些表白："'白云千里万里，明月前溪后溪'，写得有点儿吃力，既要顾及文学性又不能荒腔走板，因为小说中的大部分人物还在现实中存在着。而艺术又是于真心的感动，让人有种欲罢不能的冲动……尽量用宁静的心态一一道出，让自己和读者共同体味到文化、历史、今天、未来。""由衷地感谢青木川为我提供了一个难得素材，让我们对历史，对生命，对生活，对责任予以审视和思考"。②可以明显地看出，对于一部复杂的历史，叶广芩是充满着敬畏之心的。从作家对于"审视与思考"，对于"宁静的心态"的刻意强调中，我真切地体味到了叶广芩力争排除一切别的事物（当然也包括意识形态因素在内）的影响与干扰，尽可能真实地还原、审视、思考一部复杂历史的严肃艺术追求。事实上，也正是依凭着叶广芩这样一种格外严肃认真的创作态度，所以《青木川》才获得了艺术上的成功。

《青木川》的艺术成功首先在于极成功地塑造刻画出了魏富堂这样一位生动、饱满而又富于立体感的人物形象。虽然这样的观念或许会被某些新潮的批评家讥之为陈旧落伍，

---

①②叶广芩《一言难尽〈青木川〉》，载《长篇小说选刊》2007 年第 3 期。

但我却依然坚持认为，无论关于小说的基本理解发生怎样的变化，然而万变不离其宗的一点却是，作为一种叙事文体的小说作品，衡量其成功与否的艺术标准之一，就是看它是否有对于人物形象的成功塑造。如果说在短篇小说，甚至于在中篇小说中都还可以进行一定程度上的，关于人物形象淡化的实验探索的话，那么，一部动辄几十万字的长篇小说中，却是无论如何都要成功地塑造若干生动饱满的人物形象的。《青木川》当然就是这样的一部长篇小说，谢静仪（程立雪）、许忠德、林岚、李淑敏、钟一山、青女等这样一些人物形象都给读者留下了极深刻的印象。自然，其中最值得注意的人物形象还是始终居于小说中心位置的魏富堂。魏富堂当然也是有着真实的人物原型的，在真实的历史进程中，他的本名是魏辅唐。能够在人物真实历史事迹的基础之上，增加上若干合理的想象虚构成分，将魏富堂这样一位人性的构成异常复杂的人物形象栩栩如生地凸现在读者面前，让这一人物形象能够真正地"立"起来，所充分说明的正是叶广芩相当深厚的艺术功力。虽然魏富堂的自然生命早在 1952 年 9 月就随着一声枪响而烟消云散了，但一直到五十五年后的今天，我们在面对魏富堂的时候，却依然清楚地感觉意识到了分析把握其人性构成的复杂程度，为其做出一种恰当历史定位的艰难程度。从家庭出身看，魏富堂本来是青木川一个很不起眼的穷小子。正是因为家境贫寒，所以年轻力壮的魏富堂才被迫入赘到青木川的首富刘庆福家，与刘家那位如同废物一样的病闺女刘二泉成了家。然而，也正是在与刘家结亲的过程中，魏富堂性格中狠毒而又杀伐果断的一面得到了最初的表现机会。在魏富堂相当肯定地告诉自己的大姐"姓刘的熬不过我去，我姓魏，我的儿子将来必定姓魏"的时候，他的大姐不说话了，"她觉得这个三兄弟太有心劲，不敢小瞧了"。实际上，也正是在魏富堂成亲以后很快使自己成为一家之主的过程中，魏富堂性格中心狠手辣的一面就已经初露端倪了。应该说，小说对于魏富堂性格中的这一面展示得还是相当充分的。这一点，从他刺杀魏征先，从他袭击汉中军阀吴新田给西安军阀刘镇华送礼的马帮，从他投奔王三春担任铁血营营长之后所犯下的若干血案中，均可以得到有力的证实。由于的确"着着实实跟着王三春干过几年"，而且也的确率铁血营阻击过"借道陕南，北上抗日"的红军，所以说魏富堂曾经是一个杀人不眨眼的土匪，也完全是符合实情的。从这个角度看来，关于魏富堂最后的被枪毙乃是一个彻头彻尾的冤案的说法也就是难以成立的。毕竟，魏富堂曾经是一位有血案在身的土匪。

然而，魏富堂却又绝不仅仅只是一位心狠手辣的土匪。在他的性格中，也还有着向往现代文明造福青木川一方水土的另一面。青木川的普通民众尤其是那些与魏富堂关系密切者，之所以在半个多世纪过去之后，仍然对"魏老爷"或"魏司令"念念不忘，其根本原因正在于此。应该承认，魏富堂的确是很有能力也很有一些长远眼光的。正是在他的苦心经营之下，青木川迎来了历史上最好的一个发展阶段。甚至于，在之后长达半个多世纪的发展过程中，青木川的经济、社会以及文化诸方面也很难说就超越了魏富堂时期。"闯荡几年，魏富堂得出的经验是，要牢牢把住青木川这块谁也管不着的风水宝地，努力发展经济，扩大生产，把青木川的经济和军事实力提高到一个历史的新阶段"。那么，地处深山僻岭之中的青木川又该怎样发展经济呢？魏富堂拿出的最有效的一招就是种大烟。种大烟的这种招数虽然也带有明显的土匪色彩，但它毕竟是一种能够立竿见影的很有效的致富手段。很快地，"大烟的收益使青木川繁华起来"。然而，处事精明的魏富堂又是十分了解大烟的危害性的："魏富堂清醒地认识到，发展种烟是一种手段，不是目的，他本人不抽大烟，也不许他的家人和部下抽，谁抽枪毙谁！"以至于，"盛产大烟的青木川，遍地是烟馆的青木川，竟然没有一个本地烟民"。能够做到这一点，确实是非常不容易的。既能借助于大烟发展青木川的经济，同时却又能有效地禁绝本地人抽大烟，其中所凸现出的正是魏富堂超群出众的智慧和胆识。实际上，也正是伴随着青木川经济的日渐繁荣，魏富堂自己也成了在陕甘川三省交界处首屈一指的风云人物。

然而，尽管青木川的经济已经有了很大的起色，尽管魏富堂也已经成为威震陕甘川三省交界处的一方霸主，但是，魏富堂内心中却有着更为高远的对于文化、对于现代文明的向往与追求。在这一方面，可以说有若干个人物都对魏富堂的精神世界发生过一定的影响。首先是辘轳把教堂里的意大利神父以及与他一起现身的那些现代器物。后来，敏感的冯小羽注意到了辘轳把教堂里的现代文明气息对魏富堂产生过的强烈冲击："现代文明的冲击以及文化细节产生的魅力，使土匪魏富堂对自己的追求，甚至对自己的生存方式产生了怀疑，这是作家后来的总结"。应该说，后来的魏富堂之所以要执意地买留声机装电话，要将汽车拆成零件背进山里重新组装，其实与教堂中现代文明气息对他产生的强烈冲击是有着直接关系的。然后是朱美人，虽然只不过是戏班里的女戏子，但朱美人的见识其实却是明显高出于常人的。正是她在魏富堂生活中的适时出现，使得魏富堂没有在凶狠残暴的土匪道路上走出太远。"朱美人对魏富堂有着严格约束，不杀穷人，不杀无辜。她规定，铁血营的宗旨是杀富济贫，就跟《水浒传》里的英雄豪杰似的，替天行道"。当然，不可否认的是，大小赵的出现也对魏富堂的文化追求产生过一定的影响。虽然大小赵并没有给魏富堂带来他所期盼中的人生快乐，虽然他的第三次婚姻是以失败而告终的，但魏富堂却依然"用欣赏文化的目光，带有偏爱地看待大小赵，如同放大镜下观赏一对秀玉，连玉上的瑕疵在他的眼中也是天造地设的美丽，是毋庸置疑的难得"。然而，对魏富堂影响最大的人物还是富堂中学的校长谢静仪。魏富堂发现："谢静仪追求的境界是他这个粗野山贼在心的深处时刻为之向往、极为缺憾的精神世界，他在青木川，大造美屋，广蓄良田，少的就是一座神圣的精神殿堂；他几十年内心追求的女人也罢，儿子也罢，其实就是对文化的崇拜，就是谢静仪的两语三言。没谈几句，他已经对这个清雅绝俗，秀慧博学的女子充满敬意"。正因为谢静仪对于教育的殉道精神，谢静仪象征代表着的现代文明从根本上征服了魏富堂，所以魏富堂才成为了谢静仪的绝对信服者。"魏富堂说，谢校长是有文化、见过大世面的人，她是真心实意为了青木川好，对谢校长的话，我魏富堂理解的要执行，不理解的也要执行"。于是，"谢校长说青木川要盖学校，就盖学校；谢校长说要资助青木川子弟上学，就资助上学，魏富堂对校长的指示不打一点磕巴"。不仅如此，甚至于到了最后的紧要关头，当魏富堂面临着到底应该如何处理与共产党的关系的时候，他还是要坚持征求谢静仪的意见。而且，被修改之后的谢静仪的建议果然促使魏富堂最终下定了与共产党合作的决定。

但是，包括谢静仪在内的所有人物的影响，说到底还都只是一种外部的因素。这些因素之所以能发生现实的作用，从根本上说还是因为魏富堂内心中确有着一种对于善的向往，一种对于现代文明的追求。可以说，叶广芩在《青木川》中塑造刻画的魏富堂实际上是一个半魔半佛式的人物形象，是一个善恶参半的人物形象，是一个性格中心狠手辣的一面与文明向善的一面组合而成的人物形象。一般情况下，对于这样一种人格呈明显分裂状态的复杂人物形象的塑造，很容易形成一种油是油水是水的两张皮现象。但叶广芩的难能可贵处就在于，她极高明地将人物性格对立的两面性水乳交融般地缝合在了魏富堂这一具体的人物身上，并使这一人物形象给读者留下了丰满生动而又富于立体性的强烈印象。常言往往有面对一部二十四史不知从何说起的感叹，面对竖立于叶广芩笔端的魏富堂这样一个复杂的人物形象时，我也不由得生出了面对一个魏富堂，但却不知从何说起的感慨。这样一种感慨的生成，实际上说明的正是魏富堂这一人物形象塑造的成功。叶广芩在创作谈中曾经不无感叹地写道："一个一言难以说清的人物，一段一言难以说尽的历史"。①只有在对魏富堂人性的复杂性进行了如上的解读剖析之后，我们才能够理解叶广芩为什么会有这样的一种豪叹生出了。果然是一言难尽啊！虽然围绕着魏富堂这一人物形象，我已经写下了不少的分析文字，但我有时候也真的在自我怀疑，我果真把这个与众不同的复杂人物形象说清楚了么？说实在话，面对着叶广芩耗费许多笔力倾心

①叶广芩《一言难尽〈青木川〉》，载《长篇小说选刊》2007年第3期。

塑造出来的魏富堂这样一个人物形象，我的确明显地感觉意识到了自我理性分析文字的苍白与无力。然而，这样一种感觉意识的生出，实际上却也反证着魏富堂这一人物形象艺术魅力的客观存在。

实际上，并不仅仅只是一个魏富堂，小说中的其他一些人物形象，比如谢静仪、许中德、钟一山、林岚等，也都被作者塑造得活灵活现呼之欲出。谢静仪在对男女之间的情爱彻底失望后献身于青木川教育事业时的狂热与纯粹，她那不失优雅冷静的外表之下深潜着的来自于生命深处的惨淡与忧郁；许中德经历了多年社会政治风雨侵袭之后的人情练达，人生关键处的选择与生命错位感之间那样一种剪不断理还乱的复杂缠绕；钟一山看似荒诞不经的寻找杨贵妃历史踪迹的表象之下掩盖着的一位历史学者异常执着的职业精神与坚强意志；林岚如电石火花般一闪而过的生命中迸溅出的夺目强烈的生命光彩，她的纯真浪漫，她的宁死不屈。所有的这些都在读者的心目中留下了难以磨灭的印象。遗憾的是，我们没有更多的篇幅对这些人物形象展开更深入细致的探讨分析。值得关注的一个重要问题是，魏富堂形象的成功塑造，与叶广芩那样一种超越了意识形态因素的束缚与控制之后的叙事立场之间，究竟有着怎样的内在联系。要想准确地厘清说明这个问题，就必须首先将魏富堂与莫言笔下的西门闹以及严歌苓笔下的孙怀清进行一番必要的比较。毫无疑问，莫言与严歌苓不约而同地将西门闹与孙怀清处理成了不应该在土改时被冤屈处死的正面形象。虽然他们都是富甲一方的地主，但土地和财产却都是由于他们特别聪明能干特别善于勤俭持家的结果。从他们日常生活中的言行举止来看，他们不仅没有过为非作歹称霸乡里的恶言恶行，而且更多地表现出来的乃是其人性中温情善良的一面。这一点，从西门闹将蓝脸捡拾回家抚养成人，从孙怀清给与王葡萄的那样一种父亲般的关怀中，就可以得到有力的证明。仅仅因为他们是财富的拥有者，所以就必须把他们打入另册并处以极刑。这样的一种人生结果，当然就是天大的冤案了。在这样一种人物形象的设置过程中，莫言与严歌苓那样一种消解颠覆土改或者农业合作化运动的意识形态企图也就表现得十分明显了。但真正的疑问在于，莫言与严歌苓的这种艺术设置到底具有多大程度上的真实性呢？以这样一种艺术方式轻易地将土改与农业合作化运动的合理性与必然性完全否定是否符合历史的本来面目呢？我们并不否认如同西门闹与孙怀清这样温情善良的"好"地主形象在个案意义上的真实性。然而，这样的"好"地主形象究竟具有多大意义上的普遍性呢？对于这一点，我个人是抱着极强烈的怀疑态度的。以阶级的视角衡量评价一切事物当然是不合理的，但是，以一种人性论的立场而完全消解否认阶级的存在，否认压迫剥削形象的存在，同样也是不合理的。我觉得，莫言与严歌苓们思想认识的失误主要就在这个地方。如果说柳青周立波们对于历史的想象认识确实存在着过于简单化的弊端的话，那么，莫言严歌苓们对于历史的想象表达又何尝不能被看作是另一种意义上的简单化呢？导致这种新的简单化出现的根本原因，在我看来，当然就是由于作家在写作过程开始之前就已经预设了自己的意识形态立场的缘故（当然，这种预设的立场很可能是不那么明确的）。毕竟，既然被处决了的西门闹与孙怀清们是毫无过错的，那么，存在过错的就只能是与他们相对立的土改或者农业合作化运动了。这样，莫言严歌苓们一种否定批判土改或者农业合作化运动的意识形态目的也就自然而然地达到了。

我们之所以刻意地强调叶广芩《青木川》的写作是一种超越了意识形态立场之后的写作，一个主要的原因，就在于作家在作品中对于魏富堂这样一位复杂的历史人物形象进行了成功的塑造。很显然，与差不多处于同等历史状态中，地位也基本相同的西门闹孙怀清相比较，魏富堂就是一位善恶参半的，既有着斑斑的杀人血迹，同时却也为地方的经济乃至于文化的发展做出过突出贡献的历史人物形象。正因为魏富堂既有善行也有劣迹，所以魏富堂的被处决就并不能被看作是一个简单的冤案。甚至于，魏富堂过于曲折的被处决过程，所凸现出来的也正是历史本身的复杂性。我觉得，与西门闹、孙怀清这样的"好"地主相比，叶广芩精心塑造刻画出来的半佛半魔式的历史人物形象魏富堂无疑具有着更为广大的普遍真实性。实际上，也正是通过魏富堂这样的历史人物形象的成功塑造，叶广芩对于半个多世纪前那段堪称纷纭复杂的历史进行了深入理性的探寻反思。一方面，叶广芩确实也在对于革命历程中反人性的一面进行着必要的反省与清理工作。但在另一方面，叶广芩却并没有如同莫言严歌苓们那样，由于这种必要的反省与清理而走向对于革命的合理性与必然性的完全否定。而叶广芩之所以能够做到这一点，一个根本的原因正在于她没有在创作之前即预设任何意识形态立场。我们注意到，在创作谈中，叶广芩曾经刻意地强调魏富堂是一个"一言难以说清"的人物，强调自己所面对的乃是一段"一言难以说尽"的历史。正因为如此，所以作家才说自己的写作是"站在现代人的立场"，"用今天的眼光"进行的。[①]在我的理解中，叶广芩此处所谓"一言难以说清""一言难以说尽"所凸现出的正是作家对于魏富堂这一历史人物，以及与这一历史人物密切相关的这一段历史进程中蕴含着的丰富复杂性的充分体认。正因为作家已经充分地认识到了历史的复杂性，所以当她意欲将这样一段复杂的历史真实地再现出来的时候，她就不可能如同柳青、周立波或者莫言、严歌苓一样，站在某一鲜明的意识形态立场上去切入自己的表现对象。叶广芩之所以刻意地强调自己的写作是"站在现代人的立场"，"用今天的眼光"进行的，实际上所表明的就是一种超越了意识形态立场之后的客观、冷静，充满了理性色彩的基本叙事策略。关于历史文学作品，一种颇有影响的观点认为，重要的不是历史叙述的年代，而是叙述历史的年代。应该意识到，这样的一种看法是带有明显的新历史主义色彩的。按照新历史主义的观点，一种客观、真实的历史实际上是不可能存在的。在新历史主义者看来，我们所看到的历史从本质上说都是后来的撰史者站在各自不同的精神情感立场上，所发出的一种以历史片断为基本素材的叙事行为。克罗齐所谓一切历史都是当代史的断言，也正是在这样的意义上才能够成立的。很显然，

①叶广芩《一言难尽〈青木川〉》，载《长篇小说选刊》2007年第3期。

对于莫言、严歌苓以及叶广芩的小说叙事，我们就更能作如是观了。他们各自不同的小说叙事实际上都明显地体现着他们差异同样十分明显的精神感情立场。莫言、严歌苓与叶广芩的根本差异只是在于，前者是确立了一种鲜明的消解颠覆以柳青周立波为代表的"十七年"小说中所体现出来的意识形态为根本宗旨的小说叙事，而后者则是一种尽可能地挣脱超越意识形态立场的，以尽可能地还原历史的真实复杂性为根本宗旨的小说叙事。我们虽然无意于、而且在事实上也不可能否定莫言严歌苓他们的那样一种小说叙事方式，但一个非常明显的事实却是，只有采用如同叶广芩这样一种叙事方式的小说作品，方才有可能更加真实地迫近于本来就极为复杂的历史事实本身。

那么，在《青木川》中，叶广芩究竟是以怎样的叙事策略无限地趋近于那丰富复杂的历史原貌的呢？细读文本，我们注意到了这样一种"非 a 非 b""亦 a 亦 b"式的基本叙事策略的普遍运用。比如，关于魏富堂刺杀魏征先一事，一种说法认为"魏富堂这个举动实则是个义举，绝对符合共产党'穷人翻身求解放，要干要革命'的道理"。而另一种看法则认为："他杀魏征先绝不是'为民除害'，是为了争夺'团总'的位子，是看上了魏征先的相好唐凤凰……魏富堂不杀魏征先，魏征先也得杀魏富堂，完全是狗咬狗，一嘴毛"。那么，对于魏富堂的这一行为到底该如何评价呢？作家并没有给出明确的答案。她只是用一种"非 a 非 b""亦 a 亦 b"的方式为读者留下了极大的想象填充空间，让读者充分发挥自身的主体性去做出自己的最后判断。再比如，关于魏富堂修桥一事，同样存在着两种观点正好相反的评价声音。一种观点认为"魏富堂为了运输大烟，特地修了这座桥，说是为民其实是为己""老百姓干重活，吃的是粗米酸菜，他坐在高处指手画脚，吃的是大鱼大肉，老百姓怨声载道，恨透了这个恶霸，修桥砸死的六条人命，作为血债成为置他于死地的罪证之一"。而另一种观点则正好相反："魏富堂修桥为自己也不是没道理，受益的是他，也是全镇百姓，他死了，桥可是还在呢，没有魏富堂的'不错眼珠'，便没有六十年的'纹丝不动'，现在的工程监督员要是有当年魏富堂一半心劲儿，全国也不会出现那么多'豆腐渣'"。甚至于，连魏富堂的长相如何也出现了明显的分歧："在冯明和郑培然的叙述中，魏富堂完全是两个人，一个是相貌丑陋，既狠且愚；一个是排场出色，浓眉大眼"。既然连长相都成了问题，那么对于魏富堂的总体评价出现截然不同的两种声音就更是情理中事了。一种观点认为，工作队当年的成绩是不能轻易被否定的，"剿匪除霸，土地改革，都是用鲜血和汗水换来的。枪毙魏富堂，证据确凿，不是冤假错案"。而另一种观点则认为："魏老爷修路，修桥，修堰，办学校，资助贫困子弟念书，保护地方百姓不受土匪、国民党骚扰，经过调查，他是功大于过"。当然更值得注意探究的，还是本来已经决定与共产党合作之后的魏富堂，最后又是怎样被共产党处决的这样一个问题。很显然，在魏富堂决定是否与共产党合作的过程中，许中德和青女发生过重要的作用。正是因为他们以瞒天过海之术将谢静仪谢校长的建议错误地传递给了魏富堂，所以才导致了魏富堂最终做出向共产党投诚的决定。这也正是半个多世纪以来，许中德和青女深感内疚自责的一个隐痛所在。现在看起来，促成魏富堂被枪决的因素是多方面的。首先，魏富堂本人确实当过土匪，手上确有血债。其次，是其外甥李树敏与刘芳一起对于魏富堂的有意陷害，他们很巧妙地将自己两次袭击解放军的行动都嫁祸到了魏富堂的身上。第三则是由于青女的告发。而青女的告发，又是缘于她亲眼目睹了林岚之死的惨状。"青女以魏家知情人的身份，揭发出正在县上整训的魏富堂在家仍旧私藏枪支和大烟这一重要情况"。实际上，那支枪是魏富堂在新婚之夜送给解苗子的，只因解苗子对枪十分恐惧，所以才被青女随手放在了衣柜深处。而那些大烟，则是为当时业已重病在身的谢静仪准备的，因为它有很好的止痛效果。所以，严格地说起来，私藏枪支和大烟其实算不上是魏富堂的罪状。然而，在当时那种情势之下，魏富堂的任何申说都是无济于事的，这两大罪状最终还是把魏富堂送到了断头台上。而这，实际上也就成了此后缠绕青女数十年终难以释怀的一个根本心结所在。第四，就是诸如由于修桥而致死六条人命，以及由于三娃子的爹违背禁令抽大烟偷人故而被魏富堂枪毙这样一些"莫须有"的罪状了。这样，我们也就完全可以说，魏富堂之死正是以上几个方面的因素综合发挥作用的一个必然结果。就这样，一个本来诚心地与共产党合作的魏富堂，反而变成了共产党的刀下之鬼。历史的复杂与吊诡之处正在于此。上文说，由于对魏富堂有所辜负，所以许中德与青女几十年来一直生活于一种愧疚不安的心态之中。但我们也不妨假想一下，假如魏富堂当时未被处决，那么他又该怎样地逃过后来的"文革"那场大劫难呢？而这，很显然是历史的又一重吊诡之处了。

在某种意义上，我们完全可以把叶广芩的《青木川》视之为一部众声喧哗的复调历史小说。虽然，我们这儿使用的并不是巴赫金意义上那样一种严格的复调概念。具体来说，所谓的复调，就是指我们在《青木川》中，同时聆听到了几种不同声音的存在。其一是指在魏富堂的旧部下旧仆佣那里传出的一种冤屈不平之声，其二是指在冯明那里传出的为革命行动为土改的辩护之声，其三是指钟一山对于久远的唐代历史的探究之声，其四则是指冯小羽在追踪程立雪（谢静仪）的生命踪迹时所发出的对于女性命运的叹惋之声。最起码，以上几种声音的存在形成了一种众声喧哗的艺术效果。而这样一种复调艺术效果的存在，则在很大程度上决定着《青木川》这部以对历史真相的探究为根本目标的长篇小说，最终成为了一部厚重扎实的艺术成熟之作。事实上，《青木川》之所以能够成为一部呈示再现历史复杂状貌的优秀之作，与这样一种众声喧哗的复调意味，与作家在小说中所采取的全知叙事方式之间，是存在着一种难以分割的紧密关系的。在我看来，正是因为叶广芩在《青木川》采用了这样一种可以自由贯通于过去与现在之间的类似于上帝式的全知全能的基本叙事方式，作家那样一种借青木川之一隅而凸现整个历史之复杂状貌的创作意图，方才得到了相当完满的艺术体现。虽然小说一开头就提到了魏富堂的被枪毙事件，并以此悬念贯穿于整个文本之始终，但小说文本的真正展开却是随着冯小羽、冯明与钟一山他们踏上青木川的土地而开始的。通读完全篇之后，我们就会知道，虽然《青木川》所采用的是全知全能式的叙事方式，但冯小羽作为一位视角式人物的重要性却是不容忽视的。可以说，小说中所有的人与事，包括与她同时进入青木川的冯明钟一山的一切言行，都是通过冯小羽的视角而传达给读者的。正是通过具有现代意识的作家冯小羽的视角，青木川半个多世纪之前的那场龙争虎斗以及青木川半个多世纪以来的历史变迁方才活灵活现形象生动地再现在了我们面前。其中诸多人物生前死后的衰荣变化所呈示出的正是历史进程的巨大复杂性。首当其冲的当然是魏富堂，出身的贫寒与发迹后的钟鸣鼎食，自身文化的匮乏与对于文明文化的狂热追求，半个多世纪前的死于非命与半个多世纪后的重获评价，足以让我们生出命运造化弄人的沉重感叹来。这正如冯明所强调的："现在平反是现在的需要，就像人的手，手背看上去是黑的，糙的，翻过来手心就是白的细的，反过来掉过去，就是一只手"。不只是魏富堂，其他人物的命运遭际同样是令人震惊促人深思的。我这儿想着重探讨的就是那些早年积极投身于革命，投身于土改的积极分子们后来的命运遭际。很显然，时下人们热衷于关注表现的只是如同魏富堂这样一类历史人物的故事，而甚少有人将自己的视野同时投注到那些革命积极分子身上。莫言的《生死疲劳》与严歌苓的《第九个寡妇》就是此类小说的典型代表。与莫言严歌苓们相比较，叶广芩的难能可贵之处就是在关注魏富堂的同时，也把自己的视野投射向了这样一个默默无闻的寂寞群体。具体来说，我所指的主要就是林岚、张文鹤、老万、赵大庆等这样几位人物形象。林岚为青木川的土改事业献出了自己年轻的生命，然而，当她的战友与恋人冯明半个多世纪后重新回到青木川的时候，却不无惊讶地发现林岚的墓地居然是如此的冷清、寂寞以至于一片狼藉。当年死心塌地跟着冯教导出生入死地干革命的张文鹤晚年得了重病，千里迢迢地去找当年的老战友老上级帮忙看病，结果连"战友"的门也没沾上就被人给挡了回来，只得硬生生地躺在病床上等死。如果没有老万及时地向工作队通报信息，那么，土匪刘芳的被击毙以及李树敏的被擒获就绝对没有那么轻而易举，但几十年后的"文革"期间，英雄老万却被诬为"国民党残渣余孽，土匪在青木川的卧底"，最终自杀身亡。同样是当年积极投身于革命的生产委员赵大庆，活到八十二岁的时候，居然子丧媳走，只留下一个小孙子与他相依为命地苦熬着所剩无多的艰难日子。当当年的冯教导来看望赵大庆的时候，映入其眼帘的竟然是这样一幅破败景象："破破烂烂两间草房，连院墙也没有，窗户上没玻璃，钉着塑料布，房门钉着木头，堆着半人高的黄土，许久没人出入，门楣上蜘蛛结了网，网上沾着一个大花蛾子"。这些人物形象积极革命的过去与他们后来的人生遭际之间存在着的巨大反差，一方面凸现着命运的无常，另一方面则同样在有力地说明着历史的复杂与吊诡。从这个意义上说，虽然小说中冯明这个人物形象的塑造有着脸谱化的嫌疑，但这样一条与革命紧紧牵系在一起的叙事线索的重要性却是毋庸置疑的。事实上，也正是冯明这条叙事线索的存在，在很大程度上制约抗衡着魏富堂的那样一条叙事线索。我们之所以一再强调叶广芩《青木川》的写作乃是一种超越了意识形态立场之后的写作，这样两条互相牵制抗衡着的基本叙事线索的共存，实际上也是一个非常重要的原因。与此同时，我们也注意到，小说中还经常出现这样一些叙事话语："半个多世纪过去……版本的演绎越来越多，甚至同一个经历者，上午和下午的叙述就不一样，一小时前和一小时后就不一样，刚才和现在就不一样，这就给了青木川喜欢听故事的后生们充分的想象空间""人物并不复杂，却是这样的费人思量，才几十年啊，魏富堂时代的人不少还活着，竟然模糊得一塌糊涂""现在已经不是历史的一页被轻轻翻过去的问题，现在的问题是翻过去的那页被抹得乌七八糟，又被撕掉揉烂，掷于地上"。在我的理解中，诸如此类的一些带有某些议论性的话语段落在小说中的适时穿插同样是十分重要的。它们的存在，明显地有助于作家为小说所设定的意欲探究表现历史状貌的丰富复杂性的基本主题意向的最终完成。

被遮蔽的文学存在
——重读王蒙系列小说《在伊犁》

　　作为十分喜欢王蒙小说的一位读者，我对于王蒙系列小说《在伊犁》的最早阅读是在小说发表的当初。王蒙这个系列小说中的八部中短篇小说创作发表的时间，是在1983—1984年这两年之间，并于1984年结集为《淡灰色的眼珠——在伊犁》由作家出版社正式出版。那时的我还是一个正在大学中文系读书的大学生，由于王蒙当时在很大程度上已经被公众普遍地看作是中国小说创作领域中的领军人物，所以，对于中国当代小说创作特别着迷的我，自然不可能有等待小说集正式出版的耐心。至今都记得很清楚的是，我当时基本上是杂志上发表一篇，就很快地跟踪阅读一篇。按照常理，作家的写作速度再快，也肯定快不过读者的阅读速度。也正因此，所以我便常常会生出一种不满足的感觉来，只恨不得作家的小说一下子就能够全部发表问世才好。并不只是王蒙的《在伊犁》系列小说，其实对于王蒙当时几乎所有的小说作品，我所持有的都是这样一种颇有些迫不及待的追踪阅读态度。充满了理想主义激情的1980年代，现在被普遍地描述为一个文学的黄金时代。我想，如同我这样的一种对于小说作品的追踪阅读姿态，在某种意义上也可以被看作是文学黄金时代的一种充分有力的证明。我真的不知道在当下这样一个市侩主义气息越来越浓烈了的所谓市场经济时代，大学生中还有没有如同当年的我一样的文学阅读方式存在。即使有，恐怕也肯定是如凤毛麟角般地罕见了。而在当年，这却是大学生中相当普遍的一种文学阅读方式。虽然过去了只有不到三十年的时间，但是这样两种可谓是泾渭分明差异极大的文学阅读方式的对峙生成，却已经很明显地有一种"白头宫女在，闲坐说玄宗"的恍若隔世的感觉了。这样一种情形的出现，一方面说明着1980年代与当下的市场经济时代这两个不同时代之间的巨大差异，另一方面却也说明着中国的社会与文化状况的变化之迅速。尽管由于自己文学理论的相关知识储备不足，1980年代初期的我，对于文学作品（当然包括王蒙的系列小说《在伊犁》在内）的阅读理解能力，与现在相比肯定存在着明显的不足，但那样一种发自内心的对于文学的虔诚与热情，却又绝对是当下的这个实利化时代所无法简单复制的。实际上，值得充分注意的，并不仅仅只是两个不同时代读者普遍阅读心态的变化，而且更是作家王蒙自己小说写作状态的变化。1980年代初期的王蒙，在亲身经历了"故国八千里，风云三十年"这样一种特别的人生体验历程之后，刚刚从一个噩梦般的时代中走出来，刚刚获得了可以重新拿起笔来从事自己万般钟爱的文学创作的权利，因此在他这个时期几乎所有小说作品的字里行间，我们都不难感觉到有某种按捺不住的生活激情的存在。即使是在他的这一部主要描述表现边疆少数民族生活的系列小说中，这样一个特点的表现也是十分突出的。我以为，王蒙的这部系列小说中，之所以释放出了相当充分的对于生活与人性的善意，与作家当时这样一种特定的创作心态之间，其实存在着不容忽视的重要联系。

重读王蒙的系列小说《在伊犁》，首先应该注意到不同版本之间的差异存在。在作家出版社1984年最初的那个版本中，收入的中短篇小说一共是九篇。与后来被收入《王蒙文存》（2003年9月版）中的版本相比较，多了一部中篇小说《鹰谷》。关于这部中篇小说，王蒙在小说集的后记中曾经有过特别的说明："另一篇小说《鹰谷》，写的则是离开伊犁以后的一段经历，虽不属于'在伊犁'的范围，整个写法、事件、情绪，都与《在伊犁》诸篇一致，可说是《在伊犁》的一个延续、一个尾声，故而亦收在这里"。虽然王蒙在《王蒙文存》中没有特别说明为什么要将《鹰谷》一篇从小说集中抽出，但按照我们的一种猜测性理解，既然《鹰谷》中具体所描写表现着的已经是离开伊犁之后的一段经历了，那么，从一种更契合于系列小说思想艺术主旨的角度出发，将《鹰谷》一篇专门抽出，以更好地保持该系列小说的纯粹性，就应该是王蒙进行篇目调整的根本理由所在了。

正如同王蒙在新疆度过的十六年生活在他的整个人生历程中占有着一种特别的地位一样，我认为，王蒙记载自己"在伊犁的所见所闻所经历的人和事"的系列小说《在伊犁》，在王蒙终其一生的总体创作中，也同样占有着一种重要而且特别的地位。虽然，在此之前，除了极个别的论者之外，并没有更多的研究者特别看重他这个系列的小说创作。就笔者的视野所及，大约只有作家王安忆与批评家张新颖在进行对话时，对《在伊犁》做出过较高的评价。王安忆说："他的作品我最喜欢两个，一个就是《组织部新来的年轻人》，第二个就是《在伊犁》"。"我就觉得《在伊犁》吧，王蒙完全放下对政治的意见了。这也许和环境有关系，他就是在很底层，这些人就是吃饭睡觉还有爱，除此，什么事都和他们不相干，这样，就潜到了方才说的汪曾祺所安身立命的生活里；还有一个文化影响，伊犁么，就是有波斯的语言风格，装饰性特别强，很华丽的，它就是阿拉伯过来的，是一种装饰文化，你看《在伊犁》里面人物说话，全都是废话，但是那么华丽的废话，我觉得他这个写得非常好。我觉得他，利也好弊也好，就是他对什么事情都有意见，非常尖锐的意见。可是如果少点意见呢？曾经在青岛开了一个王蒙的讨论会，最后一个项目是漫话王蒙，让我们每个人都说一段王蒙，我就说王蒙太聪明了，能不能稍微不那么聪明一点，我觉得他真的是太锐利了，写作要钝一点，钝的话你的面就宽了。"①然而，王安忆们虽

①王安忆、张新颖《谈话录》，广西师范大学出版社 2008 年 6 月版，第 206 页。

然对王蒙的《在伊犁》系列小说有着较高的评价，但这种评价一来并不够全面，二来也只是更多地停留在对话时的某种感性层面上。因此，我们当然有必要就这个话题进行更为深入的学理性探讨。与此同时，我们也应该认识到，虽然王安忆们的确对《在伊犁》系列小说有着不俗的评价，但令人感到有些遗憾的是，这样的一种评价却很显然并不具有主流性的影响。这自然也就意味着，王安忆们的这样一种看法并没有能够在学术界产生足够大的影响力，意味着王蒙的这个系列小说仍然没有能够获得一种足够高的普遍评价。关于这一点，只要我们对近些年来影响比较大的几部当代文学史著作稍作了解，就不难得到一种有力的证明。

洪子诚的《中国当代文学史》在谈到王蒙时，根本没有提及到他的《在伊犁》系列小说。洪子诚一方面强调王蒙小说的基本主题，"是个体（大多是青年时代投身革命的知识分子）与他所献身的'理想社会'之间的复杂关系"，另一方面则认为王蒙所采用的主要小说体式有两种。一种是"类似西方'意识流'小说的方法，以主要人物的意识流动来组织情节，结构作品"，另一种"运用的是戏谑、夸张的寓言风格"。总之，"他似乎有意离开了规范的'写实'小说的路子，放弃了专注于典型情节的构思和人物性格的刻画。他更关心的，是对于心理、情绪、意识、印象的分析和联想式叙述。这形成了一种变动不居的叙述方式：语词上的变化和多样组合，不断展开的句式，对于夸张、机智、幽默才能的充分展示，等等。"[①]不管怎么说，人们普遍地把王蒙看作是生活与文学中少见的智者。在某种意义上，或许正是这样的特点，才导致了王蒙很多文学作品中那样一种简直就是难以自控的炫智式叙述，才形成了王蒙总是江河俱下滔滔不绝的叙事话语风格。必须承认，洪子诚对王蒙的概括还是相对准确的。但是，一个很明显的问题就是，洪子诚的上述概括对于王蒙的《在伊犁》来说，却可以说是基本无效的。陈思和的《中国当代文学史教程》同样是一

①洪子诚《中国当代文学史》，北京大学出版社1999年8月版，第262—263页。

部产生了不小影响的当代文学史著作，其特点一方面是从头至尾都贯穿着陈思和自己创造出的诸多文学概念，另一方面则是所谓的以"作品"为主。但是，在涉及到王蒙时，陈思和所选择的细读文本乃是短篇小说《海的梦》，与《在伊犁》同样没有发生关系。即使是到了刚刚出版的孟繁华的《中国当代文学通论》中，作家对于王蒙的基本理解也没有能够发生太明显的变化。对于王蒙，孟繁华强调的是所谓"少布精神"的重要性："然而，王蒙完全是以一种赞赏的、投入的，甚至是怀有郑重的敬意来写他心爱的主人公的。他要实现的是'公民的社会责任感'，'对于祖国大地、对人民、对生活的热爱和对革命的追求'，他要'春光唱彻方无憾'。不只《布礼》，《蝴蝶》中的张思远、《杂色》中的曹千里、《相见时难》中的翁式含等，他们的原型与钟亦成都是一脉相承的。因此，当批评家李子云用'少布精神'来概括王蒙的作品时，王蒙竟被感动得'眼睛发热'"。"但他的'先锋性'的形式所表达的仍是他青年时代的'少布精神'，他仍没有超出'形式服务内容'或'体用论'的古旧思想。这一策略性的考虑，本身就与'现代'无关。"①

很显然，无论是洪子诚、陈思和，还是孟繁华，他们在自己带有明显的为作家进行总体文学史定位色彩的相关当代文学史、论著作中，不仅都忽略了王蒙如同《在伊犁》这样的重要文学作品，而且更进一步说，他们对于王蒙所做出的总体定位恐怕也都有值得商榷之处。本文的主旨当然不是要解决王蒙的总体定位问题，更何况，这样的一个重要问题恐怕也不是一篇单薄的文章就能够说清楚的。但与此相关的一个重要问题是，如果这些带有突出的文学史定位色彩的观点看法，可以明显地疏忽如同《在伊犁》这样的重要文学文本的客观存在的话，那么，这样的一种文学史定位又谈得上什么学术的可信度呢？因此，一方面，我固然格外地佩服文学史家们下结论的勇气，但在另一方面，所谓的文学史定位，实在是一个严肃的学术问题，稍有不慎便可能给别人留下贻笑大方的

①孟繁华《中国当代文学通论》，辽宁人民出版社 2009 年 1 月版，第 232、281 页。

口实，敢不慎乎？尤其是，当我们面对着的又是如同王蒙这样的一位不仅文学创作的时间跨度极大，而且其思想艺术面貌又极为复杂的重要作家的时候，就更应该谨言慎行了。在这个时候，我们的文学史家们实际上很容易以偏概全或者削足适履。如果联系这些文学史家们对于王蒙的一种定位性评价，那么，《在伊犁》就很明显地是一个被严重遮蔽着的文学存在了。本文的标题"被遮蔽的文学存在"，也正是在这样的一种意义上才能够成立的。其实，并不仅仅只是王蒙的《在伊犁》，王蒙的其他一些重要作品，比如1990年代以后创作完成的长篇小说"季节"系列以及审视表现1980年代中国知识分子行状的长篇小说《青狐》，比如带有明显中国传统笔记小说韵味的《尴尬风流》，也都不同程度上存在着被忽略被遮蔽的状况。虽然本文的集中分析对象只是王蒙的系列小说《在伊犁》，但应该引起文学史家们充分注意的一个问题却是，到底采用怎样的文学史叙述模式，才能够有效地解决对于如同王蒙这样的复杂性作家进行文学史定位的问题，才可以从根本上避免类似的被遮蔽问题的再度发生。

虽然我们无意于否定王蒙其他类型小说作品的重要价值，但说实在话，在我看来，除了如王安忆这样的慧眼独具者之外，大多数的王蒙研究者都在很大程度上忽视了《在伊犁》这个系列小说的重要价值。无论是从所谓新时期文学演进发展的角度来看，还是单就具体的小说文本所蕴含的思想艺术价值来看，王蒙的《在伊犁》都具有着十分重要的价值。应该注意到，王蒙写作《在伊犁》的1983—1984年，中国文坛仍然被笼罩在所谓伤痕、反思以及改革文学的总体气氛中。一个非常耐人寻味的悖论情形就是，当时的中国文学界，一方面批判清算着刚刚成为过去的"十七年"与"文革"文学思想艺术层面上的过于政治化倾向，但在另一方面，正在行进发展过程之中的诸如伤痕、反思，甚至于改革文学，却又都异常鲜明地表现出了一种突出的政治化倾向来。无论是对于"文革"的批判，还是对于改革开放事业积极的鼓与呼，当时的主流文学作品的政治化倾向都是十分明显的。如果说这一点在当时还看得不够清楚的话，那么，在时过境迁之后的现在，就已经看得非常清楚了。特别值得注意的是，同样置身于这样一种普遍社会氛围中的王蒙，却并没有被当时的潮流裹挟而去。他的《在伊犁》系列小说，虽然表现的是"文革"时期边疆地区的生活，但王蒙却明显地避开了当时主流文学那样一种过于政治化的艺术倾向。王安忆所谓"王蒙完全放下对政治的意见了"的说法，很显然指的就是这一点。众所周知，王蒙的一生，始终与现实政治存在着堪称复杂的缠绕关系。正因为如此，所以，对于政治进行自觉或者不自觉的艺术表现，也就自然构成了王蒙小说一个十分突出的特征。对于这样一位存在着突出的政治意识或者说政治情结的作家来说，他能够在《在伊犁》中，采取这样一种表现"文革"政治的艺术方式，就显得特别难能可贵了。说"王蒙完全放下对政治的意见了"，说王蒙充满艺术智慧地巧妙规避了1980年代初期主流文学过于政治化的创作倾向，却也并不意味着王蒙在《在伊犁》中采取的就是一种刻意回避政治的艺术方式。说实在话，王蒙不仅在现实生活中是现实政治的积极参与者，而且，在他的文学作品中，作家从来也没有对于现实政治采取过鸵鸟般的规避态度。具体到《在伊犁》这个系列小说中，对于小说所描写再现着的那个特定的"文革"时代的政治，王蒙同样进行着正面的艺术表现。这一点，无论是在《逍遥游》当中，还是在《淡灰色的眼珠》或者《哦，穆罕默德·阿麦德》当中，都有着突出的表现。而《好汉子伊斯麻尔》一篇，则干脆讲述了一个发生在伊犁农村中的"造反"故事。既然是"造反"的故事，那当然就是属于政治的范畴之内的。真正的问题是，既然存在着对于政治的艺术表现，那为什么整个系列小说《在伊犁》并没有给读者留下格外强烈的政治化感觉印象呢？答案就潜藏在王蒙的后记之中。"虽然这一系列小说的时代背景是那动乱的十年，但当我写起来、当我一一回忆起来以后，给我强烈的冲击的并不是动乱本身，而是即使在那不幸的年代，我们的边陲、我们的农村、我们的各族人民竟蕴含着那样多的善良、正义感、智慧、才干和勇气，每个人心里竟燃着那样炽热的火焰，那些普通人竟是这样可爱、可亲、可敬，有时候亦复可惊、可笑、可叹！即使在我们的生活变得沉重的年月，生活仍然是那样强大、丰富、充满希望和勃勃生气。真是令人惊异，令人禁不住高呼：太值得了，生活！到人民里边去，到广阔而坚实的地面上去！"要知道，当王蒙写下这段话的时候，是在"文革"刚刚结束不久的新时期初期。在那样一个作家们普遍地被某种社会政治热情裹挟而去的"宏大叙事"时代，王蒙能够意识到日常生活的存在价值，并且写出如此睿智的一段话语来，真的非常不容易。政治与生活之间，当然存在着复杂的关系，而且，在某些特定的历史时期，以高压姿态出现的现实政治，往往会对现实生活产生足够大的制约力量。但与此同时，我们还应该看到，一方面，高压姿态的政治一般都很难维持长久的时期，另一方面，即使是在所谓的政治高压时代，普通民众的日常生活也在继续进行。虽然，这时候的所谓日常生活，往往会以一种生活潜流的形式出现。王蒙能够突破"文革"时期的政治外壳，将自己的笔触深深地探入生活的深处，将"仍然是那样强大、丰富、充满希望和勃勃生气"的边疆地区的日常生活凸显在读者面前，说明王蒙确实具备着某种超人的艺术智慧。

《在伊犁》的出现，在某种意义上标志着王蒙早在"宏大叙事"格外盛行的1980年代初期，就已经以一种"春江水暖鸭先知"的姿态率先开始了对于大约一直到1990年代之后才在中国文坛逐渐流行起来的所谓"日常叙事"的大胆尝试。对于"日常叙事"，有论者曾经进行过深入的探讨："平民生活日常生存的常态突出，'种族、环境、时代'均退居背景。人的基本生存，饮食起居，人际交往，爱情、婚姻、家庭的日常琐事，突现在人生屏幕之上。每个个体（不论身份'重要'不'重要'）悲欢离合的命运，精神追求与企望，人品高尚或卑琐，都在作家博大的观照之下，都可获得同情的描写。它的核心，或许可以借用钱玄同评苏曼殊的四个字'人生真处'。它也许没有国家大事式的气势，但关心国家大事的共性所遗漏的个体的小小悲欢，国家大事历史选择的排他性所遗漏的人生的巨大空间，日常叙事悉数纳入自己的视野。这里有更广大的兼容的'哲学'，这里有更广大的'宇宙'。这些大说之外的'小说'，并不因其小而小，而恰恰是因其'小'而显示其'大'。这是人性之大，人道之大，博爱之大，救赎功能之大。这里的'文学'已经完全摆脱其单纯的工具理性，而成就文学自身的独立的审美功能""日常叙事是一种更加个性化的叙事，每位日常叙事的作家基本上都是独立的个体……在致力表现'人生安稳'、拒绝表现'人生飞扬'的倾向上，日常叙事的作家有着同一性。拒绝强烈对照的悲剧效果，追求'有更深长的回味'，在'参差的对照'中，产生'苍凉'的审美效果，是日常叙事一族的共同点。"①如果从一种更大的文学时空来看，整部中国当代文学史在进入1990年代之前，可以说基本上处于"宏大叙事"盛行的时代。作为中国现代文学史上"日常叙事"代表作家的张爱玲，她的代表性作品在大陆的重新引起注意并且随后又成为许多作家追逐模仿的对象，已经是1980年代中期的事情了。等到张爱玲登陆并开始产生影响的时候，王蒙《在伊犁》这个系列小说的小说集都已经由作家出版社正式出版了。之所以强调这一点，是要说明王蒙《在伊犁》中的"日常叙事"，并不是受到张爱玲影响之后的产物。如果一定要在王蒙写作《在伊犁》系列的同时寻找另外一位体现"日常叙事"特征的作家的话，那就恐怕只有早已作古的汪曾祺先生了。说实在话，二十多年前初读《在伊犁》的时候，懵懂无知的我并没有产生过什么特别的感觉。只有在这次重读《在伊犁》的过程中，我才产生了一种异常强烈的似乎在阅读汪曾祺般文字的感觉。这个时候的我，方才清醒地意识到要想说清楚王蒙《在伊犁》的思想艺术价值，就必须与汪曾祺的小说进行相应的比较。

必须承认，在重读《在伊犁》之前，我从来也没有产生过王蒙与汪曾祺居然会有相似之处的想法。我觉得，大多数人的感觉和我是相同的。大家一种共同的感觉就是，虽然都曾经被打成过"右派"，但王蒙与汪曾祺其实是两类作家。一个积极入世介入

①郑波光《二十世纪中国小说叙事之流变》，载《厦门大学学报》2003年第4期。

现实政治，另一个则很显然是闲云野鹤，总是游离于现实政治之外。同样的，两位的小说语言风格也有着极大的差异。一个总是泥沙俱下滔滔不绝，直如同黄河之水天上来，另一个则是格外地讲究文字的品格与韵味，虽不能说是惜墨如金，但汪曾祺对于语言的出色控制能力还是一向都为人称道的，其中的弹性和诗意表现得十分明显。但《在伊犁》这样一个曾经长期处于被遮蔽状态的系列小说的重新发现，却逼迫着我们必须重新审视评价王蒙与汪曾祺这两位作家创作之异同。从总体的行文风格来看，王蒙的《在伊犁》很显然与汪曾祺一贯的小说作品存在着不少相同之处。二者的相同处，首先表现为散文化风格的具备。在谈到汪曾祺的时候，黄裳曾经有过这样的说法："曾祺自己说过，'我年轻时曾想打破小说、散文和诗的界限'，又说，'有时只是一点气氛。我以为气氛即人物'。直至晚年，他也没有放弃这个创意，这就注定他的小说和散文分不开了"。"总之，曾祺在文学上的'野心'是'打通'，打通诗与小说散文的界限，造成一种新的境界，全是诗。有点像钱默存想打通文艺批评古今中西的境界一般。可惜中道殒殂，未尽其志。'志未才'，哀哉！"①而王蒙的《在伊犁》，追求的也正是这样的一种艺术境界。关于这一点，王蒙在后记中已经说得很明白："一反旧例，在这几篇小说的写作里我着意追求的是一种非小说的纪实感，我有意避免的是那种职业的文学技巧。为此我不怕付出代价，故意不用过去一个时期我在写作中最为得意乃至不无炫耀地使用过的那些艺术手段""文性难移，写着写着，到后面两三篇，我未能恪守那种力求只进行质朴的记录的初衷。就是说，越写越像小说了。有一得必有一失，有一失却也可能有一得。长短得失，有待于读者评说"。什么叫"非小说的纪实感"呢？什么叫"质朴的记录"呢？怎么却又"越写越像小说了"呢？很显然，王蒙在这里所强调着的自己在《在伊犁》中的艺术追求，也正是一种散文化的风格。

说到散文化风格的具备，只要我们将《在伊犁》中的若干篇什仔细地品

---

① 黄裳《也说汪曾祺》，载《读书》2009 年第 2 期。

读一遍，即不难得到有力的确证。比如《逍遥游》一篇，自始至终没有一个相对集中的故事情节，开篇处仅关于伊宁市的介绍性文字就将近有一万字之多，你说，这样的小说所具备的能不是散文化的风格么？其次，则是对于风情民俗的描述与表现。汪曾祺小说的风俗描写可谓是有口皆碑，"汪曾祺的小说注重风俗民情的表现。既不特别设计情节和冲突，加强小说的故事性，着意塑造'典型人物'，但也不想把风俗民情作为推动故事和人物性格的'有机'因素。他要消除小说的'戏剧化'设计（包括对于情节和人物性格的刻意设计），使小说呈现如日常生活的自然状态。"①这一点，在他的《受戒》《大淖记事》等作品中有着突出的表现。比如《大淖记事》中关于老锡匠的这样一段描写："老锡匠会打拳，别的锡匠也跟着练武。他屋里有好些白蜡杆，三节棍，没事便搬到外面场地上打对儿。老锡匠说：这是消遣，也可以防身，出门在外，会几手拳脚不吃亏。除此之外，锡匠们的娱乐便是唱唱戏。他们唱的这种戏叫做'小开口'，是一种地方小戏，唱腔本是萨满教的香火（巫师）请神唱的调子，所以又叫'香火戏'。这些锡匠并不信萨满教，但大都会唱香火戏。戏的曲调虽简单，内容却是成本大套：李三娘挑水推磨，生下咬脐郎；白娘子水漫金山；刘金定招亲；方卿唱道情，……可以坐唱，也可以化了装彩唱。遇到阴天下雨，不能出街，他们能吹打弹唱一整天。附近的姑娘媳妇都挤过来看，——听"。虽然着墨并不多，但对于当时当地一种风俗习惯的描写却给读者留下了极深刻的印象。王蒙《在伊犁》中的情形也是如此，比如《虚掩的土屋小院》一篇中关于房东老大娘阿依穆罕喝茶的描写，给读者留下的印象同样十分突出。生活在新疆地区的维吾尔、哈萨克人普遍热情好客，其中一个很重要的内容就是招待客人喝奶。"经过了至少半分钟的思忖以后我才对这个场面做出了判断：原来房东大娘从中午开始喝的这次奶茶仍在继续进行！锅灶也扒出了许多灰，显然又烧了不止一大锅水，挂在木柱上的茶叶口

①洪子诚《中国当代文学史》，北京大学出版社 1999 年 8 月版，第 262—263 页。

袋，中午我们一起喝茶时还是鼓的，现在已经是瘪瘪的了。摆在树下的小炕桌上铺着桌布（饭单）里放着两张大馕一摞小馕的，现在已经掰得七零八落，所剩无几。天啊，这几个维吾尔女人，其中特别是我的房东阿依穆罕大娘可真能喝茶！如果不是亲眼看到我都不能相信，简直能喝干伊犁河！我在书上看到过古人的'彻夜饮'，那是说的喝酒，而且只见如此记载，未见其真实生活。今天，我却看见了'彻日饮'茶！"二者相比较，汪曾祺是泛写，王蒙是特写，但点染描写的艺术效果却都是很成功的，留给读者的印象也都是难以磨灭的。从一个更为阔大的层面来看，或许所有对于乡村世界进行"日常叙事"的作品，实际上都无法回避对于所谓风俗民情的透视与表现。在这个意义上，汪曾祺与王蒙也无非不过是两个描写成功的作家个例而已。

然而，虽然存在着如上两个方面的相同之处，但在汪曾祺与王蒙的《在伊犁》之间，风格差异也同样是十分明显的。差异之一，主要表现为浪漫化与烟火气的区别。尽管我们说汪曾祺的小说是属于"日常叙事"一脉的，但读汪曾祺先生的小说，我却总是会感觉到其中一种浪漫化倾向的突出存在。无论是描写和尚奇特爱情生活的《受戒》，还是表现巧云与小锡匠十一子之间世俗爱情故事的《大淖记事》，这一点，都有着十分突出的表现。同样的故事到了其他作家笔下，或许就会是一种彻头彻尾的悲剧性结局。但在汪曾祺的笔下，虽然也颇费了些周折，然而，却又总归是一种有情人终成眷属的圆满结局。无论是从对于事件发展过程的描述来看，还是从最终的故事结局来看，一种多少有些超然于生活之上的浪漫化倾向的存在，都是不容置疑的。尤其值得注意的是，《受戒》一篇的结尾处，汪曾祺还专门地注明了一句："写四十三年前的一个梦"。什么是梦呢？此处之"梦"，应当被理解为是"梦想"的意思。既然是梦想，那么，一种浪漫化倾向的具备也就是自然而然的了。与汪曾祺的这种浪漫化倾向形成鲜明对照的是，在王蒙的《在伊犁》中，我们却感觉不到有丝毫的浪漫气息存在。如果说汪曾祺的那些作品尚且带有一定的浪漫主义色彩的话，那么，王蒙的《在伊犁》就绝对只能是现实主义的。导致这样一种特点形成的一个根本原因，或许正在于作家所具体描写着的是"文革"那样一个政治疯狂时代的缘故。作家采用的是一种现实主义手法，具体表现的又是"文革"这样一个疯狂压抑的时代，王蒙的《在伊犁》系列小说当然不可能具有浪漫化的色彩。相反的，王蒙在《在伊犁》中所明显感受到的，乃是一种格外浓重的人间烟火气。这一点，在《哦，穆罕默德·阿麦德》一篇中体现得最为突出。出现在王蒙这个系列小说中的诸多人物形象中，唯一一位能够与浪漫化气息联系起来的人物，大概就是穆罕默德·阿麦德。虽然自己的生活条件十分简陋，但天性浪漫的穆罕默德·阿麦德却总是想着能够超越现实，去追求一种浪漫理想的实现。在小说中，其浪漫性格最突出的表现，就是他不仅在幻想中爱上了书中的美丽少女狄达丽尔："后来我不无嘲弄之意地想道：其实不是几个世纪之前的大诗人、政治家纳瓦依，而是这个叫人哭笑不得的穆罕默德·阿麦德爱上了书中的狄达丽尔，瞧他说起狄达丽尔时半闭着眼、温柔多情的样子，活像刚刚得到了那位天仙般的少女的一吻呢。"而且，还不可救药地爱上了现实生活中条件比他优越许多的玛侬奴尔。这样的一种浪漫追求当然不可能实现，穆罕默德·阿麦德的浪漫遭受了残酷现实的无情嘲弄，玛侬奴尔最终还是无奈地嫁给了别人。而穆罕默德·阿麦德呢，则只能以与其他人打闹的方式来排解发泄自己的内心苦闷："胡闹只要一停下来，他的神情便充满沮丧（也许只有我注意到他的神情了吧），而他一旦发现我心疼（我也终于为他'心疼'了）地看着他，他就立刻找人胡骂乱笑地出一通丑"。就这样，穆罕默德·阿麦德的浪漫理想，也只能在残酷的现实面前最终化为泡影。所谓的浪漫理想终究还是不能当饭吃，充溢着人间烟火气的生活的现实逻辑必然地压倒了带有鲜明虚幻色彩的浪漫理想。

差异之二，则主要体现在人物形象的刻画塑造上。从前面我们的引述文字中，可知汪曾祺曾经明确地表示，自己的小说创作所追求的一种艺术理想就是："有时只是一点气氛。我以为气氛即人物"。由此可见，汪曾祺的小说创作实际上是不太重视人物形象的刻画塑造的。虽然不能说，汪曾祺笔下的人物就无法给读者留下一定的印象，但相比较而言，我们在读过汪曾祺的小说之后，印象最深的恐怕还是他那特别的语言句式以及艺术境界（也即汪曾祺自己所反复强调的"氛围"）。正所谓"求仁得仁，求智得智"者是也。与汪曾祺的小说相比较，王蒙系列小说《在伊犁》的一大值得肯定之处，则正在于对于若干人物形象的成功塑造。重读《在伊犁》，可以发现，其中的很多人物都给读者留下深刻的难忘印象。当然，其中最成功的，恐怕还是穆罕默德·阿麦德、穆敏老爹、依斯麻尔、爱弥拉姑娘等这样几位。关于穆罕默德·阿麦德这个形象，前面已经有所涉及。他可以说是整个《在伊犁》系列小说中人性构成最为复杂的一个人物形象。如果说待人热情、求知欲很强、向往先进文明，可以被看作是穆罕默德·阿麦德性格的一个侧面的话，那么，好逸恶劳、过分讲究虚荣显然就是其人性中的负面因素。虽然小说中关于穆罕默德·阿麦德向"我"借钱以及他女里女气的描写会让我们产生不适的感觉，但是，穆罕默德·阿麦德在玛依奴尔身处困境时毅然决然的出手相助，穆罕默德·阿麦德对于妻子阿娜尔古丽的满腔深情，"我"离开时硬是塞给"我"九元钱的还钱行为，再加上小说结尾处他满怀深情唱出的那首"云游四方"的歌曲，却都会使我们倍加感动，会使我们不由自主地产生一种要流泪的强烈感觉。穆敏老爹是贯穿于系列小说中的一个富有生存智慧的维吾尔智者形象。无论是对于诸如穆罕默德·阿麦德、依斯麻尔、马尔克木匠等人物的巧妙点评，还是对于"我"这样一个落难诗人终将摆脱苦难命运缠绕的睿智预言，抑或还是对于葡萄美酒的精心酿造，不仅都给读者留下了难忘的印象，而且还可以在很大程度上让读者联想到维吾尔智者阿凡提来。在一定意义上，我们完全可以把穆敏老爹看作是一位现实生活中的阿凡提。除此之外，诸如依斯麻尔身上能力与野心的组构结合，爱弥拉姑娘的淳朴、热烈及其对于纯真爱情的执着追求，也同样表现得生动形象，同样留给了读者难以磨灭的印象。

要想充分地界定王蒙《在伊犁》的思想艺术价值，还应该与虽然稍后出现然而却很快呈蔚为大观之势的"寻根文学"进行简单的比较。我认为，"寻根文学"在1985年前后的终成气候，从根本上说，虽然受到了国内的"文化热"以及拉美"魔幻现实主义"的巨大影响，但如果从国内文坛的基本情况来判断，则汪曾祺的小说创作与王蒙的《在伊犁》系列无疑可以被看作是"寻根文学"的先声。"寻根文学"的出现，当然是由于一批作家文化意识觉醒的缘故。而在汪曾祺的小说与王蒙的《在伊犁》系列中，最难能可贵的一点就是文化意识的突出表现。正因为如此，所以我们自然有必要将王蒙的《在伊犁》与"寻根文学"做一番比较。其实，对于王蒙《在伊犁》系列所处理的边疆少数民族地区的生活题材而言，创作时很容易出现的就是一种"猎奇化"倾向。由于作家是当地特殊文化形态的外来与旁观者，更由于王蒙所据守着的汉文化与边疆地区特殊文化形态之间的天然差异，所以，作家在创作的时候稍有不慎，就可能会以一种"文化猎奇"的心态去面对异己的文化形态。这样，其小说文本自然也就会表现出某种鲜明的"猎奇化"倾向来。从这个意义上看来，王蒙值得充分肯定的一个地方，正在于他能够以一种可谓是"平常心"的姿态来面对边疆地区的特殊文化形态，所以，他的《在伊犁》小说系列才能够有效地避免这种"猎奇化"倾向的出现。相比较而言，稍后一个时期出现的"寻根文学"作品中，除了极少的一部分作品（比如阿城的《棋王》等）之外，大部分作品都存在着不同程度上的"猎奇化"倾向。这一方面最为典型的代表作品，恐怕就是韩少功的那部中篇小说《爸爸爸》。现在看起来，作家们觉醒了之后的文化意识当然十分可贵，但对于这种文化意识所普遍采取的"猎奇化"艺术表现倾向，却应该说是不自觉地陷入了某种艺术观念的误区之中。关于这一点，只要把"寻根文学"的作品，与汪曾祺的小说、与王蒙的系列小说《在伊犁》稍作比较，就不难得出一种明确的结论来。其艺术境界的高下之分，是不难做出判断的。具体来说，在汪曾祺、王蒙的小说作品中，透露表现出的更多是面对文化时的自信与从容，而在很多"寻根文学"的作品中，体现出的则是一种面对文化时的紧张与焦虑不安。

除了以上已经提及到的诸多思想艺术特征之外，王蒙《在伊犁》能够取得艺术成功的另外一个原因，恐怕就是作家对于小说叙述者的特别设定。实际上，《在伊犁》之所以能够有效地避免"猎奇化"倾向的伤害，同样与这样一个叙述者的设定存在着某种内在的联系。那么，出现于《在伊犁》中的叙述者究竟是怎样的一种形象呢？很显然，这是一位来自于遥远京城的知识分子，这个被当地人普遍称为"老王"，被《逍遥游》中的茨薇特罕称之为"王民"的知识分子，是因为诗人（作家）的身份在"文革"中获罪被发配到边疆地区进行劳动改造的。因为王蒙自己曾经有过长达十六年之久的在新疆的生活经历，所以，在一般的意义上，读者很容易地就会把这位"老王"理解为是王蒙自己。这样的一种理解倒也不是全无道理，但如果严格地按照叙事学的理论来说，这样的说法却是难以成立的。在叙事学的意义上，我们只能把这个以第一人称出现的叙述者"老王"，理解成一位带有明显自传色彩的叙述者形象。因为曾经长期地在边疆少数民族地区工作和生活，所以，"老王"对于当地的文化习俗早已司空见惯，当然也就不会再生出带有一定惊异色彩的"猎奇"心理。因为是戴罪之身，所以，作为知识分子的"老王"在面对边疆地区的少数民族民众时，自然也就不可能表现出某种自觉或者不自觉的精神优越感来。同时，也正因为这"老王"乃是来自于遥远京城的身份尊贵的诗人（作家），所以，虽是前来进行劳动改造的戴罪之身，但"老王"却依然得到了边地少数民族民众的普遍尊重。在我看来，正因为小说中的"老王"同时具备了以上的诸种特征，所以，这样一个叙述者才能够以一种不卑不亢的平视姿态真正地切入到"文革"时期边地少数民族现实生活的深处，才能够对那个特定阶段的生活做出一种生动形象且又不失朴实的艺术表现，同时，也能够有效地将王蒙自己的一种"即使在我们的生活变得沉重的年月，生活仍然是那样强大、丰富、充满希望和勃勃生气"的生活与艺术观念成功地传达给了广大的读者。从以上的分析即不难确认，王蒙系列小说《在伊犁》的成功，的确与"老王"这个叙述者的特别设定存在着必然的联系。

从笔者多年来的跟踪阅读体验来看，王蒙确实是一位当代中国文坛少见的取得了多方面成就的杰出作家。如果要以一种比喻性的说法来表达的话，那么，我想说，王蒙是个海，一位具有极大包容性的如同海一样广阔的作家。小说之外，无论是诗歌、散文以及报告文学的创作，还是文学批评的写作，抑或还是关于《红楼梦》、李商隐以及刚刚开端的关于老子的研究，甚至于包括三卷本自传的写作，王蒙的多方面文学成就，是当代的其他作家所难以比肩的。即使仅仅就小说创作的领域来说，王蒙的成就也是令人惊叹的。他不仅有早期的《青春万岁》《组织部新来的年轻人》，有被称为"东方意识流"的《春之声》《海的梦》《夜的眼》，有"季节"系列长篇小说以及《青狐》，有颇具传统笔记小说韵味的《尴尬风流》，当然，也还有我们这里正讨论着的系列小说《在伊犁》。仅仅抓住其中的某一个方面，而忽略了其他方面的存在，就都可能成为一种其实不应该的文学遮蔽。因此，要想对丰富复杂的王蒙进行"盖棺论定"式的全面总结，实在是一件不容易的事情。这就要求我们的研究者们，在面对王蒙的时候，必须持有一种慎之又慎的研究姿态。不管怎么说，王蒙的《在伊犁》绝对是一种曾经被长期忽略了的文学存在。现在，是到了重新认识《在伊犁》重要思想艺术价值的时候了。

《中国作家》2009 年第 15 期

新世纪长篇小说中的先锋叙事

一　先锋叙事的来龙去脉

很显然，要想深入讨论新世纪长篇小说创作中的先锋叙事问题，首先就必须从概念的意义上厘清究竟何谓先锋叙事的问题。虽然所谓的先锋叙事肯定是一个众说纷纭难以简单界定的文学概念，但最起码我们仍然有必要说明本文是在怎样的一种意义上使用这个概念的。那么，究竟何谓先锋叙事呢？我们注意到，曾有学者进行过这样的一种概括总结："'先锋'一词的本义是指：作战或行军时的先头部队，现多用于比喻义，含有'开拓者、拓荒者'的意思。总之，他们是以先驱者的姿态出场，并且具有某种导向作用。'先锋'在日常话语流行甚久，但它进入文学话语及批评话语则是不久以前的事。它发生在19世纪末20世纪初西方文学观念革新时期。20世纪西方文学涌现出一大批'新面孔'，诸如象征主义、表现主义、超现实主义、意识流、魔幻现实主义、新小说派、荒诞派、黑色幽默等等，理论统统将它们归属于'现代主义'门下。'现代主义'源于法语moderne，意指现代的、新的、先锋的。而这些文学流派因为在各个领域不同程度地反叛传统和标新立异而具有某种'先锋'的意味。'先锋'的命名本身包含着的'文学前沿''开创者'等意味，为那种看来异常突兀的背离确立一种'合法化'的陈述。所以，在西方大多数理论家的眼中，'现代派'或现代主义与'先锋派'是同一能指的不同所指。"①

首先应该承认，以上所引述的关于文学艺术领域内的所谓先锋问题的论述基本上代表了目前国内学术界对于这个问题的主流看法。但是，如果我们将这种看法，与同样对于所谓的先锋问题进行追根溯源式的学术探究的西方本土学者的看法做一比较，就不难发现二者之间实际上存在着明显的差异。具体来说，我们所选取的参照对象乃是美国学者卡林内斯库，是其一部关于现代性的名著《现代性的五副面孔》。在这部产生了相当大影响力的著作中，卡林内斯库格外详细地考察了"现代主义""先锋派""颓废""媚俗艺术"以及"后现代主义"这样与"现代性"问题密切相关的五个重要概念。虽然同样强调先锋一词的本义与战争存在着一定的关系，但在卡林内斯库看来，这一概念所普遍运用于文学艺术领域的时间却很显然要早于中国学者所理解的19世纪末："在19世纪的前半期乃至稍后的时期，先锋派的概念——既指政治上的也指文化上的——只是现代性的一种激进化和高度乌托邦化了的说法。"②不仅仅在所谓先锋派的兴起时间上存在着理解的差异，更为关键的问题还在于基本性质问题理解上的分歧。与我们通常只是将先锋理解为文学艺术领域的革新者形成鲜明区别的是，卡林内斯库特别指出了所谓两种先锋派的问题："19世纪70年代在法国，先锋派一词虽然仍保有其广泛的政治含义，已开始用于指称一小群新进作家和艺术家，这些作家和艺术家把针对社会形式的批判精神转移至艺术形式的领域。这种转移并未导致艺术家从属于一种狭隘的政治哲学，或使他们沦为单纯的宣传家。宣传

①肖翠云《先锋文学》，见《二十世纪中国文学批评99个词》相关词条，浙江文艺出版社2003年9月版，第122—126页。

②分别见卡林内斯库《现代性的五副面孔》，商务印书馆2002年5月版，第103、121、145、148—149页。

要富有效力，就必须求助于最传统的、图式化的甚至是简单化的话语形式。而新的先锋派艺术家感兴趣的——无论他们多么赞同激进的政治观点——是推翻所有羁束人的艺术形式传统，享受探索先前被禁止涉足的全新创造镜域的那种激动人心的自由。因为他们相信，对艺术进行革命与对生活进行革命并无二致。"①很显然，卡林内斯库在这里所强调着的先锋派其实具有着双重的先锋意味。其一，当然是艺术形式意义上的革新意义。其二，则是对于艺术家们正置身于其中的现实社会进行一种坚决的批判性表达。而后者，则往往是国内的学术界很容易忽略的一个方面。事实上，只有在如上这样一种双重的意义上理解先锋派的概念内涵，可能才是比较准确到位的。

由卡林内斯库的论述再回到国内，就可以发现，在骆一禾的《先锋》一诗以及徐敬亚的《崛起的诗群》一文中率先使用先锋一词之后，先锋就开始了与中国当代文学缠绕不休的复杂历史过程。虽然在具体使用的过程中确实存在着很大的分歧，但国人更多地还是在一种小说创作流派的意义上运用先锋这一概念的，尤其是在 1980 年代的中期之后。"在中国当代文学语境中，'先锋文学'就是指以形式主义为旗帜、以叙事革命为轴心、彻底颠覆既有文学传统的文学。它的代表性作家是形成自己叙事风格的年轻作者，主要有马原、洪峰、扎西达娃、苏童、余华、格非、叶兆言、孙甘露等。"②我们此处所引述的是一种类似于词典性质的《二十世纪中国文学批评 99 个词》中的说法。既然具有词典的性质，那就说明了这样一种看法在中国学术界的普遍性。虽然将先锋理解为一个文学流派，显然不同于把先锋理解为一种艺术的形式特征，但从基本特质的界定上来看，这儿的说法与前面我们所引述的国内关于先锋的一种普遍理解，还是表现出了相当程度的一致性。这也就是说，尽管二者中一个是普遍概念，而另

①分别见卡林内斯库《现代性的五副面孔》，商务印书馆 2002 年 5 月版，第 103、121、145、148—149 页。

②肖翠云《先锋文学》，见《二十世纪中国文学批评 99 个词》相关词条，浙江文艺出版社 2003 年 9 月版，第 122—126 页。

一个则是特指概念，但共同的一点却是，二者都是在一种形式主义的层面上来理解看待先锋概念的。在这一点上，作家马原的情形可谓是一个极好的例证。我清楚地知道马原是对于中国当代小说的叙事产生过根本性影响的重要作家，然而，当我细细搜寻究竟哪部作品才真正堪称是马原的代表性小说作品的时候，我却又一无所获。虽然诸如《冈底斯的诱惑》《虚构》《上下都很平坦》这样的一些作品在发表的当时都曾经名噪一时，但在时过境迁之后的今天看来，经过必要的时间过滤之后，从严格的艺术意义上来说，这些作品却真的已经难称优秀了。这样，自然也就出现了一种令人费解的矛盾情形。一方面，马原的重要性是无可置疑的，但在另一方面，他却并没有能够创作出真正堪称经典的优秀小说来。因此，我们也就很难把他看作是一位优秀的作家。难道一个重要的作家居然可以不是一位优秀的作家吗？这二者又是怎样统一在马原这个作家个体身上的呢？应该说，对这个问题，我尽管曾经进行过煞费苦心的思考，但却难以得出有足够说服力的结论来。可以说，一直到现在，当我们发现其实所谓的先锋，在中国当代文学的语境中，向来就是一种形式主义概念的时候，才得到了根本的解决。既然所谓的先锋只是一种形式主义的概念，那么，作为先锋文学代表性作家的马原的根本价值，当然也就只能体现在小说的叙事层面上了。

然而，只要将《二十世纪中国文学批评 99 个词》中对于先锋这一概念的界定和理解，与卡林内斯库著作中的理解稍加对比，我们就不难发现国内学术界在这一问题上的偏颇和疏漏所在。既然存在着如此明显的偏颇，那么，我们很显然也就不能够继续只是在形式主义的层面上理解并使用先锋这个概念了。我想，我们的确应该接受来自于卡林内斯库著作的有益启示，应该在基本的叙事精神与叙事技巧这样两个层面上来理解先锋的概念。具体来说，本文所使用的先锋叙事这一概念，就包含了如上两个层面的双重内涵。当然，这也并不就意味着，我们的这种理解就很难得到其他学者的呼应。就笔者个人有限的视野而言，最起码，批评家洪治纲对于先锋概念的理解，是庶几与我们相近的。我们注意到，在强调"先锋文学作为反叛与开拓的艺术实践"的同时，论者也特别强调"真正的先锋就是一种精神的先锋，它体现的是一种常人难以企及的精神高度，是一种与公众意识格格不入的灵魂探险。只有作家的精神内部具备了与众不同、绝对超前的思想禀赋，具备了对人类存在境遇的独特感受和发现，他才可能去寻找新的审美表现方式，才有可能去颠覆既有的、不适合自己艺术表达的文本模式。"①在这里，洪治纲不仅强调了形式与精神层面上的两种先锋的同等重要性，而且还相当深入地探讨了二者之间的内在必然联系。必须明确指出的是，本文也正是在这样的一种双重意义上理解并运用先锋叙事这个概念的。

二 先锋叙事在新世纪长篇小说中的具体表现

在梳理并明确了先锋叙事这一概念的基本内涵之后，我们就需要关注考察先锋叙事在新世纪长篇小说中的具体表现了。就我作为一个新世纪长篇小说创作的忠实追踪者有限的观察视野来看，新世纪长篇小说中的先锋叙事主要表现为以下四种不同的形态。首先是一种虽然貌似现实主义叙事，然而如果从人物的精神实质上看，却就有着相当程度先锋性色彩的长篇小说。这一方面，最具代表性的便是吴玄的《陌生人》。如果只是从作品的叙事语调上看，《陌生人》所带给我们的绝对是一种现实主义的阅读幻觉。"何开来消失一年之后，来了一个电话说，我还活着。我说，我想你也活着。他说，你想得很对。我就告你一声，我还活着，别的也没什么可说。我以为他要问问何雨来的，他也没问，就挂了电话。"在我们一般的阅读印象中，似乎举凡是带有先锋意味的小说作品，就都会带有一定程度的艺术变形，最起码，在叙述语言中，也会明显地散发出一种所谓的先锋气息来。但是，对《陌生

①洪治纲《捍卫先锋，就是捍卫文学的未来》，载《文学报》2009年1月22日第7版"论坛"。

人》的阅读，如果仅仅只是从叙述语言上看，却明显地背离了这样一种原则。关于这一点，只要读一读小说开头处的这一段叙事话语，即不难得到有力的印证。关键的问题还在于，这样的一种叙事风格一直贯穿于整部长篇小说的始终。所以，我们当然也就很难从小说的叙事语言上，辨认出《陌生人》所具备着的先锋品格来。然而，就在我们试图将《陌生人》解读为一部具有现实主义品格的长篇小说的时候，吴玄对于主人公何开来精神世界的特别揭示与描述，却明确地告诉我们，从基本的叙事精神立场上来说，吴玄的这部《陌生人》只能够被看作是一部具有突出先锋品格的现代主义小说。这就是说，我们之所以认定《陌生人》乃是一部具有先锋意味的长篇小说，从根本上说，正是缘于作家对于何开来这一人物形象所进行着的堪称深入的精神挖掘。那么，何开来究竟是怎样的一个形象呢？说透了，小说中的"陌生人"何开来是一个不仅根本谈不上什么理想追求，而且连自己在日常生活中本应承担的基本责任都拒绝承担的，简直可以被称之为无用的"废物"的人物形象。何开来曾经是一个异常优秀的中学生，所以他才能够考入全国著名的南京大学历史系去读书。然而，就在家人为他倍感自豪的时候，毕业时他却做出了一个令所有人都感到诧异的举动，那就是回到老家箫市："毕业后，他回到箫市，分在市府办公室当秘书。他是自己要求回来的，本来，在1992年，大学生还算是相当稀缺的物种，分在北京、上海、广州这些大城市，并不困难，这肯定也是大部分人的选择"。诧异也罢，理解也罢，何开来毕业时这种异乎寻常的选择还是完全可以用个性来加以解释的，只要他回到箫市之后能够正常地工作生活就行。但谁也没有想到，对于何开来种种更加无法理喻的反常举动而言，这才仅仅只是一个开始。粗略计来，回到箫市之后，围绕何开来，大约先后发生过这样几件比较重要的"大事"。一件是工作上的调动。一般情况下，人们只会选择由电视台调往市府工作，而不会反其道而行之，但何开来却偏偏就是要主动跑到电视台去当记者。另外两件就都与所谓的爱情婚姻有关了。一是和医生李少白。在通常人眼里，不失英俊、潇洒的电视台记者何开来与漂亮、安静而又内敛的医学院毕业生李少白的结合，完全可以说是相当般配的。遗憾的是好景不长，一向习惯于逃避责任的何开来很快就从李少白身边逃走了。二是和富婆杜圆圆。虽然何开来与其实和他太不般配的杜圆圆的结合本身，似乎凸显出了何开来非同于一般世俗的人生价值理念，然而，同样令人不可思议的是，这样一种缺乏激情的平静生活并没有能够持续很久。就在杜圆圆因刀伤住院的时候，何开来再一次地逃向了生活中的别处。这样看来，李少白与叙述者对于何开来的认识和评价就是相当到位的。"她（李少白）一定是越想越糊涂，最后只好摇头说，这个，我也不知道，这个，不好说，很难说，说不清楚，反正他北京回来后，我们是一天比一天陌生，待在一个屋子里，完全就像两个陌生人。他说，他一直在心灵内部寻找什么东西，但是，故乡是陌生的，他以为爱情就是故乡，他爱我，他经历过爱情，但是，他发现爱情也是陌生的，我也是陌生的，就连他自己，他也是陌生的"。而在叙述者的心目中："我想象得出他还是老样子，不死不活。他活着其实跟死了也差不多。我这样说，并不是冷漠，我的意思是他的活法跟别人不一样，他像死人一样活着"。

必须承认，何开来这一形象虽然还明显地带有着与西方现代文化极其相似的移植性色彩，虽然小说对于何开来性格形成的必然过程交代得还很是不够，但他毕竟应该被看作是作家吴玄对于当代人某种生存状况的独到发现，是这种独到发现被艺术凝结之后的一种结果。何开来不仅对事业、爱情、婚姻、家人，而且对于自己，都感到特别"陌生"，都表现出一种相当惊人的冷漠态度，以至于连丝毫的责任感都谈不上的性格特征，正是吴玄对于当下时代国人某种普遍精神状态的独到发现与表达。在何开来这个人物身上，我们甚至可以明显地感觉到有某种存在主义意味的存在。此处所谓存在主义，并不只是单纯指称以萨特为突出代表的那种较为狭隘意义上的存在主义，而是指作家在自己的小说创作中突破了一种简单的生活层面之后，在某种显然更为深入的存在论的层面上来对笔下的人物进行艺术性省思。也正是在这个层面上，吴玄《陌生人》中的何开来，就能够让我们联想到法国作家加缪笔端的"局外人"。其实，也并不仅只是加缪，只要我们稍为留心一下，就不难发现近些年来诺贝尔文学奖的颁奖倾向。就我个人的体会而言，无论是大江健三郎、耶利内克，还是库切、凯尔泰斯，抑或还是帕慕克、格拉斯，这些获奖者的作品中都明显地表现出了一种存在论的思想意味。这就充分说明，能否在一种存在论的意义层面突入现实生活，并且对自己所表现的客体对象进行某种存在论意义上的深入思考，乃是衡量某一文学作品优秀与否的重要标准之一。这样看来，出现在吴玄笔下的这位何开来，很显然已经多少体现出了存在论的况味，虽然吴玄做得肯定还不够好。从根本上说，一方面，可能是受到来自于现代西方文明影响的缘故，另一方面，则很显然与中国当下时代经济的迅猛发展以及由此而导致的物欲的空前膨胀存在着直接的联系，我们发现，在当下的中国的确出现了一种相当令人惊异的精神的空洞化和虚无化倾向。吴玄选取何开来这样一个接受过高等教育的青年知识分子作为自己艺术审视表现的对象，由此而对当下时代国人一种普遍的精神空洞化与虚无化状况进行相当尖锐的批判性表现，不能不说是一种值得充分肯定的睿智之举。在关于先锋叙事概念的界定过程中，我们曾经刻意地强调精神与形式层面上双重内涵的重要性。事实上，在客观存在的文学现实中，既有双重意义上的先锋存在，也有单一层面上的先锋存在。我们这里所具体分析着的《陌生人》，很显然就属于一种精神层面上的先锋叙事。

其次，是一种带有强烈寓言色彩的长篇小说。在新世纪以来，这一方面最有代表性的作家就是阎连科。可能是由于自己坚持过很长一个时期现实主义小说创作的缘故，当然同时也与中国文化语境的影响有关，阎连科很可能是当下中国文坛现实主义的焦虑情绪最为强烈的一位作家。这一点，在作家为其长篇小说《受活》所写的"代后记"《寻找超越主义的现实》中便有着突出的表现。在其中，阎连科对长期以来在文坛盛行的所谓"现实主义"深感不满，他不无激烈地写道："现实主义，与生活无关，与社会无关，与它的灵魂——'真实'，也无多大干系，它只与作家的内心和灵魂有关。真实不存在于生活，只存在于写作者的内心。现实主义，不存在于生活与社会之中，只存在于作家的内心世界。现实主义，不会来源于生活，只会来源于一些人的内心。内心的丰饶，是创作的惟一源泉。"①阎连科的小说创作，以发表于1997年的中篇小说《年月日》为界，可以明显地划分为风格不同的两个阶段。前一个阶段，阎连科的写作风格与中国文坛主流现实主义小说风格呈明显一致的状态，而到了后一个阶段，阎连科的小说写作风格却发生了很大的变化。然而，尽管阎连科的写作风格已经发生了极大的变化，但或许是由于置身于中国文化语境中的缘故，阎连科却仍然坚持要把自己的小说看作是现实主义小说，所以，自然也就会有《受活》的"代后记"中对于传统现实主义的猛烈攻击，会有多少带有一些强词夺理性质的对于所谓现实主义的个人化理解与反复申说。我们所谓阎连科的现实主义焦虑的说法，也正是由此而来的。客观公允地说，我们虽然理解阎连科何以会生成这样一种特别的现实主义焦虑，但阎连科的见解存在着明显的偏颇却也是无法否认的事实。其实，阎连科大可不必有此焦虑，他为什么就不能够干脆承认自己的后期小说创作实际上已经不再是现实主义了呢？在我们看来，无论是从阎连科在创作谈中所屡次强调的内心世界的真实也好，还是从其后期的文本创作实际来看，阎连科《年月日》之后的作品，都只能被理解为是具备了鲜明先锋品格的现代主义小说作品。这样看起来，那几部曾经给阎连科带来极大声誉的长篇小说，诸如《日光流年》《坚硬如水》《受活》《丁庄梦》《风雅颂》，都应该被归入到这个行列之中。

作为一个艺术风格极为鲜明的现代主义小说家，阎连科可谓是精神与叙事层面上的双重先锋。从精神的层面上看，阎连科绝对是与现实生活短兵相接的一位尖锐审视和批判者。在1980年代以来的中国社会中，逐

①阎连科《寻找超越主义的现实》（《受活》代后记），见《受活》，春风文艺出版社2003年12月版，第369—371页。

渐地形成了一种关于现代化问题的普遍共识。那就是，现代化不仅是中国而且也是整个世界发展的一种必然趋势与必然归宿，只有这样一种不可逆转的现代化，方才可能赐予人类所期盼的一切幸福，任何一种与现代化相悖逆的选择都是不可信的，都有可能把人类导向某种灾难的深渊。这样一种关于现代化的理念，很显然已经成为1980年代之后中国最为普遍且不容置疑的意识形态神话。而《受活》的价值则正鲜明地体现出了阎连科对于这样一种普遍共识的质疑，对于这样一种意识形态神话的有力洞穿。如果我们认为现代化的实现从根本上意味着某种对于人类福祉的终极关怀的话，那么人的全面现代化，较之于经济的积极发展而言，自然也就显得更为重要了。在这个意义上，柳县长不惜以极大地损害并侮辱受活人精神自尊的方式，组织"绝术团"出演以筹措巨额购列款的行为，就绝对应该受到质疑和批判。以这样一种凌辱伤害底层社会的方式求得经济上的高速发展的现代化模式，当然应该予以坚决否定。因此，我们才认为，阎连科在《受活》中对于现代化思维所进行的必要的质疑和反思，对于底层社会所表现出的悲悯关怀，也就的确是相当难能可贵的了。如果说《受活》的批判主要是针对于一种弥漫全国的现代化思维的话，那么，在《风雅颂》中，阎连科的批判矛头就对准了当下时代的中国知识分子。通过主人公杨科在京城以及故乡耙耧山脉中的双重悲剧性遭际，作家既把批判的矛头指向了当下时代极不合理的学术体制与社会体制，同时也指向了精神极度颓伤萎靡的知识分子自身。杨科不仅没有能够凭借自己的诗经研究成果晋升教授，反而因此而被逐出了清燕大学的遭遇，一方面固然体现着学术体制的弊端，但在另一方面，正如李丹梦所指出的，却也明显地折射表现出了杨科自己作为一个农裔知识分子内心世界中的精神痼疾。[1]在批判社会的同时，也能够将批判反思的笔力指向自身，对自身的内心世界进行堪称深入的揭示与思考，是阎连科的《风雅颂》最具锐力的精神锋芒所在。

---

①李丹梦《面对心灵的"乡土"》，载《文艺争鸣》2009年第2期。

与精神层面的先锋品格同样重要的，是阎连科小说中一种越来越突出了的寓言特征。"所谓寓言，指的是首先有一个表面的故事，但寓言的目的不是这个表面故事，而是为了表面故事之外的寓义。因此，真正的寓义不是它表面上显示出来的，而是需要重新解释的。杰姆逊说：'寓言的意思就是从思想观念的角度重新讲或再写一个故事。'……寓言的表层意义不是自足的，它总是指向另一个故事和意义。所以，理论家说寓言所代表的不是它自己而是另一个故事，这和象征区分了开来。象征就是它所代表的东西，它本身是具象和抽象的统一体……象征是自足的存在，而寓言则相反，它总是使作品主题关涉到外在于艺术作品的各种对象，这就可能产生出多重的含义，而象征从具象到抽象的途径则是单一的。""现代批评引申了寓言的这种多重指涉性和复义性，认为寓言的方式与现代世界的分裂性是一致的。寓言构成了'那种物与意义、精神和人类的真实存在相割裂的世界的表现方式'。如果说，'象征'对应着一部理想的整体性的历史，那么，'寓言'则对应着颓败与破碎的历史，不再有整体性。'与象征所体现的有机整体相对立，寓言表现了一个分崩离析的无机世界。"①本文就是在这种意义上使用寓言这个概念来指称阎连科的这些长篇小说的。就《受活》和《风雅颂》来说，阎连科首先运用艺术变形的方式讲述着明显具有荒诞色彩的故事。在《受活》中，作家所集中讲述的是受活庄在茅枝婆的领导下先是入社，然后又千方百计地要退社，而且最后居然真的退社成功的中心故事。在其中又交叉叙述了受活庄的残疾人凭借着自身的种种绝术四处出演赚钱，与政治狂人柳县长试图到俄罗斯购买列宁遗体这样两个次中心的故事。如果从现实生活的层面上来看，阎连科所讲述的这些故事都是荒诞不经的，缺乏起码的可信度。然而，如果从寓言的意义上看，阎连科这貌似荒诞不经的故事中却包含着作家对于当下的市场经济时代，对于长期以来一直主导着中国社会发展的现代化思维，所进行着的其实异常严肃深刻的批判性思

①吴晓东《〈城堡〉的寓言品质》，见《漫读经典》三联书店 2008 年 7 月版，第 9—10 页。

考。在《风雅颂》中，杨科亲眼目睹妻子与副校长的奸情而下跪哀求，杨科在精神病院讲授诗经居然大受欢迎，杨科在县城里的天堂街与众小姐相伴过年，杨科最后率领着天堂街的小姐以及一伙专家教授，向着所谓的"诗经之城"逃去，等等，这样一些故事中荒诞不经的色彩同样是十分明显的。但正是在这些相当荒诞的故事中，阎连科不仅对于当下时代中国知识分子萎靡、卑怯、猥琐的精神世界给予了痛切尖锐的批判性揭示，而且对于现实生活中存在着的极不合理的学术与社会体制也进行了深入的否定性思考。必须强调的一点是，我们以上虽然只是对阎连科小说中的内涵做了或一方面的理解论述，但这却并不意味着阎连科的作品只具有我们所指出来的思想内涵。正如同王鸿生可以从《受活》中读出"反乌托邦的乌托邦叙事"①，李丹梦则可以从《风雅颂》中读出农裔知识分子的精神痼疾来一样②，阎连科的这些具有突出寓言意味的长篇小说的"多重指涉性和复义性"也是毋庸置疑的。而这，很显然更符合我们对于寓言这一概念的基本理解。这样，我们当然也就有更充分的理由把阎连科的这些长篇小说看作是带有鲜明先锋意味的寓言叙事作品。

第三，是一种更多带有叙事方式上的变革意味的现代主义小说，李洱与刁斗是这一方面的两位代表性作家。如果说阎连科属于半路出家的先锋叙事作家的话，那么，李洱与刁斗这两位更为年轻的作家从小说创作的起始阶段开始，就一直在矢志不渝地进行着先锋叙事的艺术实验。他们都创作过不止一部带有先锋叙事意味的长篇小说，但最能代表他们这一方面艺术成就的长篇小说却是李洱的《花腔》和刁斗的《我哥刁北年表》。所以，我们此处对于他们先锋叙事的探讨就将主要结合这两部小说而进行。面对《花腔》，我们必须注意在"真实还是虚幻？"一节中，曾经出现过这样两段叙述话语。一段是"好多事用阿庆

---

① 王鸿生《反乌托邦的乌托邦叙事》，载《当代作家评论》2004 年第 2 期。

② 李丹梦《面对心灵的"乡土"》，载《文艺争鸣》2009 年第 2 期。

的嘴说出来是一个样，用范老的嘴巴说出来是另一个样……常常会有这样一个幻觉：一个被重复讲述的故事，在它最后一遍被讲述的时候，往往更接近于真实。一位精神病学专家告诉我，这说明我在潜意识中是个'人性进化论者'，即相信随着时间流逝，人性会越来越可靠。他说，'真实'其实是一个虚幻的概念。"另一段则是"但是，至少人们对真实的渴望还是真实的吧？对我来说，如果没有这样的渴望，我就不会来整理这三份自述，并殚心竭虑地对那些明显的错讹、遗漏、悖谬，做出纠正、补充和梳理。……渐渐明白了这样一个事实：本书中的每个人的讲述，其实都是历史的回声。还是拿范老提到的洋葱打个比方吧：洋葱的中心虽然是空的，但这并不影响它的味道，那层层包裹起来的葱片，都有着同样的辛辣。"很显然，这两段叙述话语中所潜藏着的正是李洱《花腔》全部的叙事哲学所在，作家的整部小说正是按照这样的叙事哲学而渐次展开的。具体来说，《花腔》中主要出现了三种不同层次的叙述声音："第一个层次的叙述者是'我'，'我'是冰莹之女蚕豆的女儿，蚕豆的生父虽然是宗布，但她精神上的父亲却是葛任，与她没有血缘关系的葛任对她的呵护胜过亲生父亲。这样，'我'其实也可视作是葛任的后人，而"我"确实也是以葛任的后人自居的：'作为葛任的后人，我在看到白圣韬的自述前，也认同这个常识，即葛任死于1942年的二里岗。在常识面前，我们似乎只有默认，服从，或无动于衷'。然而，常识又往往是靠不住的，正是出于对常识的怀疑，出于澄清葛任死亡真相的目的，'我'开始了自己探寻历史真相的历程。探寻的结果首先便是白圣韬、赵耀庆（阿庆）与范继槐这三位当事人的自述的产生，而白圣韬、赵耀庆和范继槐便构成了第二个层次上的叙述者。他们站在各自的立场上以知情者的角度讲出自己对葛任的理解和认识，这三位当事人的叙述构筑了《花腔》的'半壁江山'。然而，在整理这三个人自述文字的过程中，'我'却发现其中存在着明显的错讹、遗漏或悖谬之处，于是便不时地要通过对其他史料的引证来加以纠正、补充和梳理。而这些史料却也同样来源于其他的历史知情人，也即或多或少对葛任有所了解认识的当事人，比如黄炎、田汗、川田、安东尼·斯威特、孔繁泰、毕尔牧师、埃利斯牧师等。'我'大约又先后引述了十多人的自述。在笔者看来，黄炎、田汗等其实就可以被视作第三层次的叙述者，他们的叙述又构筑了《花腔》另外的'半壁江山'。这样，在小说文本中以第一人称"我"出现的各个层次的叙述者便有近二十人之多。我们所聆听到的正是这些不时地发生着矛盾冲突的来自于不同当事人的关于葛任的叙述声音，或者说是'历史的回声'。"①就这样，分属于三个叙事层次上的近二十位叙述者，便开始了他们充满了歧义与冲突的叙事过程。对这整个叙事过程的实录结果，就是长篇小说《花腔》的产生。叙述者的根本动机本来是试图努力澄清历史的真相并再现历史的真实，但叙事的最终结果却明显地构成了对于叙事动机的彻底解构。在读过《花腔》之后，一种异常真实的感受，就是通常意义上一种"真实"感觉的被完全瓦解。却原来，根本就不存在一种本质意义上的所谓生活或者历史的真实。我们通常所理解的真实，其实只不过是一种主观性色彩很强的关于"真实"的幻觉而已。归根到底，只存在着叙事的真实，而并不存在着所谓的本质真实。对于既往真实幻觉的彻底破除，对于历史本身的一种空洞与虚无化本质的有力揭示，正可以被看作是李洱《花腔》通过形式层面上的先锋叙事而最终达到的一种精神层面上的先锋内涵。

刁斗《我哥刁北年表》的先锋性，同样十分突出地表现在小说的叙事形式上。在小说临近于结尾的时候，我们读到了这样的一段话："以上文字，皆为我哥刁北所写。我的意思是，这部关于我哥刁北的书，不是我写的，是他自己写的，只不过，他借用我的口吻，采用了第三人称的叙述方法。他五十岁生日那天，我确实答应过为他写传，可一直没动笔，我也没想动笔。"却原来，我们所读到的不过是主人公刁北一种"变相"的"自传"而已。那么，作家又为什么要使用

①王春林《对知识分子与革命关系的沉思与表达》，载《山西大学学报》2004年5期。

这样一种叙述人称上的刻意转换呢？必须承认，刁斗的努力确实取得了相当的成功。一个十分明显的标志就是，虽然我们早已知道小说的实际叙述者乃是刁北自己，但却还总是在有意无意之间把小说中以"刁斗"的身份出现的"我"看作是小说的叙述者。这样一种叙述者混淆情形的出现，就有力地说明着刁斗小说叙事人称运用上的娴熟与成功。这样一种叙事人称的特别设定，可以使得小说同时可以获取第一人称和第三人称这样两种叙事效果，使得小说在基本的叙事问题上，一方面具有了第一人称的内在与真切，另一方面也具有了第三人称的客观与可靠。除了叙事人称的特别设定之外，刁斗这部小说叙事上的另外一个特点就突出地体现在基本的叙事结构上。在基本的叙事结构上，最为突出地凸显出了刁斗小说叙事"碎片化"的一种艺术追求。比如小说的第三章："在这一章，叙述者首先讲述的是 1952 年，我爸和我妈怎么样发生第一次关系的故事。然后，就是 1973年，刚刚被解除了劳动教养之后的我哥刁北，怎样在北京我姥姥家与他的第一任恋人纪学青相遇的事情。接下来，时间很快又跳回到了我哥刁北的劳教时间，讲述他怎样因为从冰窟窿中救出关光进而被提前释放的故事。然后，时间又向前一下子蹦到了新世纪的 2001 年，我哥刁北和他的女友潘新菊一块结伴去了遥远的黑龙江。接着，时间很快就又跳返到了堪称浩劫的'文革'期间，叙述纪学青怎样因为与外国人搭腔而被捕，最后设法从牛棚中逃回至姥姥家中的事情。最后，叙述者的视点转移到了那个因为无法控制自己的放屁问题而最终被迫以自杀形式了结的名叫遇毓的女孩子身上，这个女孩与我哥刁北之间的关系，是她死去之后，由我哥刁北替她拟写了墓碑上的所谓'临终遗言'。就这样，虽然只是短短的一章篇幅，但作家却刻意地操纵着时间，使时间先后发生了多达五次的扭转变化。其实，并不只有第三章是这样的，小说的其他各章所采用的也都大致是类似的结构方式。"①那么，刁斗为什么

---

① 王春林《2008 年的长篇小说创作略论》，载《文艺争鸣》2009 年第 2 期。

特别热衷于使用这样的一种可谓是"碎片化"的叙事方式呢？对此，他自己曾经有过专门的说明："后来我迷另一路小说。另一路小说的最大特点，是挑战完整。它当然也完整。它们当然完整。可是在我眼里，它们又有种说不清道不明的不完整性。它们提炼不出明确的'关键词'，还主题多义难下定评，故事不悲不喜，情节不跌不宕，结构不三不四，语言不阴不阳。它们是些奇异的碎片，闪烁在我精神世界的最幽暗处。"①值得注意的是，刁斗这样一些叙事方式上的特别设定，与作家对于当下时代的中国知识分子形象的理解和塑造存在着相当紧密的关系。而这也就意味着刁斗的先锋性长篇小说，在形式的先锋之外，也还具有着精神层面上的先锋特质。说到底，在这部长篇小说中，刁斗所刻意塑造的是我哥刁北这样一个具有明显悲剧性色彩的知识分子英雄形象。如同刁北这样的知识分子形象，在其他作家的一些小说中，比如胡发云的长篇小说《如焉@sars.come》中，就肯定会是一个被作家所充分肯定着的知识分子英雄形象。但出现于刁斗小说中的我哥刁北，却很显然已经是一个处于被解构过程之中的知识分子英雄形象了。很显然，刁斗之所以要刻意地打破自然的时空秩序，要采用一种明显带着拼贴意味的结构方式，其根本的艺术意图，正是要凭此而凸显出类似于我哥刁北这样的知识分子形象在现实生活与历史过程中一种经常性的精神尴尬处境来。正是在这一点上，如同刁北这样的知识分子形象，可以让我们联想到美国作家索尔贝娄的代表作《赫索格》来。这样一种联想的形成，自然也就充分凸显出了刁斗长篇小说精神层面上的先锋性特征。

第四，在一些批评界很少把他们与先锋叙事联系起来的优秀作家的长篇小说中，其实也同样地存在着某种十分突出的先锋叙事品格，尽管这些作家的先锋叙事方式之间实际上是各具特点的。可能是受制于某种思维惯性制约影响的缘故，我们注意到，在文学批评界，只要一提及先锋一词，大家联想到的就是出现于1980

①刁斗《碎片》，载《山西文学》2009年第1期。

年代中后期的先锋文学思潮，就是马原、余华、格非、苏童等这样几个耳熟能详的作家名字，好像所谓的先锋已经变成了专属于这批作家的一种专利似的，其他的作家作品一概不能沾边。这种观念确实存在着很大的误区，一方面，我们当然承认先锋文学是一个曾经产生过不小影响力的思潮概念，但在另一方面，我们也更应该认识到，所谓的先锋更是一种精神的先锋，一种表现方式上的先锋。从后者的意义来看，先锋当然就不可能是某些作家的专属品了。不仅如此，与1980年代中后期那些只是一味地专注于在形式主义层面上进行实验探索的先锋作家形成鲜明区别的是，这些同样运用先锋叙事方式的作家们同时更把小说理解为某种关乎于精神的事物，真正地在形式与精神有机结合的层面上对于中国当代小说的发展演进产生了扎实有效的推进作用。因此，我们在研究分析先锋叙事问题的时候，实际上根本不应该忽略这些切实进行着先锋叙事的作家。具体到我们所关注的新世纪这个时段，在长篇小说创作中同样进行着某种难能可贵的先锋叙事探索的作家，主要有史铁生、韩少功、李锐、蒋韵这样几位。这种情形的出现，其实在某种程度上确证着先锋叙事本身的巨大生命力。如果1980年代那些先锋文学作家们的创作努力可以算作是先锋叙事在中国当代文学中的播种扎根的话，那么，这些成熟作家对于先锋叙事的操作和运用，就应该被看作是先锋叙事的开花结果。从这样的意义上看来，这些作家在先锋叙事方面所做出的艰苦努力当然不容低估。

具体说来，这些同样在先锋叙事方面做出了不懈努力的长篇小说作品，主要有史铁生的《我的丁一之旅》、韩少功的《暗示》、李锐和蒋韵合作的《人间》等这样几部。其实，史铁生的先锋叙事早在20个世纪的八九十年代之交发表的中篇小说《一个谜语的几种猜法》中，就已经成为其小说创作的一种显著特色了。要想探讨史铁生《我的丁一之旅》这部长篇小说的先锋特征，我们还得征引批评家洪治纲的相关看法："这一时期（指20世纪80年代后期以来）的先锋作家，更多地是从生命的存在境域出发，从人的自然属性出发，不断地逼进各种人性的潜在部位，倾力于对人类生存内部的困厄、迷惘、焦灼、苦难进行一种深度的理性探究，以取代以往先锋小说中过度自信和执着的理想质色。"①从这样一个角度来衡量史铁生的《我的丁一之旅》，当然也就不难发现其中所存在着的双重先锋意味。史铁生的小说创作一贯是以其存在层面上对于人生的深入思考而引人注目的，这一点，在他的这部以对性与情的思考为表现重心的长篇小说中有着甚为突出的表现。由于自己身体条件的原因，所以史铁生的小说创作自然不可能向外在的社会生活领域扩张，而只能向着自我乃至于整个人类的内在人性世界作一种纵深的挖掘和表现，并进而对于人类的存在之谜进行更加独到的勘探与思索。然而，小说创作毕竟并不是哲学论文，史铁生的这一切深邃思考均得依赖于必要艺术手段的设定与运用。或者说，精神层面上的先锋性往往是与形式层面上的先锋性同步实现的。就《我的丁一之旅》而言，其精神的先锋性便是依赖于形式层面上的两种先锋探索而得以完美实现的。首先，是对叙述者"我"的一种独特设定。不难发现，在史铁生的这部小说中，"我"既是丁一，又不是丁一，在更多的时候，"我"又是亚当，或者说是人类的某种代名词。这样看来，小说中所展示着"我"的丁一之旅，便又可以被理解为是"我"的人类之旅，"我"的存在之旅，等等。但也正是在"我"的……之旅的过程中，史铁生对于人类的性与情，对于人类的存在进行了格外深入的探求与思考。其次，则是对于一种戏剧性对话结构的刻意营造。史铁生小说的故事情节向来并不复杂，这部长篇小说也同样如此。构成了小说主体内容的只是一个又一个的人物对话场景，这些对话具有着十分突出的对抗与辩难色彩。从小说的基本构成上来看，这充满了对抗与辩难色彩的对话过程是十分必要的。因为任何一部小说的成立，都需要具有一定的故事情节张力。在史铁生这里，这艺术张力的具体体现就只能是具有对抗与辩难色彩的对话过程。正是因为有戏剧性对话结构的存在，所以才

①洪治纲《中国当代先锋文学发展主潮》（下），载《小说评论》2005年第6期。

一方面推进了小说故事情节的演进发展，另一方面却也进一步凸显出了作家对人类存在所进行的深入思索，并且使《我的丁一之旅》表现出了某种格外强烈的对于形而上存在问题的探寻意味。

关于韩少功，批评界一种普遍性的看法，就是把他看作是一位少有的具有突出思想能力的作家。这一点，早在他 1980 年代扮演"寻根文学"旗手的时候，就已经开始得到强有力的印证了。从长篇小说的创作来看，韩少功的先锋性其实早在上个世纪末的那部曾经名噪一时的《马桥词典》中，就已经表露无遗了。在今天重新回头审视，《马桥词典》的先锋性实际上主要表现为两点。其一就是通过语言释义的方式，将马桥这样一个特定地域内人们的生存方式凸显在读者面前，其中当然渗透着作家对于现实与历史生活所进行着的存在论思考。某种意义上，韩少功的《马桥词典》可以被理解为是对海德格尔所谓"语言是人类存在的家园"这个著名命题的形象化诠释。其二是对于词典这样一种结构方式的巧妙使用。词典体本身就可以被看作是韩少功小说最基本的叙述结构，而这种叙述结构本身却就是破碎的。这就说明，早在写作《马桥词典》的时候，韩少功就已经得风气之先地以破碎式的叙述结构，将读者导引向了一个早已碎片化了的现代世界观念。在《马桥词典》的基础上，韩少功进入新世纪之后创作的长篇小说《暗示》在小说的先锋性方面就走得更远了。在这部由"隐秘的信息""具象在人生中""具象在社会中""言与象的互在"四部分组成的长篇小说中，韩少功紧紧围绕着人类不仅可以以言传意，而且更可以以象传意这一质点问题展开了自己对于人生、社会诸问题不乏存在意味的深入思考。如果说，几年前的《马桥词典》充斥于全篇的主要还是故事，虽然这些故事都已经完全零碎化了，但毕竟还符合小说的基本规范的话，那么这部《暗示》中虽然也偶有一些虚构的故事和人物穿插于其中，但占据文本主要地位的却已经是作家对于人生社会诸问题存在论意义上的一种深邃理性思考了。在这个意义上，我们甚至完全可以把《暗示》看作是一部以彻底颠覆解构传统的长篇小说文体规范为基本追求的长篇小说。

在我看来，韩少功之所以在《暗示》之后没有再创作新的长篇小说，恐怕与他的这种颠覆存在着很大的关系。这与金庸在《鹿鼎记》之后不再从事于武侠小说创作的情形是完全一样的。因此，虽然一般的读者或批评家仍然将《暗示》理解为长篇小说，但若真正地尊重文本实际的话，反倒不如把《暗示》称之为一部巨型的思想随笔更为合适。其实，对于韩少功而言，在他写作《暗示》的时候，究竟要把这部作品写成小说抑或思想随笔并不是一个关键的问题。真正关键的问题在于，无论采用什么样的表达方式，只要能恰如其分准确无误地把自己的思想传达给广大的读者就意味着艺术上的成功。这也就是说，韩少功的长篇小说创作已经达到了某种"从心所欲而不逾矩"的自由境界。在这个意义上，当然也可以把《暗示》看作是某种艺术上的"返祖"现象。正如同古代的《庄子》可以集散文、寓言乃至小说的因素于一体来表达自己的思想一样，我们殊几也可以把韩少功的《暗示》看作是具备了这样一种性质的文学作品。当我们这样解析着《暗示》的时候，其先锋性实际上早已经表露无遗了。

作为一部"重述神话"的长篇小说，重述"白蛇传"故事的《人间》是作家李锐和蒋韵到目前为止唯一一部合作完成的作品。其中的先锋性因素主要表现在结构线索的特别设定上。不难发现，《人间》最起码包涵了这样四条结构线索。一是发生于20世纪现实时空中的秋白的故事，二是白蛇与许宣之间的爱情故事，三是"蛇人"粉孩儿与"笑人"香柳娘的梦幻之恋，四是青蛇与"范巨卿"之间的悲情人生。不仅如此，在具体的叙事过程中，作家还分别采用了第一人称自述与第三人称全知这样两种不同的叙述方式。很显然，这样的一种叙述结构不仅具有形式上的意义，同样更具有一种与小说思想主旨密切相关的精神性意义。我们之所以强调《人间》先锋性特征的具备，正是因为李锐和蒋韵通过这样一种叙述结构的特别设定，相当有效地传达出了某种特定的带有存在论色彩的深刻人生况味。从叙述的流程来看，小说中的四条结构线索是相互缠绕在一起的，忽而秋白，忽而法海，忽而白蛇许宣，忽而又是青蛇"范巨卿"。认真地思索一下，我们就不难发现这样一种相互缠绕着的叙述结构背后所潜藏着的精神性意义。具体来说，李锐、蒋韵的《人间》讲述的是一个跨越了千年时空的，建立于佛教轮回转世观念之上的关于前世今生的神话故事。这样一种前世今生的轮回变迁，这样的一种深刻的精神性意义，不正是只有依赖于小说中这样一种四条结构线索相互缠绕的叙述结构，才能得到完美的艺术表现吗？

三　新世纪长篇小说中的先锋叙事之价值衡估

以上，我们对先锋叙事在新世纪长篇小说中的具体表现，进行了一番相对深入的扫描与分析。接下来需要探讨的，就是我们究竟应该怎样看待评价先锋叙事的问题了。要想深入地研究这个问题，首先就必须对进入新世纪以来中国整体意义上的长篇小说创作情况有相对清晰的了解。"与1980年代相比，90年代的文学语境更加开放和多元化，许多在前一时期还被认为是'异端'的现代主义表现技巧，在1990年代得到了文学界的普遍认同，意识流、象征、隐喻、夸张、反讽、变形等手法堂而皇之地出现在各类小说作品中。经过几代小说家坚持不懈的探索和努力，西方现代主义手法和本土文学在1990年代达到了某种高度的融合。"[1]如果我们承认以上描述的合理性，那么，观照一下新世纪以来的长篇小说创作，就不难发现，与形式层面上的实验探索特别活跃，小说文体创新意识相当突出的1990年代相比，新世纪以来的长篇小说创作确实从整体上呈现出了一种格外沉寂的发展态势。虽然小说文体创新意识的匮乏，并不意味着就缺少能够称得上优秀的小说作品，但中国的长篇小说创作在新世纪明显地失去了对于所谓先锋叙事的尝试运用热情，却又的确是一种无法否认的客观事实。从文学创作的基本发展演变规律来看，这或许是在经历了1990

①王春林《新时期长篇小说文体流变概述》，载《文艺报》2008年12月13日第3版。

309

年代蓬勃异常的先锋叙事创造期之后，一个自然的创作调整期的出现。一个十分明显的迹象就是，这个时期的长篇小说创作呈现出了一种相当普遍的回归传统现实主义叙事模式的艺术倾向。许多作家重新回到五四文学、回到古典文学中去汲取有益的精神养料，力求在既往长篇小说艺术经验积累的基础上，探寻带有某种鲜明本土化特征的小说文体形式。

一个关键的问题在于，究竟是什么原因导致了新世纪长篇小说创作中本土化艺术倾向的形成。我们认为，除了文学创作周期性的自然调整之外，还存在着另外两个不容忽视的重要原因。首先，就是文化全球化这样一种总体文化态势的影响。应该注意到，伴随着经济全球化的日益发展，所谓的文化全球化也变得越来越咄咄逼人了。虽然对于文化全球化，学术界有着各种不同的理解与看法，但我们却更倾向于在一种"后殖民"的"新型文化帝国主义"的意义上来看待并使用这一概念。如果说文化全球化的确意味着一种"新型文化帝国主义"的扩张的话，那么，对于明显处于弱势地位的中华文化而言，当然也就存在着一个如何以有效的方式张扬本土中华文化，并以之对抗愈来愈咄咄逼人了的文化全球化态势的迫切问题。这样看来，新世纪长篇小说创作中这样一种本土化艺术倾向的出现，从一个更为广阔的文化范围来看，正可以被看作是具有强烈文化责任感的中国作家对抗文化全球化态势的一种积极有效的努力。如果说，这样的一种对抗努力还具有着相当积极的意义的话，那么，另外的一个原因，恐怕就必须引起我们的高度警觉了。具体来说，这另外的原因就是来自于所谓市场经济时代的负面影响。虽然我们无意于否定市场经济的迅猛发展对于中国的现实社会所带来的巨大变化，但与此同时，我们也应该能够看到，正是市场经济的时代才导致了一种可以被称之为市场消费意识形态的形成。如果说传统意义上的意识形态更多地带有政治色彩的话，那么所谓的市场消费意识形态就特别地注重经济收益的考量。"20世纪90年代以来，市场经济对计划经济的全面取代深刻地改写了社会的整体面貌。文学虽然在使用价值上有别于其他商品，但作为文化商品的图书也以其具体可算的交换价值像其他商品一样进入流通领域。"①既然文学作品的交换价值得到了空前的强化，那么作家们更注重于自己的作品在文化市场上的占有份额，也就成了顺理成章的事情。要想让自己的作品卖得好，自然就得适应读者的阅读层次，也就不能够让读者产生看不懂的感觉。长篇小说的创作也同样如此，要想取得很好的市场效应，作家们就不能够再坚持那样一种带有明显的精英色彩的先锋叙事了。这样说来，新世纪的长篇小说之所以会表现出一种异常突出的回归故事的现实主义艺术倾向，与市场效应这只看不见的手的无形操纵，同样存在着直接的关系。事实上，也正是在文化全球化与市场消费意识形态这双重原因的制约和影响之下，新世纪的长篇小说中的先锋叙事倾向遭受到了某种强有力的抑制，成为了一种只有很少一部分作家还在坚持的高雅艺术追求。

然而，先锋叙事虽然在新世纪的长篇小说创作中受到了明显的抑制，但正如同我们在第二部分所具体描述分析的，毕竟还有一部分作家以相当坚定的姿态坚持进行着先锋叙事的艺术努力，而且，也还的确取得了不小的艺术成就，产生了一定程度的艺术影响。我们认为，无论是从小说艺术多元化的角度来说，还是从中国长篇小说未来的艺术发展来考虑，新世纪长篇小说中的先锋叙事倾向都具有十分重要的意义和价值，值得我们倍加爱护和珍惜。实际上，就西方文学中本来意义上的先锋而言，原本就带有着十分突出的少数、精英的意味。"就社会方面说，现代西方文明在汤因比看来是中产阶级或资产阶级时代：'……西方现代文明中的现代一词，可以被转译为中产阶级，从而使它具有更确切更具体的含义；这样做不会造成误差。一旦成功地生产出在数量和能力上都足以担当社会支配阶级的资产阶级，西方社会就成为现代的（在这个词公认的现代西方意义上）。我们认为在 15、16 世纪之交翻开的西方历史新篇章是极其现代的，因为在接下来的四个多世纪里，直到 19 与 20 世纪之交后现代时期的

①申霞艳《消费社会的文学生产》，载《文艺争鸣》2009 年第 2 期。

开始，中产阶级在整个西方世界那些较为主要的部分里一直执掌权柄。'后现代时期的'标志是一个都市产业工人阶级的崛起'，以及更一般地，是一个'大众社会'及与之相应'大众教育'和'大众文化'体系的出现。"①并不只有汤因比持有这样的看法，欧文·豪的观点也极为相似："'我们面临着我们文化中的一个新阶段，就其动机和源泉来说，这个阶段代表着摆脱现代主义沉重遗产的愿望……新的感受力受不了观念。它受不了复杂而有条理的文学结构，而这些就在昨天还是批评界的口头禅。相反它需要的是像太阳一样绝对、像性高潮一样无可辩驳、像棒棒糖一样可口的文学——尽管文学也许是一个不恰当的词……左派作家的伦理焦虑不合它的口味，这些左派作家历经挫败，再也不能接受确定性的麻醉。它厌恶曼给予我们的那些反讽的放大复制品，厌恶卡夫卡引领我们走入的那些陷阱的幻象，厌恶乔伊斯留给我们的那些日常的恐惧与恩典。它流露出对理性的轻蔑，对心智的不耐烦……它烦透了过去：因为过去可笑之极。'看起来欧文·豪最憎恨的是后现代主义对公众喝彩的兴趣。现代主义是一种'少数派文化'，它通过同一种'支配性文化'相对抗来定义自己。但'新的感受力从一开始就是一次成功，渴望激动和羞辱的中产阶级公众欢迎它：大众媒介也是如此……自然也就出现了带着轻便理论的知识分子。"②在所引的文字中，虽然汤因比更多的是从社会文化的层面，而欧文·豪则是从文学的层面，但他们却共同地指出了具有鲜明的先锋派色彩的现代主义，与所谓的大众社会或者大众文化之间的不相容性。当然，两位先生都是从现代西方社会文化以及文学发展演变的角度来谈论这一问题的。在现代西方，当然是先有现代主义，而后有后现代主义。现代主义带有相当突出的少数精英的先锋派的色彩，后现代主义则更多地体现着大多数的大众社会文化的狂欢意味。正因为如此，所以他们的观点当然无法简单地套用来讨论中国当下时代的社会、文化以及文学。

①②分别见卡林内斯库《现代性的五副面孔》，商务印书馆 2002 年 5 月版，第 103、121、145、148—149 页。

当代中国的实际情况是，曾经长期坚持实行一种所谓的社会主义计划经济，一直到晚近一个时期，才开始真正地走上了务实的以经济建设为中心的所谓市场经济的发展道路。然而，与现代西方所走过的发展道路完全不同的是，在中国，与曾经的计划经济相对应的却是一种可以称之为精英文化的事物，学术界至今谈起来都依然把 1980 年代看作是一个充满着理想主义色彩的所谓纯文学时代，就是一个极其有力的证明。我们通常意义上的所谓先锋文学发生并得到初步发展的时间，也正是在这个时候。然后，就是所谓市场经济时代的到来了。任谁都无法轻易否认的一个客观事实就是，正是伴随着以务实的经济建设为中心的这样一个市场经济时代的到来，一种可谓是汹涌澎湃的大众文化的思潮，也就成为了当下时代甚至带有明显主导性色彩的文化思潮。受这样一种大众文化思潮制约影响的缘故，当下时代中国的一种极为严重的弊端，就是一贯坚持精神品位的所谓严肃文学创作也为了迁就市场，为了获得良好的市场效应，而表现出了一种非常明显的媚俗化艺术倾向。这样一种带有突出市场色彩的大众文化作用于长篇小说创作领域的一个直接结果，我们认为，就是前面已经一再提及过的，长篇小说中出现了一种非常鲜明地回归故事，或者干脆就是自觉地降低自身的思想艺术品位，以充分地适应市场化的需求这样的总体创作态势。在这里，虽然我们并没有全面否定大众文化的企图，大众文化的形成及其在当下时代的异常兴盛，肯定有它自身的一番道理，但是，如果为了中国文学未来的发展计，我们觉得还是应该大力肯定并提倡一种抵抗大众社会与大众文化的严肃文学创作。具体到新世纪以来的长篇小说写作领域，我们认为，一种虽然是少数但却弥足珍贵的先锋叙事艺术倾向的存在本身，就是抵抗大众文化思潮的有效方式。"作为反大众价值判断的反应之一，知识分子形成了先锋理论。根据这个理论，大众在文学和艺术上总是错误的。艺术上真正有价值的东西被看成是占人口少数的知识分子的突出才智。"①虽

①约翰·凯里《知识分子与大众》，译林出版社 2008 年 8 月版，第 20 页。

然论者的基本态度是试图否定先锋派的存在价值，但他却也在客观上强调说明了先锋派与大众文化之间尖锐对立的这样一种事实存在。他山之石，可以攻玉，借助于别人的理论最终还是要服务于我们正置身于其中的社会现实。归根到底，从中国当下时代的文化与文学现实来看，如果确实着眼于中国文学的未来发展，那么，我们也就应该义无反顾不遗余力地大力肯定新世纪长篇小说创作中的先锋叙事倾向。很显然，新世纪长篇小说中的先锋叙事具有着十分重要的现实与历史价值。这也正如同洪治纲所指出的："一个民族的文学发展，最需要的，正是作家必须拥有这种卓尔不群的先锋精神""捍卫先锋，就是捍卫中国文学的未来。"①对于新世纪以来中国长篇小说创作中的先锋叙事问题，我们所持有的也应该是这样一种坚定的毫不妥协的立场。

《文艺争鸣》2010 年第 15 期

①洪治纲《捍卫先锋，就是捍卫文学的未来》，载《文学报》2009 年 1 月 22 日第 7 版"论坛"。

边地现实的别一种思索与书写
——论《凿空》兼及刘亮程的整体文学写作

带着一种异常沉重的阅读感觉，从刘亮程长篇小说《凿空》（作家出版社 2010 年 4 月版）所营构的艺术世界中，走出来已经好一段时间了，但我却一直找不到有效进入这一部长篇小说的解读途径。虽然在对刘亮程小说的阅读过程中，我的心灵世界确实感受到了极大的震撼，然而，究竟以怎样一种方式，才能够把我的阅读感觉准确到位地表达出来，一时之间真的成了缠绕于我脑际的一个重要问题。一直到现在的这个标题出现在我的脑海之中，我才有了一种豁然开朗的感觉，才觉得自己终于找到了可以有效进入并深入理解刘亮程《凿空》的一种路径。什么是路径？路径就是道，是"道可道，非常道"的那个"道"，就是那条只有沿着它才可能切实抵达目的地的道路。虽然说，对于"道可道，非常道"的那个"道"，学界很可能会有许多种不同的理解方式，但毫无疑问，"路径"或者说"道路"，应该是其中非常重要的一种理解方式。说实在话，也真的是在找到了本文的标题之后，我才强烈感觉到了什么叫作"上帝说要有光，于是，就有了光"。如果说，是上帝之光的存在，照亮了整个世界，那么，也就可以说，是这个很不容易才被找到的标题，照亮了刘亮程《凿空》的整个文本空间。

说实在话，我之所以有机会在这里谈论刘亮程的《凿空》，并得以由此而进一步兼及他整体意义上的文学创作，在很大程度上，要感谢我的鲁院同学，新疆籍批评家何英的力荐。一方面，或许是因为刘亮程那部《一个人的村庄》影响很大并给我留下了很深印象的缘故，所以在我的心目中，刘亮程一贯是一个优秀的散文家形象。长此以往，这自然也就成为了刘亮程的一种形象定位。另一方面，在当下时代的中国文坛，其实也还少有优秀的散文家同时也是优秀的小说家这样一种现象出现。所以，虽然早就知道刘亮程有长篇小说《凿空》出版，但内心里却一直不以为然。当然，也就不可能去主动寻求阅读。前一段一个偶然的机会，与何英聊到了刘亮程，聊到了他的这一部《凿空》。何英说《凿空》绝对是一部值得一读的优秀长篇小说，要求我无论如何都要认真地读一下这部小说。何英是优秀的批评家，审美感觉非常到位，有了她的力荐，我自然会找来《凿空》认真阅读。但谁知，不读不知道，一读吓一跳。只有在认真地读过刘亮程的《凿空》之后，我才明白了一个人的审美偏见会有多么要命，才真正地意识到，在没有接触文本之前就做出的判断会有多么不靠谱。正是对《凿空》的阅读，从根本上改变了刘亮程在我心目中的惯常印象。也只有到了这个时候，刘亮程之不仅是一位优秀的散文家，同时也还是一位优秀的小说家的事实，方才得到了有力的确证。

　　在我看来，要想准确地厘定刘亮程长篇小说《凿空》的思想艺术价值，就必须把它同时置于刘亮程个人纵向的创作历程与同时代其他优秀长篇小说横向的坐标系之中进行相对深入的比较分析。因为此前已经认真地阅读过刘亮程的散文集《一个人的村庄》，于是，就又专门找了作家《凿空》之前的另一部长篇小说《虚土》来读。很显然，《一个人的村庄》、《虚土》以及这部《凿空》，这三部作品可以被看作是到目前为止刘亮程最重要的三部文学作品。因此，要想较为全面地理解把握刘亮程的创作历程，对这三部作品的阅读分析，就自然是必不可少的。首先当然是他的散文集《一个人的村庄》，刘亮程之在中国文坛的暴得大名，实际上正是因为这部20世纪末写出的散文集的缘故，也正因此，他才获得了所谓"乡村哲学家"的美誉。在经过了已经有十年之久的时间检验之后，我们发现，当时的文学界从《一个人的村庄》出发而把刘亮程看作 20 世纪末中国最后一位重要散文作家的理解定位，还是相当准确到位的。然而，在承认这种理解到位的准确性的同时，我觉得必须强调的一点是，当时的批评界实际上还是多少存在着一些对于刘亮程的误读。具体来说，这种误读主要就表现在当时的人们过分地注意到了刘亮程散文浪漫诗意的一面，而明显地忽略了作家在其中关于新疆地区不无严酷的现实生活的深入思考与表达。关于这一点，我以为，只有在时过境迁之后的现在，进一步联系他最新的长篇小说《凿空》，我们才能看得比较清楚。

刘亮程之由散文家向小说家的转型，一个标志性的文本，就是他的第一部长篇小说《虚土》。应该说，早在《虚土》出版的当时，我就已经注意到了这部长篇小说。之所以没有去阅读这部长篇小说，其实是明显地受制于自己某种审美偏见遮蔽的缘故。那就是，既然刘亮程是一位优秀的散文作家，那他的小说创作恐怕就好不到哪里去。关于《虚土》，一直到目前为止，我所读到过的最具力度的批评文字，就是何英发表在《当代作家评论》杂志上的一篇批评文章《刘亮程：〈虚土〉的七个方向》[1]。不过，也正是何英的文章，似乎在某种意义上证实支撑着我优秀的散文家未必同时是优秀的小说家的判断。那就是，虽然同样地是以一个村庄为自己的主要表现对象，但刘亮程的《虚土》却具有着某种十分鲜明的凌空蹈虚性质。不仅如此，而且刘亮程的《虚土》还很明显地存在着与《一个人的村庄》的承接之处。关于这一点，何英在她的文章中曾经有过清晰的描述："规避一切现成的知识，呈现一个直觉和心灵中的乡村世界，这应该是刘亮程主要的创作动机之一。他营造了一个与世隔绝、自然生长衰亡的奇幻的村庄。在这个村庄里，一切和谐共处，人与天地自然共生，乡村的知识和经验足够应付生活。与土地的面对面、与自然的朝夕相处使人们

①何英《刘亮程：〈虚土〉的七个方向》，《当代作家评论》2007 年第 1 期。

眼界开阔，立意高远，树叶在风中的走向、蒲公英开散的地方、一场风一般的命运，一粒沙枣花对应的那颗星星——人与自然的亲密与依赖还原到人类的童年"。然而，需要引起我们特别注意的，却是到了《虚土》当中，被称作"乡村哲学家"的刘亮程，开始逐渐地背离了对于现实生活的谛视和关怀，正如他自己在搜狐网谈及《虚土》时所说："如果《一个人的村庄》是这个村庄的大地和墙基的话，我认为《虚土》是这个村庄的屋脊，有抬升的势态。"只有在认真地读过《虚土》之后，我们才可以确认，刘亮程所谓《虚土》较之《一个人的村庄》"有抬升的势态"，其实是在强调小说更多地思考表达着某种抽象的人生哲学命题，因而也就具有了非常突出的隐喻象征意味。这就意味着，如果说《一个人的村庄》是一部兼容现实关怀和浪漫诗意的优秀散文集的话，那么，到了刘亮程的《虚土》当中，作家所延伸发展的实际上就只是其中浪漫诗意的那一个部分。虽然我们并无法否认《虚土》也是很有艺术个性的小说文本，但如果按照我自己小说更多地应该是及物的，应该以具象事物为主要表现对象这样一种艺术观念来判断，则《虚土》的艺术缺陷显然是十分突出的。所以，尽管《虚土》自有其特定的思想艺术价值，但在我看来，却并非是小说写作的正途。在我看来，只有到了写作《凿空》这样具有着强烈现实关怀特征的长篇小说的时候，刘亮程方才真正地寻觅到了小说写作的正途，方才真正地体现出了一位优秀小说家的艺术创造能力。关于这一点，只要与同时期的其他边地长篇小说略作比较就可以明显地见出。

应该看到，在进入新世纪以来，伴随着长篇小说创作热潮的持续高涨，确实有不少汉族和原住民族的作家，把自己的创作视野投向了与中原地区相比较存在着极明显的政治文化差异的中国边疆地区，投向了在这些远离中原文明的边远地区长期生活劳作着的原住民与非原住民身上。就我个人有限的阅读视野而言，诸如阿来的那部采用了花瓣式结构的《空山》，迟子建的《额尔古纳河右岸》，杨志军的《藏獒》三部曲，范稳的《水乳大地》《悲悯大地》《大地雅歌》，红柯的《乌尔禾》等作品，就都可以被看作是以边地为主要表现对象的代表性长篇小说。然而，需要特别强调的是，尽管从表现对象上看，刘亮程的这部《凿空》同样也可以被归入到边地长篇小说的范围之中，但从我个人一种直接的阅读直感来说，刘亮程的《凿空》与其他同类题材的作品相比较，却又极明显地存在着相当大的差异。说到底，我之所以会形成一种一时之间难以进入《凿空》所营构的思想艺术世界中的强烈感觉，其根本原因或许也正在于此。从这个意义上说，本文标题中所谓的"别一种思索与书写"，所欲强调说明的，实际上也正是这样的一种情况。

那么，与那些同样以边地生活为主要表现对象的同类长篇小说相比较，刘亮程《凿空》的"别一种"意味究竟何在呢？就我个人一种直接的阅读感觉而言，虽然以上的诸多作品都具有现实主义的基本品格，都在努力地追求着对于边地生活的真实还原与表达，但是，相比较而言，如果说其他的那些小说更主要的是着眼于文化的层面上，多多少少都带有着某种文化猎奇或者说文化展览的意味的话，那么，刘亮程《凿空》的值得肯定之处，就在于，小说一方面固然也带有强烈的文化意味，但在另一方面却又明显地突破了文化层面，更多地把自己的笔触探入到了边地的现实社会政治层面，对于当下时代的边地，具体到刘亮程这里也就是新疆的社会政治状况，进行了一种堪称是刻骨真实的思想艺术表现。或许正因为其他同类作品更多地着眼于文化层面的关注展示的缘故，在阅读的过程中，便总是感觉到有一种不无浪漫色彩的诗性弥漫于其间。然而，尽管说刘亮程早期那部曾经使他一下子暴得大名的散文集《一个人的村庄》，确实也是以充溢其中的浪漫诗性而著称于世的，但是，到了他的这一部《凿空》中，那样一种多少带有一点刘亮程标志性色彩的浪漫诗性却的确已经了然无踪了。取而代之的，我以为，实际上正是长期生活于新疆地区的刘亮程对于新疆现实生活一种简直可以称得上冷峻而又内在深刻的观察与书写。笔者注意到，对于《凿空》，实际上仍然有一些批评家，比如雷达先生，所一力强调的依然是小说的诗性色彩："《凿空》

在恢复小说的诗性建构上做了有成效的努力。好的小说有一个很高境界就是诗性，很多作家的成功都证明了他们的作品因诗性而赏心悦目"《凿空》也是如此，我们能感到他在表现人的一种精神向度，一种下意识的渴望，一种向未知世界索取和刨根问底的固执。"①从雷达先生的行文过程来判断，就不难看出，他如此一种结论的得出，很显然在很大程度上是顺延着对于刘亮程散文、小说一贯的评价发展而来的。虽然从广义的角度来说，任何一部优秀的文学作品都可以被称作是一种诗性的建构，但是，具体到刘亮程的这一部《凿空》，我以为，除了语言层面上的诗性存在之外，作家曾经的浪漫诗性，实际上确实已经荡然无存了。雷达先生的看法之所以没有能够抓住《凿空》的要害，一个很重要的原因，就是没有能够及时地注意到刘亮程小说写作其实已经发生了某种耐人寻味的变化。

就我个人的阅读感觉来说，相当于中国的小说家们普遍缺少思想力度的这样一种文学现实，刘亮程《凿空》的重要价值，突出地表现在深刻思想内涵的具备上。具体说来，《凿空》的思想内涵主要体现在如下几个方面。首先，刘亮程以一种一般作家所不具备的非凡勇气和识力对于当下时代新疆地区的社会政治现实状况进行了足称深入的思索和表达。在这一方面，需要引起我们高度关注的，一方面固然是小说中关于张旺才一家与阿不旦村之间明显不和谐关系的描写上，但在另一方面，却也表现在作家关于东突这一社会现象的艺术审视与表现上。"东突"的存在，是一种客观不易的社会政治事实。要想全面真实地以长篇小说的艺术形式表现当下时代的新疆生活，肯定不能够忽略"东突"问题的存在。刘亮程的令人敬佩之处，正在于他以一种不无象征隐喻意味的表现方式，对于这一点进行了特别真实的描写与展示。无论如何，"东突"这一社会现象的出现，乃在很大程度上表征着新疆地区不同民族之间矛盾碰撞的客观存在。脱离开这一层面的新疆书写，当然就是一种极不真实的艺术书写。应

①雷达《实力派作家的新探索》，载《小说评论》2010年第5期。

该注意到，在写到张旺才与阿不旦村民之间的隔膜时，刘亮程曾经一再强调他们之间语言的无法沟通。这样的一种发现与描写背后所潜藏着的睿智，是显而易见的。原因在于，"洪堡认为，语言是一个民族生存所必须的'呼吸'。是它的灵魂之所在。通过一种语言，一个人类群体才得以凝聚成民族，一个民族的特性只有在其语言中才完整地铸刻下来。洪堡在这里所说的语言，不是作为人类表达手段的语法意义上的语言，他从根本上把语言看作是精神的创造活动，或者说，是'精神的不由自主的流射'。因此他强调说：'民族的语言即民族的精神，民族的精神即民族的语言，二者的同一程度超过人们的任何想象'。"[1]既然语言对于一个民族的存在拥有如此重要的意义，那么，刘亮程能够抓住语言的层面来表现新疆不同的民族文化之间的矛盾冲突，所凸显出的就是作家一种特别的艺术智慧。

也正是在这样的一种意义上，刘亮程的《凿空》促使我情不自禁地联想到曾经荣获 2006 年度诺贝尔文学奖的土耳其作家帕慕克来。或许正是因为帕慕克所置身于其中的土耳其地处欧亚两大洲交界之处，切身感受到了穆斯林文化与基督教文明之间不乏尖锐的矛盾冲突的缘故，帕慕克小说创作一贯的主题，就是对于不同文明之间文化碰撞的审视与表现。换言之，帕慕克小说所一贯关注表现的，乃是一种对于现代人而言十分重要的"文化认同"或者说是"身份认同"问题。诺贝尔文学奖评委会之所以在授奖词中特别强调帕慕克的文学创作"在追求他故乡忧郁的灵魂时发现了文明之间的冲突和交错的新象征"，其根本原因正在于此。只要认真地阅读帕慕克业已被译为中文的那些作品，就不难发现，贯穿于其中的一条基本思想线索，正是关于东西方文化关系深入的思考与表达。我们注意到，有论者在谈到帕慕克的小说《新人生》时，曾经指出："把这本充满神秘奇异和嘲讽的书读到底，才明白这本幽默的书其实很沉重：主人公兼叙述者'我'，是首先被揶揄的对象，帕慕克也在嘲弄自己，嘲弄土

①李永平《文学的民族语境与世界文学》，载《中国社会科学院院报》2007 年 2 月 13 日。

耳其。这个夹在东西方之间的国家，既是欧盟成员，又是伊斯兰国家，年轻人东倒西歪，无所适从；帕慕克是伊斯坦布尔的良心，这个落在欧洲的亚洲城市，恐怕是世界上精神分裂之都；帕慕克的祖父是铁路投资者，父亲是西化不成功的商人，他的家庭东不成，西不就。把《我的名字叫红》读成歌颂西化，恐怕没有明白帕慕克作为土耳其作家心中的痛苦。"①我认为，论者的这一段话，差不多可以成为阅读并深入理解帕慕克作品一个最基本的出发点，可以用来诠释帕慕克的全部作品。事实上，正是因为置身于土耳其这样一个东西方文化直接激烈碰撞着的国度，所以，帕慕克才会对于"文化认同"或者"身份认同"的问题，有着如此感同身受的真切体验，并把这所有的体验都有机地融入了自己所有虚构或非虚构的文学作品之中。对于这一点，同样有着丰富小说创作经验的作家莫言的看法是极为精到的。莫言说"在天空中冷空气跟热空气交融会合的地方，必然会降下雨露；海洋里寒流和暖流交汇的地方会繁衍鱼类；人类社会多种文化碰撞，总是能产生出优秀的作家和优秀的作品。因此可以说，先有了伊斯坦布尔这座城市，然后才有了帕慕克的小说。"②这一点，在对帕慕克作品尤其是那部为作家自己所特别钟爱的长篇政治小说《雪》的阅读过程中，可以得到有力的证实。在其中，我们所强烈感受到的，正是作家内心世界中一种突出的精神撕裂感。说到底，如此一种精神撕裂感的产生，很显然只能是拜帕慕克所置身于其中的伊斯坦布尔这座城市的文化地理位置所赐。说实在话，作为一位长期生活于新疆地区的汉族作家，刘亮程肯定也如同帕慕克一样，感同身受地充分体会到了不同民族文化之间尖锐矛盾冲突的存在。在我看来，作家虽然很难简单地在不同的民族文化之间做出优劣与否的判断，但是，能够如实地把新疆地区所客观存在着的不同民族文化之间某种严重的分裂状态呈示出来，所充分体现出的，就是刘亮程一种难得的文化良知与写作勇气。

①赵毅衡《因为一本书，"一生从此改变"》，载《文汇报》2007年8月11日第7版。

②见《伊斯坦布尔》（上海人民出版社2007年3月版）封底莫言语。

其次，刘亮程《凿空》的思想内涵，也表现在对于新疆地区普通民众生活苦难的展示与描写上。这一点，最集中地体现在小说第三章的"艾疆"一节。在这一节中，刘亮程以一种冷静客观的叙述语态，把政策的不正常变换带给南疆地区普通民众生活的损害，极为详尽地展示在了广大读者的面前。阿不旦的村民早些年本来"只种麦子玉米，白面苞谷面掺着吃，没有钱花，也不饿肚子"。但从乡上县上来的干部，却动员农民少种粮多种经济作物，并且还给村民们主动带来了五块钱一棵的果树苗。结果到了第三年的时候，"村里苹果丰收，巴扎上摆的到处是苹果，两毛钱一斤都没人要"。到了第五年，乡上县上的干部又来了，"这次是动员农民把苹果树砍了，种梨树。这个项目是县领导在山东考察带回来的，是山东人专门针对新疆开发的新品种，说是把梨树嫁接到苹果树上，合成苹果梨，再把这种苹果梨嫁接到杨树上，产生的新品种叫苹果杨树糖心梨"。结果呢？果子倒是结下了，而且产量也还不小，但"就是嚼到嘴里没味，像嚼木头一样，不是人吃的东西"。"那以后，没人再管农民种啥果树的事情了，只听说县上几个干部倒卖果树苗发了财""还有一个实木家具厂，靠制作高级果木家具赚了钱"。然而，还没有安静了两年，上头的干部们就又不安心了。"这次是动员农民种棉花。龟兹以前是南疆有名的小白杏子大县，后来领导要把它变成苹果大县，变成苹果杨树糖心梨大县，都没变成，现在又要变成棉花大县"。但是，如此一种努力的结果，却仍然是普通民众的被伤害。"村里人用好几年时间，学会和接受了种植棉花。开头几年，只是当任务去完成。麦子是自己的，棉花是种给县上的。后来，村民逐渐从种棉花中尝到甜头，开始拿出更多土地种棉花时，棉花价格却变得不稳定，许多人种棉花亏本了。没吃的了"。表面上冠冕堂皇的理由是要为老百姓谋幸福，要发展阿不旦村，发展南疆地区的社会经济，实际上，却不仅构成了对于当地本来合理的经济体系的极大破坏，而且更是那些昧良心干部私利的一种无耻满足。就这样，当地普通民众本来平静自如的生活，反而被政策的不正常变换搅成了一团糟。就这样，一种人为制造的苦难，凭空地降临到了无辜的普通民众头上。在这样一种貌似平静的叙述背后，我们所读出的，一方面，是刘亮程人情味十足的悲悯情怀，另一方面，则是作家对于错误的决策与主宰者一种无声然而却坚决异常的抗议与批判。

应该注意到，在对新疆地区普通民众的苦难生活进行冷静展示的同时，刘亮程也把自己的艺术思索与表现视野投注到了新疆地区的现代化问题上。在这一方面，最值得注意的，就是小说中那条非常重要的坎土曼线索。就我的阅读感觉而言，坎土曼在刘亮程的这部《凿空》中，一方面的作用，在于通过考古学家王加的出场而指向了遥远的过去历史。另一方面的作用，则是成为了刘亮程现代化问题思考的一个有效载体。小说刚刚开篇，关于石油管道与坎土曼之间关系的描写，就作为小说一个非常重要的情节因素，开始强烈地吸引着读者的注意力。"今年没人打镰刀了，从开春到现在，铁匠铺打的几乎全是坎土曼"。为什么呢，因为特别引人注目的"西气东输"工程终于开工了："电视上天天讲这个事情的重要性，说这个工程就像铁路一样，是新疆连接内地的又一个重要通道，要求各地方各行业都要给它让路"。虽然政府并没有公开说明要全县农民都准备好坎土曼，但"从老城巴扎上传来的小道消息说，这个几千公里的石油输气管，龟兹县的坎土曼全上去都干不完，恐怕全部南疆地区的坎土曼都要上。这是靠坎土曼挣钱的一次大好机会。错过这个活，往后一百年二百年，一千年两千年，坎土曼都不会有大用处"。从此之后，对于坎土曼与石油管道建设之间的关系描写，就一直草蛇灰线隐隐约约地贯穿于文本的延展过程中。然而，令当地的农民倍感失望的却是，到头来，他们望穿秋水般地期盼着能够用坎土曼去挖石油管道的一桩大活儿，居然泡汤了，居然被大功率的现代化挖掘机不费吹灰之力就完成了。

从主流的观念来说，所谓的"西气东输"工程，确确实实是近年来与新疆有关的一个格外值得注意的大事件。无论是从新疆未来的整体发展而言，还是从促进新疆现代化的角度而言，都有着十分重要的意义。但是，如果我们转换一个角度，从如同阿不旦村民们这样的新疆普通民众的角度来看待

"西气东输"工程，情况恐怕就没有这样乐观了。关于这一点，我们不妨先来看一下刘亮程借助于小说人物之口所发出的一种议论。这样的议论，出现在小说的第十章"叮咛"中。"坎土曼肯定还有活干。听说我们这里的油气，十几年就会抽空，那时候，炼油厂停工，油井关闭，井架拆掉，石油人撤走，石油卡车开走，为石油人修建的那些高级宾馆停业，跟石油来的都跟石油走光。但是，埋在地下的石油管道拿不走，挖掘机和推土机再不会对它们感兴趣，那是留给我们坎土曼的。……这些埋在地下的废输油管是石油人留给我们的最后财富。他们抽空油气，把管道留下。当然，不会白留下，会按米卖给我们。让我们自己去挖，挖出来当废铁卖。"就这样，不仅无法使用坎土曼去挖石油输气管道，而且，更进一步地说，除了把新疆地区蕴藏千年的宝贵资源挖走，除了给当地人留下一堆埋在地下的管道，从当地普通民众的角度出发，我们真看不出"西气东输"工程还给这些坎土曼们带来了什么。如果一定要说，那只能是宝贵资源的被无情剥夺，只能是自然环境的被严重破坏，只可以说是一种人为的灾难。必须看到，伴随着所谓的现代化越来越快速地向纵深处发展，敏感的思想者们已经发现了这样的一种发展思路所必然附带着的严重负面作用。在某种意义上，如此一种以人类生态环境的被严重破坏为惨重代价的发展思路与发展模式，将会对人类所赖以寄身生存的这个地球带来毁灭性的巨大灾难。正因为如此，所以，包括文学界在内的许多有识之士，已经在以种种不同的表现形式开始思考并传达着对于生态环境被破坏的深深的忧虑。仅就文学界而言，生态文学创作与生态文学批评，之所以能够在近几年来迅速地异军崛起，其根本原因或许正在于此。刘亮程《凿空》所具备的深刻思想内涵，很显然，大约也只有在这样的一个高度上才能够得到合理的阐释。说实在话，远在边远西陲的刘亮程，能够敏感地意识到，并且以《凿空》这样的小说形式，对现代化的问题做出如此深邃的反思表现，无论如何都应该得到充分肯定。

然而，刘亮程的《凿空》对于现代化与生态问题的思考，却并不仅仅只是体现在对于坎土曼与石油管道之间关系的描写上，而且，也还生动鲜活地表现在了对于驴的问题的描述上。实际上，也并不仅仅是对于驴的描写，更准确地说，应该说刘亮程自从《一个人的村庄》以来一个非常突出的写作特点，就是特别地擅长于对动物、植物的描写表现。那些生长于边陲西域特定的主要由各种动植物组构而成的自然风景，仿佛只要一到了刘亮程的笔端，就会沾染上别一种特别的灵性，就会特别地显得摇曳多姿，就具有了一种鲜活的艺术生命力。当然了，值得特别称道的，也还有刘亮程的语言功力。曾经以优秀散文作家而名世的刘亮程，其语言的把握运用水平，在当下时代的中国作家中，可以说肯定在一流的行列之中。无论是散文的语言，还是小说的语言，都给读者一种强烈的如同已经在澄澈的清水中过滤洗濯过一般的感觉。如果用一句成语来概括，大概就可以说是清水洗尘。用这样的一种语言来描摹再现新疆地区独有的自然景物，自然能够抵达很高的审美境界，能够以其如同油画般的质感给读者留下极其难忘的深刻印象。对于这一点，雷达先生也有过到位的分析："有时候会翻开看看，它会使人感到清凉、宁静甚或陷入沉思。也有很多作者刻意地歌吟自然、村庄、花儿、鸟儿，不能说他写得不好，只因为没有入骨的体验和超现实的灵性，没法跟刘亮程比。刘发出的靠近天籁之音。他把村庄里的风、雪、动物、坎土曼，写得很有禅意，它们仿佛都是通灵的，通神性的，但这是天然的禅意，是'本来'，而非学来，也不是硬做来给人看的。他能在一只狗、一头牛、一头驴的身上，发现奇妙的哲理和感觉。"[1]但是，仅有语言和再现风景的特别能力，对于小说而言，也还是远远不够的。就《凿空》而言，需要我们特别强调的是，刘亮程通过他那特别传神的动植物描写，对于现代化与生态问题，进行了足称深入的思考与表达。其中，最令人过目不忘印象深刻的，就是关于驴的生动展示与描写。

---

① 雷达《实力派作家的新探索》，载《小说评论》2010年第5期。

阿赫姆是阿不旦村可以听懂驴话，能够与驴进行深度交流的驴师傅。"阿赫姆不出门，窗户打开听听驴叫，就知道村里发生啥事了。驴闲得很，传闲话，隔着村子传。人说话隔七八米就听不清，喊话一里外声音就飘了。驴能隔着村子聊天，狗能相聚几里地说话，黎明前的鸡叫能传到天边，把远远近近的村庄连成一片。鸡鸣狗吠的事有鸡师傅和狗师傅，阿赫姆不管。阿赫姆只管驴。"作为新疆地区最重要的动物之一，驴和人之间的关系本来是极为和谐的："最重要的是，我们这个地方的驴，有自己的生活。驴和人过半年，驴和驴过半年。秋天里庄稼收光时，驴就放开了，一直到春播，差不多半年时间，驴和驴在一起过驴日子。成群结队的驴在村里村外跑来跑去，像野驴一样。"必须承认，如此一种传神且富有艺术魅力的关于驴的描写，大约只有在刘亮程笔下，我们才能够看得到。然而，如此一种和谐自然的驴的生活，却偏偏要被当地的决策者们以所谓的现代化的名义而彻底打破。虽然说也有专门以驴为研究对象的京城裴教授的大力呼吁，但却仍然未能从根本上改变驴被三轮车所取代的悲惨遭际。于是，也就有了那样一次可谓是声势浩大的驴抗议闹事的事件。"仿佛是约定好时间，几万头驴齐声鸣叫。龟兹河滩瞬间被驴鸣的洪水涨满。驴叫是红色的。几万头驴的鸣叫直冲天空。驴鸣的蘑菇云在天空爆炸，整个老城被驴鸣覆盖，新城的所有人肯定都听见驴叫了。驴叫声刺破县委政府的窗户，书记县长肯定都被震惊了""它们高昂着头放声鸣叫，驴蹄疯狂地踩地，阿赫姆感觉天和地都被撼动。天空被震碎了，太阳也不在了，驴叫声淹没一切。上万头驴的声音啊，有的往上冲，有的往下落，下落的声音又被上冲的声音顶上去，在这一切声音中，阿不旦的驴鸣最响，飙得最高传得最远，肯定从老城河滩巴扎，传到了百里外的村里。阿赫姆做了几十年的驴师傅，那一刻觉得驴是那么陌生，它们不拿眼睛看他，沉醉在自己狂躁的鸣叫和踩踢中。"只要是认真读过刘亮程《凿空》的人，便无法不承认，以上关于驴群抗议闹事的描写，正是这部小说中最传神的章节之一。就我个人的体会来说，你甚至可以忘记小说中一些人物的名字，但是，小说中关于驴，关于阿不旦村的种种动物，尤其是关于这次驴抗议闹事的生动描写，你却是无论如何都难以忘怀的。通过如此生动鲜活的关于驴的描写，刘亮程那样一种对于现代化问题的批判性思考，那样一种充满着焦虑意味的生态意识，自然也就得到了堪称淋漓尽致的艺术表现。

最后必须提及的，是刘亮程叙述者设计方面的匠心独运。在对于小说的阅读过程中，读者很可能会一直在误以为自己读到的是一部采用了一般意义上的第三人称全知叙事方式的长篇小说。一直到小说的结尾部分，到了第十一章"凿空"中，我们方才恍然大悟，原来小说的叙述者是张旺才的儿子张金。只不过，此时此刻的张金已经因为出外打工的缘故变成了什么都听不到的聋子。"张金想，我一个聋子，除了老老实实待在河岸边的家，还能到哪里去呢？在河边张金能听见驴叫。他不知道驴是否真的叫了，还是脑子里以前的驴叫声。村里毛驴已经很少了。张金在隐约的驴叫中努力回想阿不旦村的所有声音，从他出生听到的第一声驴叫开始。""张金在家里待了两个月，每天都在回想，在记录这些声音的故事，他从父亲张旺才挖洞写起，写到铁匠铺的'叮叮'声，写到石油大卡车的轰鸣，写到坎土曼的故事，写到玉素甫、亚生和艾布，写到毛驴的鸣叫和那个十一月的枪声，当他最后写到父亲在地洞里喊他的名字，他知道这个由声音唤醒的故事该结束了。他也该离开了。"原来，小说隐在的叙述者张金，居然是一个听不到现实声音的聋子，而由他所叙述的这个故事，却又是一个充满了各种各样声音的故事。聋子可以听到声音么？聋子抗议讲述关于声音的故事么？刘亮程为什么要特别设计出这样一位听不到现实声音的叙述者呢？只要细细地琢磨一下，其中的道理其实是不难明白的。应该说，刘亮程的此种设计是别有用心的。原因在于，大约只有如同张金这样听不到现实声音的人，才能够真正地沉浸在一个回忆的世界中，才能够用他自己的心灵世界去真切地体会并聆听到更为内在的声音。事实上，也正是依凭着这样一位特别的小说叙述者，刘亮程才不无真切地捕捉、聆听并表现出了某种存在层面上的形而上的声音。与此同时，恐怕也只有在这个层面上，我们才能够约略揣摩出小说标题"凿空"的内在含义来。从一种写实的意义上说，这里的"凿空"，首先指涉的，当然是小说中诸如张旺才、玉素甫他们的挖洞故事，是石油人为了攫取油气所采取的挖掘行为，也包括由王加引出的遥远历史中挖掘龟兹佛窟的行为。然而，从一种象征隐喻的层面上说，作家所欲思考表达的，大约就是一种现实与历史乃至于人生的空洞虚无化问题。

《扬子江评论》2011 年第 1 期

莫言、诺奖与百年汉语写作的命运

  莫言在 2012 年 10 月 11 日荣获诺贝尔文学奖，应该是一个足以永载史册的重要事件。无论如何，我们都必须充分地认识到，莫言的此次获奖，对于中国文学而言，有着不容忽视的重要意义。

  我们都知道，诺贝尔文学奖，是一个面向全世界的文学奖。作为一个视野格外广阔的国际文学奖，可以说世界上所有语种写作的作家，都在诺奖评委会的关注视野之中。同时，我们也应该清楚地知道，最起码从理论上说，世界上有多少个语种，就会存在多少个语种的文学创作，尽管说不同的语种所处的地位事实上并不平等，使用人口更多的大语种无疑拥有着更大的影响力。这样，你也就完全可以想象得到，诺贝尔文学奖，能给中国作家莫言，该是多么不容易的一件事情。在这里，一个非常重要的事情，就是我们应该如何理解看待诺贝尔文学奖所具影响力的问题。诺贝尔文学奖是由位居北欧的一个看起来很不起眼的小国家瑞典文学院负责评选的一个文学奖项，拥有诺贝尔文学奖投票权的，只不过是瑞典文学院的十八位终身院士，而且这些院士也大都年事已高。某种意义上，我们所特别看重的诺贝尔文学奖，也只不过是这十八位瑞典文学院院士选择的一种结果。这一奖项的结果所反映出的，其实是这些院士们的一种文学审美趣味。这样看起来，诺奖似乎真的不应该受到如此强烈的重视。但在另一个意义上，我们却也不能不看到，尽管说世界上存在着可谓是名堂众多的文学奖项，比如英语世界中的布克奖，法语世界中的龚古尔文学奖，或者以色列的耶路撒冷奖，等等，实在是名目繁多，数不胜数。但，就这些文学奖项的口碑与影响力而言，却真的没有哪个文学奖的影响力能够与诺贝尔文学奖相提并论，能够超得过诺贝尔文学奖去。因此，假若我们持一种中和公允的态度，那就无论如何都得承认，诺奖确实是截至目前世界上影响最大的一种文学奖，而不是之一。某种意义上，诺奖完全应该被看作是充分地反映体现着欧洲文化趣味，或者扩而大之，充分地反映体现着整个西方文化趣味的一个重要文学奖项。认真地推想一下，我们就不难发现，诺奖这样一个西方文化趣味十分明显的文学奖，之所以能够拥有很好的口碑，与它在评奖时的相对公正性有着太过紧密的关系。尽管你完全可以罗列出一些错失诺奖的文学大师的名字来，但从总体上说，绝大多数获奖者都还是名副其实的。这一点，已经得到了文学史的充分证明。正因为如此，所以，莫言的获奖，才有着非同寻常的重要意义。

那么，2012年的诺奖获得者为什么会是莫言呢？对于这个问题，不同的研究者显然会有不同的答案。或许有人会强调莫言非同寻常的艺术想象力，或许有人会强调他众多小说中世界性因素的充分体现，也或者有人会强调他的小说创作与中国文学传统之间的传承关系，我以为，其中一个不可忽略的重要原因，可能就在于莫言的创作在很大程度上切合了诺奖的评奖标准。"莫言是一个有理想的作家，诺贝尔文学奖坚持把奖项授予弘扬文学理想，或者弘扬人的理想的作家，我觉得莫言在这方面非常吻合。可惜对这点我们现在讲得还远远不够，莫言站在高粱地上看什么呢？他不但看苦难、血泪、饥饿、死亡、孤独，更多的是在讲述苦难、血泪、饥饿、死亡、孤独的过程当中，表现一种生命的英雄主义、生命的理想主义。《红高粱》讲的是中国人民面对外族入侵时的反抗，《丰乳肥臀》讲了一个普通女人对下一代的博大的母爱，《檀香刑》讲死亡，死也死得轰轰烈烈、荡气回肠……我觉得这样的作品中如果没有苦难、血泪、饥饿、死亡、孤独，就烘托不出这种效果，从这个意义上来讲，残酷和苦难是莫言一个很重要的特质。而且，这个特质的背后是有底蕴的，什么底蕴呢？莫言是站在农民文化的立场上，站在农民的本位上，他有一种农民的信念、农民的执着、农民的质朴，农民强悍的生命力""莫言的小说正好印证了中国农民强大的生命力，这是中国的特色。现在的北京是什么样？就像是八国联军没有用刀枪大炮，而是用他们各种奇形怪状的建筑来占领了北京。中国在哪里？中国特色是什么？不能说莫言全部涵盖了中国特色，但是他在很大的程度上强化了 20 世纪中国农民的形象、农民的苦难和农民的追求，尤其，这是生命的英雄主义、生命的理想主义。"①非常明显，正是因为莫言以一种本土化的艺术方式表现出了根植于中国大地上的一种生命英雄主义、生命理想主义，他才幸运地获得了诺奖的青睐。

到现在为止，诺奖已经拥有长达一百多年的历史。今年获奖的莫言，是诺奖历史上第一百零八位获奖者。多少带有一点巧合意味的是，中国作家使用现代汉语写作的历史，到现在也差不多拥有了百年的时间。这样，一个看起来饶有趣味的话题，也就自然生成了。那就是，我们到底应该如何理解看待百年现代汉语写作与百年诺奖之间的关系问题。很显然，莫言的获奖，实际上意味着已经拥有百年历史的现代汉语写作在某种程度上得到了同样拥有百年历史的诺奖的承认。因为诺奖鲜明地反映表现着欧洲乃至整个西方文化的文学审美趣味，是一个具有绝大世界性影响的文学奖，所以，诺奖的承认，其实也同样意味着现代汉语写作获得了欧洲乃至西方文化，或者干脆说就是世界范围内的普遍承认，具有着十分突出的标志性意义，可以被看作是百年现代汉语写作史上的界碑性文学事件。

在我看来，莫言的获奖，绝不仅仅只是意味着他个人的小说写作

---

①张志忠语，参见《莫言小说特质及中国文学发展的可能性》，载《文艺报》2012 年 10 月 24 日第 3 版)

达到了一个相当的高度。一方面，我们当然要肯定莫言小说创作上的突出成就，但与此同时，我们更应该清醒地意识到，莫言的获奖，与他背后所实际存在着的一个汉语写作高原之间，存在着某种无法剥离的重要关系。就我自己一种长期的阅读理解，我觉得，最起码如下这些中国作家的实际写作水准，也都已经达到或者说接近了诺奖所要求达到的那样一种思想艺术高度。请让我把这些作家的名字罗列在这里，他们是贾平凹、王蒙、史铁生、王安忆、陈忠实、阎连科、韩少功、张炜、北岛、铁凝、李锐、于坚、格非、阿来等等。毫无疑问，无论他们之中的任何一位获奖，一点都不会显得很意外。某种程度上，正是他们与莫言一起，以他们足够丰富的文学创作从根本上支撑起了我前面所说的那个现代汉语写作的高原。我经常不无自嘲地说自己是一个不可救药的乐观主义者。之所以总是这么说，乃是因为我不仅特别热爱中国当下的文学尤其是小说创作，并且对于当下的文学创作有着很高的评价。早在 2005 年，我在大连一次中国小说学会的年会上，曾经有过一次大会发言。在会后的会议综述中有这样的一段记录："毕光明通过对一些短篇小说文本的分析，指认一个小说经典正在生成时代的到来，而山西大学王春林则从自己近几年来对长篇小说的追踪式阅读体验来确证毕光明观点的合理有效性。他认为最起码如莫言《檀香刑》、王蒙《青狐》、贾平凹《秦腔》、格非《人面桃花》、阎连科《受活》、刘醒龙《圣天门口》、李洱《花腔》等，均可被视作优秀的带有明显经典意味的长篇小说。从一种普遍的文化心态来看，我们似乎总是不愿意承认我们的时代、我们的身边有巨人存在，有杰作产生。这样的一种漠视当下文学现实的心态显然是不可取的。他认为我们应该有勇气承认这样一种文学现实的存在，我们应该看到一个文学、小说经典生成的时代正在到来。"①

之所以早在 2005 年就会强调一个文学、小说经典生成时代的到来，是因为我在那个时候就已经敏感地意

①马相武《让小说在全球化中释放魅力——中国小说学会第八届年会综述》，见中国作家网 2008 年 6 月 22 日。

识到，包括小说在内的中国当代文学，在经过了"文革"结束之后长达三十年之久的文化积淀和文学积累之后，确实已经进入了一种高潮状态，确实已经开始有一批经典性的作家作品在生成过程之中。我们完全可以设想，假若没有这样一个文学、小说的经典化时代的到来，假若没有这样一批优秀作家所组成的现代汉语写作高原的异军崛起，那么，莫言的获奖，就是极不可能的一件事情。我们必须充分认识到，莫言的获奖，一方面固然与他们长期以来所取得的突出创作成绩有关，是对他们思想艺术成就的一种高度肯定，但在另一方面，却也是对于我们所谓现代汉语写作高原的一个总体性肯定。很显然，如果没有"文革"的结束，没有"文革"后所谓改革开放与思想解放所奠定的思想文化基础，没有1990年代以来所谓市场经济对于传统计划经济的取替，没有较之于过去宽松自由了许多的思想文化语境的出现，那么，这样一个现代汉语写作高原的崛起，以及莫言的获奖，恐怕就是不可能的事情。应该看到，诺奖之于现代汉语写作结缘，之所以没有发生在"十七年"期间，也没有发生在"文革"期间，其根本原因正在于此。

粗略地回顾一下百年来的现代汉语写作历程，可以说基本上走过一个两头高中间低的类似于马鞍形的发展演变历程。其中，我们习惯上所说的中国现代文学三十年，与20世纪八九十年代以来的文学创作，显然已经构成了前后两个不同的文学高峰。必须看到，所谓的百年汉语写作，实际上有着一个相当辉煌的开端，这个开端，就是长达三十年之久的所谓中国现代文学。应该说，中国作家在这个三十年间的汉语写作，也同样取得了很高的思想艺术成就。鲁迅、沈从文、老舍、张爱玲、曹禺等等，这些作家的文学创作，所构成的也已经是一个现代汉语写作的高原。虽然由于各种各样的原因，以上这些作家均错失了与诺奖结缘的机会，但对于他们所取得的文学创作成就，我们却不能轻易地予以忽略。一个无法被否认的事实就是，正因为有了鲁迅他们这些中国作家在那个三十年所奠定的深厚文学基础，也才会有最近这个时期以来，一个新的汉语写作高原的异军崛起。对于二者之间一种重要的传承影响关系，我们必须有足够清醒的认识。尽管说诺奖一直要在进入新世纪之后，才开始与汉语写作结缘，才充分肯定后一个汉语写作高原，但我们却无论如何都不应该忽视两个写作高原之间的某种内在关联。

由莫言的获奖，我不由自主地联想到了我们到底应该如何看待评价近三十多年来的中国当代文学，乃至于如何看待评价百年来的现代汉语写作的问题。这个话题，具体还得从2009年发生的那样一场究竟应该怎样评价中国当代文学六十年成败得失的大讨论说起。那么，六十年来我们到底取得了什么样的文学成就？这个成就到底是高还是低？是好得很还是糟得很？也就是说，我们究竟应该怎样理解估价当代文学的思想艺术成就？围绕这样一个根本问题，在当时，形成了两种尖锐对立的观点。一种叫作唱盛派，一种叫作唱衰派。所谓唱盛派，就是认为中国当代文学取得了很高的成就。所谓唱衰派，自然就是认为当代文学一塌糊涂，根本就谈不上什么思想艺术成就！两派观点，可以说是针锋相对势如水火。从我们的基本论题出发，关于唱盛派，我们姑且按下不表，这里重点说一说唱衰派的具体情况。

所谓唱衰派，又存在着两种不同的情况。一种情况的代表人物，是德国汉学家顾彬，其国内的呼应着，是肖鹰等人。从总体上说，顾彬对中国当代文学并不看好。这一方面，他有两个流播甚广的观点。第一就是所谓的"中国文学垃圾论"，即认为中国当代文学是一堆谈不上什么价值的垃圾。在当时，我们有很多媒体都在炒作传播顾彬的这样一个观点。据顾彬后来解释说，自己的本意，只是针对1990年代中后期曾经一度甚嚣尘上的所谓"身体写作"这一特定文学现象而言的。那个时候，包括卫慧、棉棉等作家在内的一批所谓美女作家，特别热衷于在自己的小说作品中书写身体欲望，因此被称作"身体写作"。顾彬先生是一位德国人，德国人素以理性认真严谨著称于世，所以，我特别相信顾彬先生所作以上辩解的诚意。但无论如何，从这样一种哪怕是被严重曲解了的"中国当代文学垃圾论"里，我们所嗅出的，也还是顾彬对于中国当代文学并不看好的味道。这一点，还能够通过他另外一个很著名的"五粮液与二锅头论"得到一种切实印证。所谓的"五粮液与二锅头论",也就是说顾彬比喻性地把中国现代文学称作"五粮液",把中国当代文学称作"二锅头"。如此一比喻,顾彬之特别尊崇中国现代文学,贬低中国当代文学的基本态度,当然也就一目了然了。

说到顾彬,无法忽视的另外一个方面,就是他对于莫言的公开点名批评。莫言曾经说自己写作《生死疲劳》只是用了四十三天的时间。这一点,被顾彬紧紧抓住大做文章。顾彬说,一部篇幅如此之长的长篇小说,写作时间居然只有短短的四十三天,无论如何都是一件不可思议的事情。如果换了德国作家来写,怎么也得三年时间。如此一种写作速度,当然是一种粗制滥造。与对于写作速度的指责相比较,更值得注意的,是顾彬对于莫言写作本质的一种批评认识。"中国当代小说在美国非常红,在德国卖得也不错,虽然我们这些知识分子和作家都不看。1945 年以后,欧洲作家都不会讲故事了,故事的时代已经过去了。特别是 1950 年代法国新小说家说得很清楚,'如果还有什么叙述者想对我们讲故事的话,应该对他表示怀疑。'但是好像世界上还会有人需要人家给他讲故事。因为余华、莫言、苏童他们还喜欢讲故事,这就是为什么他们能在美国和德国找到读者,因为读者想得到消遣。"①只要认真地揣摩一下顾彬的这段文字,他之对于莫言他们这一些喜欢讲故事的中国作家的否定立场就是非常鲜明的。

顾彬之外,唱衰派另外一种情况的主要代表人物,是王彬彬与林贤治他们。王彬彬是南京大学的教授,林贤治曾经是花城出版社的编辑,他们两人都是当代文学知名的研究者。同样是唱衰派,王彬彬与林贤治他们对于中国当代文学的一种指责批判,又与顾彬他们有所不同。在这里,一个不容忽视的问题,乃是他们主要传承着中国现代自由主义作家的一种基本精神立场。

---

①顾彬《从语言角度看中国当代文学》,载《南京大学学报》2009 年第 2 期。

关于中国现代文学史上的自由主义作家,曾经有学者做出过这样的论述:这些自由主义作家,"在主张文学的'自主性'上，在对文学与商业、与政治结缘持怀疑和批评态度上，则持相近的立场。文学不应成为政治、宗教的奴隶，作家应忠实于艺术，坚持'独立的识见'，创做出'受得住岁月陶冶的优秀作品'，这是他们文学主张的基本点。"①很显然，王彬彬、林贤治他们所秉承的，正是这样的一种文学立场。他们之所以要唱衰中国当代文学，正是从这种文学立场推演而出的一种必然结果。按照我的理解，这样一种唱衰观点的根本要害，在于简单地把文学与政治绑架在了一起。如何有效地把二者剥离开来，尽可能从文学本体的立场上理解看待文学，恐怕是解决这一问题的关键所在。

需要注意的是，尽管说以上两种唱衰中国当代文学的看法，都曾经在中国文坛乃至中国社会产生过一定的影响，但相比较而言，影响更为巨大，同时也更为深入人心的，恐怕却是顾彬的那种看法。为什么顾彬的看法会产生较大的影响呢？认真说起来，在这里，其实是一种过分倚重看待西方文化的心态在作祟。正所谓外来的和尚会念经，顾彬的上述主张之所以能够产生很大影响，与他的外国汉学家尤其是欧洲汉学家的身份背景，存在着很大的关系。唯其如此，尽管说一直有不少中国的批评家在为中国当代文学所取得的思想艺术成就做一种积极的辩护姿态，但实际情况却是，这种来自于本土的声音并没有获得应有的影响力。在这场角力过程中，最终占据了上风的，依然是唱衰的顾彬他们。我们完全可以设想，假若不是因为2012年的诺奖授予了莫言，那么，顾彬他们这样一种唱衰中国当代文学的论调，就还会以一种特别强势的方式继续存在下去。然而，需要我们进一步加以质疑思考的问题，却也正是通过今年的诺奖颁发给莫言而生发出来的。莫言能够获得诺奖的认可，当然是天大的好事。但应该注意的是，正是莫言获奖这一事实本身，在很大程度上使得此前那样一种甚嚣尘上的唱衰中国当代文学的论调一下子低了下去。在我的理解中，这种现象的出现，同样是不正常的。实际上，早在诺奖颁发给莫言之前，莫言

① 洪子诚《中国当代文学史》（修订版），北京大学出版社2007年6月版，第8页。

的小说创作就在我们国内的文学界几度获得过高度的认可评价。众多优秀的当代文学批评家所撰写的那些研究文章先不必说，只要看一看这些年来，莫言在各种文学奖项评选中的获奖纪录，这一点就不难得到充分的证明。在这些众多奖项中，影响比较大的有第八届茅盾文学奖、第二届华语文学传媒大奖的杰出作家奖、第二届红楼梦奖。这其中，茅盾文学奖带有明显的官方性质，华语文学传媒大奖则是一个民间设立的大奖，至于红楼梦奖，干脆就是在香港设立的针对所有用现代汉语写作的海内外华文作家的一个奖项。既有官方的，也有民间的，再加上香港的，别的且不说，单只是这样的三个文学奖叠加在一起，应该说是很有说服力了吧。但真正的问题却在于，这所有的努力叠加在一起所产生的影响力，都无法与顾彬一个德国汉学家的影响力相对抗。以至于，我们到最后还只有通过 2012 年的诺贝尔文学奖，才能够从根本上扭转长期以来那样一种唱衰中国当代文学的基本看法。

假若说几年前顾彬观点在中国的大行其道，充分地反映说明了一种过分倚重于西方文化的基本心态，那么，到了现在，诺奖所产生的极大影响力，从根本上说同样是以上那种文化心态作祟的缘故。必须注意到，在这个过程中，尽管说中国本土的文学批评家实际上已经进行过非常扎实有效的阐释努力，但令人倍感遗憾的是，这些文学批评家的阐释努力，事实上却并没有产生应有的理想效果。虽然说简单地断定这些文学批评家的阐释努力已经全部付诸东流，肯定多少显得有些夸张，但从根本上说，这些阐释努力，在西方文化面前的溃不成军，却又实在是无法否认的一种客观事实。这样看来，无论是几年前的顾彬言论，还是 2012 年的诺奖效应，实际上都是弥漫于国人基本心态之中的那样一种自我文化殖民心理发生作用的一种必然结果。

那么，我们到底应该怎样来评价看待中国当代文学乃至整个百年现代汉语写作的总体成就呢？或者更进一步说，在面对以上这个重要问题时，我们本土的学者与批评家，究竟拥有多大份额的发言权？之所以要提出这个问题，根本原因在于，由于长期以来西方文化、西方文学过于强势的缘故，我们在西方文化与西方文学面前其实已经丧失了文化与文学的自信力。说白了，也就是自己瞧不起自己，没把自己当回事。我们迷信的，只是别人，是他者。我们迷信的，是德国的汉学家顾彬先生，是瑞典文学院的那十八位院士。只要是西方人说的，就一定是正确的，而我们自己说的，就可能会是错误的。说到底，一个不可否认的事实就是，在当下时代的中国，我们的确已经在很大程度上失去了文化与文学上的自信。既然是用现代汉语写出的文学作品，为什么我们的本土文学批评家说了就不算呢？我们清楚地知道，在一个世界文学的时代，简单粗暴地拒斥世界文学经验，肯定是一件非常愚蠢的事情，但这却并不意味着一切都得唯洋人的马首是瞻，并不意味着我们自己就丧失了对于汉语写作的判断力与发言权。从这个意义上说，莫言在2012年的获奖，绝对是一个很好的事情。借助于如此一个意义极其深远的文学事件，现在，确实已经到了如何重建我们的文化与文学自信力的时候了。

然而，我们这里所一力倡扬的努力重建我们自身文化与文学的自信力，却并不意味着一种盲目自大的自我文化膨胀心态的生成。一方面，我们应该意识到，在拥有了三十多年的文化积淀与文学积累之后，一个现代汉语写作的文学高原确实正在崛起的过程之中。但在另一方面，一种现代汉语文学写作高原的异军崛起，却绝不意味着我们现代汉语的写作成就已经达到了怎样一种高不可攀的地步，已经达到了足可与世界先进文学平等对话的地步。莫言能够赢得诺奖的青睐，确实是令人格外振奋的一件事情。但在充分享受莫言的获奖带给我们那样一种由衷快乐的同时，我们必须很快从这种狂热状态中冷静下来。要很好地利用莫言获奖的这个契机，以一种尽可能客观的心态，来冷静地反思评价中国当代文学以及百年来现代汉语写作的成败得失，及时深入地总结检讨百年来现代汉语写作思想艺术成就的高低。一方面，我们固然不能够妄自尊大。但在另一方面，我们却也更不应该继续以一种类似于阿Q的自轻自贱方式妄自菲薄下去。一种较为理想的认识姿态是，一方面，我们必须充分认识并肯定中国当代文学，肯定百年来的现代汉语写作所取得的思想艺术成就。这其中，尤其值得肯定的，是鲁迅他们的那个三十年与晚近一个时期，这样两个现代汉语写作的巅峰阶段。但与此同时，在另一方面，我们也要让自己的头脑冷静清醒下来。必须看到，无论是中国当代文学，还是百年来的现代汉语写作，仍然存在很多问题。一方面，是百年来的现代汉语写作总体面对的困境，另一方面，则是作为作家个体自身存在着的一些明显不足。从前者而言，尽管我们前面曾经特别强调不应该用政治来绑架文学，但反过来说，我们仍然得清醒地意识到，无论是我们所处的思想文化语境，还是我们更加具体一些的政治生态环境，都依然是很不理想的，依然存在好多的问题。一种整体的政治生态语境之外，无论是作为现代汉语写作主体的中国作家的总体思想能力，还是一种对于当下现实生活的理解和把握能力，当然也包括艺术构型和艺术表现能力在内，我们的现代汉语写作实际上都存在着诸多急需思考解决的问题。

其次，就是作家个体自身所存在的一些思想艺术问题。在这一方面，我甚至要说，就是已经获得诺贝尔文学奖的莫言自己，他的小说创作也仍然存在着一些不容忽略的思想艺术问题。比如说，莫言小说写作的思想能力上的问题。我并不是说莫言没有思想能力，也不是说他的作品没有思想性。而是要突出地强调，与其他那些更有思想能力，思想性更具深刻性的作家相比，莫言的思想能力显然还是比较贫弱的。这一方面，莫言同时代的一些同行作家，比如说王蒙、李锐、韩少功等，仅就思想能力这一项，就对于中国社会现实与中国历史问题的理解、认识和思考来说，他们恐怕都要比莫言强一些。再比如，通过对莫言小说的阅读，我们不难发现，他的小说创作，一方面继承发展了中国本土文学经验，有着中国传统叙事方式的发扬，另一方面，他也广泛地借鉴和吸收了西方文学经验，或者说世界文学因素。某种意义上，我们完全可以说，莫言是一位把中国文学经验和世界文学因素有机融合成为一个艺术整体的汉语作家。但是，在如何才能够更加中国化，更能代表中国这一点上，他却比不上贾平凹。同样应该强调的是，尽管我们认为王蒙、李锐、韩少功的思想能力明显强于莫言，贾平凹的中国化特色，也要明显胜于莫言，但这却并不意味着，这几位作家自身的小说写作，就不存在任何问题了。是故，一种理想的文学创作姿态就是，充分地认识并总结包括以上所述这些作家个体在内的百年来现代汉语写作所客观存在着的思想艺术缺陷，为已经拥有百年悠久历史的现代汉语写作，在未来日子里，向着更高的思想艺术境界迈进做出必要的思想和艺术准备。

《小说评论》2012 年第 6 期

宗法制文化传统的守望与回归
——对新世纪长篇小说创作一种趋势的探讨

　　长篇小说创作的异常兴盛发达，是 1990 年代中后期以来中国文坛一种不争的客观事实。大约从 1993 年特别引人注目的所谓"陕军东征"起始，中国作家就已经把极大的创作热情投注到了长篇小说这种文体之上。正因为有着众多作家的积极参与，所以长篇小说之成为当下时代中国小说界的第一文体，就是无法被否认的一种创作现象。既然是最重要的小说文体，那么，长篇小说创作某种程度上也就具备着一种风向标的意义。许多时候，通过对于长篇小说创作的观察，我们可以洞悉中国文学界一些思想艺术变化迹象的发生。只要对近期一批透视表现乡村生活的长篇小说比如贾平凹的《秦腔》与《古炉》、铁凝的《笨花》、葛水平的《裸地》、马旭的《善居》等作品稍加留心，敏感者就不难从中发现一种旨在守望回归宗法制文化传统的创作趋向的出现与形成。

　　必须看到，长篇小说中对于宗法制文化传统的肯定回望式表现，经过了一个由不自觉到自觉的发展过程。在更早一些时间出现的《秦腔》与《笨花》中，作家还只是凭借自己的艺术直觉意识到曾经被排斥的传统文化的价值所在，尚且没有明确地为宗法制传统张目。先来看贾平凹曾经获得过茅盾文学奖的这部《秦腔》。作为一部直逼当前中国乡村现实生活的长篇小说，我以为，《秦腔》的主要价值体现在两个方面。一方面是对于当下时代中国乡村世界凋敝破败状况的真切再现，另一方面则是为日渐衰落的中国传统文化谱写了一曲饱含深情的挽歌。小说之所以题名为"秦腔"，实际上与文化挽歌这条线索存在着紧密的内在联系。具而言之，小说中与秦腔密切相关的主要人物有二，一个是秦腔女演员白雪，另一位则是曾经担任过学校校长的夏天智，也可以说是乡村世界中的一位知识分子形象。而且，这两位与秦腔渊源颇深的人物形象，还曾经是公公与儿媳妇的关系，只不过白雪后来与夏天智的儿子夏风离婚了。

夏天智酷爱秦腔，只要有时间，不是在马勺上画秦腔脸谱，便是在大喇叭中播放秦腔唱腔。可以说，夏天智的整个生命都是与秦腔缠绕在一起的，或者说，秦腔便可以被视作夏天智全部的生命意义所在。如果说白雪对于秦腔的喜爱，与她自己所从事的职业有关，更多带有感性色彩的话，那么，夏天智对秦腔的痴迷与投入程度，就具有了突出的理性意义，就使得只有他方才可以被称作是秦腔的精灵。然而，尽管夏天智对秦腔异常依恋痴迷，尽管他也可以利用父亲的权威命令夏风设法出版自己的秦腔脸谱集，但在现实生活中，他却既无法彻底地阻止白雪与夏风婚姻的失败，也无法实现帮助王老师出一盘唱腔盒带的愿望，更无法从根本上力挽狂澜地阻止秦腔最终的失落与衰败命运，最后只能无可奈何花落去地目睹这一切无法改变的事实的逐渐发生。很显然，在一种象征的意义层面上，贾平凹在小说中所倾力描写的秦腔，更应该被理解为中国传统文化的象征。这样看来，与其说夏天智是秦腔所孕育的一个文化精灵，倒不如说他是在中国乡村世界绵延日久的传统文化的化身。如果把夏天智理解为乡村世界中传统文化的化身，那么小说中诸多艺术描写的意义也就随之而一目了然了。比如，清风街上无论谁家发生了纠纷，只要夏天智一到，这样的纠纷马上就可以被解决，甚至在夏氏家族内部，夏天智在这一方面也拥有着超越乃兄夏天义夏天礼的权威力量。从以上的文本事实来看，夏天智其实更应该被理解为是一种传统道德精神的象征性人物。细读《秦腔》文本，我们便不难发现在清风街的日常生活中，夏天智的为人行事中总是恪守体现着扶危济困的传统道义，总是洋溢闪烁着一种迷人的人性光辉。不管是他对秦安的关心匡扶，还是他对若干贫困孩子的资助，都一再强化着夏天智作为一种传统道德精神载体所独具的人格魅力。然而，与夏天智对于传统道德精神的坚持与恪守形成鲜明对照的，却是清风街在市场经济冲击下日渐的道德败坏。首先，是在夏家的下一代人，尤其在夏天义的五个儿子之间，经常会因为赡养老人等家务事而大吵乃至大打出手，虽有夏天智的强力弹压而也最终无济于事，其中尤以庆玉的表现为甚。其次，是一些市场经济条件下的丑恶现象开始出现于清风街并渐呈蔓延之势，其中最突出的一个标志，便是丁霸槽酒楼上妓女卖淫现象的出现。第三，则是曾经在夏家延续多年的过春节时那种格外充满人情味的各家轮流吃饭的传统的最终消失。当四婶说出"我看来，明年这三十饭就吃不到一块了，人是越来越心不回全了"的时候，这样一种传统的必然终结也就是不可挽回的了。在这个意义上，如果说夏天智对于秦腔的失落衰败尚且无能为力的话，那么对于这样一种美好的传统文化、传统道德精神最终的必然消失终结就更加回天无力了。从这样一个角度看来，夏天智的死亡，实际上强烈地预示标志着一个时代的结束。无可奈何花落去，似曾相识燕不归，通过夏天智悲剧性人生的描写展示，贾平凹内心中对于中国传统文化的一种真诚向往得到了淋漓尽致的艺术表现。正因为如此，他才要在《秦腔》中为中国传统文化的消逝谱写一曲感人至深的文化挽歌。

《笨花》一个非常重要的主题意向，同样是对于中国传统文化与传统道德的认同与肯定。我们注意到，铁凝在小说之前曾经写过这样的题记："笨花、洋花都是棉花。笨花产自本土，洋花由域外传来"。一方面，铁凝是在说棉花，但在另一方面，如果结合具体的社会文化语境，在一种象征的意义层面上，所谓的笨花与洋花，也未尝不可以被看作是中西不同的文化传统的隐喻式表达。尤其是在当下这样一种西风强劲的情势下，铁凝之所以强调笨花，将笨花与洋花并举，显然意在凸显中国传统文化意义价值的重要性。这一点，集中体现在向喜和向文成父子身上。

向喜是《笨花》中一位塑造相当成功的旧军人形象。向喜幼年时曾经学习过《孟子》、《论语》，这两本书尤其是《孟子》对他的一生产生过很大的影响。"尤其书中孟子和梁惠王那些耐人寻味的对答，更使他铭记不忘。他常想，孟子为什么总和梁惠王交往？这一切先生从来没有告诉过他，但梁惠王和孟子那些耐人寻味的对答，却伴随了他一生。"在我看来，小说中的这段话语告诉读者的正是儒家文化对于向喜的人生历程所产生的重大影响。所谓"伴随了他一生"云云，强调的正是这一点。从向喜一生的行迹来看，可以说他所秉承遵循的正是儒家文化的基本原则。这一点，其实在他为自己特意选择的"中和"与"谦益"的字号中即已有明显的表现。小说中向喜之所以敢于违抗顶头上司王占元的意志，拒绝执行监督枪杀一千二百余名士兵的命令，其根本的原因正在于此。由于自己特定的身份限定，抗战爆发后，向喜被迫采取了一种隐忍自保的不介入方式。然而，即使如此低调，他也不可能完全自避于时代的风云之外。当日军士兵逼上门来的时候，忍无可忍的向喜为援救一位素不相识的卖艺者，还是毅然决然地将自己的枪口对准了贸然来犯的日军士兵。"是什么原因使向喜举起了粪勺？是他听见了玉鼎班和施玉蝉的名字，还是他听见日本兵骂了他'八格牙路'，还是他又想起了保定那个小坂？也许这些都不是，也许就是因为日本人要修停车场，铲了他保定双彩五道庙的那块红萝卜地吧。"导致向喜反抗的原因可能是多方面的，但我所特别感兴趣的却是关于铲了他的萝卜地这样一个原因的叙述。假如可以把红萝卜地理解为中国人日常生活的象征的话，那么包括向喜在内的无数中国普通民众对于日军殊死反抗的真正原因恐怕正在于此。正在于日本人铲掉了他们的红萝卜地，正在于日本人侵犯了他们的尊严并严重地扰乱改变了他们正常的日常凡俗生活。就这样，向喜的形象最终定格为日军兽行的一位坚决反抗者。实际上，也正是在这样一种义举的描写展示过程中，儒家文化所倡导的杀身成仁舍生取义那样一种人生最高精神境界，在向喜这一人物身上得到了一种近乎于完满的艺术表现。

与向喜形象相映生辉的另一位人物形象，乃是可以被称之为中国乡土社会的精灵的向文成。虽然向文成幼年时有过差点导致瞎眼的不幸遭遇，虽然他的父亲是曾经一度叱咤风云的直系将军，但在向文成身上却丝毫没有骄娇二气，他始终在以一种平和的心态微笑着面对生活。在笨花村，向文成可以说是一位乡村知识分子，也可以说是一位乡村中气度优雅的绅士与救死扶伤的医生。将向文成特别地设定为一位医生，或许是有某种隐喻象征意味的。作为一位医生，其诊治众生疾病的普济行为，所隐喻说明着的可能正是向文成精神层面上那样一种普济众生的根本特征。细读《笨花》文本，即不难发现，无论是在平素的日常凡俗生活中，还是在战争爆发后紧张的非正常生活中，向文成都是以一位朴实、聪慧而又厚道的急公好义与扶危助困者的形象而出现的。当西贝梅阁因"受洗"而陷入人生困境时，挺身而出帮助她的，是向文成；当被村人视为不祥之物的活猗角的女儿奔儿楼娘身患疾病时，力排众人的非议为其救治的，是向文成；抗战爆发后，毅然地将自己家新盖不久的大西屋捐出以作为后方医院场所的，同样是向文成。可以说，《笨花》中的向文成乃是中国乡土社会所孕育出的一位中国传统美德的集中体现者。认真地说起来，其实向文成的一生中也并没有什么可歌可泣足以惊天动地的伟绩，有的只是日常凡俗生活中点点滴滴累积起来的所谓平常小事。然而，正所谓集腋成裘聚水成河，事实上，也正是在这样一些点点滴滴平常小事的描写与展示过程中，向文成这样一位乡土社会的精灵，一位秉承着民族道义与美德的那样一种仁者爱者的形象，才真实可信地出现在了读者面前。

某种意义上，正是因为有了贾平凹与铁凝他们最早在《秦腔》、《笨花》中对于中国传统文化的肯定性书写，才为后来一些长篇小说更加集中地思考表达宗法制传统的问题提供了充分的可能。说到宗法制传统，就必须注意到，宗法制传统一个非常重要的问题，就是特别看重人与人之间的血缘关系。关于中国宗法制长期存在的奥秘，曾经有学者进行过深入的描述研究："群体组织首先是以血缘群体为主，因为这是最自然的群体，不需要刻意组织，它是自然而然地集合成为群体的。先是以母氏血缘为主，进入文明社会以来就是以父系血缘为主了。以父系血缘为主的家族，既是生产所依赖的，也是一种长幼有序的生活群体。它给人们组织更大的群体（氏族、部落直至国家）以启示。于是，这种家族制度便为统治者所取法，成为中国古代国家的组织原则，形成了中国数千年来家国同构的传统。""文明史前，人们按照血缘组织与恶劣的自然环境作斗争还好理解，为什么国家政权建立之后，统治者仍然保留甚至提倡宗法制度呢？这与古代中国统治者的专制欲望和经济发展有关。自先秦以后，中国是组织类型的社会，然而，它没有一竿子插到底。也就是说，这个社会没有从朝廷一直组织到个人，朝廷派官只派到县一级，县以下基本上是民间社会。因为组织社会的成本是很高的，也就是说要花许多钱，当时的经济发展的程度负担不了过高的成本。保留宗法制度，就是保留了民间自发的组织，而这种自发的组织又是与专制国家同构的，与专制国家不存在根本的冲突。而且占主流地位的意识形态——儒家思想，恰恰是宗法制度在意识形态层面的反映。"①按照王学泰的分析描述，宗法制传统在中国有着可谓源远流长的漫长历史。正因为宗法制在中国乡村世界曾经存在传延多年，所以自然也就积淀形成为一种超稳定的社会文化结构。

需要看到的是，或许与古代中国乃是一种农耕文明特别发达的国度有关，这样一种宗法制传统主要存在于广大的乡村世界当中。尽管说发生于19世纪末20世纪初的现代性转型从根本上改变了中国社会的基本面貌，使传统中国变成为一个现代意义上的民族国家，但是，或许是因为城乡差异的缘故，如此一种强劲有力的现代性思潮却一直未能对乡村世界的宗法制生存秩序造成根本性的撼动与改变。这

①王学泰《游民文化与中国社会》（上），同心出版社 2007 年 7 月版，第 29—30 页。

一点，在《古炉》中同样有着鲜明的体现。尽管说自从土改开始，朱大柜就成了古炉村一言九鼎的村支书，但在他成功的乡村统治背后，家族力量的存在与支撑却是无法被忽略的一种重要因素。道理非常简单，设若没有了朱姓家族势力在古炉村的强势存在，单凭朱大柜的一人之力，面对着夜霸槽这样的挑衅者，要想巩固自己的地位，恐怕还是不大可能的。在古炉村，朱姓家族势力的存在，正是宗法制传统的一种具象体现。

然而，尽管在《古炉》所具体描写的 1960 年代中期，在类似于古炉村这样的西部乡村，还残留着宗法制文化传统，但到了当下时代的中国乡村世界，如此一种带有强烈民间自治意味的宗法制社会传统，实际上却早已经荡然无存了。在这里，一个不容回避的问题是，如此一种已经进入超稳定状态的社会文化结构，在成功地抵制对抗所谓的现代性数十年之后，为什么到现在居然荡然无存了呢？究竟是什么样的原因导致了这一切的发生？从根本上说，真正摧毁了乡村世界中宗法制社会文化传统的，恐怕正是以执政党为主导的自从土改之后一波未止更强劲的一波又至的政治运动。当然了，在一种宽泛的意义上，这些政治运动也可以被看作是现代性的一个有机组成部分，可以被称之为革命现代性。但是，普遍意义上的现代性与革命现代性毕竟有着很大的区别，其中一个重要方面，就是革命现代性的暴力性质。正因为如此，所以我们在这里才更愿意把二者剥离开来，直截了当地把革命现代性称之为政治运动。从这个角度来看，一部《古炉》展现在我们面前的，实际上也正是"文革"这样一种极端的政治运动如何蚕食摧毁乡村世界宗法制社会的过程。这一点，在蚕婆、善人、朱大柜等几个主要人物身上都留下了明显的痕迹。我们必须注意到蚕婆、善人在古炉村地位的尴尬性。从民间宗法制社会的角度来说，蚕婆与善人无疑都属于德高望重的长者，是乡村世界道德精神的立法者与维护者。尽管说他们在乡村里的尊崇地位，经过土改以来历次政治运动的冲击之后，已经有了明显的削弱，但是，正所谓瘦死的骆驼比马大，在古炉村人们的心目中，他们有时候依然能够得到一定的尊重。无论是善人的不断给村人说病布道，还是蚕婆在村里日常事务处理过程中的不可或缺，被人们称之为"婆"，都充分地说明了这一点。但在另一方面，从政治运动的角度来说，由于蚕婆是"伪军属"，善人是被迫还俗的僧人，因此他们必然地要被划入另册，要作为"阶级敌人"受到批斗和冲击。很显然，正是在类似的政治运动一次又一次的冲击过程中，蚕婆与善人过去被尊崇的地位逐渐瓦解。他们地位的被瓦解，实际上也就意味着宗法制社会文化传统必然的烟消云散。《古炉》中的朱大柜，其身份带有双重意味。一方面，他是古炉的村支书，是历次政治运动的推动和执行者，另一方面，他又是朱氏家族的利益代表者，尽管没有族长的明确身份，但事实上却承担履行着族长的职责。虽然说在小说文本中，双重身份既有合一的时候，但也有发生尖锐冲突的时候，但最终的结果却是政治身份对于宗族身份的淹没和取代。如此一种结果，所说明的，依然是宗法制社会文化传统无可奈何的被摧毁。

对于乡村世界宗法制文化传统的被摧毁，孙郁曾经进行过精辟的分析："若说《古炉》与《阿Q正传》有什么可互证的篇幅，那就是都写到了乡下人荒凉心灵下的造反。这造反都是现代的，自上而下的选择。百姓不过被动地卷入其间。贾平凹笔下的霸槽与鲁迅作品的阿Q，震动了乡村的现实。当年鲁迅写阿Q，不过展示奴才的卑怯，而贾平凹在古炉村显现的'文革'，则比阿Q的摧毁力大矣，真真是寇盗的洗劫。乡间文化因之蒙羞，往昔残存的一点灵光也一点点消失了。这里有对乡下古风流失的痛心疾首，看似热闹的地方却有泪光的闪现。中国乡土本来有一种心理制衡的文明形态，元代以后，战乱中尽毁于火海，到了民国，那只是微光一现了。《阿Q正传》里的土谷祠、尼姑庵与《古炉》里的窑神庙、窑场，乃乡土的精神湿地，可是在变动的时代已不复温润之调。到了1960年代末，只剩下了蛮荒之所。中国的悲哀在于，流行文化中主奴的因素增多，乡野的野性的文明向不得发达，精神之维日趋荒凉了。但那一点点慰藉百姓的古风也在'文革'里毁于内讧，其状惨不忍睹。中国已经没有真正意义的民间，确乎不是耸人听闻。从鲁迅到贾平凹，已深味其间的苦态。"①很显然，孙郁这里所谈论的"古风"、"民间"云云，正与我们所强调的宗法制社会文化传统其义相同。因此，说到《古炉》开头处狗尿苔摔破那件青花瓷的具体象征寓意，恐怕就只会是孙郁所一再申说的"古风"与"民间"，只可能是我们所强调的宗法制社会文化传统。

阅读葛水平的《裸地》，一个不容忽视的人物形象，就是那位出现在暴店镇的传教士米丘。在一部旨在书写表现20世纪上半叶中国乡村生活的长篇小说中，作家为什么一定要描写这样一位洋人形象呢？除了借此更好地完成关于女女形象的塑造之外，米丘出场更为重要的原因，恐怕就是要进一步深化表达盖运昌没有子嗣命运的文化象征意味。必须注意到葛水平小说故事所发生的时间，是20世纪的上半叶。这个历史阶段的暴店镇，实际上正处于我们前面已经强调过的现代性对于中国宗法制传统形成冲击的一个时期。一方面，以乡绅盖运昌们为代表的乡村自治传统还在有效地运转，并在实际上操控着暴店镇的社会存在局面。但在另一方面，这种立基于宗法制之上的乡村自治传统却也已经明显地受到了现代性的强烈冲击。在这个层面上，那个洋人米丘，显然就应该被看作是现代性的一种象征。女女偶尔遭受一次外国人的强暴，就生下了聂大。与聂广庆在一起时，也可以生下聂二。唯独和盖运昌在一起，却任何子嗣都没有生下。万般无奈之际，女女只好让聂二改姓为盖，总算为盖运昌解决了没有子嗣的问题。在一种文化象征的层面上来看，盖运昌的无后无嗣，就在很大程度上意味着以血缘关系为基本纽带的中国传统宗法社会的被迫瓦解。而导致这一切得以发生的根本原因，正在于以米丘为代表的一种他者异己力量所造成的强有力冲击，仅就这一点来说，葛水平的《裸地》与贾平凹的《古炉》，可谓有着异曲同工之妙。只不过，葛水平强调的，是一种普遍意义上的现代性对于宗法社会的冲击，而贾平凹表现着的，则是革命现代性也即

①孙郁《从"未庄"到"古炉村"》，载《读书》2011年6期。

社会政治运动对于宗法社会的瓦解。杰姆逊早就指出："第三世界的本文，甚至那些看起来好像是关于个人和力比多趋力的本文，总是以民族寓言的形式来投射一种政治：关于个人命运的故事包含着第三世界的大众文化和社会受到冲击的寓言。"①很显然，葛水平的这部《裸地》也只有在这样一种"家族—国族"共有寓言的意义上，才能够得到很好的定位与理解。

对于宗法制文化传统在近一个世纪以来在中国乡村世界中的逐渐土崩瓦解进行着全面观照思考的，是山西作家马旭一部名为《善居》的长篇小说。善居是吕梁山深处一个村庄的名字："同治年间，扇居附近的拐峁村敌下人命，县太爷微服私访，路过扇居，发现扇居虽然地处偏远，杂姓杂居，却民风拙朴，人性憨实，村里夜不闭户，路不拾遗，男女老幼安贫乐命，立身做人以德为先，令方圆几十里的人刮目相看。于是，征得村人同意，改扇居为善居，并欣然提笔，写下'谨表德诚'四字，以示嘉勉。"《善居》中的主要人物之一，是石心锤。天性老实善良而且还认死理一根筋的石心锤，幼承庭训，一心向善，终其一生都坚持恪守中国传统道德规范。某种意义上说，"善居"之"善"，最突出地体现在石心锤身上。小说的故事起始点，是民国28年也即公元1939年。如前所言，这个时候，所谓的现代性业已对于宗法制传统形成了强烈的冲击。很可能是因为天高皇帝远的缘故，尽管日本人已经全面侵华，但善居村人的基本生活秩序却并没有遭到严重的破坏，以"善"为核心的传统道德规范依然得到了较好的延续保持。在牌楼前面对偷吃供献的富贵大动家法这一细节，就突出地表现了这一点。然而，这只是故事的开端，就小说的总体情节而言，从这个时候起始，举凡土改、人民公社、"大跃进"、"文革"，一直到1990年代的市场经济，伴随着叙事时间的不断延长，数十年间发生在乡村世界中的重要事件，都在马旭的这部作品中得到了充分的艺术表现。但需要注意的是，时间越是向后推移，善居村石心锤所努力践行的以"善"为核心的宗

①杰姆逊《处于跨国资本主义时代的第三世界文学》，载《当代电影》1989年第6期。

法制传统就越是遭受颠覆与消解。某种意义上，一部《善居》所出现在读者面前的，正是乡村传统道德体系的溃败史，是宗法制传统不断被消解的一种历史过程。在这个意义上，我们就不妨把小说的题名"善居"作为一种象征来加以理解。"善居"，一方面固然是一个具体的村庄名称，但在另一方面却也是宗法制文化传统的一种象征隐喻。假如说那个牌楼可以说是善居村传统道德规范的一种象征，那么，它在"文革"中的被烧掉，实际上就意味着"善"意味着传统道德规范在善居村的彻底倒掉了。

　　一个无法回避的重要问题是，对于以上这些作家不约而同地在自己的长篇小说中如此一种对于古老的宗法制传统大唱文化挽歌的精神价值立场，我们到底该做出怎样一种合理的评价呢？在这方面，一种有代表性的看法来自于黄平。在谈到贾平凹的《古炉》时，黄平指出："退回到民国之前，崇尚道德的善人，依奉乡规的蚕婆，懵懵懂懂的不识字的村民，小国寡民，安贫乐道，恪守阴阳五行，礼俗人心。这是否也是'乌托邦'？""比较而言，《秦腔》召唤出的自我阉割了的引生，《古炉》召唤出的十二岁的孩子狗尿苔，他们身上都有一个悖论般的特征：早熟，又无法发育。这恰是贾平凹念兹在兹的传统道德在现代社会的倒影，贾平凹小说中的'孩子'——狗尿苔之外，更典型的是《高老庄》里的石头——既幼稚，又苍老。"[1]不难看出，黄平对于贾平凹包括《高老庄》《秦腔》《古炉》在内的一系列长篇小说中表现出的认同肯定传统道德价值的精神取向，从根本上说，是颇为怀疑的。其实，不只是黄平一位，据我所知，对于贾平凹的此种精神价值立场持怀疑态度的，也还有其他一些批评家。比如，山东理工大学的张艳梅教授，在与我的交谈争论中，就曾经多次表示过相类似的观点立场。在他们看来，一种现代启蒙精神的匮乏，恐怕正是这样一批作家的精神致命伤所在。首先应该承认，这些批评者的目光是敏锐的，某种意义上说，思想精神层面上的"去启蒙化"，确实是以上一批小说作品的共

①黄平《破碎如瓷：〈古炉〉与"文革"，或文学与历史》，载《东吴学术》2012年第1期。

同思想特点。就当下中国社会客观存在的思想混乱状况而言,强调现代启蒙精神的传播,当然是一件现实针对性极强的事情,我不仅理解,而且也完全赞同。但这样的一种现代启蒙精神,是否应该成为衡量评价小说创作的一个必要标准,恐怕却是需要有所讨论的。我觉得,在一个多元宽容的现代社会中,能够在自己的文学创作中有效地渗入并充分张扬现代启蒙精神,比如像张承志、张炜、史铁生他们一样,固然难能可贵,但是,如同这批作家这样站在文化保守主义立场上,对于宗法制文化传统,对于中国的传统道德持有肯定姿态的文学创作,似乎也并不应该予以简单的否定。正是从这一点出发,我才特别认同孙郁对于《古炉》所做出的一种价值定位:"应该说,这是作者对于乡土文明丧失的一种诗意的拯救。鲁迅当年靠自己的呐喊独自歌咏,以生命的灿烂之躯对着荒凉,他自己就是一片绿洲。贾平凹不是斗士,他的绿洲是在自己与他者的对话里共同完成的。鲁迅在抉心自食里完成自我,贾平凹只有回到故土的神怪世界才伸展出自由。《古炉》还原了乡下革命的荒诞性,但念念不忘的是对失去灵魂的善意的寻找。近百年间,中国最缺失的是心性之学的训练,那些自塑己心的道德操守统统丧失了。马一浮当年就深感心性失落的可怖,强调内省的温情的训练。但流行的思潮后来与游民的破坏汇为潮流,中国的乡村不复有田园与牧歌了。革命是百年间的一个主题,其势滚滚而来,不可阻挡,那自然有历史的必然。但革命后的乡村却不及先前有人性的温存,则无论如何是件可哀的事。后来的'文革'流于残酷的人性摧毁,是鲁迅也未曾料到的。《古炉》的杰出之处,乃写出了乡村的式微,革命如何涤荡了人性的绿地。在一个荒芜之所,贾平凹靠自己生命的温度,暖化了记忆的寒夜。"[1]现代启蒙精神的表现与传播诚然重要,难道说如同狗尿苔、蚕婆以及善人如此一脉对于传统道德价值的守护,这样一种乡村世界的自我救赎就不重要么?答案必然是否定的。尽管说孙郁的具体谈论对象只是《古炉》,但我以为,

①孙郁《从"未庄"到"古炉村"》,载《读书》2011年6期。

他的这种说法，完全可以移用来评价我们这里所具体讨论的这样一种长篇小说创作思潮。

最后，有一点不容忽视的是，以上这批作家们的如此一种艺术书写，与当年五四时期鲁迅、巴金、曹禺们的作品，已然形成了鲜明的差异对照。熟悉中国现代文学史的人们都知道，无论是鲁迅先生的一系列乡村小说，还是巴金的《家》《春》《秋》，抑或还是曹禺的《北京人》，都以非常尖锐的笔触对于中国传统宗法制社会提出了强有力的批判与否定。然而，令人倍感惊异的是，当时间的脚步差不多又走过了一个世纪之后，我们的作家在他们的小说作品中却已经在有意无意之间成为宗法制的辩护士，开始为差不多已经一去而不可返的宗法制招魂了。关于这一点，只要我们认真地读一读这些长篇小说，细细地体会一下文本深处潜藏着的内在意蕴，就不难有真切的体会。比如葛水平《裸地》中的盖运昌这一形象，如果在鲁迅先生笔下，很可能就是鲁四老爷、是赵太爷，在巴金笔下，很可能就是高老太爷、是冯乐山，是作家要坚决予以批判否定的宗法制代表。但是，到了葛水平笔下，虽然不能说他的身上就不存在人性的弱点，但相比较而言，从总体的思想倾向上来看，作家面对盖运昌时的叙事立场却是肯定的。通过盖运昌的人生悲剧，作家谱写出的乃是一曲关于传统宗法制社会的文化挽歌。因此，现在的问题就是，当下时代的这批作家们，为什么会与五四的那一代作家，形成如此巨大的思想艺术反差呢？导致所有这一切的根本原因究竟何在呢？尽管一言难尽，尽管很难简单地对此做出全面到位的解释，但在笔者看来，这两批作家所处的不同时代文化语境，显然对于他们不同的文化价值取向发生着根本的制约。某种意义上，正是因为鲁迅这一代作家置身于一种以启蒙为主导思想的时代文化语境之中，所以，拥有着强烈反传统精神的他们，才会激烈地反对并颠覆传统的宗法制社会。同样的道理，置身于新世纪的这批作家们，之所以会自觉不自觉地在他们的小说作品中为宗法制招魂，为宗法制大唱文化挽歌，一个非常重要的原因，就在于以所谓"国学热"为突出表征的文化保守主义思潮甚嚣尘上的缘故。既然是文化保守主义，那么，中国的传统就值得珍惜。说到中国传统在乡村世界里的具体体现，自然也就是那种宗法制的文化秩序了。从这样的一种精神立场出发，这批作家们在他们自己的长篇小说中为宗法制招魂，为此而谱写文化挽歌，也就自在情理之中了。

《上海文学》2013 年第 12 期

沉郁雄浑的人生"中段"

——评王蒙长篇小说《这边风景》

人都说无独有偶，都说历史发展过程中往往会出现惊人相似的一幕，王蒙长达六十年之久的小说创作史，就可以说是以上说法的一种有力证明。众所周知，王蒙的小说处女作是1953年动笔的长篇小说《青春万岁》。但这部完成于1950年代中期的作品，因为王蒙被错误打成"右派"，成为政治身份上一种"另类"的缘故，一直等到"文革"结束后的1979年，才由人民文学出版社正式出版。《青春万岁》之外，王蒙另外一部出版历程不无传奇色彩的，就是这部由花城出版社正式出版的长篇小说《这边风景》（2013年4月版）。很早之前，我就知道很多年之前，王蒙曾经创作过一部名为"这边风景"的长篇小说，但因为小说一直没有正式出版，所以，一直都无缘得见。对此，王蒙在"情况简介"中做出了这样的说明："1978年8月7日，乃成此书的初稿。""同年，由于此稿大情节是以批判'桃园经验'与制定'二十三条'为背景的，最初以此来做'政治正确'的保证，在形势大变之后，原来的政治正确的保证反而难以保证正确，恰恰显示出了政治不正确的征兆。出版社觉得难以使用。"既然政治不正确，既然无法出版，那么，也就只能够束之高阁了。束之高阁不要紧，关键是，或许是因为搬家之类变故影响的结果，当年的这个手写稿在漫长的岁月中却不知所踪销声匿迹了。用王蒙自己的话说，叫作"此稿连同那诡异的时代，再见了，永别了，呜呼哀哉尚飨！"但同样不无诡异色彩的却是，到了2012年3月21日，"在妻子崔瑞芳去世前二日，旧稿被王山、刘颋发现"。在尘封将近四十载之后，《这边风景》手稿的被发现，只能够被看作是一个奇迹。虽然在王蒙自己看来，这部明显残留着既往时代痕迹的旧稿"已经逝世"（见"后记"），已经失去了存在的价值，但身为文学编辑的王山与刘颋在通读了全稿之后，却认为这部书稿不仅"仍然活着，而且很青春。"（见"后记"）于是，王蒙也就投入了对于此稿的重新校订工作之中。校订所坚持的原则是："基本维持原貌，在阶级斗争、反修斗争与崇拜个人的气氛方面，做了些简易的弱化。"不仅如此，王蒙也还别出心裁地在每一章正文后面添加了所谓的"小说人语"，站在今天的角度对小说有所评述。在经历了如此一个堪称曲折的过程之后，方才有了我们这里所具体谈论着的这部篇幅多达七十万字的《这边风景》。在已经有过《青春万岁》的出版曲折之后，再有《这边风景》的出版曲折，此之谓无独有偶者是也。

尽管王蒙是十分优秀的作家，尽管对于王山、刘颋他们的艺术评断能力，笔者也非常信任，但说实在话，对于一部创作完成于1974—1978年，差不多尘封达四十年之久的长篇小说，其思想艺术品质究竟如何，在没有读到作品之前，也真的还是不敢轻易做出自己的判断。于是，在拿到作品的第一时间，我就全身心地投入到了阅读之中。但谁知一读之下，却还真就被深深地吸引住了。在一个星期的时间内前后读过两次之后，我终于坚定了自己的看法，这部穿越将近四十年时空而来的《这边风景》，确实是一部具有突出思想艺术价值的优秀长篇小说。某种意义上，一部写作完成于1970年代中后期的长篇小说，一直到现在才正式出版。这种跨越时代鸿沟的出版现象本身，实际上也就意味着作品已经接受了将近四十年的残酷时间检验。"仍然令作者自己拍案叫绝，令作者自己热泪横流，令作者惊奇地发现：当真有那样一个一心写小说的王某，仍然亲切而且挚诚，细腻而且生动，天真而且轻信。呵，你好，我的三十岁与四十岁的那一个仍然的我！他响应号召，努力做到了'脱胎换骨'，他同时做到了别来无恙，依然永远是他自己。"王蒙在"后记"中的这种说法，在很大程度上道出了读者的真切阅读感受。一方面，这确实是一个不一样的王蒙，但在另一方面，这个不一样的王蒙，却又仍然是那同一个王蒙。而且，更重要的是，《这边风景》的出版，也还明显具有一种填补空白的意义。对于这一点，王蒙在"情况简介"中也已经说得非常清楚："林斤澜曾经打趣，我们这些人如吃鱼肴，只有头尾，却丢失了肉厚的中段。意指我们有 20 世纪 50 年代的初露头角，然后是八十年代后的归来。50 年代后期至 70 年代后期的中段二十年呢？不知何往矣。""然而我是幸运的。我找到了我的三十八岁到四十七岁，找到了我们的 20 世纪 60 年代，即清蒸鱼的中段。"能够在自己的耄耋之年，意外地找回业已不知所踪许多年的小说手稿，自然是令人激动的事情。能够以这样一部长篇小说，凸显作家王蒙人生中段也即所谓"清蒸鱼的中段"的写作面貌，无论是对于王蒙自己的小说写作历程来说，还是对于整体意义上的中国当代小说史来说，毫无疑问都有着十分重要的意义。在这里，我们无法回避必须面对的一个重要问题是，在业已发生了天翻地覆变化之后的当下时代文化语境之中，到底应该如何评价看待王蒙这部创作完成于"文革"结束前后的长篇小说呢？

首先，要想充分地厘定王蒙《这边风景》的思想艺术价值，就必须把它纳入到作家长达六十年的小说创作谱系之中加以衡估。返顾王蒙迄今为止的小说写作历程，如果从创作方法的角度来看，他的小说作品大约可以被切割为三种不同的方式。一种是典型的现实主义小说。写作于 1950 年代的长篇小说《青春万岁》、短篇小说《组织部新来的青年人》、完成于 1980 年代初期的系列小说《在伊犁》，都属于这一类型。一种是具有明显的探索实验色彩的现代主义小说。1980 年代曾经在文坛引起强烈反响的，包括短篇小说《春之声》《海的梦》《夜的眼》与中篇小说《蝴蝶》《布礼》《杂色》等作品在内的所谓"集束手榴弹"，以及后来的中篇小说《一嚏千娇》、短篇小说《来劲》等，皆可以被归入到这一类型之中。王蒙在中国当代小说史上之所以一度被视为先锋作家，根本原因显然在此。第三种，则是介乎于现实主义与现代主义之间的所谓现代现实主义小说。一方面，王蒙以一种开放的心态吸收着西方现代主义的艺术营养，另一方面，一种强烈的社会责任感与艺术使命感却又从根本上决定着作家的现实主义底色。以上两方面因素有机结合的一个必然结果，就是如此一种现代现实主义小说的出现。长篇小说《活动变人形》、"季节"四部曲以及一度被称为"后季节"的《青狐》，都属于这一类型。倘若就作品所产生的实际影响力而言，以上三种类型中影响最大的，恐怕是第三种现代现实主义。这一方面，一个突出的例证，就是洪子诚的那部有着广泛影响的《中国当代文学史》。洪子诚一方面强调王蒙小说的基本主题，"是个体（大多是青年时代投身革命的知识分子）与他所献身的'理想社会'之间的复杂关系"，另一方面则认为王蒙所采用的主要小说体式有两种。一种是"类似西方'意识流'小说的方法，以主要人物的意识流动来组织情节，结构作品"，另一种"运用的是戏谑、夸张的寓言风格"。总之，"他似乎有意离开了规范的'写实'小说的路子，放弃了专注于典型情节的构思和人物性格的刻画。他更关心的，是对于心理、情绪、意识、印象的分析和联想式叙述。这形成了一种变动不居的叙述方式：语词上的变化和多样组合，不断展开的句式，对于夸张、机智、幽默才能的充分展示，等等。"[1]非常明显，洪子诚这里所得出的一些具体结论，都是相对于王蒙的那些现代现实主义小说而言的。尽管我们也承认洪子诚以上分析的有效性，但与此同时，我们却也不得不指出，相对于王蒙整体意义上的全部小说创作来说，洪子诚的上述分析确实存在着某种以偏概全的弊端。其中一个重要问题，就是对于王蒙现实主义小说类型的忽略。这一点，早在若干年前，我在一篇文章中[2]就曾经有所涉略。在当时，

①洪子诚《中国当代文学史》，北京大学出版社 1999 年 8 月版，第 262—263 页。

②王春林《被遮蔽的文学存在——重读王蒙系列小说〈在伊犁〉》，载《中国作家》文学版 2009 年第 8 期。

我所主要面对的，还只是系列小说《在伊犁》。到现在，在王蒙的《这边风景》终于被重新发现并正式出版之后，我觉得，自己若干年前的那种看法，自然也就得到了更强有力的事实支撑。

之所以这么说，原因在于，在王蒙的小说写作谱系中，《这边风景》自然应该归属于现实主义小说类型。已经拥有《组织部新来的青年人》、系列小说《在伊犁》与长篇小说《青春万岁》之后，《这边风景》的加入，再一次凸显出了现实主义小说在王蒙小说创作谱系中的重要性。在王蒙曲折坎坷的人生历程中，被他自己戏称为"故国八千里，风云三十年"的自我放逐新疆的那段生活经历，无论如何都是非常重要的一段。然而，在《这边风景》出版之前，这段长达十七年之久的生活经历，却只是与系列小说《在伊犁》密切相关。换而言之，系列小说《在伊犁》完全可以被看作是王蒙新疆生活的产物。但即使是《在伊犁》，除了作家王安忆等个别独具慧眼者之外，却并没有能够引起文坛足够的注意。关于《在伊犁》，王安忆曾经做出过这样一种评价："他的作品我最喜欢两个，一个就是《组织部新来的年轻人》，第二个就是《在伊犁》"。"我就觉得《在伊犁》吧，王蒙完全放下对政治的意见了。这也许和环境有关系，他就是在很底层，这些人就是吃饭睡觉还有爱，除此，什么事都和他们不相干，这样，就潜到了方才说的汪曾祺所安身立命的生活里；还有一个文化影响，伊犁么，就是有波斯的语言风格，装饰性特别强，很华丽的，它就是阿拉伯过来的，是一种装饰文化，你看《在伊犁》里面人物说话，全都是废话，但是那么华丽的废话，我觉得他这个写得非常好。我觉得他，利也好弊也好，就是他对什么事情都有意见，非常尖锐的意见。可是如果少点意见呢？曾经在青岛开了一个王蒙的讨论会，最后一个项目是漫话王蒙，让我们每个人都说一段王蒙，我就说王蒙太聪明了，能不能稍微不那么聪明一点，我觉得他真的是太锐利了，写作要钝一点，钝的话你的面就宽了。"[1]请注意，王

---

① 王安忆、张新颖《谈话录》，广西师范大学出版社 2008 年 6 月版，第 206 页。

安忆在肯定《在伊犁》的同时，也给出了自己的理由。一个是"王蒙放下对政治的意见了"，另一个就是"钝"。关于"政治"的问题，我们稍后展开，这里且先来说一下"钝"的问题。王安忆关于"钝"的说法，让我联想到了作家夏商最近的一个观点。夏商的长篇小说《东岸纪事》近来引起文坛普遍关注，在关于《东岸纪事》接受一次采访的时候，夏商特别强调了"拙"的重要性："写完《东岸纪事》最大的感触就是觉得小说是个笨活，小说家写到后来，拼的是'拙'，而不是小聪明。我觉得《东岸纪事》是我最好的作品，不是能力的增长，而是以前小聪明太多。对于一部伟大的小说来讲，才气不是最重要的，甚至可能是有害的，反倒是笨拙的、像手艺人一样的写作才是真谛。就好比打绒线，最难的是四平针，正反都要打，看似很平整，有点像写实主义，而棒针衫打起来很容易，却花里胡哨图案很多。"①夏商曾经有过先锋小说的写作经验，由这样一位曾经的先锋作家来强调"写实"强调"拙"的重要性，自然显得格外意味深长。把王安忆的"钝"与夏商的"拙"联系在一起，来看待王蒙的小说创作，一个顺理成章的结论就是，《在伊犁》的思想艺术价值，正突出地表现在这样一种"钝"与"拙"上，尤其是对于如同王蒙这样一向以智慧著称者来说，能够做到这一点显然更加难能可贵。既然《在伊犁》已经是一部"钝"与"拙"的重要作品，那么，同样源自于王蒙新疆生活经验的《这边风景》就更应该当得起如此一种评价了。作为一部现实主义长篇小说，其思想艺术成功的真正支撑，显然只能是作家一种深厚扎实的写实功力。

理解评价《这边风景》，一个无法回避的问题，就是究竟应该怎样看待其中的"政治"处理。王安忆说《在伊犁》的一个突出特点在于"王蒙放下对政治的意见了"。王安忆之所以这么说的一个重要前提，就是王蒙的大部分小说总是会和政治紧密缠绕在一起。然而，如果说写作《在伊犁》的时候，王蒙还有可能避开政治，

①夏商、河西《小说家写到最后，拼的是"拙"》，载《文艺报》2013年5月6日。

有可能"放下对政治的意见",那么,作家在写作《这边风景》的时候,就无论如何都不可能避开政治因素的缠绕与介入。之所以如此,关键原因在于,王蒙的写作时间1974—1978年,本身就是一个极端政治化的时代。在那样一个政治无处不在的泛政治化时代,任何一个作家的写作都不可能规避得开政治因素的存在。或者也可以这么说,在那样一个泛政治化的时代,每一个作家写作的逻辑起点,都是现实政治。对于这一点,王蒙自己也毫不讳言:"这篇小说很注意它的时间与空间坐标下的'政治正确性',它注意歌颂毛主席与宣扬千万不要忘记阶级斗争,它注意符合在'文革'中吹上天的'文艺新纪元'的种种律条。"那样一个泛政治化的时代,即使在小说的标题上也留下了鲜明的痕迹。所谓"这边风景",显然是从毛泽东的诗句"风景这边独好"套用而来的。王蒙套用毛泽东诗句,其意也就是要强调小说中的故事发生地新疆伊犁,是一个自然风光与人文情致都非常美好的地方。这部小说之所以被长期束之高阁,原因显然也在于其中的政治:"我本人承认无计可施:此稿因政治可疑而被打入另册。因汲取了教训而在政治上拼命求根据,因此根据不符合新时期的时宜而前功尽弃。"(见"情况简介")现在得以正式出版的一个主要原因,显然在于时代的更加文明与开放。用王蒙自己在"情况简介"中的话说,叫作"总算到了可以淡化背景的文学写作与阅读时代了。"所谓"淡化背景"云云,实际上也就意味着我们不再简单地以"政治正确"与否作为衡量评价文学作品的基本标准了。但即使是到了这样一个业已摆脱了"政治正确"缠绕的时代,对于《这边风景》这样一部作家在写作时就已经特别注重所谓"政治正确性"的小说文本,我们却也首先必须给出一种合乎情理的衡估评价。

首先,《这边风景》的主要情节设定就充满了政治化的色彩。作为王蒙故事情节最曲折矛盾冲突最尖锐的一部长篇小说(请注意,王蒙小说写作为文坛所公认的一大特色,就是故事情节的极度淡化),作家这部小说的基本构思,就是围绕当时的现实政治而进行的。由于当时的实际情况是所谓阶级斗争理念的一统天下，所以，如此一种理念的贯穿始终就是必然的事情。具体来说，《这边风景》的情节结构可以被切割为三大部分。第一部分是从第一章开始，一直到第二十一章，集中展示描写 1962 年伊犁边民被境外势力裹挟外逃事件发生之后的状况。小说主人公，那位刚刚从乌鲁木齐的工厂重新回到故乡伊犁农村劳动的优秀共产党员伊力哈穆（伊力哈穆所遭逢的如此一种人生变故，在共和国历史上同样有据可查。1962 年，不知是否因为城市生活过于吃紧的缘故，一批产业工人离开了工厂，回到了农村。历史上，把这种现象称之为"62 压"），一回到跃进公社爱国大队，所面临的主要任务，就是如何采取积极有效的手段平息这一事件造成的严重影响。这一部分的中心事件，就是那桩一直到小说结尾处才彻底揭开谜底的大队库房小麦盗窃案。第二部分是从第二十二章开始，一直到第三十八章，这个部分带有明显的过渡性质。尽管小麦盗窃案还没有能够告破，但由于伊力哈穆会同里希提等人进行了一系列行之有效的积极工作，爱国大队前此阶段人心惶惶的状况已经有了明显的改观。这一部分开始处写县委书记赛里木到爱国大队下乡蹲点了解情况，首次提及即将大规模展开的"四清运动"。结束处，则是爱国大队的社员们满腔热情地准备迎接"四清"工作队的到来。一种山雨欲来风满楼的态势，被王蒙营造得虎虎有生气。第三部分是从第三十九章开始，一直到最后的第五十七章，所集中展示表现的，是爱国大队尤其是伊力哈穆重新担任队长之后的七队"四清运动"的开展状况。到了这个部分，整部小说的故事情节也就进入了高潮阶段，此前铺叙的各种矛盾冲突空前激烈起来。正如王蒙自己在"情况简介"中所坦承的，"此稿大情节是以批判'桃园经验'与制定'二十三条'为背景的，最初以此来做'政治正确'的保证"，作家在创作之前为自己设定的思想主旨，就是要浓墨重彩地描写表现那场可谓声势浩大的"四清运动"。具体来说，王蒙初始正式动笔的 1974 年，"文革"尚未结束，与刘少奇夫人王光美密切相关的所谓"桃园经验"正处于被批判否定的风口浪尖上。当此形势之下，王蒙把小说中章洋在运动中的错误做派与"桃园经验"联系在一起，并且站在"二十三条"的立场上对其进行一种否定性的描写，就是自然而然的事情。然而，等到小说初稿完成的1978年，"文革"结束也已两年。尽管说刘少奇还没有被平反，但政治形势确实已经发生了根本性逆转，刘少奇当年的政治盟友邓小平已经出来工作，刘少奇的被平反只是时间问题。到了这个时候，写作之初的"政治正确"，就已经变成了"政治不正确"。作品的不合时宜，是显而易见的事情。在文学与政治存在着密切关系的情况下，《这边风景》的出版受阻，是一种必然的结果。从这一角度来说，小说横跨将近四十年时空，只有到时过境迁之后的现在，方才获得正式出版机会，不管怎么说，都是合乎事理逻辑的。但在强调小说故事情节设定上所具突出政治性色彩的同时，我们也须得注意到，《这边风景》情节结构的丰富跌宕与曲折有致，在王蒙的小说中的确非常罕见。不仅各种矛盾冲突错综复杂盘根错节，而且整个故事的发展演进过程也堪称是一波三折风生水起。尽管在一般意义上，一种充满巧合意味的戏剧性，与王蒙的小说无缘，但到了《这边风景》中，戏剧性的存在却是显而易见的。单只是戏剧性的具备这一点，就足以证明小说的情节结构确实达到了丰富跌宕与曲折有致的程度。

总体故事情节的设定之外，小说展开过程中也有许多政治化的描写。其中有三点值得注意。其一，阶级斗争对立面的设定。此处的具体所指，也就是小说关于地主婆玛丽汗与地主依卜拉欣的描写。一方面，按照当时的阶级斗争理论，如同玛丽汗这样失去了天堂的阶级敌人总是会不甘心地进行各种破坏活动，以期颠覆现行政权。但在另一方面，从生活实际出发，早已被边缘化了的玛丽汗们根本就没有可能有所作为。于是，你就会发现，王蒙其实是颇为煞费苦心地编造着所谓地主分子竭力破坏社会主义革命和建设的那些个故事情节。正所谓巧妇难为无米之炊，即使是才气纵横如王蒙者，在构想此一方面情节的时候也显出了自己的捉襟见肘。除了热衷于传播一些流言蜚语之外，玛丽汗们实际上根本就无所作为。其二，若干人物阶级出身的设定与构想。一方面是阶级斗争的对立面，比如那位后来成为农民的麦素木科长。麦素木之所以会成为阶级敌人，一个非常关键的因素在于他的出身。麦素木的父亲阿巴斯，是绥定县著名的富豪，拥有过大量的土地与资产。什么样的家庭出身就会有什么样的现实举动，依循此种阶级逻辑，麦素木那样一种到处煽风点火的所作所为简直就是一定的。另一方面是意志坚定的革命者，比如伊力哈穆，比如里希提。伊力哈穆不仅母亲被地主残害致死，而且幼小的自己也曾经亲身体验过地主的皮鞭，而里希提，则有过给地主扛活遭受压迫的人生经历。说到底，正如同麦素木的家庭出身决定着他对新政权的敌视一样，也正是伊力哈穆们的苦大仇深决定着他们革命意志的特别坚定。尽管是敌对的双方，但作家在进行艺术构思时一种内在思维方式却是一致的。必须承认，以上两种政治化的处理方式，都是王蒙受控于那个特定时代，把先验的政治理念形象化的具体结果，时代局限性的存在显而易见。因为缺乏生活经验的强有力支撑，所以不仅谈不上什么艺术感染力，而且还显得特别虚假生硬苍白，毫无疑问应该被看作是王蒙《这边风景》中的艺术败笔。

其三，是关于主要人物在关键时候学习政治文件的描写。比如，第三十七章中就有关于伊力哈穆夜读毛主席起草的中央文件的场景描写。"这是最严肃、最激动、最幸福的事情，是解放以后数亿中国人民每天都要认真做的一件大事，是旧中国和国外从来没有的一件规模最大的盛举，这个盛举的名称就叫做'学习'。""真理是锐利的。真理也是质朴的。毛主席的锐利而质朴的语言，照亮了这间小小的房子。"哦，我已经多么久没有读到过这样的一种场景描写了呀。隐隐约约地，在我少年时代的阅读中，类似的场景描写可以说是司空见惯。在今天的读者看来，如此一种场景描写大约只具有令人喷饭的幽默效果。殊不知，王蒙笔下的这种场景，其实是当年现实生活的一种真实写照。更为关键的是，在中国，文件还往往会对社会走向和人的命运产生决定性影响。对于这一点，小说曾经借晚年的章洋之口有所揭示："……我终于想明白了。咱们党的威信太高了，你们不服不行。咱们的文件创造着历史，打造了生活，还有阶级斗争或者不斗争而且和谐。一切是非真伪功过长短，都要看文件。如果你的文件是前十条啊，后十条啊，还有'经验'哩，那个伊力什么来着，他的定性就是残害贫下中农、新生资产阶级分子。他的处理应该是剥夺政治权利，交群众管制。如果你的文件换了说法，他就时来运转喽。"非常明显，我们这里所引述的这个段落，属于王蒙重新发现小说手稿之后增补的部分。尽管如此，作家所揭示出的文件在社会生活中决定性的影响力，至今在中国都是无可否认的一种客观事实。在这个意义上，对于《这边风景》中关于主要人物学习政治文件的描写，我们所持有的评价态度就是，一方面承认王蒙的相关描写保留了当年的生活真实，另一方面却也得明确意识到，从艺术性角度来衡量，这种描写不仅毫无诗意而且还有大煞风景之嫌。从根本上说，这样的一种政治化描写也只能够让王蒙失分而不是得分。

好在以上这些读来让人倍感枯燥乏味的政治化描写，仅仅只是《这边风景》中的一部分内容。假若充斥于全篇的都是这些政治化描写，那么，这部曾经不知所踪很多年的小说手稿当然就没有什么重新出版的价值。《这边风景》之所以仍然具有很高的出版价值，之所以在时隔多年之后读来依然能够让读者心潮澎湃，从根本上说，端赖于作家对于超越于现实政治之外的新疆伊犁边地生活进行了堪称入木三分的细腻描写表现。唯其如此，王蒙才会在"后记"中发出如斯浩叹："虽然有过了时的标签，过了时的说法，过了时的文件，过了时的呐喊，过了时的紧张风险"，但是，至今读来，却仍然让自己心生感动："许多许多都改变了，生活仍然依旧，青春依然依旧，生命的躁动与夸张、伤感和眷恋依旧，人性依旧，爱依旧，火焰仍然温热，日子仍然鲜明，拉面条与奶茶仍然甘美，亭亭玉立的后人仍然亭亭玉立，苦恋的情歌仍然酸苦，大地、伊犁、雪山与大河仍然伟岸而又多情。"实际的情形也的确如此，现在看起来，在有效剥离了那些无论如何都不可能不存在的时代政治印痕之后,《这边风景》最根本的思想艺术价值,就是以一种深厚的写实功力相当真实地记录表现了 1960 年代前半期新疆边地那个多民族聚居区域的总体生活样貌。需要特别强调的一点是,王蒙所具体描写展示着的那个时代,乃是共和国的一个集体化农业时代。尽管说社会政治早已从实践到理念都已经否定了那个时代,但这却并不就意味着不可以用文学的形式去充分表现那个时代。虽然也有不少作家创作过同类题材的小说作品,比如莫言的《生死疲劳》、严歌苓的《第九个寡妇》等等,但这些作家与王蒙小说最大的区别在于,他们不仅明显站在了一种否定那个集体化时代的意识形态立场上,而且他们的艺术描写很明显是出自后来者的一种艺术想象。与莫言、严歌苓他们相比较,王蒙《这边风景》的特点不仅在于对于集体化时代持有一种肯定的意识形态立场,而且作家关于那个时代边地农村生活的艺术描写,很显然建立在曾经身为生产大队副大队长的王蒙自己一种坚实的生活经验之上。第五章后面的"小说人语"中,王蒙说:"本小说里,多有应时应景的却也是事出有因的政治宣扬与实实在在的日常生活的间作。政治的宣扬难免没有明日黄花的惋惜,生活实感则用它的活泼泼的生命挽救了一部尘封四十年的小说。理论、主张、条条框框是灰色的,生活之树常绿,生活万岁!"诚如斯言,在超越了所谓的"政治正确"或者"政治不正确"之后,衡量评价小说作品一个重要的标准,就是要看它在多大程度上真实再现了一个时代的总体生活样貌。如果从这样一个阅读角度出发,那么,王蒙的《这边风景》自然应该得到相应的高度评价。

首先应该引起我们高度关注的,乃是出现于王蒙笔端的那些极富诗意特质的集体化时代的劳动场景。是的,就是劳动场景,是只有那个集体化时代才可能出现的劳动场景。初读王蒙《这边风景》的时候,正值 2013 年的五一劳动节,一个以劳动为主题的节日。在这样一个劳动者的节日,阅读王蒙这部展示集体劳动场景的长篇小说,的确别有一种意味在心头。比如"打钐镰"的动人场景:"打钐镰,这是农村的一项重活。乌甫尔干起来却不显吃力。他两腿劈开，稳稳站住，不慌不忙，腰向前倾，伸直右臂，左手辅助把握着长长的镰柄，从右到左一挥，随着镰弓带风的嗡嗡作响，'沙'的一声，划过了一道两米多长的弧线，一大片苜蓿被齐齐割了下来，并在镰弓的带动下茎是茎、梢是梢地排列在一堆。……步子的大小、腰背的倾斜，挥臂的幅度和下镰的宽窄，都是一定的，像体操动作一样地严格准确，像舞蹈动作一样舒展健美。"乌甫尔与里希提他们俩的"打钐镰"动作过于优美，以至于看到的社员们都会连称"漂亮"。"漂亮，什么叫作漂亮呢？他们根本不会想到自己的姿势漂亮与否，他们忠诚地、满腔热忱而又一丝不苟地劳动着；他们同时又是有经验、熟练的、有技巧的。所以，他们干得当真漂亮。也许，真正令人惊叹的恰恰在这里吧！忠诚的、热情的和熟练的劳动，也总是最优美的；而懒散、敷衍或者虚张声势的、拙笨的工作总是看起来丑恶可厌。"在我个人有限的记忆里，如同王蒙《这边风景》中"打钐镰"这样富有诗意的格外清新动人的劳动场景描写，确实已经是"大雅久不作"，是很久都没有读到过了。唯其如此，读来才特别能够打动人心。在这一章后面的"小说人语"中，王蒙写到："截至现在为止，唯一读到的对于钐镰割草的描写见于列夫·托尔斯泰的《安娜·卡列尼娜》。又，这是唯一的一种劳动，其动作略似挥杆打高尔夫球。我国只有在新疆，农民是使用钐镰这种工具的，壮哉新疆！""而到了崭新的世纪，农业机械化的迅猛发展，使得这威武雄强的钐镰也成为稀罕物了。人们会忘记钐镰与坎土曼吗？像忘记人民公社、四清运动、反修防修……"必须承认，王蒙的说法并非杞人忧天，从中国当下迅疾无比的城市化进程而言，不要说如同"打钐镰"这样一种集体化农业时代的劳动场景，即使是农村社会本身，也已经处于一种土崩瓦解四分五裂的状态之中。其实，也并不仅仅是"打钐镰"，其他诸如割麦、扬场、打场、挖渠、装粪，甚至于包括打馕，这些劳动场景都在王蒙的《这边风景》中得到了形象生动的描写与展示。伴随着城市化进程的加快，以上种种劳动场景恐怕都会渐次变成遥远的记忆。别的且不说，单只就集体劳动场景的记录保留而言，王蒙这部长篇小说的价值就不容低估。

然后，是王蒙关于那个农业时代爱情篇章的动人书写。在当下时代，爱情早已成为一种俗烂的话题，很多作品中，所谓爱情描写其实已经蜕变成了情欲的展示。当此文化语境之中，忽然在《这边风景》中重睹那样一种极富生命诗意的古典主义色彩特别鲜明的爱情描写，真的是让人倍觉心旌摇荡有难以言表的荡气回肠之感。实际上，回到王蒙具体写作的1974—1978年那个特定时间场域，文学中的爱情描写尚且属于人性禁区，绝大部分作家都不敢越雷池一步。在当时，王蒙小说中对于爱情的书写行为本身，就需要有绝大勇气在才可。尤为难能可贵者，是王蒙的爱情书写居然如此节制而又打动人心。明眼人其实早已看出，我这里所说的，就是《这边风景》中关于艾拜杜拉与雪林姑丽、泰外库与爱弥拉克孜这两对情侣之间的爱情书写。王蒙关于这两对情侣，尤其是对于艾拜杜拉与雪林姑丽之间爱情过程的展示与书写，完全应该被视为中国当代文学中最诗意最感人的爱情篇章之一。艾拜杜拉是小说主人公伊力哈穆的一位表弟，是那个农业时代最勤勤恳恳诚实劳动的优秀社员，这个自然无需多说。关键是雪林姑丽的身世曲折坎坷。这位心地特别善良性格温柔坚韧的维族姑娘，本来有一个温暖的家庭。没想到的是，不幸的灾祸居然接踵而至，先有父亲的病逝，然后是母亲的难产而死。母亲去世后，继父又娶了一个凶悍的继母："从此，你变成了一个既有父亲又有母亲，既没有父亲又没有母亲的孩子了"。失去了正常家庭温暖之后，雪林姑丽命运的糟糕与心境的凄凉可想而知。十六岁那年，雪林姑丽被迫虚报两岁，奉继母之命与泰外库结婚。"啊，可怜的雪林姑丽，你像是躺在继母脚下的羔羊……后来，你的继父继母都迁走了。"就这样，雪林姑丽开始了与泰外库并不幸福的婚姻生活。然而，尽管雪林姑丽与泰外库都属于好人一类，但由于缺乏必要的感情基础，所以，他们的婚姻生活就特别寡淡无味。用雪林姑丽的话说："我知道，你们会说，他是好人。就说是吧，这又和我有什么相干？为什么要我和他在一起？那时候我年纪还小，还不到十八岁，是继母假报的年龄啊……"于是，在无奈忍受三年之后，在一次遭遇泰外库酒后推搡倒地之后，雪林姑丽终于鼓起勇气，从这不幸的婚姻生活中挣脱出来。之后，雪林姑丽发现自己已经在不知不觉中爱上了艾拜杜拉。当然了，这种不无神奇色彩的爱，居然是被蛮不讲理的库瓦汗在吵架时无意间揭破的。架吵过之后，雪林姑丽感觉特别难受："但是她想不通，她不能明白，为什么库瓦汗会对艾拜杜拉口出不逊，肆意诬陷，譬如一个洁白的瓷碗，难道一定要往上面抹锈斑？譬如一桶洁白的牛奶，难道忍心往上面啐口水？为什么要这样呢？"如此一段话语，一方面说明雪林姑丽的心地善良，另一方面，就连雪林姑丽自己也不知道，当她不由自主地怜惜艾拜杜拉的时候，内心深处实际上早已萌生出了对艾拜杜拉的爱意。请注意，雪林姑丽对艾拜杜拉心生爱意的时间，是在夏夜一个美好的晚上："在夏日的夜晚，田野上还弥漫着一种香气，有青草的嫩香，有苜蓿的甜香，有树叶的酒香，有玉米的生香，有小麦的热香，还有小雨之后的土香，凉风把阵阵变化不定的香气吹到雪林姑丽的鼻孔里，简直使人如醉如痴。""光辉、声响和气息，都是亲切的、质朴的，舒展的。雪林姑丽来伊犁十六七年了，怎么好像第一次发现这夏夜的美丽呢？第一次发现自己与周围的世界是这样靠近，第一次发现生活是怎样可以愉悦人的心灵……"是的，这夏夜的一切都太美好了，之所以如此美好，原因盖在于雪林姑丽内心中已经萌生了一种美好的爱情。借助于夏夜美景的细腻描写，展示一位姑娘内心中爱情的美好。这样一种洋溢着诗意的醉人的爱情描写，我们真的许久许久都没有读到过了。

尤其值得注意的，是王蒙在第二十九章中关于雪林姑丽与艾拜杜拉婚后的一个细节描写。"此后，雪林姑丽与艾拜杜拉小夫妻之间，有一句核心私密的情话。当艾拜杜拉回家很晚，饭后又滔滔不绝地与雪林姑丽大谈大队民兵连的工作与学大寨、蚂蚁啃骨头……一系列美好的指示时，雪林姑丽只消轻轻说一声'大寨……我想大寨……'或者是当艾拜杜拉情致盎然、热火点燃，而雪林姑丽忙于清扫清洗清理清洁'四清'工作的时候，艾拜杜拉就会提醒：'快点过来吧，我要给你说大寨……'底下的风光，就不再需要语言文字的努力了，庄子说得好：得意而忘言，得鱼而忘筌。如果得意又得鱼呢？会不会忘了整个世界，除了——大寨？"大寨也罢，"四清"也罢，皆属于那个泛政治化时代的流行语汇，王蒙能够巧妙地把这样的政治语汇与年轻人的私密情爱生活结合起来加以表现，就端的是谑而不虐别有一番滋味在其中了。当然，更加不容忽视的，恐怕却是小说的第四十五章。某种意义上，这一章完全可以被称为"雪林姑丽咏叹调"。"雪林姑丽，你丁香花一样的小姑娘，你善良、温和、聪明而又姣好的维吾尔女子。笔者在边疆的辽阔的土地上，第一个见到了的，第一个认下了的，不正是你吗？"或许正因为雪林姑丽是王蒙在新疆认识的第一个维吾尔女子，而且此后在日常生活中与雪林姑丽夫妇结下深厚友谊的缘故，到了这一章，王蒙不惜违背小说写作的基本规律，干脆跳身而出，以第一人称的口吻直接倾诉描写起了雪林姑丽这个美丽善良的维吾尔女子。本来，《这边风景》是一部采用第三人称的方式完成的长篇小说，按照叙事学的原理，在一部第三人称叙事的小说作品中，无论如何都不允许作家以第一人称"我"的方式进行插入式叙事。这样一种意外的插入，将会在总体上影响小说的叙事格局。但真的可能是因为雪林姑丽留给作家的印象过于深刻美好了，所以，王蒙才情不自禁地跳身而出以"我"的面目出场，大发感慨议论。某种意义上，这一章文字甚至可以被看作是穿插于长篇小说中的一篇带有强烈抒情意味的散文短章。"问君何事到人间，繁花寻觅是春天。雪林姑丽应难忘，丁香满天香连天。哦，亲爱的雪林姑丽！我的如雪的白丁香与如玉的紫丁香还有波斯的草丁香啊！"这样一种富有诗情的优美文字，不是散文又是什么呢？！然而，就我个人的阅读感觉而言，尽管王蒙的这一章文字有明显的叙事越界嫌疑，但读来却不仅未见突兀，而且反倒使得作品本身显得更加摇曳多姿别具风采。

接下来，则是王蒙关于新疆边地多民族聚居区域民俗风情的渲染与展示。其实，系列小说《在伊犁》的一大根本特色，就表现为对于民情风俗的关注与展示上①中。到了这部字数多达七十万言的长篇小说中，这一方面的描写性文字，就的确可谓比比皆是了。这一点，首先表现在小说殊为别致的开头方式上。尽管主人公伊力哈穆在第一章就已经出场，但小说的开头却是一个多少带有一点话痨意味的米吉提采购员对于伊犁滔滔不绝的赞美式介绍。具体来说，米吉提采购员主要是通过与其他一些地区比如上海、广州等地的对比而凸显出了伊犁独有的风情地貌。一部旨在描写表现伊犁多民族聚居区域总体社会生活风貌的长篇小说，以这样一种方式开头，所体现出的，自然是王蒙的艺术智慧。开头部分之外，其他渲染表现民俗风情的文字也处处可见。比如第二章一开头，王蒙写到，一见到从乌鲁木齐远道归来的伊力哈穆，他的外婆巧帕汗就哭了，为什么呢？"维吾尔族的风习就是这样：妇女们乃至男子们和久别的（有时候也不是那么久）亲人相会的时候，总要尽情地痛哭一场。相逢的欢欣，别离的悲苦，对于未能在一起度过的，从此逝去了的岁月的饱含酸、甜、苦、辣各种味道的回忆与惋惜，还有对于真主的感恩——当然是真主的恩典才能使阔别的亲人能在有生之年获得重逢的好运……都表达在哭声里。"再比如第十三章中，队长穆萨派他的妻妹给伊力哈穆送来了雪白的羊油，王蒙写道："这是一件很简单的事情，然而确实是一件难办的事，乡间是经常互相帮助、互通有无的。伊斯兰教更提倡施舍与赠送。然而，赠送的情况和性质各有不同。农民们大多数也比较注重情面，哪怕是打出一炉普普通通的馕，他们也愿意分一些赠给自己的邻居和朋友。拒受礼物，这就够罕见的了，原物退回，这便是骇人听闻。穆萨毕竟不是四类分子，送羊油的动机又无法进行严格的检查和验证。你很难制定一个标准来判断何者为正常送礼，何者为庸俗送礼，何者为非法行贿啊！但是，制度这样一个标准困难，并不等于这样一个标准是不存在的。不，它是存在的；每个人的心里都有一把尺。"一方面，是关于民情风俗的介绍描写，

① 参见笔者在《被遮蔽的文学存在——重读王蒙系列小说〈在伊犁〉》（载《中国作家》文学版 2009 年第 8 期）中的相关论述。

另一方面，则是借此而凸显伊力哈穆与穆萨之间的矛盾冲突。能够把民情风俗的描写与故事情节的展开有机结合在一起，有效推进故事情节的合理铺展，自然显示了作家一种非同一般的出色艺术表现能力。我们注意到，在第六章后面的"小说人语"中，王蒙说："请问，谁能摧毁生活？谁能摧毁青春？谁能摧毁爱、信赖和友谊？谁能摧毁美丽的、勇敢的、热烈的中国新疆各族男男女女？"实际的情形确也如此，通过遍布整部小说的民情风俗描写，王蒙所突出表现出的，正是一种不可摧毁的永恒的日常生活力量。

小说是人性的艺术，能否对复杂真实的人性世界进行深入挖掘剖析，是衡量一部长篇小说是否优秀的重要标准。而人性世界的挖掘表现，在小说中却又往往会凝结体现为人物形象的刻画塑造。当我们从这样一个角度审视王蒙《这边风景》的时候，就不难发现，在时代总体生活样貌一种生动形象的表现之外，这部长篇小说另一个突出的艺术成就，正体现为若干具有人性深度的人物形象的成功塑造。《这边风景》中，林林总总先后出场的人物形象超过了八十位，其中很多人物都给读者留下了深刻的印象。伊力哈穆、乌尔汗、泰外库、里希提、米琪尔婉、库图库扎尔、穆萨、雪林姑丽、热依穆、再娜甫、吐尔逊贝薇、麦素木、古海丽巴侬、尼亚孜泡克、库瓦汗、阿卜都热合曼、艾拜杜拉、杨辉、廖尼卡、阿西穆、帕夏汗、库尔班、爱弥拉克孜、尹中信、章洋、何顺等人物，皆位列其中。一部七十万言的长篇小说，出场人物多达八十多位，其中超过二十位以上的人物被作家刻画塑造得栩栩如生，确实非常难能可贵。说实在话，在阅读《这边风景》之前，我曾经产生过一些畏难情绪。为什么呢？一方面，我知道这是一部人物形象众多的长篇小说，另一方面，我也知道包括维吾尔在内的边地原住民族的人名都很长很难记忆。没想到的是，小说不仅读起来极其流畅，而且那些看似不好记忆的人物名字，居然读来也特别朗朗上口别有一番韵味。之所以如此，一个重要的原因，就在于王蒙以其深厚的艺术功力把这些人物形象都给写活了。唯其如此，其中的很多人物才能够使我们过目难忘。篇幅原因所限，我们自然不可能讨论更多的人物形象，而只能集中分析伊力哈穆、库图库扎尔、章洋等有限的几位。

首先，当然是身为小说主人公的伊力哈穆。既然是主人公，王蒙就会在这个人物身上倾尽自己的全部心力。应该说，伊力哈穆是《这边风景》唯一一位行迹贯穿始终的人物形象。他之所以能够离开伊犁前往乌鲁木齐当工人，就因为他是一位优秀的农民共产党员。唯其优秀，唯其思想品质高尚，所以当国家遭遇困难，当他自己成为"62压"对象的时候，他才毫无怨言地回到了故乡务农。伊力哈穆思想的先进，一出场就表现得非常明显。"在一阵标志着客运汽车到站的铜铃声中，汽车拐了几个弯停下了。米吉提采购员到了目的地以后，顾不上新结识的旅伴了，兴冲冲、急匆匆下车离去。伊力哈穆与赛里木道了再见，便爬到车顶行李架上，帮大家取行李。越是妇女和老人，行李就越大、越重。伊力哈穆吃力地拎起一个个行李包，再走到扶梯上，一一交到主人手里。"伊力哈穆登场亮相之后的所作所为，与那位米吉提采购员形成了鲜明的对照。王蒙如此设定的意图，显然就是要借助于米吉提的存在，更好地映衬伊力哈穆助人为乐行为的高尚。小说一开头，王蒙实际上也就奠定了伊力哈穆这样一位大公无私的全身心地扑在了工作上的党的优秀基层干部的性格基调。从后面故事情节充分展开之后的相关描写，我们也完全可以看得出，伊力哈穆的的确确是一位工作能力很强且总是替别人着想的农村干部。无论是第一部分刚刚返回爱国大队，面对着小麦盗窃案所造成的人心惶惶局面，伊力哈穆通过耐心细致的说服谈心，最终稳定了躁动不安的民心，还是第三部分在"四清运动"中遭受不公正的冤屈之后，伊力哈穆的不消极不气馁不退缩，坚持领导完成七队的农业生产任务，所有这些，都充分地证明着这一点。除了在发现了库尔班的不幸遭际之后夜闯乌尔汗家的不冷静行为之外，你几乎找不出一点伊力哈穆的人性缺憾来。就此而言，伊力哈穆的近乎于"完美无缺"，的确可以在某种程度上让我们联想到"文革"中英雄人物的"高大全"来。单就这一点来说，王蒙对这一过于理想化的人物形象的刻画塑造，当然难言成功。但如果我们自人物塑造中跳出，而从小说主题的设定这一角度来看，却又可以发现伊力哈穆这一人物的存在自有其另外一种特别的意义。非常明显，尽管作家在小说中遵循当时的所谓阶级斗争逻辑设计了诸如玛丽汗与依不拉欣这样一类地主形象，但只要细读文本，你就可以发现，实际上小说最根本的矛盾冲突，却并没有发生在这些地主与伊力哈穆这样思想先进的农民之间。与其说残余的阶级敌人与农民之间的矛盾构成了小说的基本冲突，反倒不如说是伊力哈穆、里希提、赛里木等一批具有实事求是精神的基层干部与库图库扎尔、章洋、穆萨等一批总是满足于浮夸虚假工作作风的具有极"左"倾向的干部的矛盾冲突。我们注意到，在第三章后面的"小说人语"中，王蒙写过这样一段话："这是'文革'后期的作品，并无大智大勇大出息的小说（不是大说）人，在拼命靠拢'文革'思维以求'政治正确'的同时，怨怼的锋芒仍然指向极'左'，其用心亦良苦矣。"在第三十一章后面的"小说人语"中，则是"难得小说人在那个年代找到了一个抓手，他可以以批评'形左实右'的'经验'为旗来批'左'。至于'经验'一事的真相与实质，更不要说背景与内幕了，完全无可奉告，更无意旧事重提。这里提到了'经验'，同样是惹不起锅就只能惹笊篱的文人路子。"结合王蒙的这两段自白，返顾《这边风景》的基本主题，我们就完全能够认定，这部长篇小说的真正主题内涵，实际上是强调着一种脚踏实地实事求是精神的重要性。尽管伊力哈穆这一人物形象不无"高大全"艺术思维的嫌疑，但对于小说实际的潜在主题表达而言，这一人物形象的重要意义却是不言而喻的。

正因为主人公伊力哈穆这一形象存在着过于理想化的"高大全"艺术缺陷，所以，严格说起来，王蒙《这边风景》人物塑造上更具人性深度和美学价值的，反倒是如同库图库扎尔、章洋、穆萨这样一些思想"落后"的人物形象。小说开始的时候，库图库扎尔刚刚与里希提更换了位置，担任着爱国大队的党支部书记。库图库扎尔与里希提是多年共事的老搭档，解放以来，他们就在一起工作，互为一二把手，一段时间，库图库扎尔是村长，另一段时间，村长就会成为里希提。尽管多次互换位置，但相对来说，还是里希提担任一把手的时间更长一些。假若说里希提的特点是生性耿直坚持原则眼里揉不得沙子，那么，库图库扎尔的特点就是"不论领导和群众说了什么，不论流年对于库图库扎尔是否吉利，库图库扎尔的老马识途、驾轻就熟、俯仰盈缩，全天候不败纪录同样是无与伦比。"你当然不能不承认库图库扎尔拥有相当的行政能力，否则也就无法理解为什么解放后多年来他会一直担任爱国大队的主要干部。但在看到库图库扎尔行政能力的同时，我们却更应该看到这个干部内心中一种极端的自私心理。很多情况下，他的所作所为都是围绕自我利益的最大化为基本主旨。善于察言观色，习惯左右逢源，适时上蹿下跳，往往搅混颠倒是非，可以说是库图库扎尔突出的性格特征所在。"库图库扎尔就是这样不可捉摸。他一会儿正经八百，一会儿吊儿郎当；一会儿四平八稳，一会儿亲热随意。有时候他在会上批评一个人，怒气冲冲，铁面无私，但事后那个人一去找他分辩，他却是嘻嘻哈哈，不是拍你肩膀就是捅你胳肢窝。不过，下次再有什么机会说不定又把你教训一顿。伊力哈穆和库图库扎尔打交道也不是一年半载了，总是摸不着他的底。听他说话吧，就像摆迷魂阵，又有马列主义，又有可兰经，还有各种谚语和故事，各种经验和诀窍，滔滔不绝；你分不清哪些是认真说的，哪些是开玩笑，哪些是故意说反话。有时候他对你也蛮热情，而且对你诉一诉苦，说一些'私房'话，向你进一些'忠言'，态度诚恳，充满善意。有时候他又突然在人多时候向你挑衅，开一个半真半假的分量很重的玩笑，使你下不来台。"唯其因为库图库扎尔具有以上所描述的特点，所以才被村人们赐予了"鸭子"的绰号："库图库扎尔的绰号叫作'鸭子'，维吾尔人在这里是取鸭子入水而不沾水的特点，这样的绰号是指那种做事不留痕迹的人，这当然不是一个好绰号……"库图库扎尔"鸭子"般的精明与狡猾，非常突出地体现在他和麦素木的关系处理上。表面上，当麦素木本人去他们家送茯茶砖的时候，他不仅义正词严地拒绝，而且还板起脸来把麦素木批评了一通，但实际上他却又让妻子帕夏汗与麦素木的妻子古海丽巴侬暗通款曲，让帕夏汗出面接受了古海丽巴侬再度送来的礼物。既获取了礼物，同时却也获取了相应的官声，这可真正是吃了东西却不脏嘴。那么，库图库扎尔为什么会形成这样一种性格特征呢？王蒙的难能可贵之处在于，他联系库图库扎尔的人生经历而对此进行了相对深入的探究。一方面，库图库扎尔的性格形成受到过父亲的影响："坎加洪性格的两个方面，分别被他的两个儿子继承下来：在库图库扎尔身上是善于交际、取巧骗人、贪婪，在阿西穆身上是劳碌终身、一毛不拔、多疑善怕。"另一方面，则与他曾经的经商经历有关："库图库扎尔觉得自己像一个自己与自己下棋的人，一会儿拨动一下红子，一会儿拨动一下黑子。这对于他是一个危险的，却又是大大有利可图的游戏，他为自己的才智和手段而感到骄矜。他的获自经商生涯的投机取巧，左右逢源的本领，竟得到这样高级的发挥，连他自己也不能不惊叹。"必须承认，在王蒙的小说写作史上，对于库图库扎尔这一形象的描写，有着作家对于生活一种深刻的发现与领悟。类似于库图库扎尔这样的人物形象，其实在中国社会现实中一直都没有绝迹，一直到现在为止，此类人物形象都不仅活跃于现实生活之中，而且还往往会立于不败之地。在这个意义上，断言库图库扎尔是一个跨时代的典型形象也一点都毫不为过。回顾王蒙的小说写作历程，可以发现，诸如《组织部新来的青年人》中的刘世吾、《活动变人形》中的倪吾诚、姜静珍，都属于人性内涵极其丰富复杂的刻画塑造特别成功的人物形象。据我个人的阅读经验，《这边风景》中的这位库图库扎尔实际上也完全可以被纳入这一行列之中。这一形象的出现，无论如何都应该被看作是中国当代文学在人物形象塑造方面的一个新收获。别的且不说，单只是能够发现并成功塑造库图库扎尔这一人物形象，王蒙《这边风景》的突出思想艺术价值就不容小觑。

某种意义上，章洋这个人物形象，能够让我们联想到赵树理《李有才板话》中的那位章工作员。章工作员是赵树理笔下一位颇为生动的犯有主观主义与官僚主义错误的干部形象，他没有经过深入的调查研究就先入为主地开展工作，结果自然构成了阎家山减租减息工作的绊脚石。但或许是因为篇幅的原因所限未能够充分展开的缘故，相比较而言，王蒙笔下的同类人物形象章洋，其人性深度显然要超过章工作员。王蒙写道："章洋属于这样一种人，他们主观自信，惯于使别人服从于自己的意志，他们特别是在激动的时候，在极其自信的时候，认为把自己的意志强加于别人是十分自然的、毋庸置疑的事情。他们没有和旁人商量，照顾和迁就旁人的习惯。"先入为主、盛气凌人，往往是章洋一类主观主义者的特质所在。章洋本来就是携带着上面印发的"经验"中某些比"左"更"左"的提法来到爱国大队七队进行"四清运动"的，而伊力哈穆已经重新担任队长之后的七队，却又偏偏是一个各方面的表现都属于先进的生产队。正因为了解真实情况之前章洋已经戴上了有色眼镜，所以，在他的眼里，伊力哈穆的七队就怎么看怎么都是问题成堆："伊力哈穆追着他汇报情况，他认为这是四不清干部企图左右他的视听。伊力哈穆感情上对他们很亲切，生活上很照顾，他认为这是四不清干部的糖衣炮弹。伊力哈穆对队里工作抓得很紧，依旧敢于负责，他认为这是四不清干部抓权不肯松手。他常常听到社员对伊力哈穆的称道，他认为这是四不清干部严密控制的征兆。伊力哈穆的举止镇静乐观，他认为这是四不清的干部不肯低头，向他挑战。尹中信、基利利、别修尔不同意他的做法，他认为这说明了他们右倾，换句话说，说明了他章洋的难能可贵、出类拔萃的正确性。"以至于，当类似于尼亚孜泡克挨打的真相明明已经摆在了面前，但章洋却硬是不愿意相信。尤其值得注意的是，因为召开会议对伊力哈穆进行"小突击"受挫的缘故，章洋居然恼羞成怒，居然把本来没有什么过错的伊力哈穆硬是当成了自己的"敌人"："现在，我们的亲爱的章洋同志，便进入了这样的精神境界。他不管前提，不问目的，要和伊力哈穆'斗争'，要把伊力哈穆斗倒，这就是他当前全部思想感情、心计行动的轴心。"到了这种意气之争的地步，事实的真相究竟如何，对于章洋来说已经不重要了，关键问题在于，"小突击"的失败让他利令智昏，干脆把伊力哈穆当做了自己最大的"敌人"："如果说，开初，章洋对伊力哈穆只是一般地咋咋呼呼，摆摆工作组长的架子，打一打生产队长的威风，并且心怀侥幸地试图用自己的冷淡和粗暴压出伊力哈穆的一些'问题'，那么现在，在'小突击'失败之后，章洋感到的是对伊力哈穆的刻骨的仇恨。他恨伊力哈穆，因为他如此辛辛苦苦却仍然没有抓住什么材料，没有抓住伊力哈穆要命的地方，伊力哈穆的缺点错误越少，他对伊力哈穆就越恨……他已经把自己摆在与伊力哈穆势不两立的位置。"应该注意到这种心态变化的陡然与微妙。本来还想着认认真真地做一点事，但由于一种先入为主的极"左"理念作祟的缘故，工作受挫的结果反而促使章洋走向了人性的另一个极端。关键问题在于，类乎于章洋的这种异常表现，并非只是个案，实际上有着普遍的人性基础。对于这一点，王蒙在小说中也已经说得很清楚："人类总是在一定的前提下，为了确定的目的而从事某种活动的。但是，很可能这种活动是这样地丰富多彩、挑战撩拨、曲折惊险，这样地引人入胜同时令人发狠，占有了人们的心力以致人们忘记了前提，抛却了目的，为活动而活动，把手段当成了最高原则和最终目的。"非常明显，章洋的根本问题，就在于他已经把手段当成了目的本身。真正可怕之处在于，按照小说中的描写，章洋居然终其一生都没有能够从这样一种思维的窠臼之中超拔摆脱出来："章洋对于这些事情的发生，对于他所认定的七生产队阶级斗争形势的'逆转'始终感到无法理解：一会儿说东、一会儿说西的泰外库的话如何能够相信？明明是参与盗窃并且叛逃未遂的伊萨木冬，怎么可以不追究刑事责任？库图库扎尔遭遇了复杂的情况，正像阿卜都热合曼与热依穆、莱依拉夫妇遭遇了复杂情况一样，为什么受到了那么严重的处理？如果当时不发布'二十三条'文件，而是坚持原先的文件的话，这一切事情是不是会有不同的解释和结局？这太混乱了也太偶然了。原来太阳可能是从东边也可能是从西边升起的。原来，好人是可以被解释为坏人而坏人也是可能被解释为好人的。"从这一角度看来，我们也就完全可以说，就其本质而言，章洋实际上乃是一位被极"左"政治思维扭曲异化了自身正常人性的人物形象。能够如此深入骨髓地挖掘表现一个人的人性内涵，充分说明王蒙在刻画塑造人物形象方面有着深厚的艺术功力。

总而言之，有了对于那个泛政治化时代总体生活样貌的真实呈示，有了诸如库图库扎尔、章洋、穆萨、伊力哈穆等一系列人物形象的深度塑造，王蒙的《这边风景》这部横越将近四十年巨大时空而来的长篇小说就可以被看作是一部显示了浑厚写实功力的新疆边地生活变奏曲。因此，还是让我们以王蒙在"后记"中的一段话语为这篇文章作结吧："万岁的不是政治标签、权力符号、历史高潮、不得不的结构格局；是生活，是人，是爱与信任，是细节，是倾吐，是世界，是鲜活的生命。可能你信过了梭，然而信比不信好，信永存。可能你的过了时的文稿得益于这个后来越来越感到闹心的世界的一点光辉与真实与真情，得益于生命的根基，所以文学也万岁。"

《当代作家评论》2014 年第 1 期

以自我献身精神为中国文化守夜

——关于张新颖《沈从文的后半生》

只要是关注文学的朋友，就都不会忘记，在"文革"结束后的 1980 年代，曾经出现过一个"沈从文热"。作为中国现代文学史上最重要的作家之一，在由于政治的原因销声匿迹差不多三十年之后，沈从文如同出土文物一般被重新发现。他的小说杰作《边城》，他所精心营构的"湘西世界"，以及他所一贯秉持的自由主义思想立场，一时之间成为了文学界热议的对象。从那个时候起始，一直到当下时代，沈从文的文学创作尤其是小说创作，长期吸引着众多研究者的注意力。然而，需要指出的一点是，无论是社会上名噪一时的"沈从文热"，抑或还是学术界对于沈从文的持续关注，其具体的落脚点皆是那位以作家身份存在的沈从文。但众所周知的是，伴随着朝代更迭，伴随着一个新政权的建立，沈从文的文学创作早已停止在了具有分水岭性质的 1949 年。而这也就意味着，那位重新进入公众视野之中获得充分关注与研究的沈从文，其实只是前半生的沈从文。对于这一点，张新颖有着足够清醒的认识："沈从文（1902—1988）的前半生，在已经出版的传记中，有几种叙述相当详实而精彩。至少到目前为止，我不认为我有必要去做大同小异的重复工作。"相比较而言，后半生的沈从文却并没有得到应有的关注与评价。其中一个关键的原因在于，远离了文学创作之后的沈从文的后半生，的确存在着相当的评价难度。之所以会是如此，很大程度上与一种文学中心论的潜在心理影响密切相关。唯其因为沈从文一贯享有作家的盛名，在文学创作上有着非常突出的成就，所以，在面对沈从文的时候，研究者才会先入为主地认可肯定他的前半生，而对他的后半生或者表现出某种道理不够充分的轻慢，或者干脆就陷入一种失语的状态之中。且莫说其他人，即使是我自己，也曾经长期深陷于此种思维误区中难以自拔，居然简单地判定远离了文学创作之后的沈从文的后半生，其实乏善可陈，根本就不具备什么研究价值。只有到了最近一些年，伴随着自身思想文化视野的渐次扩大，同时也伴随着对于沈从文后半生生平事迹的进一步了解，我才慢慢认识到，这样一种对于沈从文后半生的理解与判断，其实存在着过于简单粗暴的嫌疑。但到底应该在怎样的一种意义层面上理解把握沈从文的后半生，对于这个问题，自己的内心里实际上仍然处于不甚了了的状态之中。只有在认真地读过张新颖的长篇传记作品《沈从文的后半生》（广西师范大学出版社 2014 年 6 月版）之后，我才恍然大悟，方才意识到自己此前对于沈从文的后半生的理解与判断绝对称得上是大谬。

按照张新颖在后记中的自述，他最早接触阅读沈从文，是从 1985 年开始的。但等到他正式写出关于沈从文的第一篇研究文章《论沈从文：从一九四九年起》，时间却已经是十多年之后的 1997 年了。大概连张新颖自己在当时都不曾料想到，自己此后的沈从文研究，将会与沈从文的后半生紧紧地缠绕在一起。倘若说夏志清的《中国现代小说史》与司马长风的《中国新文学史》以及凌宇、金介甫的相关研究文字代表着截至目前关于沈从文前半生文学创作研究的最高水平的话，那么，张新颖这部自打 2002 年底《沈从文全集》正式出版后即已开始酝酿构想的长篇传记作品，就无论如何都应该被看作是关于沈从文的后半生研究方面的一个标志性成果。就我个人有限的关注视野，这些年来，充分意识到沈从文后半生的研究价值并对此展开研究者，在学界其实也不乏其人。但很可能是囿于研究者自身思想识力尚嫌不足的缘故，他们的研究成绩却终归有限，难以与张新颖相提并论。尤其是这部《沈从文的后半生》，更是把国内外学界截至目前的沈从文后半生研究明显提升到了一个新的高度。与学界同仁相比较，张新颖的高明处在于，他并没有仅仅局限于沈从文的这一个体而谈论沈从文的后半生，而是极有开创性地把沈从文可谓命运多舛的后半生与传主所置身于其中的那个社会与时代紧密地联系在一起，并对二者之间的复杂缠绕关系进行了足称深入透辟的细致剖析："我想呈现出来的，不仅仅是一个人半生的经历，他在生活和精神上持久的磨难史，虽然这已经足以让人感慨万千了；我希望能够思考一个人和他身处的时代、社会可能构成什么样的关系。现代以来的中国，也许是时代和社会的力量太强大了，个人与它相比简直太不相称，悬殊之别，要构成有意义的关系，确实困难重重。这样一种长久的困难压抑了建立关系的自觉意识，进而把这个问题掩盖了起来——如果还没有取消的话。不过总会有那么一些个人，以他们的生活和生命，坚持提醒我们这个问题的存在。"而沈从文，则很显然正是如此这般生命磁场殊为强大坚韧的个体。在这个意义上，张新颖的这部《沈从文的后半生》很容易地就可以让我们联想到陈为人那部在学界享有盛誉的长篇传记作品《唐达成——文坛风雨五十年》。倘若说陈为人的成功在于借助于唐达成这一生命个体生平事迹的展示，真切地透视表现了中国当代文学长达半世纪发展历程中政治与文学之间的复杂纠葛，那么，张新颖此作的价值就突出地表现在对于沈从文这一个体与时代、社会之间关系的透彻剖析上。

对于一部纪实性的传记文学作品来说，其美学诉求的第一要旨，就是采取怎样一种方式才能够保证最大程度上的真实性。张新颖《沈从文的后半生》的写作同样需要有效解决这一问题。好在，对于这一点，张新颖有着足够清醒的理性自觉。唯其如此，他会在"说明"部分开宗明义地坦承自己所秉承的"真实性"写作原则："我写沈从文的后半生，不仅要写事实性的社会经历和遭遇，更要写动荡年代里他个人漫长的内心生活。但丰富、复杂、长时期的个人精神活动，却不能由推测、想象、虚构而来，必须见诸他自己的表述。幸运的是他留下了大量的文字资料。我追求尽可能直接引述他的文字，而不是改用我的话重新编排叙述。这样写作有特别方便之处，也有格外困难的地方，但我想，倘若我是一个读者，比起作者代替传主表达，我更愿意看到传主自己直接表达。"虽然张新颖更多的是从读者阅读心理的角度出发为自己的这种写作方式进行辩护，但在我的理解中，作家之所以要采用如此一种"直接引述"的写作方式，究其根本却还是为了充分实现"真实性"的美学追求。也正因此，写作《沈从文的后半生》的张新颖，某种意义上扮演着一位"文抄公"的角色。关键的问题在于，这"文抄公"的角色实际上并不好承担。要想成为一个理想意义上的"文抄公"，须得把以下两方面的工作做好。其一，作家不仅要格外熟悉所要直接引述的相关文字资料，而且更需对这些文字资料有通透的理解把握。其二，在充分占有相关文字资料的前提下，更重要的工作就是如何做出进一步的选择取舍。选择哪些内容，舍弃哪些内容，貌似无关紧要，实质上却关系着作家对于传主的内在精神世界以及他所置身于其间的特定时代、社会的理解与判断。看似客观的引述，其实却处处潜隐着作家的主体思考与判断。中国传统史学所谓的"春秋笔法"与"微言大义"，在这一方面有着极其充分的体现。从美学的意义层面上，张新颖的这种处理方式，也很容易就能够让我们联想到所谓的"羚羊挂角，无迹可求""不着一字，尽得风流"。

张新颖关于沈从文后半生的叙述，起始于1948年。从这一年开始，一直到传主与世长辞的1988年，这整整四十年的时间，构成了张新颖心目中"沈从文的后半生"。我们首先需要解决的一个问题就是，传主后半生的起始点，为什么不是共和国成立的1949年，而是稍早一年的1948年？1949年诚然是时代与社会发生根本转折点，但正所谓山雨欲来风满楼，如果着眼于沈从文个体的内在精神世界，其根本转折点则很显然是在1948年。虽然说共产党政权的最终建立是在 1949 年，但早在 1948 年，或者在比 1948 年还要更早一些的时候，这个党所营造的那种特定的意识形态氛围就已经四处弥漫，尤其在更为敏感的文化人群体中，干脆就成了一种笼罩性的存在。沈从文精神危机的生成，正与此种意识形态氛围密切相关："这一年沈从文四十六岁。自抗战以来的十余年，与之前的各个时期明显不同，沈从文更加敏感于个人与时代之间密切而又紧张的关系，也更加深刻地体会到精神上的极大困惑和纠结不去的苦恼，长时间身心焦虑疲惫，少有舒心安定的时刻。"沈从文之所以会产生难以化解的精神危机，关键原因在于，他越来越清醒地意识到处此时代政治的大变局之中，自己所一味坚执的自由主义精神立场与日益成为笼罩性存在的共产党所刻意营造的意识形态之间，难以弥合的裂痕越来越大："沈从文很快就清醒地认识到，北大座谈会所讨论的'红绿灯'问题，是一个不需要也不可能再讨论的问题，因为即将来临的新时代所要求的文学，不是像他习惯的那样从'思'字出发，而是必须用'信'字起步，也就是说，必须把政治和政治的要求作为一个无可怀疑的前提接受下来，再来进行写作。看清楚了这一点，他也就对自己的文学命运有了明确的预感。"不只是自己当行本色的文学，甚至于关于未来的社会政治态势，沈从文也在著名的短文《"中国往何处去"》中做出过精准的预言："这种对峙内战难结束，中国往何处去？往毁灭而已。""即结束，我们为下一代准备的，却恐将是一分不折不扣的'集权'！"无论如何我们都不能不佩服沈从文作为一位作家的异常敏感，他居然一语成谶地言中了未来中国社会政治的"集权"专制性质。既如此，那沈从文自己作为一位自由主义知识分子在这个新时代的不幸命运遭际，自然也就可想而知了。

尽管沈从文对自己未来的不幸命运遭际早有预感，但他却未曾料想到这一切居然会来得如此迅疾。按照其子沈虎雏在《沈从文年表简编》中的记述，就是："一月（指 1949 年，笔者注）上旬，北京大学贴出一批声讨他的大标语和壁报，同时用壁报转抄郭沫若《斥反动文艺》全文；时隔不久又收到恐吓信，他预感到即使停笔，也必将受到无法忍受的清算。在强烈刺激下陷入空前的孤立感，一月中旬，发展成精神失常。"这其中，对沈从文的精神世界产生毁灭性打击的，就是为壁报所转抄的郭沫若那篇充满着杀伐之气的批判檄文《斥反动文艺》。在这篇声色俱厉的文章中，沈从文的文学活动及其政治立场遭到了全面彻底的批判与清算。在文学上，沈从文被封为"粉红色"的作家，在"作文字上的春宫画"。在政治上，从抗战以来就"一直有意识的作为反动派而活动着"。可怕的倒也并不是郭沫若其人，而是他所代表的那种社会政治力量。实际上，也正是由于对这种社会政治力量过于心怀忧惧，沈从文的精神世界方才彻底崩溃。沈从文的崩溃征兆突出地体现在他反复强调自己是时候应该"休息"了。在写给张兆和的信中，沈从文说："我用什么感谢你？我很累，实在想休息了，只是为了你，在挣扎下去。我能挣扎到多久，自己也难知道！""小妈妈，我有什么悲观？做完了事，能休息，自己就休息了，很自然！若勉强附和，奴颜苟安，这么乐观有什么用？让人乐观去，我也不悲观。"沈从文几次三番强调的"休息"，其实正是"死亡"的代名词。就在做过若干次激烈刺耳的类似表达之后的 1949 年 3 月 28 日上午，沈从文在家里自杀，"用剃刀把自己颈子划破，两腕脉管也割伤，又喝了些煤油"。亏得及时被家人发现并送医院抢救，沈从文的自杀方才终至未遂。与其他一些性情素为刚烈的作家比如鲁迅、萧军等相比较，沈从文的性情向来称得上柔弱，即使是他的文学作品，所呈现出的也是一种静穆的美学风格。如此一位生性柔弱的作家，在面临着社会政治的大变局的时候，居然不惜一死，可见沈从文的柔弱沉静中却也潜藏着颇为激烈的"金刚怒目"一面。对于沈从文的自杀，张新颖给出了自己的解释。在引述了沈从文的"金隄、曾祺、王逊都完全如女性，不能商量大事，要他设法也不肯。一点不明白我是分分明明检讨一切的结论。我没有前提，只是希望有个不太难堪的结尾。没有人肯明白，都支吾过去。完全在孤立中。孤立而绝望，我本不具有生存的幻望。我应当那么休息了！"这样一段批语文字之后，张新颖分析道："在此，沈从文把自己跟几乎所有的朋友区别、隔绝开来，区别、隔绝的根据，说白了就是：在社会和历史的大变局中，周围的人都能够顺时应变，或者得过且过，而他自己却不能如此、不肯如此。"那么，对于沈从文的自杀行为，我们究竟该做何种理解呢？他的自杀，到底应该被视为懦弱之举，抑或还是被看作以死抗争呢？这一方面，一个极好的参照系，恐怕就是一代文化巨子王国维当年的自沉昆明湖。

对于王国维的自沉昆明湖，也曾经有人讥之为以身殉满清皇室的愚忠行为，但这种理解显然问题很大。一种更具说服力的理解方式是，与其说王国维是以身殉满清皇室，莫如说他其实是在以身殉文化，殉中国的传统文化。当王国维明确地意识到伴随着现代性的生成，传延数千年的中国传统文化将不可避免地面临式微与衰败命运的时候，他的自沉行为，显然就具有了一种文化传承上的重要意义。若将其置放于数千年未有之大变局的背景之下加以审视，王国维的自沉显示出的就是双重的意义和价值。一方面，他是在以这种决绝的方式为中国传统文化守夜，另一方面，却也是在强力捍卫着"自由之思想、独立之精神"的现代知识分子价值理念。很大程度上，沈从文在1949年初的自杀未遂行为，与王国维的自沉昆明湖差堪比拟。如同王国维一样，沈从文所面临的，也正是一个时代与社会的根本转折。在清醒地意识到未来的新时代肯定容不下自己所一贯秉承的思想价值理念的情况下，到底是驯顺服从还是拒绝反抗，沈从文必须做出自己的抉择。应该看到，与沈从文一样面对着时代与社会的根本转折，其他绝大多数知识分子的选择，是顺时应变，是自我精神放逐之后对于新时代的刻意逢迎或者默然承受。与他们相比较，沈从文的自杀未遂，虽然看似柔弱，实质上却是具有绝大勇气的决绝之举。究其根本，沈从文是在以死抗争，是在以如此一种方式表达着自己对未来新时代的拒绝。某种意义上，沈从文的处境较之于王国维更其艰难。虽然说"自古艰难唯一死"，但王国维毕竟求得了一死了之的结果，而沈从文却在自杀被救后尚有四十年的光阴需要度过。尤其不容忽视的是，这四十年时间里，沈从文所置身于其中的，乃是一个对于思想文化对于知识分子堪称肃杀的政治"集权"时代。对于这个"集权"时代的精神实质，曾经有识者做出过深入的剖析："中国再一次出现大变局，产生了史无前例的'政教合一'的体制。政治领袖与思想'导师'合为一体。中国读书人失去了代表'道统'的身份，成为依附于某张皮的'毛'。这是最根本的变化。"在确定了美其名曰"马克思加秦始皇"实质上却是"斯大林加秦始皇"的新"道统"之后，"以此为标准，进行全体知识分子的思想改造，把对是非的判断权全部收缴上去，以一人之是非为是非。愚民政策臻于极致，读书人失去了独立思考的权利，逐渐成为习惯，也就失去了思考能力和自信。'虽千万人吾往矣'是建立在'自反而缩'的基础上的，就是坚信自己是正确、有理的，如果这点自信没有了，无所坚守，自然再难谈什么骨气和'浩然之气'。于是'士林共识'没有了，一人一旦获罪，在亲友、同事中得不到同情和支持，在精神上也彻底孤立，这是最可怕的境地，犹如天主教的革出教门。过去中国的皇权体系，'政、教'相对说来是分离的，现在反而把对信仰的操控与政权合一起来，从世界思想史的角度论是大倒退。"①置身于一个肃杀之气如此弥漫的政治"集权"时代，沈从文生存之艰难自然可想而知。尤其难能可贵的一点是，虽然沈从文的后半生长期处于政治高压的态势之中，但他却基本上恪守了一个现代知识分子的人格尊严，没有说多少违心的话做多少违心的事。死，固然需要绝大的勇气，在一个政治"集权"的时代生存，则需要有更其绝大的勇气。而沈从文，尽管看似柔弱，但他实际上却做到了这一点。

沈从文自杀获救后的心理转换情形，在张新颖笔下得到了充分的合理展示："自我分析到后来，他找到'疯狂'的一种内在脉络：从昆明时期，思想上已经出现巨大迷茫，陷入苦苦思考的泥淖而难以自拔，久而久之，以致发展到自毁。""最后他得出结论：'我想来想去，实在没有自杀或

①资中筠《中国知识分子对道统的承载与失落》，见《士人风骨》，广西师范大学出版社2011年10月版，第10—11页。

被杀的需要或必要。'我要新生，在一切毁谤和侮辱打击与斗争中，得回我应得的新生。'"就这样，沈从文度过了几乎彻底自毁的精神危机。对此，张新颖的理解是："一个并没有巨大神力的普通人，身处历史和时代的狂涛洪流中，一方面是他自己不愿意顺势应变，想保持不动，不与泥沙俱下，从'识时务'者的'明智'观点来看，这当然是一种'疯狂'；另一方面，其实不仅仅是他愿意不愿意的问题，新的时代确确实实把他排斥在外，他因被排斥而困惑，而委屈，而恐惧，而悲悯。"这里，其实存在着一种个人与时代相互对立排斥的问题。新时代不喜欢沈从文，沈从文虽然难免会感觉孤立但却不愿意去做违心的屈就与逢迎。客观公允地说，沈从文不仅没有如同张志新或林昭那样去以自己的行为直接挑战现实政治秩序，而且其内心世界还总是处于某种自我矛盾的状态，甚至还不时地会有与"新时代"同步心理的生成。比如，早在共和国成立伊始的 1951 年，沈从文就曾经有过一次随同北京土改团南下四川进行土改工作的经历："这样重大的历史性事件，卷入的人数众多，个人不过是群众中的一员而已，本不必有什么特殊的想法；但对两三年来强烈地感觉到自己被隔绝在'一个群'的运动之外的沈从文来说，现在给他机会参与到'一个群'的运动中，他不能不郑重其事。"所谓的"不能不郑重其事"，落实到具体的行动中，就是他试图借此机会对生活有所了解，并最终尝试完成一部以张兆和的堂兄张鼎和为原型的长篇小说。用他自己的话来说，就是："有些东西在成熟，在成长，从模糊朦胧中逐渐明确起来。那个未完成的作品，有了完成的条件。给我时间和健康，什么生活下都有可能使它凝固成形。"无论是尝试在土改工作中融入"一个群"中，抑或还是试图完成一部以革命者张鼎和为原型的长篇小说，所有这些举动，都说明沈从文的确曾经做出过主动靠近"新时代"的积极努力。然而，或许是因为内心世界过于强大，以至于既定的价值理念难以更易的缘故，沈从文此种努力的结果却只能够说是事与愿违："此行初始，沈从文确抱着把'单独'的生命融合到'一个群'中去的意愿；但最终，'单独'的生命投向了'有情'的传统——他没有直接说，精神上却已经自觉而明确地把自己放到了这个文化创造的长远传统延续下来的脉络上。"对于后半生的沈从文与时代之间的疏离关系，张新颖既有着敏锐的感觉，也做出过形象的描述："时代的宏大潮流汇集和裹挟着人群轰轰隆隆而过——外白渡桥上正通过由红旗、歌声和锣鼓混合成的游行队伍——这样的时刻，沈从文的眼睛依然能够偏离开去，发现一个小小的游离自在的生命存在，并且心灵里充满温热的兴味和感情，这不能不说是一个奇迹。""如果不嫌牵强的话，我们可以把沈从文'静观'的过程和发现的情景，当作他个人的生命存在和他所置身的时代之间的关系的一个隐喻。说得直白一点，不妨就把沈从文看作那个小小的艒艒船里的人，'总而言之不醒'，醒来后也并不加入到'一个群'里的'动'中去，只是自顾自地捞那小小的虾子。"在万众欢腾的潮涌时刻，沈从文却能够从其中跳出，对世界做静穆的观照，并发现那只孤独飘荡的艒艒船，以及船上的捞虾人，其实在很大程度上显示着他内心深处一种悲悯情怀的存在。不消说，那只艒艒船，那个捞虾人，皆可以被看作是沈从文的一种象征性存在。

那么，"孤独飘荡"的沈从文又是如何把自己接续到这个文化创造的传统脉络上的呢？这与他旧历年年底连续两个晚上的阅读与思考存在着某种直接关联。第一个晚上，是他对于曾经在辰州度过的三个旧年的温习回忆。正是在回忆中，沈从文不仅串联起了个人生命的历史，而且更对这悠远的历史产生了真切的顿悟："万千人在历史中动，或一时功名赫赫，或身边财富万千，存在的即俨然千载永葆……但是，一通过时间，什么也不留下，过去了……时代过去了，一切英雄豪杰、王侯将相、美人名士，都成尘成土，失去存在意义。另外一些生死两寂寞的人，从文字保留下来的东东西西，却成了唯一联接历史沟通人我的工具。因之历史如相连续，为时空所阻隔的情感，千载之下百世之后还如相晤对。"引述了沈从文的上述文字后，张新颖的结论是："沈从文的思想最终通到了这里：一个伟大的文化创造的历史，一个少数艰困寂寞的人进行文化创造的传统。"第二个晚上，沈从文在油灯下反复翻检一本《史记》列传，并对"事功"与"有情"两种不同的文学取向产生了深刻的认识："过去我受《史记》影响深，先还是以为从文笔方面，从所叙人物方法方面，有启发，现在才明白主要还是作者本身影响多。……事功为可学，有情则难知！……换言之，作者生命是有分量的，是成熟的。这分量或成熟，又都是和痛苦忧患相关，不仅仅是积学而来的！年表诸书说是事功，可因掌握材料而完成。列传却需要作者生命中一些特别东西。我们说的粗些，即必由痛苦方能成熟积聚的情——这个情即深入的体会，深至的爱，以及透过事功以上的理解与认识。"也因此，在做了以上引述之后，张新颖好像才终于长长地松了一口气："没有意想到，在川南的小山村，在土改的进程中，在过年的孤单时刻，沈从文产生了深刻的历史醒悟，自觉地向久远的历史寻求支撑的力量，把个人的存在连接到令人肃然的文化创造的伟大传统上来。"无论如何，我们都不能不承认，在川南小山村接连两夜的阅读思考，确实对沈从文未来的命运走向产生了决定性的影响。对这种决定性的影响，张新颖有着格外犀利透辟的理解分析："沈从文的困境主要表现在两个方面：文学的困境和个人的现实困境，这两个方面也可以看作是一体的。他的文学遭遇了新兴文学的挑战，这个挑战，不仅他个人的文学无以应付，就是他个人的文学所属的五四以来的新文学传统也遭遇尴尬，也就是说，他也不能依靠五四以来的新文学传统来应对新兴文学；况且，他个人的文学和五四以来的新文学传统的主导潮流，也并非亲密无间。但他又不愿意认同新兴文学和新时代对文学的'事功'或'要求'。这个时候，就需要一种更强大的力量来救助和支撑自己。一直隐伏在他身上的历史意识此时苏醒而活跃起来，帮助他找到了更为悠久的传统。千载之下，会心体认，自己的文学遭遇和人的现实遭遇放进这个更为悠久的历史和传统之中，可以得到解释，得到安慰，更能从中获得对于命运的接受和对于自我的确认。简单地说，他把自己放进了悠久历史和传统的连续性之中而从精神上克服时代和现实的困境，并进而暗中认领自己的历史责任和文化使命。"应该说，沈从文从 1948 年起始就表现得非常严重的精神危机，一直到这个时候，方才称得上得到了彻底的化解。因为沈从文终于探寻到了自己后半生存在的精神价值依托，那就是摆脱"事功"，加盟"有情"，尽可能充分地把一己的生命积极有效地纳入到中国悠久的历史和传统当中去。而沈从文的个体生命一旦与中国悠久的历史和传统沟通合一，他自然也就成为了如同王国维一样的中国传统文化的守夜人。与此同时，他那样一种隐隐然的对于"集权"时代政治所持有的排斥拒绝姿态，也可以被视为是对于"自由之思想、独立之精神"的现代知识分子价值理念的捍卫。

问题在于，王国维可以凭着他毅然决然的自沉而把自己的生命最终定格，但沈从文却在自杀未遂后尚有约略四十年的漫长岁月需要度过。那么，沈从文的这后半生究竟应该怎样度过呢？或者说，以什么样的方式度过后半生的沈从文，方才能够被看作是中国文化的守夜人呢？在这个意义层面上，则沈从文的生存处境又能够让我们联想到一代"史圣"司马迁。司马迁虽受宫刑而不屈，以忍辱偷生的方式最终完成了《史记》这部伟大著作。而沈从文的文化守夜方式，则主要体现在如下两个方面。

其一，依然是其念兹在兹始终无法释怀的文学创作，尤其是小说创作。说到文学创作，除了偶有散文和诗作之外，小说创作差不多是完全终止了。小说创作的终结，从根本上说，乃是因为沈从文明确意识到了自己那种小说写作方式的不合时宜。这一点，恰如张新颖所说："给沈从文写作带来困扰的，不仅是活动和会议占去了时间，当然还有他心理上的顾忌：'近来写作不比过去，批评来自各方面，要求不一致，又常有变动，怕错误似乎是共同心理，这也是好些作家不再写小说的原因。'"尽管总是不时地会有写作冲动生成，但这种冲动却又总是被迫消弭于无形："譬如，普通人'生活在卑微平凡中的哀乐，十分十分熟习，懂得他们的心。因为我事实上懂他们比懂古董还细致具体。但这份知识，可不能用旧诗来表现了，因为太平凡琐碎。如好写，还有好多东西，都必然使人感动！特别是他们的爱恶哀乐的形式，我熟习的可比契诃夫还多好多。但是不是目下文学要求的重点，不好写，即只有听之任之成为过去了。其实说来还应当写，从这里才具体的接触到人'。"也只有了解到这一点，我们才能理解，为什么他那部关于堂兄张鼎和的长篇小说，虽然准备了很久，但却迟迟不见动笔，而终止消弭于无形的根本原因所在。用《红旗谱》《青春之歌》的方式，沈从文不愿意。用自己习惯的方式，却又肯定行不通。如此这般矛盾纠结的结果，自然也就只能是继续束之高阁了。关键处在于，虽然沈从文无法进行小说写作实践，但他作为一位拥有丰富创作经验的小说家，在后半生中总是会情不自禁地借助于对小说创作的谈论来凸显自己的小说写作理念。事实上，也正是在沈从文那样一种近乎于顽固坚执的小说理念中，我们可以感受到他对于某种文学传统的悉心呵护。

比如，在他后半生的诸多事关小说创作的言论中，我们不时地就会读到他对于作家赵树理的议论。"这些乡村故事是旧的，也是新的，事情旧，问题却新。比李有才故事可能复杂而深刻。""你看的土改小说，提起的事都未免太简单了，在这里一个小小村子里的事情，就有许许多多李有才故事，和别的更重要故事。""如能将作风景画的旧方法放弃，平平实实的把事件叙述下去，一定即可得到极好效果。因为本来事情就比《李家庄的变迁》生动得多，波澜壮阔及关合巧奇得多。不过事件太巧，太富于传奇性，写来倒反而如不太近人情了。"针对沈从文的以上看法，张新颖写道："这里，明显地透露出对土改文学的不满。后来他还谈到，即使是赵树理的作品，也不免'背景略于表现'。表面上这似乎是写法的问题，或者是作者个人爱好习性的不同，其实却关涉如何认识人事巨变在世界——包含自然和人事的世界——中的位置。"但沈从文对于赵树理的"吐槽"式议论却并未到此为止。到后来，他干脆一面谈论赵树理，一面把自己扯进来和赵树理做对比了："(《三里湾》)笔调就不引人，描写人物不深入，只动作和对话，却不见这人在应当思想时如何思想。一切都是表面的，再加上名目一堆好乱！这么写小说是不合读者心理的。妈妈说好，不知指的是什么，应当再看看，会看出很不好处来。""我每晚除看《三里湾》也看看《湘行散记》，觉得《湘行散记》的作者究竟还是一个会写文章的作者。这么一只好手笔，听他隐姓埋名，真不是好办法。但是用什么办法就会让他再来舞动手中一支笔？简直是个谜，不大好猜。可惜可惜！这正犹如我们对曹子建一样，怀疑'怎么不多写几首好诗'一样，不大明白他当时思想情况，生活情况，更重要还是社会情况。"非不为也，实不能也。不管怎么说，作为一位已然养成极好写作习惯的小说家，条件虽然已经不允许他再度操刀实践，但他却总还是对小说写作念念不忘。他的时不时谈论赵树理，正可以被视为其小说写作强烈冲动的一种扭曲性折射。之所以是赵树理而不是其他作家，原因大约不过两个方面。其一，赵树理是新时代最当红最有标志性的一位作家，某种意义上可以被视为"事功"型新兴文学的标本。很大程度上，谈论赵树理，也就是在谈论新时代的新兴文学。其二，就题材而言，赵树理与沈从文的写作对象都是乡村世界，二者之间自然有可比性存在。那么，我们到底应该如何理解看待沈从文很多年前对于赵树理的这些"吐槽"言论呢？我想这样两点恐怕是不可以被忽视的。首先，沈从文与赵树理，都是现代小说写作的名家，他们之间思想艺术风格的差异是极其明显的。既然主体追求有所不同，从一种文学多元的角度来说，就应该是多元共存和而不同。好在沈从文只是一位作家而不是批评家，他之对于赵树理的"吐槽"，很容易就能够让我们联想到托尔斯泰对于莎士比亚的"恶毒攻击"。究其实质，这些不同作家之间的相互"攻讦"，可以被看作是不同世界观与文学观的一种冲突。正如同托尔斯泰的"攻讦"，无法影响莎士比亚的伟大一样，沈从文对于赵树理的"吐槽"，诚当作如是观。其三，相比较而言，赵树理的小说写作尤其是进入1949年之后，的确在相当程度上受到了现实政治的制约与困扰，也因此，"事功"的新兴文学的一些弊端，自然会在其作品中有所表现。从这个层面上说，沈从文的一些说法其实也是很有一些道理的。

　　沈从文对赵树理的谈论，固然值得引起我们的注意，但他对汪曾祺的充分理解与高度信任，却更足以让我们动容不已。1962年，沈从文曾经为他的这位学生大抱不平："人太老实了，曾在北京市文联主席'语言艺术大师'老舍先生手下工作数年，竟像什么也不会写过了几年。长处从未被大师发现过。事实上文字准确有深度，可比一些打哈哈的人物强得多。现在快四十了，他的同学朱德熙已做了北大老教授，李荣已做了科学院老研究员，曾祺呢，才起始被发现。我总觉得对他应抱歉，因为起始是我赞成他写文章，其次是反"右"时，可能在我的'落后非落后'说了几句不得体的话。但是这一切已成'过去'了，现在又凡事重新开始。若世界真还公平，他的文章应当说比几个大师都还认真而有深度，有思想也有文才！'大器晚成'，古人早已言之。最可爱还是态度，'宠辱不惊'！"沈从文的这段话，写于半个多世纪之前，那个时候的汪曾祺应该说还没有能够有充分地显示自我写作才能的可能。汪曾祺在中国当代文坛的大放异彩，还得再等待二十年的时间。一直到"文革"结束后的1980年代，汪曾祺杰出的小说写作才能方才获得了充分展示的机会。不仅如此，在难得有几个人真正称得上是小说大师的中国当代文坛，汪曾祺真还可以被看作是一位已经经典化了的大师级人物。从事后的结果倒推半个多世纪前沈从文关于汪曾祺的定位评判，你无论如何都不能不佩服沈从文审美眼力的精准到位，端的是识力非凡。从根本上说，沈从文的替汪曾祺鸣不平，也是在为自身所归属于其中的那种文学传统作强力辩护。这种辩护，当然应该被看作是沈从文一种特别的文化守夜方式。

但不管怎么说，沈从文的后半生之远离文学创作，在当代中国这样一个特定的社会文化语境中，已然是一种命定的历史宿命。此种情形下，沈从文的文化创造力就迫切需要寻找到新的精神出口。从文化守夜的角度来说，这也就意味着他需要探寻一种有别于文学创作的新的执守方式。具体来说，这种新的文化执守方式，就是构成了沈从文后半生最主要文化成就的中国古代文物尤其是其中服饰方面的学术研究："由自然的爱好和兴趣，发展到对世界、生命、自我的认识和体会，并且逐渐内化为自我生命的滋养成分，促成自我生命的兴发变化，文物对于沈从文来说，已经不仅仅是将来要选择的研究'对象'了。"一个无法回避的问题是，当沈从文迫切需要找到新的精神出口的时候，他为什么会选择古代文物尤其是服饰研究，而不是其他的路径呢？问题的答案主要体现在两个方面。其一，从外部的社会环境来看，进入1949年之后的"集权"政治时代之后，文学创作在很长一段时间内被执政者视为国家政治意识形态的重要组成部分。1949年后有不少现代作家比如李健吾、钱锺书、穆旦、绿原等人都被迫远离了文学创作，或转而从事于文学翻译事业，或转而进入大学等科研机构从事学术研究，其根本原因正在于此。与文学创作相比较，古文物或古服饰研究，一方面缺少强烈的政治意识形态属性，另一方面也并不在社会关注的中心地带。不要说沈从文当年，即使是时过境迁之后社会文明程度已然明显提高的现在，对于古文物或古服饰的本能漠视，也还是一种非常普遍的状况。也正因此，当沈从文由于文学理念的根本冲突而无法继续从事文学创作的时候，他却可以转而从事相对要冷僻许多的古文物或者古服饰研究。其二，就沈从文的个人资质而言，他对于古文物强烈兴趣的养成，乃是早已有之的事情："时代转折之际，放弃文学以后做什么呢？历史文物研究，这是沈从文的自主选择。这个选择的因由，其实早就潜伏在他的生命里，像埋进土里的种子，时机到了就要破土而出。《关于西南漆器及其他》描述了这颗种子在土里的漫长过程。"由这篇自传性的文字出发，进而追溯到沈从文的名篇《从文自传》中的相关描述，我们就会不无惊讶地发现，沈从文之对于历史文物的强烈兴趣，其实早在青年时期就已经养成了："这本书里有动人的段落和章节，很自然地写出了一个年轻的生命对于中国古代文化和文物的热切的兴趣。有谁能够想象，在这个一个月挣不了几块钱的小兵的包袱里，有一份厚重的'产业'：一本值六块钱的《云麾碑》，值五块钱的《圣教序》，值两块钱的《兰亭序》，值五块钱的《虞世南夫子庙堂碑》，还有一部《李义山诗集》。"面对此种情形，张新颖不能不感慨万端："在沈从文的整个生命完成多年之后，细读他早年这些文字，后

396

知后觉，不能不感叹生命远因的延续，感叹那个二十一岁的军中书记和三十岁的自传作者，为未来的历史埋下了一个惊人的大伏笔。""而在1949年的自传篇章里，沈从文把这一条生命的脉络，清晰、明确地描述了出来。此后的岁月里，他将艰难而用力地把这一条脉络延伸下去，直至生命的最终完成。"就这样，在经历了一场巨大的精神危机之后，被迫远离了文学创作的一代文学巨子沈从文终于在历史文物的研究这里寻找到了自己新的精神出口，一种新的文化守夜方式。

尽管说沈从文的历史文物研究已经远离了现实政治，但当代中国毕竟是一个政治笼罩于一切之上的"集权"时代，即使是已经相当边缘化了的历史文物研究，却也一样逃不过政治魔掌的捕捉。这一方面一个突出的例证，就是1964年《中国古代服饰资料》的付印受阻过程："九月，《中国古代服饰资料》付印在即，沈从文写了一篇简单的'后记'，署名历史博物馆；编写小组召开最后一次工作会议，讨论'后记'。参与此书工作的李之檀记得这次会议：'当时社会上正在讨论毛泽东主席关于"帝王将相、才子佳人统治舞台"的批评意见，所以在这次会上也有人提出图版可否按身份等级排列的问题，以突出劳动人民形象在书中的地位，并指出当时《中国通史陈列》中的帝王将相都已做了修改，编书不能不注意中国问题。'也就是说，要按新的政治要求，对全部书稿进行修改。已经完成打样，只等着印刷的这部书，就这样出乎意料地突然中断了出版。""说是出乎意料和突然，只不过是就这一件事而言；如果稍微看看当时政治形势的变化，其实也会觉得这样的结果几乎难以避免。"这就真正称得上是，你不去找政治，政治也还是偏偏要来找你了。其实，在历史文物整理研究的过程中，沈从文与时代政治的悖逆，乃是寻常可见的事情："馆里要设政治部，已有三人来蹲点。可他还老是坐在桌前改服饰资料的书稿，'十八万字尽日在脑中旋转，相当沉重'。这是一种无望的努力，他心里其实明白结果会怎样，但就是不甘心，不肯放弃。"

问题是，"沈从文的文物工作，从一开始，不仅要承受现实处境政治的压

397

力，还要承受主流'内行'的学术压力。反过来理解，也正可见出他的物质文化史研究不同于时见的取舍和特别的价值。"比如，在一次博物馆精心布置的"反浪费展览"中，就曾经特别展出过沈从文在民间收购回来的一件上面织有"河间府制造"的暗花绫子，意在侮辱沈从文的人格。"'因为用意在使我这文物外行丢脸，却料想不到反而使我格外开心。'这一事件除了表明沈从文在历史博物馆的现实处境和政治地位，还显示出，从文物的观念上来说，沈从文的'杂货铺'和物质文化史研究，确实不被认同，以至于被认为是'外行'而安排如此戏剧化形式的羞辱。多年以后提起这件事，沈从文还耿耿于怀：'当时馆中同事，还有十二个学有专长的史学教授，看来也就无一人由此及彼，联想到河间府在汉代，就是河北一个著名的丝绸生产区。南北朝以来，还始终有大生产，唐代还设有织绫局，宋、元、明、清都未停止生产过。这个值四元的整匹花绫，当成'废品'展出，说明个什么问题?'"明明是很有历史文化价值的"河间府"花绫，到了这些所谓的专家眼里却变得一文不值，古代服饰的鉴定研究之难，于此也可见一斑。

但不管面临着怎样严重的各种现实困扰，心有所属的沈从文也不改其志，仍然在以坚定的信念继续着自己的历史文物研究工作。这一点，最突出不过地表现在被称作"十年浩劫"的"文革"期间。作为一位既有"历史罪行"，又有"新的罪过"的"反共老手"，沈从文自然在劫难逃。其中，最具有荒诞意味的，是1969年不仅年近七旬而且体弱多病的沈从文的被下放经历。古代文人会被流放，如沈从文们这般的被下放，其实也可以被看作是现代意义上的一种被"流放"。被"流放"倒也罢了，关键是沈从文的现实遭遇颇类似于西方现代派中的荒诞剧："沈从文和另外两户老弱病职工到达咸宁干校接待站之后，才得知'榜上无名'，这里根本就不知道要接收他们。但户口都迁出了北京，想回也回不去了。"令人感到啼笑皆非的是，同样的遭遇居然还有第二次。当沈从文他们一行在下放地被迫再度迁徙的时候，才发现"这边指挥部事先根本不知道他们要来。"别的且不说，单只是下放过程中这两次荒诞经历，就足以说明在那个不正常的政治畸形时代，沈从文曾经遭受过怎样的凌辱与折磨。令人感佩处在于，不管自己的处境有多么严酷艰难，沈从文都念念不忘历史文物研究工作。正是在下放咸宁期间，预感自己来日无多的沈从文，曾经怀着希望能够尽快恢复历史文物研究工作的急迫心情，先后两次分别致函当时的博物馆革委会委员王镜如和高岚，强烈要求恢复工作："我要求极小，只是让我回到那个二丈见方原住处，把约六七十万字材料亲手重抄出来，配上应有的图像，上交国家，再死去，也心安理得！"这可真正称得上是吾有使命不敢忘，下放也不能耽误历史文物研究了。一位年近七旬的老人，能够在如此一种生存的逆境中，舍却自己的戴罪身份，慨然请命，以切实推进历史文物研究工作，于今想来，端的是让人感慨良多。唯其因为沈从文拥有如此一种难能可贵的自我献身精神，所以，后半生的他方才真正应该被看作是一位尽心尽责的中国文化守夜人。

好在苍天不负有心人，沈从文的艰辛付出与不懈努力，终归还是获得了丰厚的回报。其一，是他后半生最具标志性的学术研究成果《中国古代服饰研究》历尽劫难后终于在 1981 年由香港商务印书馆正式出版，"从一九六四年算起，这部书经过了十七年才得以出版；如果从一九六○年草拟服装史资料目录、提交讨论、文化部同意进行工作算起，则是二十一年。"此著曾经被哈佛知名人类学家张光直教授誉之为"在服饰文化领域开展的实验考古学研究"。其二，是《沈从文全集》的物质文化史卷。"《沈从文全集》第二十八卷至三十二卷为物质文化史卷，内容异常驳杂，按照目录分类，有以下方面的内容：中国玉工艺研究、中国陶瓷史（残章）、中国陶瓷研究、漆器及螺钿工艺研究、狮子艺术、陈列设计与展出、唐宋铜镜、镜子史话、扇子应用发展、文物研究资料草目、中国丝绸图案、织绣染缬与服饰、《红楼梦》衣物及当时种种、说'熊经'、文物识小录、龙凤艺术新编、马的艺术和装备、文史研究必需结合文物、中国古代服饰研究"。只要看看全集中物质文化史部分所收入的这些驳杂内容，我们就无论如何不能不惊叹，只是一介文弱书生的沈从文，在其四十年时间的后半生中，到底在历史文物研究方面作了多少有意义的工作。

就这样，在堪称命运多舛的后半生中，面对着时代"集权"政治的惊涛骇浪，看似柔弱的沈从文，一方面坚执自己的文学理念，另一方面则在中国古代历史文物的研究方面多有斩获。如此一位以柔弱的反抗为中国文化守夜的现代知识分子，不管怎么说都应该赢得我们后来者充分的尊重和敬意。

《南方文坛》2015 年第 4 期

说王春林

贾平凹

因为读过他一些文章，就在一次会上想去见他，一见，王春林是个大胡子。

留有大胡子的人都很雄性，望之生畏，但王春林有了大胡子的高古。

一个还很年轻的大学教授，生活在并不历史悠久的太原城里，文章又是清明畅朗，这是和高古相矛盾的呀。可再想，大人伟业往往产生于这类矛盾中，于是在后来关注王春林，奇怪着，也兴趣着，寻王春林的文章读。

我读他的文章已经很多了，没想他写得更多，越写越多。

我给文学伙里的许多人推荐过王春林，我说：

一、此人是有气象的，他的文章如其名，春天之林，远望丰腴肥厚，近观则每片叶子有蜡质，闪闪发亮，如果入得其内，阳光透射，空气清新，飞禽走兽。林子的旺壮，其实是山的阔大，山积石负土，又有水泉。

二、此人能吞能吐，胃口好，是文学壮汉。他的阅读量是无人能比的，所以他对年度的作品，某一阶段的作品，一个时期的作品有整体的把握，不会偏执或者轻佻。好的车子看它的排量，看它的轮子，轮子粗而抓地，就载得多跑得快。

三、此人行文其势汹汹，如发洪水，一下子就满河满沿，宁可水头子上浮了草屑柴沫，甚至死猫烂瓜，但不瑟瑟索索，机巧为事。

我喜欢走路脚步重的人，他就是，我喜欢蹈大方的人，他也是。

现在，他正一身向外喷发着元气地发展着，出版社结集了《新世纪长篇小说地图》（北岳文艺出版社），这是对他以前的小结。仅是个小结，我阅读了一遍，几乎在读新世纪的文学史，他的铺展，梳理，分析，归纳，令我惊叹不已。

《山海经》有一段话：有轩辕之台，射者不敢西向射，畏轩辕之台。王春林如此，不得不向他致礼。

对批评的敬畏

蒋　韵

给评论家写书评，这还是头一次，也不知道一个写小说的人应该对那些评论性的文章发表怎样的见解。我对理论缺乏热情，特别是这些年来，也不大看评论文章，除非是和自己或亲人有关的。而春林，则是我所知道的批评家中，唯一一位评价过我、李锐，甚至还有女儿小说的朋友，读他文章的机会要多一些，所以，也就还敢对他这本新书，说三道四。

春林这本书，名为《新世纪长篇小说研究》，可我首先想起的是"旧世纪"，在刚刚过去的 20 世纪 80 年代，我还是一个文学青年的时候，对"批评"是有着真诚的敬畏的。当然那时在我眼中，与"文学"有关的一切，都神圣和尊严。我不记得有关文学的话题和激烈的争论曾伴随我们这些"文学信徒"度过多少个不眠的夜晚。以己度人，我想，那时的批评家，不管持何种观点，信奉何种理论，有怎样的水平与见解，但至少，对文学是有诚意的。这也是我们这些文学青年敬畏批评的一个基本前提。

"八十年代"如今已成为一个热门话题，众声喧哗。于是有学者提出这喧哗的众声中其实是有重要的缺席者的，我想，那是指底层的民众。其实，所谓"众声喧哗"，什么时候又真正涵盖了吸纳了天地间所有的声音？而且，一个人的耳朵，特别是受过学术的训练，自持为某一理论信徒的耳朵，它对声音有着天然过滤的能力。我丈夫告诉过我一件事，80年代初，他回他曾插队的那个小山村，当年他的房东，一个从河南逃荒要饭过来、目不识丁的农妇，感慨万端地叫着他们生产队长的名字，说道，"成宝啊成宝，我做梦都没有想到，我这一辈子，有一天还可以不听你的吆喝，上工，下工！"我不知道这农妇的声音，算不算那"缺席者"的声音？

话似乎扯远了，其实不然。如今的批评家，大多忠实的是各自的理论谱系，为此，他们甚至不惜修改事实。血肉丰满的文本对他们而言不过是某种"印证"而已，或者，生活本身对他们而言也不过是一种理论的"印证"。所以，面对真实的生活和血肉的文本，他们所做的大多是削足适履的工作。当然，能够忠实自己理论的批评家，尽管居高临下，应该说，还是严肃的、可贵的，而那些四处出席"作品研讨会"拿红包却连文本都没读过或认真读过的"评论油子"、那些以炒作自己为目的的所谓"酷评家"、那些拉山头拜码头的吹鼓手，我是从不认为他们是"批评家"的。问题是，睁开眼睛，满世界晃动的都是他们的身影呵！又热闹又喧哗，制造着盛宴不散的假相。所以，对"批评"的敬意，不知从何时起，早已烟消云散。

这话也许说得太极端，其实，在任何时候，任何时代，都还是有对自己的职业心存敬畏之心的人的。当拿到春林这本书时，我就有些讶然。此前，也知道他在做长篇小说的研究工作，到处发文章，也读过他几篇散见在报刊上的评论，但如今集合起来，竟是这样厚重丰硕！原来这些年来，他认真读了这么多长篇文本，他首先是一个合格的读者，然后，才是学者。这倒让我想起当初"红学"的缘起。假若不是有那么多"只恨当时不相识，几回掩卷哭曹侯"的至情至性的读者，假若不是这些至情至性的读者有话要说，哪里会有后来养活了那么多专家学者的"红学"？——"几回掩卷哭曹侯"，这才是如今五花八门的"红学"最初的缘起。

在如今这样一个解构和颠覆的时代，能够坚持常识，有时反而需要大勇气。在许多人以放火箭的速度和心态抢夺"话语权"中心位置的喧哗中，春林显得何其笨拙：他做的是笨事、苦事、慢事，他甚至不像一个农民，春天耕耘，秋天就有收获；他倒像一个造林人，在荒山野岭上植树造林，天天种，年年栽，而蔚然成林的美景，需要假以不短的时日，也许三年五年，也许十年八载。

所以，我以为，这本《新世纪长篇小说研究》，是本厚重的书。几年来，春林专注地、锲而不舍地坚持做这样一件事，同步追踪中国当代作家最新长篇小说，致力于长篇小说的研究，这本书让我们看到了这研究的成果。当它们集合在这里时，我忽然明白了一点：春林不仅仅只是在追踪这些作家，也不仅仅是在研究这一个个具体的文本，他是想为中国新世纪长篇小说作史。我不知道他是不是参考了《史记》本纪、世家、列传这样的体例，总之，他将新世纪以来的长篇小说以"知识分子精神的勘探与透视""乡村世界的描摹与展示""历史景观的再现与重构"为题做了这样的归纳与划分。我并没有能力来评价这归纳是否正确，然而，"为长篇小说作史"这想法就足够让我激动，我想，我终于为春林多年来兢兢业业的工作找到了一个我以为正确的命名。

当然，作为"史"而言，这本书一定还有这样那样的不足，但，我想说的是，生活有时是公平的，在春林多年来貌似笨拙、不哗众取宠不好大喜功、老老实实以当代长篇小说为追踪研究对象，将他的学术生涯深深植根于这些血肉的文本之中时，他却必然要触摸到"史"的经络，它们凸现出来就像河流山川在黎明的熹光中渐渐现出它们清晰迷人的轮廓：这是多少人孜孜以求却不可得的追寻。所以，我愿将春林这本书，看作是新世纪长篇小说史，它虽是一家之言，却也是一片新绿初成、花香鸟语、山风浩荡的丛林。

疑似珠宝鉴定

王祥夫

春林是我的朋友，我们都还年轻的时候，曾经一次次在寒风和烈日下赶往太原的某个宾馆去开会，那是一个对文学而言人们既热情又认真的年代。那是一个把文学当作神圣事业的年代，多少年过去，多少人早已变作"浮光掠影"，而春林却还在那里，而且，在人们的视野里越来越清晰。我始终认为春林是古代契丹人的后裔，气力极足，喝酒写文章，其气概是勃勃然不可遏止。其思绪之活跃非同代寻常人可比。春林读书之勤苦，只要看看他最近所出的两本论著便可见一斑，《新世纪长篇小说地图》《新世纪长篇小说风景》这两本专著，且不说其中的观点如何，分析是否妥帖而深入，单只说春林的阅读量，便让人格外吃惊。闲来无事读长篇小说是件快意的事情，而把读长篇当作自己的研究对象或学术命题，便很难说是一件令人愉快的事。但春林却选了这样一件事来做。一是他的有心——他对当代文学尤其是长篇小说的创作走向与作家长篇个案的关注，二是愚公移山般的态度，我总是和他开玩笑说"你当愚公便准备被累死"。读长篇，一年一年地读下去，而且还要把每年的长篇都一一梳理做比较，这活儿可不轻。大量而且不是消遣性的阅读真不是一件快乐的事情，作为一个评论家，"肩担日月"地非要来做这件事的评论家在中国真的没有多少。而春林却一直孜孜不倦乐此不疲地在做这件事。

读春林的这两本专著，一是可以帮助我们了解新世纪以来中国文学界的长篇状况，这里边当然包含了意识形态方面乃至文学思想的微妙走向及变化。这一点我以为最最重要，我们读一部长篇，或者是每年读几部或十几部，但我们的感觉总是散碎的，而作为评论家的王春林却是要把这散碎的感觉合在一起让你如忽然跃身于高空鸟瞰下界，这种学术关注不是随便哪一个评论家都能来得了。这基于春林对文学的热情和执着。读这两本关于新世纪长篇小说的学术专著，我对老朋友的敬意忽然有加。这两本专著，以极大的"劳动力"，我想使用一下这个与文学看似无关的名词，春林是以极大的"劳动力"投入到新世纪长篇小说的研究之中，并且据此能够让我们看到一张颇具真实度的"新世纪长篇小说地图"，也让我们能够看到"乱花渐欲迷人眼"的"新世纪长篇小说风景"。细细想来，这真不是一件轻松的事情。一是要大量细读，几近于"披沙拣金"，又似珠宝鉴定，披沙拣金是量，珠宝鉴定是质。关键在于，作者面对的是中国一年又一年长期累积下来的长篇小说。"反顾与沉思，关注与透视，描摹与展示"其实是应该放在春林的身上。要谈论新世纪的长篇小说，就少不了做对比，怎能不把现代与新世纪之前那许多年的长篇小说搬出来？如不做这样的对比，你怎么能够说明新世纪长篇小说的"走向个性，走向成熟"，更重要的，春林对新世纪长篇小说的一个定语是"现实主义主潮地位的加强与拓展"，什么是"现实主义"，这我们都熟知，而"现实主义主潮"之表现在新世纪长篇小说创作中是个什么状态？春林的研究和深入分析的用功之处便在这里，我以为，春林对新世纪长篇小说的"地图""风景"扫描之结果可以分为两个大方面，一是内容，思想与意识方面的呈现，二是形式，新世纪长篇小说创作上在形式上的一大特点是"多样化文体的尝试与实验"，这一点发现十分重要。在文学的各种文体中，长篇小说在"尝试和实验"上应该说是来得最晚。但它毕竟来了，它毕竟被评论家王春林这部"长篇小说分析机器"扫描到了。读春林这两部关于新世纪长篇小说的学术巨著，我最感兴趣的就是那些"个案分析"，春林如同尽心称职的珠宝鉴定师一样，把一件一件长篇拿起放下，细细琢磨悉心品鉴。比如对《繁花》这部长篇的分析，我以为就显示出了春林独到的眼力，一是肯定了它在"上海叙事"中的历史地位，二是对《繁花》叙事上的特质有深入的见地。只此两点便足矣，足可以给读者的阅读提供一种导游式的好建议。

一个评论家，若想对中国新世纪以来的长篇小说做完整的扫描与深入的研究，无论如何都不能说是一件轻松的事，而春林却一直在这么做，且从宏观到微观都能给喜欢中国长篇小说的读者和研究者以清晰的阅读导引。这两本书刚刚出版不久，再过若干年，它们想必会对未来的研究者有更好的帮助，让未来的研究者能够清晰地看到对我们说来是"新世纪"，而对他们来说是"老旧的世纪"文学方面长篇小说的风景和为了更好地欣赏这风景而提供的地图。

春林是我的朋友，我常常觉得他是在做一件"傻事"，在当下这个文学早已被边缘化的时代，这样两本厚厚的书，又能会有多少读者呢？这么想的时候，我便再次明白文学的真正激情和神圣所在。九九归一，文学是我们共同的宗教，南无，南无。

我的文学批评之旅

王春林

　　无论是就自己的年龄来说，还是就自己的批评资历来说，现在都肯定不是写作这样一篇带有自我学术回顾性质的文章的时候。但是，不久前，山西省作协的文学评论委员会讨论决定要编辑出版一本《山西文学批评家自述》的著作，并且列出了二十位左右入选者的名单，我的名字居然也忝列其中。这样，对于自己文学批评生涯的回顾，就不只是我个人的事情，而且很显然也已经成为山西省作协的一项集体写作项目的有机组成部分。既然事关集体，那我就怎么也推脱不得，只能够勉力为之了。

　　要想谈论我的文学批评，话题恐怕还得从我大学时候的文学兴趣说起。我的大学生活开始于 1983 年。到现在我都清楚地记得，那一年的高考文科的本科分数线是 430 分，而我自己的高考成绩则是 432 分，其中，英语一科只考了少得可怜的 21 分。尽管说我的总分已经达到了大学本科的录取线，但不知什么缘故，却并没有被本科学校录取，最后只得无可奈何地上了一所地处偏远位于吕梁地区专署所在地离石县的专科学校——山西师范学院吕梁师专班的中文系。好在命运的天平倒也还不是绝对的不公平，经过自己两年的学习努力，在通过了颇为严格的全省师专学校统考以及后来同样不失严格的面试之后，我有幸与来自于全省各地的十四位同学一起，在大学的第三个学年到来的时候，告别了各自曾经就读过的专科学校，以"专升本"的形式进入了位于临汾市的山西师范大学中文系继续深造。尽管说也不过是进入了一个地方性的师范院校而已，但对于我来说，意义却是比较重要的。因为，在经过了这样一种严格的程序之后，自己就成了一个将来可以拿到文学学士学位的可谓货真价实的本科大学生。

之所以要谈论自己的大学生活，一个重要的原因在于，1980 年代的大学生活，与当下时代的大学生活，确实已经形成了很大的差别。为了更为充分地说明这个问题，在这里，我需要援引一些朋友关于那个特定年代的看法。这其中，学者毕光明的看法，应该说是比较有代表性的。我们注意到，在读过了由查建英主持的那部影响颇大的《八十年代访谈录》之后，毕光明曾经写出过这样的一种理解："也许不是所有人都对 80 年代心存好感，但是的确像查建英所说，有很多人对它'心存偏爱'。有这种偏爱的，不外是'文革'的过来人。经过政治暴力下的恐惧、压抑与紧张，1976、1978 年的翻天覆地的政治变革，给了他们精神上获得解放的轻松感。这种轻松感，伴随着进入新时代的兴奋和对新生活的憧憬，持续到 1989 年的夏天。说 80 年代'深藏在我们每个人的身体里'，指的当是这样一种满足了人的深层需要的美好感觉。并不是所有的时代都能给人这样的感觉。十年'文革'不能。90 年代也不能。所以 80 年代才被人说成是'中国最好的时期'。" 在这里，毕光明或许相当准确地说明了在那些"文革"过来人的心目中，80 年代之所以会显得如此美好的一个根本原因所在。事实上，恐怕也正是在这样一种原因的主导影响之下，毕光明才会这样认识 80 年代："作为一种感觉为亲历者长久保存，这是 80 年代值得我们回望和谈论的理由。一个历史时代用人的感觉证明了自己，这也意味着在这个时代里，人的精神需求得到了满足。精神需求才是人的本质体现，因此，80 年代的真正意义在于证明了人的价值，或者说它让中国人尝到了做人的滋味"。①

不知道其他朋友会如何看待毕光明关于 1980 年代的这种理解，但在我自己，却的确是非常认同"精神的八十年代"这样一种定位的。回想自己当年的大学生活，至今都历历在目难以忘怀的，应该是两个方面的事情。其一，就是当时那样一种可谓是铺天盖地席卷一切的"文化热"。这种"文化热"的一大突出表征，就是几套丛书在当时产生的巨大影响力。这几套丛书主要包括有北京三联书店的"文化：中国与世界"丛书，四川人民出版社的"走向未来"丛书，以及由李泽厚先生担纲主编、由中国社会科学出版社等其他几家出版社联合推出的"美学译文"丛书，等等。自然，这里边也肯定少不了商务印书馆那套老牌的"汉译世界学术名著"丛书。说来现在的很多朋友可能很难相信，在当时，就在如同临汾市这样一个极其寻常的三线小城市里，以上这些丛书居然都能够买得到。对于我来说，正是通过这些丛书而开始了自己对于西方的思想文化尤其是现代以来的西方思想文化的接触与了解。什么叔本华、尼采、维特根斯坦、海德格尔、胡塞尔、弗洛伊德、荣格、萨特、马尔库塞、韦伯、本雅明、弗洛姆、福柯、汤因比、马斯洛、阿恩海姆、罗兰巴特等等，诸如这样一系列现代西方的思想名流的不少著作，我都是在大学期间读到的。尽管说当时的我对于这些著作根本就读不懂，大多都是一种囫囵吞枣不求甚解式的阅读，但很显然，正是这样一种具有强烈挑战性的硬性阅读，在很大程度上奠定了我的思想基础。现在推想一下，我之所以后来能够从事于文学批评事业，与这个时候所接受的这些现代西方思想的影响，其实是分不开的。

其二，则是一种对于小说创作的狂热向往和追求。不知道是不是与自己少年时候曾经接触过的诸如《水浒传》这样一种文学名著的潜在影响有关，当然，也很可能与自己所就读的中文系汉语言文学专业有关，而更大的可能却因为 1980 年代乃是一个文

① 毕光明《精神的八十年代》，载《海南师范大学学报》2007 年第 3 期。

学的黄金时代，在那个时代，文学尚且拥有着可谓是至高无上的神圣地位，在整个大学的四年时间里，我狂热地做着文学梦，迫切地渴望自己有朝一日能够成为一名小说家。于是，在囫囵吞枣地阅读现代西方思想家著作的同时，我就把更大的精力投入到了所谓的小说创作之中。一方面，我的身影经常出没于学校图书馆里的期刊阅览室，大量地追踪阅读中国当代小说家的小说新作。道理非常简单，自己要想写小说，首先须得对于同时代的小说创作走向有一个基本的了解。有了这种了解之后，方才可以确定自己的写作方向。另一方面，自然也就是大量地炮制自以为是的小说作品，并且乐此不疲地把这些凝结着自己心血的小说习作向全国各种文学刊物投稿。或许是因为自己根本就不具备小说写作天赋的缘故，反正这种努力的结果是竹篮打水一场空，除了偶尔能够得到一些刊物编辑手写的带有鼓励性质的退稿信之外，我的那些所谓小说作品始终都没有能够变成铅字，没有获得过发表的机会。

就这样，不知不觉间，四年的大学时光就将要结束了。到了大四的时候，就必须得完成学校要求的学士学位论文了。当时，我的学士学位论文的指导老师，是后来在中国现代文学研究界颇有一些影响的席扬先生。那个时候，山西作家郑义刚刚发表了中篇小说《远村》和《老井》，在文学界一时很有影响。很可能因为郑义是山西作家的缘故，所以最初和席扬先生商定的论文写作对象，就是作家郑义的乡村小说创作。说实在话，那个时候并无任何学术论文写作的经验，论题的选定，其实带有极大的随意性。论题虽然定下来了，但到了真正要动笔写作的时候，却突然发现自己关于郑义的乡村小说，实际上并没有多少话要说。怎么办呢？学士学位论文是必须完成的，绝无推脱的理由。差不多就在这个时候，我在《当代·长篇小说》杂志上读到了王蒙那部后来曾经产生过极大影响的长篇小说《活动变人形》。王蒙这部长篇小说的主人公倪吾诚，是一位性格构成相当复杂的现代知识分子。也是在这个时候，我还读到了学者赵园一部旨在探讨研究中国现代小说中的若干知识分子形象塑造的学术专著《艰难的选择》。很可能是受到赵园先生著作影响的缘故，我忽然灵机一动，能不能模仿借鉴赵园的研究方式，对于王蒙这部《活动变人形》中的倪吾诚这一知识分子的内在精神世界构成进行一番探讨分析呢？在征得了席扬先生的同意认可之后，我就决定把自己学士学位论文的研究对象由郑义的乡村小说改换为王蒙的长篇小说《活动变人形》。

现在回头去看，关于王蒙《活动变人形》的这篇文章，应该被看作是我平生以来的第一篇文学批评文章，可以被理解为是我的文学批评处女作。尽管王蒙写作有将近十多部长篇小说，但一般认为，能够代表其长篇小说写作最高成就的作品，就是这部以他自己的家族史为基本原型的《活动变人形》。只要参照一下王蒙自传第一部《半生多事》中的相关记述，即不难认定，在其中的若干主要人物如倪吾诚、静宜、倪藻等身上，确实不时地晃动着包括王蒙自己在内的若干王蒙家族成员的身影。然而，对于当时只是一位大四学生的我来说，肯定缺乏从整体上理解把握《活动变人形》的能力。在这个时候，赵园《艰难的选择》的启示作用就充分体现出来了。既然赵园可以从社会历史的角度对于一系列现代小说作品中的人物形象展开深入分析，那么，我为什么不可以仿其例讨论一下王蒙这部长篇小说中的人物形象呢？具体以哪一位为主要分析对象呢？自然是身为小说主人公的倪吾诚了。于是，我的这篇学士学位论文的标题就被确定为"倪吾诚简论"。我这篇文章的主要观点是："但作者最大的贡献却在于在他的笔端站立着的倪吾诚这一文学形象，这个卑劣猥琐可怜可悲的知识分子。他的出现，不仅给我们以耳目一新的感觉，而且给我们以一种陌生的经验，他的一生恰如其子倪藻所归结的：'他一生追求光荣，但只给自己和别人带来过耻辱。他一生追求幸福，但只给自己和别人带来过痛苦。他一生追求爱情。但只给自己和别人带来过怨毒'。假使我们把倪吾诚纳入整个新文学史的知识分子画廊，那么你会发现，他既不同于郁达夫笔下自杀的沉沦者，也不同于鲁迅先生笔下的魏连殳，更不同于路翎笔下的蒋少祖。或许他们之间有某些相似之处，但正是这相似却见出了他们的相异，也正因这相异才使得他们有并存的必要，才显出了倪吾诚这个人物的独特性来。他独特的性格，独特的悲剧命运，独特的审美价值，无不给我们以新奇的感觉，以陌生的经验，以未经历过的人生体验。倪吾诚确有极其丰富复杂的性格内涵，他是不能被其他知识分子形象所替代的，他的存在将给新文学史上的知识分子形象画廊增添新的光彩。研究倪吾诚，分析他在中西文化冲突背景下的扭曲变形，将会使我们达到对 20 世纪中国知识分子命运的更全面的观照。"在文章中，借助于王一川先生在一篇文章中提出的"现代世界感"这一概念，我分别从隔膜感、孤独感、苦闷与寂寞感等三个方面对于倪吾诚那样一种痛苦而又复杂的精神世界进行了相对深入的细致剖析。现在看起来，尽管说我的这一篇《倪吾诚简论》稚嫩之处十分明显，但作为自己的文学批评处女作，其可贵之处在于初步体现了我感悟把握一部文学作品的基本能力。

完成了《倪吾诚简论》之后，时间已经是 1987 年了。就在这一年的七月，我从山西师范大学毕业，被分配到曾经读过两年书的吕梁师专中文系任教。我的身份就这样很快由高等学校的学生而转换为高等学校的教师。进入吕梁师专任教之后，虽然内心中还继续做着成为一名小说家的作家梦，但一个摆在我面前的现实问题却是，即使所写的小说侥幸能够发表，也不能算作自己的科研成果。而按照高等学校通行的考察方式，一个合格的高校教师必须在规定时间内完成一定量的科研任务。只有在完成了自己所应完成的科研成果之后，方才有可能获得晋升职称的机会。而职称的高低，却又与工资的高低等等现实待遇存在着紧密的联系。那怎样的东西才算得上是科研成果呢？如同我自己曾经完成过的学士学位论文《倪吾诚简论》便是。除此之外，另外一个影响我人生志向选择的环境因素是，这个时候恰好是吕梁师专这个地处偏远的专科学校发展历史上最好的一个时期。最好时期的一大标志，就是以当时担任学校校长的李旦初教授为核心，在吕梁师专中文系居然开始形成了一个后来曾经被山西文学界称之为"吕梁师专批评群体"的批评小气候。因此，一方面是周围现实环境的熏陶影响，另一方面是身为高校教师所必须面对的科研要求。正是在以上两种因素的作用之下，我最终放弃了曾经坚持了若干年的小说创作，把自己的主要精力开始投入到了文学批评的写作上。好在有一点尚可以自我安慰，那就是，不管怎么说，文学批评也还是属于文学事业的大范畴之中。而且，从事文学批评写作，也还算是坚持了自己的文学理想和追求。就这样，被分配到吕梁师专任教不久，我就做出了人生中关键处的一个选择：放弃小说创作，专事文学批评。对了，在这里必须提及时任学报《吕梁学刊》主编的李亮教授。李亮教授毕业于南开大学中文系，当年因为错打成"右派"而被发配回吕梁老家，"文革"结束后进入吕梁师专任教，他的主要研究方向是古代文学与美术理论。尽管李亮教授和我的研究方向不尽相同，但我的幸运在于，我的那篇《倪吾诚简论》居然得到了他的认可赏识，发表在了《吕梁学刊》的 1988 年第 1 期上。回头想来，这是我平生第一篇终于变成了铅字的文章，其意义自然非同寻常。一个毛头小子，刚刚进入学校半年时间，就能够有文章在学报发表，其间李亮教授的知遇之恩，无论如何都不能不让我心存感恩的。

从这个时候开始，我就正式开始了自己的文学批评之旅。记得刚刚回到吕梁师专的时候，因为科任教师缺位的缘故，我最早承担的课程是外国文学。尽管说自己颇为喜欢外国文学，但外语的一窍不通却使得我根本就不敢对于所谓的外国文学研究抱任何奢望。静下心来想一想，自己的学术兴趣大约还是在所谓中国现当代文学这一学科之上。于是，一方面承担着外国文学的课程教学任务，另一方面，我便倾全力关注当代文学的发展，把自己的主要精力投入到了文学批评文章的写作上。现在回头去看 1988 年，与文学批评相关，有两件事情值得一记。一个是那一年的暑假，由时任中国社会科学院文学所所长的刘再复先生为主导的"文艺新学科"讲习班在美丽的海滨城市青岛举办，当时颇有影响的一些学者比如刘再复、孙绍振、林兴宅、李洁非、花建、林岗等都曾经亲临授课。刚刚踏上文学批评道路的我，有幸参加了这次盛会。如今回想起来，那一次，实在是机会难得。因为，很快地，就在不到一年的时间之后，伴随着那场重大历史事件的发生，主持这次活动的刘再复先生就已经被迫无奈去国，远走异国他乡了。毫无疑问地，参加这次"文艺新学科"讲习班的经历，极大地开阔了我相关的理论视野，对于自己未来的文学批评写作产生了较为深远的影响。

另外值得一记的一件事情是，这一年，我的一篇关于山西作家张石山的文学批评文章，在由山西作协主办的《批评家》杂志上的发表。当时，山西作协的才子型作家张石山正处于小说创作的巅峰阶段，一个总题名为"仇犹遗风录"的系列中短篇小说正陆陆续续地刊载于全国各大文学期刊上。或许是受到当时"文化热"影响的缘故，一批中国小说家开始从文化的视角来审视表现社会人生。一个引人注目的标志性事件，就是出现了一批"家族小说"。而张石山的这个"仇犹遗风录"系列，则正是其中的代表性作品之一。张石山的小说，主要关注表现的是自己的故乡盂县一代的乡村生活。因为盂县那个地方在古老的春秋时期曾经是仇犹古国的所在地，所以，从文化反思的角度出发，张石山就把自己的这个小说系列命名为"仇犹遗风录"。当时，在陆陆续续地读过张石山的这些小说作品之后，我内心颇有感触，于是，就完成了一篇名为"遗风之外的文化思考"的批评文章。恰好时任《批评家》编辑的杨占平先生他们一行到吕梁师专组稿，机缘凑巧，这篇文章也就有机会发表在了《批评家》的 1988 年第 4 期上。这里需要对《批评家》杂志稍微饶舌几句。《批评家》杂志创刊于 1985 年，是 1980 年代那个文学的黄金时代重要的文学批评刊物之一，一度与《当代作家评论》《文艺争鸣》《小说评论》《当代文坛》等知名的文学批评刊物齐名。非常遗憾的是，到了 1989 年，在经历了那场重大历史事件之后，因为上级宣传部门的错误决策，这个曾经非常生气勃勃的刊物被迫停刊。必须看到，无论是对于山西的文学批评发展而言，还是对于全国的总体文学批评格局来说，《批评家》的停刊都是一个不可低估的损失。至今都记忆犹新的是，我的那篇批评文章在《批评家》杂志发表时的责任编辑是杨占平先生。因为这是我在省一级杂志上公开发表的第一篇批评文章，所以一直到现在为止，在杨占平先生面前，我都非常自觉地执弟子礼。

时间的脚步很快就抵达了 1989 年的春夏之交，那场重大历史事件的发生，不仅对于整个中国的社会历史进程产生了巨大的影响，而且，也在很大程度上影响到了我个人的精神世界。如同大多数知识分子一样，一时之间，遭受重创后的我的精神世界，陷入了苦闷彷徨茫然无绪的状态之中而难以自拔。恰好也就在这个时候，从朋友那里得到了武汉的华中师范大学与隶属于中国作协的鲁迅文学院联合主办"文学评论研究生班"的消息。既然心绪一时无着，既然认定了要走文学批评的道路，而且自己的外语水平很差，很难想象可以通过考研的方式获得继续深造的机会，于是，我便决计要去武汉参加这个学习时间一共是一年半的研究生班了。就这样，在经过了一番信件的往返联系之后，我便于 1990 年的三月，离开离石，来到了江城武汉，与同班的二十几位同学一起开始了文学评论研究生班的学习生活。必须承认，工作一段时间之后，再度回到学校过一段学生生活，对于学习的理解肯定会有很大的不同。与此前的学生生活相比较，这个时候的自己，已经学会了如何珍惜宝贵的学习时光。不仅苦读相关专业书籍，而且还积极主动地向自己的老师请教，便成为了一种学习的常态。现在回头想来，大约正是在那个时候所接受的来自于王先霈、何镇邦、王又平、孙文宪、胡亚敏、刘安海等先生的谆谆教诲，对于我以后的文学批评生涯产生了非常重要的影响。

研究生班学习期间，值得特别一记的一件事情，就是我和我的同学赵新林合写了一篇题名为《赵树理小说的叙述模式》的批评文章。具体的时间应该是 1990 年的 9 月份，山西省作协的董大中先生专门写信给我们，通知我们年底要在赵树理的故乡沁水县召开"第三次国际赵树理学术研讨会"，要我们提前准备好参加会议的论文。能够参加如此高级别的会议，对于当时尚处于求学阶段的我们来说，确实机会难得，无论如何都得认真准备一篇论文。但是，应该写什么呢？应该从哪一方面切入赵树理的研究呢？浏览了一些有代表性的赵树理研究成果之后，我们发现，要想找到一个独特的角度，真还是非常不容易的事情。这个时候，胡亚敏先生正好在给我们开一门叫作"叙事学"的课程，系统介绍西方现代以叙事作品为研究对象的各种叙事学理论。她这门课的讲稿，后来整理成书，由华中师范大学出版社专门推出。通过亚敏先生的精彩讲授，我们开始对于叙事学理论有了初步的了解。刚好也是在这个时候，在黄修己先生的《赵树理研究》的"导言"部分，我们读到了这样一段话："为了开拓，也须要借鉴，借鉴国外文艺批评的一些方法。在西方，有人把20世纪称为'批评的时代'，各种批评流派层出不穷。尽管其中许多观点是我们所不赞同的，有的方法对我们也不适用，但是，研究、考察西方现代文艺批评的发展状况，对我们肯定会有所启示，可以吸收的东西可能比现代派的创作要多。"①既然如此，我们为什么就不能够从叙事学理论的角度来研究一下赵树理的小说创作呢？正是出于这样的一种研究动机，我们遂决定从叙事学的理论出发对于赵树理的全部二十六部小说作品进行考察研究。我们发现，赵树理在其小说创作过程中先后使用过第一人称主观参与叙述模式、第三人称客观叙述模式以及第一人称客观叙述模式这样三种叙述模式。通过对于以上三种叙述模式使用情况的深入分析，我们认为赵树理的小说创作中非常明显地存在着一个隐含读者（农民）对于隐含作者（赵树理）进行审美制约的问题。我们的具体结论是："赵树理的小说创作之所以能够取得相对于'五四'新小说明显欧化倾向而言的陌生化的审美效果，走上民族化、大众化的创作道路，是由于赵树理自觉地接受了隐含读者即农民的审美趣味、审美要求对他的制约。而正是这一点，使赵树理的小说在中国现、当代文学史上具有了其独特的意义。"

文章完成之后，我们携带着这篇文章不仅如期参加了"第三次国际赵树理学术研讨会"，而且，还在会议上宣读了这篇论文。此后，我们又设法把这篇文章转交给了时任《中国

①黄修己《赵树理研究》，山西人民出版社1985年版。

现代文学研究丛刊》编辑的董炳月先生。让我们倍感惊讶的是，没过了多长时间，这篇文章居然就发表在了该刊的 1991 年第 3 期上。然而，更让我们始料未及的是，这篇文章在发表之后，竟然获得了学界的一些高度评价。这里面，最有代表性的，莫过于冯奇先生在他的一篇题名为《近两年中国现代作家作品研究综述》①的文章中，从对于叙述学研究方法合理运用的角度，对于我们这篇关于赵树理的批评文章给予了好评。下面把他这篇综述文章中的相关论述全部引述在这里：

　　王春林、赵新林合写的《赵树理小说的叙述模式》，目的在于打破"多年来形成的政治、社会历史批评的格局"，"试图运用本世纪以来西方兴起并渐趋成熟的叙述学理论，对赵树理的小说进行一番尝试性的研究。"文章集中探讨了赵树理小说里的三种叙述模式：第一人称主观参与模式、第一人称客观叙述模式、第三人称客观叙述模式。该文的可贵之处，并不在于移用了西方的叙述学理论，而在于通过借鉴，从叙述学的角度阐释了赵树理之所以能够赢得广大民众喜爱的原因。其基本点在于，小说中隐含的作者与真实的作者是同一的，也即赵树理本人的思想感情信念与作品里表现的思想感情信念是统一的，而隐含的读者与真实读者却是不同的。隐含的读者主要指农民，真实的读者则既包括知识分子，又包括工人等其他阶层。在这种情况下，要想使小说为广大隐含读者所接受，隐含作者就必然要受到隐含读者的制约，为此，赵树理进行创作时只有走民族化、大众化之路，此外别无他路。正像文章的作者自己所说的，"西方的叙述学理论，是将叙事作品视为内在的实体，也即不受任何外在规定性制约的独立自足的封闭体系来加以研究的，这就势必造成某种缺陷。"基于此，两位作者在运用叙述学理论时，既根据赵树理本人的实践特点，

---

① 冯奇《近两年中国现代作家作品研究综述》，载《中国社会科学》1993 年第 3 期。

又以民族文化心理为背景，从而使方法的移用并不显得生硬。

对了，还需要提及的一点是，这篇文章后来还曾经获得过山西高校首届人文社科优秀研究成果的一等奖。我之所以能够有机会由吕梁师专调至山西大学任教，与这篇文章的获奖也还是多多少少有那么一点关系的。当时，山西大学中文系的主任高仲章教授，正好是那次评奖活动的评委。评奖活动结束之后，高仲章先生便托专人问我，是否愿意调至山西大学执教。因为离退休与工作调动的缘故，这个时候的山西大学中文系所空缺的，正好是中国现当代文学专业的老师。是故，才有此一问。能够有机会从一所地处偏远的专科学校调至位于省城太原的本科院校执教，无论从哪一方面来说，都特别有益于我的文学批评写作的持续进行，因此，我当然不会有任何推脱，而只会满口答应。当然，这些都已经算是后话了。

到了 1991 年 7 月，从"文学评论研究生班"学习毕业之后，我又回到了吕梁高专（这个时候的吕梁师专已经与另一所在建的吕梁理工专科学校合并为吕梁高专）继续任教。一方面完成自己本应承担的教学任务，另一方面，依然热情关注着当代文学的发展情况，依然把主要的精力投入到了文学批评文章的写作上。截至 1996 年，我在全国各种文学批评期刊上发表的文学批评文字，大约就已经累积到了三十万字左右。或许正是因为这些文章的陆续发表而引起了山西省作家协会相关领导的注意，到 1996 年的时候，我终于获得了出版自己第一本批评文集的宝贵机会。当时，省作协相关领导研究决定，为了更加有力地扶持省内一批青年作家的成长，准备编辑出版一套"山西青年作家创作丛书"。从文体的角度来说，由于山西省作为一个文学大省，其文学创作成就主要体现在小说创作方面，所以，这一套"山西青年作家创作丛书"自然会以小说家的小说作品为主。但与此同时，领导们也清醒地意识到了，要想持续地促进并保持文学创作的繁荣，文学批评确实发挥着其他文体不可能替代的重要作用。于是，一套二十本的"山西青年作家创作丛书"中，就引人注目地出现了六本文学批评文集。比较幸运的是，这六本文学批评文集之中，居然含纳了我的一本《话语、历史与意识形态》（北岳文艺出版社 1996 年版）。由于篇幅容量的限制，我不可能把自己全部的三十万批评文字都收入到这本批评文集之中，而只能从其中选出十六万字来。经过了一番精挑细选之后，一共有十六篇文章进入了这本文集。需要引起注意的是，其中，关于长篇小说作品的批评文字大约占到了三分之二的比重。由此可见，我之特别倾心于当代长篇小说研究的一种批评个性，在那个时候实际上就已经初露端倪了。至今都无法忘记在当时为了给这本小册子取一个恰当书名而进行的那一番苦思冥想。经过了一番反复推敲之后，最终确定下来的就是这样的一个书名。"话语、历史与意识形态"，本来是我关于王蒙长篇小说《失态的季节》的一篇评论文章的名字。之所以把这篇文章的名字，移用过来做这本批评文集的书名，是因为这个名字多多少少能够涵盖书中所收入的这些批评文章的总体风格特质。现在回想起来，我之所以能够有机会获准调入山西大学执教，一方面，固然与前面提及的《赵树理小说的叙述模式》的获奖有关，但在另一方面，却也很明显地与自己三十万字批评文章的发表有关。

《话语、历史与意识形态》一书的出版，可以说是对我文学批评写作的一个阶段性总结。此书出版后，获得过一定的好评，《小说评论》与《山西日报》都曾经刊出过专门的书评文字。这里且引述孟绍勇博士一篇题名为《感觉、参与或者游弋》①中的相关评价文字：

> 文学批评正面临着越来越大的尴尬。与文学创作的勃发和繁荣相比，90 年代以后的文学批评更是处于一种艰难的境地。然而，在读了王春林君的批评文集——《话语、历史与意识形态》之后，笔者欣喜地发现，文学批评在一批

①孟绍勇《感觉、参与或者游弋》，载《小说评论》1998 年第 4 期。

年轻的批评者们的努力下，正呈现出一种逼人的锐气，给沉寂已久的批评界带来一股清新的气息。在这本不足二十万字的批评文集中，王春林一改以往批评者们过于喜好作宏观文章的风气，让自己的思想游弋在作家们的创作和具体文本之中，通过对文本的分析和理解，来完成与作家的对话和交谈。在整个对话过程中，批评家不再是板起面孔的说教和颐指气使的自我表白，而是作为一名真诚的参与者，在同作家和文本的直接对话中，用自己全部的理性和激情感悟灵魂和生命的终极意义，体验内心和情感在作家和文本之间的最后指向。

王春林对当代作家们的理解中能够直指内心，他能够轻而易举（其实这种"轻而易举"仅是表面上的，简单地体现在文学中的，事实上对于每一个人来说，要完成对中国知识分子的理解和把握都是一个艰难的，甚至是劳而无功的过程）地看透作家们的思想，深入到他们的血液和骨髓。因此，当我们读王春林的这些评论文章时，我们首先接触到的是作家们那不易被人理解的精神内核。在王春林的批评文章中，他不仅从一名批评者的角度对作家作品做出了尽可能详尽的、客观的解读，而且通过对于作家心理的分析为读者了解和把握作家的创作提供了一种切实有效的可能。

因此，当作为批评家的王春林面对纷繁复杂，各种流派并起的当代文坛时，他又无法让自己游离于文学之外去把玩一种逃避式的微弱之音。笔者读王春林的这本批评文集，我们首先会感到一种久已压抑后的兴奋，在他的这十多篇评论文章中，没有矫揉造作的习气，没有卑躬屈膝的媚态，相反，他以一名批评家的正直和严肃，冲破了现在一些批评者好大喜功、发言不讲究原则的不良风气，以自己对文学的真诚和作文的认真，给孱弱的批评界注入一股清新之风。

自然，在肯定所取得成绩的同时，孟绍勇也指出了这部批评文集存在的不足之处："当然，我们回过头来再看《话语、历史与意识形态》，对于王春林而言，他的这本批评文集也存在有明显的不足，如果在研究作家作品之外有意识地对一些理论框架、体系多加以把握的话，对于他所从事的文学批评而言，无疑会是一种更为有效的帮助；其次，从文章的语言而言，由于王春林长期受到一些西方文艺理论、哲学、宗教的影响，有时候显得过于欧化和晦涩。说到这一点，我想其实不只是王春林，包括其他一些青年批评家在内，语言的过于晦涩而导致的难懂也是在今后的写作中应该多加注意的。"必须承认，孟绍勇确实准确地道出了我这个阶段文学批评写作中存在的若干问题，足以让我在此后的文学批评道路上充分地引以为戒。

自吕梁高专中文系调至山西大学文学院执教之后，在更好地完成教学任务的同时，我也把更大的精力投入到了自己所衷心热爱着的文学批评写作之中。道理说来也非常简单，要想成为一名合格的大学教师，就必须在所谓的科研工作方面取得相应突出的成绩。只有把科研工作真正地搞好了，教学工作才有希望获得更加理想的积极效果。在这个阶段，我的文学批评写作逐渐地形成了两个基本的方向。其一，从文体的角度来说，当然是对于日益成为当下时代一种代表性文学文体的长篇小说创作的持续关注。其二，从作家个案的角度来说，我的关注重心具体落到了作家王蒙身上，曾经连续发表过为数不少的关于王蒙的文学批评文字。所有的这一切努力，最后都凝结体现在了我于2002年出版的第二部文学批评文集《思想在人生边上》（中国社会科学出版社2002年版）之中。

较为幸运的是，作家李锐先生应邀为我的这本批评文集撰写了可谓是热情洋溢的序言。在这篇名为"告别北京"的"代序"中，李锐写道：

> 以春林的见识和修养，以春林的评论业绩，用不着我来说这些不温不火的"夸奖话"。在我的眼里，春林的声音是属于原野和高山的。春林没有亦步亦趋地跟着那片坍塌之物的喧嚣去学舌。在这个权力和

金钱的狂欢节上，春林留下了自己冷静沉着的批判之声。在我看来，一个好文学家的成就，不在于他同别人合唱了多少相同的、流行的题目，而在于他有没有自己独特的坚持和发言。与孤独者同行是需要勇气和眼光的。在春林对山西作家成一长期而热情的关注中，我清楚地看到了一种力排众议的执着和眼光。在时下热闹而流行的文坛上，成一几乎一直是一个无声的缺席者。可凡是认真看过成一作品的人，就都能体会到成一对汉语写作深刻、敏锐的探索成就非凡的贡献。一个远行者的身影，自然要被当前的热闹所忽视。可这忽视是忽视者的悲哀。这本集子里《匿名的时代本质》《〈月牙儿〉：女性叙事话语与中国文人心态的曲折表达》《温柔的精神光芒》等，可以为我的评价作证。因为有春林这样的同行者，在告别北京的旅途上才走得精神振奋。让我们坦荡地告别北京，告别那些自以为是的"中心"们，让我们离开那片坍塌的废弃物吧！在"鼠壤"之地的外面，有广阔无边的原野和高山。尽管原野和高山之上荆棘丛生、怪石嶙峋，根本就没有路，但"走的人多了，也便成了路。"

这里，且以《〈月牙儿〉：女性叙事话语与中国文人心态的曲折表达》为例，说明一下我这个阶段的文学批评风格。众所周知，中篇小说《月牙儿》乃是老舍先生最有代表性的小说作品之一。由于小说所具体描写表现的是母女两代为生计所迫悲剧性地沦落风尘的故事，所以，许多年来，研究者大多会从所谓关注表现底层民众人生苦难的角度来对于这篇小说进行解读。这样的理解当然不能说没有道理，但是，难道说对于《月牙儿》就只能够有如此一种理解么？正所谓"诗无达诂"，当我再度细读文本的时候，就不仅发现了这篇小说中若干叙事裂隙的存在，而且也由此而觅得了理解把握《月牙儿》的别一种路径。"不仅如此，假若我们对《月牙儿》的叙事话语做进一步的详细考察，还将发现冷峻、清醒、目光犀利、愤世嫉俗的叙述者的思想的深刻性，也很难与连中学都未能毕业的故事主人公的娼妓身份相吻合，这样一个引人注目的现象。在此，形式上要求合二为一的叙述者与故事主人公之间事实上却存在着明显的一定程度的分裂。其实，也正因为作品的叙事话语中存在上述明显的分裂现象，所以以经典现实主义的典型理论为尺度来分析作品，我们才认为《月牙儿》很难说是成功的。很显然，支撑《月牙儿》在文学史上的地位的只能是来自其他方面的原因。在笔者看来，这原因只能从文本的叙事话语中才可觅见。换而言之，这原因恐怕就潜藏在女性主人公的身份地位与其作为叙述者的某些叙事话语的明显的裂缝中，我们隐约地感觉到的另一种匿身的真正的叙述操纵者的存在，才可以隐约地窥测到作家本人的某种欲曲折传达的潜在意旨的存在。"

那么，老舍先生在《月牙儿》中所欲真正传达出的潜在意旨究竟是什么呢？对于这一问题，我们必须综合运用精神分析学说方才可能获得一种理想的答案。"按照弗洛伊德和荣格的精神分析学说，作品是作家精神世界的展示，既包括意识层，也包括无意识层，而无意识又包括个人无意识和集体无意识两个部分。经过许多年的积淀被压抑在人的意识深层的集体无意识，只要遭逢适当的生活环境，就可能被激活，并被释放出来。文学作品对于集体无意识的展示，其实是对群体经验的一种个体表现，而作家个体的当下处境乃是引发集体无意识显现的具体源起。对于《月牙儿》这个更多地隐含了文人（知识分子）群体的情绪与心态的文本而言，老舍当时灰暗的心境实际上为这种潜藏着文人（知识分子）心理深层的文化心态的激活提供了一个恰当的契机。"

正是在如此一种前提之下，我们才得出了这样的结论："可以看出，在《月牙儿》中，作家老舍关注的焦点其实并不在于一般论者所指出的远距离地观照表现下层妇女的悲剧命运，并给予这些下层妇女以一种居高临下式的怜悯与关怀。在笔者看来，作家所真正关怀和悲悯的客体恰恰是作家自我（当然，这儿的作家并不仅仅指老舍，在某种意义上，此处的作家更接近于荣格所谓的'集体人'形象），文本最实质性的内在含蕴乃是对文人（知识分子）的现实生存处境及其内在精神世界的一种曲折的展示与表达，圆缺不能自主，峻洁只是幻象，唯有借太阳的光辉才可普照大地的那轮残缺的月牙儿其实正是文人（知识分子）残缺人格的极其恰当的一种象征。把借来的微弱光芒依然毫不保留地洒向人间的月牙儿与在统治者的严密控制下曲折地体现自身价值的文人（知识分子）群体有着极其相似的品格与处境。月牙儿这一中心意象与弥漫于整部作品中的孤冷悲凉其实也正是中国文人（知识分子）精神世界的体现。以第一人称内视点的模式叙述故事的这篇小说，不仅仅是故事女主人公与叙述者的合二为一，在一种普泛的意义上，更可以说是作家（荣格所谓的'集体人'）、叙述者与故事主人公的三位一体。"

　　人都说好的文学批评应该有所发现，应该凸显出相当的原创性来。假若说这篇《〈月牙儿〉：女性叙事话语与中国文人心态的曲折表达》尚且差强人意的话，那么，其价值也就突出地体现在了这一点上。唯其如此，所以，时任山西大学中文系主任、后为扬州大学博士生导师的董国炎先生就曾经撰专文评价过我的这一本《思想在人生边上》。在这篇题名为"边缘批评及其语境"①（载《小说评论》2001 年第 5 期）的文章中，董国炎写道："现在的书名，原是书中一篇的题目，我建议春林放弃原来的书名，又商量定下现在的书名。这个名称，是春林评论张炜长篇小说《外省书》所定。依我看，这不单是春林对张炜创作的理解，也可以看作春林对评论的态度。""以评论王蒙、张炜、铁凝、史铁生为代表，王春林揭示了一种写作态度，用一种形象化的说法，可称之为人生边上的写作，当然首先是人生边上的思考求索。我看这可以称为边缘写作。所谓边缘，所谓人生边上，是相对社会生活热闹处而言，更重要的，是作家对热闹事物的态度，或者跟进趋同，或者拉开距离。边缘与否，就由此产生。""所谓边缘态度，就是与热闹喧嚣的事物拉开距离，保持心境的平静平淡，也关

　　①董国炎《边缘批评及其语境》，载《小说评论》2001 年第 5 期。

注珍惜自己的精神世界。或者，直接与热闹喧嚣事物拉开时间空间的距离，在题材上就体现出自己的选择情趣。"在这里，董国炎难能可贵的一点，就是非常敏锐地从我的若干批评文本之中，提炼概括出了一种可以称之为"边缘批评"的特征。

那么，所谓"边缘批评"的特征究竟何在呢？"据我看来，边缘评论或者边缘批评有这样一些特征：首先，评论对象是边缘写作。边缘写作的题材特征已如前述，不趋时不媚俗，远离热闹中心，在欲望膨胀的时候清心寡欲，在别人如痴如狂的时候宁静致远，写自己认为有意义的、自己不吐不快的东西，写历史和民族需要的东西，而不跟着市场需求走。"

边缘批评在语境上也具有独特性，这种独特性正和"边缘"二字有关。如果说，在一个空间里，批评对象占据中心位置，那么一般的批评方法是，尽量与批评对象拉近距离，近到可以直接接触，或者捧上桂冠，或者挥舞棍子打去。这实际上表明，一般的批评也在努力争取中心位置。与此相比，边缘批评并不争夺中心位置，它往往与批评对象拉开距离，而且它并不把批评对象摆到中心位置。它使用边缘写作的称呼，它指出自己的批评对象在当代文坛不是热点不是中心，而是变动时空中的某一点某一地带。边缘批评与自己的批评对象，经常保持距离，而且不断变化。既然对象被看作边缘写作了，自己的位置反而不易找准。或者在更边缘的地方，谈论一些与时俗时尚无法接轨的问题；或者脱离平面空间，在三维时空中，展开宏观观察，进行哲学意味的冥思玄想；有关历史，有关民族性，有关人性，有关文化特点，有关灵魂变异的深层原因和内在矛盾等等，都为观察思考分析的重点，因而边缘批评的语境具有多元性开放性特点，它既不紧跟批评对象吹喇叭，也不是追上去打棍子，不管肯定性还是否定性意见，都因为距离而产生豁达感。

当然，在充分地谈论了所谓"边缘批评"的特点之后，董国炎最后也特别谈到了我的批评方法问题："由王春林的文学批评中，我们容易联想到新历史主义的社会文化学的批评方法，也联想到文本批评和叙事学的影响。这些影响可能是潜移默化不易察觉的，它们相互配合或者相互抵触却能直接影响批评的质量。怎样使它们互相协调有机配合，形成比较合理的批评方法，仍然是一个难题。王春林重视边缘写作，由此产生了所谓边缘批评，其批评结论的不确定性豁达性，给读者提供了思想的空间。其批评语境的多元性开放性，对我们思维模式的改变、批评习惯的改变，非此即彼非好即坏非善即恶评价特征的改变，应该说很有好处。愿这一类批评能够得到总结和丰富完善。"

　　需要特别提及的一点是，或许正是因为这部批评文集突出地凸显出了一种被董国炎先生提炼概括为"边缘批评"的特征的缘故，我的这本小书曾经在 2004 年度获得过由中国当代文学研究会主办的"中国当代文学研究第九届优秀成果奖"。

　　《思想在人生边上》的出版，在很大程度上促使我把更大的精力投入到了当代文学批评的写作之中。尽管说也还经常性地完成关于其他文学文体的批评写作任务，但大概从这个时候开始，我就把自己的批评关注力越来越突出地集中到了当下时代长篇小说创作的跟踪研究上。在这里，需要特别强调的一点是，我为什么会越来越关注当下时代的长篇小说写作。只要是真正热爱文学的读者，就会发现，大约自从 1990 年代初期的所谓"陕军东征"开始，长篇小说就越来越成为了当下时代最重要的一种小说文体。有越来越多的实力派作家，都把自己的主要精力投入到了长篇小说的写作之中。如此一来的直接结果，自然就是长篇小说写作的风生水起水涨船高。某种意义上，我们完全可以把从那个时候开始，一直到现在都没有呈现丝毫衰颓之迹象的这样一个文学时代，称之为长篇小说时代。我之所以把自己的注意力日益转移到了长篇小说这一文体之上，其根本原因正在于此。具体来说，经过了若干年结结实实的批评努力之后，我又于 2006 年出版了一部关于当下时代长篇小说写作的研究专著——《新世纪长篇小说研究》（北岳文艺出版社 2006 年版）。中国小说学会副会长、批评家、时任《小说评论》杂志主编李星先生应邀为此书作序。在这篇题名为"清洁的声音"的序言中，李星对于我的文学批评写作进行了颇为中肯的评价："王春林的批评基本上仍然是历史的社会的美学的批评，但他并不拒绝三十年来介绍进来的西方现代哲学——美学思潮和理论，包括心理学、现代语言学、叙述学、现象学、原型批评、结构主义、后殖民主义文化理论等等。但可贵的是，他的批评并没有成为名词、概念的大展览，而是紧密贴合作品实际，取其合理性的内涵，决无生吞活剥的生涩与隔膜。所以一般来说，他的批评文章是有着充分的自我见解的朴素的批评，是明白晓畅、言能及义的批评，既无云遮雾罩的玄虚，也无装腔作势的深刻。"为了让读者诸君较好地把握这部专著的基本内涵，特将内容简介转载于此："本书以《青狐》《秦腔》《受活》《扎根》《花腔》《银城故事》《白银谷》《圣天门口》等长篇小说为个案，结合对若干年度长篇小说创作情况的概括分析，考察了进入新世纪以来中国长篇小说创作的总体状况。全书主要围绕'知识分子精神的勘探与透视''乡村世界的描摹与展示''历史景观的再现与重构'三大板块展开独到深入的论述，是进入新世纪以来国内第一部全面深入地考察研究新世纪长篇小说创作的专著，于个案的剖析中时见思想、理论之锋芒是本书的特色所在。"

应该说，我的这部关于新世纪长篇小说的研究专著的出版，在学术界还是引起了一定的反响。作家蒋韵、许春樵，批评家、学者段崇轩、刘忠、牛学智等先后在《文艺报》《海南师范大学学报》《山西日报》《太原日报》等报刊杂志发表过相关的评价文章。蒋韵在《对批评的敬畏》一文中不无热情地写道：

我以为，这本《新世纪长篇小说研究》，是本厚重的书。几年来，春林专注地、锲而不舍地坚持做这样一件事，同步追踪中国当代作家最新长篇小说，致力于长篇小说的研究，这本书让我们看到了这研究的成果。当它们集合在这里时，我忽然明白了一点：春林不仅仅只是在追踪这些作家，也不仅仅是在研究这一个个具体的文本，他是想为中国新世纪长篇小说作史。我不知道他是不是参考了《史记》本纪、世家、列传这样的体例，总之，他将新世纪以来的长篇小说以"知识分子精神的勘探与透视""乡村世界的描摹与展示""历史景观的再现与重构"为题做了这样的归纳与划分。我并没有能力来评价这归纳是否正确，然而，"为长篇小说作史"这想法就足够让我激动，我想，我终于为春林多年来兢兢业业的工作找到了一个我以为正确的命名。

当然，作为"史"而言，这本书一定还有这样那样的不足，但，我想说的是，生活有时是公平的，在春林多年来貌似笨拙、不哗众取宠不好大喜功、老老实实以当代长篇小说为追踪研究对象，将他的学术生涯深深植根于这些血肉的文本之中时，他却必然要触摸到"史"的经络，它们凸现出来就像河流山川在黎明的熹光中渐渐现出它们清晰迷人的轮廓：这是多少人孜孜以求却不可得的追寻。所以，我愿将春林这本书，看作是新世纪长篇小说史，它虽是一家之言，却也是一片新绿初成、花香鸟语、山风浩荡的丛林。

而许春樵，则在《批评从此出发》中做出了如下的评价：

作为一个学者型的文学批评家，王春林在准备充足的理论背景下，至为可贵的是他首先是一个诚实的阅读者，阅读量之大，阅读面之广，阅读力之深，是任何一个浮躁为文、随意文章的研究者所望尘莫及的，从卷帙浩繁的长篇之城中突围后，《新世纪长篇小说研究》就顺理成章地拥有了宏观的学术视野和微观的阐释自信。

王春林是一位诚实而富于判断力的批评家，他的文学批评没有惊世骇俗的宣判和裁决，却有着学养很深的理性阐释与文学理解，他不去神化每一个文本，却能让每一个文本在他细读之后于文学生态中获得一张自动对号入座的门票，一旦定位，批评家的任务就已经出色地完成了。至于要构建文学批评的理论体系，时刻保持着大师的姿势和表情，就目前而言，既不是王春林的任务，也不是中国批评家的工作。要做一个称职的批评家，首先从阅读开始，诚实阅读是态度问题，控制阅读是能力问题，引导阅读是权威问题，王春林这三方面都做到了或基本做到了，他就有理由赢得应有的批评地位和学术荣誉。

同样不容忽视的，是专事新世纪文学批评研究的青年批评家、宁夏社会科学院文化研究所副研究员牛学智，在其一部文学批评研究专著《当代批评的众神肖像》①中，以专章的形式对于我的文学批评尤其是长篇小说研究做出了相应的评价。在这部专著中，牛学智一共选取了从刘再复起始，一直到谢有顺的十八位批评家来进行一种深入的批评个案研究。在"引论"中，牛学智特别说明了自己选取研究对象时的基本标准："既然我没有把成绩主要在文学史研究的学者，和主要情驻文学理论的理论家列到文学批评家的行列，那么，我在这里所选的批评家实际上就具有了一个共同特点：他们紧跟文学创作的潮汐，能与创作理念同步并高出彼时创作实践，但还能把评论对象内在化地置于合适的文学史、理论批评史坐标打量，从中生发出自己个性化的批评话语的批评家。也就是说，所选的批评家不见得是某种文学现象、某个文学创作潮流的发凡者，但必须是某种文学现象、某个文学创作潮流的沉淀者。""我曾试着在十八位批评家个案研究中进行一些联结，使其构成一幅较完整的批评地形图，前后勾连、起承转合、丝丝入扣，形成一个前因后果脉络清晰的批评流变图式。但实验的

---

①牛学智《当代批评的众神肖像》，文化艺术出版社 2012 年 6 月版。

结果却很是勉强，非但不能突出此批评家特色，反而很容易模糊批评家的面目。找一找原因，大概是我选择的这些批评家除了少量研究领域是交叉的外，他们迄今为止的批评流程的确是构成了独立话语系统的。""阅读了一大些批评文本，我的一个直观经验是，话语意识自觉的批评家即便有些篇章中思想不怎么突出，可能还是对某些常识的辨析，但汇总他的话语方向，其思想犹如陈年老酿，总会慢慢被品咂而出；而一些显然以思想抢位战姿态露脸的批评家，究其实质，因缺乏有力的话语系统支持，最终只能说喧嚣一时，骨子里仍是对某些已经被否弃的僵化思想的修修补补。其实批评性早已失去了必要语境支撑的'放之于四海皆准'的东西。"很显然，那些能够进入牛学智研究视野的，实际上正是他自己所辨识认定的前一类批评家。

在这部《当代批评的众神肖像》中，关于我的这一章被命名为"王春林：'个性化'理论背景中的文本细读式批评"。"从《话语、历史与意识形态》《思想在人生边上》到《新世纪长篇小说研究》，三部著作（论文集）约一百万字的文学批评文章。就王春林的产量、批评实践的时间、批评的对象，悉心分析这三部著作中所隐含的批评思想、批评理念和批评理想，也即这三部书所构成的王春林个人文学批评史，完全可以成为总结王春林批评思想、文学审美态度、价值取向的理由。但我对王春林的批评实际上一直在'等待'。原因是，王春林才刚过不惑之年，通常所说的学人的可能性也许还正处在巨大的调整期，说不定突然一天王春林就变了，甚至于变得面目全非。"但是，"等到王春林的《新世纪长篇小说研究》问世。我的结论是王春林打算不想变了，至少他不愿跟进到别人的视野里去了。王春林仍然着力研究长篇小说，在《话语、历史与意识形态》中开掘出来的几个批评面——作家个性、文本现实、文化文学意识形态，《新世纪长篇小说研究》虽然做了分类研究，但本质上，近二十年来，王春林的批评可以看作是对他最初开辟的批评原点的加深和细化工作。文本的阴晴冷暖、作家主体纵横坐标上的起伏变化，以及被论评的作家作品在同一时期审美价值面上的微妙突破，都一一在他宽广深入的阅读基础上，像蚕吐丝那样丝丝缕缕地吐将出来。时间长了，这种温温吞吞、不急不躁、不喊不闹，平平稳稳、体体贴贴、细细密密的心存善意的文本细读式批评倒成了他的批评风格。"

首先，牛学智总结提炼出了我的作品论范畴的几个特点：

综合地分析王春林的三部著作，他的所有批评活动几乎都属于"作品论"。王春林作品论范畴有以下几个特点：其一，他选择的论评对象均为新时期就有巨大影响，90年代以来继续保持大影响作家的作品和新生代作家中引起文坛广泛关注甚至于持久争议的作家的作品，如三部著作都对王蒙、铁凝、李锐、张炜、李洱、成一、蒋韵等作家于不同时期出版的长篇小说进行了持续的跟踪研究；其二，他的批评在时间差上属于后发型评论，即他的观点绝大多数是建立在已有争论的基础之上。这也可以看出他与时代批评风气的暧昧关系，但他的辩驳主要是为作品本来的成色负责，基本不出作品或者作家可能的面貌，如对贾平凹的《秦腔》，以及关于2002年、2003年、2004年长篇小说的"年度评述"；其三，从1988年开始发表批评文章算起，王春林对长篇小说的研究、批评几乎伴随了新时期文学三十年里各种思潮的起伏更迭，尤以20世纪90年代以来为例，"人文精神讨论""重写文学史""重估先锋文学""纯文学"讨论，等等。九十年代以来文学的一些主角才人到中年，他们的文学观、人生观、世界观本身还处在变化调整中，再加之一波又一波的思潮呐喊。作为当事人，无论研究，还是创作，很容易被某一思潮收编，形成流派性的特点。可是，王春林的批评从标题到行文到最终的批评思想，很少有捍卫某一文学主张的影子。

接下来，牛学智分别以我的前两部批评文集和后一部关于新世纪长篇小说的研究专著为分析对象，探讨了"人性论"与"作家作品论文学史"的问题。首先当然是前两部批评文集中的"人性论"问题："'人性论'作为文学人物的衡估尺度，作为'文学性'的一个核心价值观，这并不是王春林的发现。……'人性论'是王春林等一批新生代批评家共同的文学性诉诸，也是新时期到20世纪90年代以来，一系列关于文学评价标准争论的一个轴心，是文学是否'现代性'、是否纯粹的一个具体化。不同的是，王春林不仅比较恒定地把'人性论'运用到他的批评实践中，而且用'人性论'衡量作品，呈现作品本来的人性叙事的一把尺子。其中的成功与矛盾，也就是细读中的'人性论'与他真正的文学标准之间的不尽协调，既意味了他个人用'人性论'透视作品乃至作家总体文学价值时的力不从心，也表明了'人性论'持见者单执'人性论'的牛耳期待所谓'纯文学'的某种普遍性尴尬。"

然后，就是围绕《新世纪长篇小说研究》一书所生发出来的"作家作品论文学史"的书写问题：

首先，《长篇研究》拆除了郜文指出的三部文学史在客观上和主观上显赫的思维栅栏，直取张扬作家主体精神的几个维度，标出新世纪长篇小说在意图上突出的几个书写题材。除第一部分的"年度评述"外，第二部分的"知识分子精神的勘探与透视"，第三部分的"乡村世界的描摹与展示"，第四部分的"历史景观的再现与重构"，"知识分子""农民""历史"不只是现代文学肇始之初的旧有的脉系，就是在"董编"所描述的"五四启蒙精神与五四新文学传统从消解到复归、文学现代化进程从阻断到续接"的"之"字形道路过程中，这三大内容仍然是整个现代文学的强硬支柱。当然，这可能只是一个常识，题材的连续并不能直接说明"新世纪文学"的审美新变。王春林的《长篇研究》作为新世纪长篇小说研究史难道能例外？《长篇研究》能不能成为"史"，症结就在这里。

作为"新世纪长篇小说史"，《长篇研究》的"新世纪"意味似乎不很浓，这一点是能看出来的。同一题材可以收容身份复杂的作家进来，学术地回应了"新世纪文学"命名的某些浮华性，是其一；其二，不同作家对同一题材的不同言说本身就构成了与现实、历史、个人乃至当下经济社会内部的对话关系，反过来，种种对话关系思考并揭示了"现代性"本身的矛盾，以及文学的"文学性"问题。具体说，就是对前文所引具有"文化都市"特征的文学形态的隐性批判。

综上赘述，《长篇研究》对作品的选择与王春林对之的个体论评，实际上建立的是两套能够互相参照的文本：作品的言说方向、评论的论评思路在广义上只构成阅读、判断的互补关系。这样做的好处是，保留了作家带有谱系性的时代声音（可能是70后、80后，乃至90年代以来旨在"断裂"的长篇落选的直接原因），也汇集并收藏了批评话语的时代性特点。就像前面讲王春林"作品论"的批评理念时论及的那样，"作品论"追求面面俱到并且面面深入的另一方向是，拒绝得出终极性的结论，敞开各个维面就行了。这就等于把主动权交给了不确定的未来语境。正是在这个意义上，合起来的"作家作品论"应该指认为是部文思路上的文学史写作实践。"开放性"符合正在生成中的"新世纪文学"特点，也体现了把作家个体精神放在主线，又以作品来突出"新世纪文学"复杂面貌的文学史追求。

在进行了以上的细致分析之后，牛学智最后归结道："当然，王春林作为这个时代的一个批评个案，作为从'新时期'到'新世纪'文学特别是长篇小说主题发展、叙事更迭、结构流变的见证者、亲历者、参与者，他的价值就在'细读'上和结论的相对'开放'上。唯其如此，他批评中的资料性、历史性贡献才会具体，从而给我们日后反思'流派多元'的各路批评价值提供的参照背景会更为坚实可信。"

需要特别指出的是，这部《新世纪长篇小说研究》，还曾经获得过

2004—2006 年度的赵树理文学奖。总而言之，这部专著的出版，某种意义上确实标志着我的文学批评写作已经跨入了一个新的历史时期。如何在现有的基础上更进一步地推进自己的相关研究工作，更好地从事于文学批评写作，乃是摆在我面前最迫切的任务与使命。现在回头审视自己所走过的文学批评道路，《新世纪长篇小说研究》问世，的确有着阶段性总结的意义。自此之后，虽然我依然坚持一线批评写作，依然自觉地进行长篇小说创作的追踪研究，而且在各种专业文学批评期刊上发表的文章也日见增多，但一直到2012 年 8 月，我新的一部文学批评文集《多声部的文学交响》方才由北岳文艺出版社正式出版。但在具体谈论介绍这部文集之前，需要强调的一点是，或许与我在文学批评界的影响日渐扩大有关，此前的 2010 年和 2011 年，我曾经应中国作家协会之邀，分别担任过第五届鲁迅文学奖中篇小说奖的初评委和第八届茅盾文学奖的评委。而关于《多声部的文学交响》的出版，无论如何都不能不提及的一点是，与山西省作家协会的再一次强力扶持关系密切。这部文集被收入"山西文学批评书系"，"书系"共收入省籍批评家的文学批评文集八部，除了我的文集，另外七部分别是段崇轩的《地域文化与文学走向》、傅书华的《从"山药蛋派"到"晋军后"》、苏春生的《走向民间与回归传统》、陈坪的《思考与言说》、杨占平的《文学的出路：关注民生》、侯文宜的《文学双桅船：理论与批评》以及杜学文的《生命因你而美丽》。"书系"的两位主编分别是时任山西省副省长兼省作协主席、著名作家张平与省作协党组书记张明旺。在"书系"的序言《山西批评家实力的集中展示》中，张平特别指明了编辑出版这套书系的缘由："新时期以来，伴随着我省创作的繁荣兴盛，文学评论发挥了引导和推动创作的重要作用。尤其20 世纪 80 年代，以《批评家》杂志为核心，凝聚和培养出一支在全国评论界令人瞩目的评论家队伍，成为'晋军崛起'中的组成部分之一。这些评论家经过二十多年的磨砺，知识积累越来越丰富，理论素养越来越厚实，评论视野越来越广阔，写作成就越来越突出。正是在这样的前提下，省作家协会决定推出这套《山西文学批评书系》，以展示我省文学评论家的实力。"出于充分展示山西文学创作成就的目的，省作协明确要求，这部文集中必须有超过四分之三的内容是关于山西文学的批评文章。为合乎这一不无"严苛"的要求，我对此书进行了特别精心的编选。在后记中，我对全书的编选情况做了详细的说明："这是一部以山西的作家作品为主要研究对象的批评文集。共由四个部分组成。第一部分'聚焦'，是一组关于山西作家长篇小说的研究文字。近十多年来，我一直专心致志于长篇小说创作的追踪研究，其中，山西作家的创作自然是非常重要的一部分。除了《咸阳宫》出版于1990年代之外，《张马丁的第八天》《茶道青红》《裸地》以及《母系氏家》，可以说都是近些年来山西长篇小说创作最新成就的体现者。第二部分'透视'，是一组以山西作家的中短篇小说为主要关注对象的研究文字。其中，既有对时代小说思潮的宏观扫描，也有对具体作家作品的细致分析。第三部分'扫描'，是一组以山西作家的报告文学与散文创作为主要关注对象的研究文字。山西一向被看作是小说大省，实际上，诸如报告文学、散文等文类的创作，成绩也很突出。尤其值得特别关注的，在山西，居然出现了如同赵瑜这样在全国具有绝大影响的一流报告文学作家。第四部分'思索'，则把自己的关注视野由山西转向了全国，一共收文四篇。一篇重点考察方言在20世纪中国小说中的运用状况，一篇从文学性的角度专门研究近年来热播的抗战题材电视连续剧，另外两篇，既是书评，更可以被看作是一种批评之批评的文字。"

这部文集出版后，也曾经在学术界产生过一定程度的影响。先后有著名文学批评家、首都师范大学文学院的张志忠教授与批评新锐、山西大学文学院刘芳坤博士撰专文予以评介。其中，张志忠的《谁为当代文学声辩》一文刊发于《文艺评论》2013年第5期，刘芳坤的《视野·文本·性情》，刊发于《小说评论》2013年6期。在评介文章中，张志忠教授充满热情地指出：

　　　王春林的评论，燃烧着自己的激情，投注着自己的生命。在他的笔下，对中国当代文学的挚爱，为当下文学的新收获新成就热情鼓吹，不遗余力地为其推波助澜的情致，溢于言表，昭昭可鉴。时至今日，文学的黄金时代已然消逝，许多时候，无论是从事文学创作，还是进行文学研究，都可以有多种欲求，可以为稻粱谋，可以为名利计，也可以作为消闲度日的消遣，可以做居高临下的冷酷的批判者，也可以大言炎炎，高举高打，借文学而言其他，不接触文学的底蕴。王春林的文学评论，却是情感饱满，爱憎分明的。他不做那种不疼不痒的文字，不做那种超然物外的高蹈、赞赏与倡导，拒斥与抨击，都见出他对文学的执着痴迷，对文本的熟悉和通透。他曾经写有《为当下文学批评一辩》，在众声喧哗中，挺身而出为当下的文学声辩，是王春林的个性所在，也是其勤奋写作的内在动力。在许多时候，他都充当了新世纪长篇新作的第一位发声者，积极予以推介和褒扬。其中不乏久负盛名的名家新作，如李锐的《张马丁的第八天》，成一的《茶道青红》，也有不甚为人知的沉雄之作，如林鹏的四卷本长篇小说《咸阳宫》——我在网上检索，迄今为止，王春林的《思想智慧烛照下的历史景观——评林鹏长篇历史小说〈咸阳宫〉》，是《咸阳宫》的仅见的评论长文。这样的独自的努力显然值得称赞。

或许与自己多年来在文学批评方面所做出的积极努力有关，2013 年初，在河北石家庄市河北师范大学召开的一次中国小说学会的理事会上，我被推举为这个学会的副会长。一个民间性质的学会，副会长的称号，其实只是意味着自己身上从事文学批评工作的责任更加重大而已，舍此无他。说到这些年来的努力，不能忽视的一点是，大约从 2008 年起始，我的文学批评写作步入了一个相对迅即的快车道。每年差不多都会有二三十篇文章发表在包括《文学评论》在内的各个专业期刊上。对于这一点，河北师范大学的教授郭宝亮曾经有所描述："王春林的批评主要是跟踪式的批评。他曾对我说，他每年都要自费订十几种文学刊物，他的阅读量大得惊人，举凡当期发表的长、中、短篇小说，他都会一一阅读，然后快速地写出文章。他往往是开'第一枪'的批评家。这在作家圈子里，提起王春林，大家几乎都知道他。但王春林不写人情文章，不搞'红包'批评，不炒作，不故作惊人语。他真正做到了平静阅读，平心而论，好处说好，坏处说坏。河北作家何玉茹写出了长篇小说《葵花》，王春林并不认识她，读到小说后，觉得写得好，便写出一万多字评论文章，直到文章发表后，何玉茹才看到。"①这样，到了2013年，我的文学批评努力，终于引起了作家出版社的注意，要我编选一部能够代表自己文学批评水准的批评文集交给他们出版。这就是那部2013年10月正式出版的被收入"中国当代文学研究与批评书系"的《新世纪长篇小说风景》。虽然说按照编辑体例要求，这本书并没有后记，但在给出版社提交的书稿中，我还是曾经写过一个类似于后记的东西。因为事关此书编选主旨的理解，所以不揣简陋地全文照录于此：

　　这是以新世纪长篇小说为研究对象的一本专题批评文集。

　　自打1917年"文学革命"发生以来，所谓中国现代白话文学业已走过了将近一百年的发展历程。回首百年来的文学发展史，从文体的角度来看，长篇小说先后出现过三次创作高潮。第一次是在20世纪的三四十年代，茅盾、巴金、老舍、李劼人等一批作家以他们丰富的创作实践使得现代长篇小说这一文体开始走向成熟。第二次是20世纪的五六十年代，虽然当时的小说作品不可避免地打上了时代意识形态的烙印，但以柳青、梁斌、杨沫、赵树理、周立波等人为代表的长篇小说写作所取得的思想艺术成就却依然是无法被忽略的。第三次就是我们这儿所重点关注的世纪之交了。应该说，第三次长篇小说创作高潮的起端点是在20世纪90年代的中期。

①郭宝亮《思想在人生边上》，载《创作与评论》2013年第8期。

大约从名噪一时的所谓"陕军东征"开始，就有越来越多的中国作家将主要的创作精力投入于长篇小说的创作之中。虽然说，在这一次创作高潮的形成与演进过程中，文化市场这只无形之手的确发挥着相当大的作用，但不可否认的是，正是在这一波高过一波的长篇竞写热潮中，一些真正堪称优秀的长篇小说逐渐地浮出了水面。从进入新世纪以来的基本情形看，这样一种格外迅猛的长篇小说创作势头不仅未有稍减，反而呈现出了愈益汹涌澎湃的发展态势。年产千部以上长篇的数量之巨大自不必说，从作品所达到的思想艺术高度与深度来判断，也可以说已经或正在生成着一批具有经典意味的优秀长篇小说。

因此，在我看来，长篇小说绝对应该被看作是新世纪以来最有代表性的一种文体。某种意义上，将新世纪以来的中国文学称之为一个长篇小说时代，也是毫无疑问的。近十多年来，我之所以把自己最主要的批评精力，放在对于长篇小说创作的追踪研究上，其根本原因正在于，通过对于这种研究，我们或许可以更清楚地理解评判当下文学的基本状况。具而言之，我的研究采取的主要是一种文本个案的深度解读方式。需要强调的一点是，这种个案解读的方式是建立在文学史的基础之上的。所谓文学史基础，就是指我在具体谈论每一个具体文本的时候，都非常自觉地把它放置在了作家自己的写作史与整个当下长篇小说演进史的背景下进行审视剖析。唯其如此，我的批评结论方才可能具有充分的合理性与说服力。收入这本专题批评文集中的批评文字，就是我十多年来长篇小说批评实绩的一种具象体现。

全书共由三个部分组成，这三个不同部分的分类依据乃是写作题材的领域差异。辑一"历史景观的反顾与沉思"，是关于历史题材长篇小说的一类批评文字。方方的《水在时间之下》《武昌城》，迟子建的《额尔古纳河右岸》，宗璞的《西征记》，张翎的《金山》等，可以说是这一方面优秀的代表性作品。通过此类长篇小说文本的具体解析，我们可以清晰地看到中国作家在历史长篇小说写作方面所取得的突出成绩。辑二"现实生活的关注与透视"部分的批评对象，是以当下时代现实生活为表现对象的一类长篇小说。尽管现实生活的复杂与暧昧不明对于作家提出了强有力的挑战，但以毕飞宇的《推拿》、鲁敏的《六人晚餐》、余一鸣的《江入大荒流》、王十月的《无碑》等为代表的一批长篇小说，却依然对于现实生活进行了足称深入的观察与表现。辑三"乡村世界的描摹与展示"，则是关于乡村题材长篇小说的一类批评文字。乡村题材，是中国现代白话小说史上成就极其显赫的一部分，形成了相当深厚的写作传统。刘震云的《一句顶一万句》、关仁山的《麦河》、李佩甫的《生命册》、刘醒龙的《天行者》等作品之所以特别引人注目，与他们对于这种乡村小说写作传统的承继与创化实践，有着不容忽视的紧密关系。需要注意的是，以上作品中，有一些还曾经获得过国内长篇小说的最高奖项——茅盾文学奖。此种情形，就进一步表面，选择这些文本个案作为具体研究解读对象，确实可以帮助我们在很大程度上形成对于新世纪以来中国文学发展状况的一种有效观察。本书的存在价值，或许也正突出地体现在这一点上。

最后，应该说明的一点是，收入此书中的文字，都有过在各种文学批评期刊发表的机会，对于这些文学批评期刊的编辑朋友，谨致以诚挚的谢意！作家出版社张陵总编辑，责任编辑罗静文女士，在此书的出版过程中发挥了举足轻重的作用。没有他们的悉心关照，就不会有这本专题批评文集的出版。必须把同样诚挚的谢意献给他们！

关于这套书系的编选出版主旨，时任作家出版社社长的著名报告文学作家何建明在"出版说明"中有过精准的定位："为了回顾和总结中国当代文学批评家的理论研究与批评的历程，以及他们为中国当代文学所作的贡献，也为了进一步推动我国的文学事业，我社特别组织编辑出版了这套'中国当代文学研究与批评书系'，选择了有代表性的当代十余位评论家的作品，这些集子都是他们在自己文学研究与批评作品中挑选出来的。无疑，这套规模相当的文学研究和批评丛书，不仅仅是这些批评家自己的成果，也代表了当今文坛批评界的最高水准，同时它又以不同的个人风格闪烁着这些批评家们独立的睿智光芒。相信本丛书的出版，既是中国当代文学史的一个里程碑，更是广大作家和文学爱好者的一次精神盛宴，也是从事当代文学研究必不可少的参考资料。"虽然说自己的东西肯定没有达到何建明所说的那样一种高度，但此书能够被收入到"中国当代文学研究与批评书系"这一具有当代文学研究批评标高性的书系中出版，却让我自己倍觉欣慰。

时间的脚步很快就推进到了2014年，这一年年初，我的又一部以新世纪长篇小说为主要关注对象的批评专著《新世纪长篇小说地图》被收入"新世纪文学观察丛书"由北岳文艺出版社正式出版。"新世纪文学观察丛书"是由北岳文艺出版社精心打造的以正在行进过程中的新世纪文学为关注研究对象的一套具有开放性的丛书。在"出版说明"中，社长兼总编续小强写道：

尽管具体形式有所不同，但我们组织出版这一套"新世纪文学观察"丛书的根本意旨却与当年赵家璧先生约略相同，我们亦希望与新世纪文学的发展同步，分阶段地对新世纪文学做认真的捡拾、回顾与总结。本丛书依照文学文体分类，对新世纪以来文学的发展状况进行了梳理、分析和研究；所延请的作者，无论年长年幼，均是长期以来对相关文体做跟踪研究的学者或批评家。故而，这一套丛书的出版，是新世纪文学创作成就的展示，同时也是新世纪文学批评和研究实绩的见证。

我们期望，本丛书的推出，既可以推动行进中的新世纪文学创作向更纵深的方向发展，也可以成为作家和读者了解新世纪文学的一扇窗口，更可以为后来者进一步的深入研究提供必要的参考资料。

幸运处在于，著名作家贾平凹应邀为此书写了热情且鞭辟入里的序言《说王春林》，因为全文不长，所以全文照录于此。

因为读过他一些文章，就在一次会上想去见他，一见，王春林是个大胡子。

留有大胡子的人都很雄性，望之生畏，但王春林有了大胡子的高古。

一个还很年轻的大学教授，生活在并不历史悠久的太原城里，文章又是清明畅朗，这是和高古相矛盾的呀。可再想，大人伟业往往产生于这类矛盾中，于是在后来关注王春林，奇怪着，也兴趣着，寻王春林的文章读。

我读他的文章已经很多了，没想他写得更多，越写越多。

我给文学伙里的许多人推荐过王春林，我说：

一、此人是有气象的，他的文章如其名，春天之林，远望丰腴肥厚，近观则每片叶子有蜡质，闪闪发亮，如果入得其内，阳光透射，空气清新，飞禽走兽。林子的旺壮，其实是山的阔大，山积石负土，又有水泉。

二、此人能吞能吐，胃口好，是文学壮汉。他的阅读量是无人能比的，所以他对年度的作品，某一阶段的作品，一个时期的作品有整体的把握，不会偏执或者轻佻。好的车子看它的排量，看它的轮子，轮子粗而抓地，就载得多跑得快。

三、此人行文其势汹汹，如发洪水，一下子就满河满沿，宁可水头子上浮了草屑柴沫，甚至死猫烂瓜，但不瑟瑟索索，机巧为事。

我喜欢走路脚步重的人，他就是，我喜欢蹈大方的人，他也是。

现在，他正一身向外喷发着元气地发展着，出版社结集了《新世纪长篇小说地图》（北岳文艺出版社），这是对他以前的小结。仅是个小结，我阅读了一遍，几乎在读新世纪的文学史，他的铺展，梳理，分析，归纳,令我惊叹不已。

《山海经》有一段话:有轩辕之台,射者不敢西向射,畏轩辕之台。王春林如此,不得不向他致礼。

关于这本专著的写作缘起以及企望达到的目标,我曾经在一篇题名为"从实招来:'地图'之前因后果"的创作谈里有所交代:

　　这部《新世纪长篇小说地图》完全可以被看作是我十多年来专心致志于长篇小说跟踪研究的一种成果体现。关于这部专著的具体写作情况,我自己在后记中也做出过详细的说明交代:"具体来说,上部收入的,是我关于 2002—2012 这十一年间长篇小说创作年度态势的批评分析文字。从 2003 年起始,我每年都要完成一篇关于上一年度长篇小说创作总体发展态势的批评文字。没想到的是,时光荏苒,仿佛一眨眼的工夫,已是十一年的时间过去,这一方面,已经积累下了这许多文字。十多年来,在关注长篇小说总体发展态势的同时,我也撰写了大量关于长篇小说的个案解读文字。大凡我以为重要的长篇小说文本,差不多都会进入我的批评视野之中。十多年的时间下来,这方面的文字数量自然也积累了不少。从这些小说文本中,我精心选择了其中自以为最重要的十一部,把我的相关批评文字收集在一起,就构成了这本书的下部。倘说上部'年度态势'是面,那么,下部'个案剖析'就是点。所谓'新世纪长篇小说地图'者,大约也就是希望能够以这样一种点面结合的方式,为读者以及研究者提供一幅关于 2002—2012 年间中国长篇小说创作的整体面貌图。自己的主观愿望自然是好的,但实际上究竟能够在多大程度上实现这种愿望,却依然需要接受广大读者以及研究者的检验。"①

①王春林《从实招来:"地图"之前因后果》,载《名作欣赏》2014 年第 3 期。

《新世纪长篇小说风景》与《新世纪长篇小说地图》在 2013 与 2014 年的联袂出版，可以被看作是我新世纪长篇小说研究的一个阶段性总结。两部著作出版后，著名作家王祥夫与太原师范学院中文系的王晓瑜曾经分别在《文艺报》和《文学报》撰文予以评介。王祥夫的文章名《疑似珠宝鉴定》，王晓瑜的文章名《别样的小说史》。这里且引述王祥夫的一些评价：

　　读春林的这两本专著，一是可以帮助我们了解新世纪以来中国文学界的长篇状况，这里边当然包含了意识形态方面乃至文学思想的微妙走向及变化。这一点我以为最最重要，我们读一部长篇，或者是每年读几部或十几部，但我们的感觉总是散碎的，而作为评论家的王春林却是要把这散碎的感觉合在一起让你如忽然跃身于高空鸟瞰下界，这种学术关注不是随便哪一个评论家都能来得了。这基于春林对文学的热情和执着。读这两本关于新世纪长篇小说的学术专著，我对老朋友的敬意忽然有加。这两本专著，以极大的"劳动力"，我想使用一下这个与文学看似无关的名词，春林是以极大的"劳动力"投入到新世纪长篇小说的研究之中，并且据此能够让我们看到一张颇具真实度的"新世纪长篇小说地图"，也让我们能够看到"乱花渐欲迷人眼"的"新世纪长篇小说风景"。细细想来，这真不是一件轻松的事情。一是要大量细读，几近于"披沙拣金"，又似珠宝鉴定，披沙拣金是量，珠宝鉴定是质。关键在于，作者面对的是中国一年又一年长期累积下来的长篇小说。"反顾与沉思，关注与透视，描摹与展示"其实是应该放在春林的身上。要谈论新世纪的长篇小说，就少不了做对比，怎能不把现代与新世纪之前那许多年的长篇小说搬出来？如不做这样的对比，你怎么能够说明新世纪长篇小说的"走向个性，走向成熟"，更重要的，春林对新世纪长篇小说的一个定语是"现实主义主潮地位的加强与拓展"，什么是"现实主义"，这我们都熟知，而"现实主义主潮"之表现在新世纪长篇小说创作中是个什么状态？春林的研究和深入分析的用功之处便在这里，我以为，春林对新世纪长篇小说的"地图""风景"扫描之结果可以分为两个大方面，一是内容，思想与意识方面的呈现，二是形式，新世纪长篇小说创作上在形式上的一大特点是"多样化文体的尝试与实验"，这一点发现十分重要。在文学的各种文体中，长篇小说在"尝试和实验"上应该说是来得最晚。但它毕竟来了，它毕竟被评论家王春林这部"长篇小说分析机器"扫描到了。读春林这两部关于新世纪长篇小说的学术巨著，我最感兴趣的就是那些"个案分析"，春林如同尽心称职的珠宝鉴定师一样，把一件一件长篇拿起放下，细细琢磨悉心品鉴。比如对《繁花》这部长篇的分析，我以为就显示出了春林独到的眼力，一是肯定了它在"上海叙事"中的历史地位，二是对《繁花》叙事上的特质有深入的见地。只此两点便足矣，足可以给读者的阅读提供一种导游式的好建议。

也是在 2014 年，湖南的《创作与评论》杂志向我约稿，他们开设了一个"评论百家"的栏目，要在刊发我两篇批评文章的同时，约请批评家专门就我的文学批评写一篇专文。于是，我就想到了我的好朋友，河北师范大学的郭宝亮教授。郭宝亮果然不负我望，很快完成了一篇题为'思想在人生边上'的精彩文章。在其中，有郭宝亮对我文学批评的一些基本判断：

"思想在人生边上"是王春林评论张炜《外省书》时的文章题目。他做过这样的解释："'思想在人生边上'中的'思想'一词当作动词解，是一种正在进行时式的'思想着'或者说'运思着'的意思。……张炜正是站在时代、社会、人生的边缘处，带着一种深刻的、忧虑着的思想来观照、反省、思考并最终完成了《外省书》这部长篇小说的。"窃以为，这些话也完全适用于王春林。王春林也恰恰站在人生的边缘，冷眼看文坛，不谀美，不应景、不合流，老老实实地说自己的话，踏踏实实地做自己的判断，独立地、无所顾忌地"思想着""运思着"。

　　系统阅读王春林的批评文章，我们完全可以从历时和共时也即纵横两方面去读。如果把其纵向（历时）联系起来读，实际上构成了某个特定作家的纵向发展史，如果从横向（共时）层面上读，又构成不同作家作品的比较史。王春林这种追踪式的对单一作品的批评，由于它的连续性和系统性，实际上已经成为一部活的当代文学史。

　　王春林的文学评论是及物的评论，是葆有激情的"我"的"感悟"。将"自我"的生命体验投入进作品，使得王春林的批评文字饱满而坚硬。我注意到王春林在他的第一部评论集的后记里，曾把自己特定夏天的经历，纳入到对《废都》《柏慧》的阅读感受中。"书斋中的我们并不知道物欲世界的奥秘，在世人的眼中，我们只是一种纯洁可爱到连'堕落'都不会'堕落'了的怪物。我们所蒙受的只能是欺骗、歧视与可怕的羞辱，我们真切地体验到了郁达夫笔下的沉沦者的无奈与悲哀，贾平凹《废都》中庄之蝶的无助与颓废，体验到了文人处境的可怜与尴尬，体验到了一种生命的悲凉。""《柏慧》是一部启示录式的作品，它给我的启示意义十分重大。这种启示在于，尽管我在现实中会经常有这样或那样的夏夜的遭遇，有种种强烈悲壮的牺牲体验，但精神的纯粹却依然是十分可贵的。对于一个文人（知识分子）而言，葆有这样一种精神世界的超验追求是极为至关重要的。"这样的具有深切生命体验的感悟，在王春林的许多批评文章中可谓比比皆是。

　　实际上，也正是在长期追踪阅读当下时代长篇小说的过程中，我逐渐认识到了贾平凹在当下中国文坛一种举足轻重的地位。大约自 2005 年推出《秦腔》并荣获第七届茅盾文学奖以来，贾平凹的长篇小说写作便渐入佳境，相继写出《古炉》《带灯》《老生》等作品。尽管各有千秋，但这些作品都抵达了相当的思想艺术水准，却是毫无疑问的一件事情。其中，我个人评价最高的一部，就是以"文革"为书写对象的《古炉》。至今犹记，2011年在北京参加贾平凹《古炉》的学术研讨会。那是我平生第一次与贾平凹见面。就是在那一次，我当面向贾平凹表示特别喜欢《古炉》，并"夸下海口"，说要给《古炉》写一部专论。2015年5月，我的这部"践诺"专论《贾平凹〈古炉〉论》终于由北岳文艺出版社正式出版。北岳文艺出版社社长兼总编、我曾经的学生续小强应邀为序。在序中，续小强对我既有所肯定，也有所非议："他的理论方法，主要源自西方。从这一部专论的组织架构去看，是再显豁不过了。以彼之矛，攻己之盾，不仅是他，也是当代文学评论家的主要策略。在这一阴影下，他们不断地挣扎挣脱，与文学创作比拼，在'历史''意识形态'之外，从未放弃寻找自身批评话语的努力。在这一专论中，'乡村世界的常态化书写'的概念展开，以及贾平凹'生活流式的叙事'探讨，都可看作他个人化的努力。因之于他文学评论家的身份特性、文学评论文本形式的局限以及其个人语言表达的阻隔，这些个人化的发现未得到深入的发掘，是极为遗憾的。""对于小说人物形象的分析，王春林特别注意的是女性人物。如果从其过往的文学评论中进行抽取，编辑一册女性人物的专论集，大约是毫不费事的。这还不一定就是王春林的故意，老实说，我们文学的男性书写确实贫弱。在这部专论中，他也特别地论说了'蚕婆'与'杏开'两位女性。他更看重的，是女性人物形象塑造背后的文化意味。而我认为，如此这般是有愧于小说家对于女性的态度的。"细细回味续小强的序言，其中一些对我文学批评的批评性意见显然是一针见血般地犀利透辟。

《贾平凹〈古炉〉论》出版后，也引起了一些批评家同行的关注，其中最不容忽视的，就是中国小说学会副会长、安徽大学文学院教授王达敏的专文《经典视阈的文学评判》①。在其中，王达敏基本评判是：

---

① 王达敏《经典视阈的文学评判》，待刊稿。

> 回到王春林这本专论，明显地感受到它的核心观点的强烈冲

去，同时也才明白，引入"伟大的中国小说"概念，无论对《古炉》还是对《贾平凹〈古炉〉论》都极为重要。对于前者，这一评价其实是在经典视域做出的既基于文学史的观照又基于文学横向比较的判断，将《古炉》视为经典之作、伟大之作。对于后者，它是整个专论得以建构的理论框架的核心观点，所有的论述均由它延伸开去，所有的论述又围绕着它逻辑展开。一种普遍的文学研究现象反映，学者们喜欢在已经定评的经典之作、优秀之作上精耕细作、反复浇灌，乐意为其锦上添花，而对当下新作却往往缺乏识力，故而不敢轻易做出判断，正如王春林在书中所说："在我看来，'文革'结束之后，经过三十多年的积累沉淀，中国当代文学确实已经到了应该会有大作品产生的时候了。在某些时候，真正的问题或许并不在于缺乏经典的生成，而是缺乏指认经典存在的勇气。"王春林的勇气和识力在这本专论中得到了充分的体现："我觉得，贾平凹的这部《古炉》，实际上就可以被看作是当下时代一部极为罕见的'伟大的中国小说'。虽然我清楚地知道，我的此种看法肯定会招致一些人的坚决反对，甚至会被这些人视为无知的虚妄之言，但我却还是要遵从于自己的审美感觉，还是要冒天下之大不韪地做出自己一种真实的判断来。"

读罢全书，我的判断是：这是一部对贾平凹其人其作透悟深刻、创见高出、述学畅达且具个人评论特色的论著。品评之余，能够感觉得到作者充足的思力和才气，他的思力表现在观点和看法的发现，以及理论框架的建构上；他的才气不是笔底生风的灵动，而是隐于平实之中的畅达之风。自然也能感觉得到专论的一些缺陷，比如由核心观点统领的理论框架就有点松弛，原因是作者没有平等地对待结构中的每个部分，尽管我们知道研究中不能平均使力，但也不能像他这样，有些部分铆足了劲写，有些部分则一笔带过或平平掠过，岂不知，它们即便是次要角色，可也是理论框架中的一个组成部分，起码是一颗螺丝钉，你怠慢了它，它就松懈，它一松懈，整体结构还能不松弛？又比如整个文本，可能是作者出手太快的原因，一定程度上阻碍了思力更深的推进和述学更精的表达，因而有些地方难免存有粗糙之嫌。

2015 年 10 月，由中国赵树理研究会负责组织编辑的《赵树理研究文丛》由北岳文艺出版社正式出版，我的一部题名为《乡村书写与区域文学经验》的批评文集也被深入其中。关于这套丛书的出版意图，主编赵魁元、杨占平在《总序》中做出过明确的说明："中国赵树理研究会在赵树理诞生 110 周年前夕，隆重推出《赵树理研究文丛》，这是近年来研究赵树理成果的一次集中展示，也是中国赵树理研究会应当尽到的职责。这套丛书的作者，有供职在各级文联或作家协会的评论家，有大专院校的教授，有社会科学研究机构的专业人员，他们从不同的角度切入，对赵树理做了深刻而广泛的研究。或许他们的某些观点和结论不尽相同，但都是对赵树理研究的开掘，都有可取之处。"按照该套丛书的编选体例要求，我的这本书共分为三辑。"辑一""赵树理再认识"收入三篇赵树理研究的专文，"辑二""区域文学经验"收入近些年来关于山西作家作品研究的文章共计二十五篇，"辑三""乡村小说透视"收入关于全国性乡村小说研究的文章四篇。这部新的文学批评文集的出版，显然标志着我的又一个文学批评旅程的开启。如何在现有成绩的基础上写得更好一些，写得更多一些，是摆在我面前一个无法回避的重要问题。我清楚地知道，自己此生一个不可违逆的重要使命，恐怕就是文学批评文章的持续写作。我想，我一定会好好努力的……

2012 年 10 月 6 日 23 时 40 分许
完稿于山西大学书斋

王春林学术年谱

1966 年

6 月 4 日，即农历四月十六，出生于山西省吕梁地区文水县龙泉村。父亲王义锡，母亲胡秋仙。姐妹兄弟共五人，排行第四。

1973 年

入龙泉村小学读书。

1978 年

升入龙泉村八年制学校读初中。

1981 年

9 月，进入文水中学读高中。始入 58 班，班主任为刘学圃老师。后转入 59 班（文科班），班主任为李宝琦老师。

1983 年

高考后进入山西师范学院吕梁师专中文系读书。

1985 年

9 月，经中期选拔考试后升入山西师范大学中文系读书。

1987 年

7 月，大学毕业后分配至吕梁师专中文系任教。时任校长为李旦初教授。教授课程先为外国文学，后转为中国现当代文学。

1988 年

开始文学批评写作，学士学位毕业论文《倪吾诚简论》，发表于《吕梁学刊》1988 年第 1 期。

《遗风之外的文化思考——评张石山系列小说〈仇犹遗风录〉》发表于《批评家》1988 年第 4 期。

1989 年

《游戏与人生——评成一长篇小说〈游戏〉》发表于《批评家》第 5 期。

《家族文化小说评述》发表于《批评家》增刊吕梁师专专号。

《人性的倾斜与畸变——评铁凝〈玫瑰门〉》，发表于《当代作家评论》1989 年第 6 期

1990 年

进入华中师范大学与鲁迅文学院联合主办的文学评论研究生班学习，导师分别为王先霈与何镇邦先生。学制一年半，1990 年在武汉学习一年，1991 年上半年在北京鲁院学习半年。

1991 年

《赵树理小说的叙述模式》（合作者赵新林），发表于《中国现代文学研究丛刊》1991 年第 3 期。

《红土地的"神话"与"史诗"——熊正良红土地系列中篇小说释义》，发表于《当代作家评论》1991 年第 6 期。

1992 年

《人和历史的悖反与错位——读中篇小说〈传说之死〉》（合作者张莹），发表于《文学自由谈》1992 年第 1 期。

1993 年

《爱情、历史与"五十年代情结"——评王蒙〈恋爱的季节〉》（署名独木）发表于《当代文坛》1993 年 3 期。

《苦难命运的诗性隐喻——读〈九月寓言〉兼论张炜小说的艺术转向》（署名独木）发表于《小说评论》1993年第4期。

1994年

《读〈恋爱的季节〉》（署名独木）发表于《文学自由谈》1994年第3期。

《且说〈清白〉》（署名独木）发表于《小说评论》1994年第2期。

《自我指涉的欲望世界——评长篇小说〈一个人的战争〉》，发表于《当代文坛》1994年第6期。

《话语、历史与意识形态——评王蒙长篇小说〈失态的季节〉》，发表于《小说评论》1994年第6期。

1995年

《在历史的重构中勘探人性——评王蒙长篇新作〈暗杀〉》，发表于《小说评论》1995年第4期。

1996年

《苍凉的生命诗篇——评李锐长篇小说〈无风之树〉》，发表于《小说评论》1996年第1期。

《〈月牙儿〉：女性叙事话语与中国文人心态的曲折表达》（合作者王晓俞），发表于《文艺理论研究》1996年第3期。

本年度，批评文集《话语、历史与意识形态》被收入"山西青年作家创作丛书"，由北岳文艺出版社于1996年10月正式出版。

本年春节后，开始在山西大学中文系授课。

1997年

《神圣家族——从〈家族〉看张炜的道德乌托邦理想》，发表于《山西大学学报（哲学社会科学版）》1997年第1期。

《女性生命的咏叹——评蒋韵长篇小说〈栎树的囚徒〉》，发表于《小说评论》1997年第2期。

《女性生命的咏叹——评蒋韵〈栎树的囚徒〉》，发表于《当代文坛》

1997 年第 4 期。

1998 年

《匿名的时代本质——评成一长篇小说〈西厢纪事〉》，发表于《小说评论》1998 年第 2 期。

《张锐锋印象》，发表于《大家》1998 年第 4 期。

孟绍勇关于《话语、历史与意识形态》的书评《感觉、参与或者游弋》发表于《小说评论》1998 年第 4 期。

本年初正式调入山西大学中文系任教。主要讲授中国现当代文学。

1999 年

《〈务虚笔记〉：对"不确定性"的沉思与表达》（合作者王高林），发表于《名作欣赏》1999 年第 2 期。

《政治·人性与苦难记忆——王蒙"季节"系列的写作意义》，发表于《小说评论》1999 年第 3 期。

2000 年

《还原一个真实的沈从文》，发表于《读书》2000 年第 2 期

《荡涤那复杂而幽深的灵魂——评铁凝长篇小说〈大浴女〉》，发表于《山西大学学报（哲学社会科学版）》2000 年第 4 期

《荡涤那复杂而幽深的灵魂——评铁凝长篇小说〈大浴女〉》，发表于《小说评论》2000 年第 5 期。

《政治与王蒙小说》，发表于《当代作家评论》2000 年第 6 期。

2001 年

《〈无个性的男人〉与〈没有个性的人〉》，发表于《读书》2001 年第 8 期。

《知识分子生存困境的非亲历性阐释——评方方长篇小说〈乌泥湖年谱〉》，发表于《当代作家评论》2001 年第 6 期。

2002 年

《叙述、历史及其他——评成一长篇小说〈白银谷〉》，发表于《小说评论》2002 年第 1 期。

《叙述、历史及其他——评成一长篇小说〈白银谷〉》（合作者李素文），发表于《晋东南师范专科学校学报》2002 年第 1 期。

《迟子建的年轻时期——读迟子建的〈树下〉》（合作者范晓琴），发表于《新闻出版交流》2002 年第 4 期。

《饥饿的美学——读马原长篇小说〈上下都很平坦〉》（合作者周宝东），发表于《新闻出版交流》2002 年第 4 期。

《收获在潮涨潮落中——关于"涨潮"丛书》，发表于《新闻出版交流》2002 年第 4 期。

《静寂中的生命观照——读成一小说集〈千山〉》，发表于《新闻出版交流》2002 年第 4 期。

《上帝·亚当·作家——读阎连科小说集〈耙耧天歌〉》（合作者潘智），发表于《新闻出版交流》2002 年第 4 期。

《清醒的迷失者——韩少功小说集〈领袖之死〉印象》（合作者贾捷），发表于《新闻出版交流》2002 年第 4 期。

《智性视野中的历史景观——评李锐长篇小说〈银城故事〉》，发表于《小说评论》2002 年第 5 期。

批评文集《思想在人生边上》（由李锐作序）由中国社会科学出版社于 2002 年 2 月正式出版。

董国炎关于《思想在人生边上》的书评《边缘批评极其语境》提前发表于《小说评论》2001 年第 5 期。

本年度，获 2001 年度山西新世纪文学奖。

2003 年

《女性精神的悲情表达——评蒋韵长篇小说〈我的内陆〉》，发表于《小说评论》2003 年第 1 期。

《一部透视灵魂的尖锐之作——评许春樵长篇小说〈放下武器〉》，发表于《文艺争鸣》2003 年第 5 期。

2004 年

《走向个性 走向成熟——2003 年长篇小说印象》，发表于《山西日报》2004 年 1 月 6 日

《走向个性 走向成熟——2003 年长篇小说印象》，发表于《小说评论》2004 年第 1 期

《知识分子精神的别一种究诘与表达——读懿翎长篇小说〈把绵羊和山羊分开〉》，发表于《名作欣赏》2004 年第 3 期。

《绿播塞上牧歌来——社会各界热评〈春风吹度雁门关〉》（合作者田成平、张宝顺、张锐锋、杨矗、傅书华、苏春生等），发表于《山西经济日报》2004 年 8 月 24 日

《"说出复杂性"的"反现代化叙事"——评王蒙长篇小说〈青狐〉》，发表于《南方文坛》2004 年第 4 期

《"说出复杂性"的"反现代化叙事"——评王蒙长篇小说〈青狐〉》，发表于《小说评论》2004 年第 4 期

《个人化视域中的日常叙事——评韩东长篇小说〈扎根〉》，发表于《当代作家评论》2004 年第 4 期

《论王蒙的文学批评》，发表于《海南师范学院学报（社会科学版）》2004 年第 5 期

《对知识分子与革命关系的沉思与表达——兼论李洱长篇小说〈花腔〉》，发表于《山西大学学报（哲学社会科学版）》2004 年第 5 期

《底层命运的寓言化表达——评阎连科长篇小说〈受活〉》，发表于《海南师范学院学报（社会科学版）》2004 年第 6 期

本年度，批评文集《思想在人生边上》获中国当代文学研究会颁发的中国当代文学研究第九届优秀成果奖。

2005 年

《满目繁花又一年——2004 长篇印象》，发表于《山西日报》2005 年 1 月 1 日

《满目繁花又一年——2004 年长篇小说印象》，发表于《南方文坛》2005 年第 1 期

《王祥夫小说的底层关怀》，发表于《当代作家评论》2005 年第 2 期

《二十世纪九十年代以来的方言小说》，发表于《文艺研究》2005年第8期

《我们今天该怎样叙述抗战的故事——评张石山、梦妮电视文学剧本〈吕梁英雄传〉》，发表于《山西日报》2005年9月6日

《乡村世界的凋敝与传统文化的挽歌——评贾平凹长篇小说〈秦腔〉》，发表于《海南师范学院学报（社会科学版）》2005年第5期

《一次充满妥协意味的评奖》，发表于《山西文学》2005年第10期

《对20世纪中国历史的消解与重构——评刘醒龙长篇小说〈圣天门口〉》，发表于《小说评论》2005年第6期

《情感的透视与表达——谭竹长篇小说三部》（合作者段俊），发表于《文艺报》2005年11月29日

本年度，在鲁迅文学院第五届高研班学习。

2006年

《盛宴时代的来临——2005年长篇小说印象》，发表于《山西日报》2006年1月17日

《凡俗生活展示中的历史镜像——评铁凝长篇小说〈笨花〉》，发表于《小说评论》2006年第2期

《在政治与日常生活之间——〈创业史〉与〈从两个蛋开始〉的对读比较研究》，发表于《山西大学学报（哲学社会科学版）》，2006年第2期

《"新农村建设"与乡村小说——山西评论家四人谈》（合作者段崇轩、杨矗、傅书华），发表于《文艺报》2006年5月18日

《理解蒋韵小说的几个关键词——兼谈中篇小说〈心爱的树〉》，发表于《北京文学》2006年第5期

《繁荣中的沉潜与拓展——对新世纪长篇小说创作的一种描述与判断》，发表于《文艺争鸣》2006年第5期

《乡村、历史与日常生活叙事——对新世纪长篇小说一个侧面的考察》，发表于《南京师范大学文学院学报》2006年第3期

《鲁迅三题——写在鲁迅逝世七十周年》，发表于《新作文（高中版）》2006年第10期

《失败中的艺术自觉》，发表于《山西日报》2006年11月7日

本年度，批评文集《新世纪长篇小说研究》（由李星作序）于 2006 年 5 月由北岳文艺出版社正式出版。

本年度，段崇轩《读王春林〈新世纪长篇小说研究〉》，发表于《文艺报》2006 年 9 月 5 日。

本年度，《新世纪长篇小说研究》的四篇书评：蒋韵《对批评的敬畏》、段崇轩的《"细读"与"宏论"》、许春樵的《批评从此出发》、刘忠的《漫步在长篇小说的丛林中》，集中发表于《山西日报》2006 年 12 月 19 日 "黄河文化周刊"。

2007 年

《新时期三十年山西小说艺术形态分析》，发表于《小说评论》2007 年第 1 期

《乡村、边地与现实生活——2006 年长篇小说印象》，发表于《山西日报》2007 年 2 月 13 日

《刘心武还是放弃"秦学"研究为好》，发表于《山西文学》2007 年第 2 期

《乡村与边地的双重变奏——2006 年长篇小说一个侧面的考察与分析》，发表于《南方文坛》2007 年第 2 期

《乡村、边地与现实生活——2006 年长篇小说印象》，发表于《当代文坛》2007 年第 2 期

《二〇〇六年长篇小说散点透视—— 一个人的阅读印象》，发表于《名作欣赏》2007 年第 13 期

《还原历史与人性的真实——评〈王蒙自传·半生多事〉》，发表于《海南师范大学学报（社会科学版）》2007 年第 5 期

《"身份认同"与生命悲情——评李锐、蒋韵长篇小说〈人间〉》，发表于《扬子江评论》2007 年第 5 期

《空洞苍白的自我重复——张炜长篇小说〈刺猬歌〉批判》，发表于《当代文坛》2007 年第 6 期

本年度，《新世纪长篇小说研究》获 2004—2006 年度赵树理文学奖文学评论奖。

2008 年

《游走于乡村与历史之间——2007 年长篇小说印象》，发表于《文艺报》2008 年 1 月 31 日

《悲悯与仁慈的人性证词——评杨志军长篇小说〈藏獒〉》，发表于《晋中学院学报》2008 年第 1 期

《历史真相的文化想象与人性的深层透视——对 2007 年历史长篇小说的一种描述与分析》，发表于《山西大学学报（哲学社会科学版）》2008 年第 2 期

《执政问题的现代思考——评哲夫政论体纪实文学〈执政能力——一个县委书记的故事〉》，发表于《山西日报》2008 年 3 月 25 日

《"身份认同"与生命悲情——评李锐、蒋韵长篇小说〈人间〉》，发表于《南方文坛》2008 年第 3 期

《超越了意识形态立场之后——评叶广芩长篇小说〈青木川〉》，发表于《小说评论》2008 年第 3 期

《回望 1970 年代——林白〈致一九七五〉与韩东〈小城好汉之英特迈往〉合论》，发表于《扬子江评论》2008 年第 3 期

《王蒙的"八十年代"记忆——评〈王蒙自传·大块文章〉》，发表于《海南师范大学学报（社会科学版）》2008 年 04 期

《王蒙心目中的若干历史人物——评〈王蒙自传·大块文章〉》，发表于《理论与创作》2008 年第 5 期

《乡村世界的现实关注与历史透视——对 2007 年乡村长篇小说的一种描述与分析》，发表于《天津师范大学学报（社会科学版）》2008 年第 5 期

《理想精神的诗化表达——重读王蒙短篇小说〈海的梦〉》（合作者陆琳），发表于《名作欣赏》2008 年第 19 期

《"法心灵"的日常化叙事——读〈推拿〉兼及毕飞宇小说的文体特征》，发表于《扬子江评论》2008 年第 6 期

《关注现实与情感世界的勘探表现》，发表于《山西文学》2008 年第 11 期

本年度，开始担任中国小说排行榜评委。

本年度，牛学智《"个性化"理论背景中的文本细读式批评——王春林的文学批评及新世纪长篇小说研究》，发表于《海南师范大学学报》

2008 年第 1 期。

2009 年

《两个问题与 2008 年的长篇小说创作》，发表于《山西日报》2009 年 1 月 12 日

《依然如此的茅盾文学奖》，《小说评论》2009 年第 1 期

《不吐不快：依然如此的茅盾文学奖》，发表于《时代文学》2009 年第 1 期

《打工农民现实生存境遇的思考与表达——对〈高兴〉与〈吉宽的马车〉的比较》，发表于《南京师范大学文学院学报》2009 年第 1 期

《2008 年的长篇小说创作略论》，发表于《文艺争鸣》2009 年第 2 期

《1978 年到 1989 年长篇小说文体流变》，发表于《理论与创作》2009 年第 2 期

《从心灵出发的日常化叙事——对毕飞宇小说文体的一种理解》，发表于《天津师范大学学报（社会科学版）》2009 年第 2 期

《深入一个人的灵魂究竟有多难?——评蒋子龙长篇小说〈农民帝国〉》，发表于《当代作家评论》2009 年第 3 期

《哀婉悲情的文化挽歌——评迟子建长篇小说〈额尔古纳河右岸〉》（合作者张玲玲），发表于《名作欣赏》2009 年第 3 期

《关于"后赵树理写作"——以王保忠为例》，发表于《山西文学》2009 年第 5 期

《平凡中的陌生——评牛学智新作〈寻找批评的灵魂〉》，发表于《延河文学月刊》2009 年第 6 期

《精神性写作的难度——马吉福作品研讨会摘要》，发表于《黄河文学》2009 年第 7 期

《喜欢不喜欢都说——读燕霄飞、杨晋林部分小说有感》，发表于《黄河》2009 年第 4 期

《赵树理、农民文化与政治意识形态》，发表于《山西大学学报（哲学社会科学版）》2009 年第 4 期

《试论"家庭苦情"系列对"伤痕文学"的艺术超越——重读张平 1980 年代的"家庭苦情"系列》，发表于《海南师范大学学报》（社会科

学版）2009 年第 4 期

《被遮蔽的文学存在——重读王蒙系列小说〈在伊犁〉》，发表于《中国作家》2009 年第 15 期

《女性精神世界的展示与思考——评张雅茜长篇小说〈此生只为你〉》，发表于《运城学院学报》2009 年第 4 期

《底层想象的合理与尴尬——评许春樵长篇小说〈男人立正〉》（合作者陆琳），发表于《名作欣赏》2009 年第 11 期

《1980 年代的青春与精神书写——评于晓丹长篇小说〈一九八〇的情人〉》，发表于《名作欣赏》2009 年 19 期

《关于"后赵树理写作"——以韩思中为例》，发表于《山西文学》2009 年第 9 期

《关于撰写中国当代文学史的一点思考——读张志忠主编的〈中国当代文学 60 年〉》，发表于《名作欣赏》2009 年第 19 期

《文学红：共和国文学 60 年（一）共和国文学 60 年长篇小说观察》，发表于《名作欣赏》2009 年 22 期

《论近年长篇小说对边地文化的探索》，发表于《文学评论》2009 年第 6 期

《人道主义情怀映照下的苦难命运展示——评方方长篇小说〈水在时间之下〉》，发表于《当代作家评论》2009 年第 6 期

《宽容对待当代文学研究的中国立场》，发表于《太原日报》2009 年12 月 14 日

2010 年

《现实主义创作方法的主潮地位——2009 年长篇小说印象》，发表于《山西日报》2010 年 1 月 4 日

《呼唤良知的真情文字——评黄风长篇报告文学〈静乐阳光〉》，发表于《黄河》2010 年第 1 期

《不愿沉默的"文学爱好者"》，发表于《百花洲》2010 年第 1 期

《良知是高尚者的墓志铭——评刘醒龙长篇小说〈天行者〉》，发表于《南京文坛》2010 年第 1 期

《对一个社会新阶层的艺术审视与表现——评王刚长篇小说〈福布斯

咒语〉(1)》，发表于《小说评论》2010年第1期

《特殊的人和事不请自到》（对谈者小岸），发表于《山西文学》2010年第1期

《乡村书写中的人性之旅——新世纪长篇小说创作的一种趋向分析》，发表于《中国现代文学论丛》2010年第1期

《战争文学的新理念与人物形象塑造——评徐贵祥长篇小说〈马上天下〉》，发表于《南京师范大学文学院学报》2010年第1期

《一部感人肺腑、荡气回肠的精神史诗——评宗璞长篇小说〈西征记〉》，发表于《扬子江评论》2010年第1期

《历史真实书写过程中的人性追问——评袁敏长篇纪实文学〈重返1976〉》，发表于《当代文坛》2010年第2期

《人性的透视表现与现代国家民族想象——评张翎长篇小说〈金山〉》，发表于《理论与创作》2010年第2期

《一篇没有"故事"发生的小说——读铁凝短篇小说〈伊琳娜的礼帽〉》，发表于《名作欣赏》2010年第4期

《现实主义主潮地位的加强与拓展——2009年长篇小说印象》，发表于《文艺争鸣》2010年第7期

《历史观念重构、罪感意识表达与语言形式翻新——评莫言长篇小说〈蛙〉》，发表于《南方文坛》2010年第3期

《为什么就不能对中国立场宽容一点呢?》，发表于《北京文学》2010年第5期

《女性精神世界的展示与思考——评张雅茜的长篇小说〈此生只为你〉》，发表于《山西日报》2010年5月24日

一部忧愤深广的社会问题小说——评杨争光长篇小说《少年张冲六章》，发表于《小说评论》2010年第4期

《"激进现代性"的"历史化"进程——评陈晓明〈中国当代文学主潮〉》，发表于《当代作家评论》2010年第4期

《在波诡云谲的历史中叩问人性——评艾伟长篇小说〈风和日丽〉》，发表于《海南师范大学学报（社会科学版）》2010年第4期

《从猎手到猎物——读盛可以短篇小说〈白草地〉》（合作者张玲玲），发表于《名作欣赏》2010年16期

《当下能否出精品？》，发表于《辽宁日报》2010年8月9日

《关于文艺精品问题的一点思考》，发表于《太原日报》2010年8月16日

《王松中篇小说机智有趣中呈现精神困境》，发表于《文艺报》2010年8月16日

《现代性视野中的格萨尔王——评阿来长篇小说〈格萨尔王〉》，发表于《艺术广角》2010年第5期

《为当下的文学批评一辩》，发表于《太原日报》2010年9月20日

《以文艺精品抵制低俗文化》，发表于《西江月》2010年第19期

《努力提升大众文化的精神品位》，发表于《辽宁日报》2010年10月11日

《理想主义者王水的悲剧生活——读夜子中篇小说〈田园将芜〉》，发表于《文学报》2010年10月21日

《努力提升大众文化的精神品位》，发表于《太原日报》2010年10月25日

《对于人性与社会的尖锐追问——评须一瓜长篇小说〈太阳黑子〉》，发表于《扬子江评论》2010年第5期

《极端化书写的人性寓言——评陈希我长篇小说〈大势〉》，发表于《理论与创作》2010年第6期

《灾难之后的痛苦沉思——读赵瑜等著报告文学〈王家岭的诉说〉》（合作者张玲玲），发表于《山西文学》2010年第11期

《二十世纪中国历史的回望与沉思》，发表于《长篇小说选刊》2010年第6期

《追问悲剧的根源》（合作者张玲玲）发表于《文艺报》2010年11月22日

《新世纪长篇小说中的先锋叙事》，发表于《文艺争鸣》2010年第15期

《现代爱情的思索与表达——评陈奕纯情爱小说》，发表于《文艺争鸣》2010年第23期

本年度，应邀担任第五届鲁迅文学奖中篇小说奖初评委。

2011 年

《重建文学与政治的密切关系——从略萨获诺贝尔文学奖说开去》（合作者迟梦筠），发表于《名作欣赏》2011 年第 1 期

《多样化文体的尝试与实验——2010 年长篇小说印象》，发表于《长城》2011 年第 1 期

《推进底层叙事的内在化进程——读王祥夫小说近作有感》，发表于《文艺理论与批评》2011 年第 1 期

《透视人性世界的扭曲与畸变——王松新世纪中篇小说读札》，发表于《吕梁学院学报》2011 年第 1 期

《王保忠小说创作初探》（合作者成方），发表于《山西大同大学学报（社会科学版）》2011 年第 1 期

《边地现实的别一种思索与书写——论〈凿空〉兼及刘亮程的整体文学写作》，发表于《扬子江评论》2011 年第 1 期

《"谁不被历史作弄"——长篇小说〈风和日丽〉访谈录》（对谈者艾伟），发表于《朔方》2011 年第 2 期

《群众文化需保持与大众文化平衡发展》，发表于《辽宁日报》2011 年 2 月 11 日

《沉潜于苦难之下的自由悲歌——评李伯勇长篇小说〈旷野黄花〉》，发表于《创作评谭》2011 年第 2 期

《寻找一种小说研究的新途径——读王彬〈水浒的酒店〉》，发表于《文艺争鸣》2011 年第 3 期

《当爱与生命同行——论郝敬堂报告文学》（合作者范秀智），发表于《中国作家》2011 年第 4 期

《知青文学中的日常叙事——重读史铁生〈我的遥远的清平湾〉》，发表于《名作欣赏》2011 年第 7 期

《新世纪长篇小说文体论》，发表于《小说评论》2011 年第 2 期

《围绕"语言"展开的中国乡村叙事——评刘震云长篇小说〈一句顶一万句〉》，发表于《南京师范大学文学院学报》2011 年第 2 期

《读李洁非的〈典型文案〉》，发表于《文学评论》2011 年第 3 期

《艰难痛苦的艺术蜕变——评关仁山长篇小说〈麦河〉》，发表于《文艺争鸣》2011 年第 7 期

《人心的"锻炼"——读郝炜短篇小说〈锻炼〉》，发表于《文艺争鸣》2011年第7期

《一个茅奖和五个鲁奖——新世纪十年山西文学侧影》，发表于《五台山》2011年第5期

《用妖娆的文字去撕开人心深处的疼与绝望——鲍贝近期小说读札》，发表于《五台山》2011年第5期

《"伟大的中国小说"（上）》，发表于《小说评论》2011年第3期

《知识分子、革命与二十世纪中国历史——评田中禾长篇小说〈父亲和她们〉》，发表于《平顶山学院学报》2011年第3期

《现实关怀与历史叙事——对刘醒龙小说创作的一种理解和分析》，发表于《时代文学（上半月）》2011年第7期

《伟大的中国小说(下)》，发表于《小说评论》2011年第4期

《艰难痛苦的艺术蜕变——评关仁山长篇小说〈麦河〉》，发表于《文艺争鸣》2011年第7期

《人心的"锻炼"——读郝炜短篇小说〈锻炼〉》，发表于《文艺争鸣》2011年第7期

《新世纪长篇小说中底层叙事的四种形态》，发表于《中国现代文学研究丛刊》2011年第8期

《遥想王朝瑞》，发表于《名作欣赏》2011年第22期

《告别英雄主义的战争小说——评方方长篇小说〈武昌城〉》，发表于《南方文坛》2011年第6期

《"被变形"中的人性幽微——评韩东长篇小说〈知青变形记〉》，发表《文艺评论》2011年第11期

《批评家的主体人格建构随谈》，发表于《太原日报》2011年11月21日

《关于文化原创性的三点思考》，发表于《辽宁日报》2011年11月29日

《闺阁传奇 风情长卷——评王安忆长篇小说〈天香〉》，发表于《文艺争鸣》2011年第18期

《刘醒龙小说创作论》，发表于《扬子江评论》2011年第6期

《评长篇小说〈血色银路〉》，发表于《黄河》2011年第6期

本年度，应邀担任第八届茅盾文学奖评委。

本年度，应邀担任首届施耐庵文学奖推荐评委。

2012 年

《人性的沉沦与救赎——评长篇小说〈人脉〉》，发表于《文学报》
2012 年 1 月 5 日

《历史的回望与现实的沉思——点评 2011 年中国小说排行榜》发表
于《深圳特区报》2012 年 1 月 10 日

《乡村、历史、知识分子及其他——2011 年长篇小说印象》，发表于
《长城》2012 年第 1 期

《乡村、历史、知识分子及其他——2011 年长篇小说印象》，发表于
《小说评论》2012 年第 1 期

《传统文化的现代反思与人性透视——评赵德发长篇小说〈乾道坤
道〉》，发表于《百家评论》2012 年第 1 期

《一代人的青春自画像——评晋阳长篇小说〈中国式二代〉》，发表于
《文艺报》2012 年 3 月 5 日

《我们该怎样回望历史？——近期长篇小说创作一瞥》，发表于《北京
日报》2012 年 3 月 8 日

《走向全国，追求个性》，发表于《文艺报》2012 年 3 月 9 日

《知识分子何为？——近期长篇小说创作的一个侧面的检讨》，发表于
《深圳特区报》2012 年 3 月 20 日

《"中国问题"的深切触摸与思考——第八届茅盾文学奖小说主题的一
个侧面》，发表于《新文学评论》2012 年第 1 期

《〈古炉〉的象征手法》，发表于《中国现代文学论丛》2012 年第 2 期

《如何提高文化产品的原创力》，发表于《文艺报》2012 年 4 月 27 日

《文体与精神内涵的双重探索实验——宁肯长篇小说〈天·藏〉》，发表
于《名作欣赏》2012 年 04 期

《透彻的现实批判与深入的人性挖掘——评王十月长篇小说〈无碑〉》，
发表于《文艺评论》2012 年第 5 期

《第八届茅盾文学奖小说叙事方式分析》，发表于《小说评论》2012
年第 3 期

《提升作家对现实生活的认知能力——略论毛泽东〈在延安文艺座谈会上的讲话〉的当下意义》，发表于《深圳特区报》2012年5月23日

《批评家的主体人格建构》，发表于《深圳特区报》2012年5月29日

《对一种小说观念与书写方式的检讨——重读周克芹的〈许茂和他的女儿们〉》，发表于《新文学评论》2012年第2期

《一代人的青春自画像——评晋阳长篇小说〈中国式二代〉》，发表于《五台山》2012年第5期

《歌声中的文化与人性——评黄风、徐茂斌长篇报告文学〈夕阳下的歌手〉》，发表于《黄河》2012年第3期

《人性透视与历史的深度反思——论何顿长篇小说〈湖南骡子〉》，发表于《湖南工业大学学报（社会科学版）》2012年第3期

《思想智慧烛照下的历史景观——评林鹏长篇历史小说〈咸阳宫〉》，发表于《当代文坛》2012年第4期

《"中国问题"的深切触摸与思考——第八届茅盾文学奖小说主题的一个侧面》，发表于《南方文坛》2012年第4期

《文学代际观念的荒谬性》，发表于《深圳特区报》2012年7月9日

《近年来长篇小说叙事方式多样化趋势的分析——以第八届茅盾文学奖为中心》，发表于《山西大学学报（哲学社会科学版）》2012年第4期

《〈娘〉：弥足珍贵的亲情书写》，发表于《名作欣赏》2012年第22期

《关于文学代际问题的一些思考》，发表于《太原日报》2012年7月16日

《文化开放意识与文体多元——山西作家群整体透视》，发表于《太原日报》2012年7月23日

《百花春满园 稍逊"茉莉"香——山西作家群整体透视》，发表于《光明日报》2012年7月31日

《文化开放意识与文化多元——山西作家群整体透视》，发表于《山西文学》2012年第8期

《文学批评中的底层关怀》，发表于《文学报》2012年8月16日

《现实主义精神与意识形态遮蔽——重读赵树理〈李家庄的变迁〉》，发表于《文艺报》2012年9月12日

《知识分子苦难命运与精神困境的审视与表现——论严歌苓长篇小说

〈陆犯焉识〉》，发表于《南京师范大学文学院学报》2012 年第 3 期

《纠结：文化冲突中的人性困境透视——论李锐长篇小说〈张马丁的第八天〉》，发表于《文艺争鸣》2012 年第 10 期

《2010 年代的山西长篇小说创作》，发表于《五台山》2012 年第 10 期

《生命的沉思与悲悯——读续小强诗集〈反向〉》，发表于《黄河》2012 年第 5 期

《文学批评中的底层关怀——读张艳梅文学批评一得》，发表于《山西文学》2012 年第 10 期

《复杂现实与真实人性——评何顿〈青山绿水〉》，发表于《文学报》2012 年 11 月 8 日

《莫言、诺奖与百年汉语写作的命运》，发表于《小说评论》2012 年第 6 期

《让作品跟身处的时代发生关系——李骏虎访谈录》，发表于《创作与评论》2012 年 12 期

《文学发展与核心价值观的审视与对话》（合作者段崇轩、陈坪、傅书华），发表于《名作欣赏》2012 年第 31 期

《传统文化的现代境遇——评赵德发长篇小说〈乾道坤道〉》，发表于《扬子江评论》2012 年第 6 期

《在历史中汲取政治智慧——关于薛俊华〈读史论政〉》，发表于《黄河》2012 年第 6 期

本年度，批评文集《多声部的文学交响》被收入"山西文学批评书系"由北岳文艺出版社于 2012 年 8 月正式出版。

牛学智专著《当代批评的众神肖像》（文化艺术出版社 2012 年 6 月版）中以专章的形式探讨王春林的文学批评。

2013 年

《莫言小说的世界性》，发表于《名作欣赏》2013 年第 1 期

《莫言小说创作与中国文学传统》，发表于《山西大学学报（哲学社会科学版）》2013 年第 1 期

《力求革新又跑不了太远——2012 年长篇小说现场》，发表于《光明日报》2013 年 1 月 8 日

《新锐崛起与长篇小说的创作格局——2012 年长篇小说印象》，发表于《长城》2013 年第 1 期

《新锐作家的异军崛起——2012 年长篇小说创作一个侧面的考察》，发表于《小说评论》2013 年第 1 期

《她善于捕捉"百分之三灰度"——读李燕蓉小说集〈那与那之间〉》，发表于《文艺报》2013 年 2 月 8 日

《文化的自觉——重读陈忠实长篇小说〈白鹿原〉》，发表于《新文学评论》2013 年第 1 期

《新锐崛起与长篇小说的创作格局——2012 年长篇小说印象》，发表于《文艺争鸣》2013 年第 2 期

《缉毒军人的精神世界——评黄风、籍满田的报告文学〈滇缅之列〉》（合作者范晓琴），发表于《黄河》2013 年第 2 期

《现实关切、人性冲突与存在悖谬——评鲁敏长篇小说〈六人晚餐〉》，发表于《当代文坛》2013 年第 2 期

《现实苦难、残酷历史及其他》，发表于《长城》2013 年第 2 期

《重读〈白鹿原〉》，发表于《小说评论》2013 年第 2 期

《革命伦理与生命伦理的对峙与碰撞——评胡发云长篇小说〈迷冬〉》，发表于《江南》2013 年第 3 期

《罪与罚以及精神救赎》，发表于《长城》2013 年第 3 期

《知识分子的时代境遇——评许春樵长篇小说〈屋顶上空的爱情〉》，发表于《文艺评论》2013 年第 5 期

《抗日故事的另类书写——评何玉茹长篇小说〈葵花〉》，发表于《南方文坛》2013 年第 3 期

《论〈带灯〉》，发表于《小说评论》2013 年第 4 期

《社会现实的关切与思索》发表于《长城》2013 年 4 期

《从性别立场切入社会现实的关切——评姚鄂梅长篇小说〈西门坡〉》，发表于《文学报》2013 年 8 月 1 日

《残酷历史呈现与深度人性拷问——评乔叶长篇小说〈认罪书〉》，发表于《百家评论》2013 年第 4 期

《那沉甸甸的人性重量——评王璞长篇小说〈猫部落〉》，发表于《文艺评论》2013 年第 9 期

《精神困境的诘问与艺术表现》，发表于《长城》2013 年第 5 期

《从"块状叙事"到"条状叙事"——贾平凹长篇小说〈古炉〉叙事艺术论》，发表于《百家评论》2013 年第 5 期

《文学批评与思想性》，发表于《山西日报》2013 年 10 日 16 日

《民间叙事与知识分子批判精神的艺术交融——评金宇澄长篇小说〈繁花〉》，发表于《当代文坛》2013 年第 6 期

《"非虚构文学"及其他》，发表于《长城》2013 年第 6 期

《试论金宇澄〈繁花〉的叙事特色与精神风骨》，发表于《黄河》2013 年第 6 期

《宗法制文化传统的守望与回归——对新世纪长篇小说创作一种趋势的探讨》，发表于《上海文学》2013 年第 12 期

《赌场人生与人性救赎——评严歌苓长篇小说〈妈阁是座城〉》，发表于《百家评论》2013 年第 6 期

《现实和历史的深度表现——2013 年长篇小说一个侧面的审视》，发表于《山西日报》2013 年 12 月 25 日

批评文集《新世纪长篇小说风景》被收入"中国当代文学研究与批评书系"由作家出版社 2013 年 10 月正式出版。

本年度，应邀担任第二届施耐庵文学奖推荐评委。

本年度初，被推举为中国小说学会副会长。

本年度，《"伟大的中国小说"》获 2010—2012 年度赵树理文学奖。

本年度，张志忠《谁为当下的文学声辩——王春林〈多声部的文学交响〉简评》，发表于《文艺评论》2013 年 5 期。

本年度，刘芳坤《视野·文本·性情——读王春林〈多声部的文学交响〉》，发表于《小说评论》2013 年 6 期。

2014 年

《现实的批判与历史的沉思——2013 年长篇小说写作现场》，发表于《太原日报》2014 年 1 月 13 日

《勇于"冒犯"的李浩》，发表于《文艺报》2014 年 1 月 17 日

《2013 年长篇小说写作：现实的洞察与历史的沉思》，发表于《深圳特区报》2014 年 1 月 19 日

《复杂暧昧的社会现实与小说的批判艺术——2013 年长篇小说的一个侧面》，发表于《小说评论》2014 年第 1 期

《暧昧不明的现实与批判的艺术》发表于《长城》2014 年第 1 期

《"坐标轴"上那些沉重异常的灵魂——评李佩甫长篇小说〈生命册〉》，发表于《文艺评论》2014 年第 1 期

《长篇小说文体的多样化实践——2013 年长篇小说一个侧面的考察》，发表于《文艺争鸣》2014 年第 1 期

《沉郁雄浑的人生"中段"——评王蒙长篇小说〈这边风景〉》，发表于《当代作家评论》2014 年第 1 期

《向现实和历史的纵深掘进——2013 年长篇小说的一个侧面》，发表于《创作与评论》2014 年第 1 期

《〈繁花〉：中国现代城市诗学建构的新突破》，发表于《现代中文学刊》2014 年第 1 期

《小说伦理的探寻、透视与阐释——评张艳梅〈文化伦理视阈下的中国现当代小说研究〉》，发表于《新文学评论》2014 年第 1 期

《社会问题、感情世界、人性深度与艺术表现方式——新世纪中短篇小说发展论》，发表于《中国现代文学论丛》2014 年第 1 期

《我们时代的精神病症——对弋舟近期中篇小说的一种理解》，发表于《文艺报》2014 年 2 月 28 日

《铁凝笔下一类女性形象的解析》，发表于《山东文学》2014 年第 3 期

《中国当代思想史的梳理与建构——评李洁非〈典型年度〉》，发表于《创作与评论》2014 年第 4 期

《"文革"记忆的清理呈现之一种——评叶兆言长篇小说〈很久以来〉》，发表于《扬子江评论》2014 年第 2 期

《直面社会现实的沉痛之作——评关明长篇小说〈本报记者〉》，发表于《黄河》2014 年第 2 期

《题材多样化与人性救赎的可能》，发表于《长城》2014 年第 2 期

《从文学心灵处说起》，发表于《文学报》2014 年 4 月 10

《近期小说创作中的宗法制文化传统》，发表于《文艺报》2014 年 5 月 19 日

《"我注重长篇小说的追踪式阅读研究"》（对谈者姜广平），发表于

《西湖》2014 年第 6 期

《乡村记忆的宏阔与深邃——葛水平访谈录》（对谈者葛水平），发表于《百家评论》2014 年第 3 期

《农业时代的乡村文化博物馆——评葛水平系列散文集〈河水带走两岸〉》，发表于《文艺评论》2014 年第 3 期

《女性命运的书写及其他》，发表于《长城》2014 年第 3 期

《话语建构与历史的理性沉思 对吕新近期小说创作的一种理解和分析》，发表于《上海文化》2014 年第 3 期

《资本、权力与人性的三重审视与批判——评余一鸣长篇小说〈江入大荒流〉》，发表于《小说评论》2014 年第 3 期

《从实招来:"地图"之前因后果》，发表于《名作欣赏》2014 年第 7 期

《人性倾斜与社会批判——评李骏虎长篇小说〈浮云〉》（合作者李佳贤），发表于《新文学评论》2014 年第 3 期

《对知识分子精神世界的深度勘探》，发表于《解放日报》2014 年 7 月 25 日

《现实批判与人性的深度勘探——评田耳长篇小说〈天体悬浮〉》，发表于《文艺评论》2014 年第 7 期

《我们到底该怎样理解并表现现实生活——对近期长篇小说创作的一种理解与分析》，发表于《中国图书评论》2014 年第 8 期

《现实批判、历史沉思与精神开掘——2013 年小说写作趋势分析》，发表于《百家评论》2014 年第 4 期

《社会正义、学术和一代人的精神分析》，发表于《长城》2014 年 4 期

《"俄罗斯套娃"或者"以建构的方式解构"——评墨白长篇小说〈手的十种语言〉》，发表于《平顶山学院学报》2014 年第 4 期

《女性的苦难命运与强力生命意志——评张翎长篇小说〈阵痛〉》发表于《江南·长篇小说月报》2014 年第 4 期

《思想能力支撑下的小说创作——胡发云访谈录》（对谈者胡发云），发表于《名作欣赏》2014 年 8 期

《精神内宇宙的深度开掘——从第六届鲁迅文学奖中篇小说奖说开去》，发表于《北京日报》2014 年 8 月 14 日

《当代文学批评三思》，发表于《创作与评论》2014 年第 8 期

《对"中国问题"的关切与表现——贾平凹新世纪长篇小说主题论》，发表于《创作与评论》2014年第8期

《弋舟：时代精神内核的勘探者》，发表于《北京日报》2014年9月25日

《长篇小说的魅力——宁肯访谈录》（对谈者宁肯），发表于《百家评论》2014年第5期

《1990年代长篇小说文体论》，发表于《山西大学学报（哲学社会科学版）》2014年5期

《文学心灵的碰撞与对话》，发表于《中国图书评论》2014年第9期

《1990年代长篇小说文体论》，发表于《山西大学学报（哲学社会科学版）》2014年第5期

《从〈空巢〉〈黑白〉到"布尔津""三重奏"》，发表于《长城》2014年第5期

《"百年误读"的一种现代质疑和阐释——读张石山〈被误读的《论语》〉》，发表于《名作欣赏》2014年第31期

《时代现实的别一种直击与洞穿——论格非长篇小说〈春尽江南〉》，发表于《文艺评论》2014年第11期

《面对历史和现实的不同精神姿态》，发表于《长城》2014年第6期

《情感记忆与历史反思之间的精神位移——"知青文学"视域中的梁晓声〈知青〉》，发表于《创作与评论》2014年第11期

《当代文学研究之人道主义维度的建构努力——评王达敏〈中国当代人道主义文学思潮史〉》，发表于《扬子江评论》2014年第6期

《知识分子的时代境遇——评长篇小说〈屋顶上空的爱情〉》，发表于《安徽日报》2014奶奶11月28日

《赋予"小说"以"诗"的灵魂——蒋韵访谈录》（对谈者蒋韵），发表于2014年第6期

《苍凉的人性诗篇——评迟子建中篇小说〈晚安玫瑰〉》，发表于《江南·长篇小说月报》2014年6期

《批评家要注意主体人格建构》，发表于《文艺报》2014年12月19日

《乡村大地的沉重忧思》，发表于《文艺报》2014年12月24日

《鲁奖、长篇小说及其他——2014中国文学印象点滴》，《太原日报》

2014 年 12 月 29 日

本年度，批评文集《新世纪长篇小说地图》（由贾平凹作序）被收入"新世纪文学观察丛书"由北岳文艺出版社 2014 年 1 月出版

本年度，应邀担任第六届鲁迅文学奖中篇小说奖评委。

本年度，贾平凹《说王春林》，发表于《创作与评论》2014 年 4 期

本年度，王祥夫《疑似珠宝鉴定》，发表于《文艺报》2014 年 10 月 15 日

本年度，王晓瑜《别样的小说史》，发表于《文学报》8 月 14 日

2015 年

《文学 2014："鲁奖"、长篇小说与〈1966 年〉》，发表于《北京日报》2015 年 1 月 18 日

《探寻历史真相的追问与反思——评贾平凹长篇小说〈老生〉》，发表于《当代作家评论》2015 年第 1 期

《欲望化时代精神困境的诘问与表现——评墨白长篇小说〈欲望〉》，发表于《汉语言文学研究》2015 年第 1 期

《长篇非虚构文学的一种写作趋势》，发表于《文艺评论》2015 年第 1 期

《历史与人性双重变奏中的女性命运——评张翎长篇小说〈阵痛〉》（合作者秦琰），发表于《南方文坛》2015 年第 1 期

《小说格式塔与一代人的精神分析——评徐则臣长篇小说〈耶路撒冷〉》，发表于《新文学评论》2015 年第 1 期

《历史的深度再现与反思》，发表于《长城》2015 年第 1 期

《对于复杂历史的追问与深究——2014 年长篇小说一个侧面的考察》，发表于《创作与评论》2015 年第 1 期

《艺术形式的实践与探求——2014 年长篇小说侧面》（合作者崔昕平），发表于《小说评论》2015 年第 1 期

《时代精神困境的呈示与诘问——"知青文学"视域内的韩少功长篇小说〈日夜书〉》，发表于《雨花·中国作家研究》2015 年第 2 期

《启示：李骏虎〈中国战场之共赴国难〉的新历史叙事价值》（合作者杨东杰），发表于《黄河》2015 年第 2 期

《一代知青的双重人生悲剧——读中篇小说〈老知青的故事〉有感》，发表于《青岛文学》2015年第2期

《方志叙事与艺术形式的本土化努力——当下时代乡村小说的一种写作趋势》，发表于《文艺报》2015年3月6日

《艺术想象中的情理平衡——略论叶辛长篇小说〈问世间情〉的得与失》，发表于《玉溪师范学院学报》2015年第2期

《道德求索与伦理追问——许春樵长篇小说论》，发表于《中国现代文学研究丛刊》2015年第2期

《当代文学经典化之可能》，发表于《长江文艺》2015年第3期

《"罪与罚"以及生命记忆》，发表于《长城》2015年第2期

《形式探索的失据与精神犬儒——评王蒙长篇小说〈闷与狂〉》，发表于《南方文坛》2015年第2期

《"我们"的"存在"故事——手指短篇小说印象》，发表于《创作与评论》2015年第3期

《至情至性至文——谈毛守仁的散文》，发表于《五台山》2015年第3期

《人性探索与电视剧"桥段"——略论张欣长篇小说〈终极底牌〉的得与失》（合作者崔昕平），发表于《中国图书评论》2015年第4期

《社会问题穿透与形而上人生省思——评薛忆沩长篇小说〈空巢〉》，发表于《上海文化》2015年第3期

《"文化守夜"、乡村"疼痛"与"野蛮生长"》，发表于《长城》2015年第3期

《小说方法论与当代历史之批判反思——评李浩长篇小说〈镜子里的父亲〉》，发表于《小说评论》2015年第3期

《艺术想象中的情理平衡》，发表于《文艺报》2015年5月25日

《来自柳青的三点启示》，发表于《文艺报》2015年5月27日

《"我内心里充满凄凉和无奈"——吕新访谈录》（对谈者吕新），发表于《百家评论》2015年第3期

《乡村、短篇、抒情以及"中国经验"》（对谈者付秀莹），发表于《创作与评论》2015年第6期

《文体创新的可能性——读席星荃长篇小说〈风马牛〉》，发表于《文

艺报》2015 年 6 月 29 日

《中国现当代文学史的另类观察与洞穿——评李洁非〈文学史微观察〉》，发表于《文艺研究》2015 年第 6 期

《文学研究走近大众的一种尝试》，发表于《文艺报》2015 年 7 月 3 日

《从高原到高峰，障碍何在》（合作者张江、张颐武、裘山山），发表于《人民日报》2015 年 7 月 21 日

《缉毒军人的精神世界(节选)》，发表于《五台山》2015 年第 7 期

《赵树理：游走于文学与政治之间——从赵树理的一部长篇传记说开去》（合作者张雯雯），发表于《扬子江评论》2015 年第 4 期

《政治人格、英雄情结与民俗风情》，发表于《长城》2015 年第 4 期

《以自我献身精神为中国文化守夜——关于张新颖〈沈从文的后半生〉》，发表于《南方文坛》2015 年第 4 期

《悬疑·学术·人性——评刘醒龙长篇小说〈蟠虺〉》，发表于《当代作家评论》2015 年第 4 期

《努力穿透社会现实之坚冰——2014 年长篇小说一个侧面的考察》，发表于《百家评论》2015 年第 4 期

《"阿尔茨海默病"与亲情伦理——关于薛舒长篇非虚构文学〈远去的人〉》，发表于《平顶山学院学报》2015 年第 4 期

《社会风情中的人性景观——读刘春龙的长篇小说〈垛上〉》，发表于《文艺报》2015 年 8 月 7 日

《茅盾文学奖的悄然"革命"——对第九届茅盾文学奖的一种观察》，发表于《北京日报》2015 年 8 月 20 日

《那些失之交臂的美丽风景——第九届茅盾文学奖的一种另类观察》，发表于《太原日报》2015 年 8 月 25 日

《那些错失了的美丽风景——第九届茅盾文学奖的另类观察》，发表于《深圳特区报》2015 年 8 月 27 日

《女性精神世界的探究》，发表于《文艺报》2015 年 9 月 14 日

《关于当代文学经典化问题的一点思考》（合作者崔昕平），发表于《光明日报》2015 年 9 月 21 日

《社会现实批判与政治权力人格的深层透视——评周大新长篇小说〈曲终人在〉》，发表于《中国文学批评》2015 年第 2 期

《权力、资本与乡村失陷——韩思中中短篇小说论》，发表于《名作欣赏》2015年第9期

《艺术想象中的情理平衡——略论叶辛长篇小说〈问世间情〉的得与失》，发表于《中国图书评论》2015年第9期

《纷繁世相呈现中的伦理追问——吴克敬中短篇小说论》，发表于《唐都学刊》2015年第5期

《道德危机与孤独困境——唐慧琴〈树上的鸟儿成双对〉略评》，发表于《长城》2015年第5期

《里下河作家群长篇小说创作略论》（合作者张雯雯），发表于《小说评论》2015年第5期

《纷繁世相呈现中的伦理追问——吴克敬中短篇小说论》，发表于《唐都学刊》2015年5期

《性别立场与社会现实的关切和思索——评姚鄂梅长篇小说〈西门坡〉》，发表于《贵州民族报》2015年10月9日

《士别十年，如何刮目相看》，发表于《文艺报》2015年10月23日

《亡灵叙事、现实批判与人性反思——评陈应松长篇小说〈还魂记〉》，发表于《长篇小说选刊》2015年6期

《寓言式的存在之思》，发表于《十月》2015年第6期

《社会现实批判与精神超越》，发表于《长城》2015年6期

《乡村政治生态与现代性隐痛——对王方晨小说的一种理解与分析》，发表于《文艺报》2015年11月23日

《智性叙事中的精神分析——评秦巴子长篇小说〈身体课〉》，发表于《文艺评论》2015年11期

本年度，批评著作《贾平凹〈古炉〉论》（续小强作序）被收入"新世纪文学观察丛书"由北岳文艺出版社于2015年5月正式出版

本年度，批评文集《乡村书写与区域文学经验》被收入"赵树理研究文丛"由北岳文艺出版社于2015年10月正式出版

本年度，应邀担任第九届茅盾文学奖评委。

本年度，作家闫文盛与华东师大文艺学研究生黄难关于王春林文学批评的对话《理想的文学批评究竟何为？》发表于《黄河》2015年第4期

后 记

不知不觉间，时间已经是公元 2016 年。到这一年，我来到这个多灾多难的世界上就整整五十岁了。五十岁，其实也算不上什么特别的日子。因为人生的每一天究其实质而言，本没有什么差别。今天，昨天，明天，都是一模一样的日子。但在很久很久之前，那个孔夫子却偏偏要讲什么"五十而知天命"。现在，我已经五十了，难道说我真的已经知天命了吗？思来想去，不知道该如何作答，内心唯剩惶恐不已。然而，我曾经的学生、现任北岳文艺出版社社长兼总编的续小强兄，却也同样记着我已经五十岁了。不仅牢牢记着，而且还一定要坚持给我编一本编年体批评文集以作为纪念。尽管觉得自己这些年来所写的实际上也不过是一些速朽的文字，但却终归盛情难却，于是便编选出了这样一本很不像样子的批评文集，并且从小强兄之意，将之命名为"不知天集"。所谓"不知天"者，意为此人愚钝不堪，虽则已是知天命之年，但却又着实还是不知天命。正所谓不编不知道，一编才知道，原以为自打 1988 年迄今每一年都会有批评文章发表，没想到 1990 年居然会是一个空缺，整整一年都没有一个字发表。反过来再想想，空缺就随他去空缺吧。人生本来就是不圆满的，这里却又何苦要求每一年都要有批评文章发表呢？本来想着只是编编自己的批评文章也就是了，但小强兄却坚执一定要同时附上我个人的学术自传、年谱以及几位作家关于我的简短文字。再三推却不过，也就只能从命了。这样，也就有了摆在诸君面前的这一册其实很不像样子的东西。自己的东西虽然不像样，但各位朋友为此书的编辑出版所付出的努力却不能不加以感谢。首先要感谢最早力倡此事的续小强兄，然后要感谢曾经多次责编拙作的贾江涛女士。美编张永文兄的装帧设计精美大方而又典雅，我必须把同样的感谢献给他。

王春林
2016 年 3 月